Nienasycenie
Stanisław Ignacy Witkiewicz

Nienasycenie
Copyright © JiaHu Books 2017
Published in Great Britain in 2017 by JiaHu Books – part of Richardson-
Prachai Solutions Ltd, 434 Whaddon Way, Bletchley, MK3 7LB
ISBN: 978-1-78435-230-1
A CIP catalogue record for this book is available from the British Library
Visit us at: jiahubooks.co.uk

*„Ja, wybierając los mój,
wybrałem szaleństwo."*

Tadeusz Miciński

„W mroku gwiazd"

PRZEDMOWA

Nie wchodząc w kwestję czy powieść jest dziełem sztuki, czy nie — (dla
mnie, nie) — poruszyć chcę problemat stosunku powieściopisarza do jego
życia i otoczenia. Powieść jest dla mnie przedewszystkiem opisaniem
trwania pewnego wycinka rzeczywistości — wymyślonego, czy
prawdziwego — to obojętne — rzeczywistości w tem znaczeniu, że główną
rzeczą w niej jest treść, a nie forma. Nie wyklucza to oczywiście najdzikszej
fantastyczności tematu i psychologji występujących osób — chodzi tylko o
to, aby czytający był zmuszony wierzyć, że tak właśnie, a nie inaczej było,
lub być mogło. To wrażenie zależne jest też od sposobu przedstawienia
rzeczy, czyli od formy poszczególnych części i zdań i od kompozycji
ogólnej, ale elementy artystyczne nie stanowią w powieści całości
działającej formalnie bezpośrednio swoją konstrukcją; służą raczej do
spotęgowania treści życiowej, do zasugestjonowania czytelnikowi
poczucia rzeczywistości opisanych ludzi i wypadków. Jednak konstrukcja
całości jest czemś według mnie w powieści drugorzędnem, co powstaje
jako produkt uboczny opisu życia, i co nie powinno zgóry wpływać
deformująco na rzeczywistość według czysto formalnych wymagań. Lepiej
oczywiście żeby była, ale brak jej nie stanowi zasadniczej wady powieści,
w przeciwieństwie do dzieł Sztuki Czystej, gdzie poprostu bez wartości
formalnej całości nie może być mowy o artystycznem wrażeniu, gdzie jeśli
jej niema, niema dzieła sztuki wogóle, a jest co najwyżej w pewien sposób
przetworzona rzeczywistość i chaos niezwiązanych ze sobą czysto
formalnych elementów. Dlatego powieść może być wszystkiem, w
uniezależnieniu od praw kompozycji, począwszy od apsychologicznej
awantury, przedstawionej od zewnątrz, do czegoś, co może graniczyć z
traktatem filozoficznym lub społecznym. Oczywiście jednak musi się coś w
niej dziać: ideje i ich walka muszą być pokazane na ludziach żywych, a nie
porozwieszane na manekinach. Jeśli ma być tak, to lepiej napisać broszurę,

5

lub traktat. Przekonanie, że powieść musi być koniecznie przedstawieniem ciasnego wycinka życia, przyczem autor, z klapami koło oczu, jak strachliwy koń, unika wszelkich rzeczywistych i *pozornych* nawet dygresji, wydaje mi się niesłuszne — z wyjątkiem grafomanicznych bzdur i niepotrzebnych nikomu płytkich naświetleń nieciekawych ludzi, wszystko jest usprawiedliwione — nawet największe odstępstwa od „tematu". Podlizywanie się najniższym gustom przeciętnej publiczności i strach przed własnemi myślami, lub niechęcią danej kliki, czynią z naszej literatury (z małemi wyjątkami) tę letnią wodę, od której chce się poprostu rzygać. Słusznie twierdzi Antoni Ambrożewicz, że u nas literatura była tylko funkcją walki o niepodległość — z chwilą jej osiągnięcia zdaje się kończyć beznadziejnie. Proszę nie posądzać mnie o megalomanję i chęć wmówienia publiczności, że moje powieści są ideałem, a wszystko inne głupstwem. Daleki jestem (i to bardzo) od tego. Ale twierdzę, że dzisiejsza krytyka, z powodu fałszywego poczucia społecznego obowiązku i chęci nauczania małych cnótek małych ludzi, nie chce widzieć groźnych zagadnień i ich możliwych rozwiązań i stanowczo wpływa hamująco na rozwój w wielkim stylu naszej literatury. Co jest niewygodne jest przemilczane, lub programowo źle zrozumiane i zinterpretowane. Fałsz i tchórzostwo cechuje całe nasze życie literackie, a ci, którzy nawet słusznie rzucają się na różne przykre objawy (n. p. Słonimski) są bezsilni z powodu braku podstaw pojęciowych i programowego antyintelektualizmu. Niedokształcenie umysłowe większości krytyków, brak u nich jakichkolwiek jednoznacznych systemów pojęć dla wartościowania, brak intelektualnych szkieletów, w połączeniu z produkcją miernoty i zalaniem rynku tłomaczeniami zagranicznej tandety, daje smutny obraz literackiego upadku. Czegóż wymagać od publiczności, jeśli krytyka stoi poniżej jej przeciętnego poziomu. Nie będę walczył tu o ideje ogólne z poszczególnymi krytykami (polemika ukaże się w oddzielnej książce p. t. „Ostatnia pigułka dla „wrogów") — chcę się ograniczyć do jednego problemu: stosunku życia prywatnego autora do jego pracy. We wstępie do „Pożegnania Jesieni" napisałem zdanie, które cytuję tu dosłownie: „To, co pisze drugi mój bardzo przykry „wróg", Karol Irzykowski, o stosunku krytyki do dzieł sztuki poprzez autora, jest bardzo słuszne. Babranie się w autorze *à propos* jego utworu, jest niedyskretne, niestosowne, niedżentelmeńskie. Niestety, każdy może być narażony na tego rodzaju świństwa. Jest to bardzo nieprzyjemne". W odpowiedzi na to oświadczenie spotkałem się z następującemi reakcjami na moją powieść. Pan Emil

Breiter zatytułował swoją krytykę „pseudo-powieść", a następnie na końcu zaznaczył, objaśniając niedomyślnym cel tego tytułu, że moja książka jest „spowiedzią". Przezornie nie dodał słowa „idejowa", aby móc być dwuznacznie zrozumianym. A więc każdy przeciętny człowiek myśli sobie (i na to liczy p. B., aby mi dokuczyć i zaszkodzić), że poprostu opisuję fakty z mego życia, o którem on, p. B., ma jakieś tajemnicze informacje — a więc: że byłem zgwałcony przez jakiegoś hrabiego „pod kokainą", że byłem na utrzymaniu u pewnej bogatej żydówki na Ceylonie, że zakokainowałam niedźwiedzicę w Tatrach i t. p. Nie posądzą mnie o to, że zostałem rozstrzelany przez komunistów, bo niema w Polsce sowietów i ja niestety żyję i narazie piszę dalej. Potem, na tle takich krytyk i plotek spotykają mnie tego rodzaju powiedzenia: jakaś dama po skończonym portrecie mówi: „tak się pana bałam — myślałam: jak ja wytrzymam godzinę z takim strasznym(!) człowiekiem, jak pan — a pan jest zupełnie normalny i nawet dobrze wychowany". Matki boją się zamawiać portrety swoich córek w mojej firmie, nawet dorośli mężczyźni siadają z niewyraźnemi minami „na aparat", tak, jakby się spodziewali, że co najmniej, zamiast rysować, powyrywam im znienacka zęby, lub wykłuję oczy ołówkiem. Drugi fakt: Karol Irzykowski (z którego „Walką o treść" załatwię się obszernie w wyżej wspomnianej broszurze) pisze krytykę najwidoczniej programowo dwuznaczną (używa pojęcia: genjalny grafoman — to tak jakby kwadratowe koło, a może gorzej), w której używa słowa „cynizm", w dość nieokreślonem dla przeciętnego człowieka znaczeniu, a następnie dodaje (on właśnie, o którym napisałem wyżej przytoczone zdanie, na tle jego własnych enuncjacji), że zanadto opieram moją powieść na tle osobistych przeżyć. Skąd ci panowie ośmielają się domyślać takich rzeczy? Czy na podstawie ohydnych plotek, których jestem przedmiotem? Mogą się domyślać — Bóg z nimi — ale pisanie tego w krytykach literackich jest szczytem bezczelności. Mam wrażenie, że jestem w tym wypadku wyjątkiem — o nikim jeszcze nic podobnego nie czytałem. Nie mogę cofnąć wyrażenia użytego poprzednio, ponieważ panowie ci sami się pod nie, że tak powiem „podstawiają". Bo przecież realizm jakiegoś opisu nie implikuje bynajmniej kopjowania bezpośrednio danej rzeczywistości — może być dowodem n. p. talentu realistycznego autora. Ale jeśli chodzi o mnie, to nawet to, co mogłoby być komplimentem, zostaje perfidnie odwrócone na zarzut, i to w dodatku czysto osobisty i gołosłowny, a szkodliwy dla mnie życiowo. Jakże to inaczej nazwać, niż ja to uczyniłem? Tembardziej jest to dziwne, że ani jeden fakt w „Pożegnaniu Jesieni" nie

odpowiada rzeczywistości. Chyba panowie ci liczą na to, że autor, w ten sposób oszkalowany przed publicznością, przestanie pisać, lub conajmniej straci swobodę wypowiadania się, ze szkodą dla swej pracy. Do podobnych, ale mniej przykrych objawów, należy robienie pasztetu z dowolnie wybranych cytat, przyczem wypowiedzenia „bohaterów" pomięszane są umiejętnie ze zdaniami autora, i przedstawianie sfałszowanego w ten sposób tekstu uznane za jego ideologję. Nie chodzi o to, aby być chwalonym, tylko uczciwie zwalczanym — ale nawet o to jest u nas bardzo trudno. „Cósta z głupim bees gadał", jak mówił Jan Marduła. Ale lepszy jest nawet głupi, niż świadomie nieuczciwy krytyk. Chciałoby się wierzyć w dobrą wolę przynajmniej, ale i to czasem jest wprost niemożliwe. Niema autora, któryby nie zużywał introspekcji i obserwacji innych ludzi dla celów powieściowych. Przecież zdolność wyobrażania sobie stanów urojonych osób, lub transpozycji danej rzeczywistości, przyczem niezmiernie mały fakt może wystarczyć jako ośrodek dla krystalizacji całej koncepcji, musi być zasadniczą cechą powieściopisarza. Trudno, żeby ktoś żyjący w pewnej atmosferze nie karmił się nią. Chodzi o to w jaki sposób zużytkowuje ten pokarm. Jest pewna granica wyraźności typów (jakieś szczególne znamiona, jak w pasportach), poza którą daje się w przybliżeniu powiedzieć, że dany autor przedstawia rzeczywiście danego realnego człowieka. Ale na to trzeba przedewszystkiem tego chcieć — dla celów jakichś tajemniczych: osobistej zemsty, czy reklamy, albo dla polityki. Zaznaczam, że jest mi to obce w zupełności i że każdą interpretację tego rodzaju, tak w stosunku do mnie jak i do aktualnej rzeczywistości społecznej, będę uważał za programowe świństwo w stosunku do mnie, w celu szkodzenia mi osobiście. Szkoda, że polemika między Kadenem-Bandrowskim, a Irzykowskim na ten właśnie temat, utknęła w osobistych wymyślaniach, nie rozjaśniając mroków okrywających twórczość pisarską. Jeśli tak dyskutują: największy nasz pisarz obecnie i ten, który uważany jest za największą powagę krytyczną, to dowodzi, że źle się dzieje w naszych literackich sferach.
S. I. W. 4/XII 1929.

PRZEBUDZENIE

Genezyp Kapen nie znosił niewoli w żadnej formie — od najwcześniejszego dzieciństwa okazywał wstręt do niej nieprzewyciężony. (Mimo to, jakimś niepojętym cudem wytrzymał 8-mioletnią tresurę ojca-despoty. Ale to było czemś w rodzaju nakręcania sprężyny — wiedział, że kiedyś rozkręcić się musi i to go trzymało). Gdy miał zaledwie cztery lata (już wtedy!) błagał matkę i guwernantki na letnich spacerach, aby pozwolono mu choćby pogłaskać jakiegoś kundla, rzucającego się groźnie na łańcuchu, lub małego, melancholijnego pieseczka, podwywającego cicho na progu budy — pogłaskać tylko i dać mu coś do zjedzenia, jeśli już nie mogło być mowy o spuszczeniu go z uwięzi na wolność.

Z początku pozwalano mu brać z domu jedzenie dla tych jego nieszczęśliwych przyjaciół. Ale wkrótce manja ta przeszła rozmiary wykonalne nawet w jego warunkach. Zabroniono mu tej przyjemności, jedynej istotnej. Działo się to przeważnie u nich na wsi, w podbeskidzko-tatrzańskim Ludzimierzu. Ale kiedyś, za bytności w regjonalnej stolicy K. zaprowadził go ojciec do menażerji. Po bezowocnych prośbach o wypuszczenie z klatek jakichś małp „Hamadrja", pierwszych zwierząt, które tam zobaczył, rzucił się na dozorcę i bił go długo po brzuchu małemi piąstkami, raniąc się o klamrę paska jego spodni Na zawsze zapamiętał Zypcio błękit nieba tego sierpniowego dnia, zimny i tak okrutnie obojętny na cierpienia biednych zwierząt. I to rozkoszne słońce, kiedy im (i jemu) było tak źle... A była w tem na dnie jakaś wstrętna przyjemność...

Skończyło się spazmatycznym płaczem i ciężkim nerwowym atakiem. Trzy doby prawie nie spał wtedy Genezyp. Dręczyły go potworne koszmary. Widział siebie jako szarą małpę, ocierającą się o klatkę i nie mogącą dostać się do innej podobnej małpy. Ta druga miała coś dziwnego: czerwone to było z niebieskiem i okropne nad wyraz. Nie pamiętał, czy widział to naprawdę. Zlanie się w jedno dławiącego bólu w piersiach z przeczuciem jakiejś zakazanej, wstrętnej rozkoszy... Tą drugą małpą był również on sam, a jednocześnie patrzył na siebie z boku. Jakim sposobem się to działo, nie pojął nigdy. A potem olbrzymie słonie, leniwe wielkie koty, węże i smutne kondory — wszystkie stały się nim samym i jednocześnie wcale nim nie były. [W rzeczywistości widział tylko przelotnie te stworzenia, kiedy wyprowadzano go innem wyjściem, rzucającego się, w suchych łkaniach]. W jakimś dziwnym świecie zabronionych mąk, bolesnego wstydu, ohydnej słodyczy i tajemniczego podniecenia, przebywał te trzy dni, leżąc przytem najwyraźniej w swojem własnem łóżeczku. Kiedy się ocknął po tem wszystkiem, słaby był jak flaczek, ale zato nabrał słusznej pogardy do siebie samego i wszelkiej słabości wogóle. Coś się w nim zacięło przeciw niemu samemu — był to zarodek świadomego tworzenia się siły samej w sobie. Marnotrawny stryj, zakała rodziny, rezydent ludzimierski mówił: „Ludzie dobrzy dla zwierząt bywają potworami w stosunku do bliźnich swoich. Zypka trzeba chować ostro — inaczej wyrośnie z niego monstrum". Tak też chował go później ojciec, nie wierząc zresztą zupełnie w dobre wyniki tej metody — czynił to, z początku szczególniej, jedynie dla własnej satysfakcji. „Znałem dwie panienki z t. zw. „dobrego domu", wychowane w klasztorze — mawiał — Jedna była k..., a druga zakonnica. A ojciec obu napewno był ten sam".

Kiedy Genezyp doszedł do lat siedmiu, objawy tego rodzaju ucichły pozornie zupełnie. Wszystko cofnęło się w głąb. Sponurzał w tym czasie i między innemi oddał się odmiennej od wszystkich zabawie. Chodził teraz na spacery sam, lub ze swoim kuzynem Toldziem, który wprowadzał go w nowy świat autoerotycznych perwersji. Straszliwe były to chwile, gdy podniecająca muzyka grała w pobliskim parku, a ukryci w krzakach młodzieńcy rozjątrzali się wzajemnie mówiąc subtelne obrzydliwości i badając różne zapachy. Aż w końcu nieprzytomni, z rozpalonemi policzkami i oczyma skoszonemi od niewyrażalnego pożądania, przytuleni do siebie, wywoływali w swych zdrowych, biednych ciałkach, piekielny dreszcz nieznanej, wiecznie tajemniczej, niedosiężnej rozkoszy. Próbowali zgłębiać ją coraz częściej — ale nie mogli. I znowu próbowali — jeszcze częściej. Wychodzili potem z krzaków bladzi, z czerwonemi uszami i oczami, przemykali się jak złodzieje, pełni dziwnego *„malaise"*, prawie bólu, gdzieś tam... Dziwnie nieprzyjemne robiły na nich wrażenie bawiące się wesoło dziewczynki. Był w tem smutek i strach i żal czegoś niewiadomego, beznadziejny, okropny, a mimo to przyjemny. Jakaś wyższość plugawa nad wszystkiem napełniała ich obrzydliwą dumą. Z pogardą i ukrytym wstydem patrzyli się na innych chłopców, a widok pięknych młodych ludzi, flirtujących z dorosłemi damami napełniał ich nienawiścią, zmieszaną z ponurą, upakarzającą zazdrością, w której jednak krył się urok jakiś niesamowity wywindowania się ponad normalne codzienne życie. Wszystkiemu winien był (potem oczywiście) Toldzio. Ale przedtem był właśnie tym najbliższym, przyjacielem najistotniejszym, który posiadł pierwszy dziwną tajemnicę złowrogiej rozkoszy i raczył nauczyć jej Zypka. Ale czemu *potem* tak bardzo nie lubiał go Zypek. Trwało to dwa lata z przerwami. Ale pod koniec drugiego roku przyjaźń ich zaczęła się psuć. Może właśnie dlatego. W tym czasie, w związku z tajemniczemi rozkoszami wystąpiły nowe jakieś objawy... Zypcio przeraził się. Może to jakaś straszna choroba? Może kara za grzech?

W tym czasie również matka wbrew woli ojca, zaczęła go uczyć religji. O *tem* nie było tam jednak mowy, jako o jednym z grzechów. A mimo to zawsze czuł Zypcio, że, oddając się praktykom Toldzia, popełnia coś dziecinnie „niedżentelmeńskiego", coś *złego*. Ale to zło było całkiem innego wymiaru niż nieuczenie się lekcji, gniew na rodziców czy dokuczanie małej siostrzyczce, która zresztą poza tem nie istniała dla niego zupełnie. Skąd miał to poczucie zła i czemu potem napadał go smutek i wyrzuty sumienia, nie mógł pojąć. Zdecydował się na krok stanowczy: z odwagą skazańca poszedł do ojca i opowiedział mu o wszystkiem. Zbity straszliwie i przerażony gorzej niż biciem perspektywą zidjocenia, zawziął się w sobie i zaprzestał ohydnego procederu. Cenił bowiem w sobie ten rozum, który w dyskusjach przyrodniczych nad tajemnicami natury, stawiał go ponad rówieśnikami, a nawet ponad przewrotnym, starszym o rok Toldziem, który do tego jeszcze był hrabią, — on zaś sam tylko baronem i to „podejrzanym", jak się od niego właśnie dowiedział.

Rozpoczął się okres zdrowego zbydlęcenia. Bitwy, gonitwy, sport we wszystkich odmianach wypędził z jego duszy wspomnienie ciekawych jednak mimo wszystko z „przyrodniczego punktu widzenia"(?) zjawisk. Ojciec nie podał bowiem wystarczającej ich teorji. Ale manja uwalniania uwięzionych psów wróciła ze zdwojoną siłą. Teraz było to połączone ze sportem — było też szlachetną próbą odwagi. Często wracał do domu pokąsany, z podartem ubraniem, wytarzany w błocie. Raz dwa tygodnie chodzić musiał z ręką na temblaku, co popsuło pewną serję szalenie istotnych bitew z przeciwną partją „młodoturków". Wypadek ten osłabił w nim trochę zapał w tym kierunku. Coraz rzadziej odbywał swoje oswobodzicielskie wyprawy, ale przecie. A działo się to zawsze wtedy, kiedyby skądinąd miał ochotę właśnie na co innego... Czynności zastępcze. Nadszedł tak zwany okres sumblimacji. Ale brutalnie przecięła go szkoła. Zabójcza dla pewnych natur (bardzo zresztą nielicznych) przymusowa, prawie mechaniczna praca, zniechęcająca raczej do nauki, niż podniecająca zainteresowanie się jej tajemnicami, przerwała ten najlepszy czas w życiu chłopca, kiedy to przeczucia nieznanego łączą się z budzącemi się sentymentami do panienek (raczej do „tej jednej, jedynej"), stwarzając opar nieuświadomionej metafizycznej dziwaczności (jeszcze nie dziwności) ponad zwykłem codziennem życiem. Zypcio, mimo notorycznych zdolności, uczył się ciężko. Przymus niszczył w nim wszelki spontaniczny zapał. Całą zimę uginał się wprost duchowo pod ciężarem pracy, a krótkie wakacje na wsi zapełnione były również obowiązkowym teraz sportem i wiejskimi rozrywkami. Prócz wyznaczonych mu na ten cel rówieśników nie widywał nikogo i nigdzie w okolicy nie „bywał". Kiedy ku jesieni zaczynał się już trochę odginać, przychodziło znowu to samo i tak dotrwał do matury.

Przysiągł ojcu, że przyjedzie wprost z egzaminu na wieś i przysięgi dochował. Uniknął w ten sposób bydlęcych pomaturalnych uroczystości i czysty i niewinny, ale z poczuciem piekielnych możliwości życiowych, zajechał przed dwór — tak zwany pałac rodzicielski, stojący w podgórskiej okolicy niedaleko Ludzimierza. Tu dopiero się zaczęło.

Informacja: Jak wiadomo już przed szkołą uświadomił sobie, że jest baronem i że jego ojciec, właściciel olbrzymiego browaru, jest nie to co matka, hrabianka z przymieszką krwi węgierskiej. Przeszedł krótki okres snobizmu, ale pozbawionego zupełnie zadowolenia: niby po matce wszystko było dobrze — jakieś bohatery, mongoły, dzikie rzezie za Władysława IV-tego — ale przodkowie papy nie nasycili jego ambicji. Dlatego wiedziony szczęśliwym instynktem, już od klasy 4-tej (do 3-ciej poszedł do szkoły) stał się demokratą i zlekceważył ten niedoskonały kompleks swego pochodzenia. To zjednało mu wiele uznania, pozwalając pewne poniżenie odwrócić na wartości pozytywne. Był rad z tego wynalazku.

Zbudził się po krótkim śnie popołudniowym. Zbudził się nietylko z tego snu, ale i z tamtego, który trwał pięć lat. Od bydlęcych czasów walk dziecinnych oddzielała go pustynia. Jakże żałował, że tak nie mogło trwać wiecznie! Tę ważność wszystkiego, jedyność i konieczność przy jednoczesnem poczuciu, że to nie jest na serjo na tym planie rzeczywistości — i wynikająca stąd lekkość i beztroska, nawet w obliczu klęski przegranych bitew. Już nigdy...! Ale to co być miało zdawało się jeszcze ciekawszem, o — o wiele — o nieskończoność! Inny świat. I niewiadomo czemu wspomnienie dziecinnych perwersji przesunęło się teraz z całkowitym ciężarem wyrzutu za te „zbrodnie", jakby rzeczywiście one to „zaważały" na całem przyszłem życiu. Może i tak w istocie było. Po latach zachciało mu się tego samego, ale się wstrzymał. Wstrzymał go wstyd wobec nieznanych mu jeszcze kobiet. Nieznanych do głębi, bo przecie właśnie wczoraj...

Informacja: Na stancji trzymany był w kolczastej dyscyplinie, a na wakacjach — ha — to towarzystwo wiecznie nie to, jakiego by pragnął. Słyszał jednak coś niecoś od kolegów, którzy łyknęli więcej rzeczywistości od niego. Ale *to* nie było najważniejszem.

Więc jednak *wszystko jest*. Skonstatowanie tego nie było tak banalnem, jakby się to zdawać mogło. Podświadoma, zwierzęca ontologja, przeważnie animistyczna, niczem jest wobec pierwszego błysku ontologji pojęciowej, pierwszego ogólnego egzystencjalnego sądu. Sam fakt istnienia nie przedstawiał dotąd dla niego nic dziwnego. Pierwszy raz teraz zrozumiał przepaścistą niezgłębialność tego problemu. Zamajaczyło mu w jakimś po dziecinnemu zaczarowanym i po dziecinnemu złotym, prześwietlonym w pyle nieziemskiej tęsknoty, świecie najlepszych, niepowrotnych dni, najdawniejsze dzieciństwo: pałac rodziny matki we Wschodniej Galicji i obłok, jakby rozżarzony do białości, pod którym czaiła się burza i żaby kumkające w gliniankach koło cegielni i zgrzyt zardzewiałej studni. Przypomniał się też wierszyk pewnego kolegi, z którym nie pozwolono mu się bawić.

„O dziwne, ciche, letnie popołudnia
I pełne głębi soczystych owoce,
W cieniu chłodnawym zapomniana studnia,
Potem obłędne wieczory i noce...“

To właśnie wyrażał dla niego ten marny wierszyk, *to*: ogrom życia i niepojętność każdej jego chwili i nudę straszną i tęsknotę za czemś nieobjęcie wielkiem. Ale to teraz dopiero pojął dokładnie. Wtedy, gdy poraz-pierwszy czytał mu Ptaś tę bzdurkę, w wychodku szkolnym, nie wyrażała ona jeszcze nic. Przeszłość rozświetlała się w błyskawicy objawienia teraźniejszości, jak inny, nieznany dotąd świat. Trwało to jakiś ułamek sekundy i zapadło znowu, wraz ze wspomnieniem, w tajemnicze gąszcza podświadomości. Wstał, zbliżył się do okna i oparł głowę o szybę. Wielkie, żółte zimowe słońce zniżało się szybko, prawie trącając rozdwojony szczyt Wielkiego Pagóra. Oślepiające światło stapiało wszystko w rozedrganą masę rozpalonego złota i miedzi. — Fijoletowe cienie wydłużały się niepomiernie, a las w pobliżu słońca mienił się czarną purpurą, zmieniającą się co chwila w wybladłą, oślepłą zieleń. Ziemia nie była miejscem codziennego dnia, tem co o niej i o jej stosunku do

13

ludzkiego świata wiadomo — była planetą, widzianą z teleskopowych jakby odległości. Zębatym, rzeźbionym zrębem gór, wznoszących się na lewo, daleko za połogiemi stokami Wielkiego Pagóra, zdawała się przechylać ku nadciągającej z międzygwiezdnych przestrzeni, niewiadomo czemu „żałobnej" nocy. Słońce, teraz już wyraźnie ruchome, stawało się czasem czarno-zielonym krążkiem o złoto-czerwonej obwódce. Nagle dotknęło się lękliwym, ociągającym się, jakby, ruchem, rozszczepionej w krwawe ostrza linji dalekich lasów. Czerwono-czarny aksamit zmienił się w granat, kiedy ostatni promień, rozszczepiony na tęczowy snop prześwietlił się poraz ostatni przez ciężkie zwały świerków. W nieskończoność rzucone spojrzenie, ciągnione oślepiającym blaskiem, napotkało twardy opór mrocznego, nieskończenie bardziej rzeczywistego świata. Genezyp uczuł coś w rodzaju głuchego bólu w piersiach. Minęła dziwna chwila pojmowania tajemnicy i realna pospolitość ukazała z pod tej maski swoje szare i pełne nudy oblicze. Co zrobić z dzisiejszym wieczorem? Pytanie to przypomniało mu poprzednie i zamyślił się głęboko, tak głęboko, że stracił zupełnie poczucie chwili obecnej. Nie wiedział, że to właśnie jest czasem najwyższem szczęściem.

Księżna stanęła mu (stanęła dęba) w wyobraźni jak żywa. Ale obraz ten nie był odbiciem wczorajszej rzeczywistości. Przypomniały się nieprzyzwoite sztychy widziane w bibljotece jakiegoś przyjaciela ojca, gdy skorzystał z nieuwagi tych panów i zajrzał do niedomkniętej szuflady. Zobaczył, jak na jakimś bezwstydnym wizerunku nagą jej postać, oblaną potokiem ciemno-rudych włosów. Kolisty szereg małp złowieszczo uśmiechniętych, które spacerowały koło niej z wyuzdanym wdziękiem (każda z nich trzymała małe eliptyczne lusterko) był najwyraźniej ucieleśnieniem pewnego rysunku koncentrycznych kółek, mających symbolizować sfery życia według ich ważności. Czyżby to było właśnie to najistotniejsze kółko środkowe? Zarysowały się dwa niewspółmierne punkty widzenia i płynący stąd męczący rozdział. Brutalnie można to było ująć jako: idealizm programowy ojca i chęć użycia zakazanych przyjemności, co wiązało się nieznanym sposobem z matką. Prawie fizycznie czuł to Genezyp w piersiach i w dołku. Przed chwilą tego nie było, a teraz cała przeszłość i pobyt w szkole i dzieciństwo, stały się dalekie, złączone w nierozdzielną całość — negatywnie jedynie, przez brak rozwiązania nowopowstałego, niepochwytnego problemu. Tajemnica rzeczywistego rozstrzygnięcia kwestji tych była dla niego zawsze — od czasu uświadomienia — czemś niepokojącem i złowrogiem. Niezdrowa (czemu nie zdrowa do pioruna?!) ciekawość zalała go jakby jakąś ciepłą, obrzydliwie przyjemną mazią. Wzdrygnął się i nagle teraz dopiero przypomniał sobie tylko co prześniony sen. Usłyszał głos czyjś w otchłani bezosobowego *wzroku*, wpijającego się w niego z zabójczem pytaniem, na które odpowiedzi znaleźć nie mógł. Czuł się tak, jakgdyby nie obkuł się dostatecznie do egzaminu. A głos ten mówił szybko, bełkotliwie — było to zdanie z tego snu „mieduwalszczycy skarmią na widok czarnego beata, buwaja piecyty". Objęły go żelazne ręce i uczuł pod żebrami ból łaskotliwy. To było to nieprzyjemne uczucie, z którem się zbudził, a którego określić nie mógł. [I czy warto to wszystko przeżywać i wgłębiać się w to i rozbebeszać, na to, aby potem... brrr — ale o tem później.]

Prawie z radością spostrzegł *teraz dopiero na pamięciowym obrazie* włochatego pyska muzyka Tengiera (którego poznał wczoraj wieczorem) to samo zagadkowe rozdwojenie, które sam teraz wewnętrznie przeżywał. Skrępowana siła, widna jak na dłoni w oczach tamtego samca, wytwarzała niemożliwe ciśnienia. Słowa jego, słyszane wczoraj (i niezrozumiane), stały się nagle jasne w całości, jako niezanalizowana masa, raczej tylko ich ton ogólny. O sensie pojęciowym nie było nawet mowy. Dwoisty sens życia dudniał głucho pod skorupą konwencjonalnych „szkolnych" tajemnic. Tę to skorupę rozrywały bezsensowne wyrazy:

„Niech się stanie wszystko. Wszystko zdołam objąć, pokonać, zgryść i strawić: wszelką nudę i najgorsze nieszczęście. Dlaczego *tak* myślę? Jest to zupełnie banalne i gdyby mi ktoś dawał takie rady, wyśmiałbym go. A teraz mówię to sam sobie jak najgłębszą prawdę, najistotniejszą nowość". Wczoraj jeszcze słowa te miałyby inne, zwykłe znaczenie — dziś zdawały się symbolem nowych, jakby w zupełnie innym wymiarze roztwierających się horyzontów. Tajemnica urodzenia i niewyobrażalności świata bez przyjęcia własnego „ja" były jedynemi świetlistemi punktami mrocznego szeregu chwil. Tak się wszystko pokiełbasiło. I poco? Kiedy koniec miał być tak... — ale o tem później. Jeszcze wczoraj cała niedawna młodość rysowała się z wyrazistością nadmierną, jak żywa, stająca się bezustanku teraźniejszość. Podział jej nieskończenie drobny uniemożliwiał utworzenie epok, mimo (obecnie pozornie) epokowych zdarzeń. Teraz tajemnym wyrokiem zciemniona i oddalona, zapadała cała ta „wielka"(?) połać życia w jakąś sferę niezmienności i ukończenia, nabierając przez to znikomego, nieuchwytnego uroku poraz-pierwszy tragicznie odczuwanej bezpowrotności przeszłości. Na tem niespokojnem falowaniu zmian, zachodzących jakby w samem medium, w którem odbywało się dawne życie, zmian, które pozostawiały wszystko absolutnie tem samem, a jednak niewspółmiernem ze sobą wczorajszem, sen tylko co przypomniany występował jak plątanina ostra, ciemna, i wyrazista w sylwecie, a zagmatwana wewnętrznie, na obojętnym, wodnisto-przeźroczym, pustką świecącym ekranie teraźniejszości. Błyskawiczne rozstąpienie perspektyw, jak kiedy wzrok zmęczony widzi nagle wszystko niezmiernie dalekiem, małem i niedosiężnem, a jeden jakiś przedmiot zachowuje naturalną wielkość, przyczem fakt ten nie zmienia jakimś tajemniczym sposobem ogólnej, dającej się łatwo skonstatować, objektywnej wzajemnej proporcji części w całem polu widzenia. [Zaburzenia w ocenianiu odległości, widzenie przedmiotów w ich rzeczywistej pozornej wielkości, bez współczynnika uświadamianego dystansu, zmieniającego na tle możliwych wrażeń dotykowych, wrażenie bezpośrednie stosunków przestrzennych w dwóch wymiarach. — Mniejsza o to.]

Genezyp zaczął przypominać sobie sen w odwrotnym porządku w stosunku do jego naturalnego przebiegu. [Bo sen przecie nigdy nie jest przeżywany bezpośrednio aktualnie w chwili swego śnienia się — *istnieje tylko i jedynie jako wspomnienie.* Stąd dziwny charakter specyficzny najpospolitszej jego treści. Dlatego to wspomnienia, których dokładnie zlokalizować w przeszłości nie możemy, przyjmują to właśnie specjalne zabarwienie sennych marzeń.] Z głębi tajemniczej urojonego świata powstawał szereg zdarzeń pozornie wątłych i nikłych, niby do niczyjej pamięci nie należących, a tak jego, Genezypa, własnych i mocnych jakąś zaświatową mocą, że zdawały się, mimo swej jednoczesnej nikłości, rzucać cień groźny pełen przeczuć i wyrzutów za niespełnione winy na teraźniejszą chwilę pomaturycznej beztroski i złocistego blasku gasnącego wśród purpurowych lasów zimowego słońca. „Krew" — wyszeptał i jednocześnie z wizją czerwonej barwy doznał gwałtownego ściśnięcia serca. Ujrzał ostatnie ogniwo popełnionej zbrodni i dalej jeszcze, tajemniczy jej początek, gubiący się w czarnej nicości sennego niebytu. „Skąd krew — kiedy we śnie jej wcale nie było" — spytał sam siebie półgłosem. W tej chwili zgasło słońce. Tylko las na stoku Wielkiego Pagóra świecił na blado-pomarańczowem niebie postrzępioną piłą złocisto gorejących strzał. Świat popielał w niebieskawo-fijoletowej pomroce, a niebo wyjaśniało się krótkotrwałą, płomienistą zimową zorzą, w której jak zielona iskra migotała zachodząca Wenus. Sen występował coraz wyraźniej w swojej anegdotycznej treści, a treść jego istotna, nieuchwytna i niewyrażalna, zatracała się w konkretności wspominanych wydarzeń, dając ledwie znać o jakiemś drugiem, niedościgłem, znikającem na krańcach świadomości, życiu.

Sen: Szedł jakąś ulicą w nieznanem mieście, przypominającem stolicę i jeszcze jakieś w przelocie widziane włoskie miasteczko. W pewnej chwili spostrzegł, że nie jest sam i że, prócz obowiązkowego w snach kuzyna Toldzia, idzie z nim jakiś nieznany mu, wysoki i barczysty drab z ciemno-blond brodą. Chciał zobaczyć jego twarz, ale zawsze znikała mu ona w dziwaczny, a jednak we śnie zupełnie naturalny sposób, gdy tylko na nią spojrzał. Widział jedynie brodę i ona to stanowiła właściwie zasadniczą treść nieznanego „typa". Weszli do małej kawiarni na parterze. Nieznajomy stanął we drzwiach przeciwległych i przyzywać zaczął Genezypa nienacznemi ruchami. Zypcio uczuł nieprzezwyciężoną chęć pójścia za nim do dalszych pokoi. Toldzio uśmiechał się wszechwiedzącym ironicznym uśmieszkiem, jakby dobrze wiedział o tem co nastąpić miało i o czem dobrze jakoby wiedział, a jednak nie wiedział nic naprawdę sam Genezyp. Wstał i wyszedł za nieznanym. Tam był pokój o suficie niskim, skłębionym w chwiejne kształty gęstego dymu. Nad nimi przestrzeń zdawała się niezmierzona. Nieznajomy zbliżył się do Zypcia i począł go ściskać z jakąś niemiłą serdecznością. „Jestem twoim bratem — imię moje jest Jaguary" — wyszeptał mu cicho w samo ucho, co było połączone z piekielną łaskotką. Już miał się Zypcio (tak go nazywano w domu), zbudzić ale wytrzymał. Uczuł za to wstręt nieprzezwyciężony. Chwycił nieznajomego za szyję i począł go giąć ku ziemi, dusząc go jednocześnie ze wszystkich sił. Coś (już nie ktoś), jakaś masa miękka i bezwładna, zwaliła się na podłogę, a na nią upadł Zypcio. Zbrodnia została dokonana. Czuł przytem, że Toldzio widzi w nim dokładnie zupełny brak wyrzutów i jedyne wyraźne uczucie: chęć wymigania się z trudnej sytuacji. Zypcio, który mówił Toldziowi coś niezrozumiałego, podszedł znowu do trupa. Twarz była teraz widoczna, ale był to raczej jeden wielki, potwornie bezkształtny siniec, a na szyi, koło *przeklętej brody*, widać było wyraźnie czerwono-sine pręgi od zaciśniętych poprzednio palców. „Jeśli mnie skażą na rok — wytrzymam — jeśli na pięć — koniec" — pomyślał Zypcio i wyszedł do trzeciego pokoju, chcąc się wydostać drugą stroną domu na ulicę. Ale pokój ten pełen był żandarmów i zbrodniarz z przerażeniem poznał w jednym z nich swoją matkę, przebraną w szary hełm i żandarmski szynel. „Podaj prośbę" — mówiła szybko. — „Szef ciebie wysłucha". I podała mu duży papier. W środku kursywą wydrukowane było zdanie, które we śnie pełne było jakiejś potwornej grozy, a jednocześnie jedynej nadziei. A teraz, wydobyte z trudem z zapadających w mrok niepamięci wspomnień, miało tylko charakter niezdarnego baliwernu:

„Mieduwalszczycy skarmią na widok czarnego beata, buwaja piecyty".
Koniec snu.

Mrok stawał się gęstszym, a niebo przybierało głęboki, fijołkowy ton, zdający się bezpośrednio utożsamiać z zapachem nieznanych z nazwiska perfum księżnej Ticonderoga, mistrzyni wczorajszego wieczoru. (Potem dowiedział się Zypcio, że była to słynna „Femelle enragée Fontassiniego.). Patrząc na zapalające się gwiazdy doznawał wrażenia przykrej pustki. Poprzedni stan: sen zbrodniczy i poczucie jakiegoś niewyczerpanego bogactwa w sobie i poza sobą — wszystko znikło bez śladu. Coś przeszło jak cień, zostawiając nudę, niepokój i jakiś niemiły, nie dający się przemienić na nic wznioślejszego, pozbawiony uroku, smutek. Pozornie nie zmieniło się nic, a jednak Zypcio wiedział, że zaszło coś niezmiernie ważnego, coś, co może zdecydować o całem jego dalszem życiu. Stan ten był nieściśliwy, opierał się wszelkim wysiłkom zrozumienia — był to blok bez skazy [I czy warto zajmować się tak sobą, żeby potem... A! Ale o tem nie teraz]. Nieznany rachmistrz pomnożył wszystko przez jakiś współczynnik nieokreślonej wielkości. Czemu wszystko jest takie dziwne? Stan metafizyczny bez formy. A tu tak: w Boga nie mógł uwierzyć nigdy (chociaż zdaje się, że matka właśnie o tem mówiła z nim dawno, dawno temu — nie o Bogu samym jakby, tylko o dziwności. „...Wierzę w Boga ale innego, niż ten, który jest przedstawiony w dogmatach naszego Kościoła. Bóg jest wszystkiem i nie rządzi światem, tylko samym sobą w sobie".) Wtedy to doznał Zypcio uczucia, że świat cały (jako Bóg), jest tylko błękitną wklęsłością chińskiej filiżanki, takiej, jakich szereg stał na dębowym kredensie w jadalni ich domu. Wrażenie to było czemś *„intraductible, irreductible intransmissible et par excellence irrationnel"*. Trudno. Chrystus był dla niego tylko czarownikiem. Mówił o tem niańce swojej w 7-ym roku życia i tem doprowadzał staruszkę do rozpaczy. Wiara matki przemawiała mu bardziej do przekonania i czuł, że nikogo tak bliskiego mu jak ona w najtajniejszych myślach jego, nigdy w życiu mieć już nie będzie. A jednak był między nimi jakiś mur nieprzekraczalny, nawet w najlepszych chwilach. Ojciec straszny w gniewie i na zimno nieugięty w spokoju, napawał go bezdennym strachem. Wiedział że razem z matką walczą przeciw jakiejś złej potędze życia, po stronie której jednak zawsze jest słuszność. Chciał teraz pójść do matki i poskarżyć się przed nią, że sny są straszne i że w życiu kryją się zasadzki okropne, w które on, bezbronny i niedoświadczony, mimo całej siły, czy prędzej czy później wpaść musi. Gwałtownym nawrotem ambicji pokonał tę słabość i z męską stanowczością obliczył szybko swoje dane: ma lat 18 skończonych — jest stary, bardzo stary — 20 lat to przecie starość zupełna. Tajemnicę poznać musi i pozna — w małych kawałkach, pokolei, powoli — trudno. Bać się nie będzie niczego, zwycięży wszystko, albo oczywiście zginie i to z honorem. Tylko poco, w imię czego to wszystko robić? Ogarnęło go nagłe zniechęcenie. Zdanie, to bez sensu dla świata tego, nabierało znaczenia jakiegoś tajemniczego zaklęcia, którem wszystko rozwiązaćby można. Szybko zapadał mrok i tylko resztki światła zorzy odbijały się w szkłach obrazów, wiszących na ścianie. I nagle tajemnica snu tego i erotycznej przyszłości stała się tajemnicą wszystkiego — ogarnęła świat cały i jego samego. Nie była to już niezrozumiałość każdej chwili życia zosobna — była to niedocieczona tajemnica całego wszechświata, Boga i wklęsłości niebieskiej filiżanki. Ale znowu nie jako problem wiary czy niewiary, postawiony na zimno. Wszystko to żyło i działo się jednocześnie, a przytem marzło w nieruchomości absolutnej, zamierało w oczekiwaniu jakiegoś cudu nie do pomyślenia, objawienia ostatecznego, poza którem nie byłoby już nic — chyba sama najdoskonalsza, najcudowniejsza, nie dająca się w żaden sposób wyobrazić Nicość. W takiej to chwili przestał już raz wierzyć tą wymuszoną wiarą, którą wzbudzał w sobie sztucznie przed egzaminami — na żądanie matki — religja nie była przedmiotem obowiązkowym. A zresztą usymbolizowana w niebieskiej filiżance wiara matki daleka była od przekonań miejscowego wikarego. Trudno było założyć własną sektę — już nawet tego odechciało się wszystkim. Objawienie zawiodło definitywnie. Odtąd wszystkie religijne praktyki stały się programowem kłamstwem, które zawdzięczał matce — nie mogła dać mu wiary nawet ona — ta jedynie naprawdę ukochana istota. Był to dysonans, który kiedyś w przyszłości również przeważył pewną małą, pozornie mało ważną szalkę. Mimo całej notorycznej cnoty matki, wiedział Zypcio, że kryją się w niej jakieś niezbadane otchłanie, związane z tą ciemną stroną życia, na którą teraz on sam zwolna nieznacznie się prześlizgiwał. I za to pogardzał trochę matką, ukrywając to sam przed sobą. Wiedział, że bliższej istoty nad nią w życiu mieć nie będzie, wiedział również, że musi ją wkrótce utracić i do tego ta pogarda! Nic psiakrew nie działo się poprostu — wszystko było pokłębione, poplątane, skiełbaszone, jak naumyślnie przyprawiona przez złego ducha piekielna życiowa sałatka. Teraz mu się tak wydawało — a cóż dopiero później! Chociaż może z pewnego punktu widzenia uprościły się potem pewne rzeczy przez to nieznaczne życiowe ześwinienie, któremu chyba jedynie Święci nie podlegają. Bo czy miał prawo nią pogardzać? Jednoczesność dwóch sprzecznych uczuć: dzikiego przywiązania i pogardy, podnosiła całość tego układu do wyżyn nieprawdopodobnego szaleństwa. A jednocześnie wszystko stało w miejscu i nie zmieniało się nic. Przerwać tę wewnętrzną tamę, oddzielającą go od niego samego, zburzyć wszystkie zastawki, rozwalić płotki sztucznie odgraniczające pólka szkolnej nauczki! Och — czemuż spał tyle czasu! A przytem dziwnie doświadczona (jak jemu samemu się zdawało) myśl, że w ten sposób (to znaczy na tle takiej przeszłości, jak jego) użyje 2, 3, 4-razy silniej... Ale czego? Życie jako takie prawie jeszcze nie istniało dla niego. I wstyd przytem taki za tę myśl — nigdy tego właśnie matce nie powie, nigdy, przenigdy. Zatrzeszczały stare parkiety w przyległym pokoju i dziecinny straszek zmieszał się w rozkoszny melanż z rodzącą się męską odwagą. Teraz dopiero uświadomił sobie Genezyp, że już przeszło 24 godziny upłynęły od przyjazdu.

Informacja. — Matura odbyła się w zimie. W obawie przed wojną rok szkolny zakończono w lutym. Potrzeba było na gwałt oficerów. W marcu wszyscy spodziewali się nadzwyczajnych wypadków.

Awangardy chińskich komunistów stały już na Uralu — o krok jeden od tonącej w kontrrewolucyjnych rzeziach Moskwy. Omamieni manifestami cara Kiryła chłopi, mścili się potwornie za mimowoli wyrządzone im konieczne zło (— wyrządzone z poczuciem spełnionego dobra —) nie wiedząc, że gotują sobie los stokroć gorszy jeszcze.

Stary Kapen coraz bardziej tracił pod sobą grunt dawnego życia. Nawet nie mógł już być tak srogim jak dawniej, mimo że srogość tę z powodzeniem udawał. Widział już wizyjnie potoki, rzeki, morza całe swego świetnego ludzimierskiego piwa, skanalizowane, w określonych kierunkach, znacjonalizowane, zsocjalizowane, — zakłady bez możności rozwoju różnych dodatkowych „trick'ów", których sam tyle wprowadził, dostawszy po swym ojcu browar w stanie tak pierwotnym, że przypominał raczej coś samorzutnie z ziemi wyrosłego niż pracę rąk i mózgu człowieka. Nudne to było jak piła. Trzeba to było załatwić jakimś „wyczynem"(?), w którymby przerość mógł samego siebie i uprzedzić dowolnością swego postępowania możliwy przymus sił wyższych.

Zypcio pomyślał o ojcu z niemiłym dreszczykiem w plecach. Czy skończy się wreszcie ta straszliwa władza nad nim, którą znosił już lat 12 świadomie? (Reszta mąk tonęła w mroczniejącym okresie wczesnego dzieciństwa.) Czy potrafi przeciwstawić się w sposób ciągły tej łamiącej w nim każdy samodzielny odruch potędze? Wczorajsze doświadczenie w tym kierunku pozostawiło go wewnętrznie rozdartym, niezdecydowanym. Tak więc zaraz na wstępie oświadczył Genezyp papie, że piwem zajmować się nie będzie, że na politechnikę nie pójdzie i że we wrześniu, o ile wojna nie wybuchnie, zapisze się i pójdzie na wydział literatur zachodnich, do czego już zaczął się w ostatnich miesiącach szkoły gotować. Literatura miała zastąpić w idealnym wymiarze męczącą różnorodność życia — przy pomocy niej można było połknąć wszystko, nie trując się i nie stając się świnią. Tak sobie myślał nieświadomy swoich losów naiwny przyszły adjutant Naczelnego Wodza. Odpowiedzią ojca, mimo całej niewiary w przyszłość, był lekki apoplektyczny atak. Stary nie miał jeszcze jasnej koncepcji co do przyszłości tego ciamkacza — było to w związku z ostatniemi wypadkami i przemianami wewnętrznemi — ale sam fakt synowskiego nieposłuszeństwa mało go nie udusił, jakby jakaś materjalna wroga osobistość. Genezyp zniósł to ze stałością godną marabuta. Życie ojca przestało go nagle interesować. Był to obcy jakiś człowiek, zawalający mu drogę, sprzeciwiający się jego najistotniejszemu przeznaczeniu. Po tej scenie ubrał się pierwszy raz we frak (atak nastąpił o 7-ej wieczorem — było ciemno już i zadymka szalała wokół ludzimierskiego dworu) i o 9-tej pojechał saniami na bal do księżnej Ticonderoga. Teraz twarz jej mignęła mu wśród zwojów piwnej nudy, którą odtrącił na zawsze. „Tylko nie stać się figurą z powieści o nieokreślonym człowieku" — wyszeptał Genezyp twardo podczas drogi. Działo się to na małej polance, która kilka razy miała jeszcze odegrać rolę miejsca przemian istotnych. Szepcząc tak nie rozumiał dobrze znaczenia słów własnych — za mało miał doświadczenia. Niemylny instynkt samoobrony (głos Dajmoniona) działał niezależnie od inteligencji, ale w jej rejonach. Twarz księżnej — nie, raczej maska zdjęta z twarzy tej w chwili maksymalnego natężenia płciowego szału — oto był ten tajemniczy cyferblat, na którym miała ukazać się godzina próby i rodzaj przeznaczenia w jakichś jemu tylko wiadomych znakach. Już coś widział tam przecie, coś majaczącego się. Jak odcyfrować te symbole, jak tu się nie pomylić nie wiedząc dosłownie nic.

Informacja: Wojna antykomunistyczna stworzyła dziwnie paradoksalny stan wszystkich narodów, które wzięły w niej udział. Teraz wszyscy uczestnicy mieli chroniczną rewolucję bolszewicką u siebie, a w Moskwie właśnie „szalał" Biały Teror z byłym Wielkim Księciem, a obecnie „Carem" Kiryłem na czele. Polska za cenę straszliwych pozornych wysiłków paru ludzi (jednym z nich był obecny minister Spraw Wewnętrznych Dyament Kołdryk) (w istocie zupełnie coś innego wpłynęło na powodzenie ich słynnej misji) zachowała neutralność i nie przyjęła udziału w przeciwbolszewickiej krucjacie. Wskutek tego nie miała jeszcze u siebie rewolucji. Jakim cudem wszystko trzymało się jak na włosku, nikt na razie powiedzieć nie umiał. Wszyscy czekali teoretycznego przynajmniej rozwiązania tego problemu od uczniów szkoły profesora Smolo-Paluchowskiego, twórcy „podwójnego systemu wartościowań społecznych". Przekonał się on bowiem, że uczony socjolog dzisiejszy, nie starający się o świadomy dualizm, jako wstęp do dalszego, świńskiego poprostu pluralizmu, mógł być tylko „une dupe des illusions" objektywizmu i wyrażać jedynie steoretyzowaną magmę poglądów danego społecznego odłamu. Istotą praktyczną tego systemu, który właśnie uczniowie ci szeroko rozbabrali, była naukowa organizacja pracy — rzecz nudna sama w sobie jak opowiadania starca o dawnych dobrych czasach. Dzięki niej jednak trzymało się wszystko w jakiej takiej kupie, ponieważ ludzie ogłupiali mechanicznością swych czynów, przestawali powoli rozumieć w imię czego je spełniali, utożsamiając się między sobą w „opupienju" i bezidejowości. Szła jakoś praca, ale co to było au fonds des fonds nikt nie wiedział. Idea państwowości *jako takiej* (i innych wynikających stąd złudzeń) dawno przestała być wystarczającym motorem najprostszych nawet poświęceń i rezygnacji z indywidualnej świniowatości. A jednak wszystko szło jakąś tajemniczą inercją, której źródła daremnie doszukać się chcieli ideolodzy pozornie rządzącej partji: Syndykatu Zbawienia Narodowego. Wszystko działo się pozornie — to było istotą epoki. Kobiety na tym szybko amerykanizującym się gruncie swoistego prymitywu, inteligentniały przerażająco, w stosunku do ogłupionych pracą mężczyzn. Rzadka u nas dawniej „precieuse'a" spadła w cenie wskutek ogromnej podaży — to prawda — pojedyńczo tak. Ale masa ich nadawała umysłowy ton życiu całego kraju. Pozorni ludzie, pozorna praca, pozorny kraj — przewaga bab nie była pozorną. Był jeden człowiek: Kocmołuchowicz — ale o tem później. A do tego skomunizowani chińczycy tuż za bezwładną, zdezorganizowaną, wyludnioną Rosją. „Doczekaliśmy się" — powtarzali drżąc ze strachu i wściekłości różni ludzie, lubiący choć trochę dobrobyt. Ale na dnie cieszyli się bardzo, choć nieszczerze. Oni zawsze mówili, że tak się stanie. „Bo żebyśmy nie mówili..." I co z tego? Teraz po przebudzeniu się wczorajszy wieczór wyrósł Zypciowi ponad niego samego jak złowrogi nierówny, czarny miraż, piętrząc się z drugiej strony dawnego, sennego życia, wylewając się w zdeformowanych kształtach do tej jego połowy, czy wogóle części, która zaczynała się właśnie na tle najdziwniejszych przemian dziejowych, porównywalnych jedynie z samym początkiem rewolucji rosyjskiej. Tamto było „declanchement" — teraz naprawdę ludzkość przewalała się na drugą stronę swej historji. Upadek Rzymu, Rewolucja Francuska zdawały się dziecinnemi igraszkami wobec tego, co miało nastąpić teraz. Teraz — ta właśnie chwilka, która ucieka i nie wróci — ta chwilka wyciśnięta asymptotycznie przez pokrywające się ogonami i głowami skończone w czasie zdarzenia metodą Whiteheada. „Teraźniejszość jest jak rana — chyba żeby zapełnić ją rozkoszą, to może..." — tak mówiła z niewinnym uśmieszkiem księżna Ticonderoga, chrupiąc migdałowe ciasteczko, to samo w istocie swej co on — poczucie tego samego smaku, idei tego smaku rozłożonego na dwie zwierzęce mordy — [miał wczoraj wrażenie, że wszyscy są poprzebieranemi bydlętami, co dalekie od prawdy nie było,] — skondensowało w nim poczucie teraźniejszości, jednoczesności i tożsamości, od której wszystko zdawało się pękać. Nic nie mieściło się w sobie. Ale czemu dopiero teraz? Och — jakież to nudne — „temu", że właśnie pewne gruczoły siknęły wydzieliną w wewnętrzny miąższ organizmu, zamiast puszczać to zwykłemi kanałami. „Czyżbym zawdzięczał to oczom tego starego pudła" — pomyślał o księżnej Irinie, wiedząc, że popełnia straszną niesprawiedliwość, że niedługo przyjdzie mu się kajać (tak, kajać — jakże niecierpiał tego słowa!) przed swoją dla niej miłością, że będzie jej to mówił — to właśnie jej! — (wstrząsnął się z poczucia obrzydliwej, zwierzęcej, zlekka niepachnącej poufałości, do której przyjść kiedyś musi) to właśnie, z tem okrucieństwem młodości, które burzy ostatnie resztki wysychających soków w trupieszejących pół-starcach i staruszkach. Oczywiście nie rozumiał całego swojego wstrętnego uroku: on — „Valentino obraznoje suszczestwo" — jak nazwała go wczoraj księżna, za co się tak strasznie na nią oburzył — on, z krótkim, tak prostym, że aż prawie zadartym, małym, mięsistym, rozdwojonym, a nic nie rozplaskanym przytem nosie, o twardo zarysowanych, esofloresowato wywiniętych, ale przytem nic nie murzyńskich, ciemno-krwawych wargach — nie był bardzo wysoki, (jakie 185 cm.), ale cudownie proporcjonalnie zbudowany, zawierał w sobie potencjalnie całe morze cierpień nieznanych mu obecnie bab. I nieświadomie cieszyły się już tem wszystkie komórki jego zdrowego jak byczy jęzor ciała. Dusza unosiła się nad tem olimpijskiem igrzyskiem komórek (innego słowa na to nie było) zlekka koślawa, anemiczna, troszkę nawet potworkowata, a nadewszystko nierozwinięta zupełnie — nic o niej nie można było powiedzieć — chyba może jakiś psychjatra i to dobry — może taki Bechmetjew? Ale coraz mniej było na szczęście różniczek społecznych tego typu i nawet scałkowanie ich wszystkich w danem miejscu i czasie nie wpłynęłoby już na wypadkową biegu wypadków. A więc znowu: jeszcze wczoraj spał w tamtem dawnem szkolnem życiu, jeszcze nawet na tym wieczorku, gdzie jak mu się zdawało, reprezentował bądźcobądź zupełnie mimowoli, całą piwną potęgę baronów Kapenów de Vahàz, obecnie Ludzimierskich — a dziś? Sam nie lubił piwa, a poczucie siebie samego jako pasożyta na życiach nieszczęsnych (tak poprostu) robotników, nawet tonących w takiej sztucznej polskiej na amerykański sposób „prosperity" i udoskonalonych w swej mechanizacji do absurdu, ciężkie było aż do bólu. Jedyną ekspjacją byłoby oddanie się jakiejś pracy nic z tem wszystkiem wspólnego nie mającej. Już wybrał literaturę, jako zawierającą w sobie całość życia, a tu — trach! — ojca trafił szlag. Teraz przekonał się, że wcale nie kochał tego osławionego wielkiego piwowara — („króla słodu" — jak go nazywano) — to jest w porównaniu oczywiście do bolesnej i aż do obrzmienia nudnej miłości do matki. Nie — żyć męką (choćby nieświadomą) zapracowanych czort wie poco w ten sposób pseudo-ludzkich półbydląt, nie będzie. [Ach jakże łatwo byłoby zrobić z nich świetliste duchy! Ale trzeba na to idei — no i pewnego obcięcia tych odpadków dawnej giełdy, które błąkały się jeszcze aż brudne i śmierdzące od interesów po zakamarkach nędzy polskiego ducha, tego przez wielkie D (mimo, że o nim tyle gadano.)] Conajwyżej może dostawać jakiś procent (mały kompromis już) — matka też i siostra (maska kompromisu). Dobrze jest za wszelką cenę uniknąć sprzeczności ze sobą samym po „przebudzeniu się". Ale dziś postanowienie to nabrało innej wagi — objęło śpiącą przeszłość, zbudziło w niej echa niebyłych wyrzutów, zachwiało pewne stałe punkty jak: dom, rodzina, matka, i osobno od domu 15-stoletnia siostra (której dotąd prawie nie zauważał) lniano-włosa Liljan. Między innemi cała szkolna nauka rozwiała się jakgdyby nie była szkolną, porządną, jedyną prawdziwą nauką, tylko bzdurą, która mogła być taką, lub inną, albo nie być nawet wcale. Już zaraz — trochę cierpliwości, a zacznie się życie: świństwa, wypadki, ciekawe przeżycia i pornografja. Ach dosyć — na czem-że u djabła polegała ta zmiana. Niepokój w dolnej części brzucha, budzący się w związku ze spojrzeniem wszechwiedzących, podobnych do turkusowych gałek w świńskiej oprawie, oczu księżnej —

(Genezyp miał oczy orzechowe — wspaniały kontrast) — lekkie upokorzenie na ten temat - on miał być funkcją takich głupstw! Do dziwności niższego stopnia w porównaniu z minioną chwilą należały wspomnienia tego wieczoru, teraz dopiero układające się w jakąś pozornie przynajmniej zrozumiałą łamigłówkę. Jak w jakiemś przyśpieszonem kinie mignęły mu obrazy i w postaci ciemnych, przelatujących jak pociski przez gąszcz znaczeniowej sfery, piguł, przesunęły się też rozmowy. O jakże inaczej pojmował ich sens w tej chwili.

WIECZÓR U KSIĘŻNEJ TICONDEROGA.

Niebieskooki sęp na ogromnej kanapie i rączka dziwnie miękka, jakby nieprzyzwoita w swej miękkości („gdyby ona tak jak Toldzio kiedyś w lesie próbował w te dni niezapomniane..." — mignęło coś niejasno. — „Ach, więc to tędy płynie"). Aż do bólu wstydliwa i bezwstydna rączka, wszechwiedząca, jak i oczy. Czego bo się ona w życiu już nie dotykała — a co jeszcze było przed nią w tej sferze. Już mówił:

— Właśnie zdałem przyśpieszoną maturę. Czekam na przyszłość, jak na pociąg na małej stacyjce. Może będzie to zagraniczny ekspres, a może zwykły osobowy gruchot, który skręci na jakąś lokalną linję małych zagmatwań. —

Oczy jej, jak oczy sowy, obracały się, a twarz była nieruchoma. Czuć było w niej cały „żal za beznadziejnie uciekającym życiem" — pod takim tytułem walca, wykonał przed chwilą wyfraczony, brodaty, długowłosy, zlekka garbaty i jak garbus zbudowany, długopalczasty, kulawy (z powodu nawpół uschniętej nogi), Putrycydes Tengier, lat czterdziestu dwóch, genjalny, oczywiście nieuznany oficjalnie kompozytor.

— Panie Putrysiu — niech pan gra dalej. W muzykę zawiniętą chcę oglądać duszę tego chłopca. Cudny jest tak, że aż wstrętny w tem swojem wewnętrznem zaniedbaniu — mówiła księżna tak nieprzyjemnie, że Genezyp o mało jej w twarz nie uderzył. — Ach, gdybym to zrobił — odwagi nie mam — zaskowyczał w nim dziecinny głosik. Fotele puchły, chłonąc innych gości, którzy zdawali się zanikać i rozpływać we mgle. A był tam ten wielki czciciel Onana, kuzyn Toldzio, już od dwóch lat marnujący się w szkole dla młodych dyplomatycznych głuptasiów. Był sam Ticonderoga, od środka zgrzybiały, ale zewnętrznie zawiesisty i zwalisty starzec i mnóstwo dam z sąsiedztwa z córkami i synkami i jacyś wiecznie podejrzani i niepojęci w istocie swej bankierzy i byznesmani — jeden prawdziwy król giełdy w dawnym stylu, obecnie unikat tego typu, na wątrobowych wywczasach. Używać musiał krajowych źródeł, a tam w „prawdziwych" tarzali się bolszewiccy dygnitarze całego świata! Żaden bowiem „większościowy" Polak nie miał prawa wjazdu do wszechświatowej *cultural reality* — mógł żyć złudzeniami, ale tylko u siebie. Była też pewna sierota, daleka kuzynka pani domu, Eliza Bałachońska, podobno nawet jakaś tam księżniczka. Było to pozornie bardzo niepozorne stworzenie — jakieś blond-loczki, jakieś zwrócone do środka oczka i rumieniec koloru jesiennej zorzy. Tylko usta, usta... Genezyp nie mógł jej nawet zauważyć istotnie swemi narządami poznania życia w ich obecnym stadjum rozwoju. A jednak coś w nim drgnęło tam, w tym ośrodku przeczuć, w którym kłębiła się potencjalnie przyszłość, ciemna, może okropna. „Oto jest żona dla mnie" — rzekł w nim ten głos proroczy, którego tak bał się, prawie nienawidził. A tam tymczasem, w gronie trochę przerażonych i ubawionych kobiet, młody (27 lat) Sturfan Abnol, powieściopisarz, krzyczał prawie na tle dzikiej muzyki podpitego zlekka Tengiera.

— ... ja mam się popisywać z moją znajomością życia przed tą publicznością, którą pogardzam, do której obrzydzenie czuję, jak do robaków w zgniłym serze? Przed tą ohydną gawiedzią ogłupioną przez kino, dancing, sport, radio i kolejowe bibljoteki? Ja mam dla ich zabawy pisać takie właśnie kolejowe romanse żeby żyć? A niedoczekanie ich (czuło się wyraźnie, że ledwo się wstrzymywał, aby nie zakląć ohydnie — słowo „skurwysyny" wisiało w powietrzu), tego plemienia prostytutów i platytudów! — Zachłystywał się pianą wściekłości i oburzenia.

Informacja: Specjalnością księżnej byli niedoceniani artyści, których nawet częstokroć materjalnie wspomagała, jednak nigdy o wiele powyżej t. zw. punktu „nie-zdechnięcia-z-głodu". Przestaliby być bowiem w takim razie niedocenionymi. A znanych ludzi tej sfery i uznanych cierpieć wprost nie mogła, uważając ich niewiadomo czemu za żywą obrazę najistotniejszych jej uczuć rodowych. Lubiła sztukę, ale nie mogła znieść jej „rozpanoszenia się", jak mówiła. Dziwne było to zdanie na tle zupełnego prawie zaniku artystycznej twórczości wogóle. Może u nas właśnie coś tam tlało jeszcze, na tle nienormalnych, sztucznych stosunków społecznych, ale wogóle — pożal się Boże!

— Nie — nie będę ich błaznem — piał dalej zapieniony Sturfan. *„Zachliobywałsia"* i pluł jadem. — Będę pisał powieści, kiedy już w sztuce, *prawdziwej* sztuce nic do zrobienia niema — ale powieści *me-ta-fi-zy-czne!*

Rozumiecie? Dosyć już tego parszywego „znawstwa życia" — zostawiam to wyprutym z talentu podglądaczom mierności i odtwarzającym ją z lubością. Bo czemu to właśnie robią? Bo nie mogą nikogo wyobrazić sobie ponad siebie samych. Nie mogliby stworzyć typów wyższych i zdobyć się wobec nich na ten, tak zwany przez krytycznych pasożytów, „pogodny, ten pseudo-grecki uśmiech pobłażania" z wysokości niedosiężnej twierdzenia, że wszyscy są świnie i ja też, i przebaczam to im i sobie też. Do cholery już raz z tą całą Grecją i tem odgrzewaniem pseudo-klasycznych rzygowin. A nie! — To to się u nich, tych krytykonów, tych tasiemców i trychin w ciele konającej sztuki, nazywa objektywizmem i oni śmią przytem wspominać Flauberta! Nie — tu ten pseudo-objektywny, to jest świńsko-uśmiechnięty, ogólną pospolitością zbabrany autor, wałęsa się sam osobiście między stworzonymi — ha — to się nazywa twórczością: to podpatrywanie przez dziurkę od klucza tych, których podpatrzeć się może — wyżsi ludzie, o ile są wogóle, tak łatwo podpatrzeć się byle komu nie dadzą, więc jakże tu ich opisać? Tak — otóż autor wałęsa się jako jeden z całej kompanji, pije z nimi „na ty", sam pijany niezdrową manją nikomu niepotrzebnego poniżania się, zwierza się niegodnym nawet siebie swoim bohaterom — i to się nazywa objektywizmem! I to się nazywa społecznie wartościową literaturą — ukazuje się wady różnym draniom, tworzy się sztuczne papierowe pozytywne typki, które nie są zdolne przekabacić negatywnego wyniku na płaski zresztą optymizm, opierający się na ślepocie. I taką hołotę chwalą...! — Zakrztusił się i pozostał chwilkę w pozie pełnej rozpaczy, poczem zaczął pić nanowo.

Po szalonem końcowem bębnieniu zerwał się od zmęczonego Steinway'a spocony, z pomiętym gorsem i rozwichrzonemi a jednak skołtuniałemi włosami, Tengier. Jego oczy płonęły kolorem „bleu électrique". Nie panując nad sobą zbliżył się chwiejnym krokiem do księżnej. Genezyp siedział tuż obok — już zaczynała się w nim przemiana. Teraz wiedział kto mu pokaże dalszą drogę życia. „Chociaż kto wie czy nie wolałbym z tamtemi" — pomyślał niejasno na tle mglistego obrazu zabronionej mu przez ojca, niewyobrażalnej nawet w przybliżeniu oficjalnej rozpusty. Coś się rwało w nim jak kawał płótna — tylko pierwsze pociągnięcie było bolesne (czyniły to jakieś łapy zwierzęce w nim samym, zaczynając od tak zwanego „dołka", a potem dalej, aż po niższą część brzucha, tam...) potem szło to już coraz prędzej z niebezpieczną łatwością. W tej chwili stracił dziewictwo, a nie jutro, jak to potem sobie wyobrażał.

— Irina Wsiewołodowna — mówił Tengier, nie zwracając na Genezypa żadnej uwagi. — Ja muszę wrócić do pani, nie jako pokorny substytut erotyczny z dawnych czasów, tylko jako zdobywca. Niech pani raz puści mnie tam, do tej zamkniętej komnaty — raz — a potem na zawsze cię zdobędę — zobaczysz. Nie pożałujesz tego. Irina Wsiewołodowna — jęknął boleśnie.

— Niech pan wraca do swojej chamki. — (Później dowiedział się Genezyp, że żoną Tengiera była młoda jeszcze i przystojna góralka, z którą ożenił się był on dla pieniędzy i chałupy. Zresztą podobała mu się nawet trochę z początku). — Wie pan przynajmniej co to jest szczęście i niech to panu wystarcza — szeptała dalej księżna, uśmiechając się przytem uprzejmie. — A dla muzyki pana, to lepiej, że pan cierpi. Artysta, *prawdziwy* artysta, a nie przeintelektualizowany młynek, mielący automatycznie wszystkie możliwe warjacje i permutacje, nie powinien bać się cierpienia.

Genezyp poczuł w sobie jakiegoś okrutnego polipa, który czepiał się ścian jego duszy, lepkich i zaognionych i pełzł wyżej i wyżej (w kierunku mózgu może?) łaskocąc przytem wszystkie nieczułe dawniej miejsca, rozkosznie i niemiłosiernie. Nie — on nie będzie cierpiał za nic. W tej chwili poczuł się starym rozpustnikiem, takim jak ojciec Toldzia, brat jego matki, hrabia Porayski — taki „galicyjski" jeszcze — okaz zachowany z niepamiętnych czasów. Kiedyś marzył aby być takim zblazowanym draniem — teraz, mimo, że żadnych danych ku temu nie miał, obraz takiej przyszłości przejął go wstrętnym lękiem. Czas pędził jak wściekły. — Jak de Quincey pod wpływem opjum, przeżywał teraz Zypcio setki lat ściśnięte w sekundy, niby w sprasowane szalonem ciśnieniem pigułki skomprymowanego trwania. Wszystko było już nieodwołalnie postanowione. Wierzył, że może z niczego stworzyć siłę, którą opanuje tego babiego potwora, dyskretnie rozwalonego przed nim wspaniałym ruchem na kanapie. Wiedział, że ona jest starowata, mimo dziewczynkowatego chwilami wyglądu — 38 do 40-stu lat — ta właśnie nieświeżość, ta wszechwiedza tego przepięknego babiszona, podniecały go w tej chwili aż do nieprzytomności. Ani się opatrzył, a już był po tej zakazanej dotąd przez ojca stronie życia. A przytem zimna myśl: musi być złym mężczyzną.

Tengier najwyraźniej wąchał szerokim, obrzydliwym nosem, pochylając się nad obnażonem ramieniem księżnej. Był niesamowicie odrażający a jednak czuło się w nim skrępowaną siłę najprawdziwszego genjusza. Wydał się Zypciowi w tej chwili psem na łańcuchu z dawnych lat. Ale tego psa nie chciałby spuścić — nie — właśnie niech się męczy — była w tem wstrętna, zbrodnicza, aż mdląca jakąś tajemniczą ohydą, niepachnąca rozkosz. (Sama obecność tej kobiety wydobywała ze wszystkich to, co było w nich najgorszego, najplugawszego. Roili się od potworności, jak ścierwa od robaków.) A wszystko to pod maską artystycznego wieczorku z okazami błaznów, dla zabawy „najlepszego" towarzystwa. I nawet Zypcio, tylko co jeszcze niewinne dziecko prawie, już był takim kandydatem na rozkładającego się psychicznego trupa, dla uciechy niesytego babskiego ciała. Dawny chłopczyk, czysty i dobry tłukł się w nim rozpaczliwie jak motyl za szybą, chcąc uciec od oczekujących go okropności. Rozkosz! Być bydlęciem bezpamiętnem człowieczej godności, wpajanej mu a) przez ojca na wakacjach, b) przez panią Czatyrską, podupadłą arystokratkę o książęcych pretensjach, u której mieszkał na stancji, c) przez profesorów i d) specjalnie wzniosłych, ponurych kolegów, których mu dobrał na żądanie papy sam dyrektor. Och — ta człowieczość nudna i blada, narzucona mu zgóry — jakże jej nienawidził! Miał jakąś swoją godność własną, niczem nie gorszą w jego mniemaniu od tamtej. A musiał ją ukrywać, bo „tamci"-by ją zadeptali, zatłamsili w zarodku. Ta jego godność była wcieleniem buntu: wszystkie psy spuścić z łańcucha, rozpędzić robotników ojca, podzieliwszy między nich całe piwo, wypuścić wszystkich więźniów i warjatów — wtedy mógłby iść przez świat z podniesioną głową. A tu nagle zaprzeczenie tego wszystkiego w postaci tej bezwstydnej baby i rozkosz w tem zaprzeczeniu właśnie. Ale czemu ona była symbolem odwrotności dawnych, własnych i narzuconych ideałów? Czyż mógłby od niej „dowiedzieć się o życiu", pozostając tamtym? Okropne, ale rozkoszne — nie było na to rady.

Wzburzona od samego dna, nawarstwiona przedtem sztucznie pod ciśnieniem, szlachetność (ta prosta, nie dająca się opisać zupełnie) i idealizm (wiara w jakieś bliżej nieokreślone „rzeczy wyższe"), które oznaczało środkowe kółeczko w schemacie „jaźni" własnego pomysłu), napotkały tamę, wycyzelowanej osobiście i od wieków kobiecej zwierzęcości, najeżonej różnorodną płciową bronią, jak pancernik lub twierdza armatami. Jednak u podstawy wszystkich początków czegokolwiek bądź w jego życiu był ojciec, ten opasły piwowar z siwemi wąsiskami *à la polonaise*. Mógł przecie nie pozwolić mu pójść na ten „*Kinderbal*", jak nazywał wieczorki u księżnej. Nie — on sam pchał go w ten gomon rozpusty i użycia, sam go do tego namówił, jak tylko poczuł się lepiej po „szlagu". Może tem chciał go odciągnąć od wymarzonej literatury? Ale znowu czyż on mógł być autorytetem, gdy mówił o przodującem stanowisku narodu w pochodzie cywilizacyjnym (ale za cenę wypełnienia pewnych warunków: organizacji pracy, wyrzeczenia się socjalizmu, powrotu do religji, oczywiście katolickiej), jak mógł dziś uważać się za kogoś wybranego na tle tego, co działo się na świecie całym, on, niepomiernie używający życia pseudo-wojewodowaty starzec, wyrosły jak grzyb potworny na bagnie nędzy i krzywdy swoich robotników, których wysysał maksymalnie, według zasad tej właśnie naukowej organizacji, wmawiając im, że za 200 lat osiągną fordowski dobrobyt, który *tam* dawno się już skończył. (Okazało się, że ludzie nie są znowu tak wielkiem bydłem i że bez idei żyć im trudno. I pękła cała ta osławiona Ameryka, jak olbrzymi, okropny wrzód. Może i gorzej im było potem narazie, ale wiedzieli przynajmniej, choćby na krótko, że nie są automatami w rękach takich samych automatów, tylko trochę mędrszych. A zresztą czy tak czy inaczej wszystko się skończy tem samem, to jest zupełną mechanizacją — chyba, że stanie się cud). [Nie mógł znieść Zypcio widoku tych robociarzy bez obrzydliwych dreszczów i mdłości w dolnych bebechach. (A jednak kto wie czy i w tem nie było czegoś erotycznego. Erotomanja? Nie — tylko nie trzeba chować głowy pod poduszkę, gdy zbóje rżną sąsiada). Oto teraz snuli się na drodze, wiodącej od kompleksu fabryk do pałacu w błękitnej pomroce gasnącego zimowego wieczoru, przerywanej fijoletowemi snopami światła łukowych lamp. Bezmierny smutek niepogodzonych nigdy sprzeczności: indywidualnego i gatunkowego istnienia, powiał na niego od tego widoczku (jakby z jakiejś pocztówki nie z tego świata) i osiadł na przypomnianych znowu słowach młodego literata, Sturfana Abnola].

— ...nie będę błaznem — powtarzał wtedy pijany Abnol z uporem. — Robię to tylko dla tajemnych celów mego własnego wewnętrznego rozwoju. Zatruty jestem od rzeczy niewypowiedzianych, które tylko pisząc powieść uświadomić sobie mogę. One to rozkładając się w moim mózgu wytwarzają ptomainy niejasności, lenistwa i bezwładu. Muszę zobaczyć co jest poza tem, a to, że to czytać będzie banda dzisiejszych, niegodnych prawdziwej twórczości, pół-zmechanizowanych bydląt z pretensjami na pół-bogów i paru może mądrych ginących ludzi, których pewno osobiście nie poznam, co to mnie, *mnie* obchodzić może?! Ja nie mam zamiaru być tym wytwórcą wzmacniających zastrzyków dla zdychających narodowych uczuć, czy degenerujących się społecznych instynktów tych wymierających robaków na resztkach zgniłego ścierwa wspaniałego bydlęcia z dawnych wieków. Ja nie chcę opisywać tych ludzi przyszłości, od których wieje pustka bydlęcego zdrowia. Co o nich wogóle ktoś naprawdę inteligentny, powiedzieć może — o tych, co jak szpada w pochwę, czy klejnot w futerał, wchodzą w swoje przeznaczenie. Idealnie dopasowana do narzędzia funkcja nie jest niczem psychologicznie ciekawem, a powieść epicka jest dziś fikcją bezpłodnych grafomanów. A najciekawsze jest *absolutne* (!) niedopasowanie człowieka do funkcji istnienia. I to występuje tylko w epokach dekadencji. Tam to widać dopiero metafizyczne prawa bytu w całej ich nagiej okropności. Mogą mi zarzucać, że robię ludzi bez woli, próżniaków, analityków niezdolnych do czynu. Mogą się innymi typami i nawet ich tropikalnemi awanturami czy sportem zająć ludzie mniej odemnie inteligentni. Ja nie będę opisywał tego, co byle dureń zobaczyć i opisać potrafi. Ja muszę sięgnąć w niewiadome, w sam najistotniejszy podkład tego, czego powierzchnię durnie widzą i opisują bez trudu. Ja chcę zbadać prawa historji świata nietylko tu, ale wszędzie, gdzie są myślące stworzenia. Nie mam ambicji opisania całości życia, bo ta całość nudna jest jak nudnym jest wykład teorji Einsteina, tego ostatniego wielkiego twórcy w fizyce, dla mojej kucharki. —

Tengier przestał wąchać ramię księżnej i sprężył się cały, akcentując potworność swojej pół-karlej budowy.

— A jednak będziesz błaznem, Sturfanie Abnolu — rzekł olbrzymiejąc ponad całym tym salonem w gigantycznej wizji swojej własnej przyszłości. (Nawet księżna Irina Wsiewołodowna poddała się temu i ujrzała go nagle innym: jakby w jakimś hyper-bajzlu wszechświatowej metropolji na piramidzie gołych i (innych) cudownie ubranych dziewczynek, w chwale wynalazcy nowego narkotyku, po wyczerpaniu wszystkich kokain, peyotlów i apotransformin. Ona u jego nóg (z których jedna była sucha — (o niej to o tej nodze mówili wrogowie, że przynajmniej mniej będzie śmierdział ten potwór jeśli mu ją obetną)) — (on też był goły) nóg włochatych, wykręconych o wstrętnych stopach żaby. Na kolanach i brzuchach przed nim tarzali się w ostatnich drgawkach szału wyznawcy-nałogowcy jego jadu.)

Informacja: Wszystko to była gruba przesada. Już prawie nikt sztuki nie potrzebował. Rzadcy manjacy utrzymywali ten snobizm w pewnych ograniczonych kółkach z niesłychanym wysiłkiem.

On, dobroczynny truciciel ginących widm, stał uśmiechnięty djabelsko, przepojony tryumfem i sławą, którą wypełniona była przestrzeń dookolna aż po brzegi. W nieskończoność szły fale eteru, czy też rozprzestrzeniały się prostopadle magnetyczne pola (wszystko jedno — i to mało kogo obchodziło z wyjątkiem paru ginących teoretycznych fizyków) niosąc w międzyplanetarną, wymarłą przestrzeń fale dźwięków, dobyte z jego mrocznej, brudnej duszy zapóźno sycącego się życiem starszawego pana — raczej chamowatego pół-panka. Tengier mówił dalej do zapadającego w zupełną prostrację pisarza:

— Nic cię od tego błażeństwa nie uchroni, choćbyś całkiem inaczej o sobie myślał. Czy to jest prawdą o tobie, co sam sobie wyobrażasz, czy to, czem jesteś faktycznie w splotach, kłębiącej się według transcendentalnych, metafizycznych praw, społeczności. Artyści byli zawsze błaznami wielkich świata tego i takimi pozostaną, dopóki choćby takie odpadki tej wielkości walać się będą po świecie jak tu obecni we własnym pałacu księstwo Ticonderoga. (Księżna zamarła w najwyższem zadowoleniu swych ambicji. Lubiła odwagę towarzyską swoich gości „niższego" gatunku. Pyszniła się ich impertynencjami — kolekcjonowała je, zapisując w swoim „dzienniczku", jak nazywała ten stek najbezwstydniejszych samiczych wywnętrzeń). — Możesz sobie wyobrażać, że piszesz dla swego pogłębienia, a społecznie jesteś tylko saltembankiem, rozweselającym znudzone nasyceniem wszystkich pragnień dusze tej byłej elity, a dziś hołoty, która u nas jeszcze utrzymuje się jakimś cudem na wierzchu, jak brudna pianka na rwącym nurcie wstającej nowej ludzkości. Ja tylko zdaję sobie z tego sprawę i innym być bym nie mógł, a ty...

— Ja nie chcę znać społeczeństwa. Muszę żyć w tem błocie, ale też izoluję się od niego — krzyknął znowu w nagłej pasji Abnol. — Chyba, żeby to było społeczeństwo idealne, a nie nasza zakłamana demokracja. Może tam na Zachodzie, lub w Chinach... —

— Więc nie społecznie, jeśli już chcesz koniecznie, ale istotnie — poza własnemi złudzeniami w każdym razie — w odniesieniu do wieków przyszłych. Nie trzeba czekać Sądu Ostatecznego — za 200 lat każdy z nas będzie tym kim jest — bez pięknych sukienek, bez różnych ozdóbek, bez których żyć-by nie mógł, bez osobistych uroków —

— Szczególniej pan, panie Putrysiu — wtrąciła jadowicie księżna. Tengier nie spojrzał nawet na nią.

— Wiadomo będzie co zdziałał tym swoim osobistym urokiem. A zresztą to wcale nie jest złe nawet w sferze sztuki, nie mówiąc już o życiu działaczy, zdobywców i tym podobnych przemieniaczy realnych wartości. 0 — gdybym ja nie był garbusem o wyschniętej na patyk nodze... —

— Wiemy wszyscy jak pan stara się udowodnić sam przed sobą siłę swego ducha i dźwiękowych kombinacji. Ale to trochę nieczysta sprawka z tą siłą

ducha właśnie. Gdyby nie emocjonalne działanie samych dźwięków... —
— Mówi pani — (Tengier nigdy nie tytułował utytułowanych) — o tych
tak zwanych uwiedzionych przezemnie bubkach. — (Homoseksualizm był
oddawna już dozwolony i bardzo stracił przez to na sile). — O tych
efebach, kórzy zastępują mi całe moje zawiedzione życie? — rzekł
Putrycydes brutalnie, jakby się wyrzygał na wspaniały ruszczucki dywan.
— Tak — nie potrzebuję się ukrywać. — Mgła potęgi lubieżnej przesłoniła
mu twarz — był prawie piękny. — To mój jedyny tryumf kiedy ja, wstrętny
kaleka, bez cienia prawdziwego pożądania, plugawię jakieś czyste, piękne...
— Dosyć.
— I kiedy taki pójdzie potem do swoich dziewczynek — ja jestem już
ponad tem i wtedy mogę się zapaść w mój świat czystej konstrukcji
dźwięków, gdzie jestem pogodny jak sam Walter Pater, poza tą wstrętną
seksualną ponurością, poza przypadkiem chwil takich, a nie innych —
jestem w bezjakościowem państwie absolutnej konieczności w
dowolności! Bo cóż jest straszniejszego, jak ta godzina od 2-giej do 3-ciej
po południu, kiedy nic ukryć przed sobą nie można i naga okropność
metafizyczna przebija jak kieł zwaliska codziennych złud, któremi staramy
się zabić bezsens życia bez wiary... O, Boże! — Zakrył pysk rękami i zastygł.
Przerażeni goście kiwali głowami myśląc: „co też to musi się dziać w tym
włochatym łbie, tuż obok nas?" A jednak mało kto nie zazdrościł
Tengierowi tego, choćby urojonego, nie dającego żadnych dochodów
niepojętego świata, w którym on żył sobie „ot tak" swobodnie, jak oni na
tej męczącej nawet dobrobytem wyspie spóźnionego pseudo-
faszystowsko-fordowskiego galimatjasu. Księżna gładziła Tengiera po
głowie, zapatrzona w swoją starość. Nagle coś się jej przekręciło. Znała
takich chwil tysiące i bała się ich obłędnie.
Genezyp nie rozumiał w istocie nic, ale bebechy jego darły się dalej w
nieskończoność. Pił pierwszy raz w życiu i dziwne rzeczy zaczynały mu się
dziać w głowie i całem ciele. A wszystko jednak było jak na obrazku —
„intereslose Anschaung". Chwila oderwana od przeszłości i przyszłości
wyjęta z pod sądu zaszczepionych mu ideałów-nowotworów, wygięta
lekko, podawała się zadem w nieskończoność — tam był jeszcze ktoś
osobowy, jakiś młody bóg (a chwila ta, to była księżna) — „tęcza była mu
przy pasie, księżyc obok nóg" — Miciński, „Izis". Piekielna „frajda"
nieodpowiedzialności — nagle zrozumiał ostatnie słowa Tengiera —
„konieczność w dowolności" — cóż za głębia była w tem powiedzeniu. „To
ja, to ja" — szeptał radośnie. Widział samego siebie jakby po drugiej

stronie rzeczywistości za rzeką jakąś, niby Styxem z rysunku Doré'go. Był doskonały w swej skończonej piękności, a w rzece pływały utopione ziemskie żądze, jak krwawe flaki. [Ale to wszystko nie było jeszcze to, co teraz]. Stało się. Żałował swojej nieświadomości, kiedy było już zapóźno na wszystko. Zatęsknił do szaleństwa za *naprawdę* nieodpowiedzialną epoką dziecinnej dyscypliny i swojej niepowrotnej jednolitości. A jednocześnie jakby ostatnia skorupa fałszu i obłudy spadła z ojca jego (może konał tam teraz na apopleksję?) i nagi pęd, nieprzyzwoity jak szparag czy młody bambus wydobył się z mokrego, parującego gnojowiska. To on sam był tym bogiem w oddali i tym pędem głupim — stał się dwoistym, „odtąd i na zawsze". Wszystko to poczuł znowu od środka: dziwność była w nim samym — świat: salon, panienki, stara rozpustnica (jej uśmiech ostry szaleństwem żalu za niepowrotnem kobiecem świństwem, za panowaniem nad tymi „głupio-mądrymi koczkodanami" [inaczej w myślach mężczyzn nie nazywała]) *to wszystko było w nim.* Zupełnie zwątpił na sekundę w realność tej całej fantasmagorji — był sam i było mu rozkosznie. Nie wiedział, że jakieś panienkowate oczy wpatrzone są w niego, że widzą wszystko i że chcą go ratować — były to oczy Elizy. Wobec bestjalskich jego przemian wewnętrznych było to jak ukąszenie komara w zmiażdżoną łydkę. Gdyby tylko mógł odwrócić się teraz od oczu tej baby i spojrzeć w tamten kąt koło fortepianu — całe życie wyglądałoby inaczej. „Jednak to jest upokarzające — to przeznaczenie zawarte w jakiejś babie — bo oczywiście to są niższe stworzenia" — takby pomyślał jeszcze pięć lat temu, kiedy to uciekł od pocałunków jakiejś przewrotnej pokojówki, o czem zupełnie zresztą zapomniał. Nie mógł pomyśleć tak teraz. [Ale czemże były te pijane wrażeńka wobec obecnej chwili przebudzenia. Teraz dopiero zdawał się wiedzieć wszystko, a ileż chwil takich, coraz wyższych (czy niższych? — to zależy od charakteru całości splotu, od jego wykładnika w sferze etyki) stopni wtajemniczenia w misterjum świata, miał jeszcze przed sobą?]

A księżna zwróciła na niego oczy, wszechwiedzące w rozkoszy i w męce i oblizała go całego tym wzrokiem: był jej. „To ona wprowadzi mnie w to" — pomyślał ze strachem i nagle poczuł koło siebie matkę jak żywą, jakby tu przy nim stała, broniąc go przed tą zwyrodniałą, starowatą nadsamicą. Przecież ta ukochana mama jest czemś zupełnie podobnem do tego potwora — jeśli nie aktualnie to potencjalnie. Mogłaby być taką rozpustnicą — i co wtedy? „Nic — kochałbym ją tak samo" — myślał dalej z trochę wymuszonem dżentelmeństwem. „A jednak szczęście, że tak nie jest". Poczuł zazdrość matki i tajemnicę straszliwą macierzyństwa — to, że ona ma do niego jakieś prawo — ale nie było w tem nic z uczucia wdzięczności. Mimo wszystkich tych pozornych związków on spadł skądś przypadkiem (tym najstraszniejszym, bo koniecznym — oto tajemnica) na ten świat i nikt nie jest za to odpowiedzialny — nawet matka — a tem bardziej ojciec. Źródło jego istnienia, ten ciąg zawiłych tragedji tylu ciał i duchów niezgodnych ze sobą i między sobą (i to wszystko dla wytworzenia takiego wyrodka) stał się na chwilę zrozumiałym. „Tem właśnie miałem być, raz na wieczność całą — takim właśnie, albo wcale." Miał intuicję bezsilności pojęcia przyczynowości wobec istnienia: poczucie statystyczności całej fizyki i „pochodności" pojęcia przyczynowości psychologicznej z dwóch źródeł: konieczności logicznej i fizjologji, w granicy sprowadzalnej do fizyki. Ale o tem nie *wiedział* — miał się dowiedzieć nieco później. A zaraz obok śmierć — najwyższa sankcja osobowego istnienia. Tylko za tę cenę... Dalej myślał o matce: „Gdyby była umarłą obroniłaby mnie — żywa nic nie pomoże. Zanadto jest ludzka, codzienna, niedoskonała i grzeszna w kościelnem znaczeniu. Przecież ona musiała coś takiego robić z ojcem... Brr..." Zrozumiawszy tę straszną prawdę, niedziecinną jak mu się zdawało, uczuł się dumnym. I już jako „starszy" poddał się tamtemu wzrokowi i zmieszany powiedział jej: (oczami tylko) — „tak". I strasznie się zawstydził, wstrętnie po „chłopięcemu", niegodnie. A ona, odwracając się do tamtych oblizała wargę ostrym, różowym kocim języczkiem w tryumfie. Kute na wszystkie kopyta, lubieżne babsko wiedziało już, że zdobycz jest jej. I wzdrygnęło się jej mądre ciało już w myśli odbierając dziewictwo temu ślicznemu, valentinowatemu chłopczykowi. Nawet Sturfan Abnol, który dawno przestał być jej kochankiem i pokonał ją (raczej jej erotyczną wiedzę) zupełnie, doznał raptownego wstrząsu niższych warstw. Gdyby mógł mieć ją teraz, odrazu, z tym uśmieszkiem, pożądającą tamtego, beznadziejnie zimną — och, to byłaby rozkosz! Ale szybko przeszła mu ta mała, nagła chętka. Zato Tengier był w płciowej rozpaczy zbabrany jak w gnojówce. „I stworzyć taką siłę wpierw, by móc żyć całkiem bez tych ścierw" — bąknął wierszyk jakiegoś młodego hyper-realisty bez talentu, jednego z tych co łączą słowa syndetikonem deformacyjnej perwersji w stosunku do sensu, a nie natchnieniem. Zamajaczyła mu w pamięci pustelnia kniazia Bazylego, z tych czasów kiedy to „świetlejszyj" uznawał jeszcze narkotyki, nie doszedłszy do tego ostatniego, którym jest mistycyzm. Mistycyzm a nie religja. „Religja jest najgłębszą prawdą. A te wszystkie jej pochodne to już nie wiara, tylko omamienie słabych dusz, niezdolnych do patrzenia oko w oko własnej ich metafizycznej pustce. To już nie to. I niektórzy wiedzą o tem trują się świadomie przez sflaczenie ducha, brak woli do prawdy i strach przed bezsensem, który odkrywa wszelka ostateczna prawda, jeśli go nie zakrywa szczelnie granicznemi pojęciami. Ale na luksus pojęć granicznych nie każdy sobie pozwolić może". Tak mówił kiedyś do Bazylego Tengier. A jednak była to rozkosz kiedy daleko, daleko poza seledynem rozciągał się bezkresny kraj „Czarnego Placka"... Tak nazywał się ów ląd, na którym zdawała się lądować bezprzestrzenna w granicy jaźń, po przepłynięciu groźnego, ale skończonego oceanu zupełnej nicości — to było cudem. Tam dojechali z trudem ostatniego razu dwa lata temu, zużywszy we trzech — trzecim był logistyk Afanasol Benz vel Bęc — litr eteru. Ale bezpłodność tych światów na krańcach świadomości, te przyjemnościowe jedynie przejażdżki w krainę zaktualizowanej nicości i absolutnej, *prawie* metafizycznej samotności i niemożność zużycia ich dla swoistej, zamkniętej sfery samokonstruujących się dźwięków, zniechęciły Tengiera do tego zakazanego zresztą procederu. A żona przytem prała zdrowo po włochatym pysku, gdy zionął z niego na drugi dzień wstrętnym zapachem jałowej truciźny. Tak to z dwóch niewspółmiernych powodów wyrzekł się Tengier ostatniego z narkotyków wyższej marki i został przy starym, dobrym alkoholu — ten działał na twórczość bezpośrednio, był nawet zapładniający, poza kolosalnem ułatwieniem technicznem, doprowadzaniem do zgęstnienia nieuchwytnej wizji muzycznej. Niedarmo mówił o Putrycydesie pewien moskiewski hyperkonstruktywista: „*etot Tengier piszet kak choczet*" — nie było takiej wizyjnej kombinacji dźwięków, którejby ten zamknięty w małej pastylce metafizyczny wulkan nie rozłożył na zrozumiały rytmicznie i głosowo symbolizm. Ale i to miało przejść niedługo w sferę niepowrotnych cudów — życiowe nasycenie złamało ten wspaniały talent, rosnący proporcjonalnie do dysproporcji między żądzą, a jej spełnieniem. Księżna miała rację, jak wszystkie „précieuse'y" jej epoki.

Genezyp urżnął się nagle do utraty zmysłów. Coś mówił z księżną, coś jej obiecywał — działy się rzeczy niewymierne, nawet gdyby mogła istnieć „psychiczna miara Lebesgue'a", możność zróżniczkowania ostatnich, najdrobniejszych wykrzywień psychiki ludzkiej. Świat zdawał się pękać od samonienasyconości ostatecznej. Darły się w strzępy „kawały duszy", które roznosił w nieznane strony płomienny wir alkoholu, zmieszanego z chłopczykowatym mózgiem. W pewnej chwili Zypcio wstał, wyszedł jak automat z pokoju, ubrał się sam i wybiegł z pałacu. Czas był najwyższy. Rzygał strasznie. Za chwilę mroźna zadymka krupowa, owionęła go na Krupowej Równi. Ale jeszcze nie zbudził się tego wieczoru — jeszcze nie pojął ostatecznej grozy niepowrotnych chwil.

Ojciec umierał nad ranem. Mógł jeszcze pożyć dwa do trzech dni. Stała się rzecz okropna, tylko niewiadomo dla kogo — dla jakichś ciotek może: zanim stary umarł przestał istnieć dla Genezypa kompletnie.

Wiatr wył i gwizdał okręcając piwowarski pałac lotnemi warkoczami rozwydrzonej „baby-kurniawy". W ciemno-zielonym gabinecie starego Kapena była tylko pielęgniarka, panna Ela. Genezyp pocałował pulchną łapę umierającego ojca bez najmniejszego wzruszenia.

— Ja wiem, że ty musisz zostać jej kochankiem, Zypciu — wysapał stary.

— Ona cię nauczy życia. Widzę to po twoich oczach — możesz nie kłamać. Niech cię Bóg zachowa w swej opiece, bo nikt z żyjących nie wie co ta gadzina naprawdę myśli. Piętnaście lat temu i ja byłem jedną z jej wielkich miłości, kiedy brylowałem na dworze naszego nieodżałowanego króla. [Miała Polska kilkoletnie królestwo, ale bardzo nieistotne. Jakieś Bragançe, czy coś tam takiego. Wyrzucono to jak śmiecie.]

— Panie baronie: spokój — szepnęła Ela sugestywnie.

— Milcz, waćpanna — uosobienie śmierci. Wcielona nicość jest ta Ela. Wiem, że umrę, ale wesoło idę na ten mostek, bo równie dobrze wiem, że z tej strony nic już nowego mnie nie spotka. Użyłem życia — nie każdy to powiedzieć może. I w ekspanzji i w kumulacji — jednem słowem twórczość — ot co. Ten wyskrobek mało mi się udał, ale po śmierci jeszcze go przetrząchnę, na miły Bóg: pekeflejsz z niego zrobię.

Genezyp zmartwiał. Pierwszy raz widział ojca nie jako tego groźnego, bliskiego, kochanego — zaciekle, przez zaciśnięte zęby kochanego starca — tylko jako zupełnie kogoś innego, nieznanego, prawie obojętnego przechodnia — to było najważniejsze. A jednak był dlań w tej chwili o wiele sympatyczniejszym. Teraz mógłby zostać przyjacielem ojca, lub znienawidzieć go na wieki, albo obojętnie odejść. Był on dla niego obcym panem, iksem, za które wszystko podstawić można. Patrzył na niego Zypcio z niezmiernej odległości, którą stwarzała nadchodząca śmierć, pierwsza śmierć w życiu.

— Więc papuś mi przebacza i mogę robić co chcę — spytał Zypcio prawie z tkliwością. „Wiedzenie" tego, że ojciec był kiedyś kochankiem księżnej zbliżyło go do niego, ale jakoś nieładnie i wstydliwie.

— Tak — rzekł stary Kapen i z pewnym wysiłkiem zaśmiał się okrutnie, bestjalsko i zielone jego oczki mignęły w fałdach tłuszczu zimnym rozumem i piekielną, nosorożcowatą złośliwością. Potworny starzec z dawno zapomnianego snu: jakieś jałowce, w których w podwieczornym mroku syczał przejmujący wiaterek i zbierał w nich chrust starzec o niewidzialnej twarzy — tylko brodę można i dozwolonem było widzieć — reszta była nie z tego świata. Wiedział stary co robi puszczając syna wolno, ale i on się nawet przerachował. Cała ochota na literackie studja odpadła Genezypowi natychmiast. Stał psychicznie nagi, trzęsący się z zimna, niewyspania, przepicia i pod-erotycznej gorączki. Przyszłość, wielokierunkowa, wichrowata, zawalała mu widok na obecną chwilę, która zmalała, jakby widziana przez odwrotny koniec lunety, znikła prawie pod ukrytym sensem grozy, zawartej w potencjalnie pożeranych już nadchodzących wypadkach.

— Dowidzenia z ojcem, muszę iść spać — rzekł twardo i niegrzecznie i wyszedł.

— A jednak moja krew — szepnął z zadowoleniem, nieomal że z tryumfem, papa do panny Eli i zapadł w przedśmiertną drzemkę. Niebieskawy świt zatulony w pędzące tumany śniegu wstawał za obłemi wzgórzami ludzimierskiego kraju.

Informacja: Polityczne tło tego wszystkiego było chwilowo zbyt dalekie. Ale coś sunęło z mrocznych gór niewiadomego, jak lodowiec. Małe, śpieszne, nie mające tyle czasu co on lawinki, tworzyły się po bokach, ale nikt nie zwracał na nie uwagi. Mężów stanu wszystkich partji, które zatraciły swoją dawną odrębność w ogólnym, *sztucznym*, pseudo-faszystowskim bezidejowym au fond dobrobycie, ogarnęła nieznana dotąd w kraju szerokość poglądów i beztroska, granicząca już z jakiemś zidjoceniem na wesoło. Ruchomy mur chiński potężniał i rósł, rzucając złowrogi, żółtawy cień na całą resztę Azji i na Zachód. Dwa cienie — skąd pochodziło światło nie wiedział nikt. Nawet Anglicy, rozbici na zbolszewizowane państewka, przekonali się nareszcie, że nie są jednym, jednolitym narodem. Wogóle poza Polską o narodach nikt nie mówił. Ostatnie wyniki antropologji były z tem zresztą w zgodzie.

Kapen myślał niejasno: „Atak sklerotyczny, wylanie się krwi na jakiś tam wzgórek mózgowy — cóż pomoże wyjaśnienie? Jestem innym zupełnie człowiekiem. I gdybym w tym stanie pożył jeszcze dalej, to możebym zsocjalizował fabrykę, to jest: zrobiłbym z niej kooperatywę, a Zypcia puścił na zwykłego robotnika. Sambym został może jakimś podmajstrzym. A kto wie czy jeszcze tego nie zrobię — to jest pierwszego — nie ostatniego. Prześpię się i zrobię nowy testament. Nie umrę w tym śnie napewno"! [Ale jeszcze na ten temat miały mu przyjść inne myśli: ten dziwny jego przyjaciel Kocmołuchowicz, generalny kwatermistrz armji, co się w jego żonie jako pannie (obojętnej teraz jak pniak) kochał — i to jak.] „Złagodniałem psia-krew zupełnie" — marzył dalej. — „Dobrze, że umieram — wstyd byłoby żyć, nie wstydząc się swego upadku. Ale jako umierający mogę sobie jakąś „zdrową sztukę wykinąć". Zawinął się w całe swoje życie, odbarwione, wyblakłe i dalekie, jak w tę kołdrę we fijoletowe kwiaty. Jednocześnie zawinął się w obie te istności i zasnął z odwagą, z wiarą, że jeszcze raz choćby zobaczy ten świat. I z rozkoszą myślał, że jest mu to zupełnie obojętne czy się obudzi jeszcze jutro i pojutrze.

Genezyp poczuł w sobie złą siłę. Jednak musiał, przynajmniej dotąd, żyć tak, jak mu nakazywał już inny teraz, ale działający z głębin przeszłości automatycznie, jak maszynka jakaś popsuta, ojciec. Działał mimo tej „inności" — to było dziwnem nad wyraz, ale jeszcze nie w tym stopniu jak wszystko, absolutnie wszystko dziwnem było teraz, po tem dzisiejszem przebudzeniu się. Jasność bezimienna rozprzestrzeniała się tak szybko na coraz inne, dalsze krainy ducha, jak światło słońca pędzące za uciekającym cieniem gnanego wiatrem obłoku. I wtem przypomniał sobie, że w stanie maksymalnego opijania tuż przed wyjściem, umówił się z księżną na schadzkę o drugiej w nocy. Przeraził się, że aż tak daleko zabrnął. „Teoretycznie" znał przecie wszystko — to płciowe „wszystko" niewinnego ucznia ósmej klasy, ale nigdy nie spodziewał się, że ta teoretyczna wiedza może z taką łatwością zazębić się o rzeczywistość i to w takich wymiarach. Wszystko stanęło nagle jak wryte czy wkopane w ziemię — cała przeszłość była aktualnie tu przed nim jak na patelni, pozbawiona czasu, zastygła. I chwila obecna zakrzepła także w tym gąszczu bez trwania, jak nóż wbity w brzuch wroga. Niby mały strumyczek „szemrało" gdzieś między zwaliskami życie, ale to potęgowało tylko niesamowitą nieruchomość wszystkości. Zdawało się, że cały świat zatrzymał się w biegu, patrząc się w siebie wytrzeszczonemi z przerażenia oczami. „Nic o nic nie zapyta w swym własnym pustym grobie" — tak pisał ten „zabroniony" kolega. I nagle „coś" popuściło i poszło wszystko znowu w szalonym, przez kontrast z poprzednią nieruchomością, pędzie, jak rzeka gruchocąca lodowe zapory kry. Przepływanie zatrzymanego jakby poprzednio czasu, stało się męką nie do zniesienia.

— Nie wytrzymam tego sam — rzekł Genezyp półgłosem. Przypomniał mu się znowu włochaty pysk Tengiera i jego oczy, gdy mówił wczoraj o muzyce. — Ten musi wiedzieć wszystko i on wyjaśni mi czemu wszystko jest właściwie nie tem, a jednak jednocześnie tak bardzo jest *tem* właśnie — pomyślał i postanowił zaraz iść do Tengiera. Owładnął nim nieprzezwyciężony niepokój i potrzeba ruchu. Zjadł szybko podwieczorek (taki dawny, dziecinny, gdy tu takie rzeczy...) i wyszedł z domu nieświadomie prawie kierując się w stronę Wielkiego Pagóra, gdzie wśród lasów żył ze swą rodziną Tengier. Znał tego człowieka od wczoraj zaledwie i niewiadomo czemu on właśnie zdawał mu się najbliższym ze wszystkich nowo poznanych osób, mimo, iż nie czuł do niego wcale jakiejś szczególnej sympatji. Wierzył, że on jeden może zrozumieć jego stan obecny i coś mu może poradzi.

WIZYTA U TENGIERA

Szedł potykając się zapatrzony w niebo, na którem odprawiało się codzienne (nie każdodzienne oczywiście) misterjum gwiaździstej nocy. Astronomja taka, jaką nauczył się ją pojmować w szkole, nie przedstawiała dla niego wielkiego uroku. Horyzont i azymut, kąty i deklinacje, skomplikowane wyliczenia, precesje i mutacje nudziły go okropnie. Krótki zarys astrofizyki i kosmogonji, zagubiony w nawale innych przedmiotów, był jedyną sferą, wzbudzającą lekki niepokój, graniczący z bardzo pierwotnem wzburzeniem metafizycznem. Ale „niepokój astronomiczny", tak bliski niekiedy wyższym stanom, wiodącym do filozoficznych rozmyślań, codzienny dzień usuwa w dzisiejszych czasach szybko, jako niepotrzebny nikomu zbytek. Idąc teraz Genezyp miał wrażenie, że patrzy w nocne niebo poraz-pierwszy w życiu. Dotąd było ono dlań, mimo wszelkich wiadomości, dwuwymiarową płaszczyzną, pokrytą mniej lub więcej świecącemi punktami. Mimo poznania teorji, uczuciowo nie wychodził nigdy poza tę prymitywną koncepcję. Teraz przestrzeń dostała nagle trzeciego wymiaru, ukazując różnice odległości i nieskończone perspektywy. Myśl rzucona z szaloną siłą okrążyła dalekie światy, starając się przeniknąć ich sens ostateczny. Wiadomości nabyte, leżące w pamięci jak bezwładna masa, zaczęły teraz wydobywać się na wierzch i grupować koło pytań postawionych w nowej formie, nie jako zagadnienia umysłu, ale jako krzyk przerażenia wszechtajemnicą, zawartą w nieskończoności czasu i przestrzeni i w tym pozornie prostym fakcie, że wszystko było właśnie takiem, a nie innem.

Nad trzema wapiennemi wieżami Troistego Szczytu unosił się jak olbrzymi latawiec Orjon, ciągnąc na swym ogonie rozszalałego Syrjusza. Czerwona Betageuza i srebrzystobiały Rigel trzymały straż po obu bokach Laski Jakóba, a przestrzeń pruła na ostrzu bledsza od nich Bellatrix. Między Plejadami i Aldebaranem dwie gwiazdy-planety świeciły spokojnem, nierozedrganem światłem: pomarańczowy Mars i ołowiano-sinawy Saturn. Ciemny zrąb grani ciągnącej się od Troistego Szczytu ku północnej baszcie Suchego Zadku, odcinał się wyraźnie niby grzbiet przedpotopowego jaszczura na tle świetlnego pyłu Mlecznej Drogi, zapadającej prostopadle za horyzont. Genezyp patrząc w gwiazdy doznawał zawrotu głowy. Góra i dół przestały istnieć — wisiał w straszliwej przepaści, amorficznej, bezjakościowej. Uświadomił sobie na chwilę aktualną nieskończoność przestrzeni: wszystko to istniało i trwało w tej właśnie sekundzie, którą przeżywał. Wieczność wydała mu się niczem wobec potworności istniejącej w nieskończonostce czasu całej nieskończonej przestrzeni i istniejących w niej światów. Jak tu pojąć tę rzecz? Coś niewyobrażalnego, co narzuca się z absolutną ontologiczną koniecznością. Ta sama tajemnica ukazała mu znowu swą twarz zamaskowaną, ale inaczej. Ogrom świata i on metafizycznie samotny — (trzebaby tworzyć z kimś jedność) — bez możności porozumienia się — (bo czemże są pojęcia wobec straszności bezpośrednio danego!?) — mimo wszystko w poczuciu samotności tej była jakaś bolesna rozkosz. I w tej samej chwili uczuł się małym w nieskończonej plątaninie wszechświata — nie małym w stosunku do obszarów nocnego nieba, tylko małym w swoich najgłębszych uczuciach: do matki i księżnej.

Genezyp szedł teraz z głową zwieszoną w dół i z rozpaczą słuchał skrzypienia śniegu. Bezpłodne chwile padały w przeszłość pławiąc się w cierpieniu. Zmęczyły go już gwiazdy z ich niemą pogardą i porozumiewawczem mruganiem. Czuł niechęć do wszystkiego, nawet do rozmowy z Tengierem, ale wlókł się dalej bezwładem poprzedniego postanowienia. Droga szła w górę przez las świerkowy. Drzewa pokryte okiścią zdawały się wyciągać potworne białe łapy zakończone czarnemi pazurami, odprawiając nad nim jakieś tajemnicze zaklęcia. Przez ciemne gąszcza światło gwiazd przedzierało się chwilami, ostre i niepokojące, jak ostrzegający przed niebezpieczeństwem sygnał. Kiedy na wzgórzu za lasem błysnęły jaskrawo-żółte światła w domu Tengiera, Genezyp przekonał się nagle, że chwila ta jest zwrotnym punktem jego życia, że od tego jak przeżyje ten wieczór zależy cały łańcuch dalszych wypadków, w pewnem uniezależnieniu nawet od zewnętrznych możliwych konstelacji.

Poczuł dziką siłę możności dowolnego kierowania rzeczywistością bez względu na nic — niech się góra na niego zawali — wygrzebie się — tylko nie popuścić tej uciekającej chwilki. Kontrast pajęczynek poruszających stalowe bloki i wały — kapryśny układ chmurki wieczornej, będący wyrokiem dla istnienia lub śmierci całych narodów (deszcz w wilję bitwy pod Waterloo). Ale wszystko idzie od przypadkowości, od Wielkich Liczb, ku świadomemu kierownictwu i on będzie cząstką tego prądu, a nie zdezorganizowanym flakiem, kamykiem zaplątanym między zębate koła. „Złudzenia pseudo-indywidualizmu, bujającego jak mały złośliwy nowotworek na rosnącem bezwładnie cielsku społeczności, w momencie ostatecznego spęknięcia dziejów" — takby powiedział logistyk Afanasol Benz.

Genezyp zmierzył się wzrokiem z pałającemi oknami chałupy, jakby z czemś wrogiem, a mimo to drogiem i bliskiem, co jednak przezwyciężonem być musi i wszedł do ogromnej sieni, oświetlonej małą dziwną lampką. Palta i futra Tengiera, wiszące na wieszadłach, przejęły go jakąś zabobonną trwogą. Niewiadomo czemu wydały mu się czemś niezmiernie potężnem i złowrogiem, potężniejszem w swej ilości i bezruchu od samego jedynego ich właściciela. Tajemnicza nieruchomość ubrań tych wyrażała jakby niezliczone możliwości dających się dokonać czynów, podczas gdy Tengier sam zdawał się być tylko chwilą przepływającej osobowości, nikłej, pozbawionej wszelkiej siły i ciągłości. Posłyszał teraz dopiero dźwięki fortepianu dochodzące z odległego pokoju. Muzyka niewidzialnego człowieka spotęgowała jeszcze wrażenie jego tajemniczej potęgi. Genezyp wstrząsnął się dreszczem niepokoju i trwogi i uderzył w gong wiszący na drzwiach na lewo od wejścia. (O, jakże wszystko miało być zupełnie innem! — załkały z bezsilnej rozpaczy dobre duszki opiekuńcze, w które nikt nie wierzył). Dźwięki fortepianu rozwiały się w metalicznym przewlekłym grzmocie i po chwili we drzwiach ukazał się Genezypowi, znany mu jakby od niepamiętnych czasów, potworny, włochaty pysk genjalnego bydlęcia.

— Proszę — rzekł Tengier groźnym, rozkazującym głosem. Zypcio wszedł i owionął go gorzki zapach leśnych ziół. Przeszli dalej. Ogromny pokój, pokryty czarnym puszystym dywanem, oświetlała lampa z różnokolorowym abażurem. W kącie na prawo stała olbrzymia rzeźba, przedstawiająca głowę jakiegoś wielkoluda, do której przyczepiony był mały pokraczny duszek.

— Może przeszkadzam? — spytał onieśmielony Genezyp.

— Właściwie tak — a może i nie. Może lepiej, że przerwałem pewną improwizację. Niedobrze jest bezprawnie prześcignąć samego siebie. Mówiąc otwarcie nie lubię młodych ludzi w pańskim wieku. Nie mogę za nich brać odpowiedzialności wobec pewnych rzeczy, które... — ale mniejsza z tem.

— Ach, tak: mówiliście państwo o tem tego wieczoru. Ale ja nie rozumiem...

— Milczeć! Byłem pijany. A zresztą (— zmiękł nagle i pomniejszył się o nieskończoność w psychicznych wymiarach —) bądź moim przyjacielem. Ja odpowiedzialności żadnej nie biorę — powtórzył uroczyście. — Będę ci mówił „ty". — Genezyp skręcał się z niesmaku. Ale czuł, że poza tą chwilą ukrywa się coś, za co warto zapłacić choćby nawet przemijającym wstrętem do samego siebie. — Przytem nie zapraszałem cię zupełnie — przeciwnie, broniłem się przed tą wizytą — byłeś pijany — nie pamiętasz.

— Umilkł, namyślając się jakby nad czemś niezmiernie przykrem, wpatrzony w pogmatwane desenie wschodniego dywanu na ścianie. Genezyp uczuł się dotkniętym.

— W takim razie — zaczął głosem, drżącym od wewnętrznego zranienia.

— W takim razie siadaj. Dostaniesz kawy. — Genezyp usiadł na kanapie pchnięty jakąś niepojętą siłą. — Widocznie miałeś jakiś cel ważny przychodząc tu, jeśli cię nie odwiodła szalona ilość złego fluidu, nagromadzonego wokół mojej osoby. — Wyszedł do sąsiedniego pokoju i słychać było jak sam krząta się koło maszynki. Po chwili siedzieli już przy stoliku, na którym dymiły się herbaciane filiżanki niezbyt subtelnie pachnącej, ale zato bardzo mocnej i słodkiej kawy. — A więc — spytał Tengier na tle ciszy, przerywanej tylko dalekim, „tęsknym" dźwiękiem dzwonka od sanek. Genezyp przysunął się do Tengiera i wziął go za rękę (tamten drgnął). Poco czynił to? Poco kłamał? Czy to on był właśnie tym, który *tak* postępował? Bezwątpienia nie — a jednak... O — straszna jest komplikacja niektórych osobników. Te warstwy obcych osobowości, te ukryte szufladki, te skrytki o zgubionych kluczach — nie zna ich nikt, nawet sam delikwent... Na tle poprzedniego szczerego stanu metafizycznej ciekawości i nadziei, że Tengier rozwiąże wszystkie wątpliwości jednem zdaniem, działo się teraz coś życiowo-obrzydliwego, obcego i z niczem niewspółmiernego. A przytem takie to było wstrętnie swojskie, jakby już dawno... *Wszystkiemu winien był Toldzio*, który mu wczoraj z detalami zreferował całą tę historję. Już wtedy ogarnęło Genezypa niezdrowe podniecenie. Ale Toldzio nie był winien teraz, tylko dużo dawniej. I on, ten

naiwny chłopczyk postanowił nagle oszukać Tengiera i udać jego ofiarę aż
do „ostatniej chwili", to znaczy do samego momentu gwałtu. Musi
zdemaskować przed sobą dziwną potęgę tego człowieka, musi ją posiąść,
wchłonąć w siebie, uczynić ją swoją własnością. On — ten ambitny
chłopczyk to myślał — nie-do-uwierzenia prawie: on miał żyć czemś
kradzionem, on, który chciał wszystko sam wynaleźć od początku, on,
który wstydził się uczyć w szkole rzeczy zrobionych przez innych. „O —
gdybym mógł całą matematykę napisać od samego początku, wtedy
byłbym matematykiem". Wszystko to zbłysnęło się w jednem zdaniu.
Mówił je lekkomyślnie, wesoło prawie, a dla Tengiera była to jedna z
najważniejszych możliwości mrocznego tryumfu nad jego własną
brzydotą. Kto wie (no kto?) czy te chwile nie były istotniejsze dla jego
muzycznej twórczości, niż wszelkie naprawdę przyjemnościowe i
upokarzające niedociągnięciem „miłostki" normalne. (Zwymiotować
można od słowa „miłostka". — Wiele jest słów w polskim języku, które
jedynie w cudzysłowie są *gebrauchsfähig*", n. p. „dziarski", „junacki",
„swada" „werwa", „wnikliwy", „poczynania", i t. p. słowa „wstydliwe").
— Nie boję się pana zupełnie. Jestem zupełnie obojętny, ale jeśli pan chce,
może pan się nie krępować. Jestem niewinny, tak zwany „prawiczek", ale
wiem wszystko i czuję w sobie fatalną siłę gubienia wszystkich, do których
się zbliżę. — (Tengier zapłonął nagle ohydnym ogniem — prawie
prawdziwy był ten wybuch w stosunku do dawnych udanych). Głupie to
było ponad wszelki wyraz co Zypcio mówił. Ale zadowolony był z siebie, że
on, ten nic nie wiedzący świeży maturzysta, może tak demonicznie
blagować i oszukiwać tego wszechwiedzącego jakby się zdawało garbusa.
Czy to nie było już działaniem gałek z błękitnej emalji, w które wpatrywał
się zbyt może długo wczoraj. Sam o tem jeszcze nie wiedział.
Tengier chcąc zbadać koeficjent „obrzydliwości" swego nowego
przyjaciela — („wstrętliwości", „ohydliwości", — niema na to wyrazu, ani
odpowiedniej transformacji końcówki) — poprostu chcąc sprawdzić jak
łatwo jest obrzydzić Genezypowi siebie i swoje machinacje, pocałował go
nagle w usta swemi szerokiemi, pachnącemi (raczej niepachnącemi)
surowem mięsem, czy zwierzęcym pyskiem, ustami. O, jakież to było
obrzydliwe! Uciekać, nic nie udawać, nie znać jego, ach — móc nie znać
nawet tamtej kobiety — och, móc zwymiotować wszystko i kochać jakąś
małą, biedną, swojską panienkę. I nagle jedna zimna myśl i
zobjektywizowane obrzydzenie, unieszkodliwione, jak żmija w wydartemi
zębami, „stało" już daleko, niby ból złamanej nogi po morfinie. „Dla

poznania tych tajemnic warto coś przecierpieć", pomyślało w nim obce stworzenie bez serca, sumienia i honoru. Odtąd hodował w sobie stale tego potworka i pisał dziennik — (był to ten dziennik, który wydał Dr. Wuchert w r. 1997 pt. „Zapiski schizofrenika" i stał się przez to sławnym. Posądzano go o autorstwo.) będący właśnie opisem jego (tego potworka) przeżyć. Genezyp zamarł, poddając się biernie pierwszemu pocałunkowi w usta. Tengier mlaskał dalej, ale nie znajdując oporu przestał nagle — to nie podniecało jego ambicji.

— Niech pan... to jest: przebacz Zypciu. Ten wybuch ma inne jeszcze znaczenie. Miałem brata, którego bardzo kochałem. Umarł na to samo choróbsko, — [Czemu tak powiedział? Było w tem jakieś kłamstwo.] — które ja przezwyciężyłem. *Osteomyolitis scrofulosa.* Ale jestem kaleką. Ale zawsze marzy mi się koniec wspaniały, w którym użyję za wszystkie czasy. Ale miłości właściwie nie znałem i nie poznam chyba nigdy. Ale ty tego nie rozumiesz. Ale czy wiesz co to znaczy. —

Wstręt dusił Genezypa tak, jakby zawalało się na niego nigdy nie myte, śmierdzące, spocone cielsko wielkości tego całego domu. Jeszcze wstrętniejsze zdawały mu się słowa Tengiera, niż ten ohydny pocałunek. A jednak poczuł dla niego współczucie, większe daleko niż dla umierającego ojca. Wziął go za ramię i uścisnął.

— Niech pan powie mi zaraz wszystko od początku. Przecież pan jest żonaty. Mówiła mi wtedy księżna, że żona pana jest piękna.

— To nie jest żadne małżeństwo. To jest jedna wielka zbrodnia z torturami. Ja nawet mam dzieci. Moja choroba nie jest dziedziczna w trzeciem pokoleniu. Adolf Tengier będzie zdrowym człowiekiem i użyje życia za ojca, a nawet za stryja. Ninon będzie dobrą matką, bo moja żona jest też dobra. I to właśnie... — Nagle zaczął łkać gwałtownie, a Genezypowi oczy wyszły na łeb ze wstydu i litość — obrzydliwa jak rozdeptany karaluch, zatargała okrutnie, bezlitośnie właśnie, jego wnętrznościami.

— Niech pan nie płacze... Jeszcze wszystko będzie dobrze. Ja przyszedłem dziś do pana dlatego, żeby mi pan rozwiązał wszystkie zagadki. Pan musi to wiedzieć, bo pana muzyka jest wszechwiedząca. Ale ja muszę to wiedzieć w pojęciach, a to całkiem co innego. Ale pan i to potrafi, bo pan wtedy już mówił coś takiego, co przekracza to, że wszystko jest takie, a nie inne. Ja nie umiem tego wyrazić. — (Chlipanie Tengiera cichło powoli) — Wczorajszy wieczór, choroba ojca — no, to może najmniej — i dzisiejsze przebudzenie się z popołudniowego snu przekręciło mnie zupełnie. Nic nie rozumiem, bo wszystko, co dotąd wydawało mi się najzwyklejsze w świecie, stanęło dęba nad jakąś przepaścią i tak trwa, nie mogąc się w nią stoczyć. Tam niema nic prócz czystej tajemnicy samej w sobie. Ale ja nigdy nie myślałem tak, aby móc to ująć, więc... —

— Chwila objawienia, albo, jak się to teraz mówi, początki bzika — rzekł Tengier, wycierając oczy. — Miałem ci ja takie chwile, miałem — (ach to „ci" — Genezyp wił się) — Ale coraz mniej ich jest z biegiem czasu. Bo zanim zrozumiem o co idzie to: fajt! — i już wszystko zamienia się w dźwięki — nie same, tylko ich budowę, przerastającą mnie i wielu innych zresztą. Tylko dlatego nie warjuję. Ja mam poczucie tego kim jestem, ale jeśli mnie nikt nigdy nie zrozumie — ani nawet po śmierci — czy będzie to dowodem, że jestem muzycznym grafomanem, ulegającym złudzeniu, że kimś był i jest — bo do cholery ja za dużo *wiem*, aby mieć takie złudzenia — czy też dowodem na to, że muzyka się skończyła i ja jestem tym przeklętym wybranym przez los, jak Judasz wybrany był na zdrajcę, żeby właśnie we mnie to się dokonało do końca. — [Genezyp miał bezwzględne poczucie tego, że życie, które zakrzepłe w monotonji, dotąd jakby wcale nie trwało, wpadło na nowy tor, jakąś równię pochyłą i że teraz zacznie się to przyśpieszenie, którego oczekiwał i pożądał. Już migały się okoliczne znane stany ducha, zostając w przeszłości, jak widoki rodzinnych stron w oknach coraz szybciej pędzącego pociągu, unoszącego go w dalekie, niezbadane kraje.] Tengier mówił dalej: — I tak być musi wogóle. Przyjmuję transcendentalność tego prawa, jego absolutną konieczność — tego prawa — powtórzył, — że jeśli gdzie jest sztuka, w jakimkolwiek świecie, to musi przebiec tę linję rozwoju form, co u nas, musi być związana z religją i metafizyką, które są taką samą koniecznością istot myślących jak i ona. Ale tylko w czasie właściwym. A potem musi zginąć, zjedzona przez to, co ją stworzyło, przez społeczną miazgę, która, krystalizując się w doskonałe formy, wyprzeć musi z siebie wszystko, co jej w tym procesie przeszkadza. Ale czemu ja właśnie jestem tym przeklętym? Jakkolwiek — tak — poczucie prawdziwej konieczności swojej indywidualności, tej a nie innej właśnie — nie każdy to ma — to wielki zbytek. — Ha — mam tę wyższość nad innymi, że się nie ugnę — choćbym nawet chciał, coś mi nie pozwoli — jakaś siła ponademnie wyższa: ambicja, ale nie w stosunku do świata: do nieskończoności... — Oczy błysnęły mu siłą sięgającą zdawało się aż w sam pępek wszechświata i nagle ta słaba pozornie, włochata pokraka, wydała się Genezypowi jakimś potężnym bożkiem (nie bogiem) od jakiejś specjalnej funkcji czy zjawiska

46

— na całe istnienie mogło być 40 — 50 takich, odpowiadających jakimś ważnym istnościom: muzyce, innym sztukom, wiatrom, wogóle żywiołom, pogodzie, klęskom... A jednocześnie pomyślał: „On jest koniecznością dla siebie, tylko dlatego, że jest artystą. On nigdy mnie nie zrozumie i tego mi nie wytłomaczy, dlaczego dla mnie dziwną do bezmiaru jest właśnie ta moja takość, a nie inność". I nagle wstrząsnęła nim wątpliwość: „I o cóż to chodzi? O te jakieś brzdąki nikomu w gruncie rzeczy niepotrzebne? Nie — to jest lekka przesada! Ani to nie jest takie ważne, ani wspaniałe. Pozorne głębie w nieokreśloności. Nie — ja wolę myśl — ale jaką? Swojej nie mam nawet jeszcze w zalążku. Co myśleć?! Boże!! Nie natrafić na złudną drogę, na której można się tylko okłamywać do końca życia. Objawienie — ale któż zaręczy, że to które napotykam, czy które na mnie spada, właśnie jest prawdziwe? Poczuł, że tylko wytężenie się do krańców możliwości, ofiara z siebie, askeza bezwzględna, wyrzeczenie się tego właśnie, co go dziś nieodwołalnie czekało i tak piekielnie nęciło złą rozkoszą (zdawało się to niewiadomo jakim sposobem zaprzeczeniem spuszczenia psa z łańcucha) może mu otworzyć tamten świat. Ha, to było ponad siły. W tej chwili zrezygnował z poznania na całe życie. Są natury, które nie mogą żyć w rozpuście i jednocześnie dostępować szczęścia poznania najwyższych prawd — trzeba wybierać. O błogosławieni ci szczęśliwcy, którzy niszcząc się tworzą się najistotniej i w ten sposób zdobywają swoją doskonałość na ziemi. Co tam z ich duchami się dzieje, to lepiej o tem nie myśleć, ale tu są doskonali, nawet w złem. Naprawdę dzień ten był zwrotnym. Ale *czyj* dzień? Czy warto zajmować się przypadkowym pyłkiem w otchłani niewiadomego, pyłkiem takim, a nie innym, wśród *alef* w granicy innych pyłków? [Alef = pierwsza ponadskończona liczba Cantora.] [Istnień poszczególnych (i to *w granicy*) może być w całem nieskończonem istnieniu tylko alef, a broń Boże nie *continuum*. Czemu tak jest, udowodnić tu się nie da.] Istnienie pyłka tego nie da się wyrazić w ogólnem prawie, w którem za zmienne dałyby się podstawić dowolnie wysokie w hierarchji istnień poszczególnych wartości. Jak to mówił Husserl? (Słowa jego powtarzał na lekcji matematyki gimnazjalny profesor: „Jeśli jest Bóg, to jego logika i matematyka nie może różnić się od naszej".) O takie rzeczy-by chodziło, a nie o to jak się tam czuje jakiś bałwan, czy nawet pseudo-inteligent, a nawet (o blasfemio!) genjusz! O *prawa* chodzi, a nie o ten tam, lub inny wypadek. Tak się kłębiło w Genezypowym łebku. Błagalnie mówił do Tengiera: (od takich chwil, od jednego słowa w porę zależy czasem całe życie, a ludzie nic nie wiedzą i wdeptują jeden drugiego (czasem w imię ideałów) w bagno rzeczywistości wykoszlawianej, zdeformowanej przez fałszywie zarzucone na nią siatki pojęć. Rzeczywistość puszcza sok najistotniejszy pod wpływem pojęć. Ale od ich gatunku zależy czy będzie to trucizna, czy też najpożywniejsza witamina.)

— Panie Putrycy — (tak nazywano dla skrócenia Putrycydesa Tengiera) — Ja nie wiem kim będę jutro. Wszystko mi się przekręciło i to nie o jakiś kąt na tej samej płaszczyźnie, tylko w innej przestrzeni. To za wysokie jak na mnie koncepcje — (powiedział to z goryczą i ironją) — ja nie wierzę w taką ważność sztuki, w jaką wierzy pan. Koncepcje pana są wyższe od tego, do czego się odnoszą — wyższe same w sobie, jako myśl — bo pan przesadził wartość ich realnego podkładu. Ja lubię literaturę, bo dla mnie tam jest więcej życia, niż w mojem własnem. Jest ono tam w takiej kondensacji, w jakiej nie znajdę go w rzeczywistości nigdy. Za cenę zgęszczenia płaci się nierealnością. — (Tengier śmiał się szeroko. „Ten wie jaka jest różnica między złudą, a realnem życiem — cha, cha! On cały jest jeszcze jednem wielkiem złudzeniem. Mogę nie mieć wyrzutów"). — Ale mnie chodzi o *to* życie. Żeby ono było jedyne w swoim rodzaju, a konieczne jednocześnie w swojej inności, taki wzór, taki ideał doskonałości, nawet w tem co jest, lub może być złem — więcej nawet: w tem co jest nieudane żeby była doskonałość. To szczyt życia... — (wpatrzył się na sucho gorączkowo przed siebie) — A tu się wszystko zmienia tak okropnie, tak dziwacznie — że ja już nie wiem czy to ja jestem, czy ktoś inny. Ta sprzeczność zmiany i stałości...

— Zapamiętaj sobie raz na zawsze, że tylko dlatego mamy wątpliwości co do ciągłości naszej jaźni, że jest ona właśnie ciągła. Pytanie takie byłoby niemożliwem bez tego. Jest ona, ta jedność osobowości dana w swej ciągłości bezpośrednio — a wątpliwości nasze mają źródło tylko w różnorodności zbyt wielkiej kompleksów częściowych. Nawet u tych, co cierpią na rozdwojenie osobowości kawałki trwania muszą być ciągłe — niema trwań nieskończenie krótkich...

— Ja rozumiem intuicyjnie co pan mówi. Ale to są już dalsze myśli. Ja nie mam ogólnej podstawy. Ja kochałem ojca i bałem się go. On umiera, a mnie to teraz nic nie obchodzi. — (Tengier przyjrzał mu się uważnie, ale było w tem spojrzeniu coś z patrzenia w lusterko) — Mnie jest tak źle, jak nigdy, a przytem zupełnie bez powodu — jakbym poczuł, że wszystko, ale to wszystko na całym świecie jest nie takiem, jak być powinno. Jest przedewszystkiem zawinięte w jakąś powłokę — nawet astronomja. A ja chcę dotykać wszystkiego gołego, jak dotykam mojej własnej twarzy moją własną ręką... Ja chcę wszystko zmienić, aby było takiem, jak być powinno. Ja chcę to wszystko mieć, dusić, cisnąć, wygniatać, męczyć...!!! — krzyknął histerycznie, prawie z płaczem Genezyp, nie poznając samego siebie w tem, co mówił. W miarę formułowania nieważna dotąd myśl stawała się jedyną rzeczywistością.

Informacja: Tengier milczał, uśmiechając się zjadliwie. To samo czuł on prawie stale. Tylko, że on zamieniał (*musiał* i umiał zamieniać) właśnie *to* (to metafizyczne nienasycenie) na dźwięki, raczej na ich konstrukcje, zjawiające mu się z początku w postaci nieokreślonych *przestrzennych* potencjałów w całości i rozkładające się potem jak złożone wachlarze na następstwa w czasie, już obarczone jak gałązki gronami jagód, straszliwemi dysharmonjami, których nikt rozumieć, a nawet słuchać nie chciał. Nie wyrzekł się dotąd tematyczności w dawnem znaczeniu, ale chwiał się już nad otchłanią jakiejś, jeszcze dla niego potencjalnie zrozumiałej, ale niewykonalnej prawie w żadnej instrumentacji, magmie muzycznych zawiłości, graniczących z zupełnym chaosem i czysto-muzycznym *(nie uczuciowym)* nonsensem. Uczucia zwykłe jako takie i ich wyraz — to nie istniało dla niego zupełnie. Dawne to były czasy, gdy tego rodzaju określone stany, dające się nawet ogólnie słowami wyrazić, stanowiły podstawę, na której wyrosły, jak proste, skromne kwiatki, pierwsze jego muzyczne pomysły. Tak — były one proste w stosunku do jego ostatnich utworów, ale nie w porównaniu ze Strawińskim, Szymanowskim i innemi wielkościami minionej epoki. Już w ich prostocie tkwił potencjalnie ten wir kłębiący się na granicy wyrażalnego, z którym zmagał się teraz aktualnie, doprowadziwszy mistrzostwo rozkładania bezpośrednio zjawiających się dźwiękowych kompleksów w czasie, do niedosiężnych rozmiarów. Za to był tak nienawidzony i bojkotowany. Zawzięła się nań cała współczesna krajowa muzyka. Nie dopuszczano go do koncertów, zniechęcano wmawianemi trudnościami wirtuozów do wykonywania jego utworów, uniemożliwiano mu w sposób oficjalny porozumienie się z bolszewicką zagranicą, gdzie jeszcze mógłby za życia znaleźć uznanie. Pozbawiony jedynego środka działania, to jest pieniędzy, był bezsilny, a nawet po krótkiej walce przestał zajmować się tym problemem. „Siedział", jak mówiono tu w Ludzimierzu, w dużej chałupie, postawionej na gruncie żony, mając tyle tylko, aby nie potrzebować zarabiać na życie — to była jeszcze jedyna pociecha, bo wobec opinji jaką miał jako muzyk, (mimo olbrzymiej wiedzy, uznanej nawet przez wrogów) na lekcje liczyć nie mógł, a wskutek długości palców bardzo był miernym pianistą. Chyba grać w coraz rzadszych zresztą jazz-bandach. Ale z tem nie mógł się jeszcze pogodzić. Od tej muzyki uciekał jak od zarazy, a zresztą za stary był na takie walenie. I to go najbardziej wściekało, że miał specjalny poboczny talencik w kierunku takich właśnie kompozycji. Cała jedna teczka pełna była tego draństwa. Ale na zużycie go w celach zarobkowych nie miał odwagi. Zresztą jazz-band konał — ludzie oduczyli się już prawie od zabawy. Tańczyły tylko ostatnie niedobitki kretynów w dawnym stylu. Straszliwym problemem Tengiera było tak „naukowo" zwane „życie płciowe". Autochtońska dziewczynka, córka bogatego gazdy, którą zdobył przy pomocy sztucznie uprymitywnionej w tym celu muzyki (Tengier był też niezłym skrzypkiem, ale budowa jego i tu nie pozwoliła mu osiągnąć doskonałości.) i swego „ceperstwa" (ceper = człowiek z dolin, pan — był synem organisty z Brzozowa!) była jedyną jego w tej sferze podporą, tłem, na którem dopiero mógłby, gdyby miał inne warunki, rozwijać swoje uwodzicielskie niedopędy. Ale nędza tych przeżyć była wprost potworna. Zwabione i trochę podwścieczone muzyką kobiety oddawały mu się czasami raczej z perwersyjnego wstydu niż z pożądania. A następnie upokorzone jego wyglądem (suchą nogą, garbem i w dodatku zapachem grzyba, który wydzielał w podnieceniu) uciekały od niego ze wstrętem, zostawiając go na pastwę nienasyconych żądz. Takim też był jego „romans" z księżną. Mało nie dostał ostrego szału. Długi czas był nienormalny i dokonywał w tej epoce rzeczy straszliwych: jakieś kombinacje fotografji, ukradzionych pończoch i pantofelków — brrrr... ale się wyleczył. Ostatecznie wracał zawsze do żony, która, nauczona przez niego sztuk niezmiernie wyrafinowanych, była najlepszem lekarstwem na nieudane, zakazane przez kalectwo, wyprawy w sfery niedosiężnej, prawdziwie „pańskiej" miłości. „A bodaj to — jak pech, to już zupełny" — mawiał Tengier i zanurzał się ze zdwojoną furją w swój świat potworniejącej z dnia na dzień muzyki. Piętrzyły się stosy „dzieł pośmiertnych", (wydane miał tylko młodzieńcze preludja, poświęcone pamięci Szymanowskiego) żer dla przyszłych pianistów, w czasach kiedy już żadnych nowości miało nie być, kiedy muzyka, zjedzona od środka własnem nienasyceniem i komplikacją, miała według Tengiera „nogi wyciągnąć na fest" — takie chamskie wyrażenie — trudno, tak mówił on, brzozowianin, mąż bogatej dziwki Maryny z sąsiedniego Murzasichla. Tam to poznał ją, błądząc po zamarzłych jesienią bagniskach — a „sichłe" znaczy bagniste — (przyjechał leczyć tu swe garby w ludzimierskiej „siarkance"). Spotkał ją późno wieczór (zawinięty w pelerynę — garbu nie było widać) — i uwiódł na miejscu, zagrawszy jej na skrzypcach jedno z młodzieńczych preludjów. Wracał z jakiegoś wesela, od rana już trochę pijany. Maryna była *piekielnie* muzykalna. Zapomniała (potem nawet) o garbie i suchej nóżce, a na zapach grzyba nie reagowała wcale — znała gorsze: krów, kóz, baranów, kożuchów, kapusty i ogólnej chłopskiej śmierdziączki. Ta *piekielna* muzyka Putrycego zastępowała jej miłość ładnych chłopców, a do tego te sztuczki „ceperskie", których nijak zrozumieć nie mogła i pragnęła jeszcze i jeszcze. Gdzieby to który Jasiek albo Wojtek chciał z nią takie cuda wyrabiać, tak się upokorzyć tak fetyszystycznie, niezdrowo. Aż ją rozpierała duma, narówni z kapustą i „moskalami". A do tego jeszcze stała się „panią" — i tam, gdzie uznawano muzykę męża „bywała" jako te inne chłopskie żony krajowych artystów. Wogóle kraj pod pewnemi względami zastygł w stanie, w którym znajdował się przed antybolszewicką krucjatą. Zgalaretowały się polityczne świństwa; galareta, podlana teraz „bolszewickiemi" pieniędzmi zagranicy, stanęła mocno i tak trwało wszystko niby zupełnie po faszystowsko-fordowsku, a w gruncie rzeczy po dawnemu, gdy wokół wschodniej granicy rozszalała się niebywała dotąd awantura. „Żółte niebezpieczeństwo" (kto wie czy nie największe właśnie bezpieczeństwo na tej naszej nudnej gałce) przeszło ze sfery pogardzanych mitów do krwawej, codziennej, do tej „nie-do-uwierzenia" rzeczywistości. Nic nie mogło zachwiać naszego kraju w jego heroicznej obronie idei narodowości w dawnym, przed-historycznym nieomal, to jest XIX-to wiecznym, stylu, przed zalewem 5-tej czy 6-tej (najstarsi ludzie nie pamiętali) międzynarodówki. A syndykalizm, czy robotniczy, sorelowski, czy amerykańsko-faszystowsko-inteligencki to wcale nie taka łatwa sztuka do przeprowadzenia. Ileż to czasu upłynęło od tych czasów! Polska jak zawsze była „odkupicielką", „przedmurzem", „ostoją" — na tem przecie od wieków polegała jej historyczna misja. Sama dla siebie była niczem — poświęcając się dla innych (zbyt głęboko wpojona była wszystkim ta ideologja) dopiero zaczynała istnieć naprawdę sama dla siebie. Mimo to pewnym ludziom wcale nieźle się działo — (trudno — bo czyż zupełny trup może się dla kogoś poświęcić i czy to będzie wogóle pożyteczne?) — a klasy niższe, zanarkotyzowane *„swoje - obraznym faszizmom na pseudo-syndikalisticznom fonie"* (jak pisał pewien bolszewik w dawnym stylu) nie mogły się ani rusz zorganizować. Zupełne sproszkowanie wszelkiej ideologji, automatyzm specjalizacyjny i podejrzany dobrobycik za „bolszewickie" pieniądze z zachodu były tego przyczyną. Czekano wypadków, czekano rozstrzygnięcia z zewnątrz — poprostu czekano chińczyków. Podświadomie czekali ich nawet przedstawiciele Syndykatu Narodowego Zbawienia — za jaką bądź cenę nie chcieli odpowiedzialności — choćby w dożywotniem więzieniu ale nie odpowiadać za nic. Odpowiadać? — dobrze — ale przed *kim*? Nie było przed kim — straszne — a jednak.... Nie do uwierzenia były to stosunki, a przecież kiedyś było to prawdą. Jeden tylko był człowiek predestynowany na to, by choć w przybliżeniu odpowiedzieć jakimś piekielnym czynem na kłębiące się wokoło zapytania przerażonego samym sobą losu. Był to ów tak zwany „kwatergen", Kocmołuchowicz, wielki organizator armji (miał zasadę: „stwarzać siłę, tej zawsze trzeba będzie, a cel równie zawsze się znajdzie — nie ten to inny"), genjalny strateg dawnej szkoły (dawnej to znaczy nie chińskiej) i najbardziej nieobliczalny demon z tych najodważniejszych, którzy jeszcze na zaćmionym horyzoncie indywidualizmu pozostali. (Oczywiście odwaga w stosunku do niebezpieczeństw wewnętrznych była tu główną wartością, a nie ta zwykła, zwierzęca, fizyczna. Choć i tej brakować zaczynało najtęższym.) Reszta tak zwanych wybitnych jednostek (prócz paru podobnych mu, ale niższych marek „überkerli" należących do jego sztabu) była to banda wylękłych widm, jakichś skastrowanych społecznych makrotów, a nie realnych ludzi płci męskiej. Na tle ogólnego zaniku wszelkich ludzkich wartości wspaniała i tak postać generalnego kwatermistrza urastała do gigantycznych rozmiarów, Psychiczne zadzieranie głowy w celu widzenia rzeczy najzwyklejszych było na porządku dziennym. Dziwny ten stan rzeczy był tylko wynikiem tego, że Polska nie wzięła udziału w antybolszewickiej awanturze. Zatrzymane wbrew przeznaczeniom siły (i to przeciwne sobie) sfermentowały się stwarzając toksyny, które zręcznie dozując i rozdzielając, potrafili kierownicy zagranicznej polityki bolszewickiego zachodu zatruć u nas wszelką świadomość historycznej chwili. Jeden „kwatergen" był nie do otrucia — nie imał się go żaden jad, siłą swoją imunizował najbliższe swe otoczenie w celach niezbadanych, tą niezbadanością absolutną, bo niepojętych dla niego samego. Co za rozkosz być takim! — być choć chwilę i zginąć w torturach nawet za tę cenę, ale być. Mniejsza z tem narazie.

Tengier przestał się śmiać i wpatrzył się w Genezypa jak w ofiarę. Myśl genjalna rozświetliła mu łeb, jak świeca latarnię: opanować tego bubka, papa kipnie, browar jego, pieniądze, sława, zwycięstwo, pokonani wrogowie, Maryna jako królowa, wszystkie kobiety jego, wszyscy na brzuchu przed nim — NASYCIĆ SIĘ!! „Podświadomie wszyscy są dranie" —

mawiał on, sądząc po sobie. Zbyt banalne były to prawdy, ale w życiowych kombinacjach, w teoretycznych rozmowach o życiu Tengier nie był mocny. — O tem potem — rzekł. — Wielkość wszystkiego jest tylko w sztuce. Ona jest tajemnicą bytu oglądaną jak dzik na półmisku, jako coś dotykalnego — rozumiesz — a nie jako system pojęć. To o czem ty mówisz ja stwarzam jako materjalne nieomal zjawiska. Ale ich nie słyszę w orkiestrze — to jest fatalne i to nietylko dla mnie. Ktoś powiedział, że muzyka jest sztuką niską, bo młotki biją w kiszki baranie i druty, albo włosem końskim jeździ się po tychże kiszkach, albo wydyma się zaślinione metalowe rury. Hałas — hałas jest czemś wielkiem — ogłusza, oślepia, zabija wolę i stwarza prawdziwy djonizyjski szał w abstrakcyjnym wymiarze ponad życiem — a jednak *jest*, a nie jest tylko pojęciową obiecanką. Cisza jest martwotą. Malarstwo, rzeźba — to stoi, to jest statyczne — a poezja i teatr, to zlepki różnych wartości obciążone życiem — to nigdy nie da ci *tego*... — podszedł do swego ukochanego Steinwaya, jedynego zbytku na jaki sobie pozwolił, po strasznej walce z teściem, Johymem Murzasichlańskim, Wawrzkiem Nędzą Kopyrtniakiem od Wawrzuli — i zagrał — (o jej jak zagrał!!!) — zdawało się, że grzmot podziemnego człowieczego bebechu wywalił się na niebo, ale nie to ziemskie, tylko wszechświatowe niebo nicości, naprawdę nieskończone i puste, i stamtąd, z metafizycznych burzowych obłoków zwalił się w samo dno pełzającej, rozpłaszczonej, rozpłomienionej, *bezpłodnej* tajemnicy. Wiązania świata trzeszczały; z oddali promieniało ukojenie śmierci, zmienionej w łagodny sen nieznanego bóstwa, łamanego kołem nadboskich tortur: bezpośredniego pojmowania aktualnej nieskończoności. Wypuczyło się oko szatańskiej świadomości wszechistnieniowego zła na bezkresy pustynne ostatecznych, niby obojętnych pojęć i blask nieznośny do bólu, wiercący niezłomne pancerze przedwiecznej ciemni bytu rozszalał się w bezbolesnem cierpieniu, w takiem francuskiem „*malaise*", podniesionem do potęgi continuum. Genezyp zamarł jak zając pod miedzą. Nie słyszał jeszcze takiej muzyki, tak bezczelnie, *metafizycznie nieprzyzwoitej* — coś było w tem z tej muzyczki parkowej, kiedy to oni z Toldziem... Ale tamto było dziecinnem złudzeniem, podczas gdy tu działo się to naprawdę. Metafizyczny onanizm — innego na to słowa niema. Bo jest i maksymalna samotność (któż jest samotniejszy od onanisty?) i bezwstyd i rozkosz i ból i dziwność zaziemska tego niezróżniczkowanego amalgamu bólu i rozkoszy i niedościgłe piękno wbite jak kieł w ohydę bezmierną, ostateczną. Ech — to przechodziło wogóle wszystko. Stał się Zypcio robaczkiem na nieskończonych pustaciach samotności bez dna, zgnieciony w pigułkę o gęstości Irydium, co sama siebie jak wąż łykała i łyknąć nie mogła, wypatroszony bezkreśnie na geograficznych (już nie astronomicznych) szerokościach nieskończonej kuli przestrzennego Istnienia. Bez wysiłku przeskoczył w sobie jakąś niebotyczną przełęcz na zawsze. Już nigdy nie wróci tam, do tego normalnego, przedmaturycznego pojmowania siebie i świata. Jeszcze pół godziny temu mógł być zupełnie kim innym. „Zufall von Bücher und Menschen...“ — tych spotkanych nie w porę — coś takiego pisał Nietzsche. Teraz potoczył się Zypcio jak skała oderwana od szczytu w przepaść. Oczywiście nic o tem naprawdę nie wiedział. Na to musiałby być starcem o wyostrzonych szpikulcach samoanalizy i zgniłych połaciach psychiki, obwisłym i strupieszałym. (Zresztą u niektórych samoanaliza staje się poprostu tylko samolizą — samolizaniem się wdzięcznego kotka.) „Jednak to coś jest“ — szepnął na zimno sam sobie, raczej komuś, kogo jeszcze w sobie nie znał, komuś strasznemu. Szybko odwrócił się od tych „rzeczy“, wiedząc, że kiedyś trzeba będzie spojrzeć im prosto w pyski. Tengier grał coraz straszliwiej, coraz niedosiężniej — czuł, że znalazł w tym niekulturalnym muzycznie bubku odpowiedniego słuchacza. (Zawsze mówił: „dla moich rzeczy trzeba albo dzikusa, albo hyperultrarafinowanego znawcy — środek do djabła“. Całe społeczeństwo było tym „środkiem“ niestety.) Nie improwizował — była to fortepianowa transkrypcja symfonicznego poematu pod tytułem „Rozwolnienie bogów“, skomponowanego rok temu. W teczce ze szkicami miał twory stokroć straszliwsze, prawie niewykonalne — nietylko dla niego fortepianowo za trudne — niewykonalne wogóle, nierozplątalne, muzycznie nie do rozwinięcia: „niewykonabuły“, jak je sam nazywał i to absolutne. A jednak jeden ze szkiców takich „pipczył“ już, jak się sam wyrażał i partytura puchła powoli w dziwacznych deseniach złowróżbnych znaków, kryjących w sobie potencjalnie metafizyczny ryk, samotnej w przepaści świata, osobowej bestji. Nagle przerwał i zatrzasnął wieko swego jedynego wiernego bydlęcia. Zbliżył się do wstrząśniętego do samego zwierzęco-metafizycznego dna, zmiażdżonego w jakiś bezkształtny ludzki zakalec, Genezypa. Mówił tryumfalnie, bestjalsko:

— Hałas — ten piekielny zorganizowany matematycznie hałas. Niech kto mówi co chce o wyższości tworów nieruchomych i cichych i o pełności sztuk złożonych, z ich marmeladą sprzecznych elementów, a jednak to jest najwyższa ze sztuk. Chciałbym żeby się wszystkim babom świata mokro zrobiło, ale do tego one jeszcze nie dorosły. Ha — gdzieś w Kalifornji rosną dla mnie dzieweczki, jeszcze może są w pieluszkach — jak moja Ninon kilka lat temu... — (opamiętał się.) — *„Musik ist höhere Offenbarung als jede Religion und Philosophie"* — Cha, cha! I to powiedziało to wielkie XVIII-to-wieczne dziecię — Beethoven! A gdyby słyszał, co ja robię, toby się wyrzygał z obrzydzenia. Kończy się ścierwo, ale ja jestem ostatni z ostatnich, bo ten Pondillac i Gerrippenberg, a nawet Pujo de Torres y Ablaz to są skowronki polne przy mnie. Takich było tysiące. Wielkość jest tylko w perwersji — ale gdzie są idealne granice tego świata, bo realnie kończy się on *tu* — rzekł jakby sam do siebie i stuknął się potwornym żabim paluchem we włochaty łeb. Ale bacznie śledził przytem swego nowego pupila. Już wiedział o nim wszystko. — Dziś będziesz jej kochankiem Zypciu. — (Genezyp zatrząsł się cały z obrzydliwego płciowego strachu typowego niewiniątka.) — Nie bój się: *ja* przez to przeszedłem. Lepiej, że stracisz niewinność na tej starej klempie, niż żebyś miał po bajzlach jakichś... —

— Ach nie! — (przecież ojciec jego myślał tak samo!) — Nie chcę, nie chcę! Ja chcę kochać się najpierw... — Rzucił się i siadł znowu bezwładnie.

— Hę? — spytał Tengier. — Nie udawaj delikatnisia przedemną. Nawet nie mów o miłości: to albo złuda ordynarna, albo takie życie, jak moje. Jesteś silny człowiek, jak i ja. Będziesz jeszcze silniejszym, o ile znajdziesz punkt zaczepienia dla twojej siły w tym naszym podłym świecie. A to dla typów takich jak ty jest coraz trudniejsze. Za mało w tobie jest maszynki — bo czy ci zwyciężą, czy tamci, czy nasz faszyzm, czy chiński komunizm, nie mówię o tym zachodnim kompromisie — wynik będzie jeden: szczęśliwa maszyna — banalne to jak to, że świat jest nieskończony. Ja czekam chińczyków. Tu, w tem naszem bagnie złamie się ich potęga, chyba, że stanie się cud. Bo Rosję oni połkną jak pigułkę. I dalej to nie pójdzie. Bo tam — (wskazał na lewy od Genezypa węgieł swojej chałupy) — na Zachodzie już się to wypali: komunizm to pierwsza warstwa gnoju dla początku tego, co przyjdzie i co pozostanie już względnie wiecznem. Wtedy muzyki nie będzie już na tym świecie. Może będzie na księżycu Jowisza, na planecie Antaresa czy Aldebarana, może nie będzie to muzyka — może tam są inne jakości wrażeniowe, oparte na innych drganiach — ale coś będzie i jest tam w obcym, nieskończonym bycie, rozbitym na skupienia Istnień Żywych — te głupie gałki, na których rodzą się takie ich kolonje, jakiemi jesteśmy my: ty i ja i ona i wszyscy... — Zamarł w proroczem natchnieniu ostatni groźny bożek przyszłości, a teraz mąż bogatej chłopki, śmierdzący grzybem garbus, brodacz i megaloman —

megaloman relatywny, jak sam siebie nazywał. Genezyp ocknął się, ale tamten panował nad nim niepodzielnie. Mówił cytując Micińskiego: — „A prowadzi mnie jakaś mściwa ręka, a prowadzi mnie wiekuisty ból...!" Genezypowi przemknął w wyobraźni obraz rzeczy wiekuistych: tępego bólu zamarłej przestrzeni — gdzieś w bezmiernej oddali senny Bóg Ojciec z zamarzłą w szronie z Helium brodą i na małej, ciepłej planetce krzyż, na którym rozpięty na darmo Syn Jego, z płomiennem, rozdartem sercem, jedynym prawdziwym ogniem w lodowej pustyni świata. I co się z tego zrobiło? Dziś jeszcze (tolerancja zaiste większa niż Torquemady) daje jakiś pan utytułowany we fraku, w asyście gwardji z halabardami! — nie, te halabardy strzegące Chrystusowego Namiestnika to już jest szczyt — tylko wszyscy się tak przyzwyczaili, że tego nie widzą — otóż daje mądremu władcy dusz (przepojonemu systemem Taylora!) jakąś czerwoną czapkę, wśród ceremonji, którejby się nie powstydził Filip II, albo nawet Xerxes czy Kambyzes! Bo mimo całego „bolszewizmu" nawet na Zachodzie działy się takie rzeczy (i u nas) i papież trwał dalej w dawnych formach pompy władców tego świata — on jeden jedyny i nikt o to nawet nie dbał. A może gdyby nie to właśnie, gdyby nie ten ciągły kompromis Kościoła, to może naprawdę tamta ofiara na krzyżu byłaby na darmo i nie byłoby teraz „chińskiego ruchomego muru" walącego się na Europę. A może wystarczyłby Budda? E — chyba nie. Bo czyż bez naszej społecznej problematyki, na tem właśnie wyrosłej, ruszyłyby się zakrzepłe masy ze Wschodu. „Skąd ja to wiem wszystko" — szepnął do siebie Genezyp. I nad tem jeszcze biret wiejskiego spowiednika, nieśmiertelniki na ugorach i łamiące się świece i stara zła baba (już nie starzec) zbierająca chrust w mroźny, jesienny wieczór i nadewszystko rozmowy z matką. („Że też o niej nie pomyślałem już od kilku godzin!") Tak — to były rzeczy wiekuiste. Dotąd. Odtąd miało być inaczej — co innego miało dostać wiekuisty wymiar. A tamten mówił dalej: („kiedyż się skończy ta męka!")

— I to musisz mi przyrzec, Zypciu — ja ciebie lubię jednak, niewiadomo dlaczego...

— Tylko niech mnie pan nie całuje już nigdy — szepnęła ofiara. Uścisk wstrętnej łapy.

— ...musisz mi przyrzec, że artystą nigdy nie będziesz się nawet starał zostać. Dobrze?

— Tak. Ja byłem strasznie przygnieciony potęgą pana muzyki. Ale to są symbole, wyrazy o konwencjonalnem znaczeniu — jak w logice szkolnej według Benza. Ja chcę życia. Ten hałas jest złudą. —

— Tak — dla tej złudy żyję *tak*. (W tem „tak" było wszystko: cała nędza i wewnętrzna chwała obłąkańca idei.) — Ale nie wyrzekłbym się tego za wszystkie tryumfy wszystkich lotników, inżynierów, wynalazców, śpiewaków, władców i pokutników świata. Ale ty tego nie zrobisz nigdy. Wiem — jesteś zdolny i może się w tobie ocknąć jakiś djabeł na ten temat. Ale mówię ci otwarcie: na mnie kończy się wszystko. Ja już jestem nieszczęśliwy — bo duszę się sam w sobie, w moich formach własnych, których już opanować nie mogę. — („Prędzej czy później zwarjować muszę, bo się nie w świecie, ale w sobie duszę" — znowu przypomniało się zdanie z wiersza „złego" kolegi) — Ty byłbyś zakłamanym od samego początku, a ponieważ jesteś, zdajesz się być silnym, tem niebezpieczniejsze byłoby to dla ciebie. Im silniejsza natura, tem gwałtowniejszy przebieg procesu wyczerpania. Ja tylko tem się trzymam, że właśnie fizycznie słaby jestem jak flak. Ale nerwy mam jak stalowe druty. A i one kiedyś też trzasną. Rozumiesz?

— Rozumiem — rzekł Genezyp, choć nie rozumiał właściwie nic. Ale czuł, że to jest prawdą. Naprawdę nie groziły mu te właśnie niebezpieczeństwa. (Tengier transponował wszystko w artystyczne wymiary. Inna psychologja była mu obcą — podświadomie wszystkich uważał za artystów, albo za bezduszne automaty — stąd też płynęła jego amoralność.) Jakieś inne groźby (w postaci palca, czy czego groźniejszego jeszcze, niewiadomo czyjego, grożącego aż gdzieś z zaświatów) mignęły gdzieś w ciemnych zwałach niejasnych przeczuć na dnie i zgasły zaraz, jak iskry za pędzącą w *nieznanym* kraju lokomotywą. — Nigdy nie miałem zamiaru. Chcę życia samego bez żadnych dodatków. — (Gdzież się podziała cała ta tak pożądana „literatura"). — Będę sobą na małym kawałku istnienia. — Nieszczerze mówił te skromności. Poprostu zestrachał się nagle jak koń przed samochodem i teraz łgał przed sobą z tego strachu.

— Nie tak to łatwo jak myślisz. Chcę dać ci kierownictwo siły bezimiennej, którą mógłbyś się bić, jak szpadą. Kogo zabijesz to obojętne. Może nawet siebie. Dobrze zabić siebie — żyjąc choćby potem dalej — to może największa sztuka. Musisz to umieć. —

— Ale jak to wygląda w praktyce? — (Nigdy się o tem nie dowiedział Genezyp.)

— Codzienny dzień — mówił zamyślony Tengier — Czyż ja to stworzyłem sam? Jestem we władaniu siły obcej, kosmicznej. —

— Czy w znaczeniu astronomicznem? — (Wszystko w głębi zionęło już nieznośną pospolitością. Aż skóra bolała od poczucia nieprzezwyciężonej nudy, zaciągającej nad światem całym. I ten potworny kontrast między tworem, a życiem artysty (choćby czort wie co się z nim działo w rzeczywistych wymiarach), który teraz dopiero pojął Genezyp, stawał się czemś tak nie do zniesienia, jak „wymierzanie niewymiernej liczby". Już, już i jeszcze nie — a dosyć tego. Życie trzeba brać kawałami, choćby w każdej cząstce kryła się nieskończoność.)

— Głupi jesteś. Mówiąc „kosmiczny" myślę o wielkich prawach całego bytu. — W oświetleniu tamtej nudy nawet tylko co przeszła chwila muzycznego zachwytu wydała się Genezypowi niegodną komedją, na tle nieprzyjemnie denerwującego hałasu. „Tak samo byłoby, gdybym słuchał huku jakiejś olbrzymiej maszyny. Tak — ale olbrzymiej. Wielkość zastąpiona jest tu proporcją. No i co z tego? To nie było jeszcze to, o co mu chodziło, gdy szedł tu pod bezpośredniem wrażeniem tamtego „objawienia".

— Tak — nigdy nie chciałbym zostać artystą — rzekł twardo. — Niech się pan nie gniewa, ale cóż znaczy ten jakiś hałas, czy coś innego w tym rodzaju, nawet jeśli jest trochę uporządkowany, jak muzyka, czy wogóle sztuka. Literatura, którą właśnie chcę się zająć, ma daleko większe znaczenie, bo tam jest treść jakaś, niezależna od samego porządku, tylko od siebie samej, od podłoża, z którego powstaje. Rozbabranie tych treści na zimno, które są tam na gorąco podane... (Aż zdziwił się, że tak mówi.)

— Forma — nie rozumiesz? — Tengier zacisnął włochate pięści. Miał minę człowieka, któremu grunt usuwa się z pod nóg.

— Forma, która musi się zdeformować sama, aby sobie wystarczyć. Gorzej — musi zdeformować rzeczywistość. — (Genezyp dziwił się coraz bardziej sobie. Igły objawień przeszywały mu mózg. Ale już czuł nadchodzącą ciemność. Aparat pojęć był za mały, za mało sprawny. Tamten zatłamsił ten ogień brutalnie, ale trochę jakby nieszczerze.)

— Forma — powtórzył — forma sama w sobie, wyrażająca bezpośrednio Tajemnicę Bytu! Dalej jest tylko ciemność. Pojęcia na to nie starczą. Filozofja już się skończyła. Babrze się potajemnie w przyczynkach. Oficjalnie niema już jej katedr na uniwersytetach. Tylko forma jeszcze coś wyraża. — (Ukazały mu się niedokończone utwory na granicy zrozumiałości stworzone nie dla kogoś, dla niego samego. „Ten smarkacz ma rację", jęknął prawie w myśli. „Ale ja muszę użyć życia.")

— I cóż z tego? To jest kwestją umowy, że to właśnie jest czemś tak ważnem. Łudzili się ludzie — teraz przestali. Artyści są wogóle niepotrzebni. Na tem polega to nieporozumienie z publicznością, to

nieuznanie, z którego pan robi zupełnie niepotrzebnie bohaterstwo.
— Człowiek przyszłości — mruknął tamten ze wstrętem. — A jednak
masz słuszność, Zypciu. Jesteś straszny brutal — w tem jest twoje
szczęście. Siłę masz, ale uważaj, żeby cię ona nie zatruła, kiedy nie
znajdziesz w porę sposobów jej zużycia. —
— A tego mi pan nie wytłomaczył, czemu dziś wszystko stało się takie
inne i dziwne. —
— Nie staraj się tego pojąć. Bierz to takiem, jakiem jest, jako skarb
najcenniejszy i nie trwoń tego, ani myśląc o tem, bo nic nie wymyślisz —
tylko dziwność rozsypie ci się na strzępki umarłych pojęć — pokażę ci
takiego człowieka, co już to uczynił — jest tu. A nadewszystko nie staraj
się tego wyrazić w żaden sposób — nawet nie mów o tem z nikim, bo
wpadniesz w sztukę, a widzisz na mnie, czem to pachnie: coraz
dziwniejszem chce mi się mieć to wszystko i piętrzę niemożliwości jedne
na drugich, aby temu podołać. A to bydlę jest nienasycone — nic mu nie
wystarcza. A do potęgowania chwil takich możesz się przyzwyczaić, jak do
wódki, albo czegoś gorszego jeszcze. I potem niema już rady: musisz iść
coraz dalej, brnąć w to aż do obłędu.
— A co to jest obłęd?
— Chcesz klasycznej definicji? Niewspółmierność rzeczywistości, ze
stanem wewnętrznym, doprowadzona do pewnego stopnia,
przekraczającego przyjęte w danem środowisku normy bezpieczeństwa.
— To pan jest też warjatem? Pana muzyka jest niebezpieczna i dlatego jest
pan nieuznanym.
— Do pewnego stopnia — tak. Co za brutal jest ten młokos. Nie zginiesz w
życiu, ale strzeż się obłędu. Zachować całą wartość tej dziwności, którą
dziś poraz-pierwszy poczułeś, nie myśląc o niej i nie wypowiadając jej,
niezmiernie trudnem jest zadaniem. Powinna świecić, jak lampa z za
mlecznej szyby, ale nie waż się rozbić tej zasłony i spojrzeć w samo
światło. Wtedy będziesz musiał potęgować je, aż do oślepnięcia, co właśnie
grozi mnie. Może gdybym mógł żyć tak, jakbym chciał, może wtedy nie
byłbym artystą. Kalectwo jest zdaje się tego przyczyną. Takie są te twórcze
typy dzisiejsze. Czynności zastępcze...
— Ale praktycznie...
— Czyś ty się wściekł z tą praktycznością? Ja ci nie powiem jak się masz
dać zgwałcić tej babie, ani co jutro zjeść na śniadanie. Ja ci mówię tylko:
staraj się zachować w stanie pierwotnym to, coś dziś w sobie odnalazł i
naucz się panować nad własną siłą. To trudniejsze jest od pokonania

słabości — wierz mi.

„Czy ja jestem naprawdę tak silny, jak się tej pokrace wydaje?" — pomyślał Genezyp. „Chociaż nikt chyba nie wie na ile jest silnym, póki siebie nie wyprobuje". — „Jesteśmy zawsze silniejsi, niż to sobie wyobrażamy" — przypomniało mu się zdanie ojca. — „Siła charakteru polega na przezwyciężeniu chwilowej słabości" — przesunęło się zdanie z wzorków kaligraficznych z klasy trzeciej. Wszystko to nie pasowało do chwili obecnej. Co go obchodził w tej chwili problem siły? Tengier był zadowolony. Bolesna nuda jego faktycznej egzystencji na tle straszliwych zmagań się z niewiadomem w krainie czystych dźwięków, dawała się okłamać jedynie przez to, co popularnie nazywano „włażeniem na innych ludzi". Termin wymyśliła księżna. Musiał mówić komuś o jego niebezpieczeństwach, wyławiać z drugich podświadome motory ich działań, prorokować, radzić — jednem słowem wykrzywiać na ile można czyjeś przeznaczenie — poza muzyką żył w tem najistotniej, a mało znajdował objektów odpowiednich dla swych doświadczeń. W Genezypa wpił się jak kleszcz. Poza finansowemi możliwościami, był on dla niego doskonałym okazem dla spotęgowania własnej ważności, przez projekcję prawie urojonych koncepcji na cudzą jaźń.

Weszła pani domu, niestety pozornie tylko uduchowiona nieduża blondynka. Miała wąskie oczy o jasno-orzechowych tęczówkach, wystające policzkowe kości i idealnie prosty nos. Tylko w wąskawych ustach czaiła się przewrotna zmysłowość, a szerokie szczęki nadawały jej twarzy (ale po przyjrzeniu się) coś dzikiego, prawie zwierzęco-pierwotnego. Głos miała niski, metalicznie dźwięczny, gardłowy, łamiący się jakby od łez i utajonej namiętności. Tengier niechętnie przedstawił Genezypa.

— Pan baron pozwolą z nami na kolację — rzekła trochę uniżenie pani Tengierowa.

— Bez tytułów, Maryna — przerwał ostro Putrycy.

— Oczywiście Zypcio zostanie. Prawda, Zypek? — akcentował niesmacznie to mówienie „na ty". Widocznie chciał zaimponować tem żonie.

Przez zimną sień przeszli do drugiej części domu, urządzonej po chłopsku. Dwoje dzieci Tengierów żłopało już kwaśne mleko. Mdły nastrój psychiczno-zapachowy dusił Genezypa za gardło. Niewspółmierność tamtego pokoju z tym, rozmowy z rzeczywistością, była aż nazbyt nieprzyjemnie widoczna. A jednak i w tem objawiała się przykra potęga gospodarza domu. „Jakże wstrętna może być czasem siła" — myślał

Genezyp, obserwując oboje Tengierów, jako jeden kompleks. Mimo, że nie wiedział nic na ten temat, myśl o fizycznem zetknięciu tych dwojga obrzydliwa była aż do bólu. Przez otwarte drzwi drugiego pokoju widać było duże łoże małżeńskie, widoczny symbol tej wstrętnej kombinacji ciał. Stosunek płciowy takiej pary musiał być jakiemś nieznośnem cierpieniem, podobnem do spotęgowanego *„malaise"* w skórze podczas influency, do nudy w jakimś saloniku z względnie trzecio-rzędnymi gośćmi podniesionej do niewymierzalnych potęg, do więziennej rozpaczy, do bolesnej tęsknoty psa na łańcuchu, patrzącego na zabawy innych, wolnych psów. Oboje stanowili takiego psa — dwuosobowego. A jednak musiała w tem być jakaś przewrotna rozkosz. (Pani Tengierowa zlekka podobała się Genezypowi, ale wyraźniejsze uczucia w tym kierunku przysłaniał obraz tamtej wiedźmy.) Spuścić ich z łańcucha — to było w tej chwili jego marzeniem. Tak było jak on myślał, ale Tengier zautomatyzował swoje cierpienia w tak genjalnie zawiły sposób, że mimo iż teoretycznie wiedział o innem życiu, szczęśliwem, bez tego podkładu bolesnej obrzmiałej jak pęcherz uremika nudy, to jednak praktycznie inne istnienie było niewyobrażalne jak cień graniastosłupa na kulę w czwartym wymiarze i taka banalna rzecz, jak naprzykład *no* — jazda własnem autem po francuskiej rywjerze, langusty, szampan i drogie dziewczynki, przedstawiała się tak abstrakcyjnie, jak symboliczna logika Afanasola Benza. Całe życiowe nieporozumienie przechodziło najprzód przez osmotyczną błonę czystych dźwięków i tam to następowała sublimująca transformacja bezwstydnej pospolitości w inny wymiar usprawiedliwień. Ale jak działo się to właśnie, nie wiedział nikt, ani sam Tengier. Przejście było tak szybkie, jak od stanu pijaństwa do zakokainowania — „czik i gotowo" — niewiadomo jak i kiedy. „Tajemnica genjuszu" mawiał czasem sam wynalazca tej metody po pijanemu.

Ciężkie milczenie gniotło wszystkich od środka. Nawet dzieci, do których usiłował się czulić Putrycydes, odczuły obcość atmosfery, ściętej jak białko od kwasu, przez nieznanego gościa i potworną dawkę rozmowy poprzedniej. [W czasie wakacji nie wolno było Zypciowi chodzić nigdzie, prócz na sportowe wycieczki z „jogrem" Zygfrydem i z tego powodu nie znał on najbliższego nawet sąsiedztwa. Nawet na domowych przyjęciach nie asystował nigdy. Takim był system izolacyjny starego Kapena. Chciał synowi dostarczyć ciekawych wrażeń wtedy, kiedy godnym się stanie ich przyjęcia. Dlatego to teraz, kiedy „dojrzał" nagle mocą nie jakiegoś tam papieru, tylko na podstawie poczucia spuszczenia z łańcucha, najmniejsza rzecz robiła na nim tak piekielne wrażenie. Nie wierzył prawie w swoją swobodę — bał się, że się obudzi z tego stanu, jak ze snu.]

Kiedy już żegnał się po kolacji, nie nasyciwszy właściwie pragnienia rozwiązania dręczącej go zagadki przebudzenia, Tengier rzekł ni stąd ni zowąd: [nie mógł się tak odrazu o wpół do dziesiątej rozstać ze swoją nową ofiarą. Projekcja jego zbutwiałej w nudzie osoby na ten ekran zbyt była pociągająca. A przytem potrzebował jakiegoś konkretniejszego tryumfu nad pięknym, wstrętnym mu chłopcem — nietylko nad duszą, ale i nad ciałem — aby poczuć znowu swoją męską potęgę. Czy tu czasem nie kryła się tajemnica nieokreślonego spółczynnika transformacyjnych wzorów na odkształcenie rzeczywistości? Bez jednego najmniejszego kółeczka cała maszyna rozsypałaby się na drobne kawałki. Napięcie wewnętrzne było wprost straszne. „*Wy żywiotie na bolszoj szczot, gaspadin Tengier*" jak powiedział kiedyś Bechmetjew. Ale nikt nie zdawał sobie sprawy z subtelności tej kombinacji. I co kogo to wreszcie obchodziło. Może w jakiejś bijografji za lat sto, kiedy już żadnych danych naprawdę nie będzie. A ostatnia symfonja, majacząca mu się w przestrzennej wyobraźni jako największy jego twór, nie znajdowała dostatecznego dopingu, aby się wywalić na świat z krwawego wnętrza twórcy. Zresztą nazywało się to tylko symfonją — była to prawdziwa Wieża Babel nieskoordynowanych ze sobą tematów, w której konstrukcyjność nie wierzył chwilami sam niedoszły jej autor. Może to było dzieło ostatnie? Ale co potem? Jakaś bolesna pustać rozpościerała się poza mglistemi konturami tego gigantycznego pomysłu. A przytem niemożność słyszenia własnych symfonicznych utworów w orkiestrze, doprowadzała Tengiera do dzikiej, graniczącej z szałem rozpaczy. Przez tę abstynencję wykształcił w sobie wyobraźnię słuchową w tak piekielny sposób, że wewnętrznie słyszał niewyobrażalne dla innych połączenia dźwięków, ich barw i rytmów. Ale to było niczem dla niego — niczem, psiakrew!]

Rzekł tedy:

— Chodź ze mną. Odwiedzimy kniazia Bazylego w jego pustelni. To będzie pewnego rodzaju próba.

— Nie mam broni. — (Owa pustelnia stała daleko w lasach, rozciągających się na wschód od Ludzimierza, aż po same podnóża gór.)

— Wystarczy moje parabellum. Dostałem je od teścia.

— A przytem o drugiej w nocy mam być tam...

— Ach to o to chodzi? Właśnie dlatego powinieneś pójść. Zbytek energji na pierwszy raz może cię tylko skompromitować. — Genezyp zgodził się obojętnie. Dziwność zastygła teraz i stała w miejscu. Ogarnął go

wewnętrzny bezwład — gotów był na wszystko — nawet nie bał się
księżnej w tej chwili. Nad całym dniem i nad przyszłością zaciężyła nuda
rzeczy z góry ułożonych, nieodwołalnych — taką wydała mu się też
ostatnia przemiana. Spokojnie myślał, że może ojciec umiera tam za
lasami, wśród potwornych ilości wyprodukowanego przez siebie piwa i
nie miał żadnych wyrzutów, że go opuścił. Cieszył się nawet potajemnie za
małem (psychicznem) przepierzeńkiem, że teraz oto on, zagnębiony
Zypcio, stanie się głową rodziny i weźmie wszystko na siebie. Problem
korzystania z pracy tych ciemnych postaci z „tamtej" strony życia był
jedynym dysonansem w tej harmonji. Ale to się jakoś załatwi.

— Tylko nigdy już niech pan mnie nie całuje, niech pan pamięta —
powiedział cicho do Tengiera, gdy szli po skrzypiącym śniegu wielką
płaszczyzną, ciągnącą się ze cztery kilometry, aż do czerniejącej na
horyzoncie ludzimirskiej puszczy. Gwiazdy mrugały, mieniąc się
tęczowemi blaskami. Orion płynął już równolegle na zachód nad
widmowemi szczytami gór w oddali, a na wschodzie podnosił się właśnie z
za horyzontu olbrzymi, czerwonawy Arkturus. Ametystowe niebo,
rozświetlone na zachodzie od tylko co zapadłego księżycowego sierpa,
baldachimiało, kopuliło się nad wymarłą ziemią z jakimś fałszywym w tym
momencie majestatem. „Wszyscy jesteśmy więźniami, w sobie i na tych
kulach" — niejasno pomyślał Genezyp. Pozorna dowolność pomaturycznej wizji przyszłości z przed-maturycznych czasów, skurczyła się
w nieuniknioną tożsamość wszystkiego ze samem sobą. Konały już nie
byłe nigdy dnie i pełne oczekiwań i wypadków przyszłe wieczory w
antycypacji przeznaczeniowej bezwyjściowości życia, charakteru i
niezrozumiałej młodej śmierci — może jeszcze za życia. Czas stanął
znowu, ale inaczej — o jakże inaczej! — nie jako kompresor do przyszłego
skoku, tylko poprostu z nudy. Bezprzedmiotowy strach (nie ten przed
duchami), nieznany dotąd Genezypowi, powiał z pomiędzy równych pni
sosen i mgły jałowcowego poszycia. Daremnie szukał w sobie
popołudniowego pędu. Był martwy. Nie miał już ochoty nawet na
rozmowę. „Czego mnie wlecze ten pokurcz, czego chce odemnie!".
Tengier milczał ciężko przez całą godzinę. Nagle stanął i wyszarpnął
parabellum z futerału u pasa.

— Wilki — rzekł krótko. Genezyp spojrzał w gąszcz młodego zagajnika i
zobaczył jedno żółtawe światełko. Zaraz obok mignęło drugie, a potem
trzy pary naraz. „Profilem łypał" — pomyślał w ułamku sekundy. Tengier
nie był odważnym, ale miał manję probowania swojej wytrzymałości.

Mimo częstych spotkań z wilkami, które tu zresztą stadami nie chodziły — po cztery w kupie najwyżej — nie mógł się do nich „przyzwyczaić". I teraz zdenerwował się niepotrzebnie: „wziął" i wyładował cały zapas naboi w kierunku lustrzanie łyskających światełek. Huk odbrzmiał głucho z głębi zaśnieżonego boru. Światełka znikły. Pomacał się „w" torbę — drugiego magazynu nie było. Po ruchu odgadł oczywiście prawdę Genezyp. Wydobył mały nożyk z kieszeni — była to jedyna broń, jaką miał przy sobie. Nie bał się, jak zwykle, w samej chwili niebezpieczeństwa — miał za sobą już parę chwil takich — strach przychodził u niego czasem w kilka dni później. Ale straszliwy żal ścisnął mu serce i bebechy poniżej, aż po tę wiązkę dziwnych flaczków, których całego znaczenia jeszcze nie rozumiał. „Nigdy, nigdy już" — myślał łzawo z litością straszną w stosunku do samego siebie, na tle dawnej, „chłopięcej" odwagi. Zobaczył znowu emaliowe, wszechwiedzące gałki tej starej „wlani", (wyrażenie Tengiera, które nieubłaganie, na wszystkie czasy, połączyło mu się z obrazem tej damy), która w tej chwili bezpiecznie czekała na niego w swym poziomkowym buduarze. Godzina druga w nocy stała się dlań nigdy nieosiągalną wiecznością, a księżnę samą nienawidził w tym krótkim wycinku czasu, jak najgorszego wroga, jako symbol niespełnionego życia, które mu tu oto, na tej przeklętej leśnej drodze, uciec mogło na zawsze. Gdyby wiedział w jak okropnych czasach wspomni sobie ten rozkoszny względnie wypadek: możliwości głupiego pożarcia go przez wilki, możeby nie zechciał dalej żyć, wróciłby może do Tengiera i naładowawszy parabellum skończyłby ze sobą zaraz — albo tam u księcia Bazylego, albo może po drugiej w nocy... Kto wie? Teraz czuł się tak, jakby mu ktoś miał sprzątnąć z przed nosa tylko co zaczętą, szalenie ciekawą powieść. I uświadomił sobie dokładnie, że nie wie nic, kim *właściwie* jest, a nietylko kim będzie. Rozwarła się przed nim jakaś dziura, dziura bez dna, a wąska i niewygodna. Świat zniknął pod stopami, jak zmyty. Wisiał wychylony nad tą przepaścią. Ale *skąd* wychylony? — Przepaść ta nie była przestrzenią... Ta niewiedza o sobie stała się jednocześnie szczytem świadomości, zupełnie odmiennej od stanu po przebudzeniu się. Wiedział napewno, że nic, ale to absolutnie nic nie wie. Sam fakt istnienia był niepojętym. Leciał tak Zypcio w tę dziurę, leciał, aż się zatrzymał nagle jak wbity w śnieg znowu na tej samej, leśnej ludzimirskiej drodze. „Gdzie byłem — Boże! — gdzie ja byłem?!" — Zakręciło się wszystko w wichrze nierozplątanych myśli, które zgasły nagle jak zdmuchnięte. To wszystko zdziwiło go tak, że zapomniał na chwilę o wilkach, które mogły lada-chwila wypłynąć z drugiej strony: z boków, od tyłu. Tengier stał milcząc i trzymając parabellum za lufę. [U niego strach występował zawsze w postaci zamaskowanej: jako rozpacz, że nie napisze czegoś, co miał tam w głębi swego strasznego włochatego łba, lub, że nie wykończy partytur tych szkiców z czerwonej, safianowej teczki, jedynej pamiątki po matce, organiścinie z Brzozowa. Do tej teczki przywiązany był prawie jak do dzieci, z których znowu dumny był prawie jak ze swych najpotworniejszych utworów: taka pokraka „urodziła" takie śliczne, zdrowe, chamskie, byczkowate „ścierwiątka" (jak mawiał). Dziwnem było, że dzieci te i ich przypuszczalny los, nie występowały nigdy jako maska dla zwierzęcego, normalnego strachu.]

Las zaszumiał od wewnątrz i okiść spadła, wydając słaby, głuchy huk, łamiąc po drodze z trzaskiem drobne suche gałązki.

— Chodźmy — przemówił pierwszy Tengier. Mimo poprzednich strzałów głos jego zabrzmiał jak wystrzał armatni w uszach Genezypa: przerwał mu najdziwniejszą z dotychczasowych chwilę życia, może jedyną w swoim rodzaju, tę co w przybliżeniu nawet nigdy nie wróci. Napróżno starał się złożyć ją z kawałków wspomnień: on, las, wilki, Tengier, żal życia i tego, że nie pozna miłości (ach, ty drogi!) — to wszystko było i teraz też. Ale tamta chwila, w tylko co przepłyniętej przeszłości, wyrywała się z ciągu zdarzeń, jakby punkt wydarty z linji prostej w trójwymiarową przestrzeń. „O tajemnico wejdź jeszcze raz we mnie, zagość na jedną sekundę choćby, w moim biednym móżdżku niedoświadczonego młodego byczka, abym mógł zapamiętać twoje oblicze i mógł przypomnieć cię w najgorszych chwilach, które nadejść muszą. Oświeć mnie, abym ominął straszliwości, które są we mnie, bo tych poza mną nie boję się" — tak miamlał coś Zypcio, idąc ze zwieszoną głową za małpowatym stworem w huculskiej, baraniej rogatej czapie. Nie były wysłuchane te błagania. Las szumiał głucho, nieruchomo — szumiała sama cisza.

Za chwilę byli już na Białozierskiej Polanie, otaczającej pustelnię kniazia Bazylego. Była jedenasta.

WIZYTA W PUSTELNI KNIAZIA BAZYLEGO.

Z okien skleconego z bierwion domu biło pomarańczowe łagodne światło naftowych lamp. Dym, pachnący żywicą, kładł się nisko wśród rzadkich sosen i buków. Weszli [Oprócz gospodarza, ubranego w bronzowy habit-szlafrok, był tam jeszcze średniego wieku człowiek z rybiemi oczami i płową bródką: Afanasol Benz vel Bęc, Żyd. Był to wielki logistyk i wielki były bogacz, z którym poznał się kniaź Bazyli jeszcze za czasów, gdy służył w leib-gwardji pawłowskim pułku. Właśnie wspominał sobie kniaź te rozkoszne czasy, gdy jako młodziutki pod-porucznik chodził specjalnym „pawłowskim" paradnym marszem, machając (o dziwo!) obnażoną szablą, podczas gdy żołnierze trzymali broń jak do ataku. Cała gwardja zazdrościła im tego, jako też grenadjerek: czak z czasów Pawła I-go. Był to okres krótkotrwałej II-ej kontrrewolucji. Dużo potem Benz, straciwszy cały majątek, z rozpaczy oddał się logistyce i w krótkim czasie doszedł do zadziwiających wyników: oto z jednego jedynego aksjomatu, którego nikt prócz niego nie rozumiał, zbudował całkiem nową logikę i w jej terminach określał całą matematykę, sprowadzając wszystkie definicje do kombinacji paru znaczków podstawowych. Zachował jednak pojęcie klasy Russella i mawiał gorzko na ten temat, parafrazując zdanie Poincare'go: *„Ce ne sont que les gens declassés, qui ne parlent que de classes et de classes des classes".* Teraz był tylko nauczycielem w słowackiem gimnazjum na polskiej Orawie. Nie były to czasy odpowiednie dla uznania tej miary co Benz genjuszów. Niewiadomo czemu ideje jego w kołach zbliżonych do Syndykatu Zbawienia Narodowego uznano za wytrącające z mechanicznej faszystowskiej równowagi, w dodatku sztucznej. A paszportu zagranicznego odmawiano mu stale.

Kniaź Bazyli Ostrogski, oczywiście byłych kochanek Iriny Wsiewołodowny Ticonderoga (niedawno nawrócony na polsko-francuski, zdegenerowany pseudo-katolicyzm), dożywał obecnie ostatniego swego „wcielenia" pierwszej serji jako leśnik w puszczach jej męża.] Przyjęto przybyłych trochę chłodnawo. Znać było, że panowie tamci, zagłębiwszy się we wspomnienia przeszłości, niechętnie wrócili do marnej rzeczywistości obecnej. [A jednak przywykli tak do Polski, że mimo iż tam u nich w Rosji trwał od roku blisko „Biały Teror", nie mieli ochoty na powrót. A może wstrzymywała ich niepewność nowego systemu i strach przed „ruchomym murem chińskim", który, według naszych krajowych polityków z przed pół roku, rozbić się miał o tę przeszkodę. A przytem Bazyli, człowiek obecnie lat pięćdziesięciu sześciu, nieoczekiwanie odkrył w sobie polskość. Cóż dziwnego? Ostrogscy byli przecież dawniej polskimi magnatami i katolicyzm był kiedyś ich wiarą. Prawosławnym właściwie nigdy nie był, bo wogóle nie był wierzącym. Teraz spadło na niego objawienie, wskutek książek jakichś szukających na gwałt ratunku francuzów, które przysłała mu na „pustelnię" Irina Wsiewołodowna. Po tym fakcie dopiero stał się

pustelnikiem „*en règle*" — dotąd był sobie tylko zwykłym leśnikiem.]
Właśnie kilka godzin temu skończyli obaj panowie dyskusję, w której
Afanasol przekonywał księcia o nieistotności jego przemiany. Wspominali
też dawni monarchiści o nowej wierze mitycznego jak wizja de Quinceya,
malaja Murti Binga, która zaczynała się szerzyć w Rosji, a nawet potrosze i
u nas, a podobnej *pozornie* do teozofji. Doszły ich tu nawet słuchy na tem
odludziu. W tem zgadzali się zupełnie, że jest to bzdura, której powodzenie
świadczyło o zupełnym upadku intelektu u ogółu Słowian. Na Zachodzie
mowy o tem nawet być nie mogło. Panowała tam ogólna tolerancja,
połączona z wiarą w odrodzenie ludzkości na tle kompletnego
materjalnego dobrobytu. Ale niestety, dobrobyt ma swoje
nieprzekraczalne granice i potem co? Jakie miało być to „odrodzenie" nikt
nie wiedział i nie dowie się nigdy, aż po czasy zgaśnięcia słońca. Chyba, że
odrodzeniem będziemy nazywali: spokój, brak wszelkiej twórczości z
wyjątkiem udoskonaleń technicznych i bydlęcą szczęśliwość po odwaleniu
pewnej ilości godzin mechanicznej pracy.

Po pieczeni z dzika i świetnej jałowcówce, rozmowa wróciła do
poprzedniego. Afanasol, również twórca nowej matematyki — raczej
całego ich systemu w analogji do geometrji — wskutek nieuznania go
przez ogół polskich uczonych, zajmujących oficjalne posady, nie był
zadowolony ze swego losu. Stanowili razem z Tengierem trójkę
doskonałych malkontentów. Bo, mimo całego neo-katolicyzmu, kniaź
Bazyli nie miałby nic przeciw powróceniu do niego 40000-cy dziesięcin
jego ukraińskich dóbr, z kluczem ostrogskim na czele. Ale nawet w czasie
tak zaawansowanej kontrrewolucji, narazie mowy nie mogło być o
cofnięciu układów rolnych, szczególniej na Ukrainie. A możeby nawet
kniaź nie mógł już powrócić do dawnego życia: zakisł, a następnie
zaskorupiał, zankylozował się w swej pustelni, a kobiety, na tle zupełnego
niedowładu płciowego, nie istniały dla niego zupełnie. Gdyby mógł
przypuszczać Genezyp w jakiej odmianie losów spotka obu tych panów,
może znowu zapragnąłby śmierci, ze strachu przed nieludzkiem
cierpieniem, jakie go czekało. Tengier mówił:

— ...ja tylko jednej rzeczy nie rozumiem: poco, aby być dobrym, jeśli już
muszę nim być, poco muszę również zaraz przyjmować całą tę
fantastyczną baliwernję, w którą nie mogłem uwierzyć nawet w
dzieciństwie...

Kniaź Bazyli: Bo nie potrafisz być naprawdę dobrym bez tego...

Tengier: Co to znaczy to „naprawdę". Bezduszny dodatek, mający wyrażać różnicę, istniejącą tylko „na niby". Znałem ludzi idealnie dobrych, którzy byli zakutymi materjalistami z drugiej pozytywistycznej epoki, która zaczęła się pod koniec dancingowo-sportowej. Dobroć nie jest zresztą moim ideałem. Świadomie nie myślę o niej nigdy jako o problemie. Zostawiam to już zdeklarowanym niedołęgom.

Kniaź Bazyli: Właśnie to myślenie o tem świadome, jest źródłem prawdziwej dobroci, a nie proste niedołęstwo. Dobroć nie może wypływać ze słabości, tylko z potęgi. A co do tych ludzi, to pamiętaj, że nawet dzisiejsi materjaliści są podświadomymi wychowankami całej chrześcijańskiej ery. A zresztą mogą być wyjątki. Nie o wyjątkach jednak mówimy, tylko o ogólnych zasadach. Niewiadomo jakimi byliby oni, gdyby do swoich danych dołączyli jeszcze wiarę. Uczynki dobre bez wiary są jakby nieposklejane, osobne, bezsensowne — nie mają tej wyższej sankcji, która je łączy w całość innego rzędu. Bezkształtna kupa czegoś zawsze jest czemś niższem od pewnej konstrukcji czegoś — systemu tych samych elementów. Czynienie dobrze jedynie dla własnej satysfakcji, a nie na chwałę Boga i całego istnienia i dla wiecznego zbawienia, w którem dopiero cały świat stanie się systemem doskonałości, jest wybrykiem, przeciwnym naturze nawet. I tak mogą postępować ludzie z gruntu źli. Tylko w związku z całością nabierają uczynki dobre wyższego sensu czegoś zorganizowanego, jako funkcja zbiorowej świadomości. — (Genezyp nudził się z siłą kilkudziesięciu mopsów parowych. Coraz dalej odrzucało go od jakichkolwiek pojęciowych ujęć wogóle. Nuda rzeczy niedoskonałych! Ha — gdyby mógł poznać to z tej strony w idealnej interpretacji umysłów najwyższych! Nigdy się to nie stało).

Tengier: Tak samo jak i uczynki złe, przy założeniu, że świat jest zły, że zły być powinien i że w dodatku rządzony jest przez złą potęgę. A ponieważ Leibniz, największy chyba mózg wierzący...

Benz: O ile naprawdę był wierzącym, a nie robił pozorów dla fasonu: dla towarzyskich względów i dworskiej karjery.

Tengier: Czekaj pan: Leibniz nie mógł udowodnić konieczności przyjęcia twierdzenia, że Bóg jest nieskończenie dobry w swej doskonałości. Możliwem jest równie dobrze do przyjęcia, że jest on nieskończenie złośliwy. Ilość zła na świecie, znikomość dobra i bezsilność Zbawienia Chrystusowego wobec zła ziemskiego, czynią możliwemi te przypuszczenia.

Kniaź Bazyli — (niechętnie) —: Nie wolno robić ubliżających Bogu przypuszczeń, tylko wierzyć w to, co jest do wiary podane — oto co jest.

Tengier: (krzyczy zirytowany.) Więc niech pan da nam tę wiarę, zmusi nas do niej! Dlaczego wogóle jest niewiara, czemu wogóle jest zło. Ja wiem co pan powie: że Bóg jest w swych zamiarach nieodgadniony, że jest tajemnicą, przewyższającą umysł człowieka. A ja panu powiem: ja jestem w miarę dobry, na tyle, na ile właśnie ta podświadoma chrześcijańskość i choroba — to trzeba dodać, wypruła mi zwierzęce wnętrzności — chociaż znowu wiem, że pewien procent amoralności stwarza we mnie ta-że sama choroba. Ja mam prawo czegoś użyć do djabła za moje pokręcone kości! A jestem też trochę zły — z goryczy raczej niż z samego zła, z cieszenia się czyjąś krzywdą — i innym nie byłbym dla żadnej wyższej, według pana, idei. Byłbym może lepszym, to jest: starałbym się nim zostać, gdybym wiedział, że przez to będę jeszcze lepiej komponował. Ale i tego nie wiem czyby jakakolwiek zewnętrzna siła mogła zmienić moje wewnętrzne dyspozycje. — (Bazyli milczał „Tak — wiara jest czemś, czego rozumem zaszczepić nie można. Ileż razy sam myślałem tak, jak on, a jednak teraz, rozumiejąc jego nędzną djalektykę, wiem, że jest inaczej. Czemuż nie mogę moich uczuć przepompować mu razem z krwią w żyły? Wtedy mógłby uwierzyć bez intelektualnego upadku, którego się tak obawia".)
Benz: I to ci powiem, Bazylu, że dla żadnego lepszego samopoczucia nie mógłbym się wyrzec moich przekonań, chyba, że stanie się coś strasznego z moim mózgiem i ja zgłupieję nagle, nieznacznie dla mnie samego. I ja byłem o włos od wiary kiedyś, kiedy logika moja zanieczyszczona była ontologją. Teraz wierzę tylko w znaczki i regułę dla operowania temi znaczkami — wszystko inne jest kontyngencją, o której nie warto gadać.
Kniaź Bazyli: Tak — ty znalazłeś punkt wyższości ponad wszystkiem. — (Zwracając się do tamtych:) — Jemu się zdaje, że on wymknął się istnieniu i jego moralnym prawom. Uciekł w znaczki bez treści i to daje mu tę absolutną pewność, mimo, że krajowi logicy nie uznają go zupełnie, a zagranicą jeden tylko jakiś warjat...
Benz: Lightburgh — największy umysł świata. Och, panie Bazyli: jakże nisko upadliście umysłowo z tą całą waszą wiarą...
Kniaź Bazyli: Największy umysł, bo znalazł ucho otwarte dla podszeptów tego szatana, który już w nic nie wierzy, nawet w istnienie swej własnej życiowej osobowości, a nietylko w nieśmiertelność duszy.
Benz: I czyż nie jestem szczęśliwszy od was, Bazylu, którzy jesteście zanadto inteligentni, aby nie widzieć na dnie waszej wiary iskierki świadomości, która mówi wam, że wierzy w was tylko niższe stworzenie, przerażone moralną ciemnością wszechświata i szukające zeń wyjścia

choćby w coś, co rozum odrzuca, byle mieć pewność, że moralnie świat nie jest nonsensem. A nonsensem nie jest mimo wasze zwątpienie, które mi więcej mówi o waszej ciemnocie, niż wasza wiara, a nie jest dlatego, że logika wogóle jest możliwa — to jest dowód. Sens świata idealnego, którego marną funkcją jest tylko graniczna racjonalność — nie absolutna — rzeczywistości, wyższy jest ponad to, czy dany bubek jakiś może życie wytrzymać, czy nie.

Kniaź Bazyli: Jak można porównać żywy owoc wiary, która mnie, wyschniętemu na pustyni, kiedy straciłem wszystko, pozwoliła odrodzić się tu w mojej pustelni i żyć w zupełnem zaprzeczeniu tego, co było mojem życiem dawnem, jak można porównać to z opuszczonym przez Boga, pustym gmachem twoich znaczków!

Benz: Daleko większą byłaby zasługa, gdybyś uczynił to bez tego.

Kniaź Bazyli: A ty, gdybyś uczynił to, nie wyrzekając się całego twego logicznego formalizmu. Trzeba tylko chcieć.

Benz: Otóż to chcenie: tu kryje się fałsz. Wybacz, Bazylu; ale wierzy się, albo nie — ale kto chce wierzyć, ten już jest bardzo podejrzany.

Tengier: Obaj panowie robicie na mnie wrażenie rozbitków, z których każdy wynalazł sobie fikcję, aby usprawiedliwić koniec zawiedzionego życia.

Benz: Moja myśl nie jest fikcją — ja mogę udowodnić konieczność mego systemu. Z czasem przyjmą go wszyscy ludzie naprawdę inteligentni.

Kniaź Bazyli: Wychodząc z pewnych założeń — bo bez założeń niema nic — samo się to nie zrobi. Ja też, wychodząc z moich założeń, mogę udowodnić konieczność mojej wiary. Jeśli bardzo ostatecznie wziąć to wszystko, to przysięgam, że niema różnicy między religią a matematyką: obie są tylko różnemi sposobami chwalenia Boga. Tylko że druga mieści się w pierwszej bez reszty.

Benz: Otóż to jest ten twój kompromis: ta chęć pogodzenia wszystkiego za wszelką cenę. Letnia woda — zamazywanie różnic niesprowadzalnych. To jest kompromis całego katolicyzmu, bo katolicyzm ma do czynienia z najmorowszą bądźcobądź częścią ludzkości. Prawosławie nie potrzebuje tego jeszcze.

Kniaź Bazyli: Widzisz, Benz: to jest dowód na moją korzyść — to nie przypadek — tylko katolicyzm wychował najlepszą część ludzkości. Protestancka część niemców była przyczyną największego nieszczęścia ludzkości: Wielkiej Wojny, prawosławni byli najciemniejszym narodem za caratu, a potem stworzyli bolszewizm, tę ruinę cywilizacji, która będzie powodem cofnięcia się całej kultury, jak to już widać na Zachodzie.

Benz: (zaśmiał się dziko.) A może o to właśnie chodzi? Ludzkość może się udławić komplikacją tej kultury. Religja temu rady nie da.

Kniaź Bazyli: Czekaj: anglicy byli wzorem imperjalizmu całego świata, u nich to nauczyły się inne narody gnębić tak zwane „rasy niższe". Teraz się to na nas mści poprzez chińczyków — i jeśli rzeczy wziąć głębiej, to może oni, anglicy właśnie, przygotowali to, co zdeklanszowali tylko niemcy. Oni stworzyli najbardziej łapczywe, bezmyślne, istotnie niekulturalne państwo pieniądza: dawną Amerykę, która swoim przykładem nas doprowadziła do stanu śpiących manatów brzegowych, przez tę przeklętą organizację pracy. Automaty nie potrzebują religji. A ostatecznie skończyli na jakimś pseudo-bolszewiźmie, bo żaden dobrobyt i auta i radja nie zastąpią człowiekowi idei. W braku religji, którą — jaką ona tam była wszystko jedno — zabili, musieli zrobić rewolucję, mimo całego poprzedniego zatarcia walki klas.

Benz: A czemuż wasz Bóg na to pozwala. Nie rozumiecie, że u nas to jest sztuczne — mówię o tym pseudo-fordyźmie — a tam było naturalne, bo ich społeczeństwo było młode. I jeśli będzie u nas rewolucja, to zrobią ją za nas chińczycy, ale nie my. Bo my sami z siebie nie potrafimy zrobić nic —

Tengier: Kto „my"? Żydzi?

Benz: Panie Tengier: Żydzi jeszcze nie pokazali swojej marki: mówię o polakach, jako polak. Che, che.

Tengier: Żydzi może opanują chińczyków, cha, cha!

Benz: (Do Bazylego.) Jak słucham tych potwornych baliwernów, to zdaje mi się, że nie żyję w XX-tym wieku. Ja nie będę starał się niczego wam udowodnić, bo wy dowodów nie przyjmujecie. A przytem to jest blaga, że ty, Bazyli, wierzysz we wszystko, co mówisz. Gdyby można było położyć jedną na drugą wiarę prawdziwego katolika i twoją, toby dopiero się okazało, czem jest ta twoja. Ani Bóg twój, ani Chrystus, ani Matka Boska nie jest dla ciebie tem, czem są dla prawdziwie wierzącego. Ty świadomie dopuszczasz kompromis — to nieprzystawanie tych figur jest dowodem. Nie zdajesz sobie sprawy, jak bardzo różnisz się od prawdziwego katolika, już nie samemi dogmatami, ale mechanizmem twojej psychiki w tych sprawach.

Kniaź Bazyli: To, co ty bierzesz za kompromis, to tylko rozwój myśli w obrębie katolicyzmu. To jest nauka żywa, a nie zbiór martwych dogmatów.

Benz: Otóż w tem grubo mylisz się. Wszelki ewolucjonizm, jeśli chodzi o prawdy absolutne, o racjonalizm wogóle jest nonsensem. To już jest

71

obrona nie religji samej, tylko instytucji, którą ona wytworzyła. Instytucji chce się nałogowo żyć i robi kompromis z własną religją, zmienia ją, przystosowując się. Oczywiście na tej tolerancji zyskuje pewną ilość zwolenników w rodzaju ciebie. Ale to marny materjał dla Kościoła, który chce walczyć i ma jeszcze ambicję zawładnięcia światem. Tu nie chodzi o ilość, tylko o jakość. Dopóki Kościół był naprawdę żywy, twórczy w życiu, wtedy palił i mordował heretyków...

Kniaź Bazyli: To były błędy czysto ludzkie. Teraz właśnie przychodzi czas naprawy, kiedyśmy zobaczyli, że ani bolszewicki raj, ani faszystowski dobrobyt nie prowadzi do niczego. Rozwój wewnętrzny jest przed nami jeszcze — jak wszyscy będą dobrzy, wszyscy będą szczęśliwi...

Benz: Skołczał ci mózg na tej pustelni. O takich zdańkach niema co dyskutować. A rozwój „wewnętrzny", jak go nazywacie, będzie trwał, aż do rozsadzenia ram dogmatów podstawowych i potem koniec. A cóż powiecie o Wschodzie, który przejąwszy od nas naszą cywilizację, nie kulturę, bo jej niema wogóle, jak słusznie mówił Spengler — i płynącą z niej naszą problematykę społeczną, wali na nas i może za parę miesięcy będzie tu, w tym kraju ciemności, otoczonym okopami okropnej trójcy: ciasnoty, tępoty i tchórzostwa.

Kniaź Bazyli: Jesteś samo-cynik, Benz. To okropna wada polaków i niektórych żydów nawet. To gorsze niż nasze samobiczowanie się, bo u was jest to płytkie. A co do buddyzmu to jest to jedyna religja, której jedyną jeszcze wartością jest to, że przypomina coś w rodzaju niedociągniętego chrześcijaństwa.

Benz: Czy właśnie nie naodwrót. Buddyzm się nie „rozwijał" w waszem znaczeniu — mówię to słowo w cudzysłowie, z ironją — bo był od początku głęboką filozofją, opartą na koncepcjach metafizyki brahmańskiej, był religją dla mędrców. A wasze chrześcijaństwo zaczęło się od prostaczków i dlatego musi się teraz dociągać do wyższych umysłów. Ale w tem dociąganiu się traciło w idei samej to, co było jego istotą, tak jak straciło tamtą prostaczkowatość, aby móc społecznie istnieć. To był szalenie mądry krok rzymskich cezarów, a może było to też motywem nawracania się patrycjuszów, że uznali chrześcijaństwo oficjalnie — obezwładnili tem samem socjalne jego znaczenie i pozwolili zeskamotować je możnym świata tego i uczynić z niego Kościół, żyjący początkowo w zgodzie z cezaryzmem — potęgą równoznaczną. Potem dopiero, przyjąwszy formę tego cezaryzmu rozpoczął z następcami jego walkę o panowanie nad światem. A kiedy to się mu już definitywnie wypsnęło, wtedy, z obawy przed konsekwencją doktryn społecznych, nie opartych na żadnej metafizyce, tylko na idei materjalnego dobrobytu, zaczyna szukać drogi wyjścia i stąd wasz kompromis. Ożywić Kościół mógłby tylko powrót do form jego dawnych, przedpaństwowych. Ale na to odwagi nie ma nikt i mieć nie będzie, bo ludzie, którzyby na to odwagę mieć mogli z założenia samego do Kościoła wejść nie mogą. To jest właściwie nie wasz kompromis, bracie Bazyli (tak nazywał Benz kniazia w chwilach najgorszego rozdrażnienia) tylko przywódców Kościoła, którzy tego kalibru wyznawców biorą na lep swoich wolnomyślątek.

Kniaź Bazyli milczał. Jego piękna orla twarz, nasycona od wieków fizycznem wyrafinowaniem, jak materja nieprzemakalna kauczukiem, odbijała, niby tarcza, wszelkie zwątpienie. Sama twarz z tej strony. Jakie były jej wewnętrzne podstawy? Na dość marnem bagienku podskórnych sprzeczności trzymał się ten wspaniały profil dawnego władcy. Nie było w nim siły tkwiącej korzeniami w głębiach niezużytego organizmu. Ci ludzie nie mieli przodownictwa nie dlatego, że je im bezprawnie odebrano — tylko mieć go już nie mogli. Były to wyjedzone skorupki bez farszu. Bóg kniazia Bazylego nie był tym nawet, (nie był tak nasyconym w swej ontologicznej boskości), którego propagowali obecnie pół-religijni optymiści z Zachodu, już nie wiedzący co robić z ostatecznej nudy, spotworniali w antymetafizycznej pustce francuzi. Właśnie bąknął coś Bazyli o tych francuskich „odrodzeniach". Na to mu Benz:

— Dlaczego w Niemczech tego rodzaju ruch odmartwienia religji jest niewyobrażalny? Tam może powstać teozofja jako coś zupełnie innego: jako wyraz nienasycenia, wytworzonego przez negatywne skutki rozwoju i rozpowszechnienia filozofji, która ostatecznie nie zapełnia luki przez siebie wytworzonej. Ale nie można pomyśleć, aby Niemcy, po takiej tresurze myśli — nie mówię oczywiście o Heglu i Schellingu — to bzdura — mogli powrócić do dawnych kostjumów, wytrzepać je i urządzać ten religijny kinderbal, na którym rolę Boga-Ojca odgrywa z zezwoleniem i świadomością wszystkich stary rozum w odpowiedniej masce. Ale tylko płytki, antymetafizyczny racjonalizm francuski XVIII-go wieku, który następnie wydał taką potworę, jak pozytywizm, który to dziś znowu zmienił się w spopularyzowaną fizykę, jako jedyną filozofję, może być podłożem dla takiej wolty, jak to całe tak zwane odrodzenie religji.

Kniaź Bazyli: Żal mi cię, Benz. Ty mimo wszystkich twoich znaczków, jesteś zakutym materjalistycznym łbem. W tobie niema wiary w ducha. Twoje wszystkie gadania o twórczości oznaczają jednoznacznie to: z jednej strony sformalizowana logika unosi się już nie w idealnym bycie, platońskim czy husserlowskim, tylko w zupełnym niebycie, pozwalając ci zgóry patrzeć na wszelką myśl nie-negatywną, jako na nonsens; a z drugiej strony masz pogląd zupełnie bydlęcy, pierwszego lepszego życiowego spłyciarza i spryciarza, który dla wygody nie wierzy we własną jaźń i człowieczeństwo. Ty nie masz odwagi na światopogląd, z obawy, że może on się okazać w sprzeczności z twoim systemem logiki. Może właśnie system ten należałoby zmienić w zależności od czegoś pozytywnego.

Benz: Znowu ten ewolucjonizm w zastosowaniu do niezmiennych zasad myślenia! Nie rozumiecie zupełnie o co chodzi, ojcze Bazyli. Teorja typów uwzględnia wszelki nonsens, bo wszystko jest względne, oprócz samej teorji typów. Brak sprzeczności jest czemś najwyższem.

Kniaź Bazyli: Czysto negatywne żądanie. Zbyteczna skromność. Ale skądeście wzięli tę teorję typów?

Benz: Z niemożności wybrnięcia z paradoksów. To jest Russell, bo ja...

Kniaź Bazyli: Ha, dosyć już! To jest powód jedyny!! Ja nie mogę tego słuchać. Przyjdzie czas, gdy w strasznej pustce ockniesz się ty i tobie podobni. Może przy pomocy waszych umysłowych koziołków znajdziece system, który was zadowolni w obrębie samych znaczków, ale sytemem tym nie będziecie mieli co opracowywać: będzie on gmachem opuszczonym bez życia i mieszkańców i w tem zamrzecie: w nicości bezpłodnej i udręczeniu.

Benz milczał. On sam myślał podobne rzeczy, gdy mu się coś tam nie udawało w jego znaczkach. Wogóle co będzie wtedy, kiedy system bez sprzeczności, wywleczony z jednego aksjomu, będzie siedział już sobie w doskonałości idealnego bytu? Pustka i nuda zakończonej, zmechanizowanej definitywnie myśli. Aparaty będą cudowne — niestety nie będzie czego przy ich pomocy tworzyć. [Tak jak w dzisiejszej prozie, która w obawie przed problemami zamarła w czystostylistycznych ćwiczeniach ludzi, nie mających nic do powiedzenia. Tak mówił Abnol.] Tak — to jest prawdą dalekiej przyszłości — ale tymczasem są znaczki i nic niema poza tem — to jest najwyższa marka. Benz poprobował zażartować:

— Zlogizuję kiedyś katolicką dogmatykę zobaczycie co z niej pozostanie, Ojcze Bazylu — nic: kupa znaczków. — Rozśmiał się cynicznie, ale echo odpowiedziało mu pustym dźwiękiem z jego własnej głębi, jak ekskawacje wulkaniczne, gdy rzucić kamień na ich sklepienia.

— Otóż to: tobie chodzi o zniszczenie wszystkiego, nie o twórczość. Jesteś widomem zaprzeczeniem życia myśli i wszelkiego ruchu idei.

— Lepsza zastygła prawda, niż fałszywy „ruch w interesie", będący wyrazem błędu inicjalnego. Wielość poglądów nie dowodzi życia, tylko niedoskonałości. Prawo entropji pojęciowej...

— Blaga. Pogardliwie nazywasz to ewolucjonizmem, które to pojęcie w tej twojej sferze ma właśnie zastosowanie, bo twoje pojęcia rozwijają się też. Według ciebie samego logika stała w miejscu od czasów Arystotelesa i poszła naprzód od Russella.

— Ale stanąć musi i to na mnie. Nic nie rozumiecie logiki i nie rozumiecie się na żartach. Pewien pan, zniechęcony do logiki, twierdził, że trzeba założyć jeden tylko znaczek, naprzykład punkt, a jako regułę postępowania przyjąć: „nic nie robić z tym znaczkiem" — wtedy byłaby to osiągnięta doskonałość — „żartował" Benz (i takie bywają żarty), chcąc jednak pogodzić się wkońcu za wszelką cenę. Zakończenie rozmowy w niezgodzie pozostawiało u niego trwałą depresję. Ale nagle spochmurniał, osunął się, zapadł się w siebie. Bazyli rozwijał dalej, aż do rzygania z nudów włącznie, rzecz swoją o zmienności pojęć religijnych, która to zmienność nie miała im wcale ubliżać.

Jakąż intuicją wiedziony zaprowadził tu Tengier swego pupila?! Dla niego były to rzeczy znane — asystował już przy x takich beznadziejnych wichrowatych (w znaczeniu geometrycznem) rozmowach.(?) Ale dla Genezypa nic nie mogło być bardziej w porę, niż to co słyszał. Albo też bardziej nie w porę — zależnie od punktu widzenia. Ale może raczej pierwsze: zniechęcić się w dniu przebudzenia się z dziecinnej nieświadomości najpierw do sztuki, a potem do religji, nauki i filozofji w tych czasach, może to było szczęściem właśnie. Wszystko zależało od dalszego ciągu. Proporcjonalnie do rozbieżności tamtych dwóch sfer, reprezentowanych przez tych panów, zagłębiał się coraz bardziej w swój jednoznaczny świat nie dającej się zanalizować, niezróżniczkowanej, bydlęcej tajemnicy. Tamto były bieguny — on był czemś zawieszonem w środku, możliwością jedynej prawdy. Neo-katolicyzm + symboliczna logika, dzielone przez dwa — jedna z tych połów to była ta nieuchwytna koncepcja, której szukał. „Tak aby byt z pojęciami stanowił jedność i żeby życie osobiste stanowiło, w całej swej niespodzianości, doskonałą ich funkcję" — myślał, powtarzając nieświadomie nieziszczalne marzenia Hegla. Gdzież podział się dawny system koncentrycznych kółek z „najsubtelniejszemi wrażeniami" w środku — przeklęty psychologiczny estetyzm, który go pchał w literaturę? Rozpłynął się w oparze tej rozmowy na coś zupełnie niepotrzebnego, zdechłego. Genezyp dojrzewał ze straszliwą szybkością. Coś się oberwało, waliło w dół z wzrastającym pędem. Na dnie, jak zaczajony pająk, czy polip, czekała księżna i problem jej ostatniego nasycenia. Na to była potrzebna cała ta jego przemiana, aby „osłodzić" (tak) ostatnie chwile jakiejś zamierającej płciowej żarłoczki, czy żarłocznicy. Tu, w tym punkcie uświadomień, wstała w nim znowu zła siła. Nie — to on ją zużyje dla dalszych celów swojej wewnętrznej przemiany. Teraz dopiero zrozumiał. Ta chwila: [trzech starszych wiedzących panów i on jeden, nic nie rozumiejący, wstępujący w życie bubek, w ludzimierskiej puszczy, w mroźną lutową noc; na tle szumu wspaniałego samowaru kniazia Bazylego (prezentu księżnej), a dalej na tle szumu sosnowego boru] mimo swej nieruchomości (siedzieli teraz milcząc wszyscy czterej), zdawała się pędzić i to pędzić równie szybko na wszystkie strony.

Tengier z rozpaczą wypatrzył swe błękitne ślipia w czerwony płomień lampy, świecący przez mleczny klosz. Cała beznadziejność nie dającej się w nic wcielić wszystkości, rozdrobnionej wielości świata, była w tem spojrzeniu. Objąć i zadusić w śmiertelnym uścisku, jak jakieś babskie ścierwo. Doznać raz w życiu tego piekielnego metafizycznego orgazmu w zgwałceniu całości bytu, choćby za cenę wiecznej nicości potem. „Każdy najohydniejszy kokainista ma to właśnie" — pomyślał ze wstrętem. Nie — narkotyki są wykluczone — tak się nie upodli, żeby takiemi „truc'ami" osiągać niezdobyte. Wiecznie to samo balansowanie między śmiercią, jako jedynem nasyceniem, a życiem, rozproszkowanem w przypadkowości (to było najokropniejsze) nawet tych niby „koniecznych" „dzieł sztuki" — o jakże nienawidził tego słowa w tej chwili! Widział zasłuchanego w swoje utwory jakiegoś nad wyraz przykrego melomana (bogatego żyda napewno — Tengier był antysemitą), pochłaniającego *jego rodzone dźwięki*, (których on nigdy może w orkiestrze nie usłyszy) i doznającego jeszcze jednej (na tle tylu innych, których on, Tengier, był pozbawiony) przyjemności! Był zabawką w rękach okrutnej potęgi dlatego tylko, aby dopełnić do stopnia doskonałości serję rozkoszy jakiegoś tam — wszystko jedno — w każdym razie nie nędzarza takiego jak on, tylko jakiegoś „władcy" pod maską dobra ogółu, czy interesów jakiejś klasy. (Bo nawet jeśli przez radio usłyszą go tłumy całego świata, to *pojmie* go tylko „ten" — obecny wróg — i jemu podobni, których będzie kilku, może kilkunastu — reszta słuchać i podziwiać będzie przez snobizm jedynie... Ale gdyby zjawił się taki drań teraz — a, to nie byłby wrogiem — machałoby się przed nim ogonkiem i poszczekiwało radośnie.) O nędzo! Ale cóż: całą pracująca klasa nie ma czasu na takie estetyczne frykasy, nie ma czasu nauczyć się ich pojmować — ona istnieje poto, aby dać wyrosnąć na sobie takiemu grzybowi, któryby ją reprezentował. Bo o dawnych *„aristos"* mówić nawet nie warto — spsieli tak, że nie odróżnisz ich na szarej miazdze towarzyskiej miernoty. A byliby lepsi może od tych — — — — Nie czuł Putrycydes Tengier jak odwracał wszystko naodwrót w swoim, zniekształconym przez artystyczną twórczość i życiowe niepowodzenie, mózgu. Długie, smutne solitery myślowe pełzły w dal, daleko poza tę budę i ludzimierskie lasy. Wielkość takich „fałszów", gdzieś w tajemniczym punkcie przez przypadek z różnych stron skondensowana, zmienić może w danej chwili kierunek historji. „Z jednej strony dowolność tego, co ma być z ludzkością: przyszłość zależna od sumy jakichś tam wcale niekoniecznych myślątek — z drugiej: fakt dokonany, olbrzymi, męczący swoją jednoznacznością — fakt uspołecznienia. I wszędzie tak być musi. Dewjacje mogą być na małą skalę — wypadkowa musi być taka sama na planetach Altaira i Canopusa jak i tu — faszyzm czy bolszewizm — *ganz gleich, égal, wsio rawno!* — maszyna, albo bydło. Zasada wielkich liczb: chaos cząsteczek w masie gazu stwarza przez ilość prawa precyzyjne n. p. zależności temperatury i ciśnienia — takie, a nie inne coprawda, ale nie jedynie myślowo-konieczne — nie to, co niemcy nazywają *„denknotwendig"*. Z drugiej strony są też niedozwolone eksperymenty myślowe, to co znów niemcy nazywają *„unerlaubte Gedankenexperimente"* różnych optymistów, wierzących w odwracalność społecznego rozwoju, jeśli idzie o twórczość w sferze myśli i w sztuce. To samo co zakładać czas wielowymiarowy dla wytłomaczenia spirytyzmu czy telepatji, albo wierzyć w inną logikę. „A może gdzieindziej 2 X 2 = 5" — mówią tacy panowie. Ale jeśli im powiedzieć: „lepiej załóżcie że A nie jest A" oburzają się. „Gdzieindziej" nawet nie wolno wyjść poza identyczność pojęć, bo to nie jest żaden inny świat tylko idjotyzm. Wtedy lepiej wyć, niż operować pojęciami — i to jest ostateczny wniosek z Bergsona". Myśl rozwiewała się w nieobjętych, nieściśliwych szerokościach. Tengier ocknął się.

Kniaź Bazyli miał dziwne wrażenie, że przegadał dziś swoją sprawę. Fatalnem było to, że cała ta kwestja odrodzenia katolicyzmu i wogóle wiary ważniejsza była dla niego wtedy, gdy o niej mówił, niż kiedy ją sam przeżywał. Tak — być poprostu dobrym człowiekiem, raczej człowieczkiem, to duże jest zadowolenie, o, duże. Jakże wszystko się przez to upraszcza, wygładza, zalizuje, natłuszcza, wypomadowuje, duchowo uobleśnia — poprostu zagwazdruje. Brrrr... Ale nagle przychodzi takie okrutne „piknięcie": pałac w Pustowarni, zmarła żona (no to mniejsza, ale przecie *tyż*..) dla której na siedemnaście lat wyrzekł się innych kobiet i zamordowany syn: piętnastoletni chłopak, który dowodził jakąś zatraconą przeciw-bolszewicką partją fijoletowych kirasjerów „Jewo Wieliczestwa" i potem te historje z tą tu i z innemi, już dogasająca piękność i siła, już wszystko „nie to" i żal okropny za przeszłością targa jakiś najbardziej bolesny bebeszek, ukryty przed ludźmi głęboko w świetnie dotąd utrzymanem ciele. Ale wszystko to już „nie to", „nie *to*"! I jedyne na to lekarstwo to ta przeklęta dobroć; ale nie ta jasna i pogodna, dająca wszystko wszystkim (no tak znowu może nie) z nadmiaru, bez rachunku, tylko taka wywleczona ze stężałego z bólu serca, starego zużytego worka, co się dość dla niegodnych rzeczy natłukł; taka dobroć nieszczęsna, przykra, nieszczera i *nie-codzienna*, tylko okwiecona odświętnie, jak nędzna kapliczka na rozstaju przez jakiegoś pastucha-idjotę, który nawet w niedzielę żadnej przyjemności mieć nie może. Kąsa coś w środku bezlitośnie codzień od samego rana, a gdzieś przewala się inne życie, do którego nigdy już nigdy dostępu nie będzie. Przekonał się „na" swoim romansie z księżną Ticonderoga, że już nie pora na takie figle. Stracił dawną śmiałość — nie był z typu tych starców, trochę grubawych, prawie brzuchatych, rumianych i wesołych, co to mogą pokryć fizyczną starość lakierem lekkomyślności i beztroski, zamienionych na drugą, sfałszowaną młodość. Trzeba było się cofnąć. Potem pięć lat pustelni i gdyby nie ten fałsz, który taki oto wstrętny, suchy znaczkoman nawet odczuć może, to wogóle niewiadomo jakby to życie wyglądało. Tylu ludzi przewinęło się przez tę pustelnię! Iluż nawrócił, ilu omamił, ilu od śmierci wybawił! Bezsprzecznie „społeczną" wartość to miało i chyba dostateczną było pokutą za gwardyjskie przestępstwa, a jednak ssało coś „pod łyżeczką", czy w dołku — nieokreślona bolesna nuda i tęsknota za innem, bardziej namacalnem zakończeniem życia, nie w tej plugawej i pożytecznej dobroci, w którą sam nie wierzył. Dobrze było nawracać — niedobrze było żyć jako ten nawrócony. Ekspansja zewnętrzna pokrywała pustkę wewnątrz. Każdy ksiądz ma na to odpowiedź: „Bóg zsyła zwątpienie, aby wiarę tem cenniejszą uczynić". Ale to nie wystarczało księciu Bazylemu. Strasznie był nieszczęśliwy. Na tle tych jego myśli Tengier zaczął mówić i było to męką bez granic dla wszystkich — do czytelnika włącznie. (Wogóle każdy mówiąc krył się jedynie przed samym sobą, byle tylko nie widzieć życiowej otchłani, otwierającej się na każdym kroku.)

— Wiara w sens życia jest jedynie udziałem ludzi płytkich. Ze świadomością irracjonalności istnienia żyć tak, jakby ono było racjonalnem — to jest jeszcze marka. To leży między samobójstwem, a bezmyślnem bydlęctwem. Wszystko, co było głębokiem, powstało tylko z rozpaczy ostatecznej i zwątpienia. Ale miało tę wartość, że przez wynik, niepodobny nawet do źródła swego uświadamiało innych o czemś zupełnie innem: o indywidualnej ich wartości, która znowu tworzyła podstawy uspołecznienia, uniemożliwiającego następne zwątpienie. Ale dziś czasy wątpicieli skończyły się. Trzeba bezmyślnie — nie w znaczeniu technicznem oczywiście — działać: produkować jak najwięcej za wszelką cenę. Wszystko, co czynimy, nawet my, są to tylko różne formy tego zamaskowania przed sobą ostatecznego nonsensu istnienia. Ludzkość baranim pędem dąży do szczęścia niewiedzy, zaczynając gnębić tych, skarlałych dziś uświadomicieli, którzy jej w tem przeszkadzają, nic w zamian nie dając. Byli potrzebni dawniej dla uświadomienia bydła i dania mu możności organizacji. Teraz są zbyteczni — mogą ginąć, tembardziej, że są dużo niższej marki niż ci dawni. Tak — to jest pewne, że sam fakt istnienia jest potworny: polega na krzywdzie innych, począwszy od miljonów istnień, ginących w nas w każdej chwili — i rodzących się — to prawda, ale na taką samą mękę, abyśmy my mogli trwać ten marny wycinek czasu.

— Nic niema gorszego nad bezczasowość. Mogę się zabić, ale na myśl, że mógłbym nie istnieć wcale, zimno mi się robi z przerażenia — rzekł Benz, a potem krzyknął nagle w histerycznem uniesieniu: — Mówię wam, że jedyna pewność to moje kochane znaczki i wszystko, co z nich wypływa: matematyka, a dalej mechanika i wszystko, wszystko! A reszta to wcielenie niepewności. Znaczki są czyste, a życie jest brudne i plugawe z założenia. Tengier ma rację.

— Taki sam kręciek jak neokatolicyzm księcia Bazylego. Zatulanie się w rozkoszny kącik i wmawianie sobie przez łzy rozpaczy i zawodu, że jednak coś jest dobrego we wszystkiem, że istota świata jest dobra, tylko zakryta jest chwilowo przez zło, wskutek naszej niedoskonałości. Nieprawda! Pomijając już krzywdę komórek, pracujących we mmie i tego, co ginie przeze mnie w tak zwanej materji martwej, która jest tylko konieczną kupą istnień w każdym układzie teoretycznie możliwym, stanowiącą podłoże dla innych. Bo jakkolwiek istnienie jest nieskończone, to w danej zamkniętej przestrzeni musi być mniejszych istnień więcej niż większych. Nieskończona w granicy podzielność istnienia, oto źródło fizyki, opierającej się na przybliżeniu, na granicznym porządku, w ostateczności swej nigdzie nieosiągalnym... — Zaplątał się i nie mógł skończyć wypowiedzenia jasnej intuicyjnie myśli.

— Zleź pan z tej metafizyki, bo nie wytrzymam — przerwał Benz. — Jak pan śmie wobec mnie produkować taką baliwernję? Ja zabraniam o tem myśleć i koniec. Między tem bredzeniem, a teozofją niema żadnej różnicy. Ja panu to powiem jaśniej, przyjmując pańskie idjotyczne założenie, że w nieskończonej przestrzeni niema nic, prócz żywych stworzeń: oto, że dla każdego rzędu wielkości stworzeń, znajdą się tak małe, że będą dla niego stanowić podłoże materji martwej, mogącej być ujętą w przybliżeniu w prawa o matematycznej formie. Ale co się stanie z aktualną nieskończonością w znaczeniu ontologicznem? Jak będą wyglądać istnienia żywe nieskończenie małe? I na jakiem podłożu one będą istniały? A co pan powiesz o tem, że atomy są rzeczywiste, a nietylko hypotetyczne? I elektrony i tak dalej — narówni z systemami gwiezdnemi? Czy założy pan ciągłość takich skupień we wszystkich rzędach wielkości i budowę materji żywej niezależną od nich, mającą swoją strukturę? Bzdury. —

Tengier uśmiechnął się z goryczą, która w formie łez, wypompowanych gdzieś aż z dolnych trzewiów — podeszła mu pod same oczy — oczy „podeszły" upokorzeniem, jak kwaśne mleko wodą. Dawny nienasycony intelektualny apetyt dławił straszliwie. Już zapóźno było na to wszystko w najwyższej formie. Z zazdrością niesłychaną patrzył na Benza, który puchł mu w oczach jak gąbka, przesycona absolutną wiedzą, negatywną, ale absolutną, psia-krew! A jednocześnie wiedział, że to też niczem jest wobec otchłani bezdennej wszechistnieniowego nonsensu i tajemnicy, która ten nonsens rodzi.

— A jednak mam rację — rzekł z uporem. — Może mój system pojęć nie jest dość doskonały, aby jednoznacznie i adekwatnie to wyrazić, ale tem niemniej jest jedynym prawdziwym — zdaje sprawę z tego, co naprawdę jest. Gdybym go wykończył, bolszewicy musieliby go przyjąć jako wyższą formę materjalizmu, od tego, który oficjalnie teraz wyznają — materjalizm bijologiczny — jest tylko materja żywa, w różnym stopniu zindywidualizowana, obdarzona świadomością, w znaczeniu tem, że nawet mikroby mają czucia i pewną rudymentarną osobowość. U nas świadomość łączy się z intelektem — to jest luksus, nadbudowa. Łatwiej nam sobie wyobrazić stopniowanie wzwyż, niż wdół — a zależy ono od ściślejszego, lub luźniejszego związku części organizmu między sobą — bo komórki też muszą być złożone. Tę ich złożoność wyrażamy w postaci chemicznych kombinacji w sposób przybliżony. — (Benz machnął ręką z pogardą.) — Ale nawet jeśli tak nie jest, to obaj panowie nie możecie być dla mnie uosobieniem doskonałości. Nie widzę w was umysłowego rozpędu dawnych mędrców i proroków, nie czuję w was intelektualnego ryzyka. Dostrzegam tylko ostrożność asekurujących się w swych skrytkach ślimaków, które boją się, aby ich nie rozkwaszono w nielitościwej społecznej walce. Ja wiem dobrze jakby to było przyjemnie uwierzyć tak, że nic niema ponad znaczki — jak wtedy inaczej przedstawiałaby się nędza życia, choćby pańskiego, panie Benz — z mojego punktu widzenia. Oczywiście lepiej, aby pana uznano. Ale jak pomyślę na jakie niebezpieczeństwa narażony jest człowiek uznany, chcący się utrzymać na tym samym standarcie, to widzę, że jednak może lepiej jest, że obaj jesteśmy na marginesie. Może nie użyjemy wszystkich życiowych frajd, ale stworzymy zato rzeczy głębsze. Ja nie umiem być złośliwym, ale umiem mówić przykre prawdy. A pan znowu, panie Bazyli: gdyby wszyscy uwierzyli w pana neopseudo-katolicyzm, straciłby pan sam dla siebie cały urok: bo kogóż wtedy możnaby nawracać? — (Tamci obaj skurczyli się od cierpienia.) — Ja wiem, że moja muzyka jest też ochroną siebie samego przed okropnością metafizyczną i tą nawet codzienną okropnością istnienia. Tylko to wiem jedno: ona wyrosła ze mnie tak, jak wyrasta skorupa razem ze ślimakiem — jestem razem z nią naturalnym wytworem czegoś, co mnie przerasta — wy raczej przypominacie mi gąsienice chruścika, które budują sobie futerały ze wszystkiego, co napotkają i to takie, których kolor przypomina ogólny ton podłoża.

— W czem-że to my przypominamy podłoże — spytał zraniony w żywe mięso kniaź Bazyli.

— Nie wiecie o sobie samych nic. Ja przynajmniej wiem kto jestem w mojej epoce. Może właśnie i jedno i drugie — i pańska religijność i pańska symboliczna logika jest tylko wyrąbywaniem ścieżek dla jakiegoś tam Murti Binga, którym teraz pogardzacie, a którego wiarę za parę dni możecie przyjąć, jako jedyny narkotyk, który was wybawi od was samych. A to wszystko może być funkcją jakichś zmian społecznych w Azji. A poza tem w tych maskach najłatwiej wam przemknąć się przez życie, ratując ogonek indywidualnego psychicznego dobrobytu. — Mówił zupełnie nie na serjo, nie wiedząc sam jak bliskim był prawdy niedalekiej przyszłości. Przed Genezypem otwierały się coraz dalsze wewnętrzne przestrzenie. Czuł że się kończy, tu, w tej budzie, ostatni podryg jego nieodpowiedzialnej egzystencji. Wszystko wlokło się jak bezręki i beznogi kadłub życia, ale nie ono samo. Jakież ono być miało to jego życie własne — już nie ta czyjaś systematyka bez flaków i jąder i mózgu? Zerwał się. Czas uciekał. Tamci zastygli w pojmowaniu prawd, czy też fałszów, ostatecznych. Spojrzeli na niego wszyscy trzej — już uciekało im, każdemu inaczej, to, do czego rwał się ten. Każdy z nich czuł to i chciał temu oto pędrakowi albo: dać całą mądrość, której sam wcielić nie potrafił, albo też przeciwnie: widzieć, jak będzie cierpiał ten nieświadomy nieszczęśnik, tak, jak oni cierpieli kiedyś. Ostateczna prawda, że nic nie jest tem, czem być powinno... Czemu? Głucho szumiał bór od parcia rodzącego się w górskiej oddali wichru. Okropna tęsknota szarpnęła jelitami Tengiera. Nie mógł wymyślić nic. Wszystkie antydoty były wyczerpane — chyba pójść tam znowu do swojej chaty i stawiać znaczki na pięciolinjach, prawie takie same, jak ten wyschły schabek, Benz. Po kiego czorta? A jednak czuł, że tam, na dnie chaosu bezsensownych, potencjalnych dźwięków, kryje się dla niego jakaś niespodzianka. Już nie wewnętrzna. Z temi skończył — już wiedział wszystko. Cóż zostało mu w życiu? Paru świństw dokonać. Czy warto? Niewiadomo czemu właśnie na tle poznania Genezypa ta straszna prawda o niemożności przekroczenia granic swego „ja", stała się dla niego dopiero teraz tak jasna, jak nigdy. Stężał w okropnym, bezprzedmiotowym bólu. Trzeba działać, rwać się do czegoś (kto powiedział?), ku czemuś pędzić — a tu nic — zastygło wszystko w bezimiennej, „opłakanej", stęgłej, *metafizycznej* codzienności. Wszyscy wstali — dźwignęli wstając swoje beznadziejne życia na karkach. Szumiał coraz silniej wzbierający wicher. Dlaczego wszyscy „jak jeden mąż" poczuli absolutnie to samo. (Ten pędrak się tam prężył, ale co im było do tego.) Stanowili teraz, mimo indywidualnych różnic w przeszłości i konstytucji cielesnych, prawie jednego człowieka.

ROZDŁAWDZIEWICZENIE.

Zaraz po wyjściu Tengiera i Zypcia z chaty (Afanasol został na noc u księcia) stało się na dworze coś strasznego. „Tak dłużej być nie może" — powiedział sobie Tengier i zaczął mówić tak do swego pupila: [a było to nad wyraz wstrętne dla nich obu — cóż robić.]

— ...Zypku — [fala odwilży, jako refleks wzdymającego się wiosennego huraganu, przewaliła się przez las. Z hukiem zwalały się wszędzie zwały mokrej już okiści.] — Zypku, będę mówił z tobą otwarcie. Ty nie wiesz jeszcze jak okropne jest życie. Nie w tem banalnem znaczeniu, naprzykład dla urzędnika, który stracił posadę, czy syna organisty, który musiał się ożenić z chłopką, aby stworzyć swoje pośmiertne rzeczy. — Zaśmiał się i apetyt potworny na wszystko zalał go po brzegi, jak głodną świnię przed śmietnikiem, wielkim niby krater Kilimandżaro. Żądza czystości i wzniosłości, tej możliwej jedynie po dokonaniu jakiegoś [jakież miał pod ręką możliwości, jak nie te pseudohomoseksualne uwiedzeńka?] wysokiej marki świństwa, ukłuła go boleśnie w podsercowe okolice. Skóra stała się bolesna z niedosytu, jak w gorączce. Widział siebie w lustrze podczas mycia się — suchą nóżkę, tę lewą, wdzięczną jak u młodej kózki i prawą, normalnie chamską i obojczyki wystające i zapadłe „solniczki" i „chrystusową" (tak mówił pewien sentymentalny knociarz) klatkę piersiową z małpiemi długiemi rękami po bokach i inne części, wielkie jak u nosorożca, chorego na słoniowaciznę. *Takim* właśnie sięgnąć po to niewiniątko, zanim jeszcze uwiedzie je ta stara kurwa, Irina Wsiewołodowna — podwójna rozkosz: zemsta nad nią za to, że jeszcze jej pożądał, mimo, że nawet jego, (w tym wieku — ona!) kaleki nie była godną — nawet jego, a jeszcze pożądał — straszne to były słowa, a musiał je trawić, jak zgniłą kiełbasę, zeżartą z głodu z odbijaniem, nieomal z podrzygiwaniem. A tu obok szedł ten piękny bubek — baron w dodatku — dziewiętnastoletni: („Boże! Jakże nędznem było moje życie wtedy!" Surowy bób; pokryjome granie kompozycji na fisharmonji; chodzenie boso, bo na buty nie było i kochanie się bezpamiętne, aż do upadlającego onanizmu włącznie, w małej, rudej Rózi Fajerzajg, która nim pogardziła dla subjekta z bławatnego sklepu w Brzozowie.) To wszystko połknął teraz poraz-drugi, jak okropnie gorzkie lekarstwo. A nad tem dzisiejszy dobrobyt i żona i dzieci, spiętrzone w niewyrażalną masę wstrętu, męki, bezpieczeństwa, w sosie prawdziwych, tych najbardziej wartościowych uczuć. — ...Zypku: życie jest straszne — nie w tych codziennych okropnostkach, z których usprawiedliwienia zrobili kiedyś norwegowie soczek nowalji w swej literaturze: to wyolbrzymienie uroku codzienności do rozmiarów wszystkości, to wmawianie, że wszyscy są równi w podstawowych namiętnościach, to konstatowanie banalnych podobieństw między księciem krwi, a zbydlęconym robociarzem — czemu nie między człowiekiem, a mięczakiem odrazu — to nie jest droga prawdy. Zaktualizowana równość chrześcijańska, raczej jej złudzenie i te wszelkie osobiste udoskonalania się à la Bazyli, to kłamstwo słabych. Równość będzie kiedyś — kiedy idealna organizacja społeczna rozdzieli bez reszty wszystkie funkcje według zdolności. Ale hierarchja nie zniknie nigdy. Ja jestem okrutny wobec siebie, a przytem jestem ostatni — dlatego mam prawo na wszystko. — Coś dzikiego zabrzmiało w jego głosie. Objął Zypcia prawem ramieniem, patrząc mu z dołu w uciekające oczy. Z chwiejących się świerków i sosen sypał się na nich mokrawy śnieg. Las pachniał wilgotno-grzybowo-zmysłowo, tajemniczo, prawie wstrętnie. Nie śmiał odsunąć Tengiera Genezyp. Przytem, mimo obrzydzenia, ciekawy był, co też jeszcze z tego wyniknie. Myślał wytrzymać do ostatniej chwili, a potem kopnąć nagle z całej siły. Nie obliczył dobrze słabości swego serca, tej samej, co kazała mu te psy w dzieciństwie spuszczać. Ohyda. Tengier mówił dalej: — Ja nie chcę udawać jakiegoś parszywego rozestetyzowanego greka, ale pomyśl: czy oni jednak nie mieli racji — (Zypcio nie rozumiał nic) — stwarzanie czegoś zamkniętego, jednorodnego, w co nic już obcego wmieszać się nie mogło. Czysta myśl, spięta ekstazą równie czystą, bo z jednakowych elementów złożoną — ta właśnie cudowna helleńska beztroska i brak wszelkiego upokorzenia, które pociąga za sobą stosunek z kobietą — ty tego jeszcze nie rozumiesz — (tu puścił Zypcia i zażył pigułkę straszliwego afrodyzjaku, którym kiedyś raczyła go księżna) (bo ochoty nie czuł bezpośrednio żadnej — chodziło jedynie o skutki) — czyż to nie jest szczytem tego, co można we dwóch — a nie we dwoje — osiągnąć w tych wymiarach. Ty tego nie pojmujesz i może Bóg księcia Bazylego uchroni cię od tego, żebyś kiedykolwiek pojął tę męczarnię, kiedy nie to, że się nudzisz czysto negatywnie, ale nuda jako ból nieznośny, jako odrębny byt w tobie wchodzi do tej ostatniej twojej komórki i wyżera ci największy skarb, samą jedność twojej jaźni i zamienia ją na bezosobowy ochłap żywego mięsa wysychający w bezwodnej pustyni. Ach — nie wiem... I czujesz wtedy, że to wszystko nie ma żadnego sensu — gorzej, że to jest zbrodnia, że niby dlaczego ty tu właśnie, tego człowieka, to jemu, a nie co innego i nie tam — i dlatego, właśnie dlatego — tylko te słowa okropne przez swoją jedyność, tę samą, a nie inną. I to cię boli, jakby cię piekli na żywo, że tylko sobą być musisz, a nie wszystkiem i wznosisz się wtedy ponad siebie aż w nieskończoność. I to przerażenie, że może poza tobą niema już nic — bo czyż mogłaby być taka dziwność, żeby jednocześnie w niewiadomej przestrzeni, jednocześnie dwa takie same stwory... nie wierzysz, że może istnieć drugi stwór, a jednak musisz przez to właśnie... Z kobietą nigdy... o Boże: ja ci tego nie wypowiem, Zypku najmilszy... (Nienawidził w tej chwili tego ładnego bubka do obłędu i to go podniecało.) (Na to słowo ostatnie [„najmilszy"] Genezyp skręcił się w jeden węzeł tępego bólu, jadowitego obrzydzenia i wstydu bez granic. To było naprawdę plugawe.) — Ja nie potrafię — bulgotał tamten zapieniony w najłębszej z ohyd — a już z nocnej oddali, jakby z za tych wypełnionych sypkim śniego-wichrem lasów, szła fala nieznanych dźwięków, piętrzących się w djaboliczną, rogatą, najeżoną groźnemi wieżami konstrukcję. Na Putrycydesa Tengiera przychodziło natchnienie. Nie bał się ani wilków, ani samego Belzebuba. Duch jego leciał ponad światami w metafizycznej burzy. A język bełkotał dalej niewiarogodne, zamaskowane świństwa: — bo uciekam od chwil takich i nie umiem — rozumiesz — nie umiem — a jednocześnie pragnę ich do szaleństwa, bo tylko na granicy potworności jest prawdziwa głębia. I to nie jest żadna perwersja — każdy to wie, tylko społecznie lepiej jest, gdy się tego nie widzi. Dawniej było inaczej: wszystkie okrucieństwa, ofiary z ludzi, orgje religijno-erotyczne — wtedy kilku ludzi przeżywało to wszystko pięknie i potężnie. Dziś oto co jest: jakiś nieuznany muzyk w zaśnieżonym lasku... — (Genezyp zwijał się dalej, ale musiał słuchać tego, gdyż to, co mówił tamten, zionąc na niego nieczystym oddechem, wyjaśniało mu jego własną zawiłość. W tem był właśnie szczyt obrzydliwości. Tengier plótł ciągle:) — Boję się wtedy samego siebie: żebym nie popełnił czegoś tak okropnego, że już potem życie byłoby nie do zniesienia! Ja ci powiem w tajemnicy, że chce mi się czasem wyrżnąć w pień całą rodzinę. — („Ależ to obłęd" — pomyślał Zypcio ze strachem. — „On gotów mnie tu...") Tamten mówił już spokojniej: — Ale nerwowcy nie warjują podobno nigdy. Wiem, że *tego* nie zrobię, ale zamiast tego muszę mieć jakiś ekwiwalent. Bechmetjew badał mnie — nie znalazł nic złego. I nagle w tę burzę, rozumiesz — zaczął znowu tamtym tonem — spokój wchodzi taki, że wszystko martwieje w podziwie nad bezsensem wszelkiego ruchu i ja stoję między dwoma zwałami dziwności w sobie, zwykłemi, jak ściany w mojej chałupie i nie rozumiem, że przed chwilą wyć mogłem ze strachu i zdziwienia. I gdybym wiedział, że to jest właśnie prawdą, a nie takiem samem omamieniem jak eter, kokaina i haszysz, których się wyrzekłem, przysięgam ci: dla jednej chwilki takiej jabym zniósł tysiące, nie dziesiątki lat cierpień i modlił się do byle czego o sekundę takiego objawienia, aby choć umrzeć tam, a nie w tym okropnym świecie okrutnego przypadku. Ale *napewno* nie wiem — „O, gdyby to było prawdą" — rzekł w Genezypie dość obcy mu „dorosły" człowiek, który zjawił się w nim poraz pierwszy tydzień temu, w czasie odczytywania maturycznych wyników, kiedy ten pierwotny, „nędzny dzieciak", jak go znowu nazywał ten nowy, wiedział o tej prawdzie napewno. Jakiej? No to, że bbb... — że jak mówi Wittgenstein: *„wovon man nicht sprechen kann,*

darüber muss man schweigen". To wszystko, o czem się tomy pisze bez
skutku już od dwóch tysięcy lat i co naresztcie w uniwersytetach
zabronionem zostało na zawsze. Nie wiedział jeszcze Genezyp czem są
narkotyki. (I nie dowiedział się nigdy.) Tengier wiedział i bał się jak ognia
fałszu, wiedząc też jak cienkie przepierzeńko oddzielało te dwa bliźniaczo
podobne, (jak dwie martwe natury nieboszczyka Fudżity, jakby
powiedziała księżna) różniące się niedostrzegalnemi na pierwszy rzut oka
„detajlami", światy. *„Identité des indiscernables"* — gdyby nie skutki, chyba
zawsze złe, któżby je odróżnił od siebie w chwili trwania: moment
metafizycznego natchnienia od upojenia jakiemś świństwem.

— Więc pan nie wie napewno — to straszne. Więc pan jest w takich
samych ciemnościach jak ja — mówił brutalnie i zupełnie nieszczerze
Genezyp, ściskając w kieszeni, pożyczony od Kniazia Bazylego rewolwer.
Jedyną pewnością była ta martwa, zimna, metalowa rzecz. — W tych
rzeczach nie może być stopni: albo jasność, albo mrok — wszelkie
półcienie równe są ciemności. Ja chcę być zupełnie oświecony, albo odrazu
w „łeb sobie zapalę" i koniec — krzyknął Genezyp histerycznie i wyciągnął
kabotyńskim ruchem rewolwer z kieszeni. A może naprawdę zastrzeliłby
się w tej chwili, gdyby nie tamten.

— Dawaj to, szczenie podłe! — ryknął Tengier w tumanie lecącego śniegu.
Zgniótł mu rękę i wyłuskał z niej tak zwane „śmiercionośne narzędzie".
Genezyp zaśmiał się nienautralnie — nie na miejscu były takie żarciki. —
Dlatego zaprowadziłem cię do nich — mówił dalej Tengier spokojnie. —
Oto masz dwa szczyty świadomości — może nie najwyższe, ale dla
przykładu wystarczą. Prawda okazuje się tylko wygodną trampolinką do
skoku w wygodne łóżeczko z miękkiemi piernacikami, któremi są dawno
odarte ze znaczeń pojęcia. To, co było dawniej, w chwili rodzenia się,
czemś wielkiem, dziś zeszło na tresowane morskie świnki. Prawda,
doskonała czy nie — wszystko jedno — i wiara istniały dawniej z
konieczności — niechętnie brnął Tengier, widząc jasno, że na tle samej
uczuciowej maskarady, bez wyższej djalektyki nie zdoła uwieść tego
jedynego w swoim rodzaju bubka — wyjątkowego oczywiście względnie
tylko, na tle wstrętnej mu, zbydlęconej w sportowem zmechanizowaniu,
młodzieży — dziś są wytwarzane sztucznie w odpowiednich stopniach i
dawkach dla rozwiązań częściowych: życiowych, politycznych,
społecznych — nie mają swoich własnych krajów, w którychby
obowiązywały — przefiltrowały się, spowszechniały, spospoliciały,
rozeszły się między wszystkich i zmarniały. Nie odwróci się ten proces za

nic na świecie. —

— A ci dwaj? Gdyby tak połączyć ich myśli w jedno... — zaczął Genezyp, uwalniając się przemocą z świętokradczego uścisku. Nie sam czuł się świętością dla siebie, ale pewne rzeczy bądźcobądź... no, te dziecinne kółeczka... Ach, czemu nie miał przed chwilą odwagi strzelić w ten swój „biedny łepek" — tak pomyślał o sobie. Już obcy człowiek litował się w nim nad zdechłem dzieciątkiem. Widział jak na dłoni wielkość wielowymiarową tej włochatej kupy wykoślawionego mięsa z kośćmi, brnącej obok niego w krótkim kożuszku przez odwilżejący śnieg. Miał przecie do czynienia prawie z „człowiekiem reprezentatywnym" z unikatem — a jednak nie czuł z tego powodu najlżejszego nawet snobistycznego zadowolenia. Jednocześnie z dławiącem poczuciem wielkości, już nietylko muzyczno-artystycznej, tego pokręciela, tak strasznie pogardzał tymże samym Tengierem jako cielesną osobą; mężem tamtej chłopki, która mu się nawet zlekka podobała; tym bezwstydnikiem psychicznym, wyładowującym ekskrementalnie niesmaczne wywnętrzniania i to przed nim, dzieckiem prawie.

— To tak, jakbyś naprzykład chciał roztopione żelazo zmieszać z oliwą w jedną emulsję. To bieguny. Między nimi, a nie w nich jest ten cały opuszczony kraj, ta wymarła kotlina, w której żyję ja. Jeden stwarza sobie Boga, naczytawszy się historji religji, w analogji do wszystkich innych bóstw. W tej tolerancji jest już cała nicość jego wiary. Jego Matka Boska to Astarte i Pallas Atene i Kybele i djabli wiedzą kto, a jego Bóg ledwo w mówieniu o nim, ale nie w odczuciu oddziela się od całości świata Brahminów, a jego święci, to prawie chińskie bożki, patronujące wszelakim czynnościom i przedmiotom. Jakże dziś trudno odróżnić rzeczywistą wartość jakiejś koncepcji od udanej — skąd można wiedzieć, czy jest ona zręcznym zlepkiem wymierających gadań o czemś, co było kiedyś żywem, czy też strzałą światła, przebijającą poraz-pierwszy ciemność wiecznej tajemnicy? — Genezyp odczuł fałsz jakiś w tych słowach.

— No dobrze, a ten drugi? — spytał, by na jak najdłużej odciągnąć zbliżające się z przyszłości zdarzenie.

— To samo. Drugi kraniec. Oto straszliwy aparat, może nawet i bez sprzeczności — chociaż niektórzy wątpią w to, twierdząc, że gdzieś coś tam musi być nie w porządku na dnie — i co dalej? Nasyca to tylko intelektualne żądze swego twórcy, apetyt chorego żołądka, który nic już strawić nie potrafi, a tem mniej przetworzyć na pokarm dla żywego organizmu. Bezduszna machina, z której wyżyn — tak: z wyżyn machiny — czemu nie? — (podobało się Genezypowi to przyznanie się do błędu i z powodu takiej drobnostki stracił ośmdziesiąt procent oporu) widać tylko pustkę myśli i równowartościowość wszystkich koncepcji świata, jako bzdur — cóż z tego, że różnej klasy, ale bzdur. — („Gada tak o nich, jak oni wygadują na drugich, ale sam rdzenia nie ma" — pomyślał Genezyp.) — Nie — wykluczmy to zupełnie — mówił niesmacznie Tengier. — Nie dam ci — (znowu przysunął włochaty, śmierdzący pysk do brzoskwiniowych, zimnych, pachnących puszkową młodością, policzków tamtego.) — zejść w bezpłodną metafizykę. Musisz to czuć, ale nie myśleć o tem. Cały ten kłąb nierozplątany — bo moja myśl jest z założenia niejasna — u mnie jest motorem mojej sztuki — wszystko jedno czy ci durnie rozumieją ją, czy nie. Gdybym to zanalizował do końca straciłoby to momentalnie wszelką wartość: tak, jakbym 100000 ton pyroksyliny spalił na wolnem powietrzu. W ten sposób daje mi to prężność wewnętrzną wprost piekielną. Jestem jak pocisk, który siłą woli posuwa się powoli, a zmuszony jest pędzić prędko — zrozum co to jest! To da się porównać z jedną rzeczą: z przedłużeniem sztucznem erotycznej rozkoszy. Ale ty tego nie rozumiesz. Ile czasu nie byłeś tak sam ze sobą?

— Przeszło półtora roku — twardo wysiekł Genezyp słowa, jakby walił rózgą tamtego w twarz. A jednocześnie pokusa straszna, aby pod pokrywką czegoś nadzwyczajnego odciążyć poprostu przeładowane gruczoły. Bał się straszliwie kompromitacji jakiejś wobec księżnej i za jaką bądź cenę postanowił nie przyznawać się, że to pierwszy raz. Nie wiedział, że jest już zdemaskowany oddawna. A do tego jeszcze przyjemność, której tyle czasu sobie odmawiał. Wstręt topniał, przetwarzał się na wartości pozytywne. Wszystko nieodwołalnie pchało go w kierunku poddania się tej niemożliwej piramidzie sprzeczności, jaką była idąca obok nieszczęsna pokraka — nietylko dla niego, ale objektywnie. A przytem ta analogja z psem... Jak raz coś podobnego domieszało mu się do dowolnej magmy uczuć, stawał się niewolnikiem danego człowieka. Oczywiście dotąd na bardzo małą skalę jedynie. Już parę razy zaobserwował podobne zjawisko — sytuacja stawała się groźna. Czas biegł szybko — zdawało się, że przelatywał obok, szepcząc w biegu, mimochodem, groźne ostrzeżenia. — No więc widzisz sam, że musisz dać mi sprobować. Ja nic nie chcę, tylko, żeby tobie było przyjemnie. Jeszcze kiedyś do mnie wrócisz — później — jak poznasz, że tamto jest także wstrętne. — Żal okropny tego człowieka paraliżował Genezypowi wszystkie centry obrony. Już nagi i bezbronny wystawiał się na łup, wiedząc, że w tym dniu właśnie jest to, poprostu zbrodnią. Powietrze było teraz drażniące, gorące, przesycone jakby chuchaniem olbrzymich warg. Wszystko w nim i poza nim rozpławiało się w przyjemnawej obrzydliwości i nieznośnie rozkosznem rozdrażnieniu — przypomniały się dawne onanistyczne czasy. Tengier upadł na kolana i Genezyp poddał się upakarzającemu tryumfowi djabelskiej rozkoszy. Nie był w tem sam — jakie to dziwne, Dziwne, DZIWNE... — „auuu..."! — zawył nagle i w dreszczu obrzydliwym, który jednoczesnym bólem i wydrzącem przeprzyjemnieniem rozlał się po ciele, spadła z niego jakaś wewnętrzna maska — i przejrzał. Któryż to raz już budził się tego przeklętego dnia. Nic podobnego jeszcze nie czuł. Tylko oczywiście dalej nie w ten sposób — nic homoseksualnego nie odezwało się nawet w najtajniejszych zakamarkach jego istoty. Ale warto żyć. To był eksperyment taki jak w laboratorjum gimnazjalnem, wywiązywanie wodoru czy też jakieś czerwone zabarwienie od rodanku żelaza. Ale zawsze to, co było przed nim, zdawało się tylko coraz bardziej męczącym snem bez końca.

Z Tengierem też się coś tam stało, ale tak bardzo znowu nie był zadowolony z tryumfu. Tak na śniegu, bez widoku ciała tamtego, bez tego kontrastu z jego własnem kalectwem, nie było to, jak mawiał, dociśnięte do dna, ale zawsze pognębił trochę tego młodzika, a nadewszystko tamtą megierę. Natchnienie rosło: dźwięki skupiały się i organizowały pośpiesznie, djabolizując się przytem wyraźnie, szeregując się po ciemnej stronie świata duszy. Spoistość ich rosła — konsolidował się prawdziwy utwór w większym stylu. Tengier oddychał — świństwo zostało usprawiedliwione — ostatnie odbłyski dawnej etyki w formie wyzyskiwania zła dla celów artystycznych.

Genezyp też był wstrętnie zadowolony. Miał przyjemność większą niż tamte dawne, a przytem nie czuł żadnych wyrzutów. Świat sennie układał się dokoła w harmonijne zwoje, jak wstrętny wąż, idący spać. Najprzyjemniej byłoby zasnąć razem ze światem. Ale dzień ten, raczej doba, nieskończenie długa, wlokła się dalej bez litości. Tyle jeszcze było do dokonania! Ale przed księżną nie czuł już żadnego strachu: teraz jej pokaże co to jest mężczyzna. (A jednak przeliczył się biedny Zypcio co do swoich sił.) Inaczej teraz patrzył na problem obudzenia się. Rozmowa tamtych dwóch krańców myśli była dość odstraszająca w stosunku do każdej metafizyki. Jeśli to miały być ostatnie rozpięcia, to rzeczywiście lepiej nie zaglądać tam wcale: niech dziwy tworzą się same w życiu. Ha — może takie, jak ten cud tu na śniegu? (Jednak wyrzut sumienia na dnie był — to niema o czem gadać.) Myśl mogła tylko zabić te mgławe potwory, zaglądające ciekawie z przyszłości do krwawej dziury teraźniejszej chwili, w której świat wypinał się w nieznane. A wierzyć w cokolwiek bądź określonego, albo zająć się znaczkami, nie miał Genezyp najmniejszej ochoty. Tak wyzbył się największego niebezpieczeństwa współczesnego człowieka: metafizyki. (Szatan mechanicznej nudy śmiał się i kwiczał gdzieś w podwietrznej, wyprawiając dzikie kozły: on sam nie potrzebował się przecie mechanizować.) A zawdzięczał wszystko to tej niepojętej, obrzydliwej, włochatej, flakowatej półbestji, którą w życiu pogardzał, a jednocześnie podziwiał, jako tajemniczy instrument przetapiający wszelką, dławiącą aż do męki dziwność, w łatwą do odcyfrowania konstrukcyjną mieszaninę tonów. Zypcio był bardzo muzykalny: z łatwością całkował straszliwy muzyczny galimatjas Tengiera, lepiej może, niż to czynili obrzmiali wiedzą oficjalni fachowi krytycy.

Szli tak dalecy od siebie jakby znajdowali się na różnych planetach. Pierwsza biła na odległej wieży ludzimierskiego kościoła gdy wychodzili z mroków ludzimierskiej puszczy. Zazębiły się niezbadane przeznaczenia. Okropna żałość porwała się z zypciowych bebechów wzwyż. Zapragnął być czemś! O nędzo! Czemś dla kogoś przynajmniej, nie dla wszystkich, nawet nie dla większej części. Zazdrościł Tengierowi — którego pożegnał zimno przed chwilą — że może on, mimo, że teraz pies go nie uznaje, kiedyś kimś dla wielu, wielu być może. Cóż to za rozkosz jest stworzyć coś doskonałego, odrębnego w sobie, istniejącego własnem życiem. Za tę cenę można się bez bólu wyrzec wszystkości. Ale znowu jeśli się weźmie pod uwagę to, że słońce zgaśnie i wogóle z tego wszystkiego nic nie pozostanie, to może nie jest to tak bardzo ważnem, aby być czemś w „sercach miljonów". Co myślał w tej chwili tamten? Ach — wiedzieć to choć przez sekundę. Wtedy stałby się tak mądrym, że niktby mu rady nie dał. I skąd ten problem pokonania innych ludzi? Nigdy się nie załatwi z tym chaosem. Jakiegoś małego aparatu porządkującego brak mu. Zwierzenia Tengiera, choćby najbardziej bebechowe i dla niego przykre, nie umniejszały go nigdy, nie czyniły go bardziej poznawalnym. Może to sztuka dawała mu ten pancerz psychiczny mimo jego woli. „Nieświadomie żyjemy tak, jakbyśmy mieli trwać wieczność na ziemi, a w każdym razie jeśli nie my, to nasze twory. Ale wyobraźmy sobie, że astronomowie obliczają koniec świata — jakieś ciemne ciało włącza się w nasz system i krąży ze słońcem naszem naokoło wspólnego środka ciężkości, przyczem ziemia powoli, w dwa tygodnie n. p. oddala się aż na orbitę Neptuna. I to stać się ma za 300 lat —

na podstawie perturbacji w ruchu planet zawczasu jest obliczone. No i co wtedy dzieje się z pokoleniem, które się o tem dowiaduje i jak ono zmienia wychowanie dzieci, jak się wychowuje pokolenie następne i następnie to, które doczeka się katastrofy? Czy rodzenie dzieci nie będzie zakazane i jak wtedy będzie z wiecznością? A, cudowny pomysł powieściowy dla Sturfana Abnola! Muszę mu to opowiedzieć. Ale broń Boże nie pisać programowo, tylko wżyć się w psychologję tych ludzi i zobaczyć dopiero co będzie, co z tego samo „wyjdzie". A może niektórzy, Conrad n. p., tak pisali — i ukrywali się z tem, żeby sobie u durnych t. zw. krytyków literackich nie psuć marki".

Była głucha noc, ale ruchoma. Psy wyły na tle szumu wiatru, coraz cieplejszego, lubieżniejszego. Nieprzyzwoitości czekały zaczajone, nęcąc do jakichś przeobrzydliwych babrań się i babrotek. Okropne (wszystko okropne!) ciągotki przesunęły się po wierzchu, a potem szarpnęły ciało Genezypa barona Kapena, lat dziewiętnastu, może ostatniego z tego rodu. Ród Kapenów chciał trwać. Zastanowił się Zypcio nad przełomowością tej chwili. Nie mógł się tem nasycić. Ktoś — taki instynktowny pasażer w nim — zlekceważał wszystko natychmiast, jak Afanasol Benz przy pomocy znaczków. Ale przy pomocy czego robił to ten instynktowny pan, nie znoszący wysokich napięć praktycznie nieusprawiedliwionych? Może tak było naprawdę lepiej.

U stóp wapiennych skał, za któremi była fabryka wapna, stał w starym, zapuszczonym trochę ogrodzie, nowy pałac Ticonderogów. Teraz przypomniał sobie Genezyp, że zapomniał klucza od furtki, który mu dała księżna. Wydrapał się z trudem na wysoki mur, o grzbiecie pokrytym odłamkami szkła. Już miał zeskoczyć, kiedy zranił się silnie w rękę na przegubie. Krew buchnęła ciepłą falą. „To pierwsza ofiara dla niej", pomyślał prawie z miłością. Nieprzyzwoitości złączyły się na chwileczkę z sympatją — coś jakby prawdziwa miłość. Zawiązał rękę chustką, ale krwotoku utamować nie mógł. Szedł, farbując silnie, naprzełaj przez park, wśród huczących w wietrze olbrzymich bezlistnych oczywiście jesionów i lip. Renesansowa fasada (czyż jest coś ohydniejszego nad renesans? — dla Genezypa architektura zaczynała się od brahmańskich gopuramów) ukazała się na dnie biegnącej w dół alei strzyżonych po wersalsku świerków. Psów ani śladu. W prawem skrzydle na parterze buchało stłumione krwawe światło z dwóch okien. To była sypialnia — ten od dwóch wieków przeznaczony pokój (i od kilkudziesięciu lat przeznaczona baba), gdzie (i na której) stracić miał niewinność, „rozdławdziewiczyć się", baron Kapen de Wahaz — „ostatni tego nazwiska", jak pisze Klaudjusz Farrère. Genezyp poczuł się szlachcicem, urodzonym z hrabianki i to zrobiło mu pewną przyjemność. „To jednak już jest coś", pomyślał i zawstydził się sam przed sobą. A mimo to tamto uczucie trwało. Ojciec (żywy czy umarły) nie istniał dalej zupełnie. Podle myślał Zypcio, że w razie tej śmierci może nagle obudzić się w nim jakieś uczucie, dawno stłumione, i wtedy zacznie cierpieć. Bał się tego, a znowu z drugiej strony nieprzyjemnie było trwać w tej obojętności — wyrzut sumienia z tego powodu mógł przejść w natężenie prawdziwego bólu.

Zastukał w okno. Ukazała się z za firanki *ciemno-czerwona* sylweta księżnej. Zrobiła kolisty ruch ręką z prawa na lewo. Zrozumiał, że ma wejść przez główny ganek pałacu. Widok tej wściekłej baby, czekającej na to właśnie i tylko na to, zrobił na nim zabójcze wrażenie: jakby miał ogon, który się podkurczał aż pod brzuch z dziwnej mieszaniny żądzy, strachu, odwagi i obrzydzenia. Poczuł się jakby był subjektem w sklepiku — drobna sprzedaż nieprzyzwoitości. Wszedł między kolumny pałacowego ganku, jak zwierzę, prowadzone na rytualną rzeź do świątyni.

Informacja: Księżna siedziała w sypialni z mężem, najwybitniejszym ze zramolowanych polityków, jednym z twórców obecnej sytuacji równowagi wewnętrznej kraju (wśród morza chronicznej rewolucji była to wyspa z dawnego snu o dobrem demokratycznem żyćku) i polityki zewnętrznej, polegającej na niemieszaniu się czynnem w rosyjską kontr-rewolucję. Polska dała tylko wolny przejazd wojskom, t. zw. „tranzyt wojskowy" i za tę cenę wymigała się od czynnego udziału. Obecnie lawina chińskiego komunizmu, waląca się z Ałtajskich i Uralskich gór w moskiewską równinę, zachwiała ten idealny systemat wzajemnie podtrzymujących się sprzeczności. Potworne kapitały, których źródła nikt nie znał, włożone w polepszenie bytu robotników, przestały dawać procent w postaci uległości wobec metod organizacji pracy. Mimo wszelkich wysiłków coś zaczynało się burzyć od samych podstaw. Absolutna izolacja nie dawała się utrzymać nawet przy pomocy niebywałych ostrożności paszportowych i systematycznego fałszowania wiadomości w całej prasie, będącej tylko jednym wielkim, nieomal płciowym organem „Syndykatu Narodowego Zbawienia". Przyszedł czas, kiedy wyspa szczęśliwości zaczęła się dziwnie zwężać, jeśli nie fizycznie narazie, to moralnie. Mimo, że kraju nie ubyło ani piędzi, zdawał się być coraz to mniejszym skrawkiem, zalewanym wokoło rozpaloną magmą. Członkom „Syndykatu" gorzały pięty, ale jeszcze się trzymali. W imię czego? Nie wiedział nikt — nie było gdzie uciec w razie czego. Nawet nikomu nie chciało się używać życia w dawnych wymiarach — przecież wiecznie to trwać nie mogło.. Oficerowie przestali robić byznesy (Kocmołuchowicz rozstrzeliwał bez pardonu), byznesmani nie dawali łapówek w „odpowiednich sferach", wogóle nie robili t. zw. „wielkich tranzakcji"; restauracje nocne bankrutowały, w dancingach tańczyły tylko ostatnie kurwy i rzadcy prawdziwi dranie — gatunek wygasający. Ostre sportowe ogłupienie zamieniło się w sferach inteligencji na racjonalną godzinę dla zdrowia dziennie — rozdzieliła się ta niebezpieczna manja między wszystkich członków społeczeństwa równomiernie. Nawet, groźne dla wszystkich możliwych wyższych dziedzin, kino, zanikało powoli ale systematycznie. Jeszcze w jakichś budach na przedmieściach, ostatnie zagwazdrane kretyny, podziwiały zaćmione gwiazdy filmowe i 200 %-owe piguły męskiej ohydy i pospolitości w stanie kompletnego rozkładu. Nawet radio chyliło się ku upadkowi, doprowadziwszy wprzód do zupełnego skretynienia 50% średnio-muzykalnej pół-inteligencji. Prasa ujednolicona przez syndykat nie mogła się „prześcigać" w przesadnie natężonem urabianiu opinji przez rosnące stale dzienniki, według doktryn danych partji — partje zanikły prawie — panowała powszechna zgoda. Jakaś bezbarwna, nudna masa zamierających widm, przelewała się z kąta w kąt niewiadomo poco. Ale samo dno, zupełnie spontanicznie, bez ingerencji sparaliżowanych centrów agitacji, zaczęło się zlekka wydymać i podnosić. Niektórzy, przywykli do prostych podstaw społeczeństwa, mieli chwilami wrażenie, że chodzą po trochę pochyłym, jakby bagnistym, czy też może, w bardzo szerokich amplitudach, falującym gruncie. Ale przeważnie uważano to za złudzenie. Mówiono, a nawet przebąkiwano zupełnie wyraźnie, o potencjale żółtej masy za Uralem, zmieniającym, jak potencjał grawitacyjny strukturę dookolnej przestrzeni, psycho-społeczne środowisko w sposób nieeuklidesowy — ale nikt poważny na serjo tego nie brał. Izolacja, raczej jej chwilowa złuda, trwała głównie dlatego, że żadne ze zbolszewizowanych państw Zachodu nie miało ochoty dobolszewizować się do końca w ostrym chińskim sosie. Wbrew zasadom powszechności rewolucji, wszystkie rządy świata utrzymywały Polskę w sztucznym konserwatyźmie, przy pomocy olbrzymich sum pieniężnych, zwolnionych od komunistycznej propagandy (nie było poprostu kogo namawiać) — zato była Przedmurzem, narazie prawie szczęśliwem w swym bezwładzie. Rozpanoszył się pewien gatunek ludzi, znanych dawniej w mniejszem natężeniu i to przeważnie w sferze krytyki artystycznej i literackiej, a mianowicie t. zw. obecnie „spłyciarzy" (Ł, łubin, Ładoga), w odróżnieniu od normalnych spryciarzy. Były to indywidua, mogące spłycić dowolnie głębokie zagadnienie, odwrotnie niż n. p. Whitehead i Russell, którzy z każdego głupstwa, jak przystało filozofom (i to matematycznym) mogli zrobić problem dowolnie trudny. [„...*we can define this kind of people as those, who, by means of introducing suitable notions, can give to any problem, as plain as it may be, any degree of difficulty, that may be required.*" z mowy *Sir Oscara Wyndhama z M. S. G. O. = Mathematical Central and General Office.*] Wogóle zapanował wszędzie Duch (przez wielkie D), ten, którym tak, „nadojeli" wszystkim neo-pseudo-romantycy, abstynenci i wogóle ludzie w życiu zawiedzeni. Teraz duch zatryumfował nagle i wcielił się bez reszty w życie, ale robiło to wrażenie, jakby jakieś niesamowicie potworne bydlę wdziało, idealnie przystającą do jego pyska, maskę wzniosłego anioła. Ci, co ten kierunek — czy jak to nazwać — propagowali, byli wprost nieszczęśliwi — nie mieli co propagować — wszyscy niedawni najzakamienialsi materjaliści zgadzali się z nimi bez dyskusji, ale były to przekonania martwe, pozbawione wszelkiej żarliwości. Książe Ticonderoga był prototypem „spłyciarza" i durniem ponad wszelką miarę skończonym — Michał Anioł i Leonardo nie mogliby dodać ani jednej kreski. Właśnie dlatego był jednym z filarów tego dziwnego zszarzenia, które nie miało jednak spokojnych cech „suchej mgły" tatrzańskiej, ani październikowych rannych oparów, tylko raczej wygląd złowrogi i duszący niepokojem, zlekka miedzianej, a miejscami ołowianej szarzyzny nieba przed straszliwą burzą — nie tą, która nadchodzi, lub przechodzi „stronami", tylko tworzy się w naszych oczach, burzy-maciory, karmiącej drobniejsze chmurki-wysłanniczki, jak samica małe. Dosyć — precz z literaturą. Ta powszechna zgoda, to jakieś bezwstydne „kochajmy się" i t. zw. „ramię do ramienia", w którem czuło się przyciszony zgrzyt drzemiącej nienawiści; to wzajemne chwalenie się do utraty przytomności, kryjące zawiść o niebywałem dotąd napięciu jadowitości; to lubieżne kłamstwo, w którem ludzie tarzali się ze łzami w oczach, jak psy w ekskrementach — to wszystko było wprost straszne. Ale mało kto zdawał sobie z tego sprawę — w każdym razie nie Genezyp i nie książe. Ludzie wiedzący kryli się gdzieś w ostępach czterech stołecznych miast, a może nawet w zwartych pozornie bataljonach, szwadronach i baterjach generalnego kwatermistrza. Na wsi nie rozumiał oczywiście nikt nic — chłop to beznadziejnie martwa rzecz, materjał dla idejowego zaśnięcia dla mdłych demokratów, tych wygodnisiów społecznych, chcących na zakłamaniu się „wielkiemi" ogólnoludzkiemi idejami, zbudować miły światek wyzysku i grabienia obałwanionych *duchowemi dostojeństwami* i pseudo-dorodziejstwami pracowników. Zapchać mu tak brzuch, aby to robocze bydlę zapomniało, że jest i *może być* człowiekiem. Dobrobytem uśpić wyższe duchowe aspiracje i wewnątrz spętanych piorunów uwić gniazdko swego małego używańka, trochę wyższej marki niż tych zwierząt — ot co. Tak myśleli jedni, a inni, ukazując na ciągły spadek produkcji i wzrastającą pod płaszczykami wielkich idei (tych wielkich naprawdę) nędzę robotników w państwach bolszewickich, twierdzili, że innego wyjścia jak faszyzm niema i być nie może. I gdzie tu racja i czy wogóle o racji może tu być mowa? Czy to pojęcie ma sens w stosunku do tej klasy problemów?

Wszystko śmierdziało potwornie. Jak na złość całe złogi pseudo-ludzi twierdziły, że pachnie i to nawet bardzo ładnie. Pod niektóremi mundudurami (głównie członków Syndykatu) zamiast muskułów trzęsły się robaczywe flaki — nikt tego nie widział. Ale mocą dziwnego bezwładu trzymały się te wszystkie sprzeczności, jak zawiesina z tartych wszów w letniej wodzie zlekka ocukrzonej. Tem trzymadłem był duch przez wielkie D i komunistyczne pieniądze. Coś naprawdę strasznego było w tym nie dającym się zdemaskować wysoko-etycznym nastroju wszystkich warstw, z wyjątkiem paru durniów z najwyższej arystokracji. Dobrzy ludzie mówili: „Aha — widzicie — nie wierzyliście, że wszystko będzie jeszcze dobrze", — a mówili tak do wzruszonych pesymistów, którzy ze łzami wstrętnego rozczulenia w oczkach, przywykłych do sardonicznego zmrużenia, pytali sami siebie: „Ażaliśmy błądzili w programowem samoutrapieniu, w ukatrupieniu wszelkiej nadziei dla dobra tych przyszłych cierpiętników (bo przecież kiedyś musieli przejrzeć), którzy narazie nie chcieli widzieć otaczającego ich zła i nadchodzącej niemocy twórczej wszystkich sfer" — tak, jakby to była naprawdę wielka frajda łudzić się pół-świadomie marnemi niby-idejątkami: (odrodzenie różnych wiar, odwracalność deindywidualizacji, przezwyciężenie mechanizacji przez picie mleka i czytanie biblji, twórczość artystyczna proletarjatu, pigułki zastępujące pożywienie i t. p.)

Jakoś nieśmiało, ze sparszywiałem nagle sercem, szedł Zypcio przez oświetlone pokoje. Łypały nań oczy portretów kniaziów Zawratyńskich, z których jeden niegdyś, jeżdżąc w poselstwie do papieża, uwiózł jako żonę włoską księżniczkę Ticonderoga. Zczasem włoskie nazwisko wyparło ruskie zupełnie. Młodszy syn miał tytuł markiza di Scampi — jedyny w

kraju. Właśnie przyjechał z samej granicy nocnym kurjerem węgierskim z ważnemi wiadomościami. Komuniści chińscy oblegali już od wczoraj białogwardyjską Moskwę — tak twierdził lotnik, który przyleciał rano do Budy. Ale wiadomości tej nie rozpuszczano, aby nie powiększać kołysania się dna. Zresztą nikt naprawdę nie wierzył w dno. Sytuacja zdawała się bezdenną w czysto duchowem znaczeniu. Ludzie przestali widzieć realne skutki swoich czynów — chodziło tylko o towarzyszące stany psychiczne. Ale tak długo żyć nie można — ostatecznie musi skończyć się to bankructwem. „Duchowej głębi Bezdenność" — ten dźwięk, jak „guł" potwornego dzwonu, kołysał wszystkich na wieczny sen, zaczynając od autentycznych analfabetycznych niemowląt, aż do mowląt alfabetów, o chlujnych, siwych brodach i przemądrzałych, wypatrzonych dawno oczach. Pozornie wszystko to było sprzeczne ze sobą samem — nie miało żadnej „self-consistance" — a jednak, cóż na to poradzić: fakty, fakty. Najdziwniejsze zaś było to, że nowa wiara (o której wspomnieli w rozmówkach swych tamci panowie w pustelni) t. zw. „murtibingizm", zaczynała szerzyć się, nie jak dotąd teozofja i inne pół-religijne wyznania, od szczytów społeczeństwa, tylko od tego właśnie falującego dna. Dwudziestoletniego markiza nie obchodziły nic losy kraju. Wiedział, że z taką urodą jak jego, choćby wszystko djabli wzięli, on zawsze dobrze się zabawi. Ogonki kobiet włóczyły się za nim wszędzie, cierpiał bowiem na tak zwany w rosyjskiej gwardji „suchostoj". Cynizm całej tej rodzinki przekraczał praktycznie o nieskończoność pojęcia niedoświadczonego Genezypa o życiu. Scampi, o rok od niego starszy, był czystym typem życiowca bez żadnych złudzeń i to od dwunastego roku swego istnienia. Mówiono nawet, że mamasza i jego... ale to było chyba już napewno nieprawdą. „Prześliczny brunecik, ubrany w airdale'owego koloru garnitur od potomków Skwary, pół-leżał rozwalony na fotelu, chrupiąc tartinki, a nad nim stał, potężny jak dzik rasowy w ostępie otępienia, Książę papa."
— Pan Kapen de Wahaz — przedstawiła księżna, ściskając jednocześnie w pełen obietnic sposób rękę przyszłego kochanka. Ledwo przywitali się z Zypciem tamci panowie zajęci politycznym dyskursem A — „cóż dla nich był" ten nowy kochanek tej ich domowej matrony: matki i żony. — Niech pan siada i je. Wygląda pan na bardzo zmęczonego. Co się z panem działo od wczoraj? — mówiła z matczyną czułością ta lśniąca przekwitającą pięknością bestja. — Czy nie napastowały pana złe duchy tych stron: Putrycy i jego przyjaciele? — Genezyp zdumiony tem oczywistem jasnowidzeniem, przerażony sytuacją, wpatrywał się nieprzytomnie w

swoją kacicę i zdawało mu się, że w tej przelotnej chwilce pożera w krwawych kawałach, świeżo wyrąbanych z tętniącego tajemnicą wnętrza, nieuchwytne, dalekie życie — to przez wielkie Ż. Ale widać było wyraźnie, że księżna powiedziała te słowa na wiatr, dla zapełnienia kłopotliwej pustki. Okropny gomon uczuć kłębił się w jej nieznacznie więdnącem ciele. (Najgorsze były chwile, gdy zapominała o tem wszystkiem — i potem ostry ból gwałtownego przypomnienia — jakby kto ścierką brudną dał po mordzie...) Głowa, mądra jak sowa, wystawała ponad to okropieństwo, a myśli, zimne motylki-automaty, latały nad niem pozornie swobodne i beztroskie, ale każda z nich ociekała krwią, łatwo krzepnącą, niepachnącą, jakby zmieszaną z ropą — krwią, którą krwawiła się z bólu nadchodząca starość. Gdyby tak już raz przejść tę granicę i zostać matroną naprawdę! Ale, jak mówili optymiści, prędzej mur chiński stanie pod Ludzimierzem, niż się przewali to dziwne, piękne nieszczęsne cielsko na drugą stronę życia i da się zadeptać duchowi, który przecie był i jest potężnym dotąd, tylko nie miał na siebie czasu, musząc być sługą précieuse'owatej zorganizowanej lubieży, jaką była ta kupa rozwydrzonych organów. Od pewnego czasu czytała księżna życiorysy wszystkich występnych władczyń i najpiekielniejszych kurtyzan i tam czerpała trochę ukojenia, jak Napoleon I-szy w Plutarchu. Ale straszna rzecz szła nieubłaganie i trzeba było oszukiwać już nietylko ich, ale i siebie. Coś się popsuło nawet z samą przyjemnością: już nie można było tak często dojeżdżać tam, do krainy okrutnego tryumfu nad spracowanem w upadlający sposób samczem ciałem, do tej zakrzepłej sfery doskonałego dosytu, kiedy to wytryśnięte z rozrodczych głębin soki, pokrywały świat cały aż po brzegi, jedynym możliwym sensem: osiągniętego maximum tajemniczej w istocie swej, bydlęcej rozkoszy. O, dobre to były czasy, gdy poprostu nie złaziły z niej te dranie, ciągle inne, w jądrach swych istot niedosiężne, rzygające duchem w otchłanie wszechświatowego nonsensu, potężne i dumne, a tak zmarmeladowane, ukatrupione w tej sferze, z której tamto wszystko płynęło. I właśnie tem, ją, z dziką rozpaczą, w upadku, a jednak z potęgą... Wzdrygnęła się. Oto ma teraz taki kąsek i w dodatku do wściekłości doprowadzający tą przeklętą młodością, która jej samej wymykała się na zawsze. Tak — jeśli teraz zdarzył się objekt odpowiedni a przytem małe pigułeczki Dr. Lancioni — ha, wtedy działo się coś wprost pie-kiel-ne-go... Tak była straszliwa rozkosz, spotęgowana do niewytrzymania samobójczą ponurością ogólno-życiowego tła: może to już ostatni raz i trzeba będzie zostać starą wyranżerowaną „bas-bleu" do końca dni swoich. Ta myśl

stwarzała, nieprzeczuwane nawet w rozkwicie młodości, głębie dziko-
niesamowicie-rozkosznego zatracenia — raczej była to tortura — a nie! —
w tych terminach opisać tego nie można! — niechże się raz zacznie dziać
to (to, to, to samo niepojęte) naprawdę, a wtedy, w rozpalonem wnętrzu,
zdającem się być ogniskiem wszystkich potęg świata, znajdą się może
słowa, zdolne na wieki zatrzymać ulatującą chwilę wcielonego cudu. I to w
taki sposób....!

Beznadziejność. Genezyp, okrutny w swej bezświadomości, piękny
młodzik, w zmieszaniu najwyższem napychał swoją śliczną buzię
tartinkami, żuł je nadmiernie długo i potem papka bez smaku nie
przechodziła mu przez zaschnięte i ściśnięte gardło. Księżna, która
zdawała się być obecna wewnątrz jego ciała, w najskrytszych fibrach, a
nawet w środku poszczególnych komórek, powiedziała: (nie: — duch jej
unosił się w przestrzeniach między-komórkowych, jak materja żywa
wyższego rzędu między gwiazdami, dla której struktury, nasze systemy
gwiezdne są tylko punktami zaczepienia, podobnie do elektronów, w
stosunku do naszej własnej żywej substancji) — a więc to metafizyczne
bydlę powiedziało, a głos był czysty jak srebrny dzwonek i padał z wysoka,
gdzieś z kryształowych zimności międzyplanetarnych wyżyn (czy nizin):
— Niech pan popije — inaczej nie przejdzie. — I zaśmiała się dziecinnie,
zdrowo, ładnie, jak grzeczna dziewczynka. Ach — cóż to był za grzeszny
potwór! Głupi Zypcio nie mógł tego nawet w przybliżeniu ocenić. Czemu to
wogóle jest tak głupio urządzone, że nikt nikogo w porę ocenić nie może =
suma liczb lat płciowej pary musi być mniej więcej równa 60: on 50 — ona
10, ona 40, on 20 itp. (Teorja tego samego rusina, który wymyślił
tayloryzację erotycznych stosunków.) Żeby taki właśnie przekwitający
kwiat, jak ta dziwna klempa, mógł być do głębi zwartościowany, przez
jakiegoś prawdziwego znawcę tej właśnie sfery! (Czyż jest coś
wstrętniejszego jak sexualne znawstwo?) Ale nie — taki pan jest już wtedy
do niczego, albo też ma manję askezy, czy coś podobnego, albo lata za
głupiemi podlotkami, ucząc ich jakichś idjotycznych sztuczek z młodości.
Ach — teraz nawet i to się zmieniło. Jakiś nieład zapanował w całej tej
hierarchji i ogólne odwartościowanie wszystkiego. A na to wkraczał
tryumfujący duch, chyba ostatni raz już przed ostatecznem zapadnięciem
się w nicość. Oczywiście w Polsce, w tem „przedmurzu", broniącem
wszystkich i siebie przed najistotniejszemi przeznaczeniami, miała się
rozstrzygnąć ta walka. Narody, jak i pewni ludzie, mają swoje
przeznaczenia (ale nie w znaczeniu konieczności) i misje. O ile dość długo

da się komuś pożyć, to ostatecznie, (o ile nie staną mu na przeszkodzie tego rzędu potęgi i wypadki jak: uwięzienie, obłęd, utrata pewnych członków, i t. p.) dokona swego — może w pewnej deformacji, w karykaturze, ale dokona. Zahamowany w swej ekspansji przez tę „przeklętą Polskę" Wschód, w dziwnej jak na siebie ultra-zachodniej transpozycji społecznej, w nieprzetrawionej, na surowo zżutej formie, nareszcie zaczął rwać się na Zachód. Otworzył mu drogę komunizm. Buddyści wogóle konsekwentniejsi byli zawsze od chrześcijan, a od taoizmu do socjalizmu też niedaleka droga. Pozornie arystokratyczny konfucjanizm także łatwo dał się transformować w wymiary europejskiego idealizmu społecznego. A przedewszystkiem, w związku z tłem głęboko metafizycznem ich świadomego istnienia, tym żółtym djabłom nie chodziło tak o żołądki i chamskie używanie życia: u nich cała ta przemiana połączona była z dążeniem do wewnętrznej doskonałości. Duchowe hasła nie były „płaszczykami" — ci ludzie naprawdę mieli wizję innego świata ducha — może nieosiągalną, może dla nas niezrozumiałą, ale mieli. Ale cóż: zarażeni problematyką Zachodu, nieznacznie, sami o tem nie wiedząc, coraz bardziej tracili pierwotny charakter nadczłowieczego rozpędu — lada chwila brzuch mógł wyrosnąć ponad ducha. Na razie był to rzadki wypadek, że masa była dosłownie przepojona tym duchem, którego po same gardła mieli jej przywódcy: nie chodziło o zaspokojenie potrzeb materjalnych, tylko o nowe możliwości wewnętrznego rozwoju, który w Europie stał się od lat dwudziestu zupełną fikcją — przestano nareszcie wierzyć w baśnie o nieskończonym postępie — człowiek biały zobaczył zagradzającą ścianę w sobie, a nie w naturze. Czy wiara chińska była omamieniem, czy opierała się na innych danych psychicznych? Pesymiści, najbardziej zażarci, twierdzili, że jest to tylko pewne ograniczone co do miejsca i czasu opóźnienie ogólnej niwelacji wszelkich wartości indywidualnych — poczem nastąpić miał tem gęstszy mrok społecznej nudy i metafizycznej codzienności. A od spodu, od kości, od tej warstwy pierwotnej, od strony tej „największej biedoty" zaczęło się coś „psować i psować" — (jakież słowo jest tu możliwe? — „psuć" nie daje tego odcienia, o który chodzi, a tamto jest wprost wstrętne.) [Ciekawa rzecz, czy inne języki posiadają (dla ich „jednorodców") słowa, mające tego rzędu „wstrętliwość", co niektóre wyrazy polskie?] Był to dowód oczywisty, że na *dostatecznie niskim* poziomie *zewnętrznej dziedzicznej* kultury nie da się przy pomocy zapchania żołądka i uszu (radio) i zastosowania pewnych środków lokomocji (auto), zabić ideotwórczego podłoża natury ludzkiej.

Dowód oczywisty był też w samem istnieniu państw zachodnio-
bolszewickich. Ale to dla niektórych „głębiarzy" był eksperyment „na
krótki dystans". Mimo głębokiego zanarkotyzowania „Duchem", męczyła
wszystkich powolność społecznych przemian. To bydlę wyższego rzędu
(społeczeństwo) miało czas — jako całość oczywiście. Co je obchodzić
mogło, że giną w torturach jakieś wyrzucone odśrodkową siłą odpadki, a
nawet same elementy miąższu centralnego, istotnego? Co kokainistę
obchodzi jak się czują poszczególne komórki jego mózgu?
Markiz Scampi „sipał" likier przez zęby, słuchając biadań ojca:
— ....bo żeby to była naprawdę siła, ale naprawdę, tak zupełnie naprawdę,
to jest de-zor-ga-ni-za-cja. Polska zawsze nierządem stała i stoi. A
ponieważ tam naokoło, wzrastanie automagnetyzmu masy odbywa się w
postępie geometrycznym w stosunku do natężania się w sobie naszego
syndykatu, więc musimy ulec — nie absolutnie — rozumiesz, Macieju? —
tylko w czasie. Bo reakcja nastąpić musi. Wierzę w odwracalność
społeczną na kolosalnych dystansach. Bóg jest i jest władcą — oto jest
prawda. I zobaczy jeszcze ziemia faraonów, tylko w lepszym stylu niż
dawni, nie zachwaszczonych totemistycznemi przesądami, jasnych jak
prawdziwi synowie Słońca ostatecznej wiedzy. — („O jakże bredzi ten
stary osioł" — pomyślał ze znużeniem Scampi.) — Nie obliczyliśmy jednej
rzeczy: uzgodnienia w czasie z odpowiedniemi zmianami w innych
krajach. Ba — gdybyśmy bolszewizm, nie komunizm nasz, tylko rosyjski
bolszewizm, gdybyśmy, powtarzam, mieli poza sobą, ha — wtedy, na tle tej
imunizacji, moglibyśmy przetrzymać 10 lat spóźnionej fazy i zatrzymać na
naszych karkach stu Dżingis-chanów którejś tam Międzynarodówki.
Zawsze mówiłem, jeszcze przed wielu laty, kiedy byłem
niedoświadczonym, politycznie nieletnim pułkownikiem artylerji:
wpuśćcie ich swobodnie do środka kraju — to się opłaci napewno: długo
się nie utrzymają, a uodpornią nas na jakie 200 lat.....
— O nie, papusiu — przerwał Scampi. — Nie widzi ojciec jednej rzeczy:
zasadniczego braku wielkiego stylu naszych kompatrjotów i tak zwanych
ludzi przodujących. Myślę zarówno o ryzykownych koncepcjach
politycznych, jak i o odwadze i zdolności do poświęceń. Niewola,
romantyzm i polityczne tradycje doprowadziły wszystkie dodatnie
jednostki do stanu potencjalnego. Przedstawiciele kinetyzmu to tyłkująca
banda bez wielkich ambicji — conajwyżej z ambicyjkami — albo też tak
zwani ludzie dobrzy, w rodzaju naszego wujcia Bazyla naprzykład. Ich czas
minął — przestali być twórczymi — byli nimi w wieku XVIII-tym.

Dzisiejszy dobroczyńca ludzkości może być pierwszoklaśnym demonem — byleby był mądry — znał się na ekonomji — a o to coraz trudniej. U nas od czasów Targowicy nie zmieniło się nic. Są wyjątkowi ludzie — nie przeczę — ale że tyle zdziałać mogli, to nie zasługa narodu, tylko dziwnie szczęśliwych przypadków. Gdybyśmy moskali wpuścili wtedy w formie bolszewizmu, to dziś bylibyśmy prowincją monarchistycznej Rosji, tej, która się kruszy już od uderzeń chińskiej lawiny. Teraz mamy jeszcze swobodę działania — możemy *„wykinut' takuju sztuku, czto nie raschliebat' jej wsiej Jewropie"*. Kocmołuchowicz jest obecnie najbardziej tajemniczym człowiekiem na obu półkulach, wziąwszy również pod uwagę skomunizowaną Afrykę i już przewalające się w tę stronę państwa Ameryki Północnej. My w M. S. Z. prowadzimy politykę trochę samodzielniej niż wy, wewnętrznicy — i mamy własny wywiad tajny.

— Maciek, bój się Boga — czyżby on chciał jeszcze teraz robić jakieś eksperymenty?

— Czemu-by nie? Papa stracił teraz zupełnie całą fantazję. Osobistej fantazji w bród, a w polityce szarość, banał i tchórzostwo. To była nasza wada w ciągu całej historji — obok ulegania sugestji fałszywych tradycji. Jeden człowiek wysokiej marki u nas, po Batorym i Piłsudskim to Kocmołuchowicz — a do tego jest jeszcze tajemniczy. Umiejętność bycia w dzisiejszych czasach tajemniczym, uważam za sztukę najwyższą, za podstawę do nieobliczalnych możliwości. Naturalnie o ile tajemniczem będzie jakieś przedwcześnie zdegenerowane artyściątko, nie będzie w tem nic dziwnego. Ale stojąc w centrum żyrandolu, w ognisku wszystkich sił, będąc faktycznie tajnem rzeczywistem słońcem całej tej ciemnej sprawy, jaką jest historja ostatnich lat naszego kraju i to na pozornie skromnem stanowisku generalnego kwatermistrza armji, być prześwietlanym przez najtęższe reflektory krajowe i zagraniczne i być mimo to w tym stopniu tajemniczym — to *jest* klasa. Coraz większy rozdźwięk z tem stanowią jego manjery: jest wprost słodki. —

— U was tam, w M. S. Z., wszystko traktowane jest jako sport: wy odwartościowujecie całą powagę istnienia. My chcemy jeszcze żyć pełnią życia, jak dawniej.

— Wszystko trzeba dziś traktować jedynie sportowo i nie na serjo. Ciesz się, papa, że masz takiego syna. Z twojemi zasadami byłbym dziś nieszczęśliwym, zawiedzionym niedołęgą. Na samą ideę państwa należy patrzeć dziś ze sportowego punktu widzenia. Kwestji jego zachowania można bronić jak bramki w piłce nożnej, ale ostatecznie jeśli syndykaliści antyfaszystowscy zrobią goala, to nic tak znów strasznego się nie stanie. A zresztą ta partja państwowców w każdej postaci, z wyjątkiem chwilowo, chwilowo zaznaczam, komunistów, zgóry jest przegrana. Wiem, że mało jest dziś u nas ludzi — pod ludźmi rozumiem naszych — którzy chcą w ten sposób na wszystko patrzeć. Ja proponuję rozwiązanie Syndykatu Zbawienia i programowe, przedwczesne pojednanie się z jakimkolwiek możliwym przewrotem. Wobec ostatnich wiadomości z Rosji, widać, że przyszła na nas kolej. Wstrzymywanie się od wyjścia naprzeciw wypadkom, ale wyjścia istotnego, a nie jakiegoś imunizującego szczepienia, możemy opłacić rzezią, jakiej świat nie widział. — Kocmołuchowiczowi jest oczywiście zupełnie obojętne ile ludzi zginie — jemu chodzi o wielkość samą w sobie — choćby pośmiertną. To jest postać zaiste cezaryczna. Ale my? —

— Nie żadna postać cezaryczna, tylko nędzny kondotjer. W razie czego okaże się zwykłym lokajem najradykalniejszej grupy.

— Nie radziłbym ojcu mówić tak przedwcześnie — trzeba będzie odszczekać, bo przeżyć to życie trzeba. Gdyby Kocmołuchowicz chciał robić drogę dla chińczyków, robiłby to dawno. Podejrzewam, że pozytywnego planu nie ma wcale. Ja nie myślę ginąć za żadną ideję — życie samo w sobie jest celem.

— Wy, to młode pokolenie, macie rzeczywiście fantazję, bo jesteście śmiecie. O, gdybym ja mógł się tak wewnętrznie zmieniać! Ale wtedy musiałbym nauczyć się pluć sobie we własny pępek.

— Idejowość papy, cały ten Syndykat Narodowego Zbawienia — cha, cha — narodowego w dzisiejszych czasach! — to tylko pozory. Chodzi tylko o używanie życia przez pewną klasę ludzi, która dawno straciła do tego prawo. Ja się nie okłamuję. Papa nauczy się dopiero z oberżnięcemi uszami, własnemi genitaljami w zębach, naftą w brzuchu i tak dalej..... — Zaczęli mówić szeptem. Genezyp słuchał tej rozmowy z rosnącem przerażeniem. Dwa odrębne strachy: przed księżną i głębią polityki, windowały jego poczucie jaźni na zawrotne, nieznane mu dotąd wyżyny. Czuł się niczem wobec tego cynicznego młodzika, o rok czy dwa zaledwie od niego starszego. Owładnęła nim nagła nienawiść do ojca, że uczynił z jedynego syna swego takiej miary niedołęgę. Jak „ONA" mogła go mieć za coś, mając *takiego* potomka! Nie wiedział, że właśnie jest odwrotnie, że cała jego wartość polega na bezdennej głupocie i naiwności, przy dość dużych zresztą fizycznych danych.

Księżna patrzyła na niego uważnie. Intuicją płciową odgadła scenę w lesie

— oczywiście nie co do miejsca (las) i sposobu (Tengier), ale wogóle. Coś „takiego" zaszło w tym ślicznym chłopcu, którego właśnie chciała mieć na surowo, na świeżo, jako rozpękający nieprzyzwoicie pączek, jako głupiego, nic nie rozumiejącego zestrachanego szczeniaka, jako biednego duszka wreszcie, którego najpierw można będzie popieścić, a gdyby, w związku z uświadomieniem pokazał rogi i pazury, trochę „stortiurować" — (jak mówiła). Tylko czy będzie miała siłę na te tortury? Nie było w niej nic z bezpośredniego sadyzmu, a do tego trochę zanadto podobał się jej ten mały — to może jest naprawdę ten przerażający „ostatni raz". „Na starość wymagania nasze rosną, a możliwości maleją" — tak mówił do niej kiedyś jej mąż, chcąc delikatnie wytłomaczyć nienasyconej megierze porazpierwszy, że ma jej fizycznie dosyć. Od tej to rozmowy datował się początek serji oficjalnych kochanków.

— ...najgorszą rzeczą jest rozpanoszenie się psychologizmu i przepełznięcie jego na wszystkie sfery, do których wcale nie pasuje: socjologja psychologistyczna jest bzdurą — mówił stary książę. — Gdyby konsekwentnie wszyscy przeprowadzili taką zmianę w swoich poglądach, ludzkość przestałaby poprostu istnieć: nie byłoby nic świętego i nic konkretnego.

— Nawet Syndykat Narodowego Zbawienia stałby się fikcyjną projekcją zbiorowego stanu psychicznego pewnej grupy społecznych zaprzańców — zaśmiał się jadowicie Scampi. — Ale jeśli ktoś jeden ma odwagę być konsekwentnym psychologistą, tak, jak Kocmołuchowicz — a być konsekwentnym psychologistą to znaczy być *solipsystą*, mój papo — to wtedy, na stanowisku generalnego kwatermistrza nawet, można dokonać rzeczy cudnych w swej potworności.

— Tak pleciesz, Macieju, że wytrzymać już nie można.

— Ach, ojciec jest beznadziejny mamut! Nie rozumie ojciec, że nareszcie przyszła pora na krótki okres fantastyczności w polityce i to właśnie u nas. Oczywiście są to ostatnie podrygi przed zupełnem uspokojeniem się — i to na żółto, po chińsku. Ci dranie pozwalają sobie na fantazję tylko w oderwaniu od życia, a w niem samem są maszynkami bez skazy i trwogi. My, ohydne, kłamliwe kanalje, przeciwnie: upospoliciliśmy się wewnętrznie tak, że przez kontrast w stosunku do naszych zszarzałych bebechów, to, co jest najświętszego: polityka, musiało się stać czemś pozornie tak już zdeformowanem, jak przedmioty na obrazach kubistów, hyperrealistów i bylecoistów polskich. Ja posiedzę tu 3 dni i jeśli w tym czasie nie zrobię z papy męża stanu nowego typu, to przepowiadam, że zginie papa w męczarniach — kto wie nawet czy sam nie będę zmuszony tego dokonać w imię moich zasad. Ale już pół do trzeciej — trzeba iść spać. Wstał i pocałował matkę z jakąś kocią czułością, która bardzo nie podobała się Genezypowi. Teraz dopiero poczuł naprawdę, że księżna jest stara baba — przecież to z niej tyle lat temu wylazł ten piękny młodzieniec, mało co starszy od niego. Ale już w następnej sekundzie to właśnie podnieciło w nim ciekawość i uprzyjemniło strach poprzedni: znalazł punkt wyższości nad swoją przeznaczoną kochanką. Scampi mówił dalej, przeciągając się zlekka — (czyż są gorzej wychowani ludzie od polskich arysto- i pseudo-arystokratów?): — Ale zapomniałem zupełnie o tym młodym człowieku. Co on robi o tak późnej porze w naszem gronie rodzinnem? Ale chyba nie potrzebowałem się krępować.... Czy to jest nowy kochanek mamy? — Genezyp podniósł się, niemy z nagłej wściekłości: „mnie śmią traktować tu jak dziecko?!" Jakieś kolce wbiły mu się w skronie, z gorącego nosa zdawał się buchać fijoletowy płomień — i do tego straszny żal beznadziejny, że to teraz właśnie w tej chwili... Z boku ujrzał wszystko, jakby spojrzał na istnienie z poza jego koniecznych form: czasu i przestrzeni, raczej dwóch stron dwoistości jednej, jedynej formy. Całe życie niedościgłe, cudze aż do wycia z zazdrości, a piękne nie do zniesienia, zawirowało na dalekim obwodzie niezbadanych wyroków. Honor, jak „brylantowy ptaszek pocieszyciel", ze snów dziecinnych, wykluł się w tej chwili z jajka, z tego ludzkiego, męskiego, poprostu. Zrobił krok, gotów do bicia zupełnie na serjo. Księżna chwyciła go za rękę i wsadziła go napowrót w fotel. Przeszedł przez niego dziwny prąd: poczuł się tak, jakgdyby zrośnięty był z nią w jedno ciało. A było w tem coś rozkosznie nieprzyzwoitego.... zupełnie stracił siłę. Już nie mógł widzieć jakby z boku, jak to tam wszystko jest w tem życiu naprawdę. Markiz di Scampi patrzył na niego z pobłażliwym, wszechwiedzącym uśmieszkiem: on wiedział o takich chwilach objawień, ale nie miał na nie czasu: za mało procentowały w jego wymiarach kociej, nieomal dziecinnej intrygi i dyplomatycznych, bezcelowych subtelności, a przytem zanadto zniechęcały do życia. Umiarkowane bydlęctwo było lepsze. Stary był już myślami o setki mil stąd, w stolicy. Widział Kocmołuchowicza — solipsystę (eliptycznego syczącego jak wąż solitera w kłakach kanapowych, pełnych sadzy) w jego czarno-zielonym gabinecie, który znał tak dobrze.... Straszny to był obrazek — jak chodzenie we śnie z zapałką po podziemiach napełnionych pyroksyliną. Co za nieobliczalność, co za nieobliczalność! „Jak będzie trzeba i ja zostanę solipsystą", pomyślał i to przyniosło mu znaczną ulgę.

— Pan nie zna jeszcze naszej rodzinki — mówił do Zypcia „marchese". — Pod pokrywką, a nawet płaszczykiem cynizmu, jesteśmy najdoskonalszą rodziną na świecie. Kochamy się i cenimy i niema w nas tego drobnomieszczańskiego brudu, przypudrowanego zewnętrznemi przesądami. Jesteśmy naprawdę czyści, mimo pozorów ohydnych dla ludzi naiwnych. Zdrada jest u nas jawna i niema kłamstwa między nami — jesteśmy sobą, bo na to nas stać, aby się nie wymigiwać i podle nie udawać. Pan nie jest jeden, który tak myśli.

— A jednak — wtrąciła lekko i swobodnie księżna — ludzie muszą nas szanować dla innych powodów: — (zdawał się jej dziką, sadystyczną frajdę sprawiać ten wymuszony szacunek u nienawidzących ją ludzi) — pieniędzy, stanowiska męża w Syndykacie i tego uroku, który ma Maciej. On *jest* niebezpieczny człowiek, naprawdę niebezpieczny jak oswojony ryś. Adam, mój drugi, nie dorówna mu, choć jest ambasadorem w Chinach — niewiadomo co się z nim właściwie dzieje — taki głuptaś z M. S. Z. — ma być podobno w drodze powrotnej. Maciek jest jak te chińskie pudełeczka, które się otwiera bez końca i ciągle znajduje się nowe — a ostatnie z nich jest puste. On jest niebezpieczny przez tę pustkę — psychiczny sportsman. Ale niech pan się nie boi Macieja. On bardzo mnie kocha, a przez to samo nie zrobi panu niczego złego. Jeśli pan chce, to pana możemy wkręcić w M. S. Z.

— Ja nie potrzebuję żadnego wkręcania! Nic mnie nie obchodzą wasze głupie Emeszety! Ja idę na literaturę — jedyna interesująca rzecz w dzisiejszych czasach — o ile nie wezmą mnie do wojska naturalnie. — Znowu wstał, znowu księżna posadziła go siłą, tym razem już z pewnem zniecierpliwieniem. „Ależ jaka ona jest silna. Jestem niczem. Czemu to włochate bydlę, odebrało mi siłę i pewność siebie. Muszę mieć podbite oczy, jakgdybym się zonanizował". Mało się nie rozbeczał jak ciamkacz ze złości bezsilnej i samobójczej nieomal rozpaczy.

— Bardzo sympatyczny chłopczyk — rzekł bez cienia sztuczności Scampi. — Niech pan nie wydaje przedwczesnych sądów. Możemy jeszcze być kiedyś w wielkiej przyjaźni. — Podał rękę Genezypowi i spojrzał mu głęboko w oczy. Miał oprawę księżnej, a kolor czarno-bury starego. Genezyp zadrżał. Zdawało mu się, że tam, w głębiach tych kłamliwych gałek, które niewiadomo czemu uchodzą za „zwierciadło duszy", ujrzał swoje najtajniejsze przeznaczenie: nie wypadki same, tylko ich najgłębszą esencję, nieodwracalną istotę. Zatrząsł się w dzikim strachu. Niewiadomo coby dał w tej chwili, aby odwlec chociaż trochę mający nadejść moment stracenia niewinności, jeśli już o całkowitem uniknięciu tego nie można było marzyć. W takich to chwilach młodzi ludzie zostają czasem księżmi, lub wstępują do klasztorów na mękę całego życia. Teraz dopiero „na ratunek" (jak Bóg) przypomniał mu się chory ojciec, może umierający w tej chwili, a może już umarły. Aż mu się nareszcie przykro zrobiło, że dopiero teraz... Cóż robić? Jest się choćby w niekontrolowanych myślach swych, takim, jakim się jest naprawdę i nie trzeba żałować tej odrobiny swobody, jaką się ma w tem potwornem więzieniu, jakiem jest świat i sam człowiek dla siebie. Na dworze dął orawski wicher, przeciągle podwywając w kominku i wokół węgłów pałacu. Zdawało się, że wszystko pręży się i wydyma w straszliwem napięciu, że meble puchną i szyby lada chwila wylecą pod ciśnieniem tłoczącej je, niewiadomej siły. Czekanie, zmieszane ze strachem, rozprężało się we wnętrznościach Genezypa, jak kulka waty ugniecionej z tłuszczem we wnętrznościach szczura — (jest taki dziki zwyczaj zabijania tych nieszczęsnych stworzeń, dla których nikt nie może mieć współczucia.) Już nie mógł znieść tego stanu, a jednocześnie zrobienie najlżejszego ruchu wydawało się absolutną niemożliwością — a cóż dopiero tego „mouvement ridicule", — (o którym słyszał) — i to w takich warunkach! Nic nie było chyba potworniejszejszego dla niego w tej chwili nad stosunek płciowy. I on będzie musiał to zrobić — to w to i tak dalej. To coś nie-do-uwierzenia! Z nią!! Ah — non, pas si bête que ça! Sama egzystencja organów płciowych kobiecych stawała się czemś niepewnem, jeśli nie wręcz wykluczonem. Tężał powoli coraz bardziej w bezkształtną masę bez woli, myśląc z rozpaczą, że jeśli ona nie powie pierwsza jakiego bądź słowa, albo nie dotknie go, o teraz, zaraz, to on, Genezyp Kapen pęknie tu, na tej błękitnej kozetce, rozpylając się chyba aż w nieskończoność. Wszystko to była gruba przesada, ale przecie... Jednocześnie pożądał do bezmiaru (teoretycznie raczej) tego, co stać się miało i musiało, a jednocześnie rzęsy mu drżały z niesamowitego przerażenia: jakże to wyglądać może naprawdę to wszystko i co on z tem (z tem — o potęgi ciemne, o Izis, o Asztaroth!) zrobić może i powinien — to najgorsze. Czemże wobec tego były wszystkie egzaminy i matura nawet. Było to trudne jak rysunek z geometrji wykreślnej: jakiś cień rotacyjnego elipsoidu rzucony na graniastosłup, przecinający się z ukośnym ostrosłupem. Zajęczał, zamyczał raczej jak krowa, z męki niewysłowionej i to go ocaliło od pęknięcia. Udało mu się spojrzeć na księżnę ukradkiem. Siedziała, sępim swym profilem ku niemu zwrócona, tajemnicza, jak jakiś ptak święty nieznanej religii. Zagłębiona w myślach, zdawała się tak daleką od rzeczywistości, że Genezyp zadrżał znowu i wyłupił oczy z podziwu. Miał pewność, że przeszedł nieznacznie w zupełnie odmienny świat w sposób ciągły, a jednocześnie świat ten odległy był od tego dawnego (który trwał tuż obok) o niewymierzalne otchłanie „psychiczności". Jakie były równania transformacyjne tego przejścia nie miał Zypcio nigdy się już dowiedzieć. Wogóle cały dzień ten (doba), a w szczególności wieczór, pozostał dla niego tajemnicą na zawsze. Szkoda, że takich rzeczy nie można później całkować. Momenty są jasne, ale całość najgłębszych przemian, podziemny nurt duchowych przekształceń, pozostaje niepojęty, jak sen dziwaczny nie-do-przypomnienia. Od tego punktu wszystko się „skaraluszyło" — tego był pewnym: widział kiedyś dwa karaluchy tak dziwnie zczepione... Razem z pożądaniem, ordynarny strach wybuchnął z centrum wnętrzności (z tego cielesnego środka osobowości) i zalał całą istotę jego aż po najdalsze krańce wspomnień. Tak silne było poczucie dwoistości, że chwilami naprawdę czekał tego wyjścia ducha z ciała, o którem opowiadali plebsowi wyznawcy Murti Binga. Na zawsze ucieknie duch ten od strasznych spraw płciowych i żyć będzie gdzieś w świecie absolutnej harmonji, czystych pojęć i prawdziwej, nielekkomyślnej beztroski — a tu zostanie to wstrętne ścierwo, na pożarcie demonom i monstrom z piekła rodem. Nie było takiego kraju wyzwolenia. Tego trzeba dokonać tu, wlokąc za sobą ciągle żądny szaleństw, nienasycony worek organów, piekielny futerał z surowego mięsa, w którym tkwią rzadkie, tęczowo błyszczące drogie kamienie. Nie, strach nie był ordynarny — to była ostatnia obrona męskiej (tej nie wstrętnej) godności przed największem z upokorzeń: oddaniu się we władzę nieczystych snów samicy. Tylko miłość może to usprawiedliwić i to nie bardzo. Coś się tam tliło, ale to nie było *to*. Jak żyć, jak żyć? Czyż ciągle będzie szedł tak jak po linie nad otchłanią, by runąć w nią nieuchronnie po strasznych, bezskutecznych z założenia, wysiłkach. Jakimże zakutym katolikiem był Zypcio w tej chwili, katolikiem negatywnym tak zwanym. Ręce miał spocone, uszy go paliły, a wyschnięte usta nie mogły przepuścić ani jednego ze słów, nad któremi biedził się skołczały język. Tamta strona stężała też w naprężonem marzeniu, zapomniała kompletnie o jego obecności. Genezyp z bolesnym aż wysiłkiem wstał z kanapy. Był małem, biednem dzieckiem — nie było w nim ani krzty mężczyzny, a nawet gdyby, to wstrętnem-by to było, bo wygląd jego był wprost fatalny. Księżna drgnęła jak zbudzona i daleki jeszcze wzrok skierowała na tę nieszczęsną karykaturę sympatycznego skądinąd zakłopotania w stanowczej chwili płciowego przełomu. Przed sekundą, w zabójczym skrócie, przemyślała całe swoje życie. Poczuła, że tu jest jej kres — koniec — ten chłopcz k i dalej, albo zupełne wyrzeczenie się i życie dalsze z tym ciągłym, okropnym niby-bólem w skórze, z tem nudnem zdrętwieniem nienasycenia w lędźwiach i głuchem cierpieniem gdzieś daleko w brzuchu — to wszystko — albo jeszcze kilka lat kompromisu — ale wtedy trzeba będzie płacić — jeśli nie wprost, to z okrążeniem, bocznemi drogami i pogardzać sobą, a nadewszystko tymi „draniami". Nic nie pomoże już „précieuse'owatość" i to niby intelektualne życie. Dobre to było jako środek omamienia tych bydląt, żeby nie widzieli już znowu tak wyraźnie wypiętych, sterczących z żądzy organów. Ale samo w sobie? — „taż to panie nuda niemożebna", jak mówił ten przeklęty rusin Parblichenko, co wszystko chciał stayloryzować i koniec. O jakże wstrętny był w tej chwili dla niej mężczyzna! Nie to biedne dziecko, które siedziało tuż koło niej zmartwiałe ze strachu (wiedziała o tem), tylko *ten*, jeden w wielości jak pojęcie, ci ohydni, te ohydne włochate samce, wiecznie dalekie, nieuchwytne, kłamliwe — „o, stokroć kłamliwsze od nas", pomyślała. „Bo my wiadomo, że robimy wszystko dla *tego*, a oni udają, że dla nich nie jest jedyną prawdziwą rozkoszą nasycać się nami". Spojrzała na niego, raczej na to „coś", z czego miała zrobić za chwilę (przy pomocy swojej piekielnej erotycznej techniki) mężczyznę, takiego samego, jak ci, na myśl o których wzdrygała się teraz ze wstrętu i upokorzenia. Genezyp siadł znowu obezwładniony sprzecznością, przerastającą jego wymiary aż w niesprawdzalną sferę, gdzie urojenie łączy się z rzeczywistym bytem. „Ha, niech się dzieje wola nasza", pomyślała księżna. Podniosła się lekko i zwinnie. Siostrzano-dziewczynkowatym ruchem wzięła Genezypa za rękę. Wstał i nie opierając się powlókł się za nią. Miał prawie pewność, że przesiedział godzinę w poczekalni u dentysty, i teraz idzie rwać ząb, a bynajmniej nie „udaje się" na pierwszą noc rozkoszy do jednego z pierwszych demonów kraju. Ale tamto było fraszką wobec tego, co czekało go teraz. „Oto są skutki tego przeczekiwania, tego przetrzymywania", myślał z wściekłością. „Ojciec, wszędzie ojciec. Inaczej-bym tu działał w tej chwili gdyby nie ta przeklęta cnota". Uczuł wprost nienawiść do ojca i to dodało mu siły. Nie wiedział, że cały urok sytuacji polegał jedynie na tem przeczekaniu się nawylot, na które narzekał. Gdybyż to można *być* dwiema przeciwnościami naraz, a nietylko o nich myśleć! Cóż to byłaby za przyjemność! Niby staramy się o to czasami, ale wychodzą z tego rzeczy połowiczne, niedociągnięte. Chyba obłęd... Ale to zbyt niebezpieczne. A przytem nie ma się wtedy pełnej świadomości...

Znalazł się w pachnącej macierzanką i jeszcze czemś nieokreślonem sypialni księżnej. Cały pokój robił wrażenie jednego olbrzymiego organu płciowego. Było coś nieokreślenie nieprzyzwoitego w samym rozkładzie mebli, nie mówiąc już o kolorach (rakowych, różowych, sinych, buro-fijoletowych) i drobniejszych akcesorjach: sztychach, bibelotach i albumach, pełnych najdzikszej pornografji, od ordynarnych fotografji, do subtelnych rysunków i drzeworytów chińskich i japońskich — nienormalny objaw nawet u takiego „bas bleu" jak Irina Wsiewołodowna — przecież to zbieranie świństw jest wyłącznym przywilejem mężczyzn. Ciepły półmrok rozpylał się razem z nieprzyzwoitawym zapachem, przenikał do kości, rozmiękczał, rozluźniał, a jednocześnie sprężał, rozbestwiał i rozbyczał. Genezyp poczuł znowu jakieś tam męskie skomlenia i nakazy wewnątrz ciała. Gruczoły zaczynały się ruszać, niezależnie od stanów ducha. Co on je wogóle obchodził — teraz użyjemy my, a resztę niech biorą sobie wszyscy djabli.

Księżna rozbierała się szybko przed lustrem. Gniotące milczenie trwało. Szelest sukien zdawał się być strasznym hałasem, zdolnym cały dom porwać na nogi. Pierwszy raz widział Zypcio coś podobnie wspaniałego. Czemże były wobec tego najcudowniejsze widoki górskie. W mroku znikły drobne (drobniutkie) usterki tej przepięknej bydlęcej mordy (uśmiechającej się do niego z lustra wywlekającym flaki uśmieszkiem), którą owiewał dookoła potężny duch, jak huragan szczyt jakiś niedosiężny. Pławiła się w nim nabierając niezwyciężonej potęgi i jakiegoś nadziemsko-satanicznego uroku, rwącego chłopczykowatą duszę Zypcia rozdzierającym bólem nigdy niedokonanego życia. Cóż znaczyły, wobec tego czarodziejstwa, zauważone poprzednio jakieś tam drobne zmarszczki i leciutkie dziurkowanie przepysznego nosa. Marzenia, posągi i raj Mahometa i szczęście bycia owadem (o czem tak kiedyś marzył Zypcio) czemże były w porównaniu z tym cielesnym przepychem, dławiącym za gardło aktualną nieskończonością w olbrzymiości czegoś, co czasem przecie w życiu zwęża się w jakąś szpareczkę, „pecynkę" nędzną, wobec szczytowych mamideł świata pojęć. Tylko w tym świecie jest to nieadekwatnym zlepkiem przypadkowych kawałków, odpadków całej praktyczności ludzkiego stada — tu „stoi oto, panie, jak byk przed panem" taka niezwyciężona piramida pozornego nonsensu, której syntetyczność nie jest zasadą, pływającą gdzieś w „idealnym bycie", tylko czemś rzeczywistem (o jakże słowo to, przez bezecne nadużycie, straciło wszelką swoją wartość) jednolitem, bez skazy, bez dziurki, czemś gładkiem jak szkło, nie dającem się niczem przebić i zanalizować — chyba poprostu sztyletem, albo pogardzaną przez 6.000 lat artystyczną bzdurą. (Pogardzaną dlatego, bo inne były na to kiedyś środki: okrutne, erotyzmem przepojone religje, wielka sztuka, wielkie wyrzeczenia, straszliwe wieszcze narkotyki i poczucie straszliwszej ponad wszystko tajemnicy — nam został tylko nonsens, jako środek ostatni — potem koniec — tak mówił Sturfan Abnol.) Było to czemś tak prostem jak każda jakość (kolor, dźwięk, zapach i t. p.) dla wszystkich, lub pojęcie dla — („he, he") — Husserla. „I ta ludzkość, która tyle wieków [oczywiście z punktu widzenia racjonalizmu (który jak wiemy bynajmniej nie zawsze dla wszystkich [y compris najtęższe łby] ma rację)] brnęła w najpiekielniejszy nonsens religijny i pławiła się w nim poprostu z wyuzdaniem, teraz oburza się na ostatnie podrygi sztuki, nie mogącej stworzyć swego zamierającego świata form, bez lekkiego wykrzywienia „świętej rzeczywistości", to znaczy wizji świata i uczuć w mózgu najbanalniejszego *standard-common-man'a"* dzisiejszych czasów" — tak mówił pół godziny temu czort wie à propos czego, tak en passant ten wstrętny Maciej Scampi. To ciało, to ciało — teraz otwarła się przed zdumionemi oczami śmiałka (raczej nieśmiałka) straszliwa tajemnica drugiej osobowości, teraz, kiedy ujrzał ją spowitą w niedosiężne pięknością i materjalnym oporem (chyba zmiażdżyć lub podrzeć w strzępy, wogóle unicestwić) pożądane ciało. To wszystko to była ona, ta piekielnica. Był jak arcykapłan przed posągiem Izydy. Wszystkie wschodnie potworne mity i plugawe seksualne misterja, ucieleśnione w ten zaklęty w swej doskonałości byt, przesuwały się przez skażoną wyobraźnię młodego byłego onanisty, jako opar lubieżny, wydzielany przez to nieopisane coś, co etalowało się przed nim z takim smutnym bezwstydem. Bo księżna była smutna i ze smutnym wdziękiem obnażała swoje zabójcze okrągłości — des rondeurs assommantes, jak mówił jej kiedyś któryś tam z francuskich jej wielbicieli. A ogłupiałe spojrzenie chłopca (patrzyła w lustro poza siebie także), piekło jej skórę jak rozpalone płyty djatermicznego aparatu. „Dla tego szczęścia warto nawet pocierpieć trochę", myślała biedna.

Nieznośnie olbrzymiał świat Genezypowi. I w tem ona, jak w gorączkowym koszmarze, stawała się malutka, niby pesteczka w kolosalnym owocu — oddalała się, nikła gdzieś w otchłani piętrzących się nad nim przeznaczeń. Znowu strach. „Czyż jestem tchórzem", pomyślał, rozpięty na swoim podręcznym krzyżyku Zypcio. Krzyż ten miał się rozrosnąć potem w krzyżysko i nie opuścić go już nigdy — miał wrosnąć mu w ciało, a nawet w dolne kończyny ducha. Nie, nie był tchórzem biedny Zypek Kapen, odrobinę zapóźno tracący niewinność maturzysta. Strach jego był teraz natury w istocie metafizycznej — nie kompromitował rodzącego się w chłopczyku mężczyzny. Pierwszy raz poczuł Genezyp, że ma ciało naprawdę. Czemże były wobec tego sporty i gimnastyka! Muskuły tego „systemu" (jak mówią anglicy) drgnęły i podszedł do stojącego przed nim złowrogiego bóstwa na dwa kroki — bóstwa, z którego opadły właśnie na deseniasty dywan majtki, bardzo zresztą ładne. Ale co on się na tem rozumiał, czy wyznawał. Ciało i rudy ogień tam... Nie wytrzymał tego widoku. Spuścił oczy i uważnie wpatrywał się w wielobarwny deseń dywanu, tak, jakby zapamiętanie tych perskich zygzaków było w tej chwili właśnie czemś najważniejszem. Boczną akomodacją tylko widział niższą część całości piekielnego obrazu. Tamta odwróciła się, wyskoczyła lekko z leżących na ziemi majtek i nie patrząc na niego, zdjęła wdzięcznym ruchem małej dziewczynki błyszczące pończochy. Ten błysk miał w sobie coś z okrucieństwa polerowanej stali jakiejś potężnej maszyny. Wymiary zmieniały się o sekundę — oscylowało wszystko ciągle między brobdignagizmem i liliputyzmem, jak w peyotlowych wizjach. (Irina Wsiewołodowna nosiła zawsze podwiązki okrągłe nad kolanami.) I Genezyp ujrzał jej nogi tak piękne, że żaden grecki posąg — ale co tu gadać: nogi jakby oddzielne bóstwa żyjące swojem niezależnem życiem, bose, gołe, nieprzyzwoite... Przecież noga jako taka nie jest czemś właściwie tak znów już bardzo pięknem — ale jest czemś piekielnie, najbardziej chyba nieprzyzwoitem. A tu — o do djabła! — to chyba jest cud. I że to takie jest właśnie, a nie inne, w tym przekroju uciekającego beznadziejnie czasu, walącego się w przepaść przeszłości życia — to trwa, to *jeszcze* jest — tortura pękającego od nasycenia samym sobą momentu. Genezyp spojrzał w jej twarz i skamieniał. To był „anioł rozpusty" — tak: innego na to słowa niema: ANIOŁ ROZPUSTY, AAA, aaaa.... Ta piękność, wyuzdana do granic szału, wtopiona w niedosiężność zaświatowej świętości, była czemś nie-do-znie-sienia. I to w połączeniu z temi nogami i tym rudym, wirowatym, kłakiem, kryjącym obrzydliwą tajemnicę początku. Czyż mógł stamtąd wychynąć się na świat ten przykry i piękny dryblas, którego poznał przed chwilą? Zypcio zapadł się w bezdnię tak dzikiego przerażenia, połączonego z tak cholerycznie *nieprzyjemnem* cierpieniem płciowo-ogólno-życiowem, że trząsł poprostu od środka, jak purchawka, jak pluskwa napita krwią. Nigdy nie odważy się do niej podejść, nigdy nic już między nimi nie będzie i nigdy nie odetchnie od tego nieznośnego stanu wewnętrznego obolenia aż po krańce dni swoich. Zamiast genitalji czuł jakąś bezsilną, grząską i bolesną w swem znieczuleniu ranę. Był kastratem, dzieciakiem i durniem.

— Boisz się? — spytała księżna z czarującym uśmiechem łukowato wygiętych warg, potrząsając rozkosznie grzywą miedzianych włosów. Teraz nie myślała już o tem, że było w nim dzisiaj coś podejrzanego — zapomniała o swoich przeczuciach. Straszliwa miłość wstąpiła w jej niezwyciężone uda i w niespokojnym dreszczu innych przeczuć spiętrzyła wnętrzności nawywrót w jakąś chłonącą wklęsłość bez dna. Słodycz gęsta, aż do bólu rozkoszna podeszła jej pod krwawe obolałe, tęskniące za czemś najwyższem serce: mogła wchłonąć w tej chwili cały świat, a nietylko tego dzieciaka, dzieciucha, dzieciątko, tego chłopczyka, chłopysia, chłoptasia, tego ślicznego aniołka, już zbyczonego od męskości, który miał coś tam dla niej w spodeńkach — coś miękkiego, nieśmiałego, biednego, co za chwilę wstanie groźne jak palec przeznaczenia na burzliwem, letniem niebie, przepojone nim samym (jego duszą nawet) i zmiażdży ją (to i on sam razem — o niepojęta dziwności tej rozkoszy), zabije, zniszczy i będzie się pastwić krwawym jak jej serce niedosytem, aż rozszarpie ją i samego siebie w haniebnym, upakarzającym i tryumfalnym (dla niego — sprawcy tej piekielnej frajdy) spaźmie orgazmu. Cóż mężczyźni wiedzą o rozkoszy! Oni, którzy robią co chcą, pośrednio zaledwie uświadamiając sobie, że to ta, jakaś ona, potęguje biernie rozkosz tę do szału, tem, że jest taką, a nie inną — poza drobnemi jakiemiś uczuciami. Ale nie wiedzą nędzni czem jest czuć w sobie we wnętrznościach własnych zgnębionego, upodlonego, a jednak wielkiego i potężnego prawdziwego jej *sprawcę*. To on to ze mną robi, jest tam — ta bezsilność poddania się obcej mocy, to jest dopiero szczyt. I do tego jeszcze poczucie upadku tamtego bydlęcia. „Ach nie, ja tego nie zniosę, ja zwarjuję" — szepnęła, rwąc się w strzępy od żądzy, ogarniającej całe ciało, na które ten bałwan nie śmiał spojrzeć jak zdobywca. Tak to sobie wyobrażała biedna Irina Wsiewołodowna. A jak się stało naprawdę? Lepiejby o tem nie mówić wcale. I możnaby nie mówić, gdyby nie pewne rzeczy, które dowodzą jednak, że tak będzie lepiej.

Teraz dopiero naprawdę poczuł Genezyp sens swego popołudniowego przebudzenia się z dziecinnych snów. (Poraz który?) Nieskończone są kondygnacje duszy ludzkiej — trzeba tylko umieć brnąć nieustraszenie w głąb — albo się zdobędzie swój własny szczyt, albo się zginie — w każdym razie nie będzie to psie życie miernot, wiedzących zaledwie to, że są i to niebardzo. Ha — sprobujmy. Cała rozmowa kniazia Bazylego z Benzem rozświetliła się nagle poraz ostatni, jak skłębione na wschodzie obłoki, gdy słońce przedrze się pod sam zachód i rzuci na nie, już z za horyzontu, swoje zamierające, malinowo-krwawe promienie. Gdzie był w tej chwili nie wiedział. Przekroczył granice swego dotychczasowego „ja" i wyrzekł się intelektu na zawsze. Była to pierwsza zbrodnia, popełniona względem samego siebie. Starcie dwóch światów, uosobionych w tamtych panach, dało wynik równy zeru, „Życie samo w sobie", (najzłudniejsze pojęcie najpospolitszej miazgi ludzkiej) otworzyło mu drogę upadku. Wyrzekając się pozornej nudy, właściwej sferze pojęć dla początkujących, wyrzekł się tem samem życia, dla którego sferę tę poświęcił. (Nie dla wszystkich prawo to jest ważne, ale iluż jest dziś ludzi, którzy *bezprawnie* postępują w ten sposób.) Groźne bóstwo bez majtek i pończoch, z *„czut' czut' "* obwisłemi, ale jeszcze (podniesiony groźnie palec — sam w powietrzu) pięknemi piersiami (Genezyp doznał wizji nieznanych owoców z innej planety), stało milczące, kochające, pokorne. W tem właśnie była cała groza. Ale o tem nie wiedziało biedne niewiniątko. Nie wiedział też Zypcio jak straszliwy urok miał dla niej w tej swojej bezradności i zakłopotaniu, jak głęboką miłość, rozpruwającą wnętrzności zastygłemi w krystaliczne kolce łzami, budził w niej prawie poza pożądaniem, gdzieś aż w byłej matce, tem, że był właśnie dzieciakowatym erotycznym jełopem, bezcennym wprost okazem w tych strasznych czasach. A tu jak na złość wstręt... Jak może takie obrzydzenie do siebie po jednej stronie być ekwiwalentem tak wzniosłych uczuć do przedmiotu tego obrzydzenia po drugiej? Tajemnica. Niezbadane są wyroki, kryjące się w kombinacjach gruczołowych wydzielin. Ten cocktail zawsze może zrobić niespodziankę swoim smakiem. Ale ostatecznie wszystko to musi się skończyć raz do djabła i zacząć co innego — inaczej chwila minie, ta jedyna chwila, której trzeba użyć, *użyć* — ach...

— Chodź — wyszeptało tajemnicze bóstwo, przez zdławione żądzą gardło. (Gdzie, o Boże, gdzie?!) Nie odpowiedział nic: stężały język należał jakby do innego człowieka. Podeszła i poczuł zapach jej ramion: subtelny i nikły, a jadowitszy stokroć od wszystkich alkaloidów świata — mandżun, dawamesk, peyotl i „lukutate" czemże były wobec tej trucizny. To go podcięło ostatecznie. Mało nie zwymiotował. Wszystko działo się naopak, jakby ktoś złośliwy nastawił całą maszynę nawywrót. — Nie bój się — mówiła dalej głębokim, trochę drżącym głosem, Irina Wsiewołodowna, nie śmiejąc go dotknąć. — To nic złego, to nie boli. To bardzo będzie słodko tak razem zrobić to coś takiego nieprzyzwoitego, takiego miłego, czego nigdy nikt nie widzi i wstydzi się. Czyż jest coś piękniejszego jak dwa palące się do siebie ciała... (Znowu nie to psia-krew!), które się przenikają w rozkoszy, którą dają sobie wzajemnie... (Ten ponury schyłkowatością demon nie wiedział jak oswoić, ugłaskać i uwieść to biedne zastrachane bydlątko. Duch uciekł, pękając ze śmiechu nad biednem, zszarganem, drżącem od „otchłannych" pragnień, starzejącem się ciałem, które teraz w półmroku, w oczach niewinnego wstrętnego chłopca, zakwitało w nigdy niewidzianym blasku, może poraz-ostatni. Cierpienie potęgowało urok chwili w niemożliwy sposób. Wszystko podlane było szarym sosem męki, w którym pływały drobne rodzynki starczego prawie wstydu, udającego ten dziewiczy, prawdziwy. Ale zwyciężyła wielkość gestu samego w sobie, a potem dopiero przyszło spóźnione odpowiednie uczucie: tajemniczy amalgamat macierzyńskiej tkliwości i bestjalskiej, morderczej żądzy, to jest właśnie szczęście kobiety, o ile znajdzie się objekt, na którym ten melanż „skrupić" można. Tak myślał Sturfan Abnol — ale naprawdę nie wie tego nikt.) Wzięła go za rękę. — Nie wstydź się, rozbierz się. Tak ci będzie dobrze. Nie opieraj się, poddaj się mnie. Taki śliczny jesteś — nie wiesz jaki jesteś — nie możesz wiedzieć. Ja ci dam tę siłę. Poznasz samego siebie przezemnie — napniesz się jak cięciwa łuku do tego rzutu w dal, którym jest życie — skąd ja wracam, aby ciebie tam wprowadzić. I może ostatni raz kocham... kocham... — szepnęła prawie ze łzami. (Widział jej twarz płomienną tuż przy swojej i świat stawał przed nim dęba powoli, ale systematycznie. *Tam*, w genitaljach, trwała złowroga cisza.) A ona? Biedne, zatulone w jedwabne szale pychy, zakute w cyniczną, metalową maskę, zahukane przez mądrego (jak na babę) ducha i przez kryjące swe (drobne zresztą) wady ciało, serce jej, ten kłębek niedorosłych i przerosłych, niewspółmiernych i pokiełbaszonych niemożliwie (była przecie matką kiedyś) uczuć, to serce rozwierało się całe w dzikim bezwstydzie przed tym młodym okrutnikiem, w swej nieświadomości zadawanych tortur, aż wstrętnym prawie chłopcem. Chłopięctwo to dość przykra rzecz właściwie i nieciekawa, o ile nie rozświetla jej dość wysokiej marki intelekt. Jeszcze nie rozbłysło to światło w Genezypie, ale coś się w nim tam bądźcobądź kołatało. Dziś koniec z tem. Już nigdy nie odnajdzie siebie z tamtej strony. Już się przewala po nim złe, okrutne życie, jak bestja jakaś z atlasu potworów — może Katoblepas, a może coś gorszego jeszcze — (a mógłby to być posłuszny baran przecie) już jak długie, duszące elasmosaury platyury, żądze oplotły go i wlec będą dalej w tę ciemność przyszłości,

gdzie dla niektórych niema ukojenia, chyba w narkotykach i śmierci, albo
w obłędzie. Zaczęło się to. — Znowu jej słowa:

— ...rozbierz się. Takie śliczne masz ciałko. (Rozbierała go powoli.) A jakie
silne. Jakie muskuły — to zwarjować można. Tu jest spinka — tu ją kładę.
Ty mój biedny, kochany impotencie. Ja wiem — to dlatego, że się
przeczekał. A co to za plamka? (Głos jej zadrgał.) A — zonanizował się mój
chłopczyk. A to nieładnie. Trzeba było zachować dla mnie. A teraz flak. Ale
to o mnie myślałeś, prawda? Ja cię oduczę od tego. Nie wstydź się. Cudny
jesteś. Nie bój się mnie. Nie myśl, że ja jestem mądra bardzo — ja jestem
taka sama mała dziewczynka jak ty — to jest: nie dziewczynka: ty jesteś
duży chłopiec, taki silny mężczyzna. Będziemy się bawić w małżeństwo jak
siedmioletni papuasi w chatce w dżungli. — To mówiąc wyglądała
rzeczywiście na małą dziewczynkę, taką, jakiemi pogardzał dawniej. — Ja
nie jestem taka straszna — to tylko mówią tak o mnie. Ale ty ich nie
słuchaj, nie wierz im. Sam mnie poznasz i pokochasz. To niemożliwe, żebyś
mnie nie pokochał, kiedy ja ciebie tak... — i pierwszy pocałunek
wszechwiedzącej samicy zawalił się na jego niewinne usta i oczy obłędnie-
lubieżne wgryzły się w jego oczy, jak kwas siarczany w żelazo. Nareszcie
poznał co to za straszna rzecz są usta — takie usta i do takich należące
oczu. Spłomienił się na zimno cały i zaraz ją pokochał — ale na krótko i
gwałtownie. Zaraz przestał. Mimo wszystko wstrętne mu były te
rozkwaszania jego twarzy mokrym mięczakiem i te „lizy" szalone
nieprzytomnego języka. Rozdwoił się zupełnie aż do dna prawie. Ale co ją
to obchodziło. Zawlokła go wśród pocałunków na kanapę i mimo oporu
rozebrała do naga. Buty mu zdjęła, całując gładkie, przepyszne łydki. A tam
nic. Więc innego użyła sposobu: wzięła głowę jego w ręce i zmusiła go by
ukłęknął, a sama rozwaliła się piekielnie, jak zmora ohydna. I wtedy tę
głowę i tę twarz tak pożądaną zaczęła pchać tam bez litości. A on,
mężczyzna na skraju upadku, broniący siebie przed przekleństwem całego
życia (szczęście czy nieszczęście to prawie wszystko jedno, z wyjątkiem
niezmiernie krótkich chwilek złudzenia), mimo, że już potencjalnie upadły
i staczający się po pochyłości, walczył instynktem samej osobowości
przeciw wielości istnień i stadu, które ona z konieczności metafizycznej
tworzy. Rozrywało go wprost na wszystkie strony. Dusił się, wymiotował
do wewnątrz i prychał i parskał, ujrzawszy przed sobą to, czego obawiał
się najwięcej. Nie miał najmniejszej chęci zrobienia jej przyjemności, nie
mówiąc już o tem, jak nie doceniał tego, co danem mu było oglądać. Jakiś
potwór zacieniony rudym włosem (księżna pogardzała wszelką

nienaturalnością) dziwny, wstrętny, różowawy, pachnący piekłem (chyba) i świeżością morza i najlepszym tytoniem od Rothmana i utraconem na wieki życiem — to właśnie; i ten brzuch niby zwykły, a tak świętokradczo-poddańczo delikatnie wypiętrzony jak kopuła jakiejś zakazanej wschodniej świątyni; i piersi jak białe dagoby, których szczyty oświetla wschodzące słońce; i te biodra, znane skądś, może z podświadomych marzeń, obce i bliskie i takie, że nic im poradzić nie może w ich piękności i nic z niemi zrobić, psia-krew nie można i trwają tak na mękę i wstyd dla wszystkich. I do tego ta twarz, ta morda piekielna!... I miłość. (Wiadomo czego trzebaby, aby zgnębić to wszystko razem, w jednem pchnięciu bohaterskiem i uczynić czemś poza sobą: przeszłością, czemś dalekiem i obojętnem choćby na chwilę. Ale tam trwała dalej cisza złowróżbna, jakby na morzu na godzinę przed cyklonem.) I znowu sprzeczne z „poprzednio opisanym stanem" zwały nieznanych uczuć i wstyd palący za własne niedołęstwo (to fizyczne) i głupotę. Pustynia bezpłodnych, okrutnych przeżyć, druzgocących stworzone z trudem ośm lat życia. Tak to się urabiała nieodwołalna przyszłość w tej chwili dziwnej męki i sromu... (Co? Ohydne słowo, ale cóż jest wyższego nad wstyd, prócz tej okropności.) I do tego ona, taka dobra w swojem wyuzdaniu, jak mleczna czekolada, jak bezwstydna krowa jakaś, a nie człowieczyca, samica jelenia, krokodyla, czy kapibary... Taka duża się zrobiła i ciężka i niewygodna — wogóle zbyteczna — a tu nic, jak na złość, ani jednego drgnięcia. I, zamiast uczynić to, czego żądała ona, tulił się do jej piersi troszeczkę, odrobineczkę obwisławych, ale tak cudownych, jako „czysta forma", że zaćmićby mogły niejedne okrągłości niejednych szesnastolatek. Aż naresce zniecierpliwiła się definitywnie ta cała skombinowana machina, ta tak zwana księżna Ticonderoga. I, machnąwszy grzywą wtył, podała mu znowu usta, jako coś tak bezprzykładnie nieprzyzwoitego i wstrętnego aż ze ślimaczej wprost lubieżności, że wzdrygnął się cały w nieludzkiej męce obrzydzenia w stosunku do rzeczy, której najbardziej pożądał, obrzydzenia złączonego mimo wszystko z uczuciem rozkoszy i głębokiej dumy: jednak on też całuje naprawdę. Ale właściwie nie wziął tych wspaniałych ust ten idjota. I wtedy ona wzięła go sama i zaczęła się znowu męka wymuszonych pocałunków, od których nie było już ucieczki — chyba żeby zrobić jakąś przykrość temu strasznemu, nałażącemu nań zwierzęciu. Ale tego nie chciał Zypcio za nic, mimo strachu i obrzydzenia. Patrzećby na nią mógł, taką nagą, z zachwytem dziesięć godzin nawet bez przerwy. Już kochał i to naprawdę prawie, ale dziwnie jakoś, nie tak jak matkę, ale podobnie (to straszne) to stworzenie w gruncie rzeczy dobre, które pod nim takie niewiarogodne wyprawiało szpryngle, zachwycając się przytem bezwstydnie wszystkiem tem, na co on w sobie taką małą zwracał uwagę. I nic. Flak i flak. A chciało mu się czegoś tak strasznie, że mało nie pękł — ale czego — nie wiedział. To znaczy wiedział pojęciowo — zabrakło mu tylko w środku jakichś połączeń.

Aż wreszcie znudzona, zniechęcona, zawiedziona, wściekła księżna (wiedziała, że za pół godziny przebaczy mu wszystko i da mu — może kiedyś — drugą lekcję inną metodą) krzyknęła na niego ostro, odepchnąwszy go ze wstrętem, właśnie gdy czulił się do niej lekko, z zupełnie prawdziwem przywiązaniem:

— Ubierz się w tej chwili. Późno. Jestem zmęczona. — Wiedziała co robi: jakby go kto batem po niewinnem „liczku" smagnął.

— Chcę się umyć — dosłownie wycharczał, zraniony do głębi. Czuł, że jest bezmiernie śmieszny, a wewnątrz upokorzony poprostu i zhańbiony.

— Po czem, ciekawa jestem. A zresztą idź do łazienki. Już ja cię myć nie będę. — Wypchnęła go delikatnie, pogardliwie za drzwi na korytarz, bosego, gołego, ociekającego opuszczeniem i niedołęstwem. Gdyby był tytanem woli nawet, nicby nie mógł przeciw temu poradzić. „Ciekawy jestem jakby w takiej sytuacji zachował się Napoleon, Lenin, albo Piłsudski" — pomyślał, starając się uśmiechnąć. O — gdyby mógł wiedzieć, że tak się skończy ta noc, wolałby Tengierowi oddać się zupełnie w zawilczonej ludzimierskiej puszczy. Ale powoli wzbierała w nim jakaś złość niesamowita.

Już robił się świt. Wicher dął dalej, już ciepły widać, bo drzewa stały czarne i wilgotne i z dachów lała się woda, porywana podmuchami, jakby zakasywana w nieprzyzwoity sposób. Ten zwykły ranek, który zaczynał się teraz ni w pięć ni w dziewięć, był, po tem, co zaszło, okropny w swej codzienności, jakiejś hypernormalności właściwie. Wyprychawszy się poczuł Zypcio na nowo pewną godność męską. Tylko ten dzień bezlitośnie wstający — o jakże ciężko będzie go udźwignąć. Co robić wogóle? Czy wszystko się już skończyło i on zostanie tak do śmierci jako otwarta, krwawiąca się rana? Jak dożyć wieczoru? Jak przeżyć życie? Być już tam, po tamtej stronie, gdzie w oddali czaiły się zblazowane, rasowe mordy starszych panów, którzy wiedzą wszystko. Albo nie: roztworzyć jakieś ukryte dotąd wrota od tego brudnego podwórza teraźniejszości i żeby przez nie buchnęło prawdziwe słońce wiedzy o życiu i wyjść stąd tam, tam — gdzie jednak było to *tam*? Jakieś dalekie wspomnienia bezprzedmiotowego rwania się ku czemuś wielkiemu w czasach dzieciństwa, przypomniał sobie zaiste w porę. Zaśmiał się gorzko, uświadomiwszy sobie swoje położenie. Ale to dało mu nowy „szturch". Nie czekać już tych chwil jak dawniej, tylko je tworzyć świadomie. Czem? Od czego wola? Jak? Zacisnął pięści z siłą, zdolną pozornie cały świat przetransformować na nowo w jego własny twór, w posłuszne mu bydlę, jak suka jego, Nirwana. Rzeczywistość ani drgnęła. Tu muskuły same są na nic — trzeba jeszcze jakiejś małej, malutkiej sprężynki. Nie miał jej. Nie pomyślał nawet o swoim intelekcie, którego się wyrzekł przecie na zawsze. Jak zmienić choćby ten pałac, w którym był podłym intruzem i tę obcą babę (nie kochał jej w tej chwili wcale) w swoją dziedzinę i swoją kobietę (nie w jakąś miłość na zawsze, nie w małżeństwo, o tem nie pomyślał dotąd, jak i o dzieciach możliwych), tylko w te przedmioty swego wewnętrznego użytku, należące do obrzędu dawnych symbolicznych kółek dziecinnej metafizyki, nad któremi dotąd panował. Jak nieznośny ciężar legł na nim świat — tylko to ostatnie kółeczko jeszcze ledwie zipało. (Genezyp Kapen — *je ne „zipe" qu'à peine* — ledwozip — jak go nazywano w szkole.) Tem kółkiem był on sam, raczej jego bezwymiarowa jaźń, ale już jakby poza ciałem. Nawet ciało jego, mimo prężności muskułów nie należało teraz do niego. Rozłożył się na poszczególne, obce sobie, pozbawione chemicznych pokrewieństw elementy. Był tu, goły, trochę zziębnięty, we wrogiem sobie miejscu, w labiryncie pokojów tej również gołej baby, która czekała na dowód jego siły, podczas gdy matczyne jej w stosunku do niego uczucia, wyciekały z niej powoli, jak woda przez dziurawy garnek, (jak mleko przez rakowatą pierś). Dobre to było i zabawne, nawet przy końcu życia na parę godzin. (Raz miała podobny wypadek, ale nie z niewinnym chłopcem, tylko z jakimś świętawym, długoletnim abstynentem płciowym.) Ale jeśli tak będzie ciągle (może on jest nienormalny, o Boże?!), to to jest niemożliwe poprostu i koniec. Jeśli ten mały przy *takich* swoich warunkach, nie zadowolni jej płciowo, tak czy inaczej, to to jest do kwadratu poprostu tragedja, trzeba będzie zastosować znowu, poraz niewiadomo który (tylko z innych powodów) demoniczne metody, całą tę kłamliwą grę, której miała już potąd... A tu chciałoby się odpocząć trochę, pokochać tak poprostu, wyciągnąć się i przeciągnąć ostatni raz rozkosznie i spokojnie na niewinnem sercu i tęgiem ciałku *„sur ce paquet de muscles"* tego ślicznego „chłopysia". A przytem, żeby ten „chłopyś" bez żadnych już dopingów sztucznych wściekał się zupełnie dobrowolnie, a przytem jeszcze, żeby wszystko to było łagodne i ciche, a jednak interesujące. Tak myślała księżna (próżne marzenia!) drzemiąc zlekka, z rozdartemi wnętrznościami, spowita w seledynowy w złote kwiaty (co za zbytek!) szlafrok, vel: zatulnik, leniwnik, rozmemlnik, wylegadło, zawijak. Pewna była, że to stworzonko dziwne nie ucieknie jej wprost z łazienki. Chociaż po takim wszystkiego można się spodziewać: gotów chwycić jakie futro z „hallu" i drapnąć w kaloszach jej męża. Straciła pewność co do tego, jak romans ten dalej się rozwinie. A przytem to najbardziej niepokojące zwątpienie w jego normalność wogóle. Już nie mogła pozwolić sobie na to puszczenie się swobodne, którego tak w ostatnich czasach pragnęła. Czujne zwierzę (takie miłe zwierzątko, jak świstak, strażnik stadka) zbudziło się w niej znowu i prężyło się nasłuchując, co też robi tam ten „golasik" (brrrr...) taki „cudny, gładziutki, młodziutki, a przytem dość muskulisty i zwalisty, a taki obcawy, mimowolnie kąśliwy i niezadowolony (z takich przepychów! — co za skandal!) i jeszcze w dodatku obrażony!" Nagle drgnęła. Pierwszy raz w życiu zastanowiła się nad tem, co się z NIM dzieje, z *tym* mężczyzną samym w sobie dla niego (chociaż tego „dzieciaka" nie mogła właściwie tak nazwać) tym właśnie, będącym jej (chociaż w tym wypadku niedoszłym) samcem. Niebezpieczna nowość. Tak jeszcze nie myślała — chyba kiedyś przed ślubem, jako mała dziewczynka, o jakichś tam przedhistorycznych bubkach, z których kilkunastu potem jako kochanków prawdziwych miała. Czy prawdziwych? Tyle czasu, życie całe, żyła bez miłości — teraz ujrzała jasno tę prawdę. I teraz trzeba będzie tę miłość (bo już wiedziała w tej chwili, że to była miłość, prawdziwa pierwsza i ostatnia) zatruć, zaplugawić dawnemi, mniej lub więcej demonicznemi „truc'ami", całą tą straszną właściwie, a tak nieodżałowaną przeszłością, której wyrwać z siebie przecie tak na poczekaniu nie mogła. Straszliwy żal chwycił ją za serce i tam poniżej.

A tamten idjotawy chłopczyk nie przeczuwał wcale wyroków, które ciemne, tajne siły jej ciała na niego wydawały i prężył tęgie swoje mięśnie, chcąc obudzić w sobie potężnego ducha. Napróżno. Rzeczywistość była nieugięta: to znaczy, pałac, mury łazienki, nadchodzący dzień i lasy dookoła, miotane orawskim, lutowym, odwilżowym wichrem. Potworna, przedwiosenna tęsknota niosła się w powietrzu, wciskając się aż tu, do zakamarków tego obładowanego przeszłością domu. Zdawało się, że wszystko mogło być inaczej, „a nie tak okropnie właśnie i bezsensownie", że są gdzieś dobre światy, w których każda rzecz ma swoje rodzone miejsce i wchodzi w odpowiednie przeznaczenie, jak w futerał i że wszystko może być jeszcze „tak dobrze, tak dobrze"! Ale na to trzeba czego? Wściekłej pracy nad sobą, wyrzeczenia się całej masy rzeczy na zawsze (to pierwszy warunek), poświęcenia bez granic, dobroci, ale prawdziwej, z serca wprost płynącej, bez żadnych pragmatycznych, czy teozoficznych bzdur (a więc dobroci dziś bez zidjocenia prawie już nieosiągalnej, bez tego wstrętnego, przypominającego zaprzałość i „zaparcie stolca", zaparcia się siebie), zabicia własnej osobowości wreszcie, wyrwania jej ze świata, aż do samych korzeni. Zostanie tylko bulwa w ziemi, pożywna dla innych bydląt i ludzi, a liście i kwiaty na to tylko jedynie, aby tę bulwę utrzymać i rozmnożyć — nic więcej. A niech to...! Oczywiście *tak* nie myślał Genezyp, bo do tego jeszcze (mimo prostoty tych myśli) zdolnym nie był. Taką była jakościowo nieartykułowana miazga, z której, pod pewnemi warunkami, mogłyby „wykwitnąć" takie słowa. I nagle błyskawica myśli wprost genjalnej: przecież ona, ta baba, jest jedyną *miękką* rzeczą (i żywą w dodatku) tu przed nim, na dosięg jego rąk oddaloną (daleko w tle, jakby nawet nie za tym horyzontem losów, przesunął się obraz domu z umierającym ojcem i dziwnie obcą mu w tej chwili matką — wszystko należące prawie już do przeszłości) i zaraz poczuł, że tak samo miękką jest duchowo, a jego duch twardym młotem z innej materji, mogącym tamtą jej materję rozbić w puch i proch i stworzyć z niej nareszcie coś, choćby pierwszą podstawę dla późniejszych gmachów życia. Nie uświadomił sobie nędzy tej koncepcji. Zasyczało w nim nieświadome okrucieństwo młodości i tak jak stał (a cóż miał innego zrobić?) goły i bosy „ruszył" do sypialni na nową wyprawę. Księżna nie zgasiła światła i nie otworzyła okiennic. Wolała w tym stanie klęski nie pokazywać się służbie, a sama zmęczona była śmiertelnie. A zresztą nie miała wcale ochoty na ten nowy dzień, który miał być dniem nowego gatunku szczęścia. W sypialni panowała dalej nieprzerwanie ta sama noc poprzednia. Zypcio wszedł pewnym krokiem, nie zwracając uwagi na trwający dalej stan bezwładu. (Dziwna figura w seledynach zwinięta na kanapie spojrzała na niego przerażonym wzrokiem i zaraz zwinęła się w kłębek, kryjąc twarz w poduszki.) Po względnem zimnie łazienki między szóstą a siódmą lutowego rana (więc całe cztery godziny trwały te nieudolne bebeszenia!) ta atmosfera lubieży zapachowo-barwnej, dotykalnej prawie, podziałała na wstrętnego młodzika jak nastrój zdobytego miasta na rozjuszonych bitwą żołdaków. Przedewszystkiem zatrzeć jakimś czynem wściekłym i „nadnaturalnym" kompromisową obrzydliwość leśnej scenki z Tengierem i chłopczykowatych nieudolności u samego progu raju. Nareszcie przestał sobie definitywnie uświadamiać względną starość tego babska — była ona samicą jedynie, prasamicą à la Przybyszewski, „cuchnęła chucią" (szalenie przykre słowa) na odległość słońca. Dzika żądza rozkoszy, pierwotna, bezświadoma, ta dwuosobowa, prawdziwa, przełamała się wreszcie od centrów mózgu ku gruczołom i runęła na wszystkie mięśnie, z fatalnym zwieraczem włącznie. Księżna nie odwróciła się, ale odczuła, że coś się za nią piętrzy. Czekała w nieznośnem zdrętwieniu karku, które przechodziło dalej ku lędźwiom i udom, rozlewając się w nich łaskocącym warem aż tam, po wiecznie głodne ognisko bestjalstwa, źródło niesamowitej, niepojętej, nie dającej się odtworzyć, wiecznie nowej, ponurej, zabójczej rozkoszy. Wiedziała, że *to* stanie się za chwilę. Jak? Czy mu pomóc, czy też zostawić go samego? Żądza podpłynęła pod gardło, jak krwawa, mięsista kula z ognistemi językami, obejmującemi usta, nos, oczy i mózg od środka. Czuła teraz to, co czasami przechodziło przez nią nienawistnie-przyjemną falą, gdy wczytywała się w opisy tragicznych wypadków, tortur, i beznadziejnych samobójstw, takich co to ani tu, ani tam... i nad tem wypiętrzająca się w zawrotne wyżyny przyjemność... egoistyczna, wstrętna, świńska, wyprężona, wypięta, gładka, śliska, lepka i trochę śmierdząca, i tem przyjemniejsza, tem właśnie przyjemniejsza, aż do tego zachłyśnięcia się nieskończonością w bolesnem poddaniu się druzgocącym, obcym potęgom. A wszystkiem tem byli oni, ci przeklęci... Och, pasy z nich drzeć...! Ale tego jednego, przy jednoczesności wszystkich tych uczuć, kochała jak rodzone dziecko, prawie jak te stwory, co z niej wypełzły na świat, rozdzierając jej uda nieznośnym, a jednak rozkosznie-twórczym bólem. Bo księżna była dobrą matką: kochała swych synów i rodziła ich kiedyś z dzikiem zadowoleniem. (Najstarszy, melancholik, zabił się niedawno, drugi był w dwudziestym pierwszym roku życia ambasadorem Syndykatu Zbawienia w Chinach [niewiadomo co się z nim działo od roku], trzeci to Scampi — — to już było.) Teraz miała wizję wszystkich trzech ich jako jednego ducha z niej poczętego — duch ten wcielił się w Genezypa. Ten śliczny Zypcio to był ostatni jej mamin-synek, kochana „przylepeczka", jedyne najtajniejsze malutkie świństewko, a przytem niewinny, a przytem jeszcze okrutny i już włochaty, obcy, wstrętny samiec. Czemże zabije w sobie tę miłość, gdy jej nie stanie w tamtym. Ale to spowicie przeczuwanej rozkoszy w już trwającą mękę dodawało tylko wszystkiemu piekielnego uroku, jak ostry sos angielski kawałowi rozbefu. „Dżywne myszli", jak nazywał takie stany stary żyd, dostarczający różnych rzeczy do pałacu, jedyny „niższy stwór", z którym raczyła istotniej trochę rozmawiać, przerwało jej *to* wymarzone.

Złapał ją zły za ramię i brutalnie spojrzał nagą, bezwstydną gębą w jej przepiękną od tamtych myśli twarz. Żądze zczepiły się jeszcze przed ciałami. Ona spojrzała niżej i zobaczyła wszystko takiem jak w marzeniu i już nie wypuściła go ze spragnionych, oszalałych rąk, kierując bez żadnych perwersyjnych wstępów całą siłę wybuchu w najtajniejsze ośrodki rozkoszy swego przesyconego wiedzą ciała. Wszystko zazębiło się i wpiło jedno w drugie i Genezyp poczuł, że życie to jednak *jest coś*. Ona czuła to samo, ale na krawędzi śmierci, gorzej: śmierci za życia. A tamten byczek rozszalał się na dobre i sycił śmiertelne żądze: swoją i jej, stopione w jedno bezdenne morze szaleństwa. — (Jej, „schodzącego w grób starego pudła", jak mówił sobie potem, walcząc ze swemi dla niej uczuciami.) Teraz była dla niego wcieleniem istoty życia: bezczelnej, gołej, aż prawie odartej ze skóry. Niewyrażalne wyrażało się w tem zlewisku świńskich, aż do metafizyczności, rozkoszy. Potem przeszli na łóżko i ona zaczęła go uczyć. A on od tej nauki spiętrzał się w sobie i walił się potem w dół i już nie wiedział czy żyje naprawdę w tem piekle zgadywanych najbardziej utajonych pragnień, które ona wywlekała z niego jak kiszki z bydlęcia, w tem djabelskiem rozszerzaniu się horyzontu najwstydliwszych, nie-do-przyznania się, pomysłów, myśli-pająków, czy polipów. Aż wreszcie runął ostatni raz w tę otchłań i teraz już na dobre. A ona, ta „demoniczna" Irina Wsiewołodowna, o której potworne plotki przerastały wszystko, co dotąd naplotkowane wogóle było, (a nawet być mogło?) całowała, brudną oczywiście w pewnym sensie, rękę młodzika, który nawet nie wiedział czy jest już warjatem, czy nie, pogrążony w nieme rozpamiętywanie przeżytej lubieży. Był prawie unicestwiony, ale zmęczenie to było rozkoszne jak nieznany narkotyk. Z dumą i tkliwością gładziła księżna jego miękkie, jedwabiste włosy i wdychała ich miodowy zapach, przymykając oczy jak zasypiający kot.

Była godzina ósma. Gdy leżeli jeszcze w łóżku, nie mając siły na rozstanie, pokojówka, śliczna ruda dziewczynka, wniosła śniadanie, składające się z baranich kotletów, jaj z szynką, wędzonych ryb, *poridge'u*, białej kawy i świetnego koniaku. (Księżna afiszowała się z piękną służbą kobiecą, śmiało afrontując niebezpieczeństwa porównań. Zato co do przyjmowania „pań", panowały u Ticonderogów ścisłe restrykcje.) Zypcio schował się pod kołdrę. Kobiety śmiały się szepcząc coś ponad nim. Ale mimo tego drobnego upokorzenia miał wrażenie, że zębami złapał życie za rogi. Czuł tryumf aż do kości prawie: głupi młodzikowaty tryumf: nareszcie był mężczyzną i wiedział co ma robić dalej. O, jakże się mylił!

Potem przyszedł stary książę, w zielonym „pilśniowym"(?) zatulniku, a po chwili wpadł bez pukania, w kremowej ze złotem (co za cud!) piżamie, Scampi. Genezyp mało nie skonał ze wstydu, gdy książę rozpoczął zwykłe w takich razach wypytywania. Oni wszyscy uważali się za tak wysoko postawionych, że naprawdę, ale to dosłownie, nie robili sobie z niczego nic. Zypcio słyszał z pod kołdry stłumiony głos księżnej:

— ...z początku był dziwny, ale potem nadzwyczaj miły — wyjątkowo. To dzieciak prawie. Pokaż liczko, chłopczyku — mówiła słodko, odsłaniając kołdrę i podnosząc mu gwałtem twarz za brodę. — Wiesz, Dyapanazy — zwróciła się do męża, z tak zwanem wylaniem — od lat, prawie od tego czasu, kiedy cię zdradziłam poraz-pierwszy, nie czułam się tak metafizycznie szczęśliwa, jak dziś. Wiem, że nie lubisz tego; mówisz ty i twoi, że nadużywam tego słowa — ale co robić? Jak wyrazić w innym skrócie rzeczy tak dziwne. Ty — nietylko ty — wy wszyscy ludzie czynu, którzy zdecydowali się skreślić się jeszcze za życia z listy żyjących, nie pojmujecie tego, że wszystko może mieć jeszcze jeden wymiar, dla was nieznany. Jeden Chwistek wyraził to kiedyś, pisząc o „wielości rzeczywistości", ale nie dociągnął myśli swych do końca i ogół uznał je za bzdurę. Nawet Afanasol Benz, który podobno — ale nie wiem czy to prawda — pierwszy aksjomat wyprowadził poprostu z niczego, nie uznaje tej teorji. A ja wierzę, że tam musi byś coś na dnie, a reszta to wina następców, którzy nie umieli rozbabrać...

— Z Moskwy coraz fatalniejsze wiadomości. Te żółte djabły mają jakiegoś generała, który wynalazł nowy sposób ofenzywy. Nareszcie zbadano to. Telefonował mi adjutant Kocmołuchowicza, ten niby nasz, wiesz? Ale tego się nie nauczymy, jak koalicja nauczyła się od Napoleona jego strategji. To można podobno zrobić tylko z chińczykami.

— Co mnie to obchodzi — ja mam jego. — (Trzymała głowę Zypcia pod pachą. Właśnie teraz dopiero wszedł Scampi.)

— Niedługo może mama nie mieć nawet tego. Jutro już podobno ma być ogłoszona ogólna mobilizacja. Wojska generała Cuxhavena cofają się w popłochu na nasze linje. Moskwa formalnie wyrżnięta. Chińczycy organizują ich w zupełnie nowy sposób. Chodzi o wyssanie białej rasy. Nie liczą się zupełnie z siłami, uważając nas za miazgę. A wszystko w imię najszczytniejszych idei: podniesienia nas do ich poziomu. A przy ich pojęciu o pracy i standarcie tejże i w dodatku dysproporcji w stosunku do nas w tym względzie, rzecz to bardzo niemiła. O ile nie zginiemy, możemy być skazani na zapracowanie się na śmierć. Ciekawy jestem wtedy sprawdzenia tego czy ideologja dla której się ginie powoli, nie nagle, nie jest naprawdę obojętna. Przeciwieństwem tego trzymali bolszewicy Rosję w ryzach tyle czasu. Ale to dobre dla robociarzy, przed którymi niema nic. Czem my możemy usprawiedliwić nasze istnienie w takim wypadku — oto kwestja.

— A nie mówiłam! Gdzież teraz ten wasz syndykalizm wyrosły z burżujskiego ugrupowania z pozorami załagodzenia walki klasowej? Gdzie wasza pseudo-organizacja pracy? Wszystko to bzdura. Trzeba było zrobić izolowaną, ale absolutnie izolowaną monarchję i zginąć z honorem bez kompromisów, jak mój car Kirył... — Scampi przerwał:

— Niewiadomo czy zginie. Widzę go w naszym sztabie przy boku Kocmołuchowicza...

— ...albo odrazu poddać się prądowi. W ostatnim wypadku mybyśmy, my garstka ludzi prawdziwych wartych życia, wygrali napewno, a *après nous pust' wsio propadajet.* Tak, jesteśmy ordynarnie nabrani przez pseudo-bolszewicki, a *au fond* prawie faszystowski — ale naprawdę — zachód. U nas wszystko jest kłamstwem...

— Cicho! Takich rzeczy głośno się nie mówi. Otóż mama, z jej talentami, wygrałaby napewno, choćby, jako kochanka chińskiego szefa sztabu głównego, czy kogoś tam — ale nie my: mężczyźni. Oto błąd dzisiejszej arystokracji, a nawet pewnego odłamu zakutej burżuazji to ten aprenuledelużyzm. Dlatego wszystko trzymało się przez cztery tysiące lat, że dawni wielcy panowie umieli patrzeć na daleki dystans i teoretycznie przynajmniej mieli wieczność przed sobą. Odkąd znikła ta wiara, zaczęło się całe zło i mob odrazu podniósł głowę. *Głowę* — o to chodzi, a nie zadek, którym wierzgał dawniej w uprzęży. A jak raz podniósł — przepadło — z tem się zgadzam. — Mama ma rację: trzeba było iść naprzeciw, ale nato trzeba mieć... honor — hehe... To zrobi Kocmołuchowicz za nas, a my zostaniemy na lodzie.

„Oto tak się robi polityka — *tacy* ludzie ją fabrykują! A gdzież jest rzeczywistość?" — myślał, dojrzały nagle pod kołdrą Zypcio. (Dobry był to inkubator dla takich duszków to osławione i zniesławione łono Iriny Wsiewołodowny.) I rzecz dziwna: *jednocześnie* — oczywiście w *„tle zmieszanem"* (uświadamiał to sobie naturalnie pokolei) czuł się przygnębionym, zmarmeladowanym, małym — aż płciowo-niewygodnie było mu w samym sobie od tej własnej małości, mimo tylko co dokonanego gruntownego nasycenia się, za wszystkie czasy chłopięcych pokut bez winy — taką bolesną była ta małość w stosunku do niezmierzonych otchłani nieosiągalnego: wiedzy, stanowisk, wpływów, władzy, tego sycenia apetytów w stosunku do siebie samego i innych. Jeszcze dziwniejsze, że nie pomyślał o ojcu, który też był kimś przecie i też pobabrywał się od czasu do czau w politycznej kloace. To nie było *to*, te „wartości domowe" — tylko obce walory mogą tu być istotne. I jednocześnie wiedział, że ten o rok od niego starszy Maciek Scampi, to zwykły żuiser i gówniarz, wstrętny soliterek w rozkładającem się ciałku dawnej Polski, (co siebie samą teraz po śmierci przeżywała) (a iluż jest takich?!) *„un simple „gouveniage polonais",* jak mówił szef wojskowej misji francuskiej, generał Lebac, który po wybuchnięciu bolszewizmu został na służbie u nas, w usługach „prawdziwej demokracji", jak się ostentacyjnie wyrażał. „Ach, ty drogi naiwnisiu, ty zamaskowany przed sobą samym służko jakiegoś naszego, opasłego burżujskiego brzucha, pod płaszczykiem pseudo-solidaryzmu i naukowej organizacji", — [*„oh, vous autres, polonais, n'est ce pas — mais tout de même la démocratie, la vraie démocratie, est une et indivisible et elle vaincra"*] — tak myślał mimowoli już zupełnie szczerze Erazm Kocmołuchowicz, z którym Lebac „współpracował"(?) [kudy jemu było do genjalnego Kocmołucha!] nad „ocaleniem ludzkości" przed „kulturalną katastrofą" chińskiego najazdu. Kocmołuchowicz rzygał już temi pojęciami. Chciało mu się prawdy, ale takiej krwawej, dymiącej, drgającej — nie tej, którą karmił go publicznie Syndykat Zbawienia i do niedawna, prywatnie, jego żona, chuderlawa, ale piekielnie dla takiego czarnego, ścięgnistego kwatermistrzobyka ponętna blondyneczka, Dziedzierska z domu, podobno aż galicyjska hrabianka. Ach ta jej prawda! Były to otchłanie irrealizmu: „pantozofja": synteza wszystkich nauk (odpowiednio zdeformowanych — czysto pojęciowe konstrukcje poszczególnych działów, stworzone dla wygody stawały się w tem ujęciu najdzikszą ontologją: tak *jest* i koniec) i systemów: od totemizmu do logiki Russella i Whiteheada (o Benzu nie wiedział pies w tych czasach). Aż nareszcie stał się cud na ziemi: zjawił się Dżewani, wielki wysłannik Murti Binga... Miał jeszcze inne antydoty kwatermistrz — ale o tem później. Wiedział o tem wszystkiem powierzchownie *„marchese"* Scampi, ale jego polerowanej główki nie czepiała się żadna dziwność wyższego rzędu — *„typical polish and polished excremental-fellow"* — jak go nazywał angielski kolega Lebaca, Lord Eaglehawk. Międzynarodowa banda ta dawno już „mierziła" Kocmołuchowicza. Ale czekał odpowiedniej chwili z cierpliwością prawdziwie silnego człowieka, sam nie wiedząc właściwie nic co miało nastąpić. W tych czasach umieć czekać było największą sztuką. Tylko te myśli, te „dżywne" myśli... Nie mógł się im opędzić kwatermistrz i chwilami czuł jak ktoś w nim myśli za niego (nie pojęciami, ale obrazami raczej) i dochodzi do nieodparcie narzucających się wniosków. Czasem nawet zupełnie wyraźnie uświadamiał sobie obecność kogoś drugiego w pokoju, w którym on sam jeden jedynie był napewno. Zaczynał mówić coś, aby przekonać tamtego i przekonywał się, że niema i nie było nikogo i że on sam nie wie właściwie co mówił. Obrazy rozwiewały się i znikały, nie pozostawiając żadnego substratu, swądu czy osadu, po którym możnaby poznać treść tych tajemniczych kompleksów podpojęciowej sfery świadomości. Bechmetjew radził jechać choćby na mały urlop do Żegiestowa do sanatorjum potomków słynnego doktora Ludwika Kotulskiego, ale czasu nie było na to ani sekundy. Ha — gdyby wiedzieli o tem wrogowie i niedowiarki! Już — znowu łóżko księżnej Ticonderoga. Genezyp podmyśliwał dalej skrycie, schowany pod kołdrą. (Buchało zwierzęce gorąco i niesamowite, drażniące zapachy, ale teraz nie podniecało go *to* już zupełnie — czuł się tylko mężczyzną, takim prawdziwym bykiem, „panem" i dżentelmanem i nie czuł jak jest w tem wstrętny i niesmaczny.) Mimo to wstydził się bardzo, że ten Scampi, to intelektualne zero i cyniczny karjerowicz, „ta zimna glista w rozkładającym się, jeszcze od saskich czasów rozpuszczonym polskim brzuchu", jednak mu imponuje. Jak to się to robi ta tajemnicza, niedosiężna polityka? Czy to nie jest czasem tylko wszystko jeden olbrzymi głupi *au fond* „bajc", jakiś sprycik trzeciego rzędu, podła znajomość ludzi, zręczność w małych świństewkach na pograniczu zbrodni. Mimo całej „impozycji" zmalało Zypciowi wszystko to, co tak niedawno za wielkie, prawie święte, uważał. A od tego zmalenia świat cały powlókł się ordynarnym pokostem chamskiej, proletarjackiej nudy i cierpienia. Oczywiście racji Zypcio nie miał, ale kto tę rację miał zadecydują dopiero doskonałe, ustalone w swym idealnym, osiągniętym drogą eliminacji, ustroju, pokolenia, za tysiąc, czy więcej, lat — zadecydują, o ile znajdzie się między niemi ktoś, kto o tak dalekiej przeszłości myśleć jeszcze będzie. Nie — naprawdę polityka nie należała u nas do najszlachetniejszych zajęć w tych czasach. Chyba tam, na Dalekim Wschodzie, gdzie tryskały nowe ideje, (niektórzy „spłyciarze" mówili, że wszystko to już było, nawet w tych samych Chinach — ale co do króćset? czyż nic niema istotnie nowego na tej gałce — położyć się i zdechnąć) może tam w tym kotle twórczości była czemś, co miało rację bytu, choćby jako zło konieczne, uboczny produkt gigantycznej transformacji zakutych żółtych łbów — polityka wewnętrzna — bo zewnętrzna była w pełni pozytywnego działania i to sposobami nieznanemi ludziom Zachodu: wyznawcy Murti Binga (i ich dziwny narkotyk: Dawamesk B$_2$), robili swoje, powoli, ale napewno. Ale o tem później. Bo ten cały, wicie, europejski „bolszewizm" (Lenin by umarł poraz-drugi, żeby go zobaczył) to było tylko dopalanie i dodymianie się gruzów i pogorzelisk. A o nowych ludziach, w dawnem znaczeniu, jakoś nie było słychać nic. Tylko ze stosunkowo nowopowstałych społeczeństw: Australji i Nowej-Zelandji, mogłoby przyjść odrodzenie. Ale spóźniło się i za nas zrobią to ci przeklęci mongołowie, (zupełnie inaczej — o grubo inaczej *dla nas*), którzy nigdy się nie śpieszą i zawsze mają czasu w bród. Nie śpieszyć się jest dziś największą mądrością. Cóż kiedy europejski proletarjat *nie ma czasu*. Ale proszę sprobować (nie będąc chińczykiem) żyć w smrodzie, brudzie, wszach, pluskwach i prusakach, w głodzie, zimnie i zupełnej beznadziejności na odległość conajmniej swego pokolenia i pocieszać się myślą, że kiedyś za trzy pokolenia może, pewna grupa świetnie odżywionych i czystych (i równie coprawda beznadziejnie wyspecjalizowanych i zapracowanych) naukowców i kapitalistów, dojdzie do zrozumienia co i jak potrzeba i zrobią domki z ogródkami, radiami i biblioteczkami — ale co *nam* z tego przyjdzie, nam, którzy jesteśmy i do końca życia będziemy nawozem tylko? Czy nie lepsza jest walka, niż taka psia egzystencja — walka idejowa, może bezrozumna, ale nie gnicie w rozpaczy bez cienia nadziei. Proszę to zrozumieć do cholery ciężkiej. Czy nie lepiej *odrazu* żyć może tak samo nawet jak pierwej, ale według jakiejś idei i z poczuciem twórczości, choćby szalonej i dzikiej, ale *twórczości*, a nie dreptania w djabelskim kieracie dzisiejszej produkcji. Cóż z tego, że ta ideja doprowadzi do tego samego: *pewnego ograniczonego dobrobytu poza który ogół nie wyjdzie*, nudy i szarzyzny — („mucha nie siądzie" — jak mawiał zoolog Janusz Domaniewski.) ale stanie się to *odrazu*, bez tego szatańskiego czekania. O — dobrze wam o tem mówić, panowie „elityści" — ale my chcemy tego teraz, co wy macie oddawna. „Konsumcyjna polityka wewnętrzna"? — sprobujcie tyle „konsumować", co my. A zresztą nic nie pomogło i Ameryka i cały Świat Stary, pozornie „sfaszyzowany", przeszedł na bolszewizm, mało od faszyzmu się różniący, ale przeszedł. A więc ideje... To były te dziwne myśli Kocmołuchowicza- kawalerzysty i paru jeszcze innych bubków wyższej kategorji. Ale o tem sami nie wiedzieli — mieli to dane w formie nieartykułowanego pojęciowo gąszczu.

„Jak tu robić kryształy z gówna" — mawiał czasem do siebie generalny kwatermistrz i zamyślał się głęboko, bezprzedmiotowo. Kiedyś indywidualna polityka była czemś, a znajomość ludzi nie była świństwem. Dziś politykierstwo partyjne, z wyjątkiem czysto-idejowego maksymalistycznego szaleństwa w imię brzuchowej podstawy dla urojonego rozwoju ducha, jest tylko zamydlaniem oczu sobie i innym pojęciem demokracji i niezależności narodów. Dobre to było jak się tworzyło: wtenczas wierzyli wszyscy, że jest to ostatnia prawda — dziś zostało tylko kłamstwo. Dlatego to bezprzytomna walka na ostatnim pinaklu uspołeczniającego się tłumu, walka z panowaniem pieniądza, jest czemś realnem, a reszta to tylko lawirowanie wzajemne tegoż pieniądza i demokracji, triuki i triki, podstępy i posunięcia, gra w pokera z „bluff'em" na wielką skalę — rzecz nieciekawa sama w sobie, chyba z historycznego punktu widzenia. Ale jakim cudem utrzymywała się ta polska koloidalna wyspa, wśród krystalicznych procesów organizującej się wokoło masy — nikt nie wiedział — pr. „Polska inercja", „polska indolencja", „polski brak wszystkich możliwych cnót", — mówiono — ale wszystkie wyjaśnienia te były niedostateczne, mimo pewnej dozy słuszności w nich zawartej. Był to historyczny cud — ale czyż nie było już kilku takich cudów w historji? Naprzykład: gwałtowność rozprzestrzenienia się chrześcijaństwa, trwałość bolszewizmu w Rosji, sam fakt istnienia do tak niedawna niepodległej i niezrewolucjonizowanej Francji, albo choćby tak długie trwanie wiary w mesjanistyczną misję Polski. Nie — nie wszystko da się wytłomaczyć historycznym materjalizmem — prawa fizyki są tylko wynikiem zsumowywania się wielkiej ilości wypadków dowolnych i tę pseudo-konieczność przybliżoną wywraca się naodwrót, stosując absolutnie jej prawa do wielkich kompleksów społecznych *par excellence* w sumie dowolnych w naszym rzędzie wielkości. Dowolność jest bezpośrednio dana dla każdego ruszającego się stworu — jest faktem pierwotnym — opór stwarza poczucie ograniczeń i konieczności względnej, przy pewnych warunkach — konieczność absolutna jest *konieczną* fikcją przy eliminacji abstrakcyjnej w granicy Istnienia Poszczególnego, czy wogóle stworów żywych. Dosyć. Związek wogóle to nie absolutna, graniczna w rzeczywistości, przyczynowość fizyka. Gdzie wielka ilość jednakowych, jednokierunkowych dążeń przypadkowo się zsumuje (co przy bardzo wielkich ilościach i małości elementów, w wymiarach dla nas astronomicznych i chemicznych jest wykluczone) tam powstaje historyczny [a nawet indywidualny] cud, taki sam, jak cud dokonania jakiegoś, połączonego z piekielnym wysiłkiem woli, czynu pojedyńczego człowieka. — Dyskusja rodzinna zamierała powoli:

— Pokaż się, syneczku — mówił do Genezypa, przez złociste atłasy, stary książę. — Pomyśl co za skala przeżywania: oto ostatnie, przedśmiertne kurcze dawnego świata i my tu wszyscy tak i wogóle, wiesz? — to niewyrażalne — ona ma rację — metafizyczne — w głowie się mąci — to wielkie słowo — ona zawsze ma rację: pamiętaj — słuchaj jej więcej niż rodzonej matki, a wybrniesz z tej matni szatańskiej, z życia. Wiem kim ty będziesz, moje dziecko i przyznam się: nie zazdroszczę. My jeszcze bądźcobądź użyliśmy ostatniego, wymykającego się kąska rzeczywistości w tej naszej izolacji. Wszystko, co nastąpi — to majak.

Genezyp ociepleny moralnie łagodnym tonem starego, wysunął zawstydzoną główkę z pod kołdry. Księżna gładziła go bezwstydną dłonią po włosach, mówiąc:

— Zrobimy z niego jeszcze kogoś. W domu nie miał nikogo, który mógłby go spreparować. To będzie ostatni czyn mojego życia — w polityce jestem już do niczego. — Zypciowi zachciało się szalenie przeciwstawić siebie tej bandzie cieni, „tańczących swój makabryczny taniec na cielsku uśpionej Polski". Jeszcze nie wiedział kim będzie, choć noc ta dużo dała mu w tym kierunku samouświadomienia. Ale ładny pejzażyk i małe uczuciątka i wstyd dziecinny i prężąca się napoczęta męskość, a nadewszystko to poczucie, że on jest *stąd-dotąd* i choćby pękł nie przekroczy pewnych granic, nie były jeszcze dostateczną podstawą do bardziej określonych działań. Czuł dziwny zamęt (innego gatunku niż poprzednie) (ktoś przemeblowywał mu głowę bez udziału jego woli) i jakby wszystko było *nie to* (ale inaczej niż dawniej: była w tem utajona groza — jakby świat cały, odrzeczywistniając się mógł się zamienić w potwora ze snu, którego potworności znieść nie można — tylko tam można się obudzić, a tu *cały* świat i — pozostaje chyba śmierć, albo jeszcze „chybiej" to coś, o czem Zypcio słyszał i czego nie rozumiał, a jednak *bał się tego, nie wiedząc czem to jest:* obłąkanie. Widział kiedyś epileptyka na ulicy i pamiętał ten strach swój wiążący się z zoologicznym ogrodem i dziecinnym onanizmem, strach połączony z przyjemnością prawie płciową: jakby jądra łaskotane *od środka* unosiły w górę ciało, pozbawione zmysłu równowagi: — podobnego wrażenia doznawał na wysokich wieżach i balkonach, mimo, że w górach nie bał się ani trochę.) Od świata oddzielała go jakaś przezroczysta, a nieprzezwyciężalna zapora tej groźnej dziwności — wszystko wydawało mu się przez nią zlekka zdeformowane, ale gdzie i w czem była ta deformacja nie można było się dopatrzeć. Czem przebić te zwały gęstego jak smoła a nieuchwytnego oporu; jak zobaczyć to coś prawdziwego (musi gdzieś być coś takiego, inaczej świat jest świństwem i możnaby go Bogu odrzucić jak brudną ścierkę, której się nie chce dotykać — ale za to jest kara śmierci) poza tą trójką widm — nie: czwórką — on sam był przecie jednem z nich. Życie powiało na niego śmiertelnym strachem: nie on się bał, tylko cała przyszłość uciekała przed nim w popłochu. Zapragnął znowu czynu. A przedewszystkiem dognać te wymykające się czarcie ogony, lejce, czy poprostu zwykłe sznurki i złapać wszystko na nowo. I taki goły jak był, skoczył na środek pokoju i, porwawszy swoje zmiętoszone ubrania z fotelu, rzucił się ku łazience. Stary aż zamrugał powiekami ze zdumienia i bezradnie poruszył bezzębnemi szczękami. A *marchese* roześmiał się szeroko swoim bestjalskim a subtelnym przytem chichem.

— No — rzekł, wstając. — Ciężki orzech ma mama do zgryzienia. Ale mama zgryzie, zgryzie. — (Do ojca) — No — do roboty, stary. My — mówił znowu do księżnej, która nie drgnąwszy z melancholją patrzyła w nieskończoność — założyliśmy z papusiem *„Krużok samoopiedielienja"* — jak ci idjoci w Rosji, co to nie wiedzieli kim są. Takie czasy, że nawet my, takie wszechświadome gady, takie hyperinteligentne chrząszcze-trupniki, musimy się samookreślać. To taka intelektualna masturbacja. Jeśli ktoś bardzo mądry straci trochę rozumu, który mu jest od Boga dany, to mimo, że tą resztą dziesięciu ludzi czynu mógłby obdarzyć, sam nie ruszy swojej maszyny: motor proporcjonalny musi być do całości mechanizmu. Także odwrotny wypadek jest niedobry: motor roztrzęsie wtedy swoją własną, za słabą karkassę. To zdaje się jest *„cas"* twojego nowego chłopczyka, mamo. Ale wolę już to, niż tego kuzyna Toldzia. Ta galicyjska wysoka szlachta to bardzo przykra warstwa — my kresowcy to rozumiemy najlepiej. Ale jak mama odmłodniała przez tę noc! To lepsze od masażu, co? — Zaiste Irina Wsiewołodowna wyglądała wspaniale. Migotliwe iskry przelatywały teraz przez gałki z błękitnej emalji. Każden tłum poszedłby za nią w tej chwili, gdyby chciała — była kobietą „ sztandarową" *par excellence*. A może czasem i marzyła o czemś podobnem, gdy już zabraknie wszystkiego...

— Pudziesz precz, ty, wszechwiedzące szczenię — krzyknęła piskliwie i puściła poduszkę synowi prosto w roześmianą gębę. Ubawiony markiz uchodził szybko z sypialni za przestraszonym papusiem. Niedobrze było wystawiać się zbyt długo na gniew tej nieszczęsnej megiery. „Wróci — nie wróci — teraz oczywiście: z łazienki — wogóle wrócić musi" — myślała, zawijając się w kołdrę. „Nie — teraz nie wróci — wieczór..." I zaczęła obmyślać serję demonicznych sztuczek (warjantów udoskonalonych doświadczeń dawnych), któremi, w razie silnego oporu, miała go opanować doszczętnie. Taka była jej metoda zawsze. Matczyne migdalenia djabli wzięli. Gdyby jakiś notoryczny impotent mógł widzieć ją w tej chwili i czytać jej myśli obrazowe bezpośrednio, uleczyłby się momentalnie z całej swojej niemocy — tak piekielne były to rzeczy. Co za szkoda, że takie historje giną bez śladu, jak zginęły zresztą wszystkie pijane improwizacje Tengiera, Smorskiego, Szymanowskiego i tylu innych. Głuchy huk ciężkich drzwi wchodowych zamknął wątpliwości w pewność pierwszej klęski. Dziesięć lat temu jeszcze — nie śmiałby — a teraz...? Starość. Zaczęła cicho, rozpaczliwie płakać — jak nigdy jeszcze.

POWRÓT CZYLI ŚMIERĆ I ŻYCIE.

Zatulony w potężniejącą zamieć rwał Genezyp lasami na przełaj w kierunku domu. Bardzo był zadowolony z dokonanego „czynu", czyli raczej „wyczynu". Wyczyn ów urastał mu we wspomnieniu do gigantycznych rozmiarów, nabierał znaczenia wzniosłego symbolu potęgi, woli i twardości charakteru. Było już wpół do dziesiątej. Wyszedł nareszcie z lasów i począł brnąć wzgórzami po nawianym na szreń śniegu. Przez tumany nie widać było zabudowań dworskich „i tak wpółzakrytych huczącemi od wichru parkowemi drzewami". Minął ponure browary, z których wysokich pylonowatych kominów (cała potęga ojca była w tem symbolicznie zawarta) buchał czarny dym, łącząc się z zamiecią w fantastyczne, żałobne welony. „Żałobne" — szepnął sam Zypcio i złe przeczucie ścisnęło go w dołku jak złośliwy karzełek w nim samym żyjący. O tej nocy, księżnej i dalszem życiu nie myślał w tej chwili nic. Nareszcie dopadł domu.

— Jaśnie pan starszy odwalił kitę dziś o szóstej — szepnął mu w ucho lokaj, zdejmując z niego zaśnieżone futro. (Był to Joe, stary pryk, w którym ceniono oryginalność wypowiedzeń.) (Tym razem jednak przesolił):

— Milczeć, Joe — krzyknął młody dziedzic i odtrącił „drżące, pomarszczone łapy wiernego sługi". W pierwszych kilkunastu sekundach nie zrozumiał Zypcio właściwie znaczenia tylko co usłyszanych słów. I to mimo przeczuć i pełnej świadomości. Nic dziwnego: pierwsza w życiu zła wiadomość. A jednak jakby jakaś ciężka kula oberwała mu się w młodych, rozwydrzonych jeszcze bebechach. „Co to ja robiłem o szóstej! Aha — Aha — to ona wtedy pokazała mi tę kombinację z nogami! Co za świństwo! I on jednocześnie. *Jednocześnie"* — upajał się, nie mógł się nasycić tem słowem. Teraz „dowiedziana się" śmierć ojca, spotęgowała retrospektywnie i tak zabójczą rozkosz dotknięcia tamtych nóg, tak straszliwie, nieubłaganie pięknych i nieprzyzwoitych, na cztery godziny wtył — i to na tle jednoczesności, i to nie aktualnej, tylko wspomnieniowej, raczej pojęciowej, abstrakcyjnej. O gdyby mógł Zypcio przeczytać rozprawkę pewnego sycylijskiego księcia, członka neomafji, p. t. *„Gli piccoli sadismi"* — wiele rzeczyby mu się wyjaśniło. Chociaż właściwie żadna teorja mechano-psychologiczna nie jest w stanie pozbawić tych istności, ich specyficznego wymiaru niezgłębialności. I to nie na tle ich związku z zachowaniem gatunku, tylko dlatego, że rzeczy te dotyczą kwestji fundamentalnej: rozdziału Istnienia na wielość indywiduów, z których każde czuje się jako to jedyne ja, raz na całą wieczność, takie, a nie inne, mimo całej dowolności teoretycznej bycia kimkolwiekbądź. Tylko ta kombinacja półdowolnych danych i przypadkowości ich rozwoju doprowadziła do tego, że to właśnie indywiduum musi o sobie i może tylko o sobie powiedzieć „ja" — (w wypadku wymoczka potencjalnie). I żeby tu tysiąc James'ów powiesiło się na własnych mózgach, to problem ten wiecznym będzie, a nieprzyjęcie bezpośrednio danej jedności osobowości, doprowadzi zawsze do bardzo kunsztownej może, ale zbytecznej i sztucznej konstrukcji pojęć, która nic istoty rzeczy nie wyjaśni. Dosyć. Genezyp szedł automatycznie przez puste pokoje, aż wreszcie spotkał matkę. Była spokojna. Gdyby to tak piętnaście lat temu może cieszyłaby się skrycie ze śmierci męża. Przecież zakorkował ją na amen, zamurował w swoich zasadach i brutalności, jak żywą w grobie. Teraz żałowała go mimo wszystkie tortury tego pożycia — pokonawszy bowiem odśrodkowy pęd za życiem, zrezygnowała już dawno ze wszystkiego i poraz-drugi, już inaczej, przywiązała się do dużo starszego od niej jowialnego piwowara. A teraz — za wcześnie przyszła ta śmierć, zostawiając ją nieuzbrojoną przeciw życiu i samotności i zwalając na jej pół-mistyczną, wątłą główkę ciężar straszliwy odpowiedzialności za tego byczka kochanego, który pękał cały (widać to było) od niepojętego dla niej obecnie nienasycenia życiem. A przytem to przecie jedyna jej podpora — obowiązek opieki razem z przywiązaniem stwarzały w niej siłę, wywyższającą przedmiot jej uczuć aż ponad nią samą, stwarzając dalej, z niego właśnie, opiekuńczą potęgę. Objęła go i poraz-pierwszy od chwili katastrofy, rozpłakała się na dobre, od samych wnętrzności, które zdawały się być kulą stężałych łez. Dotąd (od szóstej) popłakiwała tylko na sucho, krótkim, urywanym szloszkiem. Genezyp chciał płakać, ale nie mógł — był suchy jak wiór, zimny i obojętny. Nieprzyjemnie spierzchnięte miał dno duszy, chętnieby odpoczął, a tu taki pasztet i cały pakiet nowych problemów. Jeszcze nie rozumiał nieszczęścia — — a może nie było to dla niego nieszczęściem wogóle? A jednocześnie z tem „oczekiwaniem bólu", gdzieś w ostatnich, nienaruszonych jeszcze niczem pokładach jego jaźni, igrał maleńki, figlarny płomyczek szalonego zadowolenia. Coś się wyzwalało od samych podstaw, coś się nareszcie *działo*. Życie zdawało się, od czasu tej wiadomości, kryć w sobie nowe, piekielnie ciekawe niespodzianki. A było już tak nudno (nie doceniał bestja tego, co się stało na tle chwilowego przesytu) mimo tych wszystkich erotycznych awantur i mimo dość stosunkowo nowego, ale bladawego problematu: „czy kochał księżnę, czy też tylko pożądał?" Było to wzorowane na nieuświadomionym w pełni „mutterproblemie"; czy kochał matkę dla niej samej, czy też był tylko do niej egoistycznie przyzwyczajony. Obudził się — niewiadomo już poraz który. Ale teraz dopiero naprawdę wtargnęło życie w to leniwe bajoro jego duszy, jak stado koni do stawu. Spadła ostatnia maska — trzeba się będzie z tem rozprawić. A na powierzchni, poprzez zwał wymuszonego, niedoszłego wewnętrznie nieszczęścia, cieszył się naprawdę, że ojciec „odwalił kitę". (Przypomniały się w młodzieńczej transformacji dawne dziecinne zazdrości w stosunku do kolegów w żałobie po rodzicach i specjalne, aż bolesne pod-płciowe podrywy do ich sióstr czarno ubranych — jakaś śmiertelna perwersja, połączona z podświadomą chęcią usamowolnienia się, zmężczyźnienia i wzięcia na siebie całej odpowiedzialności za życie.) Dni przyszłe nabrały nieznanego uroku. Smak życia, ostry i odurzający, jak smak jakiegoś narkotycznego zielska, rozlewał się po żyłach, łaskocącą, drażniącą falą. Teraz dopiero poczuł istotne zadowolenie z tego, że jest mężczyzną, że ma romans z „prawdziwą kobietą" — gdzież były te fałszywe? — Matka, siostra, panna Ela i tym podobne... Był głową rodziny — on, ten gnębiony przez wszystkich Zypek. Teraz, tą drogą dopiero poczuł coś specjalnego dla matki: przeszedł na drugą stronę synostwa: z ciamkacza stał się opiekunem i władcą. Z pewną wyższością, aż śmieszną dla niego samego, objął ją, zawrócił i tak objęci wzajemnie (ona też się tak inaczej do niego przytuliła, co napełniło go dziwnie słodką dumą) poszli w kierunku sypialni, gdzie leżał trup właściwie ich wspólnego ojca. (Za takiego uważała ostatnio pani

Kapenowa swego męża.) Matka wydała się Zypciowi starszą siostrą i jako taką pokochał ją jeszcze bardziej i boleśniej. Co za szczęście! Wypełniony był sobą po brzegi i ta chwila była najszczęśliwszą z całego jego życia, o czem zresztą nigdy się nie przekonał. Rozpłynął się cały (na twardo zresztą) w niedoświadczonym dotąd nigdy duchowym komforcie; jak w fotelu rozparł się w świecie; poczuł się kimś.

Naprzeciw nich szła piętnastoletnia Liljan, śliczna blondyneczka z trochę zadartym nosem Kapenów i olbrzymiemi, ciemno oprawionemi oczami matki — to jest w tej chwili oczy te były czerwono-oprawne, małe, aż zapuchłe od płaczu. Ona jedna kochała naprawdę starego papusia. Dla niej dobry był zawsze, jak święty Mikołaj. I ją też objął Zypcio wolną lewą ręką i tak poszli we troje ku trupowi. Kobiety chlipały — on promieniał niezdrową zewnętrzną siłą, wynikłą nie z prawdziwej potęgi i jedności jaźni, tylko z przypadkowego zbiegu przeciwnych sobie szarpnięć słabości — była to wypadkowa sprzeczności, a udawała prawdziwą moc ducha, pod którym ciało na-niby szło karnie, jak ujeżdżony koń. Wszystko to były głupstwa, nie warte nawet zanotowania. Ale w tej chwili nie wiedział o tem Genezyp i dwie kobiety. Dla nich trojga miał ten wycinek czasu wagę nieomal zaświatową. Weszli trochę nagle nie-wiedzieć-czemu przestraszeni, z jakąś fałszywą uroczystością w ruchach do pokoju, gdzie, na tymczasowem czemś w rodzaju domowego katafalku, leżały umyte już i wyfraczone zwłoki starego Kapena. Nigdy nie odczuł Genezyp tak silnie potęgi ojca swego, jak w tej chwili. Trup miał ręce związane chustkami — opadającą dolną szczękę przytrzymywała też jakaś biała szmata. Zdawał się być jakimś potwornym tytanem, którego skrępowano, bojąc się go nawet po śmierci. W zaciśniętych chustą żuchwach czaiła się moc, zdolna do roztarcia miękkiemi zębami na proszek granitowych, czy porfirowych nawet głazów. Nagle okropny, gwałtowny żal rozdarł wnętrzności Genezypa. Odczuwając jakby telepatycznie stan ten, matka i siostra z jękiem opuściły się na kolana, obok klęczącej panny Eli. Genezyp stał stężały z niezrozumiałego bólu nie-do-zniesienia. Teraz oto odszedł od niego jedyny przyjaciel, teraz, kiedy właśnie mógłby go poznać i ocenić. Czemu teraz dopiero zrozumiał ojca jako przyjaciela. Zrozumiał też wysoką markę dyskrecji i znawstwa życia z jego strony, że mu się z tą przyjaźnią nie narzucał. Lepsza była ta dalekość wzajemna, niż wykrzywiona fałszywemi perspektywami przyjaźń ojca z synem. Syn musiał był zrobić pierwszy krok — czemuż go nie zrobił? Z przyjacielem, w razie deformacji stosunku można w każdej chwili zerwać — — z ojcem

— trudniej. — Dlatego to stary tak był ostrożny w wywnętrznianiach. — Dał coś takiego po sobie poznać w ten poranek wstrętny. Ale tego nie odczuł wtedy Genezyp, zmarnował ostatnią chwilę przed śmiercią. Zapóźno. Teraz się mścić będzie ta odtrącona przyjaźń i zmieni się we władzę nawet za grobem — wiedział o tem napewno „dojrzewający (rosnący?) jak na drożdżach" wyrodek. Że też nic przyjemnego nie może dłużej trwać jak pięć do dziesięciu minut. Przypomniał sobie któryś tam atak z księżną — to było dłuższe — ale jakiż ból straszliwy sprawiło mu teraz to wspomnienie! Miał wrażenie, że nigdy już nie dozna tej rozkoszy — jako pokutę za winy przeciw ojcu chciał uczynić ślub taki. Przeszkodziła mu defilada innych „stanów duszy".

Poczuł się obrzydliwie samotnym: jakby w zimny i dżdżysty wieczór błądził po podejrzanej podmiejskiej okolicy, nie mając gdzie „skłonić głowy" wśród obcych, wstrętnych, brudnych i nienawidzących go ludzi. Cały świat był teraz takim i takimi zdawali się być wszyscy ludzie prócz rodziny, nie wyłączając księżnej, kniazia Bazylego i Tengiera. (Koledzy szkolni = bezkształtna miazga, w której nie zarysowywał się żaden ktoś — chyba ci „zabronieni", których właściwie nie znał.) Nagle upadł na kolana i zaniósł się trzewiowym, chlipiącym, dziecięcym płaczem — wstydził się, ale podwywał dalej — to była też forma pokuty. Ze zdziwieniem spojrzała na niego matka (taki był dotąd opanowany!) — a nawet Liljan poczuła, że w tym bezproblemowym, znanym jej dobrze, brutalnym braciszku, dotąd przyszłym piwowarze jak papcio (O, jakże kochała tego niezbyt zrozumiałego dla niej wąsala!) krył się ktoś zupełnie inny, niepojęty. I przez chwilę mignęło jej (przez analogję) w „nierozmyślonych" jeszcze, grząskich, bagnistych, kobiecych, świńskich kłębach podpojęciowej miazgi, (która zdawała się znajdować się między sercem, a międzykroczem) poczucie, że może w niej także kryje się ktoś, dla niej samej nieznany. Ktoś inny musi coś z nią uczynić, aby wyzwolić w niej tamtą drugą istotniejszą ją — sama nie potrafi. Ale jak? O płciowych relacjach pojęcia jeszcze nie miała. Twarda, jak z żelazo-betonu, piramida dziwności, spiętrzyła się gdzieś w inny wymiar i zapadła zaraz, jak zepsuta, papierowa zabawka, tu, na podłogę tego ponurego pokoju. Zaczęła Liljan kochać w tej chwili brata, ale inaczej, jakoś dziwacznie, zdaleka, jakby za nieprzekraczalną granicą olbrzymich, niedostępnych gór. Było to tak okropnie smutne, że rozpłakała się na nowo, ale *innym* płaczem (nie tym „zaojcowym") — jak motor przerzucony na inną szybkość. Ten drugi płacz był lepszy. A w pani Kapenowej, pod wpływem tego zypkowego opiekuńczego objęcia, zaczęły zachodzić dziwne zmiany, z zastraszającą niewiadomo kogo szybkością. Płakała już teraz — w trzy minuty po fakcie — w cichem szczęściu wyzwolenia, z głęboką wdzięcznością myśląc o mężu, za to, że ją tak w porę jeszcze stosunkowo opuścił. Tak mu była wdzięczna, że prawie chciałaby już żeby żył — ale niestety w tem była sprzeczność nie-do-przezwyciężenia. Otwierało się nowe życie — tym razem naprawdę nowe, a nie to, które tyle razy bez skutku, wewnątrz starego zaczynała. Każde z nich zyskało coś na śmierci mądrego wąsacza, nie mówiąc już o majątku. I wszyscy jeszcze więcej go pokochali, każde proporcjonalnie do swego poprzedniego spółczynnika.

Informacja: Aż tu zwalił się na nich straszliwy cios.... chociaż dla Zypka może było to i lepiej — możeby tak jeszne prędzej... ale o tem później. Kiedy po pogrzebie, odbytym aż nazbyt normalnie — („o rzeczach zupełnie zwykłych pisać nie trzeba — zostawić to można specjalnemu gatunkowi pisarzy, tak zwanym „pospolitystom" — z czegóżby inaczej bowiem żyli biedacy? — bo to mówią niektórzy, że temat głupstwo a ujęcie wszystko — ale co do powieści to niebardzo zgadza się to z prawdą. I stąd to tylu teraz jest świetnych stylistów, którzy nic do powiedzenia nie mają bo są głupi i niewykształceni" — tak mówił Sturfan Abnol), otóż kiedy po pogrzebie otworzono „znienacka" testament, okazało się, że stary Kapen zmienił swoją fabrykę w robotniczą kooperatywę, a kapitały wszystkie zapisał na propagandę zamierającej P. P. S. a bynajmniej nie Syndykatowi Zbawienia, którego był członkiem. Rodzina podostawała jedynie skromne pensyjki, zabezpieczające od głodowej śmierci. Wszystkie próby obalenia tej woli zduszone zostały w zarodku nieomylną i niezłomną decyzją profesora Bechmetjewa: stary był i umarł normalnym — skleroza obejmowała tylko centra ruchowe. Nastąpiły dni fantastyczne. Matka Zypcia szalała z rozpaczy — nowe życie dostało potężnie pałą po łbie z za grobu. Liana, ta dobra, śliczna, prerafaelicka Liana, ulubienica ojca, znienawidziła tak ukochanego „papusia", że nawet Genezyp, który stał się teraz dla niej jedynym kimś na świecie, nie mógł jej przekonać, że to brzydko jest, a *nawet nieładnie*, tak na zmarłego narzekać. Rozwijała się tak szybko, że wkrótce wszyscy zaczęli mówić z nią, jak z osobą dorosłą, a nawet liczyć się z jej zdaniem. Genezyp spędzał dnie i noce dziwaczne ponad miarę najśmielszych dotychczasowych wycieczek w krainy zakazanej wiedzy o życiu. Rozdwajał się coraz wyraźniej od spodu, mimo wzrastającego poczucia jednolitości zewnętrznej, czysto-życiowej. Panował jeszcze z góry nad dywergencją swoich uczuć do matki, siostry,

księżnej i Wielkiego Zmarłego, który olbrzymiał mu w myśli do wszechobecnej, zaświatowej potęgi — utożsamiał się z dawnym, „niedowierzonym", dziecinnym Bogiem — władał. Myśli, krążących wokół tego „zwrotnego wieczoru życia", nie hamował Genezyp. Ale same one uspakajały się, obsiadając znane już i nudne pagóry rzeczywistości, jak stada kruków w wiosenny zachód słońca. Powoli, tamten istotny dotąd, pół-dziecinny on, zmieniał się w czystego obserwatora bez woli — był tak w sobie Genezyp, jak w teatrze — rozkoszny to był stan, gdyby nie świadomość nieuchronnego jego końca. A jednak konieczność decyzji narzucała się z coraz większą natarczywością. Był przecie głową rodziny, odpowiedzialną za jej życie — przed kim? przed zmarłym ojcem — gdzie się nie ruszyć, już jest tam to widmo ze swemi tajnemi rozkazami... Która z walczących w nim osób miała decydować — to było najważniejsze. Jeden, to był ten metafizyczny tout court, nienasycony życiem bydlak, który, dorwawszy się do pierwszego z brzegu źródła, chciałby złopać jak mu się zdawało bez końca — (wszystko robiło wrażenie czegoś bezdennego) — drugi, to dawny grzeczny chłopczyk, który musiał tworzyć, kuć i budować to życie z męką i świadomie, ale nie wiedział dobrze jak i z czego. Straszliwe noce z księżną, podczas których zgłębiał coraz bardziej nieskończoną gradację przyjemności i metafizyczną potworność spraw płciowych i samotne spacery, oddzielające go od rzeczywistości i zwracające (bez skutku zresztą) ku tamtemu zwrotnemu dniowi — [ach, gdyby można cofnąć się — choć raz jedyny — w czasie.... — połączyć tamtą hyperświadomość z tą wiedzą! Niestety — nic nie dostaje się za darmo — za tę wiedzę trzeba było płacić obniżeniem dawnego lotu dzieciństwa.] to były dwa bieguny. Wszystko, co się z nim działo, ukrywał dokładnie przed ludźmi. Podziwiano jego dorosłość, jego sąd zimny i sprawiedliwy w sprawie testamentu ojca. (Papa wiedział, że Zypcio nie wytrzyma jako piwowar, a nie będzie miał dość decyzji, aby samodzielnie rzecz rozstrzygnąć — mogła wyjść stąd tylko kompromisowa zgniłość — wolał *to* przynajmniej zrobić za ukochanego syna.) Fabrykę rozdrapywali w jego oczach jacyś panowie o bardzo niepewnych minach, przybyli ze stolicy. Nie miała co tu robić rodzina zmarłego: trzeba było dekampować z tego beznadziejnego kącika, w którym można było jeszcze egzystować w stanie potęgi wśród bogactw, ale nie w nędzy. Możliwości były żadne.
Tengier odsunął się od Genezypa zupełnie. Nie przyjął go parę razy, a raz spotkawszy przypadkowo oświadczył, że jest „w natchnieniu" i pożegnał go szybko, prawie niegrzecznie. Było to w wietrzny, chmurny,

półwiosenny dzień. I znowu figura oddalającego się na tle rozwichrzonego pejzażu, przesyconego muzyką, wszechwiedzącego garbusa, wywarła na Genezypie ponure wrażenie: jakby jakaś lepsza cząstka (coś nierozdwojonego — mimo świństw poprzednich) zdawaia się uchodzić od niego na zawsze w postaci tego włochatego, potężnego potworka z innych światów. Jedyną „ostoją", dla nieszczęsnego czynnego dualisty była księżna, do której niezależnie od szalonych postępów w dziedzinie czystej erotologji zaczął się przywiązywać jak do jakiejś drugiej matki nie z tego świata. Ale wraz z tem pojawiały się też, nikłe i rzadkie coprawda, symptomy pewnego erotycznego, prawie-że podświadomego jej lekceważenia. To oczywiście widziała jasno Irina Wsiewołodowna i cierpiała i wściekała się coraz bardziej w niepokonanych sprzecznościach: prawdziwa miłość walczyła poraz-ostatni na gruzach tego cielska z dawnym demonem z młodych lat. W istotniejszem zbliżeniu Zypcia do księżnej pomogło też nagłe zdemaskowanie się w najbliższej rodzinie wstrętnych mu właściwości duchowych, w związku z utratą majątku i stosunkiem do zmarłego ojca. Ona przynajmniej wolna była od materjalnej meskinerji — miała w sobie coś z szerokiego bezkresu, coś jak oddech pustyń mongolskich, z których pochodzili jej przodkowie, potomkowie Dżyngischana.

Ale wszystko to odbywało się jakby nie na tym świecie, tylko gdzieś daleko, za tajemniczą przegrodą, która była jednak w nim samym, a nie w zewnętrznej rzeczywistości. Nie był sobą w tem wszystkiem. Ze zdumieniem pytał się siebie: „jakto — więc to ja jestem i to jest moje jedyne życie? Tak właśnie upływa, a nie inaczej, wśród miliarda możliwości? I nigdy, nigdy już inaczej — o, Boże". Zawalał się w jakąś przepastną norę, suterenę, podziemie kaźni więziennej, gdzie królował suchy, wieczny, dławiący ból „takości" („a nie inności"). I nie było stąd wyjścia. „Życie jest jak rana — którą zapełnić można tylko rozkoszą" — coś takiego mówiła mu poraz niewiadomo który ta wiedźma, spiętrzając w nim słowami straszliwemi jak muśnięcia i muśnięciami gorszemi od słów najgorszych, to okropne cielesne uświadomienie potworności świata w bolesnej, niesytej nigdy siebie rozkoszy. Tak — tylko to jedno: uświadomić sobie swoje własne bydlęctwo i w tem skonać. Ładny ideał! Do tego tylko służył mu intelekt i tamte flaki. Ale dla niektórych ta właśnie prosta droga, którą starają się uciec od własnej zawiłości, staje się bezwyjściowym labiryntem w obcej im pustyni życia. Świat skurczył się do małego skrawka jakiegoś więzienia, które mogłoby być aktualną nieskończonością (przestrzeń jako forma ograniczenia! — czy nie za wiele pragnął swobody ten mały?), a wewnątrz rozrastało się coś bezimiennego, brzemiennego i *niezmiennego* (martwa twarz „ołowianego trupa" ze snu) coś fatalnego jak wypuszczona z lufy kula i systematycznego w swych niezachwianych funkcjach, jak rotacyjna maszyna naprzykład. Zypcio czuł, że teraz sformował się, skrystalizował w pewnym systemie i wszystko cokolwiek dalej być mogło, (najdziksze nawet rzeczy) będzie funkcją zdobytego w tym czasie, zresztą zupełnie mimowoli, stosunku do życia. Jaki był ten stosunek pojęciowo określićby nie mógł, Ale czuł go w swojem własnem spojrzeniu na przelatujące obłoki, w smaku jakiegoś owocu, w sposobie przeżywania strasznych chwil rozdzierającej sprzeczności, gdy walczyły w nim dwa uczucia do księżnej, rozdwojonej na dziką rozpustnicę i pseudo-matkę.

W niej walka odbywała się także i to w zupełnej odpowiedniości do stanów duszy kochanka, raczej „kochaneczka" czy przyjemniaczka. Z początku poddawała się „matczynemu roztkliwieniu" (co za ohyda!) zupełnie. Uczyła go używać siebie i potęgować nikłą i nędzną swędzeniowatą przyjemnostkę elementarną do granic metafizycznego bólu i zaświatowej ponurości objawień ostatecznych, poza któremi była już tylko śmierć, jedyna wybawicielka z rzeczy zbyt głębokich. Ale za prędko rwał Genezyp w przyszłość i, mimo że on sam nie zdawał sobie dokładnie z tego sprawy, ona za niego czuła, w pewnych jego ruchach, spojrzeniach i bezmyślnie okrutnych powiedzeńkach, czające się zblazowanie i przesyt. Scampi i stary książę ostrzegali ją często przed niebezpieczeństwami tej ostatniej miłości, namawiając dla jej (a nawet i jego) dobra, aby przeszła na system lekkiego choćby demonizmu. Jakże kochali obaj tego potwora, a przez to i „niedoszłego piwowarka", jak nazywano Genezypa w pałacu Ticonderoga. Długie godziny trawiła księżna na rozmyślaniach, aż wreszcie postanowiła zdobyć się na kompromis w imię celów wyższych: zachowania uczuć Zypcia w pierwotnem natężeniu i zrobienia z niego „człowieka"(?), według pojęć panujących w ich domu: to znaczy: bezidejowej kanalji, społecznego pasożyta z maksymalną ilością przyssawek, a-metafizycznego używacza, jednem słowem świństwa. Twierdziła, że sama nieszczęśliwą była przez nadmiar utajonego mistycyzmu i tępiła objawy takie u synów bezlitośnie. Jako ta pseudo-mama nie dokonałaby niczego: mogła być chyba tylko opuszczoną i skazaną na zgnicie w rozpaczy, w ropnych wydzielinach zranionej ambicji. Na tym bubku prześlicznym kończył się dawny świat — o tem wiedziała napewno.

Genezyp nie wiedział czem jest zdrada i zazdrość. Były to dla niego słowa prawie-że pozbawione znaczenia. Ale kiedy chwilami zbyt przerażała go potęga tej baby w stosunku do jego wewnętrznych materjałów, przewaga jej sił czysto choćby nerwowych i doświadczenia, znajdował pociechę i podporę w uświadomieniu sobie takiej prawdy: „a jednak ona jest stara". [To było podłe i *tego* nie przeczuwała nawet Irina Wsiewołodowna. Wogóle nie wszystkie środki obrony mężczyzn znają kobiety (nawet te najmędrsze i najgorsze) i nikt uczciwy, należący do bloku męskiego, demaskować ich nie będzie.] Mógł sobie to Genezyp na dwa sposoby tłomaczyć, zależnie od tego, czy był w danej chwili w stanie potęgi, czy też słabości. Albo mówił sobie: „jednak ona jest jeszcze dość młoda, a w każdym razie trzyma się świetnie", gdy, po gruntownem nasyceniu się, czuł pewne upokorzenie z powodu jej wieku — szczególniej rano, przy kawie, pitej we wspaniałem, byłem małżeńskiem łożu Ticonderogów. Były to myśli oczywiście nieszlachetne i wolałby ich Zypcio nie mieć wcale. Ale trudno — działanie „układu mimowolnego, pierwotnego" — nikt temu rady nie da. (Tylko na miłość Boską nie czynić tej teorji publiczną, bo wtedy nikt z nikim rady sobie nie da.) A już robił oko, niedołężne i dość śmieszne [— to dziwne, że „tamto" nie zwiększyło w nim śmiałości w stosunku do kobiet wogóle — był wyspecjalizowany] do ładnej pokojówki księżnej, Zuzi. To było właśnie symbolem tego dalszego życia, do którego óbecne zdarzenia miały być stopniem tylko. Tak myślał już teraz — on miał czas, ale ona...? O, któż, kto tego nie zna, oceni okropność bezpłodnego uciekania „płciowego czasu", gdy nic już niema poza tem?! Ona widziała wszystko to lepiej od niego z wyrazistością peyotlowej wizji i cierpiała chwilami, aż do jęków i „myczeń" włącznie. Nie było rady: (jak ci żołnierze, co zrobili rewolucję rosyjską: albo zginąć na froncie, albo walczyć o wolność — *tryń trawa* — *wsio rawno*) trzeba było sprobować środka heroicznego: albo go zdobędzie na jakiś rok, może dwa — albo straci na zawsze. Trzeba było ryzykować. A takby się chciało nie babrać się już w tem plugawstwie trzecioklasowego demonizmu, i on byłby jej droższym przecie bez tego utytłania go w błotku płciowych cierpień. „Nie chcesz pchać tam jak trzeba, tak? — to jeszcze gorzej ci wyjdzie. Będziesz myślał o tem ciągle i splugawisz nietylko ciało, ale i duszę — cały będziesz tam w myślach, tym swoim dumnym męskim móżdżkiem — ha, zobaczysz jak to przyjemnie" — tak myślała biedna Irina Wsiewołodowna, prężąc wspaniałe uda w niezdrowem podnieceniu, graniczącem z gorączką. Coraz

trudniej było o antydoty, tembardziej o tej porze na wsi: Tengier mógł mu ją obrzydzić — Toldzio — tego można było zużytkować zawsze, na tle jego zboczenia do starszych dam. Och, jakie to przykre — więc już... Takie to były zewnętrzne rusztowania pospolitości tej całej obrzydliwej sprawy. Straszne jest wejrzenie w zakulisową technikę teatru tak zwanej miłości. Bo te idealne małżeństwa, te pary z sarkofagów czy ołtarzy, te niezłomne charaktery, kryją przeważnie także brudną kuchnię „od tyłu", w której bezwstydny djabeł przyrządza swój czarodziejski lek na beznadziejną nędzę istnienia, albo też wytwarza jeszcze bardziej deformujący życie narkotyk: fałszywą cnotę. Brrr... Na tych rusztowaniach rozpinały się nikłe pozornie subtelności uczuć, które w przyszłości zaważyć jednak miały na wszystkiem, ciągnąc w otchłanie podświadomych zbrodni te zatrute od samych podstaw, rozłażące się mózgi. Jakże wstrętna jest djalektyka uczuć i jak ohydne implikuje techniczne środki działania. A bez tego co? Krótkie spięcie zupełnego nonsensu i śmierć. Dobre to było w dyluwjalnych jaskiniach, ale nie dziś. I to takiemi rzeczami mogli się zajmować ludzie „wyższych warstw", kiedy z za horyzontu przeznaczeń ludzkości wznosiły się potworne wizje usymbolicznionych przyszłych czasów. Tylko niektórzy to widzieli i też pili, jedli i obłapiali i bawili się w przerwach. Nawet najwięksi działacze, może ci więcej jeszcze, bo przecież musieli „choć trochę" odpocząć po straszliwych napięciach pracy codziennej. A tłum pospolitaków tego nie lubi, jak naprzykład twórca rewolucji ma dziewczynkę — (jak ma żonę z którą się męczy — wszystko dobrze). Durnie nie rozumieją, że on musi też zabawić się, by potem tarzać się z natchnieniem po cielsku historji i ryć swoim mózgiem jak ryjem drogi przyszłości: „Oh — *qu'est ce qu'on ne fait pas pour une dupe polonaise*" — jak mówił stary Lebac. Albo jak prywatnie spytał kiedyś z głupia-frant, nieboszczyk Jan Lechoń: „A jakież jest inne życie, jak nie płciowe?"
Na tle niezdecydowania co do wyjazdu do miasta, nadchodził „powoli" ten dzień, w którym znowu skupić się miała cała przyszłość — lecz w „jakiejże losów odmianie!" Jak muszka tęczowa krążąca tuż koło lepkiej pajęczynki, beztrosko żył Genezyp, nieświadomy bliskich niebezpieczeństw, dumny z pokonania *takiego*(!) potwora. Był jak upojony łatwem zwycięstwem młody wódz, który zapomniał rozstawić nocne straże. I coraz bardziej, oczywiście dla niego nieświadomie, zanikał w nim dawny, wątły, dobry chłopczyk, razem ze znikającym śniegiem na słonecznych beskidzko-ludzimierskich wzgórzach. I oto któregoś dnia po południu — [w takie przykre popołudnie, co to nic niema i nic być nie może, chyba jeszcze ten

ostatni nadchodzący wieczór, który trzeba zapić i potem koniec] — Genezyp, mimo poprzedniego wstrętu do życia z pracy obżałowanych przez niego robotników, teraz kiedy wszystko stracił, zaczął także odczuwać świadomie (gdzieś w głębi to się czaiło oddawna) pewien żal do ojca, że go tak przed samą śmiercią urządził. Ale stary Kapen kochał syna głęboko i wiedział, co robi: jasno zdał sobie sprawę z nietrwałości tego, co jest i wolał oszczędzić Zypciowi utraty dóbr w rewolucji. W ten sposób usuwał mu z drogi całą kupę najwstrętniejszych niebezpieczeństw i chronił go przed społecznem rozgoryczeniem, paraliżującem wszelką działalność. Nie było już nigdzie (nigdzie na świecie — co za dziwna rzecz?) banków, w których możnaby lokować rezerwowe kapitały. Chyba w Rosji — — Ale Kapen na dnie duszy wierzył w niezwyciężalną potęgę chińskiego muru — może mylił się co do czasu, nawet mimo ostatnich wieści — ale zasadniczo intuicję miał słuszną. Mimo, że nie znał dokładnie — jak i nikt zresztą — idei Kocmołuchowicza, czuł jak nikt, że tam, w tym czarnym łbie szalonego nieobliczeńca, kryje się pępek sytuacji obecnej, i to nietylko dla nas, ale dla świata całego. Przed samą już śmiercią, [w tej chwili, kiedy właśnie ten bydlaczek tracił z takim trudem niewinność,] napisał bazwładniejącą łapą do kwatermistrza list, polecający syna jego opiece.

„...znajdzie się przecie u Ciebie miejsce adjutanta. A chcę, żeby Zypek, o ile kocioł zawrze, był w samem jego centrum. Śmierć nie jest tak straszna — gorsza jest dalekość od rzeczy wielkich, tembardziej, jeśli są już może ostatnie. On jest odważny i ja dałem mu trochę bobu w życiu, narażając się nawet na coś w rodzaju nienawiści z jego strony. A jest to jedyne „coś" — nie wierzę w osobowość za przykładem amerykańskich psychologów — a inne rzeczy, te nowe wiary, dobre są dla durniów, aby ich trzymać za mordę — coś — powtarzam, co poza piwem oczywiście kochałem. Bo niestety ten twój dawny ideał, moja żona, mimo różnicy wieku, nie zadowolniła mnie duchowo. Nie żałuj więc tego i nie miej do mnie pretensji. Zypek mógłby zupełnie dobrze być Twoim synem". [Stary dobrze wiedział, że Kocmołuchowicz jest tym jedynym centrem możliwego kotła — jeśli nie on, to chyba nikt — i hańba bezosobowego złączenia się z chińczykami.]

„Jeśli nie będzie między nami kogoś, ktoby nas reprezentował, nawet w takiem świństwie, staniemy się kupą bydła, niegodną nawet komunistycznej organizacji. Ty jesteś jeden — mówię Ci to bez kompromisu, bo zdycham — nie dziś, to jutro. Umiałeś pozostać tajemnicą, nawet dla mnie. [Kocmołuchowicz dziko się uśmiał w tem miejscu. A czemże był dla niego ten stary Kapen — zgniłym workiem, który jak najprędzej trzeba *won* z pokładu w morze. Mimo to lubił go i czytając te gryzmoły zrobił sobie węzełek na mózgu co do Zypcia.] „Straszliwe napięcia samotności umiesz wytrzymać, Erazmku — cześć Ci za to i chwała, a po-trzykroć biada Twemu narodowi, bo nigdy niewiadomo, co w następnej minucie zrobisz: Ty, a za Tobą Twoja banda najmorowszych obecnie ludzi na ziemi — *You damned next-moment-man.* Żegnaj, Twój stary Zyp".

Tak pisał Kapen do „Erazmka Kocmołucha", byłego stajennego chłopca hrabiów Chraposkrzeckich, mających w herbie *żabi skrzek i końską chrapę*. — Czy nie były to symbole całego życia generał-kwatermistrza: wylęgły z bezimiennego skrzeku „bafonów" ludzkości, przez konia (i jego chrapy naturalnie) stał się kimś i to nie byle jakiej sorty. A jednocześnie strasznem było niegdyś dla „starego Zypa" widzieć naród swój w takim stanie, że mógł się opierać on cały jak jeden blok miernoty o jednego, jedynego człowieka. A gdyby tak zapalenie ślepej kiszki, lub szkarlatyna? I co wtedy? Już raz było przecie tak z Piłsudskim i ocaliła nas właśnie ta równowaga miernot. Liczono na to i teraz. Ludzie nie umieli wyprowadzać wniosków ze zdarzeń i bawili się w analogje — podobnie jak ci patrjoci rosyjscy, którzy utożsamiając rewolucję z 1917 roku z Wielką Francuską, mieli nadzieję na wojenny poryw u mas. Ten potworny brak ludzi i ta nieumiejętność zużycia tych, co „ledwo byli" na odpowiednich stanowiskach, to była wybitnie polska specjalność w tych czasach. Cała ta niby praca nad organizacją pracy była śmiesznostką — wszystko trzymało się tylko na tem, „żeśmy byli niczem", jak mówił potem (ale po czem, po czem?) pewien Pan. Zamiast: „Polska nierządem stoi", mówiono teraz, że stoi „brakiem wielkich ludzi" — inni twierdzili, że wogóle nie stoi, że nikt nie stoi, że nikomu nie stoi, nawet że nikogo(!) nie stoi — oczywiste rusycyzmy. Inni twierdzili iż nie jest wykluczone, że Kocmołuchowicz, przeniesiony w odmienne warunki, także byłby niczem, czy nikim. Tu na tle szarej miazgi bufetowych, buforowych, „butaforskich", restauracyjnych, gabinetowych, buduarowych, burdelowych, sleepingowych, samochodowych i aeroplanowych działaczy, urósł do rozmiarów gwiazdy pierwszej wielkości, olbrzymiego brylantu na mdłem śmietnisku osobowości. A może faktycznie był wielkim nietylko w odniesieniu do centrum spółrzędnych swego społeczeństwa — wielkim w stosunku do tej całej cholery całego świata, który nam — nam polakom! — chciał imponować! Co za bezczelność. I mimo, że stary Kapen napomykał mu czasem nieśmiało o swoich idejach (zaprowadzenia *prawdziwego* faszyzmu), kwatermistrz milczał jak zdechła ryba i czekał — umiał czekać, psia-krew! — W tem była połowa jego siły. Umiejętność zaś ukrywania swego zdania w najbardziej pozornie otwartych rozmowach, była w nim doprowadzona do niebywałej doskonałości. Wytworzoną przez Syndykat Narodowego Zbawienia pseudo-organizację, zużyć chciał w odpowiedniej chwili dla siebie i swoich tajemniczych dla niego samego celów. Marzył już o jakiemś piekielnem wyjściu przed żółtych zwycięzców z szarą, krystaliczną miazgą swojej zmechanizowanej armji, on, jedyny dziś wielki strateg, (śmiał się z tych chińskich nowalji w kułak, oficjalnie uznając je za groźne, by nie osłabiać swego prestiżu) pan z chamów, od Egiptu począwszy (bo czyż była kiedy na świecie podobna awantura, jak ta i czy był taki właśnie człowiek jak on — *mysterious man in a mysterious place)* nędzny kwatermistrz generalny. Ale, na dnie jego wesołej, jak pies spuszczony z łańcucha, duszy, drzemało zawsze *Nieoczekiwane* — coś tak piekielnego, że myśleć o tem bał się nawet w chwilach męczących syntetycznych jasnowidzeń, kiedy zdawało się że sra poprostu nieskończonością w sam pępek wszechświata. Dziurawił strasznemi, blademi z przerażenia myślami przyszłość, jak olbrzymiemi kulami brzegowa armata pancernik. Ale nigdy nie dotarł do dna swego losu. Faszyzm, czy bolszewizm i czy on sam nie jest właściwie blagier, albo warjat — to były najgorsze z kwatermistrzowskich dylematów. Bezpośrednie dane Kwatergena przerastały niewymiernie zdolności jego do ich analizy. O tem nie wiedział nikt prócz niego — miał opinję dodatkową samego wcielenia samoświadomości. Gdyby mógł go widzieć cały kraj: tak nagle *zbiorowo* zobaczyć, możeby się wzdrygnął cały dreszczem zgrozy i strząsnął go z siebie jak potwornego polipa na samo dno piekieł, gdzie męczą się pewno różni przywódcy ludzkości. Gdyby on sam mógł widzieć swoją własną opinję ogólną, scałkowaną w jakimś szatańskim nieskończonościowym rachunku — ha, może spadłby wtedy ze swego zgrzanego już nieco „rumaka" nieobliczalności, w jakąś najzwyklejszą, rynsztokową kolejkę przeciętnego stupajki. Na szczęście ciemno było dookoła i ciemność ta sprzyjała rozwojowi nieświadomego, wewnętrznego potwora, który czaił się, czaił się, czaił się, aż wreszcie...: hyc! — i skończona komedja i parada — bo po tym czynie wszystko już będzie za małe. Marzył o jakiejś nad-bitwie, o czemś więcej jeszcze, czego świat nie widział. Społecznemi detalami nie zajmował się nigdy — w przeciwieństwie do wojskowych, których głowę pełną miał jak puszka od sardynek tychże rybek — dbał o czysto osobisty urok *„wo cztoby to ni stało"*. Legenda jego rosła, ale umiał utrzymać ją w ryzach i nieokreśloności. Przedwcześnie przesadzona w natężeniu i zbyt sprecyzjowana legenda to najgorsza kula u nogi dla męża stanu z przyszłością. Ma wtedy ciągle ten problem, co artysta z powodzeniem — jak tu nie stracić tej linji, na której się powodzenie zyskało. I zaczyna się wtedy powtarzać siebie w coraz bledszych odbitkach, zamiast szukać nowych dróg — traci się swobodę i natchnienie i kończy się prędko — chyba, że się jest prawdziwym tytanem. A — wtedy całkiem co innego oczywiście. Wszyscy wiedzieli, że w razie czego „Kocmołuchowicz pokaże co umie", ale co umiał prócz organizacji armji i wykonania pomniejszych pomysłów strategicznych — nie wiedział nikt. Na list starego Kapena zareagował zarządzeniem wysłania do Genezypa wezwania do szkoły oficerskiego przysposobienia w regjonalnej stolicy K. — więcej o tem oczywiście nie myślał ani chwili.

Wezwanie przyszło właśnie w ten dzień, który księżna naznaczyła sobie na dzień próby; przyszło ale po wyjściu Genezypa z domu — [zostawiono im trzy pokoje w oficynie według woli starego.] Baronowa i jej pierwszy kochanek (a no tak, bo przecie w 5 dni po pogrzebie było już załatwione), jeden z dwóch komisarzy państwowego nadzoru nad fabryką, Józef Michalski, siedzieli właśnie w jej (baronowej) czyściutkim, wybielonym i ciepłym pokoiku, przytuleni do siebie jak „para gołąbków", gdy „sędziwy listonosz pokryty szronem po kolana" złożył przed nimi z uszanowaniem ważny dokument, na którego kopercie stojało odbite: „szef gabinetu Generalnego-Kwatermistrza". Największych dygnitarzy przechodził dreszcz na widok tej pieczątki, a cóż dopiero takiego Michalskiego — dostał poprostu drgawek i musiał na chwilę wyjść. Baronowa rozszlochała się swobodnie, szeroko — dotknęła ją łapa przeznaczenia: jej Zypcio oficerem, przy boku byłego jej wielbiciela, (któremu jeszcze jako młodemu kornetowi dragonów dała kosza, mając lat czternaście zaledwie) tego *„Kotzmoloukhowitch le Grand"*, jak mówił uśmiechając się tajemniczo Lebac. [W dokumencie już było „przednaznaczone", że po skończeniu szkoły oficerskiej miał Zypcio przejść dodatkowe przeszkolenie na adjutanta, aby być następnie przydzielonym do osobistej świty kwatermistrza jako *„aide-de-camp à la suite"*.] Za trzy dni miał zameldować się Zypcio w stolicy K. Złączone było z tem pewne uposażenie rodziny i pani Kapenowa, zapominając o grożących synowi niebezpieczeństwach (jeśli nie wojennych to choćby w postaci naprzykład uderzenia nogą w brzuch przez wodza — od tego miał umrzeć jeden z adjutantów, młody hrabia Koniecpolski, według wieści rozpuszczanych przez Syndykat) — ucieszyła się nadzwyczajnie. Z tem większą furją oddała się zaraz Józefowi Michalskiemu, który, jako długoletni wdowiec i wogóle osobnik nie przywykły do prawdziwych wielkich dam, rozszalał się w Ludzimierzu prawie do obłędu. Jego siły męskie, spotęgowane nasycanym, a długo teoretycznie gnębionym snobizmem, dochodziły do zastraszających rozmiarów. Ona przeżywała drugą młodość w miłości, zapominając powoli o materjalnej klęsce i problemie dzieci. „Zaciszyć się" w jakimś małym kąciku, zaszyć się choćby pod kołdrę, byle z nim, byle tylko choć trochę było „dobrze" — oto było chwilami jedyne jej marzenie. Teraz dopiero zrozumiała jak straszny przeżyła okres mąk. Całe szczęście, że wtedy sobie tego nie uświadamiała — całe szczęście! Jakby z nieopalanego pokoju bez mebli, w którym przemieszkała lat 15 (od urodzenia Liljan) wpadła nagle w rozgrzany puch, rojący się jeszcze do tego od jeszcze gorętszych, stalowych uścisków. Bo Michalski, mimo lat czterdziestu trzech i zlekka wyłupiastych oczu, był jak byk — *„au moral et au physique"* — jak mówił o sobie i to w dodatku różowy blondynobyk zlekka megalo-splanchiczny. Robili to tak potajemnie, że nikt (nawet Liljan), nie domyślał się ich stosunku! A był to stosunek w całem znaczeniu tego słowa, jakby z śmiertelnie nudnej żółtej francuskiej książki. Podobieństwo sytuacji obojga, stwarzało, ponad rozpętanemi zmysłami, coś w rodzaju istotnego porozumienia. Michalski był fizycznie czysty — (miał nawet „tub") — i poza drobnemi niedoskonałościami w jego manierach (zbyt jowialnie-zawiesistych), jedzeniu (źle składał „sztućce" po skończonem żarciu) i ubiorze (czarny garnitur i żółte buty), które pani Kapenowa z wrodzonym jej taktem szybko udoskonaliła, nie można mu było nic zarzucić, poza tem chyba, że był... Michalskim. Ale i ten przykry dysonans zatarł się szybko w głodnej życia duszy baronowej. Przodkowie przewracali się gdzieś w grobach rodzinnych w Galicji Wschodniej, ale co ją to mogło obchodzić — miała ŻYCIE — „oni *żyją* ze sobą" — ileż w tem jest pociechy. Takie były czasy.

DEMONIZM.

Był marzec. Lutowi goście rozjechali się na wszystkie strony, przerażeni nadciągającą burzą wypadków. Został tylko kuzyn Toldzio, ponury demon płciowych transformacji biednego Genezypa. I teraz los go przeznaczył, aby był tym odczynnikiem, „po którym poznacie je", czy coś podobnego. Korzystał ze zdrowotnego urlopu, cierpiąc na ciężką neurastenję, czy nawet psychastenję, na tle służby w M. S. Z., która wyczerpywała jego mózg, jak niewidzialna mątwa. Mieszkał w kurhauzie i bywał częstym gościem w pałacu Ticonderoga, napróżno namawiając księżnę do wznowienia dawnych chwil rozkoszy. Uświadomienie sobie tego faktu, że Zypcio kochał się w niej na serjo, podnieciła go w zupełnie specjalny sposób — taka mała kanalijka był ten Toldzio — iluż jest takich niestety. Wogóle te osławione „warstwy podświadome", te małe motorki różnych postępeczków, które zsumowane dają tło całej działalności danego człowieka, są to przeważnie dość brudnawe świństewka. Na szczęście, mimo całego freudyzmu, mało kto zdaje sobie z tego sprawę — inaczej zarzygaliby się pewni ludzie ze wstrętu do siebie i innych. Tak myślał czasem Sturfan Abnol i o takich rzeczach nie pisał z zasady nigdy.

Genezyp zaproszony do księżnej na obiad szedł lasami naprzełaj w olbrzymich podkutych buciorach, niosąc pod pachą lakierki i smokingowe spodnie — miano je uprasować na miejscu. Rano jeszcze dostał list od Iriny Wsiewołodowny, który go na parę godzin wytrącił z równowagi. Teraz już trochę ochłódł. Nie wiedział biedactwo, co go czeka. List „brzmiał":

„Zypulka najmilsza! Tak mi czegoś dziś strasznie smutno. Tak chciałabym cię mieć całego w sobie. Ale *całego* — rozumiesz...? Żebyś był taki malutki, malutki, a potem, żebyś się rozrósł we mnie i ja żebym pękła od tego. Śmieszne? Prawda? Ale nie śmiej się ze mnie. Ty nigdy nie zrozumiesz (ani nikt z was) jak straszne rzeczy może czuć kobieta, a szczególniej taka jak ja i wtedy kiedy — (tu było coś przekreślonego) — I nawet gdybym była zła, powinieneś mnie kochać, bo ja wiem więcej od Ciebie czem jest życie. — (Tu wzruszył się Genezyp trochę i postanowił nie skrzywdzić jej nigdy — co będzie to będzie.) — I nie dość na tem: chciałabym *wtedy*, żebyś się cały zrobił taki wielki i silny jak tamto, kiedy Ci się podobam, taki, jakim będziesz kiedyś, może już nie dla mnie, i żebyś mnie zadusił sobą i zniszczył. — (Dziwnego uczucia przelśnienia wewnętrznego doznał Zypcio, czytając te słowa: zobaczył znowu w sobie horyzont bezmierny, dławiący niesytością bez granic, obrzękły mnogością niespełnionych djabli-wiedzą-cosiów — jakichś bezimiennych czynów-przedmiotów, niepojętych istności psycho-fizycznych, których jedynym ekwiwalentem *wzrokowym* mogły być nieznane i niezrozumiałe rzeczy-stwory, zjawiające się w peyotlowych wizjach. Jak po tym śnie popołudniowym, *zbrodniczym*, mignął metafizycznie odlegly świat, na tle jeszcze odleglejszej bezprzestrzennej dali i zaraz wszystko zapadło w tę tajemną głębię, w której pracowały bez wytchnienia straszliwe motory czy turbiny, nakręcające realną przyszłość w nieprzewidziane zwykłym rozumem łożyska.) — „Bądź *dziś* dobry dla mnie" — pisała dalej programowo, tak a nie inaczej właśnie, ta nieszczęsna świnia, mając już cały plan działania obmyślony aż do najdrobniejszych szczegółów — „i przebacz, jeśli będę zdenerwowana. Dręczy mnie dziś całe życie dawne — „grzechy męczą" — jak mówił Bazyli. Całuję Cię jak wiesz... Takbym chciała, abyś był *mój* naprawdę. Twoja, zawsze Ci oddana *I*.

P. S. Będą Twoje ulubione pierożki z serem."

Ten dopisek wzruszył go najbardziej. Nastąpiło zwykłe rozdwojenie na uczucia czyste i zmysłowe. Poczem „te ostatnie" zbladły na korzyść pierwszych. Nie wiedział biedaczek co go czeka. Na tle chwilowego nasycenia udawał przed sobą „przeblazowanego" starca i myślał nawet chwilami o rudych włosach i nieprzyzwoicie błękitnych, gryzoniowatych w wyrazie, oczkach pokojówki Zuzi, nie przestając ani na chwilę kochać idealnie księżnej. Cudowne późno-marcowe późne popołudnie mijało nad podhalańską ziemią, ociągając się jakby, by potrwać jeszcze choć trochę, nasycić się sobą i tęsknotą wszystkich stworów ziemi za innem wiecznem, nieprzemijającem, niebyłem nigdy życiem. A cała bezcenna wartość była w tem przemijaniu właśnie. Odległe śnieżyste góry, widne między rudemi pniami sosen na polanach, zatopione w opalowej sreżodze, błyszczały różowawo ponad kobaltowemi zwałami odległych świerkowych lasów. Niżej kraj cały poprzerzynany był deseniami śniegu, leżącego po wgłębieniach i miedzach i na brzegach lasów. Wiosna buchała wszędzie. W nieopisanym żadnem słowem zapachu przygrzanej ziemi, w wyziewach przeszłorocznej odegrzanej zgnilizny bagien, w zionących grzybowatym chłodem powiewach z niedogrzanego podłoża borów, w rozgrzanych falach powietrza, idących od przesyconych ostrym eterycznym zapachem górnych warstw iglastych drzew, czuć było jej potężniejący z każdą chwilą oddech. Zdawało się, że jakaś prawie materjalna siła chwyta za mięśnie, ścięgna, bebechy i nerwy, męczącemi, drgającemi ruchami, rozluźniając zakrzepłe w zimowem odrętwieniu cielesne wiązania. Cóż dopiero mówić o „rozluźnionym" już zimą Genezypie. Nagle, przechodząc przez jakąś słoneczną polankę, wpadł w czysto-wiosenną, specyficzną rozpacz, tak zwany dawniej *„Weltschmerz"*, spłycony przez nieznających słowa

„tęsknota" francuzów na jakieś *mal de je ne sais quoi*. Była to niższa, bardziej zwierzęca i życiowo-pospolita forma istotnie metafizycznych przerażeń, tych chwil, w których stajemy wobec siebie samych i obcego świata, bez żadnych obsłonek codziennych przyzwyczajeń, związanych z odpowiednio nazwanemi i wtłoczonemi w zwyczajność codziennych związków rzeczami i zjawiskami. Tamta chwila przebudzenia nie powtórzyła się już w intenzywności poprzedniej — promieniało tylko jej wspomnienie, zmieniając zlekka zarysy normalnych przebiegów trwania, rozwiewając ostrość konturów znanych kompleksów. Pochodnemi jej były te prawie bydlęce „weltszmerce", te podświadome płciowe śmieszne niby głębokie smutki, które to stany rosjanie tak wyrażają, że powtórzyć tego absolutnie niemożna: *„wsiech nie pra..."* „O gdybyż to można unosić się, choćby osobowo nawet, nad jakiemś *fond de femr inité impersonnelle et permanente"* — ten rozdział na *tę, a nie inną* babę czy dziewczynkę, ta druga osoba, która ma bądźcobądź również pretensję do człowieczości, ta konieczność rozbabrywania czyjejś jaźni, przez taplanie się i grzebanie w związanem z nią cielsku — to są fatalne wprost historje". Tak myślał przedwcześnie dojrzewający Zypcio, nie wiedząc jeszcze czem jest miłość, poznawszy jej, zdeformowany dysproporcją lat i nieodpowiedniością epoki, surogat, w najgorszem, prawie pośmiertnem wydaniu. [„Względnie starsza demoniczna pani dobra jest dla młodego człowieka, o ile kochał się przedtem w panienkach i ma pewne, choćby elementarne erotyczne doświadczenie — inaczej może się na tem beznadziejnie załamać" — tak twierdził Sturfan Abnol.] Ogarnęło go rozwlekłe, męczące, osłabiające pożądanie — nawet nie samej księżnej, tylko tego całego aparatu ogłupiającej rozkoszy, który umiała puścić w ruch niby niewinnie, nieznacznie jakoś, a jednak z całem jasnowidztwem najskrytszych, najobrzydliwszych męskich tak zwanych „stanów duszy", tego właśnie, o „czem się nie mówi" (nie mówi się też o kobietach, chociaż tam o wiele prostsza jest historja). A szkoda — przecie za lat 200—300 nie będzie tego wogóle wcale. To są te zjawiska najstraszniejsze, te „epifenomeny" i opis tego właśnie jest jeszcze okropniejszą rzeczą niż to samo, a nie jakieś tam opowiadania, choćby najdokładniejsze, o samem zetknięciu się genitalji. Obnażenie tego gorszem jest od obnażenia ciał w najbardziej wyuzdanych pozach. Tem nie śmiał się zająć nawet Sturfan Ahnol, najodważniejszy z ostatnich powieściopisarzy, który miał głęboko gdzieś całą publiczność i polityczne frakcje, wynajmujące sobie odpowiednich genjalnych stylistów, dla propagowania odpowiednich ideji. Ta bestja księżna umiała o tem właśnie mówić w sposób wywlekający kiszki na wierzch, z dowolnie potężnego samca — a cóż dopiero mówić o takim Zypciu Kapenie. Poczucie tego, że była świadomą swego działania, aż do najdrobniejszych szczegółów, potęgowało urok tych rzeczy praktycznie w nieskończoność. Rozkosz zwiększała się w tej samej skali, co tortura. Ten sam ból, bez świadomości tego, że zadawany jest przez specjalnie nastawionego w tym kierunku kata, znającego dokładnie związki psychiki pacjenta ze swoją działalnością, byłby niczem. Najokrutniejsza maszyna jest szczytem łagodności wobec jednego drgnięcia świadomego okrucieństwa, jeśli chodzi o siłę doznawanego cierpienia. W tych mękach, jak na krańcach kolistej nieskończoności w popularnem przedstawieniu teorji Einsteina, łączyły się wszystkie świństwa płciowe z okrutnemi instynktami samozachowania się, w jedną obrzydliwą podstawę istnienia osobowości. Tam, nawet na pierwszą kondygnację „ordynarnej wyćwiki kantowskich pseudo-komplikacji", nie dotarł jeszcze Genezyp, zniechęcony rozmówką w pustelni kniazia Bazylego. „Dla pewnych durniów, nafaszerowanych tanim materjalizmem, metafizyka jest czemś nudnem i suchem i *dowolnem!* O, jełopy: to nie teozofja, którą się zdobywa jako coś *gotowego,* bez żadnego umysłowego wysiłku. Inni, ze strachu przed metafizyką i przyjęciem istnienia „ja", bezpośrednio danego, starają się *jak najmniej powiedzieć:* jacyś „behaviouryści", czy inni amerykańscy pseudo-skromnisie. Czy nie lepiej rzeczywiście, że te rzeczy oficjalnie zabronione zostały, jeśli taki Russell, po wszystkich obietnicach, napisał taką książkę jak „Analiza ducha?" — tak mawiał Sturfan Abnol. Na tle potęgujących się żądz, zniknęło poczucie pewności siebie wszechwiedzącego starszego pana i nieznośny niepokój wiosenno-płciowo-prawie-metafizyczny rozhuśtał do reszty mięśnie, ścięgna, gangliony i inne wiązadła tego „ja", brnącego przez nasycone oddechem budzącego się życia lasy — („*dieser praktischen Einheit*" według Macha — jakby pojęcie „praktyczności" można było wprowadzić niewiadomo skąd jednocześnie z pojęciem kupy — *i to związanych ze sobą* elementów!!) Tak oburzał się kiedyś ktoś, ale Zypcio nie był jeszcze w stanie tego pojąć. Chwilami, właśnie na tle takich stanów zaczynała męczyć go materjalna nędza obecnego położenia. Czasem, na krótko, ogarniała go nawet dzika złość na ojca. Ale pocieszał się tą myślą, że „przecież i tak niedługo wszystko djabli wezmą" (jak mówili ogólni defetyści) i przyszłość przedstawiała mu się wtedy w kobieco-sfinksowatej postaci, nęcąca komplikacją nieznanych przygód. I myślał podświadomie, obrazowo, prawie-że tak samo jak ojciec, gdy pisał ostatni, przedśmiertny list do Kocmołuchowicza. Ostatecznie, dopóki był synkiem przy ojcu, mógł używać bogactw tych bez wyrzutów (ale czy użyłby — oto było pytanie) — sam, nie potrafiłby bezwzględnie. W każdym problemie zarysowywała się coraz wyraźniej dwoistość natury niedoszłego piwowara. Ale narazie nie było w tem nic strasznego, tylko ciekawość niezmierna. Dodawało to jedynie uroku chwilom dalszego „przebudzania się", ale niestety na coraz niższych piętrach mglistego zarysu przyszłego człowieka — to słowo, które tyle szczytnych transformacji przeszło, zdawało się nieuchronnie konwergować z pojęciem doskonale funkcjonującej maszyny. Wszystkie wewnętrzne perypetje młodzika miały znaczenie symptomatyczne dla tego właśnie kierunku. Ale dla niego było to *właśnie* jedynem życiem, bezcennym skarbem, który trwonił *właśnie*, jak na młodzika przystało. Każdy krok był błędem. Ale czyż doskonałość znowu, (nawet w sztuce), nie ma tylko tego maszynowego znaczenia? — dziś oczywiście — „odtąd i na zawsze", to jest: póki świecić będzie ogienek słońca w międzygwiezdnej pustce. Wyczerpały się pozytywne wartości indywidualnych „wybryków" we wszystkich sferach — w obłędzie spełnia się najistotniejsze życie; w perwersji, której granicą jest pierwotny chaos, dopełnia się z boku najistotniejsza twórczość w sztuce. Jedna filozofja zrezygnowała — nie wróci do dawnych wierzeń — takie jest jej wewnętrzne prawo. Nie widzą tego tylko durnie dawnego typu i — ludzie przyszłości, którzy nie mają wspólnej miary z dawnem życiem i nigdy go nie pojmą.

Jeszcze granice aktualnego istnienia nie zawarły się przed, rozprężającym się w powolnym wybuchu, nabojem Zypciowej młodości. Za każdym pagórkiem, za każdą kępą drzew, z poza której wysuwały się gnane wiosennym wichrem, już prawie letnie, obłoki, zdawała się ukrywać zupełnie nowa, nieznana kraina, w której miało się spełnić wreszcie nienazwane: spełnić i zastygnąć w nieruchomej doskonałości. Nie rozumiał ten bydlak, że całe życie jest wogóle, nie-do-spełnienia, że przyjdzie (ale czy zdąży przyjść przed śmiercią?) czas, w którym za temi pagórkami odczuwać się będzie tylko dalsze pagórki i równiny, a dalej tylko okrągłość dożywotniego więzienia na małej gałce, w bezmiernych pustyniach *przestrzennego* i metafizycznego nonsensu — kiedy te pagórki (a do djabła z temi pagórkami! — ale czy jest coś bardziej uroczego jak pagórek?) przestaną się rysować na ekranie nieskończoności i staną się tylko symbolami ograniczenia i końca. Jeszcze nie połączyła się rozmaitość przeżyć i zjawisk w solidne, niezmienne kompleksy, nazwane, określone, powtarzające się, ogólno-ontologicznie nudne. „Więc aż tak jest źle. Psia-

krew! Jak tu skonstruować siebie w takich warunkach?" — myślał
Genezyp, nie rozumiejąc, że właśnie konstruowanie to powinno być
uniezależnione od *wszelkich* warunków, powinno być „inwarjantem" — ale
gadaj-że tu z takim, co myśli, że cały świat powinien się do niego
przystosować, aby jemu jednemu dobrze się działo. Gdyby mógł w tej
chwili ocenić tę wartość „bydlęcego" pluralizmu, gdyby mógł być choć
chwilę *świadomym* (nieświadomymi pragmatystami są „wszyscy" od
wymoczka począwszy) pragmatystą, byłby najszczęśliwszym człowiekiem
na ziemi. Ale gdzie tam — *„mais ou là-bas"!* Z takim charakterem albo ma
się to wszystko za cenę głupoty (a cóż jest warte cokolwiek bądź bez
możności uświadomienia), albo ma się świadomość wszystkiego, za cenę
tego, że bloki takie jak: Nieznane, Szczęście, Miłość, nawet(!) Orgazm
Najwyższej Rozkoszy, rozpadają się w próchno i proch nudy, a nad niemi
pasożyty-pojęcia, jak widma z ich rozpadu powstałe, zaczynają się unosić
w kraj metafizyki i żerować na Wiecznej Tajemnicy, wtedy, kiedy już,
wskutek tego właśnie, przestała ona być żywotną i nie ma siły, aby wcielić
się w najdrobniejsze kąski życia, z których składa się codzienny dzień.
Jedynie myśl czysta od początku... Ale dla niej poświęcić trzeba krwistość i
soczystość życia i różne drobne przyjemnostki, wiodące i tak zresztą do
znieczulenia i zamarcia w jakiejś przywartej do gęby masce, takiego, a nie
innego określonego człowieka, który czasem z tym zagnębionym istotnym
nic wspólnego nie ma. „Tylko rozumowo, na większych okresach
upłyniętych zdarzeń, widzimy, my, przeciętni ludzie, i to rzadko, sens
samego faktu istnienia, poza udaniem się, lub nieudaniem się życia, poza
spełnieniem, lub niespełnieniem zadań zdobywania potęgi i władania —
wszystko jedno nad czem. Do tego pojmowania konieczności swego
przeznaczenia i przezwyciężenia w życiu (nie w sztuce) przypadkowości
pozornej przebiegu zdarzeń, zdolne są tylko największe duchy". Gdzie tam
było Zypciowi do takich.
Jakże dziwnie przedstawiła mu się w świetle tych myśli, niezrozumiała
nigdy do głębi egzystencja ojca. Ten miał to właśnie: to poczucie swojej
konieczności — ale skąd? Nie na piwie opierał je przecie. Tajemnicę uniósł
do grobu. Już nigdy nie spyta go o to Zypcio, jak przyjaciela. Poprostu był
megalosplanchikiem i kwita — nie potrzebował żadnych sankcyj z poza
siebie dla tężyzny swego mózgu i ciała. Poprostu *był* — o takich się nie
pisze — można ich *opisać z boku* conajwyżej, tak, jak to robią niektórzy.
Poczuł go Zypcio poraz-pierwszy w sobie nie jako możliwego niedoszłego
przyjaciela z dni ostatnich, tylko jako najbliższego krewnego z ducha i

ciała, a tak obcego i dziwnego, jakim tylko dla kogoś niepospolitego może być całkiem zwykły człowiek. Ujrzał go wyraźnie jak żywego, a jednocześnie zapełzła z boku matka, z niemem błaganiem zakrywając dawną swą umęczoną niedosytem życia twarzą, wąsaty, ojcowski pysk mądrego, udałego człowieka, tego chamo-pana z ubiegłych już czasów, typ ginący. I teraz dopiero przyszło na myśl Zypciowi, że matka zmieniła się w ostatnich czasach zupełnie. Widział to już dawno, nie widząc jednocześnie. Zanalizował tę zmianę szybko na pamięciowym obrazie i coś mu mignęło niejasno: Michalski... Ale zaraz niesformułowana myśl rozpłynęła się w aktualnym problemie: jak zużytkować dwoistość w celu ujednolicenia: zadanie postawione mu w pewnej rozmówce przez Scampiego. Nic nie dało się na ten temat wymyślić. Rozedrgana słońcem sosnowa ludzimierska puszcza z płatami matowo-metalicznie błyszczących śniegów, na których drzewa rysowały ciepło-niebieskie cienie, zdawała się być jedyną prawdą. Na tem tle czegoś doskonałego, zamkniętego samego w sobie w piękności bez skazy, potworna, nie dająca się niczem rozplątać plątanina ludzkich sprzeczności była czemś tak wstrętnem, jak hurma papierów na górskim szczycie, lub kupa ekskrementów na dywanie skromnego nawet saloniku. Tam, za tym lasem, w duchowo mrocznej, a materjalnie świetlistej otchłani rzeczywistości, za górami, przeglądającemi mleczno-rudym blaskiem z poza miedzianych pni sosen, i dalej, dalej, aż za nieznanem południem i zrębem biednej ziemi, kryła się, skondensowana w bezczasowej pigule, przyszłość. Tylko w tym locie w czaso-przestrzenną dal zdawał się być ukrytym sens wszystkiego — w samym locie, a nie w spotkanych zjawiskach. Och — żeby można myśleć tak zawsze! Myśleć — to mało — czuć. Ale na to trzeba być silnym, świadomie silnym, albo być zdrowem bydlęciem jak ojciec — chcieć się wyżyć naprawdę — a nie wmawiać to w siebie, przez gęstwę zwątpień, wahań, niepokojów — „Dajcie mi cel — a będę wielkim" — ha — tu jest właśnie kółeczko hez wyjścia. Spontaniczna wielkość stwarza sobie cel sama. „Najgorszą rzeczą jest nie świństwo, tylko słabość" — szepnął Genezyp w zachwycie nagłym nad światem. Wstrętne słowo: „tęsknota", zdawało się jedynie wyrażać to, co czuł. Było to środkowe kółeczko w dawnym systemie pojęć: jaźń, otoczona mgłą metafizycznej tęsknoty. („Kobieta może tęsknić w sposób piękny — mężczyzna jest w tem głupi i godzien pogardy".) Jak spełnić to wszystko, gdy z punktu drogę zawalał taki potwór jak księżna Irina (już samo imię miało coś z uryny, irygacji i jakiegoś rżnięcia flaków czemś nieskończenie ostrem, połączonego z rykiem bólu — każde imię, w zależności od osób można tak, i to w różny sposób, interpretować) i takie niecne, plugawiące aż do psychicznego szpiku, okrutne rozkosze? Muzyka Tengiera była tam, za górami, za wszystkiem, poza czasem. Ale w tem nie było rzeczywistości, chociaż korzeń tej sztuki tkwił nawet w chudej nóżce i grzybowym zapachu jej twórcy. Pierwszy raz odczuł Genezyp (zupełnie fałszywie, jak wielu durniów) „złudę sztuki" i jednocześnie (słusznie) absolutną, pozaczasową jej wartość, mimo znikomości samych dzieł, objętych przez *principe de la contingence"*. Bezsilnemi palcami muzyka gładzi i pieści lubieżnie to coś pierwotnego, tę jednolitą miazgę wszechistnienia, w którą wdarcie się zębami i pazurami aż do krwi i szpiku niszczy jej istotę, zostawiając w niesytych nigdy szponach zgniłe, zeschłe, zmurszałe odpadki pojęć, a nie żywe życie. Coś podobnego było i z miłością Zypcia do księżnej. Cóż z tego, że tłamsił w swych młodzieńczych łapkach tego lubieżnego, wszechwiedzącego pół-trupa, cóż z tego, że nawet czasem kochał ją, w pewien sposób, jako tę pseudo-mamę z innych światów! Czyż wszystko, co weźmie w ręce będzie właśnie takiem, jak niedosiężność płciowej rozkoszy, znana jeszcze z onanistycznych czasów? Księżna stała mu się symbolem niezgnębialności życia i ostatecznie z rozpaczą głuchą w sercu szedł na tę dzisiejszą schadzkę. Na tle tych stanów i myśli, przebrawszy się u lokaja Jegora (który, od czasu ogłoszenia testamentu starego Kapena, traktował go mimo grubych napiwków, z pewnem pogardliwem współczuciem) wszedł do salonu Ticonderogów naprawdę z miną zblazowanego „pana". Księżnę potraktował z wyższością i nie zwracał uwagi na ironiczne docinki Scampiego, który, powiadomiony o planach mamy, obserwował go z zainteresowaniem, jak owada wbitego żywcem na szpilkę. Oczywiście był tu też Tengier, ale tym razem z żoną i dziećmi, dalej kniaź Bazyli we fraku i Afanasol Benz w smokingu. Dla wszystkich słodka i uprzejma, Zypcia traktowała księżna gorzej niż „dziurę w eterze" — nie istniał dla niej, nie mógł spotkać i uchwycić dalekiego i obojętnego jej wzroku. Jak na złość była niewiarogodnie piękna. Sam Belzebub zdawało się ubrał ją na ten wieczór, pomagając Zuzi, we wszystkie swoje najwspanialsze klejnoty uroków, wzamian za obietnicę popełnienia czegoś naprawdę demonicznego. Dawno już się to nie zdarzyło. Poprostu doprowadzała do rozpaczy i to nietylko jego, ale wszystkich. Była jak te cudownie piękne dni zamierającej jesieni, w których świat zdaje się konać z dzikiej autoerotycznej miłości, wydając ostatnie fale energji gasnącego życia. Miała jeden z tych dni swoich, o których mówiła, że „nogi łączą się z twarzą i tamtem wszystkiem w jedną niepojętą syntezę erotycznego uroku, w jeden taran, rozwalający mózgi przemądrzałych i silnych samców, na zaświnioną, rozkładającą się galaretę bolesnej płciowości". Beznadziejność nawet najbardziej udanego życia i niezwyciężoność kobiecego piękna, stała się dla wszystkich namacalną w najbardziej nieprzyzwoity i upakarzający sposóh. Po chwili przyszedł kuzyn Toldzio i niewiadomo czemu stał się zaraz od progu główną figurą w salonie. Afanasol, pierwszy raz tu przez Bazylego wprowadzony, starał się, przy pomocy znaczków, (bo cóż miał innego?) wywyższyć ponad przewyższającą go sytuację. „Znaczki sobie, a arystokracja sobie, psia-kość", mówił w nim jakiś ironiczny głos i fakt żydowskiego pochodzenia Benzów (był praprawnukiem jakiegoś pachciarza, czy czegoś podobnego) zdawał się być czemś nieściśliwem, nawet wobec aktualnej tajemniczości Kocmołuchowicza (nieodgadgadniony człowiek u władzy zawsze jest mimowolnym pocieszycielem wszelakich malkontentów) i przewalającego się przez Rosję żywego, żółtego muru. Wogóle Benz z upragnieniem oczekiwał nadejścia komunizmu, a z nim otrzymania katedry, której pozbawiło go niepotrzebne zamieszanie się w agitację na rzecz najniższych warstw, czujących się w obecnej Polsce wprost świetnie. Wciągnęły go do tej roboty osobniki bez sumienia, chcące wyzyskać jego znaczkomanję w celu „zlogizowania" marksizmu. Próba ta zrobiła kompletne fiasco. (*A propos:* co to jest „fiasco"?). Speszony był straszliwie, bo księżna, przerywając mu jadowitą i piekielnie zresztą interesującą krytykę teorji Wittgensteina, zaczęła głośno mówić o polityce, starając się w ten sposób przygotować jakie takie tło dla zgnębienia swego młodocianego kochanka. Głos jej rozlegał się tryumfalnie, z niedosiężnej jakby wyżyny, budząc groźne echa płciowej irytacji w bebechach rozdrażnionych samców. Genezyp uczuł się przygniecionym i duchowo gnuśnym, a poufałości Toldzia w stosunku do jego kochanki, której ośmielał się nawet przerywać rzecz jej z typowo emeszetową bezczelnością, zaczynały budzić w nim nieznaną dotąd, płciową złość. Miał wrażenie, że za chwilę dostanie ataku płciowej furji i zrobi jakiś potworny płciowy skandal. Ale jak zamagnetyzowany trwał w nieruchomem, pełnem wewnętrznych gadzinowych drgawek zgnębieniu, kondensując się w splotach wściekłości, jak balon napełniany gazem. Każde jej słowo kąsało go w zupełnie nieprzystojny i nieobyczajny sposób — narządy płciowe zdawały się *bezsilną* raną w zwiotczałem, rozluźnionem ciele. A głosu zabrać nie mógł, bo nic do powiedzenia nie miał. Nie poznawał siebie — i ta dziwna lekkość... Ciało nie miało wagi i zdawało się, że w następnej sekundzie nieznana siła zrobi z niem co zechce, wbrew jego woli i świadomości, które to istności odcięte od motorycznych centrów, trwały gdzieś obok (może w sferze Czystego Ducha?) jakby na urągowisko temu, co się działo w cielesnych gąszczach. Przeraził się: „przecież mogę zrobić djabli wiedzą co i to nie będę ja, a będę za to odpowiadał. O — życie jest straszne, straszne" — ta myśl i ten strach przed własną nieobliczalnością uspokoiły go na czas krótki. Ale chwila rozmyślań w lesie zdawała się należeć do zupełnie innego człowieka. Nie wierzył, że księżna kiedykolwiek była jego płciową własnością. Otaczał ją mur zimny niezwyciężonego uroku. Poznał własną nicość i niewolę, w którą zabrnął. Był psem na łańcuchu, samotną małpą w klatce, więźniem, nad którym się znęcano.

— ...bo ja rozumiem, żeby Kocmołuchowicz — mówiła księżna swobodnie, krytykując, z tą właściwą sobie pełną potęgi lekkością, najbardziej tajemniczego człowieka w kraju, a może i na świecie — stworzywszy z armji bezwolną maszynę, starał się wywrzeć wpływ na kwestję połączenia się z naszymi białogwardyjcami. Albo, jeśli to jest już absolutnie niemożliwe, żeby dążył do racjonalnego ustosunkowania się handlowego na Zachodzie. Przemysł nasz dusi się z powodu braku eksportu, czy czegoś podobnego — ja się na tem nie znam, ale coś czuję w każdym razie. Od pewnego czasu komplikacja ekonomiczna przerosła siły indywidualnego mózgu w ten sposób, że wogóle nawet najzdolniejszy byznesmen nic pojedyńczo do gadania tu nie ma. Ale te nasze gospodarcze rady, któremi daje się powodować, czy jak tam, ten sfinks w masce, doprowadzają mnie do rozpaczy. Niema u nas fachowców w niczem — (tu spojrzała na Zypcia z taką pogardą, że ten przybladł zlekka) — nawet w miłości — dodała bezczelnie, po krótkiej pauzie. Odezwały się pojedyńcze śmiechy. — Proszę się nie śmiać: mówię poważnie. To parcie do izolacji na wszystkich frontach jest obecnie szaleństwem. Chyba, że wszystko to, co się dzieje jawnie, jest blagą, ochraniającą takie stosunki ekonomiczne, jakich nawet taki genjusz kompromisu, jak Smolopaluchowski nie jest w stanie zrozumieć. Tak twierdzi mój syn Maciej. Nikt dosłownie nie pojmuje, na czem polega dobrobyt naszego kraju. Mówią o tajnych kapitałach, które nieznacznie podpuszcza tajny również syndykat, będący na usługach komunistycznych państw zachodnich. Ale w taką fantazję nawet w naszych czasach uwierzyć trudno. A mogąc mieć władzę — tu podniosła głos do tonu zaiste profetycznego — i nie chcieć z tego otwarcie skorzystać, jest zbrodnią! Ale cóż robić z takimi kryptoflakami, jakimi są nasi mężowie stanu — trzeba być też kryptotyranem, albo dostać furji. Może to jest jego tragedją — dodała ciszej. — Nie znałam go nigdy — bał się mnie i uciekał. Bał się, że mogę mu dać siłę, której sam nie wytrzyma. Zrozumcie to — „zakrzyknęła" sybilińskim tonem. Wszyscy poczuli, że może to być prawdą i zakręciło się im w płciowych ośrodkach.

Informacja: Kocmołuchowicz pękłby ze śmiechu, gdyby to słyszał. A może, a nuż naprawdę bronił się przed zbyt wysokiem przeznaczeniem? Nikt nic wiedzieć nie może póki nie spróbuje. Pewne zetknięcia ludzi dają straszliwe, nieznane przedtem „hocheksplozywy". Ona, księżna Ticonderoga, na tyle zdemokratyczniała, że chciala być egerją byłego stajennego chłopca, a ten bałwan nie chciał — „Muratowska" karjera — mógłby się nawet królem ogłosić, gdyby ją miał przy swoim boku — czy „pod sobą" jak konia, jak on sam się o swoich kobietach wyrażał. (A było ich dwie — ale o tem później.) A tu nic. Nie mogąc zabłysnąć w jego promieniach, spotęgowawszy je do oślepiającej siły, wolała zupełną polityczną abstynencję, niż zniżanie się do typów „niższej sorty".

Mówiła dalej: — Przypomina mi to naszych eserów w rewolucji 1917-ego roku. Nikt u nas się niczego nie uczy i uczyć nie chce. I u was też. Istotny brak wiary w siebie naszych emigrantów i pokolenia, które wychowali, był przyczyną tego, że kiedy nareszcie ich ludzie z niższych warstw, nie oni sami, opanowali Rosję, nikt prawie z nich nie chciał ruszyć się tam na pomoc, aby objąć ważne posterunki. Brak odwagi u naszej inteligencji zabija wszystkie zaczątki odrodzenia — odwagi czynnej — mamy ją tylko w wyrzeczeniu się i obnoszeniu naszych ran przed innymi. — (Kniaź Bazyli poruszył się niespokojnie, chcąc coś odpowiedzieć.) — Nie trudź się BAZIL — wiem co powiesz. Twój neopseudokatolicyzm i ogólne-ludzkie ideały w formie mdłej, nietwórczej dobroci, są tylko zamaskowanem tchórzostwem. Tak zwany *„szkurnyj wopros"*. Wolisz być leśnikiem u mnie, niż zaryzykować twoją nadwiędniętą „obłóczkę". *„Des hommes d'état, des hommes d'état — voulez vous que j'en fasse"* — mówił na ostatniem posiedzeniu rady wojennej generał Trepanow, trawestując powiedzenie Napoleona o rezerwach pod Borodinem...

— *Des balivernes, ma chérie* — przerwał kniaź Bazyli. — Czasy minęły — czasy tego rodzaju społecznej twórczości. Tylko zmiana dusz ludzkich od samego spodu stworzy nową atmosferę, w której powstaną nowe wartości...

— Frazesy. Nikt z was nie jest w stanie powiedzieć, jakie to będą wartości. Gołosłowne obietnice. Pierwsi chrześcijanie tak myśleli i co z tego wyszło:

wyprawy krzyżowe, inkwizycja, Borgiowie i dzisiejszy twój katolicki modernizm. — Nieistotne końcowe stany waszych dekadenckich osobowości bierzecie za objawy rodzącej się wspaniałej, cha, cha, przyszłości. O, teraz złapałam nareszcie istotę tego piekielnego szantażu, czy czegoś takiego, dzisiejszych optymistów. Koniec z początkiem łatwo pomieszać — nie takich łbów jak wasze trzeba, aby zobaczyć tę różnicę. Tylko my, kobiety, widzimy jasno to wszystko, bo nas nic to nie obchodzi. My będziemy trwać wiecznie te same, niezmienne w swej istocie, gdy wy dawno w trutniów się pozamieniacie. Tylko nudno będzie wtedy na tym świecie — nie będzie kogo nabierać. Maszynka okłamać się nie da. Chyba, że opanujemy świat władzy i wtedy chować będziemy sobie, to jest jakie dwadzieścia procent z nas, trochę pseudo-artystów i donżuanów dla zabawy. Czasy minęły, powiadasz święty Bazylu, autokoprofagito? Gdyby wszyscy tak myśleli nie byłoby ludzkiej kultury. Czasy tworzą jeszcze ludzie i tylko ludzie-jednostki. A jak te czasy przejdą, my się zabierzemy do ludzkości i wtedy...

— Nie księżno — przerwał nadmiernie głośno Afanasol Benz, zdobywając się na odwagę. — To, co pani powiedziała przed chwilą da się zastosować do pani własnej koncepcji. Baby zawsze panoszyły się w okresach dekadencji wielkich idei. Ale początki tworzyliśmy zawsze my. Wy na wielką skalę umiecie żyć tylko rozkładającem się ścierwem i wtedy przezwyciężacie wasze niewolnicze instynkty...

— *Tiens, tiens*, — bąknęła Irina Wsiewołodowna, patrząc, (jak dawniej wszystkie przecie arystokratki), przez *face-à-main*, na podnieconego logistyka.

— A tak — walił Benz, wściekły z zawiści, upokorzenia i płciowych nienasyceń. (Poco się irytował biedaczek, „tracąc wysokość" w istotnych sferach?). — Dziś za słowo „indywiduum", musimy podstawić w ogólnem równaniu ludzkości pojęcie „masa" i pomnożyć w dodatku przez nieokreślony spółczynnik. — (Mówiąc to czuł jednocześnie całą swoją wyższość i całą niższość — sprzeczność ta była nieznośna.) — Tylko od masy jako takiej możemy, na zasadzie wielkich liczb, oczekiwać nowych wartości. Tylko ona jedna była w stanie zwyciężyć „dziki", niezorganizowany, trawiący ludzkość, jak przerosły jej miarę nowotwór, kapitał i zwyciężyła go faktycznie. Ona wytworzy nowy typ regulatorów gospodarczego życia, a nie jakieś pseudofaszystowskie zgromadzenia bezpłciowych, bezklasowych specjalistów. A zresztą czyż nie wszystko jedno jak — koniec jednaki: śmierć za życia w zupełnej pustce ducha...

Księżna: Bzdura. Pana głównie to gniewa, że nie jest pan na szczytach tej pańskiej masy. Tam czułby się pan świetnie. Stąd ta cała malkontencja. Pan Lenin był niegorszym władcą od swego poprzednika — jako możliwość oczywiście — tylko był zdolnym, jakkolwiek omamionym i omamiającym człowiekiem...

Benz: Był wykładnikiem masy: operował pojęciami tworzącemi rzeczywistość, a nie fikcjami, które się nareszcie przeżyły — tylko nie tu, w tej zatęchłej norze, w tej pepinierze miernoty...

Księżna: Teraz przeżywa się ta jego fikcja na zachodzie. Tylko spóźnieni w ewolucji chińczycy poddali się jej na naszą zgubę. Ja nie mam zresztą ochoty na *„pryncypjalnyj rozgowor"* — mnie chodzi o obecną sytuację. Cały ten niby-wszechświatowy bolszewizm obecny jest balonikiem, który pękłby, gdyby znaleźli się odpowiedni ludzie. Ale może trwać przez inercję wieki całe...

Benz: Widocznie ludzie tacy już się nie rodzą, *chère princesse.* Nie mają atmosfery koniecznej ani dla ich powstania, ani dla rozwoju...

Księżna: Proszę bez poufałości, mister Benz. Jeśli u nas jeden Kocmołuchowicz mógł z armji zrobić bezwolne narzędzie w rękach Syndykatu Zbawienia Narodowego, jeśli my wreszcie udowodniliśmy, że możemy zupełnie dobrze zastąpić wszelkie wywrotowe ideje przez odpowiednio zorganizowaną pracę i dobrobyt mas, — co się nie udało nawet włochom — i to przy pomocy takich fujar, jak mój mąż, Cyferblatowicz i Jacek Boroeder — (Prawie wszyscy zbledli. Odwaga księżnej w wymienianiu najpiekielniejszych nazwisk w kraju była znana — a jednak zawsze robiła wrażenie) — to dowodzi, co za hołota są dziś ci byli ludzie tamtych krajów. Ja rozumiem australczyków, bo to była banda od samego początku — potomkowie zbrodniarzy. Ale to nie dowód. Trzeba tylko ludzi z odwagą — rozumu mają dosyć.

Benz: Ale skąd ich wziąć?

Księżna: Należy wychowywać. Oto tu mamy okazy tych ludzi przyszłości. Oto ten biedny Zypcio, któremu u samego „wchodu" w życie odebrano wszelkie możliwości. Ja się nim zajęłam, ale to nie wystarczy. — (Genezyp zaczerwienił się straszliwie i krótkotrwale acz głęboko obraził się za ojca, ale milczał. Upokarzający bezwład rozprzestrzeniał się w nim, obejmując już nawet centra honoru i męskiej ambicji. A ten parszywy Toldzio aż zawracał oczami w zachwycie nad systemem księżnej w gnębieniu „logistycznego żydka". W tej chwili poczuł Zypcio taką wściekłość, że to on, ten kuzynowaty elegancik, nauczył go onanizmu, pozbawiając „takich" ilości męskiej siły, że zarżnąłby z rozkoszą tego bydlaczkowatego przyjemniaczka. Pienił się wprost — niestety tylko do wewnątrz. Widzialnie przedstawiał się jako jedna masa płynnego prawie niedołęstwa, o bezdennie smutnych przepięknych, zmąconych bezwładem oczach. W obcym świecie pospolitej klęski trwał jak żywa obraza własnych swoich niedawnych marzeń. Gdzież była dziwność? A do cholery z wszelką dziwnością! Tryumf złych potęg trzeciej klasy na pospolito. Była jedna rada: plunąć i wyjść. Można było zresztą nawet nie pluć. Ale na to (to znaczy: na wyjście) nie miał siły. Nieznacznie zabrnął w pułapkę bez zbroi i miecza — rdzewiały gdzieś w dziecinnej rupieciarni, dziecinne zabawki. Na tle tego stanu i kwestji, poruszonych przez księżnę, o których nie miał pojęcia (nie wiedział, że ona sama nie wiele więcej znała się na tem wszystkiem od niego — [ale kto znał się? Kto!?]) resztki rozmyślań leśnych znikły jak nikły duszek i piekielna [ale naprawdę] niecierpliwa, młodociana, nie znająca dotąd przeszkód, żądza chwyciła go jak flaka w swoje rozpalone kleszcze. Musi w tej chwili, bo inaczej niewiadomo co się stanie. A tu nic. Rozmowa trwała dalej jak koszmar wymyślony przez djabła w chwili specjalnego natchnienia).

— Ale kto ich wychowa — z uporem iście logistycznym wtrącił znowu Benz.

Księżna: My, kobiety! Jeszcze pora. Ja zmarnowałam moje życie na miłostki. Dosyć tego.

Benz: Tak, rzeczywiście...

Księżna: Nie przerywać! Jeszcze czas. Zaniedbałam moich synów na korzyść tych durniów, których mi fatalny los zsyłał na kochanków. Tych też w porę nie wychowałam. Ale jeszcze pokażę. Dosyć tego mówię! Założę olbrzymią instytucję, w której będziemy rządzić my, baby — i wychowamy nowe pokolenie — chociażbym miała nawet zostać kochanką Kocmołuchowicza, do którego manier wstręt mam jak do karaluchów. Nie znacie mnie jeszcze, skurczywoły! — (Nie wiedziała biedna, że i na nią szła gdzieś od malajskich dżungli złowroga fala nieodpartej nauki Murti Binga, wierzyła jeszcze w niezwyciężony dotąd urok swoich cielesnych utensylji.)

— Genezyp zmartwiał z przerażenia. Czyżby to miało być obietnicą rozstania? A może weźmie go ten potwór na wychowanie, przestając oddawać się mu? (mu!). To byłoby wprost straszne! A czuł nieszczęśnik taki brak woli, że naprawdę wydało mu się to możliwe. Weźmie go i co jej zrobi? Nastąpiło tak zwane „duchowe wyrwanie genitalji". Otworzyła się rana, zrobiona z łaskocącej mgły — przez nią, razem z sokami

przesączonemi przez zbaraniały mózg, spłynął duch do cielesnych więzień, do wewnętrznych komór torturowych. „Zblazowany pan" uleciał z niego, z początku rozgrzany do białości, a potem zmieniony w śmierdzący gaz, niesamowitą temperaturą płciowej rozpaczy i został tylko biedny, umęczony blanbek w stanie koloidalnym. Stężał w klubowym fotelu, zmieniony cały w jeden olbrzymi, spragniony a naiwny lyngam i czekał, czekał, czekał... Może się co odmieni, bo to, co się działo, nie mogło być prawdą. Głowa zdawała się być mała jak główka od szpilki, a o reszcie ciała nawet mówić nie warto — było tylko to jedno. [Jeden z kompartymentów piekła napewno jest beznadziejną poczekalnią, w której czeka się wieczność całą, z ciągłą nadzieją i pewnością zawodu jednocześnie.] Na cóż tu zda się odwaga i wszystkie niedawne myśli i daleki horyzont w życiu, wobec tego przeklętego babskiego ścierwa, które kłamie każdem słowem i zna każde drgnięcie ciała któregokolwiek z przeciwnej sobie partji samców? Trwał w męce, opuszczony przez wszystko. To taka była ta jej „matczyna" miłość! To w ten sposób chciała go wychować na „kogoś", męcząc i upakarzając, jak Król Duch swój piekielny naród! Ale on nie był zdolnym do przekręcenia tego na pozytywną stronę, do stworzenia nowej siły z cierpienia — nie miał na to odpowiedniej maszyny. Był zaskoczony plugawem nieszczęściem znienacka, „w rozpłoch". Poddawał się rozkładającym myślom, znajdując w tem smaganiu i bezczeszczeniu siebie, w poczuciu własnej nicości i bezsilności, jakąś ohydną przyjemność — tak, jak wtedy z Toldziem, w parku ludzimierskiego kurhauzu, w dzieciństwie.
— Jeszcze my — krzyczała dalej Irina Wsiewołodowna — my, baby, mamy zdrowy instynkt życia. Bo dla nas życie, to bez mężczyzn, których mogłybyśmy podziwiać, jest męką i wstydem. Czyż jest coś gorszego dla kobiety jak pogardzać ukochanym, a choćby pożądanym przez nią mężczyzną, nie czując jego wyższości nad sobą? — [Słowa te padły, jak kamień w bagno. Coś chlupnęło w złączonych, indywidualnych psychicznych bagienkach obecnych. Jednak była w tem prawda: mężczyźni spsieli — one nie. Możnaby na to przytoczyć różne okoliczności łagodzące. Ale cóż to pomoże i czemże to będzie dla nich, dla bab. Powody są obojętne wobec nieodwracalnego faktu. Cisza. Kniaź Bazyli siedział zmartwiały, z wzrokiem zwróconym do wewnątrz. Jego cała sztucznie zbudowana wiara chwiała się nad bezdnią najgorszych zwątpień. Ta „biedna zabłąkana dusza", jak ją *starał się* nazywać, umiała mu zawsze wbić kieł w najboleśniejsze miejsce. Życie było jeszcze żywe i taką była wiara sama w sobie, mimo sztuczności — brakowało żywego połączenia — wszystko

trzymało się na zardzewiałym haczyku, który codziennie trzeba było czyścić i naprawiać. Niewiadomo czemu Benz czuł, że znaczki razem z sercem ma „w spodniach" — (*the heart in the breeches*) — księżna zaczynała mu się wściekle, na zimno, beznadziejnie, rozpaczliwie podobać. Ach — być choć chwilkę kimś *takim!* Co za piekielnych rzeczy możnaby wtedy dokonać, choćby w logistyce — ot tak sobie, od niechcenia — jak Cantor na marginesie jakiejś książki. Być „błyszczącym" *(bliestiaszczym)* dyletantem, a nie tym specjalistą w źle uszytych garniturach i wykrzywionych butach. Toldzio wił się niespokojnie, najwyraźniej rozdrażniony płciowo do maksymalnych natężeń. Tengier, skręcony w bezsilnej pasji przeciw wszystkiemu, spoglądał z rozpaczą na żonę, której nienawidził w tej chwili do obłędu. Nienawidził i tamtej „glątwy" — jak ją nazywał — ale inaczej. Była dla niego czemś *już* niedościgłem, a jednocześnie czemś „grubo" poniżej jego erotycznego „standardu". Znowu przypomniał mu się genjalny wiersz Słonimskiego:
„Czemże jest o naturo twych pocieszeń mowa,
Wobec żądz które budzisz twym mrocznym obszarem".
Sytuacja była bez wyjścia — mógł ją rozwiązać jedynie w jakiejś szatańskiej improwizacji, w której wywyższyłby się ponad bagno wstrętne w sobie i poza sobą. Czekał sposobności, by zacząć. Ale rozmowa trwała dalej, męcząca, jałowa i nudna.]

Benz: Proszę „pani księżnej" — kraj nasz mojem zdaniem nie mógł nigdy sobie pozwolić na samodzielną politykę wewnętrzną. Z położenia swego i z natury swoich obywateli musiał być w niej funkcją układów zewnętrznych. Systematyczne zaprzeczanie samo w sobie doprowadziło kraj ten do upadku, do tego cofnięcia się w duchowej kulturze, której nie zastąpi żaden dobrobyt. Pełny żołądek sam przez się nie stworzy jeszcze możliwości, tych niesłychanych możliwości o których lubią mówić płascy optymiści — w gruncie rzeczy leniwcy, którzyby chcieli, aby wszystko działo się ot tak sobie, samo przez się. Nie rozumieją oni, że promieniotwórcze rudy z duszy ludzkiej trzeba wyrywać zębami i pazurami. Ideje jeszcze mają wartość.

Księżna: Stop. Tylko co mówiłam prawie to samo. Powtarza pan moje słowa w swoim żargonie. A jednak jest w panu za wiele wyrafinowanego żyda. Irytuje mnie, że nawet mówiąc to samo, identycznie to samo, jesteśmy na przeciwnych djametralnie punktach. Nieuświadomiony, a może i uświadomiony — czort wie — niezgłębione są tajnie duszy semickiej — nacjonalizm żydowski przebija przez wszystkie pańskie ogólno-ludzkie idejowości. Ja jestem nacjonalistką ogólną — rozumie pan? — Widzę możność rozwoju indywiduum tylko jako funkcję przynależności do pewnego narodu, stanowiącego członka wielkiej rodziny; pan, na tle niwelacyjnej, antynacjonalistycznej ideologji, jest *au fond* nacjonalistą szczegółowym. — [Benz poczuł się definitywnie dużo mędrszym od tej baby, mimo całe jej księstwo i lekceważące maniery. Postanowił zacząć kpić z niej, nie zdradzając tego zbyt jawnie.]

Benz: Trudno pani: w arterjach moich płynie krew żydowskich kapłanów i jestem z tego dumny. Dotąd, poza czasami biblijnemi, wydawaliśmy tylko jednostki — co możemy jako naród, jeszcze pokażemy i to właśnie w związku z najwyższem uspołecznieniem, a nie na tle pseudo-ideji w rodzaju pani nacjonalizmu, który jest tylko zamaskowaną chęcią ocalenia się i najordynarniejszego użycia resztek istnienia przez klasy, które się przeżyły i przestały być twórczemi. My będziemy wszechświatową oliwą w trybach i transmisjach wielkiej maszyny, przerabiającej ludzkość na inną istność, organizm wyższego typu, nad-organizm. Już nawet tem jesteśmy — byliśmy za ostatniej wszechświatowej rewolucji. To jest nasza misja — dlatego jesteśmy narodem wybranym. Ale działalność naszą ocenią goje za lat 1000 dopiero. A tymczasem: Cantor, Einstein, Minkowski, Bergson, Husserl, Trocki i Zinowjew — to wystarczy. I Marx, jako ten, który nas na tę prawdziwą drogę wybraności wprowadził.

Księżna: I pan, pan przedewszystkiem, Cha, cha! Ach, daj pan pokój, panie Benz. Pan wymawiający jednym tchem nazwisko Bergsona — największego blagiera, jedynego dotąd w historji filozofji i Husserla prawdziwie genjalnego obłąkańca, którego błędy stokroć więcej są warte od słuszności bezpłodnych pseudo-skromnisiów, bojących się introspekcji w psychologji, czy też przyznania się, że *są* wogóle, jeśli chodzi o znaczki w logistyce. — [„A jednak to bydlę nie jest wcale tak głupie, jak myślałem", z rozpaczą pomyślał Benz. „Z taką kobietą żyjąc stworzyć jedyny inamovible system, o który każdy łeb by sobie rozbić musiał!" Zmarnowane życie, na projekcji mieniącego się wszystkiemi barwami, przepojonego intelektem romansu z księżną, przemknęło jak brudna ścierka, szarpana jesiennym, ponurym wichrem banalnego, nieciekawego zwątpienia.] — Mnie o co innego chodzi i czego innego żałuję, niż pan w tej chwili. — Zapatrzyła się wieszczym wzrokiem aż w samo, ginące w mroku historji, jądro przeznaczeń wszystkich narodów świata. — Oto jak widzę wasz polski katolicki gotyk — ach, żeby mógł być gotyk prawosławny — to byłby cud — to zimno mi się robi ze wstydu. Tu powinny stać w tym kraju byzantyjskie chramy, złociste, kopulaste, ciemne w swej zaprzałości i bogorabstwie — w nich byłaby wasza polska siła — związek ze Wschodem — a nie w tych wszystkich zachodnich faramuszkach, do których przez 10 wieków przyzwyczaić się nie mogliście i które zawsze wyglądały jak trzeciorzędna piżama jako koronacyjny strój wodza jakichś dzikusów. Zobaczylibyście wtedy czemby był wasz naród! Ani zapachu tej obrzydliwej waszej lekkomyślności w nimby nie zostało — tego fałszu, tego ugrzecznienia pozornego wobec samych siebie, maskującego samopogardę i wstyd. Najstraszniejszą pomyłką historji waszej jest to, żeście chrześcijaństwo z Zachodu przyjęli, a nie od nas. A ileśmy też na tem stracili, że, zamiast sprzymierzeńców i kierowników, mamy w was, polakach, wrogów i to niegodnych — jak i teraz. Jak sobie pomyślę co to za cudny byłby typ byzantyjskiego polaczyszki, to mi się płakać chce, że to już nigdy nie nastąpi. Ostatni raz mogliście jeszcze wpuścić naszych bolszewików w 1920-tym roku i w nas się rozpuścić i nas zorganizować, albo i być zorganizowanymi — bez bólu — nie tak jak przez niemców — i tem odkupić historyczne winy przeszłości. A teraz jeszcze połączyć się z naszymi białogwardyjcami — choć to już nie to — zapóźno. Was zawsze jakaś siła tajemna musiała od nas oddalić w ostatniej chwili.

Kniaź Bazyli: Ta siła to jest instynkt samozachowawczy tego narodu, do którego mam zaszczyt należeć teraz. Niedawno mówił sam głównodowodzący Trepanow: *„w każdom ruskom samom błagorodnom czelawiekie jest w glubinie niemnożko griazi i swinstwa“.*

Księżna: Ach, ty, niedopolski neokatoliku: to nietylko my, to wszyscy są tacy. Ale to świństwo było kiedyś czemś wielkiem, a w naszej przejściowej epoce stało się małem i marnem. — To zanikająca, rozkładająca się osobowość, dla której nawet w literaturze miejsca już niema. Ale też w tem świństwie, co jest rudą właściwie, kryje się czasem trochę dawnego złota, które trzeba umieć wydobyć, wypalić i oczyścić. Oczywiście jest tego co najmniej o 80% mniej niż dawniej i inne muszą być metody dobywania: chemiczne raczej niż fizyczne — i tę psycho-chemię posiada jeszcze kilka kobiet na tym świecie. Najprzód rozłożyć na elementy a potem zsyntetyzować na nowo.

Scampi: Szkoda, że mama wcześniej nie zdobyła tej wiedzy — bo to wiecie, nie jest żadna nowość: przychodzi z wiekiem i znana była w czasach rzymskich....

Benz: Teraz już na to zapóźno: nietylko w Rosji, ale wszędzie. Chińczycy wypalą tę rudę, ale dla innych celów. Na rosyjski naród jest tak samo zapóźno, jak i na wszystkie narody świata, w tych formach, w których przejawiały się dotąd. Tylko że na Zachodzie przeżyto na ten temat choć resztkę istotnych wartości — tam nic.

Księżna: Z wyjątkiem was, oliwo społecznej machiny całej ludzkości! Ale mnie się zdaje, że na ludzkość w waszym stylu też jest zapóźno, bo siła jej elementów jest ograniczona. Ta wasza ludzkość trwać nie może, jak nie może być zrobiony 500-piętrowy dom z małych cegiełek. A na społeczny żelazo-beton nie zanosi się jakoś — ciała wytrzymają jeszcze jakiś czas — mózgi nie. Ciała można zbić w nad-gromadę, ale nad-mózgu nie stworzysz nawet ty, panie Benz, nawet, a właściwie właśnie przy rosnącej specjalizacji. Ledwo zaczęła ludzkość uświadamiać samą siebie jako całość, a już jest zdławiona komplikacją podstaw tego życia, na którem ta świadomość jedynie wyrosnąć mogła.

Benz: Zupełnie się zgadzam. Ale czy pani myśli, że wasz pseudo-faszyzm zatrzyma tę postępową komplikację? Nie — wszystko musi, rozumie pani: *musi!* biec coraz szybciej i szybciej, bo wytwórczość wzrastać musi. Nie wszystkie rasy wytrzymały to przyśpieszenie. Jedynie my, żydzi, zgnębieni, ale wypoczęci i nakręceni jak sprężyna, jesteśmy przeznaczeni na to, aby być w przyszłości mózgiem i systemem nerwowym tego nad-organizmu, który się tworzy. W nas skondensuje się świadomość i kierownictwo — inni to bezwolne bebechy będą, pracujące w ciemnościach...

Księżna: Na waszą chwałę, zamaskowany nacjonalisto. Cała nadzieja w tem, że wy też się wyczerpiecie kiedyś, raczej my was zużytkujemy dla naszych celów. — (Powiedziała to nieszczerze, bezsilnie.)

Benz: Słońce kiedyś też zgaśnie... (Nie dokończył tej myśli.)

Księżna: Wy, logistycy, dziwny jesteście naród. Jak mówicie o czemkolwiek bądź innem, nie o znaczkach, jesteście tak samo nieściśli, względnie ściśli, jak każdy inny człowiek. A nawet pozwalacie sobie na więcej baliwernów, mając w rezerwie sferę logiczną absolutną, w której abstynencja wasza dochodzi do absurdu. A przyparci do muru udajecie skromnisiów, którzy nic nie wiedzą i tem się szczycą. Nie ryzykujecie nic w ten sposób, ale jesteście bezpłodni — ot co.

Benz zaśmiał się z szerokim tryumfem. Rozzłościł jednak trochę tę wielką bądźcobądź damę. Zadowolony był, że zapanował nad tym osiemnastowiecznym salonikiem w zaniku. Dobra psu i mucha. Genezyp starty był na proch, był niczem. Silił się ostatnim wysiłkiem zorganizować swoją, rozłażącą się na wstrętną maź, jaźń, raczej jej ostatni *„soupçon"*. Wymykała mu się i pokornie pełzła pod nogi (wspaniałe jeszcze) potencjalnie zdradzającej go kochanki. To wiedział już napewno mimo całej głupoty. Nie mógł zrozumieć, że dotąd ona go na serjo brać mogła. Taka „prawdziwa", dorosła osoba, mówiąca z takim sensem o czemby tylko nie chciała z prawdziwymi mózgowcami. „I takie stare, przeżyte pudło, taki makak zagwazdrany", powtarzał sobie w duchu nieszczerze i bez żadnego skutku. Księżna wstała i przepysznym (wprost) ruchem odwaliła wtył masę miedzianych włosów, jakby chciała powiedzieć: „no, dosyć bzdur — teraz zaczynamy coś naprawdę." Tym niezwyciężonym młodym chodem, który do rozpaczy doprowadzał wszystkie jej ofiary, prawie małpio-lekkim, a tygrysio-potężnym, zlekka kołychliwym i wabiącym ku rzeczom zdrożnym i okrutnym, przeszła przez salon i stanęła jak posąg wszechpotężnej bogini płciowego piekła przed zmarmeladowanym doszczętnie Tengierem. Trąciła go w ramię ruchem lekkim i lekceważącym. Putrycydes drgnął, jakby ukłuty w najczulsze miejsce. Podnosząc się łypnął niebieskiemi, spłakanemi jakby gałami na żonę. Ta kula u jego nogi (tej zeschniętej) i podstawa jego jakiego takiego bytu prężyła się z nabierającej żądzy zemsty. „Będzie pranie" — pomyślał ukradkiem przed samym sobą. [Na dworze konał marcowy dzień. Liljowe chmury wypełzłe z za zachodnich szczytów, pędziły teraz śmiało ponad nagiemi parkowemi lipami i jaworami. Niepokój wiosny, nieskończenie smutniejszej w tym kraju od najponurszej dolinowej jesieni, wtłaczał się przez zdające się wyginać pod jego ciśnieniem szyby okien, przenikał całe towarzystwo w salonie, piętrzące się jak jedna fala dziwnego robactwa, ku niezbadanym wyrokom, których spełnienie kryło się w gęstniejącej chińskiej burzy.] Zabłysnął elektryczny żyrandol i twarze mężczyzn ukazały się zmiętoszone, wynędzniałe, trupie. Księżna jedna promieniała wstrętną potęgą płci, puszącej się w jesiennym przepychu, gasząc djabelskim blaskiem swojej urody chamską, młodą piękność pani Tengierowej. Czuła, że jest to moment szczytowy ostatnich jej lat: ryzyko dzisiejszej próby nasycało jej ambicję po same gardło. Rozsamiczyła się od środka zupełnie — przypomniały się dawne, dobre, niepowrotne czasy. — No, mistrzu: do instrumentu — szepnęła chwiejącemu się Tengierowi w ucho. Męka tej stężałej w nienawiści, zestrachanej młodej chłopki podsycała w niej chęć użycia aż do szału. Dzieci wybałuszały przerażone oczy, trzymając się za ręce.

Tengier mimowoli stanął po stronie pogardzanego teraz przez niego Genezypa. Nie zdołał go zgnębić, bo mu go wydarła „ta", która zgnębiła też i jego — na tle nieodpowiednich warunków życia oczywiście. Ha — gdyby miał pieniądze, pokazałby wtedy... Cała ta wątpliwa wyższość księżnej, mówiącej tak lekko o najtrudniejszych problemach społecznych, wydała mu się wstrętną komedją. Tło tego wszystkiego miał w sobie już dawno w formie nieokreślonej — trzeba było tylko ująć to w słowa i wypowiedzieć. Improwizacje na potem — nie będzie grał wtedy kiedy mu każą. Nalał zielonego likieru z indyjskich konopi do kielicha od wina i podniósł do swego straszliwego pyska, który zdawał się pękać od naporu ducha, między zlepionemi potem kłakami. —

— Nie teraz — potem. Teraz proszę grać — syknęła dawnym rozkazującym tonem. Ale dziś ton ten, mimo „dobrego dnia" nie działał. Odtrącił ją brutalnie, rozlewając lepki płyn na frak swój i dywan.

— Mógbyś ta uwazować, Putryc i nie chlać tak jak jaki kuń — krzyknęła nagle nieswoim głosem przez cienką rurkę Maryna z Murzasichlańskich.

— Właśnie że teraz będę mówił. — Dopełnił kielicha, łyknął cały jednym haustem i zaczął nagle dużą, programową mowę. — Cała ta wasza polityka to jest farsa. Jeden Kocmołuchowicz coś jest wart, o ile pokaże, co umie — dorzucił stereotypowy frazes wszystkich mieszkańców tego kraju: od suteren do wydywanionych pałaców. — Jest farsą jeszcze od czasów rewolucji francuskiej, która na nieszczęście do nas nie dotarła. Były tam próby, ale co to. Wtedy był czas jeszcze stanąć na czele ludzkości i my bylibyśmy to potrafili gdybyśmy zaczęli się rżnąć porządnie wtedy, gdyby był człowiek, któryby miał odwagę to zacząć i to na wielką skalę. Refleksem tych niedorobionych rzeczy były mesjaniczne brednie — wtedy trzeba było być Mesjaszem wyższej marki niż Francja. Nie stało się psiamać ich zatracona, przez tych fagasów-szlachciców. Czy jest coś straszniejszego jak szlachta polska! I to tyle tego plugastwa — ach! Wolę już żydów po stokroć i wolałbym żeby ta Polska żydowska nawet była, niż taka ślachcicka.

— Brawo Tengier — krzyknął Benz.

— Otóż jeszcze kongres wiedeński był pośmiertnem dziełem zniekształconej polityki wielkich panów. Od Rewolucji Francuskiej trwa aż po nasze czasy marne demokratyczne kłamstwo. Ono to było tą macicą, z której wylągł się dziki nowotworowy, niezorganizowany kapitał. O mało nie pożarła ludzkości ta mątwa. A dziś jedyną jego ostoją jest nasz kraj, za cenę tego, że nie poszliśmy przeciw tym tam, tak zwanym, katom z Północy. To też, mówią, było zasługą Kocmołuchowicza, choć był kapitanem wtedy i sam bił się z bolszewikami. — Ale odpokutuje ją — nie bójcie się — ja to przeczuwam wyraźnie. Będzie on jeszcze pięty lizał tym żółtym małpom i brał od nich bambusy. Oby tylko nie było zapóźno. To, co się dziś robi w bufetach, na dancingach, w restauracjach, kuluarach i innych pisuarach, to są tylko małostkowe szalbierswa nałogowych szachisów i tyle ma to znaczenia dla przyszłości, co te biadkania Księżnej Pani nad niedoruszczoną Polską i niedopolaczoną Rosją. To są te tak zwane „posunięcia", te „gangi", te niby-partyjne knucia spryciarzy i spłyciarzy, obżerających się w ostatniej chwili życiem, wiedzących, że ich końca godzina bliska. Bo pytam się w imię czego to się robi? I na to szczerze nie odpowie nikt, bo nie wie. Ideja państwowości jako takiej, nawet solidarystyczno-elityczno-zawodowej, nie jest wystarczającą — to środek do czegoś, czego nikt już wykoncypować nie może. Impotencja. Trzymanie się ostatnim wysiłkiem spódniczki zamierającej przeszłości, bezidejowe, egoistyczne, ohydne.

— Tak — jak nas wyrżną, to będziesz mieć nareszcie powodzenie, Tengierku — zaśmiała się Irina Wsiewołodowna z jadem.

— No, no — czy nie za wiele poufałości. Gdyby moje symfonje grane były w jakichś parszywych salonach, wypełnionych nic nie rozumiejącą hołotą wyjących psów, inaczejby pani ze mną gadała. Ty sama, wyjąca suka, ty, Fimoza Luesówna, ty bassarydo jedna, ty jamochłonne stworzonko, ty ksieni smutnego pierdofonu — zaklął wreszcie, nie wiedząc już co powiedzieć.

— I tak trzeba, żeby było. Artysta bez powodzenia jest dziś anachronizmem nie do zniesienia — odpowiedziała księżna z niezmąconym spokojem, zadowolona niezmiernie z wymyślań.

— Ten typ istnieje dlatego, aby pani mogła być mecenasicą tak zwanej „zapoznanej" sztuki — wtrącił się też z pewnym, bynajmniej nie neo-katolickim jadzikiem kniaź Bazyli.

— Cóż to? Jakiś koncentryczny atak na mnie? — obejrzała się wkoło złowrogo i wzrok jej zatrzymał się na prawie płowej w tem świetle główce jej chłopczyka. Poczuła się trochę osaczoną i litość targnęła jej zmęczone serce. „Ach — żeby oni wiedzieli ci okrutnicy ile kosztowała ją każda chwila tryumfu! Pożałowaliby ją i przytulili, zamiast znęcać się tak nad bezbronną". Przesunęła się jej (w wyobraźni oczywiście) szafa z kosmetykami, które gromadziła, nie śmiejąc ich dotąd używać. Jeszcze chwilka, jeszcze chwilka — a potem straszne dni pustej, jałowej przyszłości (bo to, co mówiła o wychowaniu przyszłych pokoleń, to była czysta blaga), kiedy oddawać się będzie byle komu, doszczętnie już wymalowana, wysztuczniona przez jakiegoś Ewarysta, Ananilla, czy

Asfodela, z którym na dobitkę mówić będzie co rano o życiu, tem strasznem życiu zwiędłej nymfomanki, które ją czekało. To będzie prawdopodobnie jedyny jej przyjaciel, jedyny powiernik, który ją zrozumie. Ale zaraz wspomniała uprzedni demoniczny plan i zakuła się w męczącą maskę pychy i rozpustnej beztroski. [Już ponurzały znowu zwierzęce, mimo pozornych uduchowień, mordy i pyski samców.] W tem ostatniem drgnieniu gnębionej rozpaczy, poczuła, (jakby drogocenny kamień zaświecił w szarej masie rozłupanej skały), wdzięczność łzawą dla historji (wyobraźcie sobie!), która na koniec życia zsyłała jej kosmiczną nieomal katastrofę, w postaci chińskiej nawały. Tak — lepiej będzie zginąć we wszechświatowej burzy, niż zamrzeć w łóżku, mając spuchnięte nogi, lub ciało pokryte śmierdzącemi wrzodami. Piękno istnienia, doskonałość kompozycji w proporcji wszystkich elementów i wspaniałość nieuniknionego końca, wszystko to rozbłysło przed nią olśniewającym wewnętrznym blaskiem, który jak nocna błyskawica rozświetlił daleki posępny pejzaż jesieni życia, pełen ruin i opuszczonych grobów. Wybłysła cała ponad świat, w nieokiełznanej urodzie owianej teraz metafizycznym czarem. Samce hyły bezsilne. Już miała coś powiedzieć, ale przerwał jej Tengier. [Lepiej, że się tak stało, bo słowa mogły tylko umniejszyć cudowność chwili — trzeba było wielkiego czynu, a nie jakichś salonowych, djalektycznych zwycięstw. Będzie, psia-krew będzie — jeszcze czas.]

— Nie żaden atak. *Vous avez exageré votre importance, princesse* — zawołał nagle piskliwym głosem Putrycydes, wymawiając potwornym akcentem francuskie słowa. — Proszę słuchać!!! — Alkohol z haszyszem uderzył mu z pod spodu w głowę, jak torpeda w pancernik. Przestał być sobą, nie wiedział dosłownie kim jest, wcielał się we wszystkich obecnych, a nawet w martwe przedmioty, a wszystko mnożyło mu się w nieskończoność. Nie dość na tem, że trwała jak byk aktualnie nieskończona ilość wszystkich rzeczy, ale mnożyły się też pojęcia — *ilość pojęć fortepianu była też nieskończona.* „Logiczna wizja w haszyszu — czy nie warto powiedzieć coś o tem temu zaschłemu logistykowi?" Machnął lekceważąco ręką. Rozbrzmiał cały od wewnątrz jakby jakiś niepojęty instrument, w który uderzył Bóg czy Szatan (nie wiedział) w chwili straszliwego natchnienia, zrodzonego z męki samotności i tęsknoty, dla której Nieskończoność sama była granicą i więzieniem. Cóż może być wyższego? Szatańska koncepcja nowego, *muzycznie bezimiennego* jeszcze utworu, wypełniła go jak rozszalały lyngam samicę, prześniła go od

środka tak, że stał się w świecie całym doskonały jako kryształ idealny w szarej masie skały, co go porodziła. Zapłonął w sobie, na tle własnej swej nicości, jak potworny meteor w międzygwiezdnej pustce, co się otarł o zrąb rozwiany planetowej atmosfery. Tą jego atmosferą była transcendentna (nie transcendentalna) jedność bytu — a do tego co? — Jako materjał, a nawet katalizator: — kobitka, panie, konflikcik domowy, wódeczka z haszyszem, panie, świństewka z młodzikami — cały splot drobnych życiowych nastawień, *tego właśnie*, a nie innego monstrualnego kulawca, przez którego walił miliardowo-woltowy prąd metafizycznej dziwności, walił, pieniąc się nienasyceniem, gdzieś aż z samych bebechów-turbin prabytu, indywidualizując się dopiero przypadkiem w życiowem zagmatwaniu tego właśnie osobnika. „Centrojob", dziwne to słowo (ogłoszenia na bibułki francuskie „Job"?) zdawało się być ośrodkiem konsolidacji kłębiącej się magmy dźwięków, kierowniczą busolą w chaosie narastających równowartościowych możliwości. Zapłonął najczystszym artystycznym, konstruktywnym szałem, nieszczęsna ofiara wyższych potęg, Putrycydes Tengier i wstrzymał natchnienie, jak rozszalałego konia nad przepaścią — niech się kondensuje, niech się samowyjaśnia — on wielki w zaświatach pan będzie czekał, aż mu bogowie podadzą gotową truciznę — dla niego i całego jego nędznego życiowego personelu. Bo takie to były *„produits secondaires"* całej tej twórczej komedji. Wiedział już co zagra za chwilę (ochłap tego, co się tworzyło w muzycznych tyglach jego istoty) czem zmiażdży tę całą bandę niedorosłych mu do pępka psychicznych pokrak, zaprzałych w gnuśnej pseudo-normalności, spłyconych do poziomu intelektualnej kałuży czy gnojowego bajora, łatwością nabranej ze śmietników umysłu pseudo-wiedzy. Nie — Benz był innym — rozumiał coś, mimo zagwożdżenia przez znaczki — ale tamci, te „szczyty" salonowej pseudo-inteligencji, której nigdy nie można wytłomaczyć jej własnej głupoty... brrrrr... „Wyjący pies", leżący u jego nóg, prężył uszy i mięśnie do muzycznych wstrząsów. Pogarda zalała go po brzegi — nie wyrazi jej nigdy. Poco? Po śmierci dowiedzą się i tak — nie z jego muzyki, ale z gazet, tej naprawdę straszliwej „prasy" umysłów, ugniatającej codziennie miljony ich na wygodną dla danej fikcji partyjnej bezmyślną marmeladę. Rozrost objętości gazet i tanie wydawnictwa literackiej tandety — to wyżera mózgi — Sturfan Abnol miał rację.
On sam, nędzna kalika, był najzdrowszym z nich wszystkich, a może z całego narodu, bo był *prawdą*, mimo artystycznej perwersji — on i może Kocmołuchowicz (na serjo to pomyślał — do tego doszło!) dwa bieguny

jako jakości społecznego bytu, dwa naładowane do straszliwych potencjałów źródła niezużytej energji. Kiedyż miało przyjść wyzwolenie i skąd, jak nie teraz, (już narwał dawno ten wrzód i zaczynał się resorbować, zatruwając najdalsze zakątki ciała) od ruchomego chińskiego muru, wiszącego tak nad „zgniłym" (mimo całej pseudo-rewolucji) Zachodem, jak on w tej chwili nad bezdenną otchłanią swoich natchnień, w której gotował się i bulgotał, bałuszył się i wyszczyrzał, potworny jeszcze w swem niedorozwinięciu embrjon przyszłego dzieła. Ach — gdyby wszystko stawanie się mogło być tak jednoznaczne, krystaliczne, niezłomne i konieczne, jak wyłanianie się z gąszczów tajemnicy artystycznego tworu — jakże pięknym byłby nawet społeczny byt! Ale znowu ta techniczna nędza sztuki, nawet najwyższej — to prestidigitatorskie błazeństwo, to metafizyczne żonglerstwo, ta „ławkost' ruk", a nawet ducha! Wzór niegodny był niespełnionego ideału w innym układzie. Nie „kłamstwo sztuki" oburzało go — (to problemat durniów i estetycznych nieuków) sztuka jest prawdą, ale zaklęta w przypadek takiego, a nie innego utworu — a on sam? — Też jest przypadkiem... Wszystko jeszcze dobrze póki było natchnienie. On miał prawo bez ironji wymawiać to słowo = nie był przeintelektualizowanym nałogowym muzycznym grafomanem, ani niewolnikiem sławy i powodzenia. Dobreby bylo to pogardzane powodzenie — ale cóż — jak go niema, trzeba wynaleźć odpowiedni punkt zlekceważenia. Tylko w stosunku do ludzi technika ta jest niemoralna, ale wobec prawie oderwanych istności można sobie na nią pozwolić. Bardziej niż wykośławione na wzór jego ciała życie, przerażała go chwilami myśl o twórczej pustce, która mogła nadejść zdradziecko, wśród ciągłej walki z zalewającą pospolitością, psychofizycznym niedostatkiem i nudą. Nudy bał się najgorzej. Jeszcze nie dosięgnął jej szczytów, ale znał już dobrze jej boczne, okropne, bezwyjściowe wąwozy, w których czatowała zawsze brzydka samobójcza śmierć: sucha, zaropiała, skręcona w kabłąk starucha, śmierć człowieka na śmierć znudzonego, zatrutego niespełnionem życiem i niedorosłą do niego samego twórczością. Bo, mimo, iż był na szczytach, wewnętrzna ambicja kazała mu pchać się jeszcze wyżej, gdzie mógł się dostać zabiwszy wprzód ciało, jako czysty duch. To była ta trzecia epoka, o której marzył i tam też kryło się (w mękach pokuty bez winy) wypełnienie i przezwyciężenie nieudanego życia. Trzeba było zrobić skok i albo zabić siebie, albo wzlecieć w niedosiężną dotąd sferę życiowej i artystycznej abstrakcji. Odblask choćby powodzenia mógł uniemożliwić wszystko. I mimo nudy, tego bał się Tengier najwięcej. A tu tymczasem posmak innego życia, który dała mu krótka (dwadzieścia trzy dni trwająca) miłość do księżnej, drażnił do wściekłości duchowe podniebienia różnych życiowych sobowtórów, pasożytujących na jego rozkładającym się żywym trupie nieuznanego artysty. Mówił dalej:

— ...i do czego sprowadza się ta wasza osławiona, tajemnicza, niedościgła polityka, o której mówi się jak o jakichś misterjach wtajemniczonych kapłanów, lub naukowych eksperymentach wszechwiedzących uczonych. Żadnej wielkiej, wszechludzkiej koncepcji — zlepek sprzecznych w dodatku niby-idejątek, wylęgłych jak robaki w kadawerze umierającej idei narodu i zdechłem oddawna pojęciu państwa samego w sobie. Państwo stało się nowotworem — przestało być sługą społeczeństwa i zaczęło je zjadać ku uciesze tych, którzy żyją odpadkami i majakami dawnej władzy. Niby-zawodowa organizacja jest tylko maską, pod którą kryje się zdeformowana, skarykaturowana, dawna ideo-mumja z XVII-go wieku. Jedyna dziś naprawdę wielka ideja: równości i świadomej aż do ostatniego parjasa wytwórczości, fałszuje się na dookolnym świecie w niedobolszewizowanych państwach Europy — prócz naszego — Afryki i Ameryki, a tworzy się naprawdę w gęstwie 400-tu miljonów tych cudownych żółtych djabłów, które pokażą kiedyś, co umieją, ale nie tak nawet, jak Kocmołuchowicz, ta jedyna istotna dziś u nas funkcja wszechświatowych przeznaczeń. Jedynym jego wielkim czynem będzie może to, że on nic nie pokaże — wypnie się na świat i tem okaże swój genjusz. —

— Ależ zmiłujcie się, gazdo — przerwała księżna. — Bolszewizm był przeżytkiem w zarodku. Może ideja była teoretycznie ładna, tak jak chrześcijaństwo — ale niewykonalna. Była wynikiem nieuświadomienia z poprzedniego okresu. Nie obliczywszy się — nie miała danych — zrobiła skok w przyszłość za ryzykowny. Tam na Zachodzie dostrzeżono to i sfaszyzowano się pod pozorami pseudo-bolszewizmu jako wewnętrznej i antychińskiej maski. Bo okazało się, że takiej równości i wspólności, o jakiej marzył Lenin, być nie może, chyba za cenę cofnięcia wytwórczości i zubożenia — ogólnej nędzy. I to nietylko w krajach rolniczych, ale nawet w najbardziej uprzemysłowionych. Można się już obejść nawet bez idei narodu...

— Mówi pani tak — przerwał roznamiętniony muzykus — jakby pani znała conajmniej tysiąc lat historji wprzód. To, co pani twierdzi jest niesprawdzalne na małych odcinkach — moje ideje są widoczne w każdej różniczce historji, w samem pojęciu społecznej nieodwracalności, której nie neguje już dziś nikt — chyba durnie. A u nas jest to tylko babranie się megalomanów w tak zwanych „częściowych koncepcjach", o częściowych, małostkowych rozwiązaniach: tam rozmówka czysto osobista z obliczeniem na najpodlejsze strony ducha danego osobnika, tam kolacyjka, po której, przy likierach i kokainie, wydusza się z jakichś cuchnących płazów ich wstrętne, śmierdzące również tajemnice, tam odpowiednia łapówka, dana alfonsowi społecznemu, bez czci i wiary. I to wszystko bez żadnej idei, tylko aby opóźnić trochę bieg wspaniałej maszyny na jej nieistotnym, najmniej ludzkim skrawku, jakim jest nasz nieszczęsny kraj...

— To samoopluwanie się było dotąd naszą specjalnością, czysto moskiewską. — (Księżna była trochę zmieszana — pierwszy raz Tengier wystąpił z takiemi pomysłami w jej salonie — otwarty komunizm! Coś niesłychanego! Poza tem, że tego rodzaju silne przemowy, o kierunku przeciwnym jej przekonaniom i instynktom, robiły na niej zawsze pewne perwersyjno-płciowe wrażenie, zadowolona była, że to właśnie w jej salonie mówiono takie potworności. Był to jeden z najbardziej ukrytych jej snobizmów.) — Zamiast coś robić — wymyślać — najtańsza rzecz na świecie.

— Do pewnej granicy tylko można tak — ale w pewnych razach można tylko rzygać. Nie zrobi pani ciastka z krowich ekskrementów i sacharyny...

— Mój panie: — autentycznie bąknął Benz — ja się z panem idejowo zgadzam, ale pańska metodologja jest mi obca. Ostatecznie tak jak pan politykę jako taką, można odwartościować dosłownie wszystko. Czemże jest logika? Stawianiem znaczków na papierze. A czemże jest pańska muzyka? — również stawianiem znaczków tylko na pięciolinjach. I dopiero według tego jakieś kretyny dmące w rury mosiężne i piłujące baranie kiszki końskiemi ogonami...

— Dosyć! — ryknął nagle Tengier, jak stubyk. — Schowaj się pan z pańską logiką, która jest nikomu niepotrzebnym, bezużytecznym balastem fatałaszek zjedzonego przez samego siebie intelektu, zabawką dla ludzi, cierpiących na bezpłodny intelektualny apetyt, dla umysłowych impotentów, a nie prepotentów myśli, jak to sobie pan wyobrażasz. Ale od mojej twórczości — wara! „Od przepaści moich progu wara wam i wara Bogu". — (zacytował Micińskiego). — Oto czem jest muzyka. Słuchajcie odpadki — i możebyście już raz odpadli naprawdę — warczał groźnie, otwierając z hałasem cudowny, na obstalunek zrobiony, poczwórny okrągły klawikord samego Bebechsteina z Adrjanopola. Księżna była mimo wszystko zachwycona. Mały skandalik pojęciowy i dzika, haszyszowo-pijana improwizacja Tengiera, stanowiło to razem niezłe tło do przygotowującego się w niej aktu czystego demonizmu, *„pure demonism act"*, tej *„cochonnerie féminine pure"* — jak mówił kniaź Bazyli Błogość doskonałości (to poczucie, że wszystko jest takiem właśnie, jak powinno i lepszem być nie może, źródło teorji doskonałości świata Leibniza) ten coraz rzadszy u niej stan, rozlała się po zakamarkach jej ciała, które odmłodniało i sprężyło się całe do skoku, sycąc się dawnemi tryumfami i zbrodniami, układającemi się w chwilach takich w idealną artystyczną kompozycję. Dobre było to życie i nie zmarnowała go — tylko nie popsuć końca, odejść samej od koryta, póki nie odepchną.

Tengier uderzył w klawisze — zdawało się, że wyrwie je wszystkie. Wszyscy mieli złudzenie, że w miarę grania odrzucał różne drobne części instrumentu w kąt pokoju i złudzenie to trwało nawet przy pianissimach. Grał poprostu szatańsko, po bestjalsku, nie-ludzko, okrutnie, sadystycznie. Wywlekał kiszki słuchaczom, jak Gilles de Rais swoim ofiarom i jak on tarzał się w nich, sycąc się metafizycznym bólem ścierw ludzkich, które sztuką swą wyrywał z korzeniami z pospolitości i ciskał w bezkresne obszary zaświatowego lęku i dziwności bez granic. To *była* sztuka, a nie gędziolenie zblazowanych prestidigitatorów i intelektualnych wymyślaczy nowych zmysłowych dreszczów dla histerycznych samic. Ale tak była ta muzyka *pełna*, że z początku działała jeszcze przez uczucie — trzeba było zdobyć wprzód tę „życiową redutę", gdzie była ufortyfikowana, aby wejść w tajemnicze podziemia, w których żyła naprawdę, niedostępna dla pospolitych uczuciowych wyjców. Tego dokonali wszyscy, prócz Benza. Niewspółmierność świata dźwięków, w który zagnany został jak zbłąkany baran wichrem, Zypcio, z rzeczywistym wieczorkiem u tych Ticonderogów, przypadkowych jak wszystko inne, uczyniła z niego nie dającą się opisać duchową pokrakę. Ultramaryną zalewały się niezasłonięte okna, przez które konający marcowy wieczór zaglądał na zasłuchanych męczenników istnienia. Uleciało wszystko w niedosiężną dal i głąb. Złączyły się obce i sprzeczne między sobą duchy obecnych, w jeden kłąb dymu z ofiary dla ginącego bóstwa. [Gdzieś w stolicy K. rozwijał się jeszcze jakiś dziwny teatr pod dyrekcją Kwintofrona Wieczorowicza. Tu, u ich nóg konała sama muzyka przez największe z M.]. Zrośnięci w zamarzłą jednię z przelewającemi się przez progi bytu dźwiękami, zatracili poczucie osobowych istnień. Coś bydlaczkokowatego, prawie bezpłciowego, myślało blado w jednej z bocznych komnat duszy Iriny Wsiewołodowny.

„O gdyby on był innym! Gdyby był piękny, młody i czysty ten chłopczyk biedny, ten kat muzyczny nienasycony w okrucieństwie, ten pół-chamek brudnawy! I gdybym mogła, oddając mu się, czuć, że to ten sam wypełnia mnie sobą, przez którego staje się tamten cud". [Bo księżna nie była „wyjącym psem" i umiała, przez wstrząsane (prawie dotykalnie) ciało słuchać muzyki muzycznie — tylko nie teraz, na Boga, nie teraz...] Ale przypomniała sobie, jak na złość nieuczone uściski Tengiera, pokraczne i słabe i w dzikości nieumiejętne jak on sam cały... Obraziła się śmiertelnie na los za tę niesprawiedliwość. „O, gdyby on mnie tak, jak tego Bebechsteina... Gdyby on mógł posiadać mnie samą muzyką, a nie tem wstrętnem, wyplutem czort wie skąd ciałem". Posiadał ją teraz naprawdę. Przeszła w niej szybko chwila metafizycznego zachwytu. Potworne brzęki i mlaski fortepianu miażdżyły ją i rozlizywały na jakieś lubieżne, pełne polipów i pijawek bagno, zdolne pochłonąć nawet Lucypera aż po same rogi. Djabeł, ten od spraw płciowych, ucztował w jej flakach, na zniekształconym trupie czystej sztuki, żłopiąc pełną gębą jej upadek, zachłystując się nieczystemi sokami „dusznego" rozpadu. Duchowe filtry dźwięków przestały działać. Zło wcielone teraz w te właśnie, niewinne same w sobie brzdęki i dziangi, wdarło się w jej ciało i rwało je na sztuki, spalało w niesytych pożarach, zostawiając po sobie rozchlastane, obolałe wnętrzności. W tem wszystkiem dojrzewał w szczegółach demoniczny plan, najpospolitsze, niezawodne, wiecznie nowe kobiece świństewko, wstrętna broń słabości starzejącej się baby, która nie mogąc zdobyć odpowiednio natężonej miłości wprost, chciała oszukać los, kupując ją od najordynarniejszego z djabłów, za cenę zbrodni — na małą skalę, ale zawsze zbrodni. Bo jad tego rodzaju raz wszczepiony trwa do końca życia i musi zabić miłość — nietylko tę jedną — czasem wszystkie następne, a nawet może zatruć śmiertelnie samą morderczynię.

Genezyp właściwie ani na chwilę nie doznał metafizycznego wstrząsu. Zanadto pogrążony był w życiu. Muzyka była mu w ten wieczór tylko torturą ciała — straszną, nie do zniesienia. Pierwszy raz zrozumiał co może znaczyć w odpowiednim momencie istnienia taki dobór łagodnych samych w sobie dźwięków. Tengier urósł mu do rozmiarów symbolu samego zła, okrutnego bożka, poprostu skończonego drania. Zypcio wił się, ubity na miazgę w moździerzu własnej podłości straszliwym tłukiem walących się na niego metalicznie rozmlaskanych, nienasyconych do pęknięcia akordów, roztrwaniał się w mały ekskremeńcik w pustyniach zła, które stwarzały zygzakowate, kańciaste, kłujące, rozdzierające pasaże.

Jeden temat powracał, gorszy niż bezczeszczenie hostji w mszy satanistycznej i potęgował się do niepojętego bezmiaru, wylewając się za krawędzie wszechświata, aż w Nicość. Tam było ukojenie i spokój — ale muzyka polegała na tem, aby go nie osiągnąć — chyba po skończeniu utworu. A to nie był utwór, ale poprostu potwór: rogaty, zębaty, kolczasty, coś jakby dinozaur zmieszany z arizońskim kaktusem. Dosyć!! Ta muzyka stawała mu się symbolem jakiegoś wszechświatowego płciowego aktu, w którym niewiadoma istność gwałciła w najokrutniejszy, perwersyjny sposób samo istnienie, w całości. Kiedy się to skończy? (Tengier szalał, zlany potem, śmierdzący grzybami na pięć kroków.) Przypomniało się Zypciowi to, co księżna mówiła mu kiedyś o Putrycydesie — przypomniało się psia-krew na domiar złego. Mówiła to kilkakrotnie, rozpłomieniając w nim najgorszą, ponurą, krwawem okrucieństwem ociekającą żądzę. A więc mówiła z minką chytrej dziewczynki przed „tem", albo w chwilach najwyższej ekstazy, kiedy zawieszeni nad złowrogą przepaścią niedosytu, konali oboje z rozkoszy sycenia rozwścieczonych żądz — mówiła tak: „pomyśl — gdyby on nas mógł widzieć w tej chwili...!" — Tylko tyle. Ale było to jakby smagnięcie rozpalonego bata. Rozkosz wylewała się poza brzegi, „debordowała" — jak mówiła księżna — stwarzając djabelskie rozpętanie, dochodzące do zupełnego unicestwienia. Teraz przypomniała mu się taka chwila i djabli go wzięli naraz ze wszystkich stron. Był jakby wewnątrz lepkiego, gryzącego, mokrego płomienia zmaterjalizowanej lubieży. Wstał i zatoczył się podcięty — ścięgna i muskuły rwały się wykręcając jakby z gutaperki zrobione kości. I to *on*, ten właśnie grał tam, on stwarzał w nim muzyką ten bydlęcy tragizm, on, ten sam o którym i który kiedyś... A nie! Teraz właśnie mieć ją — to byłaby rzecz najwyższa, po której już możnaby nie istnieć! Ale nie — właśnie Toldzio szeptał coś do ucha Irinie Wsiewołodownie, chowając dystyngowaną mordkę emeszetowego głuptasia w burzliwą masę jej rudych loków. Męki te zdawały się trwać wieczność. Świat puchł boleśnie czasowo-przestrzennie, jak w opiumowych koszmarach de Quincey'a, a jednocześnie malał do jednej malutkiej, plugawej w gruncie rzeczy, rzeczy, do tego miejsca największego upokorzenia mężczyzny, i to miejsca, należącego do tego właśnie a nie innego stworzenia. Księżna widziała wszystko i dziki tryumf (ten iście kobiecy, z doprowadzenia jakiegoś „osobnika" do tego, że jest tylko jednym wielkim phallusem, bez żadnej myśli i innego uczucia) wykrzywiał jej esowato wykrojone wargi w uśmiech zdolny wprowadzić w szał wyschniętą kłodę. Nareszcie po upływie niezgłębionych czasów, wypełnionych czort wie czem *(„eine lockere Masse zusammen hangloser Empfindungen ohne „Gestaltqualität")* wyszli wszyscy „outsider'zy" i zostało tylko ich troje: Ona, Zypcio i kuzyn. [Wściekły był na nią *„il fornicatore"* (D'Annunzio) za to zatrzymywanie znienawidzonego ciotecznego bubka na kolację.] Milczał ponuro, systematycznie, kąsany to tu to tam przez nieznośne, upakarzające pożądania, teraz już pozbawione nawet wszelkiego metafizycznego uroku. Zniknął uroczy chłopczyk pełen interesujących problemów, wessany, zresorbowany, wsiorbnięty, wchłonięty przez jedną tylko rzecz i strasznego draba w sobie — bezsilnego. Za stołem siedział zwykły *„excremental fellow"*, chcący za wszelką cenę fornikować i nic więcej. Pił dużo, ale alkohol spływał po jego mózgu, jak po jakimś impermeablu. Ale myślał sobie, że oto zaraz, już, już nasyci się tem plugawem cielskiem (żył w niem w tej chwili wyobraźnią tysiąc razy intensywniej, niż w sobie samym), a potem zapomni o tem wszystkiem i przejdzie do swego „kochanego" świata, teraz tak obcego i niepojętego. Nie było w nim teraz nic z rzadkich chwil „dziecięcej" miłości dla niej. Nienawidził baby, jak nikogo dotąd. Niewypowiedziane słowa, ugrzęźnięte gdzieś aż w przełyku, czy w sercu nawet, dusiły, truły, żgały go od środka — zaniemówił z wściekłości, zmieszanej w jedną jadowitą pigułę z bydlakowatą chęcią niewyrażalnych w słowach czynów. Ale antycypacja możliwej (raczej niemożliwej) rozkoszy, na tle nieznanego mu dotąd stanu zazdrości płciowej, dodawała mu siły, aby wytrwać. „To będzie coś szalonego" — myślał coś podobnego nie pojęciowo, tylko nabiegłemi krwią i wszystkiemi sokami obrazami. Teraz pozwoli sobie dopiero — ach — on jej pokaże kim jest. A sam dla siebie był niczem, zmieniony przez tę „księżnę Spermy" (jak ją nazywano) w jedno wielkie, niezmierzone, nie-do-wychłeptania, palące się, rozdrażnione do szaleństwa świństwo, jakby bezładne kłębowisko tysięcy sprężonych bezimiennych samotnych, cierpiących monstrów.

Ale wbrew oczekiwaniom, kacica bez sumienia nie pożegnała przeklętego (o biada, po trzykroć biada!) bubka. Przeszli wszyscy troje do sypialni, tej kamery tortur, minąwszy trzy bardziej umiarkowane w wyglądzie swym buduarki, które wydały się Genezypowi zacisznemi porcikami, do którychby z rozkoszą „zawinął" — pogadał z nią sam na sam szczerze, jak z rodzoną matką, a choćby ciotką, i dokonał swego jak zwykle. Czuł nieszczęśnik całą niskość swego stanu i sytuacji. Pogardzał sobą, a nie miał siły oddalić od siebie tej pogardy. Cierpiał w tej chwili za wszystkich mężczyzn świata upokarzanych (nawet w powodzeniu — to najgorsze!)

przez te bestje, które są na miejscu w najdzikszej nawet kombinacji wypadków — *w nich niema kłamstwa.*

Informacja: Za sypialnią zaraz była mała, tak zwana „podręczna" łazienka księżnej, mająca drugie drzwi na korytarz. Jedno okno tej łazienki, zrobione z różnokolorowych, grubych, silnie łamiących światło szyb, wychodziło na sypialnię. Dziwne może się to wydawać, ale tak, jakby na złość, było.

(Światło lampy, palącej się w łazience, filtrowało się w tęczowych barwach przez krystaliczne złomy szkła. Ileż wspomnień cudownych miał Zypcio związanych z tą tęczową gamą tajemniczych lśnień. Pierwszy raz zdarzyło mu się zaobserwować znany fakt, że ta sama rzecz tak różnie może się przedstawiać w zależności od zabarwienia całego kompleksu, w którym się znajduje. Zdumiony patrzył w szybki, nie poznając ich rozkosznych zwykle kolorków — były wprost potworne.)

Księżna w obecności dwóch rywali zdjęła suknię i włożyła, z gracją małej panienki, purpurowo-fijoletowy zatulnik. Genezypa zaleciał jakiś zapaszek, od którego mózg skręcił mu się w róg jednoroga. Powiedział sobie: „jeszcze 10 minut, poczem wyrżnę tego bałwana w pysk". Usiadł zdaleka, aby nie doprowadzać siebie do ostateczności i nie patrzył — ale niestety chwilkę tylko. Już w dwie minuty potem pochłaniał piekielny obraz przepalonemi, zakrwawionemi oczami pełnemi zmieszanego wyrazu: oburzenia (świętego nieomal), złości i pożądań, przechodzących już miarę dziewietnastoletniego chłopca. Rozwalona na leżadle dręczycielka pieściła zawzięcie nienawistnego Zypciowi bezcennego chińskiego buldoga Chi. Był to jedyny wysłannik ruchomego muru w tym domu.

Informacja: Cały kraj zalany był podobno przez wyznawców wiary Dżewaniego, „podnóżka" wielkiego Murti Binga, wielkiego herezjarchy syntezy dawnych wierzeń Wschodu, stworzonej, jak mówiono, przez lorda Berquith, na użytek upadającej Anglji. (Ludzie czepiali się czego mogli i czego już nie mogli nawet.) Nauka jego wyparła oficjalną teozofję, jako zbyt słabą „podgotowkę", pod socjalizm w chińskiej edycji. Tu znano te brednie jedynie ze słyszenia. A jak można je było znać inaczej? Właśnie o to chodzi. Ale o tem później.

Pieszczoty z pieskiem stawały się coraz namiętniejsze. W pewnej chwili odwróciła się ku cierpiętnikowi — była zupełnie młoda — miała najwyżej dwadzieścia pięć lat — to nie-do-zniesienia. Toldzio wił się.

— Czemu pan się tak izoluje, Genezyp Genezypowicz? Czy pan się przejął izolacyjną polityką naszych zbawicieli? Niech się pan pobawi z Chi. —

Widzi pan jaki jest smutny. — Przytuliła płomienną twarz do czekoladowych kudłów przeklętej bestyjki. Wszystko było przeklęte. Cóżby dał Genezyp za jedno takie muśnięcie. Napewno, ale to bez żadnej kwestji doznałby najwyższej rozkoszy i byłby choć na chwilę wolny. „Niema mnie wcale" — pomyślał z bezmierną udręką, ale już na granicy prawie jakiegoś dziecinnego zadowolenia.

— Wie księżna, że nie znoszę dotykania się do zwierząt, jeżeli nie mogę potem... —

— Więc cóż z tego? Umyje się pan. Co to za purgatoman z tego pańskiego kuzyna — zwróciła się do Toldzia, który zachichotał zwycięsko. — A w gruncie rzeczy taka sama świnka, jak wy wszyscy. — Toldzio zanosił się od śmiechu, nie wiedząc czemu. Genezyp dowlókł się do leżadła jak zahypnotyzowany. Z miną skazańca począł bawić się niezręcznie ze znienawidzonym psim chińczykiem. Przez opór bał się wydać jeszcze bardziej dziecinnym i bawił się zgrzytając zębami. Księżna też, ale z minką swawolnej dziewczynki. Ręce ich spotykały się... Już proces wewnętrznego nasycania się stał się nie-do-odwrócenia. Zypcio staczał się — wiedział co go czeka — wiedział, że nie wytrzyma, że pęknie. — Ona wiedziała to też i śmiała się. „Co się z nią stało? Boże Jedyny, co to jest to wszystko". Kiedy oboje byli przez chwilę odwróceni od Toldzia, Irina Wsiewołodowna zupełnie programowo musnęła jego policzek ustami: były gorące, wilgotne, rozlazłe. Język jej przesunął się po kąciku jego warg: odczuł to w grzbiecie i lędźwiach, jako piekąco-łaskocący dreszcz. — No, niech pan się idzie umyć teraz. Chi chce już do łóżeczka. — (Każde słowo było obliczone i intonacja też.) — Prawda Chi? — ty mój jedyny przyjacielu. — Objęła psa, zatulając go w siebie zupełnie. Błysnęła *okuta* jakby w jasny jedwab noga, okrutna, daleka, nieświadoma swego uroku. Genezyp przeszedł parę kroków jak pijany. (Był trochę pijany zresztą, ale to było nie to.) — Nie tam — może pan tu, w mojej. — Zawrócił jak automat i znalazł się w cielesnem sanktuarjum, czy czemś podobnem — tu przygotowywano ten żywy posąg Izydy dla czci bałwochwalczych samców. On należał do tej kolekcji, jeśli nie w przestrzeni, to w czasie. To odebrało mu do reszty poczucie swojej jedyności i wyjątkowości: był cząstką jakiejś bezimiennej miazgi, niczem. Świeżość zapachów orzeźwiła go jednak zlekka. „Może nigdy nie będę już miał w życiu na taki zbytek" — pomyślał smutnie ubocznym, małym móżdżkiem, który gdzieś tam funkcjonował sobie, jak niepotrzebny nowotworek na zbydlęconem, upadłem ciele. W szumie wody nie dosłyszał, a że stał tyłem więc nie widział, że drzwi się otworzyły i klucz został wyjęty przez rączkę białą (i w dodatku okrutną) i że ukradkowe spojrzenie emaljowych gałek przesunęło się po jego zgiętej i wypiętej silnej postaci i zatrzymało się na chwilę ze smutkiem, strachem, z rozpaczą nawet na byczkowatym jego karku. „Tak trzeba" — westchnęła Irina Wsiewołodowna. Drzwi zamknęły się cicho i klucz przekręcił się w dziurce bezgłośnie, od tamtej strony. Umył Zypcio ręce i twarz i zdawało mu się, że się opanował trochę. Wziął za klamkę — drzwi były zamknięte. „Kiz dziadzi?" — wzdrygnął się cały. Nieszczęście zajrzało mu prosto w twarz, mimo, że właściwie nie wierzył aby takie głupstwo mogło być początkiem jakiejś istotniejszej serji. Więc stąd miała przyjść ta pierwsza próba sił. Więc to *na to* ojciec — ach, ten ojciec! kierował nim z za grobu jak marjonetką. Przyjaciel!!

— Hallo — rzekł drżącym głosem. — Proszę otworzyć. Toldziu, nie rób głupich „witz'ów"! — Z za dębowych drzwi posłyszał najwyraźniej śmiech. Śmiali się oboje. Nie przyszło mu na myśl wyjść na korytarz drugiemi drzwiami. (Były zresztą także zamknięte.) Wlazł na krzesło i zajrzał do sypialni. (Ruchy jego były tak przewidziane, jak ruchy owadów w laboratorjum Fabre'a.) Już przedtem zauważył blask spotęgowany: palił się wielki świecznik u sufitu i cały pokój = świątynia czci dla tego cielska, tonęła w jaskrawem świetle. Widział wszystko przez kryształowe kolorowe szyby, dziwnie zdeformowane i barwne. Przerzucał się od fijoletu do czerwieni, od czerwieni do szmaragdu i szafiru i widział, najwyraźniej widział rzecz niepojętą. Aż się *ujemnie* (znak —) *spiętrzył* cały (a nie zapadł — to wielka różnica) w krainę niewiarogodnego upodlenia i śmierdzącego nieszczęścia. I to przez nią, tę, którą zlekka pogardzał, uznając już ten „romans" za coś poniżej jego „standardu", czyli jak mówią teraz: „wzorca". Patrzał, widział, nie chciał widzieć i nie mógł się oderwać. Pojął nareszcie, nie mózgiem — raczej ciałem całem — czem jest ten tak zwany demonizm. Pokojówka Zuzia, przestała dla niego istnieć, zdmuchnięta jakby jakimś wichrem pełnym żaru, a z nią wszystkie inne kobiety i miłości czyste, o których skrycie marzył, w chwilach najgorszego upojenia. Istniała tylko ona jedna, ta piekielna Irina Wsiewołodowna i to *jak istniała* — a niech-że to kaczki... Wpita jak buldog swoją niezwyciężoną pięknością i świństwem w każdą komórkę jego ciała, w każdy atom duszy... Precz!! Ohydny kuzyn Toldzio, onanistyczny profesor z lat dziecinnych, posiadał ją właśnie (nie posiadając się z radości) na małem leżadełku. Widział Genezyp cały komizm, całe upodlenie męskie jak na tacy — żywy fotoplastikon w jakimś po trzykroć zakazanym bajzlu. I to ona go na to skazywała! — Ona, którą tak kochał (ten nienawistny, przygniatający go swym rozumem babsztyl). — O, gdzież jest sprawiedliwość na tym świecie! Ale co najgorsze było, to to, że oburzenie, upokorzenie, obraza, złość — wszystko przeszło czy zamieniło się w nieznaną dotąd żądzę, graniczącą z czemś absolutnie już płciowo niewymiernem. Absolut świństwa osiągnięty przy pomocy wewnętrznego transformatora, przerabiającego dowolne „inhalty" na jeden jedyny gatunek — pciowy, lub jak inni mówią pełciowy. Gdzie on był naprawdę do najcięższych choler, ten znienawidzony (niewiadomo już przez kogo) — jak i ona — Zypcio? Było *coś* plugawie cierpiącego, ugniecionego przez tamtą *osobową* babę na wstrętny plasterek. Ale gdzie była jego osobowość? Rozwiała się w przeciągającej nad Ludzimierzem dzikiej, czarownej, marcowej nocy. Ten cały pałac razem z nim i jego tragedją zdawał się być małą wyplutą przez niewiadomo kogo pesteczką, na tle grozy natury i nadciągających wypadków — gdybyż oni mogli to widzieć. Ale dla nich ich własne problemy i cierpienia wypełniały cały wszechświat aż po brzegi. Umiejętność zlekceważenia osobistych ważności na tle notorycznych fikcji była im obca — byli zdrowem bydłem. A, a, a — a „tamten" (ktoś który absolutnie nie miał prawa bytu — indywiduum potępione bezwzględnie) nasycał się jak ostatnie bydlę i ona (o zgrozo!) miała z nim tę właśnie niezgłębialną, niedocieczoną przyjemność, w tej samej chwili, w której jego pozbawiała jej tak okrutnie na rzecz tamtego — zamknięte kółko. Potworność wprost nie-do-uwierzenia. Ruchy Toldzia stały się szybkie, śmieszne i bezdennie głupie. Jak on się nie wstydził!? Całe jestestwo tego ekskrementalnego szczeniaka, tego Zypcia, który przerastał już tyle razy samego siebie, spęczniało w jedną astrukturalną, lepką i niepachnącą „płciową masę", przylepioną do okna, jak polip do szyby akwarjum. Jako pierwotność nie ustępował teraz nic nawet amoebie. Księżna objęła Toldzia nogami (jakże piękne były w tej chwili — jak nigdy), a potem trwali dłuższy czas bez ruchu, stężali, prawie martwi. (To, że on tam patrzył [wiedziała napewno] podnieciło księżnę Irinę do niebywałego dotąd szału. Już raz robiła rzecz taką. Nie udało się o tyle, że tamten uciekł i strzelił się w brzuch w lesie — tu była pewna życia — nie bała się o niego.) Wlepiony prawie w szyby trwał również bez ruchu Zypcio. Patrzył teraz na żółto — tak było najlepiej widać. Chciał widzieć jaknajlepiej, bardzo chciał — jeżeli już *wogóle*, to w takim razie w najlepszych warunkach. A tamci wstali i zaczęli się rozbierać oboje — szybko — gorączkowo. Genezyp pożerał oczami (i całem ciałem przez oczy) tę scenkę nie z tego, jak mu się zdawało, świata. Odkrył w sobie (i pośrednio w świecie) coś tak strasznego, że duchowo oniemiał. Już nie był sobą. Pękały więzy jaźni, ulatniała się osobowość. (Taką chwilę świadomie wykorzystać! Za głupi był na to.) Zakrzepłe krwiste zwały zawaliły mu mózg, dławiło go od środka coś niemieszczącego się w nim samym. Było to coś gorszego chyba (oczywiście chyba — *chybność*) od śmierci w torturach. Poczuł w głowie jakiegoś *żywego*, niezmiernie ruchliwego polipa, który go żarł swemi mackami na żywo, lubieżnie mlaskając łaskocącemi szerokiemi wargami. Na chwilę stracił przytomność. Ale obraz rzeczywisty niesamowitej, niezrozumiałej krzywdy trwał. Za co? Dopiero teraz pojął okrucieństwo istnienia i to, że prócz matki on nikogo nie obchodzi — że czy on cierpi do szaleństwa, czy nie, to całemu światu jest zupełnie *„ganz pommade"* — pierwszy raz uświadomił sobie tę prostą prawdę. Ujrzał jej nogi gołe i bezwstydne i efebowate kształty tamtego. Rzucili się, oboje całkiem nadzy, na łóżko. Okropność wszystkiego stała się zimna, przezroczysta — falą niepowstrzymaną przeszła przez niego „na durch" i poszła „we światy", oznajmić na innych planetach o tem bezprawiu. A ci tarzali się jak oszalałe pająki... Nie wytrzymał tego Genezyp i nagłemi ruchami, przez ubranie, zrobił ze sobą porządek. Pękł. Nagle spadło zeń wszystko: jakaś maska olbrzymia, żywa, żyjąca odrębnym bytem, spadła tu, na błękitne kafle podłogi, śmiejąc się cicho i radośnie i straszliwy polip przestał ssać i schował się jak robaczek malutki między zwoje mózgu — te resztki, które pozostały po katastrofie. Ale „tamto" plugawe nie uspokoiło go wcale. Z dodatkową rozpaczą czuł, że teraz dopiero ten potworny babon wlazł mu definitywnie w krew i że walkę z nim musi stoczyć na śmierć i życie. Dawka demonizmu była jak na pierwszy raz zbyt wielka. Coś złamało mu się na zawsze tam w tych sferach przedwiecznej (czy wiekuistej) dziwności, związanych z tamtem popołudniowem przebudzeniem się. Jeszcze nie zdawał sobie sprawy z rozmiarów nieszczęścia, ale ono rosło gdzieś w głębi niezależnie od jego świadomości. Niezgrabnie (wskutek wstrętu do siebie zapewne) zlazł z krzesła i spojrzał w lustro. (Tam, w tem niedawnem najpiekielniejszem z piekieł, była cisza.) Ujrzał twarz swoją tak straszną i wstrętną, że jej prawie nie poznał. Obce oczy, skoszone niepachnącym jakimś obłędem, patrzyły uporczywie i drwiąco, nawylot przez cały zwał nieodwracalnego upadku. To najgorsze na nim zrobiło wrażenie, że spojrzenie to było drwiące. Ktoś inny patrzył na niego z niego samego — ktoś nieznany, obcy, wstrętny, nieobliczalny (to może najgorsze) złowrogi, draniowaty i słaby.

(Ach, to, to było najgorsze!) „No — teraz ja cię zabiję" — pomyślał o tym drugim. I do lustra zrobił minę silnej woli w dawnym stylu. Mina nie udała się. Jakaś obca siła wywindowała go na krzesło i kazała mu spojrzeć jeszcze raz „tam — tym razem na zielono. Teraz zmartwił się tem, co widział i oburzył się na to szczerze, serdecznie. Co oni wyprawiali ci swawolnicy! Już nie „swa —", ale poprostu swywolili na jego benefis jak opętani. Bezsilna wściekłość omało nie doprowadziła go do nowej erupcji ciemnych żądz — nawet przez chwilę majaczyła mu niezdrowa myśl, że przecie on (wobec tego, co widzi) ma prawo, absolutne prawo, zrobić sobie jeszcze raz choćby tę drobną przyjemność, bo przecież nawet to nie będzie niezdrowe na tle tego (takiego!) widoczku. Słyszał kiedyś coś w tym rodzaju w szkole. Wzdrygnął się i zdruzgotany zlazł powtórnie z krzesła. (Ach, prawda — drzwi były zamknięte!) A tamci leżeli jak martwi, wyczerpani szałem. Irina Wsiewołodowna, mimo programowości *„diemoniczeskoj sztuczki"*, podnieciła się i wzbebeszyła świadomością genezypowych mąk do szaleństwa. Nawet dawno „spogardzany na psa" Toldzio wydał się jej jakimś innym na tle tego naiwnego okrucieństwa — jakiś taki był irytująco-świńskawy i tak dobrze rozumiał o co chodzi i tak w każdym ruchu wiedział co robi. Nie — to M. S. Z. to dobra szkoła — *„a maladièc*, Toldzio". Ale i straszny żal za „ucieknietem" życiem zalał wszystko i zmętnił kwaśno-gorzkim posmakiem chwilę beztroski. Czy wróci do niej teraz ten jej najśliczniejszy chłopyś, biedactwo najdroższe! — co on się tam wycierpieć musiał na tem krzesełku... bo, że stał na tem krzesełku i patrzył o tem wiedziała napewno. Nawet cień wątpliwości nie przemknął jej przez głowę.

Genezyp łupić zaczął jak wściekły w drzwi wychodzące na korytarz. Po chwili otworzył mu Jegor, patrząc mu w oczy z pogardą i ironją. Zaprowadził Genezypa do małego pokoiku obok garderoby księcia, gdzie nastąpiła znowu zmiana spodni.

— Czy jest Zuzia, Jegorze. Mam do niej ważny interes. — Chciał zaraz na poczekaniu uwieść pokojówkę jako antydot przeciw tamtym przeżyciom. Już wszystko wchodziło w szary wymiar pospolitości. Jegor zrozumiał go odrazu.)

— Nie, paniczu. Zuzia pojechała na bal wszech-stanów do browaru nieboszczyka ojca waszego — dopowiedział chmurnie. (Czemu? Ach — zbyt dużoby o tem gadać. A kogóż naprawdę interesuje psychologja „lakieja". Nawet ich samych nie — wolą czytać o dumnych hrabinach i książętach.) (Obchodzono dziś uroczyście przejście fabryki w posiadanie robotników, przyczem wyrażano niepowstrzymanie entuzjazm dla starego Kapena).

Genezyp zdruzgotany wewnętrznie i złamany fizycznie przez pijacko-onanistyczny „Katzenjammer" („pochmielje", „popijackie darcie w duszy", „popijnik", „popijawka", „popijny sumienioból", „piciowyrzut", „glątwa", „glen"), szedł znowu przez puszczę w kierunku domu. Teraz dopiero niewiadomo czemu jakby na złość właśnie, przekonał się, że od początku kochał księżnę więcej niż pożądał. Analiza uczucia miłości wogóle obca temu pokoleniu zupełnie, nie mogła pomóc i jemu w tej groźnej chwili. Czy warto naprawdę dysekować to uczucie, na którem tyle pokoleń nałamało sobie tyle zębów i napsuło tyle słów w sposób wysoce niesmaczny. To jedno, powiedzmy sobie otwarcie jest *„unanalysable"* = *„ananalajzbl"*. Krzywda wyrządzona tej miłości bolała go w tej chwili najbardziej w sposób piekący, żrący, pikujący. W drugim stopniu dopiero cierpiały rozranione, upokorzone, obdarte i rozdrażnione, nienawistne symbole upadku, no te flaki z piekła rodem, tak zwane genitalja. Ach — oberznąć to wszystko kozikiem choćby i wyzbyć się na zawsze możliwości tego upokorzenia. Przeklęte wisiory! — żeby to nie schować tego przynajmniej w środku — byłoby ładniej i bezpieczniej. Pienił się wprost na twórcę tego idjotycznego pomysłu — ale życiowo rozwijał się, ho, ho — jak szybko! W tę jedną głupią noc poznał takie obszary życia, jakie inny poznaje czasem w kilka, lub kilkanaście lat. Ale nadewszystko pojąć nie mógł czemu (*ach, czemu?*) ona to uczyniła. Przecież był dla niej dobrym i kochającym, a jeśli przez głupotę młodości w czemś byka palnął, to jej rzeczą było mu to przebaczyć i naprowadzić go na dobrą drogę, zamiast karać go tak okropnie. Kłąb sprzecznych uczuć przewalał się jak kupa wstrętnych robaków na dnie jego istoty, zropiałem i... czerwonawem. Cały świat otaczający wydawał mu się tak innym od tego zwykłego, do którego przywykł, że uwierzyć wprost nie chciał, że to są te same sosny, znane mu aż zanadto dobrze z dzieciństwa, te same jałowce i kępy borówek, a nadewszystko niebo: obce teraz i urągliwe w swej wiosenno-świtowej, nudno-tęsknej pochmurności. Wszystko płynęło śpiesznie razem z obłokami hen daleko (o jakże nienawistne i wstydliwe jest słowo: „hen") zostawiając go jak rybę na piasku w odwartościowanym nagle świecie. Podszedł do jednej z sosen i pomacał chropawy, liniejący pień. Dotykowe wrażenie obce było w zwykłości swej, całej dziwności wzrokowego wycinka. Bełtały się obok siebie te dwa światy jakości, nie tworząc jednej wizji tożsamego ze sobą układu. Genezyp miał wrażenie, że coś jednak w główce jest niedobrze. Żaden element jego duszy nie był na miejscu: wszystko zdyzlokowane, rozbełtane, rozkładało się, jak pakunki pogorzelców po sąsiednich placach na obcych miejscach rozszerzonej wymuszonem doświadczeniem jaźni. Ale nadewszystko przekonał się, że istnieją w nim, w czysto-życiowych wymiarach, takie otchłanie nieznanego, że praktycznie nie wiedział i nie mógł wiedzieć niczego pozytywnego o sobie — zupełna nieobliczalność. [Było jedno wyjście: wyrzeczenie się życia na zawsze. Ale do tej konieczności nie doszedł jeszcze.] A przytem ten obcy świat, po którym szedł teraz jak tułacz i wędrowiec, (ten, widziany na obrazku w dzieciństwie: las, ktoś brnie po śniegach, a u góry w „laurce" siedzi zadowolone towarzystwo przy kolacji, zdaje się nawet przy wilji: dymiące półmiski i wisząca lampa, to, to chyba było już kiedyś.) Teraz zatęsknił pierwszy raz do matki — pierwszy, od czasu przyjazdu. Przekonał się jak wielkie płaty potencjalnych uczuć zostały już zajęte przez tamtą babę — kto wie czy nie na zawsze. A może będzie tak nawet po jej „ustąpieniu": wyobrażał sobie ją w postaci ołowianych żołnierzy na kartach anatomicznego atlasu — spustoszone na zawsze okolice, na których ziemi nic już nie wyrośnie.

Robił się świt coraz jaśniejszy. Więc tyle czasu trwały te tortury! Przecież coś postanowić trzeba. Wiadomo było, że żądza wybuchnie najdalej po obiedzie z upiekielnionem, nieznanem natężeniem. Drażniący obraz spał, ale mógł się zbudzić lada-chwila. Aha — więc dobrze: nigdy do niej nie pójdzie. I zaraz myśl: przecież można tego nie traktować na serjo: nie kochać, udawać, a chodzić tak jak do jakiegoś burdelu wyższej kategorji, nie wkładając tam nic, prócz tego... I również zaraz odczuł kłamstwo tej myśli, wciągającej go w bagno wyższego rzędu, z którego już wyjścia niema — chyba poza życie. Nie — z pewnemi upodleniami żyć nie można. Coś było w nim „ludzkiego" mimo całego zniszczenia, coś ostało się w tem szalonem rozbiciu na spokojnej wodzie. Nie wiedział biedaczek ile biedną księżnę kosztowało wzniesienie rafy na której się rozwalił — wściekał się na krzyczącą niesprawiedliwość, zapomniawszy o swoich bądź cobądź podłych myślach. Jakże „gorąco" żałował, że dokonał na sobie tamtej ratowniczej, przeciw-gnilnej, obrączkowej (wąż kąsający się w ogon) operacji — poprostu, że się „zsamił". Zyskał spokój sądu (chwilowy), ale za cenę niebezpiecznego poddania się na przyszłość. Dlatego nie był pewnym siebie. A jeśli to buchnie z tą samą siłą, co wtedy, kiedy patrzył na nich, tarzających się przed nim w bezwstydzie? I to ten nauczyciel złego, ten właśnie Toldzio w tej sytuacji i on, korzystający z dziecięcych nauk, kiedy tamten... — — Co za hańba! On przecież musiał wiedzieć o wszystkiem zawczasu. Ten potwór podniecił go pewnie opowiadaniem. Aa! Aż jęknął „w środek" z nieznośnego bólu. Ból ten drylował go jak kartofla, unicestwiał, zostawiając cienką skórkę duchową, jedynie aby nie „stracono" poczucia osobowości — reszta to była jedna bolesna i łaskocąca Nicość.

Niewiadomo czemu przypomniała mu się poraz-pierwszy ta Eliza, którą poznał na pierwszym wieczorze u księżnej i wtedy nawet nie zauważył: to jest: pomyślał o niej jako o możliwej żonie, ale cóż to były za bladawe i nieistotne wymiary. A jednak mimo to — rzecz dziwna — obraz jej utrwalał się i nabierał barwy na tle obcego, pierwszy raz jakby widzianego boru, szumiącego głucho od powiewu słabnącego orawskiego wichru. Skrawek księżyca wschodził na tle zielonkawego nieba pośród zlekka burawo-różowiejących obłoków, szybko sunących na wschód. Jakieś przeznaczenie wypisywał ktoś wielki i nieznany i w dal uchodzący razem z tym wietrznym rankiem (który podziewał się niewiadomo gdzie) na dziwniejącym w rozjaśnieniu świecie, niewidocznemi znakami. Ale znaczenia ich groźne, nieme, a wołające, były w nim samym i rozumiał ich sens wiekuisty na dnie całej ohydy obecnej, trwającej niepodzielnie w najdalszych, uprzestrzenionych zakamarkach czasu, aż po wieczność samą. „Nie szukać ratunku świadomie — muszę uratować się sam". Fakt wchłonął się w wielkość przeznaczeniowej chwili w krajobrazowym ludzimierskim sosie. Jakby olbrzymie, śmiertelnie znużone bydlę legło i zawaliło się na odległe horyzonty, które, w braku czegoś lepszego, reprezentował teraz daleki, smutny, obramiony ponuremi lasami widnokrąg ludzimierskiego pejzażu. Urok mały i nędzny (ale przecie) wytrysnął z wyschniętych, ochlapłych cyc bytu, daleko gdzieś za górami bezwładnie leżących. I zaraz potem okrutna rozpacz, że coś stało się nieodwołalnie, nieodwracalnie, coś beznadziejnie nie-do-odkupienia: nigdy już nie pozna prawdziwej miłości — nigdy, nigdy... Pierwszy raz pojął sens tego przepastnego słowa i pierwszy raz również śmierć nadleciała z nieokreślonego osobistego zaświata i przedstawiła mu się oficjalnie — nie jako opromieniona jakąś wątpliwą sławą bogini, tylko jako pedantyczna osoba, nieco męska, porządkująca wszystko, doglądająca starannie, do okropności nudna, autorytatywna w nauczycielski czysto sposób, nieznośna — śmierć, jako trwanie w doskonałej Nicości. Umarło dookoła życie, zgaszone jak mała, nikomu niepotrzebna lampka — nie było w tem nic z wielkości. Zasunął się w zmęczonym łbie czarny szyber jak w piecu, czy w fotograficznej kasecie — z tej strony były byłe, niedorosłe uczucia — z tamtej: na czarno kiełkująca myśl na obrzydłym ugorze zwątpienia. Szlus — fajt i — narodził się nowy Zypcio. Ten fatalny wieczór-poranek bez nocy, niezależnie od tego czy wróci do tej megiery, czy też będzie miał siłę ją przezwyciężyć (teraz zrozumiał że był to tylko „trick" i że drogę do powrotu ma wolną — to było najfatalniejsze), ten choleryczny, astronomicznie wyznaczony wycinek czasu, a nie te poprzednie, raz na zawsze oddzieliły go od możności prawdziwych uczuć. Zakłamało się wszystko tak, jakby się zapociły szybki wewnętrznych kompartymentów — wilgoć, a za nią brud, a potem smród psychiczny i łapy zababrane w świństwie — już nic czystego i pięknego wziąć w nie nie potrafi — na wszystkiem będą ślady wstrętnych paluchów, dobre dla daktyloskopji duchowych zbrodni na ostateczny sąd — każdy ma w któremś miejscu życia taki sąd, tylko że o nim czasem nie wie. Chociaż, gdyby tak jakaś straszliwa, „strzelista" pokuta, a nadewszystko absolutna pewność w tej chwili, że *tam* nie wróci — („tam" to była nie ona, tylko raczej *to* —) — no, jeszcze sekunda wysiłku, noo! up! yyyy... (jak drwale w lesie) — ale pewność ta nie nadchodziła, mimo że ją wyduszął wymykającą się wolą ze wszystkich porów ducha. Nikt nie pomógł i dookolny krajobraz też: niebo uciekało w dal z wichrem, obojętne, nietyle wyższe, ile inne, obce takim sprawom — (a może gdyby był słoneczny poranek wszystko poszłoby inaczej?) ziemia była nieprzystępna, wroga, kolczasta. Przebudził się nareszcie jak w rowie goły pijak, co wszystko stracił wczorajszego wieczoru w niepamięci odurzenia. Trzeba było zaczynać na nowo.

SPRAWY DOMOWE I PRZEZNACZENIE.

Było widno już całkiem i nawet przez lekkie chmury świeciło blade, żółtawe, trupie słońce, kiedy Genezyp wchodził boczną furtką do lewoskrzydłowej przybudówki pałacu, gdzie mieli teraz swoje nędzne trzy pokoiki. Pomyślał o Liljan z jakąś tkliwością niepodobną do niego, a potem o matce. Możeby tak zrobić taki słodkawy, dobrawy, łzawy kompromis i powiedzieć wszystko „mamie" i być dobrym, bardzo dobrym (dla Liljan też) to może przecie odwróci się to wszystko i on pokona tego potwora, którego część jedna została tam, w zamku Ticonderoga, a druga, z tamtą w jedność złączona, wrośnięta była i wpita w najistotniejsze podstawy zła jego zwierzęcej osobowości. Nigdy jeszcze nie czuł rozdwojenia w tej potędze, co teraz. Poprostu fizycznie: prawa połowa ciała i głowy (wbrew

teorji fizjologicznej zresztą) należała do innego człowieka, który jednak
był bezsprzecznie nim samym — tylko bowiem na podstawie
bezpośrednio danej jedności osobowości możemy skonstatować
rozdwojenie: nierównomierność przemieszczenia pewnych kompleksów
w ramach tej jedności. Ta prawa strona to była jakaś stalowa łapa draba
wymierzona przeciwko czarnej potędze życia — lewą stanowił trup
dawnego chłopczyka, zmieniony w lubieżne kłębowisko robaków.
Obojętny, bezwładny *„oberkontroler"* nie wiedział nic co te części poczną
— unosił się nad niemi, jak „duch nad otchłanią" — *„au commencement
BYTHOS était"*. Do matki, tylko do matki (tam była jedność początku —
ojciec stał jak groźny cień [widział go na chmurach] na pograniczu tych
światów, rozrosłych do wielkości całego świata i *groził życiem* — takiem, a
nie innem, jakiego chciał on i koniec) do mamy, jak za dawnych czasów,
jako do tego wszechsyndetikonu, który wszystkie spęknięcia (nawet te,
odsłaniające przepaście nie-do-zasypania), skleić może. Nie oceniał Zypcio
uroku ważności samego siebie, nędznego pyłka — byłby się cieszył tą
chwilą jak dziecko — ale był właśnie dojrzewającym w sztucznych,
skonstruowanych przez ojca inkubatorach, młokosem. W tem była
ostatnia, dość obrzydliwa na tle zajść ostatnich, słabość. Matki powinny
być wykluczone z ogólno-kobiecego świństwa, szczególniej w tak
„demonicznej" przyprawie. Trudno — tym razem nie dało się to ominąć.
Ale i tu spotkała Zypcia klęska — „Bóg dał mu nowego szpryca" — jak
mówił Tengier. Zajrzał do pokoju Liljan — (drzwi były jak zwykle
otwarte.) Spała skręcona, z rozchylonemi prześlicznie wyciętemi ustami
(pierwsze teraz, drugie stale oczywiście) i rozrzuconemi na poduszce
złocistemi „włosyma" — tak pomyślał. Coś jakby erotycznego drgnęło w
nim w stosunku do siostry — gdyby nie było tych innych bab tylko ona
jedna — (już tamta rozmnożyła mu się w wielość, w babisko [wężowisko],
w babieniec, w *„wsieobszczeje babjo"*) możeby świat był czysty. I zaraz
połączyła mu się Liljan z Elizą i (o dziwo!) sam z niemi obiema na dobitkę
się utożsamił i strasznie, ale to strasznie pozazdrościł im obu dziewiczej
czystości i nadziei na wielką, prawdziwą miłość jakiegoś wstrętnego draba,
może jeszcze gorszego od niego samego. O Elizie nie śmiał myśleć dalej, a
może poprostu nic go ona nie obchodziła w tej chwili — była symbolem.
„Psychologja kobiet wogóle jest nieciekawa — co tu o tem gadać" —
przypomniało się zdanie Sturfana Abnola i doznał niezmiernej ulgi.
Banalny kamień spadł mu z owrzodziałego serca. (Chwała Bogu, bo
czekała go rzecz straszna). Wściekle pożałował swojej niewinności. A

obraz tamtej rozwalonej bestji, która może teraz z tym otrutym hyperjohimbiną Toldziem, po nie wiem raz który... — o! to nie-do-zniesienia!! I to obraz na tle „twarzyczki" Liljan i tych myśli. Żgnęło go, jak rozpalonym prętem od prostaty, aż do mózgu. „Do mamy, do mamy" — kwilił w nim ohydny, chłopięcy głosik. I ten brał Zypcio za najgłębszy głos samego dna sumienia swojej istoty.

Pchnął drzwi do pokoju matki (były otwarte) i zobaczył ją prawie całkiem nagą, śpiącą w objęciach śpiącego również i na blond rudawy włochatego Michalskiego. *A nom d'un chien!* — tego było już za wiele — to już jak chcecie jest pewna przesada pechowatości — tak poprostu nie można. Żółtawe światło „sączyło się" przez nędzną białą firankę, modelując delikatnie grupę w łóżku. Wyglądali jak posągi. Gdzieś sobie stały obojętnie na jakichś postumentach czy piedestałach i nagle nie wytrzymały i splotły się — coś tak nieprawdopodobnego było (dla Zypcia oczywiście) w tem połączeniu. Patrzył na to z zimną ciekawością niezrozumienia (czy nawet „niezrozumialstwa") jak człowiek, który dostawszy straszną wiadomość, uderzony jej ciosem, nie rozumie jeszcze dokładnie jej sensu. Mózg w postaci grajcarkowej spirali wkręcał się w wierzch czaszki — jeszcze chwila — a wytryśnie aż do sufitu i ochlapie idjotyczne oficynowe, plafonowe ornamenty. Na to postawił nieboszczyk papa Kapen tę przybudówkę dla jakichś oficjalistów, aby syn wydziedziczony ujrzał w jej „ubikacji" własną matkę, śpiącą w „miłosnem" omdleniu z likwidatorem całego interesu. Widocznie, najwidoczniej, upili się do nieprzytomności i zasnęli, nie wiedząc gdzie są i kim są oboje, po straszliwych uniesieniach długo hamowanych uczuć. Na stole koło łóżka nakrytym kolorowym obrusem (pani Kapenowa nie uznawała dysharmonji i sprzedała wszystko, co tylko miało pozory dawnego zbytku) stały owoce, kanapki, jakiś biedny majonez, pusta butla dzikowskiej wódy z wielką Leliwą i hrabiowską koroną na etykiecie i dwie *niedopite* butelki wina. Przez dziwną delikatność nie było piwa — młody herb Kapenów (innego piwa przecie pić w Ludzimierzu wprost nie było można) byłby szczytem dysonansu w tej kombinacji, a nalepek na flaszkach dotąd nie zmieniono. Formalna orgja — i to teraz właśnie musiał widzieć to Genezyp, kiedy jak na złość, jak nigdy, potrzebował pomocy matki, jako antydotum na życiowe świństwo. Skurczył się (skurczybyczył się(?)) cały spalony wstydem od wewnątrz, niby tysiąc-woltowym prądem. Zbladł zamiast się zaczerwienić. Zobaczył „ciepłe", bronzowe, błyszczące majtki matki, na zielonej kanapce w kącie pokoju. I to teraz, teraz...! Nieubłagana nienawiść zalała całą jego istotę, wypierając wstyd i wszystkie inne wznioślejsze uczucia przez policzki w powietrze, pełne zmieszanych zapachów — między innemi cygar. To ten niepach czuł już w pokoju Liljan i nie wiedział... Za chwilę wstyd, już zobjektywizowany, łomotał w rannym wietrze za oknem — już rozprzestrzeniał się w antycypowanych ludzkich gadaniach. Czyż jest coś ohydniejszego jak to, co ludzie gadają jedni o drugich — poza krytyką literacką oczywiście, tą o której z pianą u pyska mówił Sturfan Abnol, tą wywlekającą autora z utworu i imputującą mu wszystkie świństwa popełniane przez „bohaterów". Łatwo Abnolowi było napluć na krytyki durniów, ale Genezypowi na gadania o matce nie — — A zresztą *to była prawda*. Gruchnął w przepaść — staczał się już od wczoraj. Gdzież były niedawne metafizyczne wzruszenia? — nawet „miłość" jego do księżnej wydała mu się czemś wzniosłem w porównaniu z chwilą obecną. Niedoceniane podstawy życia zeżarł jakiś potworny pasożyt — waliło się wszystko.

Michalski chrapał zlekka, a matka pykała, jakgdyby paliła fajkę. Iskierka współczucia zabłysła na czarnych zwałach nienawiści, jak ognik, sygnalizujący pomoc dla wiszących na skałach niedostępnego szczytu w ciemną, mroźną, wietrzną noc — i zgasła zaraz. Bo proszę bardzo: gdyby nie tamten widok z przed paru godzin i tak dalej. Ale te dwa obrazki nałożone (*hyperposés*) jeden na drugi, zestawione razem jak w jakimś atlasie, objaśniającym książeczkę o konieczności życiowych rozczarowań — to było już ponad siły. A wytrzymać trzeba było koniecznie. Wiązania wewnętrzne jak na złość trzymały ohydną bombę, która tem pękała, że pęknąć właśnie nie mogła. Bo w jakiż właśnie sposób pęknąćby mogła? System pęknięcia, użyty w łazience u księżnej Iriny, był tu nie do zastosowania. I to ona, ta piękna mama, która posiadała przynajmniej bezsprzecznie tę właściwość, że za nią nie trzeba było się w żadnym razie wstydzić! A taki pasztet! To nie miało stylu, to było wprost wstrętne, po chamsku wykonane, z tym Michalskim w dodatku, na „wciornaści", na „trzystaście djabłów zjedli"! Karczemna fantazja. Może innym razem, może za lat parę, (on nie mógł pojąć tego, że ona nie miała i nie ma czasu, podobnie jak Irina Wsiewołodowna) i nie w *taki* poranek (co za egoizm!), to właśnie zaimponowałoby Genezypowi jako coś stylowego właśnie, coś w swoim rodzaju wielkiego, właśnie jako wypełnienie prawa pozwolenia sobie na wszystko. Ale dziś był to fakt ekskrementalny w najwyższym stopniu, trujący nieznanemi ptomainami na tej samej linji, co dawka trucizny nocnej, fakt plujący w twarz, babrzący ostatnie, ukryte na dnie jaźni (w środkowem kółeczku) nierozpuszczalne kryształki szlachetności, fakt, łamiący opór wobec potworności życiowej na wszystkich frontach odrazu. Teraz zrozumiał czem była matka — prawie nie istniejąc dla niego świadomie, stanowiła podstawę, na której, nie wiedząc o tem, budował nieomal wszystko. Teraz wyrosła, zolbrzymiała, ale wdół, jako wyrzut, jako żal za tem, czem być już nie mogła w wyższych kondygnacjach ducha. Zapóźno. Ale wyjście jakieś zawsze się znaleźć musi, o ile się nie może pęknąć i zwarjować, a żyć się przytem chce. Wyjściem takiem jest *współczucie* (brrrr...) a za niem: a) mdła dobroć, b) poświęcenie, c) „bohaterskie" wyrzeczenie się tego, czego zdobyć nie można i d) kłamstwo, kłamstwo bez końca, gruntownie zamaskowane, wysublimowane, wzniosłe, wciągające jak bezdenne bagno. W dobroci też rozkładają się ludzie na żywe trupy i to aktywnie i pasywnie — „rozpusta Dobra jest czasem gorszą od zbrodni" — tak powiedział kiedyś Tengier. Ale to nie groziło Zypciowi na dalszy dystans — nieświadomie użył współczucia jako chwilowego środka — jakby zażył aspiryny.

Ale skądże znowu ta nieszczęsna matka mogła się domyślać, że tak zmasakruje tego biednego, kochanego chłopczyka — (tak jakby z za węgła jakiejś podejrzanej budy, pełnej brudnych prycz i drabowatych, chrypliwych głosów, buchających z ciemności, wymierzono mu zdradziecki cios, gdy szedł zapatrzony w gwiazdy — nieprawda! — gdyby przynajmniej tak było. A tu: gdy szedł wpatrzony w gnijący mu w oczach „metafizyczny pępek".) Nie miał jeszcze techniki „uuroczania" każdej chwili — na to trzeba być mądrym starcem. Mógł widzieć księżnę jako czerwoną, demoniczną gwiazdę, zachodzącą nad nieprzebytym moczarem straszliwości (interesującej) choćby w sobie. Widział ją i czuł jako cuchnący (okropne słowo — śmierdzi na sucho) worek flaków, miotający mu się w twarz i zasłaniający życie, worek, w który — niby go odpychając — chciał się wpić zębami jak buldog. Gdyby spotkał matkę na rogu ulicy jako prostytutkę, może nie byłoby to takie straszne, jak ten bezczelny i pociągający swoją monstrualnością widok. Dwa lubieżne obrazy zlały się w jeden i było to jak nieodbite uderzenie w twarz, obelga nie-do-zmazania na całe życie. Jakaś chamowata łapa kiwała z dna tego grzęzawiska na znak, że pomoże, jeśli się jej porządnie zapłaci. Czem? Był goły — nie miał „przy sobie" nic. A nawet tam dalej zdawało się, że niema „sumy psychicznej" zdolnej opłacić cenę wywindowania się z tego upadku. Czekała jedynie męka. Ale młodość nie znosi takich stanów, chyba, że jest się artystowatym sflaczeńcem, takim tytanem znaczków na pięciolinjach w rodzaju Tengiera, którego nie czepia się żaden brud życiowy, bo się ukoniecznia, transformując na tak zwane „artystyczne konstrukcje" — uświęca się i usprawiedliwia w innej sferze, jakościowo od życia różnej, z niem jako takiem niewspółmiernej. Nie miał Genezyp tej rezerwy, bo nie było w nim nic nawet z pseudoartysty: żył aby żyć, jak bydlę pierwsze lepsze, jeśli nie gorsze. Trzeba było szukać oparcia w rzeczywistych uczuciach.

I nagle ohydnie rozsłonecznił się od środka i pożałował szczerze, plugawie, poprostu, łzawo i sympatycznie, pożałował i matki i zmarłego ojca i śpiącej Liljan, a nawet tego wstrętnego, chrapiącego Michalskiego (Józefa). Bo jak mawiał Tengier, trawestując Słowackiego: „są poranki cudne gdy człowiek się budzi pełen miłości kwietnej do bydląt, a nawet i do ludzi". Ocknęły się w nim arystokratyczne przesądy, ale na krótko. (Żeby matkę gwałcił w jego oczach ktoś z „ich sfery", możeby nie istniał wtedy problem wstydu w takiem natężeniu. Niesłychanie wstrętna była mu ta myśl). Żal tych istot, zażgnąwszy się u ostatniego wiórka sentymentu, wysterkającego już nad samą nie-do-przejścia z powrotem przepaścią ostatecznych zwątpień w życie, obejmował swym brudnym płomieniem składy nagromadzonych w czasach szkolnych, dotąd martwych uczuć. One to były rezerwą w tej ostatniej chwili i to zawdzięczał znowu ojcu, jego piekielnej tresurze, pod której ciśnieniem tamte warstwy zachowały się aż dotąd niezużyte w stanie pierwotnym. Nie wiedział że na swoim nocnym stoliku już ma wyrok na przyszłość, źródło nowych utrapień i potęgi i to też z woli tego przemądrzałego, wesołego starca-papusia. Swojem własnem cierpieniem, wstrętnym bólem własnego ciała, zmierzył głębię cierpień matki przez te wszystkie lata. Jakież męki przejść musiała, jeśli odważyła się na coś podobnego, jak „papojka" z tym (niesłychanie inteligentnym podobno) blond-drabem, w dwa tygodnie zaledwie po śmierci tamtego jej kata, tuż obok pokoju córki. (To pewnie po tym balu wszech-stanów w fabryce, na którym była Zuzia). A może nie było w tem nic strasznego? Już przebaczał i jej i jemu (ratując się przytem gwałtownie z własnego błotka), a nawet — przez perwersję stanowczo a nie wprost — może już wdzięcznym był Michalskiemu, że ukoił męki tak dawnego niedosytu bądźcobądź tego tak strasznie kochanego „dla niego" (a nie przez niego — oto różnica), prawie świętego ciała. A to, że tak to zrozumiał i że jednak wzniósł się ponad siebie w tej ciężkiej chwili, czyż możności tego nie zawdzięczał tylko i wyłącznie księżnej Irinie i — ojcu. Dziwny splot. Znowu pokochał na chwilkę tamtą babę.

Ale trzeba było ratować matkę przed czemś gorszem. Zbliżył się i wyciągnąwszy rękę ponad zwalistemi, rudawo-włochatemi mięśniami tamtego, dotknął jej nagiego ramienia. Czarne, węgierskie oczy odchyliły sine powieki i wzrok-krzyk przebił gęstą atmosferę tej nowego typu kamery tortur. Już nie było czasu na analizę zapachów. (Czort wie co w tych rzeczach jest idjotycznym przesądem, nieistotnie, przypadkowo nabytym, a co prawdziwą, istotną moralnością gatunku bez żadnych jakichś-tam metafizycznych sankcyj. Dziś etyka tego nie potrzebuje — społeczeństwo samo zastępuje wszelkie zaświaty. Można być zakutym materjalistą i dobrym jak kaczodziób człowiekiem). Tamten spał dalej, ale przestał chrapać. Genezyp mówił prosto w te najdroższe oczy, które oglądał jakby przez mikroskop z teleskopowych odległości.

— Nie mów nic. Ja idę zaraz do siebie. Koniecznie musiałem cię widzieć. Nawet chciałem mówić o sobie, ale teraz nie warto. Ale nie myśl, że to pogarda. Nic takiego. Wszystko rozumiem. Nie gniewam się o nic. Sprzątnij go jednak czemprędzej. Tak może jest lepiej. — Wstyd, zwierzęcy strach, zadowolenie z przeżytej rozkoszy mimo wszystko — (to odczuł jako swoje dziedzictwo z niej poczęte — ten cynizm na dnie) i bezgraniczna wdzięczność dla niego, że on tak właśnie... Głowa rodziny — kochana główka rodzinki. W wylewie dobrych uczuć zanurzyli się we wspólne bagno, a mimo to wznieśli się o jakie parę centymetrów ponad siebie. Tak było dobrze. Michalski, piękny nawet w tej chwili zamierzchły pepeesowiec, mistrz w organizacji robotniczych spółdzielni, leżał dalej spokojnie, śpiąc jak dziecko, jak miłe zwierzę domowe. Dziwnie bezbronny był w tym stanie — mógł wzbudzić prawie że litość. A w objęciach „dzierżył" prawdziwą baronową, hrabiankę z domu. Nie mógł obudzić się w tej chwili — to byłoby już zbyt potworne. Nikt nie wierzył w możliwość tego faktu: ani Zypcio, ani baronowa. Bądźcobądź miał takt pewien (mimo notorycznego chamstwa) nawet we śnie.

— Nie gniewaj się. Ty nie wiesz. Tam masz rozkaz wojskowy na stoliku nocnym — szeptała matka przywalona potężną, bezwładną, nieświadomą łapą kochanka. — Idź już. — W tych dwóch słowach wypowiedziała wszystko. Byłoby to trudne dla aktorki, ale rzeczywistość umie nadawać głosowi niepojęcie zawiłe intonacje — nawet w wypadku dwóch nędznych sylab. Genezyp pogładził ją po głowie i odszedł z dziwnym uśmieszkiem. Ani się domyślał nawet jak piękny był w tej chwili — przez *świadomą* dobroć jego orzechowych oczu, przebijał się *cienisty odblask* skłębionego bólu, usta sztucznie zacięte rozwalał wewnętrzny upadek w kształt pękającego od słodyczy owocu, pełnego tajemnego jadu. Miał twarz usłużnego kelnera (ale z zaświatów), zmieszanego ze strąconym z jakiejś (czyż nie wszystko jedno) świętej góry półbogiem — natchnionego warjata i występnego chłopczyka. Niepodobny był do siebie zupełnie. Tajemne szaleństwo, gotujące się w pieczarach ducha do wylotu rzucało na jego rysy złowrogi cień. Nie wiedział co się z nim dzieje — ale był z siebie zadowolony. Mówił nieswoim głosem nie rozumiejąc jej słów:

— Zdawało mi się przez chwilę, że jestem starcem, że mam 90 lat. Niema mnie tutaj — jestem wszędzie. To tylko przypadek, że tu... Jestem szczęśliwy. — Na twarzy matki odbiło się zniecierpliwienie. — Ubierajcie się prędzej. Liljan może się obudzić. — To mówił już jakiś automat — nie on.

Minął śpiącą siostrę, której poza nie zmieniła się ani na włosek. Zdziwiło go to niezmiernie — zdawało się, że od chwili wejścia tu upłynęły wieki, a ona spała zupełnie tak samo, jak dawniej. Przeszedł do siebie i znalazł na biało-lakierowanym, tak zwanym w tych stronach „nakaśliku", obok zsiadłego mleka i ciasteczek (jakże był szczęśliwy teraz, że przebaczył matce i to — och, co za szczęście! — dawało mu nową siłę w stosunku do tamtego zła, czyhającego na niego w brudnych płciowych zakamarkach [miłości przecie nie znał — czego się oburzać, a?]) i zobaczył, zobaczył obok dawnych zwykłych ciasteczek rozpieczętowany dokument urzędowy. Dziwna chwila przeszła — szaleństwo cofnęło się aż poza płciowe przegrody, w głąb samego ośrodka jedności i czyhało na *swoją* chwilę dalej. Czytał, a w głębi przyszłego życia majaczyła mu, rozpierająca tę przyszłość, władcza postać ojca — widział go takim, jak ostatnim razem: skrępowanego chustami tytana we fraku z orderami — tak kazał się pochować.

W dokumencie stało:

„Niniejszem w przeprowadzeniu przewodu rozporządzeń M. S. Wojsk L. 148526/IV A i L 148527/IV A rozkazujemy, aby Genezyp Kapen de Vahàz wstąpił dobrowolnie na przyśpieszony kurs oficerski Szkoły Wyszkolenia Wojennego, zaczynający się 12-go kwietnia b. r.
[Podpisano (maszynowem pismem)]
Kocmołuchowicz, gen. kw. m. p.

Z oryginałem zgodnie.

Generalny Adjutant kwatermistrzowstwa
kapitan... (podpis nieczytelny)".

Jakby w łeb dostał Genezyp tem nazwiskiem. Tu go złapał. Więc ON
wiedział o jego egzystencji?! Jak Bóg w bajce góralskiej, który wiedział o
robaczku zamkniętym w kamyku na morskim ździarze. Przypomniała mu
się ilustracja bajki: śmierć, szukająca kamyka na tle piętrzących się
bałwanów. Oto ojciec z za grobu podał mu, w tej strasznej chwili zawalenia
się wszystkiego, swoją pulchną, a potężną łapę. Genezyp uścisnął ją
zębami, całem ciałem wpił się w nią w myśli. Teraz łapa ta zaciężyła
definitywnie nad całem życiem. Jak potężny lewar wyciągała go za uszy z
bagna. Ale w tem nowem uczuciu dla ojca (wiedział przecie, że to nie kto
inny musiał wpłynąć na Kocmołuchowicza) nie znalazło się potępienie dla
matki (która musiała w tej chwili właśnie budzić tę swoją półpijaną
„maszynę dla samozadowolenia"). Zrozumiał, że jednak dla matki musiał
to być też kompromis, analogiczny do jego upadku w stosunkach z księżną
Iriną — a jednak mniejszy: musiało to być zaprzeczeniem pewnych tylko
istotnych dążeń w życiu (konflikt z uczuciami religijnemi i rodowemi
chociażby), ale nie zabiciem miłości. Ale życie matki kończyło się, gdy
jego... Teraz miał podstawę do walki z potwornością, wcieloną w tamten
kadłub, kałdun, bebech — już nie ciało. Zapomniał o tem, że to coś, czego
się bał i pożądał ma też duszę, biedną duszyczkę, umęczoną nadchodzącą
starością. Z okrucieństwem tylko co przypadkiem zdobytej siły zabijał
tamtą bądźcobądź wielką damę w sobie, kopiąc ją, opluwając,
bezczeszcząc. Nie czuł, że niszczy tem i siebie i ten ogonek siły, za który
ledwo co się uczepił. Postanowił, że teraz nosa nie wytknie poza rodzinny
kompleks: matka — nawet w połączeniu z Michalskim, jeśli już tak trzeba
— (o — właśnie zamknęły się cicho drzwi za nieumytym, nieogolonym,
„na chybcika" ubranym, skacenjamerowanym kochankiem — zionął wódą,
ale był piękny i do tego taki byk); siostra — teraz zrozumiał całą wartość
tego, że miał bądźcobądź siostrę — ona będzie jego pośredniczką dla
zdobycia prawdziwej miłości. (Kiedyś Toldzio wyjawiał mu na ten temat
jakieś zazdrości, ale była w tem duża doza perwersji — teraz widział to
Genezyp jak na dłoni). Matka, siostra i koniec. I niech nikt nie waży się
wkręcać w to swoją nędzną (koniecznie nędzną) osobę, — tak, z wyjątkiem
Michalskiego. To będzie jego, Genezypa, pokuta, że właśnie pozwoli matce
na ten luksus, a może na większy jeszcze. Niech puszcza się stara, niech
użyje życia — nie miała przecie tego, co tamta. Aż się wzdrygnął na to

wspomnienie: potwór dał o sobie znać, że czuwa, że czeka tylko na odpowiednią chwilę, aby wpić się w jego niedoświadczone gruczoły i mózgowe centra. Ale narazie łudził się Genezyp, że wygra tę dopiero rozpoczętą bitwę. Nie wiedział co go czekało, nie na tym, ale na dalszych frontach.

Zaraz zaczął się pakować. Jako głowa rodziny postanowił, że wyjadą południowym kurjerem. Kiedy walczył z jakąś walizą, nie mogąc dopiąć klamer, weszła matka, ubrana w różowy (!) dawny zatulnik. Zbliżyła się do niego nieśmiało. Teraz dopiero zauważył jak odmłodniała i wyładniała.

— Przebacz, Zypku — nie wiesz, jakie okropne było moje życie. — Wyprostował się przed nią piękny i szlachetny.

— Przebaczam wszystko. A właściwie niegodny jestem tego, by komuś coś wogóle przebaczać, a tem bardziej tobie.

— Ale pozwolisz, że pan Michalski pojedzie z nami. Właśnie dziś i tak miał jechać. On się nami zaopiekuje. Ja jestem taka bezradna — wiesz.... — To odbierało mu trochę uroku, jako głowie rodziny.

— Ja zupełnie wystarczę jako opieka. — (Pani Kapenowa uśmiechnęła się przez łzy: „czyż to nie jest szczęście w nieszczęściu to wszystko"). Ale nic nie mam przeciwko panu M., ani nikomu, który mamie do szczęście jest i będzie potrzebny. Dziś zrozumiałem zbyt wiele... —

— A ta historja? — przerwała matka.

— Skończone — burknął. Ale jakieś przykre echo z głębi jego istoty przyniosło mu zupełnie inną odpowiedź. Odbiło mu się tamtym babsztylem jak cebulą. Ściskali się z matką długo.

Popołudniu mijali już okoliczne (koniecznie okoliczne) wzgórza, pędząc tak zwanym węgierskim ekspresem w kierunku tak zwanej regjonalnej stolicy K. Jechał z nimi (dziwnym zbiegiem okoliczności — Liljana wcale nie była taka głupia), Sturfan Abnol, który właśnie dostał był posadę „naczelnika literackiego" (jak się wyrażał) w dziwnym nader (co to jest to słowo?) teatrzyku Kwintofrona Wieczorowicza. Gwiazdą tego „zawiedieńja" była nieznana dotąd nigdzie Persy Zwierżontkowskaja, pół-polka, pół-rosjanka, praprawnuczka słynnego Zwierzątkowskiego jeszcze z pod Somo-Sierry. Miała przytem jeszcze jedną funkcję, ale tajną. I o tem później oczywiście.

Informacja: Sturfan z niebywałą siłą zabrał się do pozornie niewinnej jak pączek Liljany. Mimo całej ogólnej katastroficzności położenia wszyscy byli w cudownych humorach. Nawet Genezyp, nieświadomy klęsk przyszłości, pienił się jak kielich młodego, wyrosłego na lawie, wina.

Rozkaz wojskowy w kieszeni to czasem dobra jest rzecz. Niewiadomo czy to piękne popołudnie w wagonie II-giej klasy ekspresu, pędzącego krętą linją pośród Beskidzkich Wzgórz nie było jedną z najlepszych chwil jego życia. Zaprzyjaźnił się nawet z Michalskim, który od wczoraj jakoś dziwnie nieśmiało zaczął się do niego odnosić.

Koniec części I-szej.

CZĘŚĆ DRUGA: OBŁĘD
SZKÓŁKA.

Straszliwe czasy nastały dla Genezypa Kapena. Pocieszał się tylko tem, że takie same czasy nastały prawie dla wszystkich. Tak, tylko niektórzy, w tym ostatnim zdawało się podrygu, umieli jeszcze użyć uciekającego ogonka życia — na niego zawzięło się wszystko — i od zewnątrz i od wewnątrz. I nie zdawał sobie z tego sprawy ten bałwan, że tkwi w samem „złotem" jądrze szczęścia (złotem w znaczeniu zorzy jesiennego nieba, zżółkłego listka osiki w słońcu, połysku doskonałego w swej formie żuka), (bo jak śpiewał czasem myjąc się marchese Scampi:
„jeśli cię nic nie swędzi i nie zanadto boli,
nie miej pretensji żadnej do najsroższej doli".)
w środku pestki „źrałej", pękającej doskonałością barw jagody na tle krystalicznego błękitu przestrzeni, jagody, którą inni może tylko zlekka oblizywali, a którą on żarł od środka jak tłusty robak, raczej gąsienica, z której miał powstać mieniący się wszystkiemi kolorami motyl. Ale czy powstanie? Oto pytanie. „Ja, wybierając los mój, wybrałem szaleństwo" — mógł powiedzieć z Micińskim. A do tego jeszcze wszystko sprzysiężone w jedną, precyzyjną w swej celowości maszynę, pchało go ku temu szaleństwu systematycznie, nieprzeparcie. Jak takie *psychopatisch angehauchtes Individuum" „tombera dans un pareil engrenage"* to *„wsio propało"*. Ale tłómacz-że to wszystko takiemu durniowi. Młodość — któż zdoła wyrazić urok tej istności, która tylko we wspomnieniu jest tak piękna, jak mogłaby być w aktualności swej, gdyby nie związana z nią, na prawie husserlowski *„Wesenszusammenhang"*, głupota.
Informacja: Kraj zamienił się w jedną olbrzymią poczekalnię, o tak szalonem napięciu potencjałów czekania, jakiego w historji dotąd nie notowano. Może zaledwie żydzi czekali tak Mesjasza, jak u nas wszyscy niewiadomo czego. Prócz zmechanizowanej do idjotyzmu pracy każdego

obywatela w jego krążku działania, głównem zajęciem było tak zwane „oczekiwanie samo w sobie" — *die Erwartung an und für sich"*. Nawet Syndykat Zbawienia Narodowego = (raz na zawsze S. Z. N.) („Stowarzyszenie Zajaców Najtchórzliwszych" — jak mówiły cienie dawnych komunistów) funkcjonował automatycznie w niepojęty sposób, zdając wszystko ze strachu przed odpowiedzialnością, na przyszłe, niewiadome czyny Kocmołuchowicza. Ten zaś, tajemniczy jak nigdy, (nikt nie wiedział po czyjej jest stronie i nikt nie śmiał tego badać) — walił całą swą niesamowitą energję w organizację armji, przygotowując ją do nieprzeczuwalnych dla nikogo czynów. Kogo zechce, czy raczej *kogo raczy* wyrżnąć, nie wiedział nikt, ani on sam — był zarówno tajemniczym dla siebie, jak i dla innych — a może więcej — w tem była jego siła. Nie wiedzieć czego się chce było w tych czasach wszechwiedzy i wybujałej introspekcji trudniejszą rzeczą niż wiedzieć.

Moskwa była zdobyta. Między Polską, a chińską nawałą znajdował się pas „buforowych", czy „butaforskich" Wielkich Księstw: litewskiego, białoruskiego i ukraińskiego, w których panował chaos nieopisany i zupełnie nieciekawy. Wiadomo jak taki chaos wygląda — (ciekawy jest tylko dla tych, co w nim są — z boku nie przedstawia żadnych punktów zainteresowania — prócz tego, „co się z niego wyłoni", a o tem znowu nigdy nic zawczasu powiedzieć nie można.) — a więc: a) tak zwane przeciąganie wzajemnie rżnących się band przez różne punkty, b) problem jakie należy mieć danego dnia przekonania w danym punkcie i c) kwestja żarcia — oto wszystko. Reszta: stosunki płciowe, metafizyka i klimat pozostają niezmienione. Opowiadania o tem na gębę i piórem, nudne są aż do rzygania włącznie. Wszyscy Wielcy Książęta (nawet Nikifor Białosielski, Kijowski), znajdowali się już w Polsce i lizali od rana do nocy stopy S.-Z.-E.-nu, robiącemu pod siebie w przerażeniu najwyższem. Zdarzały się odstępstwa w nieokreśloną sferę programowej *„Erwartungspolitik"*. Próbowano nawet założyć stronnictwo „Oczekiwaczy Czystych". Ale Kocmołuchowicz szybko zlikwidował tę sprawę: nie lubił rzeczy nieokreślonych — robiły mu konkurencję. Z zalanej przez chińczyków Rumunji nie dochodziły żadne wieści. Mniejsza z tem. Dalej nie posuwały się te żółte małpy, jak mówiono prawie ze złością. Nie wiedziano, że ten stan rzeczy miał trwać o wiele dłużej niż przypuszczano. Właściwie w całym kraju jedynie dobrze czuł się Kocmołuchowicz — (to było bezsprzecznie jego *perihelium*) — i może jego najbliższe otoczenie — chociaż troszeczku gorzej. Znając jego nieustraszoną odwagę nikt nie mógł go posądzić o osobiste tchórzostwo, ale mimo to, w niektórych kołach „pobrzękiwaczy szabelką", szeptano głucho w dzikim strachu, że powinienby tak jednak natrzeć pierwszy, zanim chińczycy zdołają zorganizować na swój sposób Rosję. Tymczasem działy się dziwne rzeczy w tej jedynej na kuli ziemskiej krainie niespodzianek. Na skutek „wszechludzkiego" zakazu używania na wojnie gazów i aeroplanów — (pierwsze w postaci tak zwanych „gazów psychicznych" używane były w walkach wewnętrznych, drugie jedynie jako środek komunikacyjny) który wydała wszechwładna Liga Obrony Racjonalnej Wojny (z siedzibą) w Caracas w Wenezueli, i którego trzymali się z absolutną ścisłością nawet chińczycy (ci dzięki Konfucjuszowi, jedyni dżentelmeni na naszej planecie) przemysł chemiczny i lotniczy znajdował się w zupełnym zastoju.

Ćwiczono u nas właściwie tylko piechotę i kawalerja, — macierzysta broń generał-kwatermistrza, — nawet ona, była zlekka zaniedbana. Armję automatyzowano z wzrastającem ciśnieniem na wszystkich piętrach. Paradne marsze zajęły prawie połowę czasu, który dawniej poświęcano ćwiczeniom taktycznym. Przypominały się carskie czasy w rosyjskiej gwardji. Liczba oficerów wzrosła niepomiernie — już na 5-ciu żołnierzy wypadał jeden oficer, a tu ilość oficerskich szkół powiększano ciągle. Pacyfiści obliczali, że energja zużyta na samo salutowanie szła w miljony ergów na jeden dzień, tembardziej, że jako zbyt lekceważący, zniesiono system dwupalcowy — salutowało się całą łapą, jak przystało. Defajdyści, jak z polska po francusku nazwano „*defaite'ystów*", przepełzali bokami jak gady, szepcząc jedynie sobie wzajemnie potworne wiadomości. Sejm nie funkcjonował, budżet nie był dokładnie znany nikomu. Zaczęto coś nawet przebąkiwać o „tajnej pożyczce chińskiej". Ale redaktora gazety, który coś podobnego w przybliżeniu tylko napisał, rozstrzelano po bardzo krótkim procederze (dla przykładu) — (czy jest coś okropniejszego z punktu widzenia tego rozstrzelanego?) — i przebąkiwacze przestali przebąkiwać — jak makiem zasiał. Sytuacja była tak dziwna, że najstarsi ludzie łapali się za głowy — ale zaraz przestawali — bo właściwie poco? Ogólna miłość i zgoda przeszły nagle, w połowie kwietnia, w ogólną wzajemną nieufność z dawnych czasów. Potężny katalizator na Wschodzie dysocjował i jonizował nietrwałe, wybuchowe związki wewnętrzne, swojem kolosalnem polem napięcia, które podobno dawało się odczuwać już w Niemczech. Czuło się, że są tu wplątane siły obce, ale gdzie był ich punkt zaczepienia nie mógł dociec nikt, bo pewni ludzie umieli milczeć gorzej od ryb, a ci coby chcieli czegoś się dowiedzieć nie mogli — nie mieli egzekutywy tortur. Jak wogóle tego rodzaju stany, stosunki, poglądy i instytucje mogły istnieć, wobec opasującego nasz biedny kraj pierścienia sowieckich republik, z wylotem na doniedawna białogwardyjską Rosję, nikt pojąć nie był w stanie. A z tymi, którzy okazywali skłonności do odgadnięcia tej zagadki postępowano tak, że najśmielsi tracili na ten widok dycht i kontenans. Bo to wiedzieli wszyscy: od 1-go kwietnia tortury były na porządku dziennym. Ale mówić o tem znaczyło tyle, co już być dawno storturowanym. Nauczyły się więc milczeć największe nawet zafajdane zwykle plotami gaduły i najbardziej śmierdzące, niemyte pyski — milczała nawet prasa.

Genezyp mało odczuł utratę swoich niedoszłych prawie bogactw, bo nie nauczył się ich jeszcze używać. Matka pocieszała się swobodą i szatańską wprost miłością, którą wzbudziła w czterdziesto-kilkoletnim, niezużytym przez kobiety, Michalskim. Wydobywanie z tego bykodziałacza, dzikołaka i wdowca, całych wagonów dziecięcych wprost uczuć i promieniowanie rozwartą w pełni kobiecością, na co już nadziei pod koniec nie miała, otworzyła jej dopiero oczy na świat, który z suchego wiórka zmienił się dla niej w jakąś tryskającą fontannę nieznanych barw, dotyków, zapachów, pojęć, spermy i rozpierającej radości — zagrała krew przodków: grófów de Kisfaludy-Szaràs, chociaż po kądzieli. Przyczem sama rozwijała się jakby w jakiejś djabelskiej wylęgarni. Wywleczono zapylone wymyślności, których przed wiekami uczył ją jeszcze nieboszczyk-mąż — z za grobu rozwijał i kształcił teraz szczęśliwego kochanka. Doprowadzony do ostateczności Michalski postanowił się z nią żenić, ale ona nie mogła jeszcze powziąć w tym względzie ostatecznej decyzji. Finansowo pomagali trochę krewni, ale z niechęcią, bo dawniej też byli przeciwni małżeństwu dobrze urodzonej sieroty z „tym piwowarem". „Jak spadać w tym kierunku, to już na samo dno" — mówiła sobie pani Kapenowa i coraz bardziej zżywała się z myślą połączenia swego losu na zawsze z buchającym energją buhajem, „królem pepeesowych kooperatyw", jak nazywano jej ukochanego Józia. Jedynie Liljan buntowała się przeciw twardemu losowi. Utrata jaśniepańskości i związanego z nią ciągłego płaszczenia się „warstw niższych", co napawało ją, jak to teraz dopiero pojęła, ciągłą, chroniczną przyjemnością, była ciężka. Ale i ona w niedługim czasie znalazła swoją własną rówienkę pochyłą dogodnego upadku, tylko bardziej interesującego, niż proste, jednorazowe „durknięcie w dół" matki — zaczęła mianowicie grywać dziecinne rólki w teatrzyku Kwintofrona (tak zwanem „Kwintofronjum"), gdzie umieścił ją, po przezwyciężeniu pewnego oporu baronowej, zakochany w córce jej do zupełnego „ostierwienienja", bujny i burzący się i nie mieszczący się ciągle w sobie, Sturfan Abnol. Postanowił wychować małą Kapenównę na swoją żonę „nowego typu" — jak mawiał tajemniczo. Mieszkali w czterech pokoikach, w opuszczonym pałacu Gąsiorowskich na ulicy Retoryka — każdy wie gdzie to jest.

W trzy dni po przybyciu do regjonalnej stolicy K. = R. S. K., Zypcio wzięty został w kluby straszliwej dyscypliny oficerskiej szkoły typu C — najpiekielniejszej — za zmarszczkę na prześcieradle kara była do dwóch dni aresztu, zależnie od okoliczności ubocznych. Nazywano ich prowincjonalną gwardją kwatermistrza popularnie — pegiekwakami. ON SAM stawał się w tych środowiskach postacią prawie-że mityczną, mimo (to prawdziwy cud) aż nazbyt realnej swej egzystencji, objawiającej się w częstych wizytacjach, po których panika zdawała się pozostawać w budynkach w postaci jakiegoś prawie materjalnego fluidu. Duch jego dosłownie obecny był na wszystkich lekcjach i ćwiczeniach — wolne od niego były zdaje się tylko ubikacje laksatywne, w których oddawanie honorów zostało wzbronione. Raz jednak zdarzyła się zabawna — z punktu wojskowego historja — oto kwatermistrz wpadł do jednej z takich salek, gdzie kołem stały uprzejmie zapraszające do wypróżnień instrumenty — wpadł, by przekonać się o tem, czy odpowiedni rozkaz jest szanowany. Było pełno. Nie wytrzymali przerażeni niedoćwiczeni cywile — stanęli na baczność jak jeden mąż, nie bacząc na stadja czynności swych, w jakich się znajdowali. Wszyscy dostali po pięć dni kozy. „Lubię jak wiara w portki przedemną sra — nie będą tego robić na froncie" — mawiał wódz, pusząc swe czarne, kozackie wąsiska. Ale na tle dawnego ojcowskiego teroru dyscyplina mało ciężyła młodemu „junkrowi" (jak nazywano też z rosyjska wychowanków szkół wojskowych) — przyzwyczaił się szybko do bezsensownych procederów (zaczął nawet pojmować ich sens głęboki), a nawet stał się dla niego cały ten aparat miażdżenia i kształtowania na nowo, obcej armji, normalnej indywidualności doskonałem antydotum na ostatnie przeżycia — był właśnie warsztatem „bezimiennej siły" Tengiera. Z niesmakiem, nieomal z pogardą myślał teraz Genezyp o tej włochatej pokrace. Sztukę całą miał gdzieś i poniekąd słusznie — co komu z tego w takich czasach. A o ledwo zrodzonej metafizyce mowy nawet nie było — czas był wypchany aż do pęknięcia — życie szło z maszynową jednostajnością. Pierwsze dwa tygodnie nie opuszczał embrjon oficera ponurego gmachu szkoły, wznoszącego swą ceglasto-rudą masę na zboczach białych, wapiennych podmiejskich wzgórz — nie mógł się nauczyć prawidłowego oddawania honorów. Wieczorami, w *krótkie* pół-godziny wytchnienia przed obiadem, marzył o dalekiem mieście i rodzinie, wpatrzony w buro-czerwoną łunę na horyzoncie, rozświetlaną czasem zielonemi odblaskami tramwajowych iskier. „Dobrze ci tak — teraz masz" — powtarzał sobie. Rosła w nim siła, ale nie jako posłuszne celowe narzędzie, tylko jakby jakiś anarchistyczny eksplozyw, który nie chciał całkowicie zmagazynować się w wyznaczonych mu komorach — przelewało się to gdzieś w tajne, nieznane prymitywnemu introspekcjoniście zaułki ducha i tam krzepło w coś złego, nastroszonego przeciw niemu samemu i życiu. Coraz częściej odczuwał pokłady nienazwanej obcości w sobie, ale na dłubanie w rzeczach tych nie miał czasu. Tak się to gromadziło, gromadziło — aż nakoniec: „trach" i... ale o tem później. Było jedno: najgorszy objaw: tworzona siła obracała się przeciw jej twórcy. Obok, na marginesie duszy, zapisywała jakaś obca ręka tajemnicze znaki, które odczytać miał dopiero dużo później. Były to funkcje tlących się w podziemiach jaźni wspomnień tamtego przebudzenia się dziwności i tamtych przeklętych pierwszych dni życia na swobodzie. (Czy nie ostatnich?) Zdawało się, że otworzyła się i zalśniła w zaświatowej jakiejś błyskawicy, jaskinia pełna skarbów, dziwów i potworności, a potem zatrzasnęły się wrzeciądze (koniecznie wrzeciądze) i niewiadomo było teraz czy to nie był sen tylko. Jakże okropnie przedstawiało się teraz to pierwsze wejrzenie w otchłań niewiadomego, co tak nęciła tajemniczym urokiem, różnobarwnością przyszłych zdarzeń, możnością nasycenia nieuświadomionych apetytów — od najniższych do najwyższych. Apetyt umysłowy, zdławiony w zarodku w ten wieczór u Tengiera i w pustelni Bazylego, nie dawał znaku życia. Już niczego nie spodziewał się Genezyp po „literaturze", która zawierała dla niego dawniej wszystkie możliwości i niespełnione uroki życia, to nasycenie ostateczne, którego w życiu być nie mogło. Zróżniczkowało się wszystko, rozprysło na tysiące nieskoordynowanych zagadnień: od tajemniczości Istnienia jako całości — do mrocznych głębin uczuć, które zazębiały się o stającą się rzeczywistość w sposób zastraszający i złowrogi. Dwoistość — były chłopczyk i obcy mu stający się oficer — dwie te istności bełtały się obok siebie, nie mieszając się nigdy w jedną osobowość. Więc *takiem* miało być to wszystko? W tem słowie zawierało się piekielne rozczarowanie. Ale czuł się też winnym sam. Od tego dnia i nocy tej zależała cała przyszłość. I co z tego uczynił? Sięgnął brudną, chłopięcą łapką w otchłań tajemnicy i wyciągnął kupę krwawych flaków. A może naprawdę był to skarbiec i on sam, przez to nieumiejętne sięgnięcie, zmarnował wszystko i nigdy już nie wróci taka chwila, aby móc ten błąd naprawić.

W tym czasie Genezyp zaczął stawiać pierwsze kroki w nieistotnej dotychczas sferze przyjaźni. Toldzio był zdyskwalifikowany zupełnie. Inne pseudo-przyjaźnie z czasów szkolnych zapadły się w nieokreśloną, niezróżniczkowaną masę przeszłości jednocześnie ze zmianą warunków życia. Wogóle cały ten czas, zdający się kiedyś tak pełnym znaczenia i barwnych przejść, bladł coraz bardziej i zasnuwał się szarą zasłoną na tle nowych wypadków, które jak ostrza wbijały się w świadomość, wiercąc niby artezyjskie studnie w niezbadanych dotąd, pustynnych krainach ducha, dobywając z tajemniczych głębin jak wędki coraz to nowe myśli-potwory głębinowe, coraz to ostrzejsze uświadomienie istoty rzeczywistości. Ale wszystko to było nie to i nie to... „Więc to taki jest ten świat" — w zdaniu tem mieściły się całe pokłady niewyrażalnych znaczeń, których ogólną formułą mogłoby być jakiekolwiek twierdzenie, wyrażające przypadkowość w konieczności, dowolność każdego czynu na tle poczucia, że musi się być takim a nie innym w całości, w tem właśnie miejscu czasu i przestrzeni, ograniczonym niby absolutnemi prawami fizyki, a jednocześnie nieskończenie wolnym w teoretycznych choćby możliwościach, — wyrażające ogólnie kontyngencję na tle przyczynowości, obejmującą całe Istnienie wraz z niemożnością pomyślenia nietylko Absolutnej Nicości, tego absolutnego nonsensu, ale nawet głupstwa tego rzędu, co naprzykład przypuszczenie: „a coby było gdyby mnie nie było wcale", któremu, a nawet przypuszczeniu Nicości, logicznie nic zarzucić nie można. Prawo i bezprawie i płynąca stąd względność, męczyły w wolnych od zajęć chwilach mózg tej oficerskiej protoplazmy. Oczywiście dla Kocmołuchowicza naprzykład myśli takie byłyby nonsensem nie-do-zniesienia. Może w godzinę śmierci zaledwie zdobyłby się tego gatunku człowiek na potraktowanie serjo tak wysokiego rzędu baliwernji. A iluż było już wtedy młodych ludzi, którzy nie zdążyli (mimo pewnej inteligencji) zauważyć w siebie podobnych stanów podmyślowych, wydzielić ich jako coś odrębnego z codziennego tła zwierzęcej pospolitości. Każda upływająca chwila zdawała się już być pełną ostatecznego zrozumienia, czem jest to upragnione i wiecznie uciekające życie, a każda następna zadawała kłam tej ostateczności, przebijając nowe warstwy wewnętrzne i ukazując nowe sfery nazewnątrz, a wszystko naopak i nie tak jak trzeba. Nie oceniał Genezyp szczęścia tego okresu: męczył się ciągłą zmiennością i zwężaniem się pozornie nieogarnionych możliwości — już widział niewyraźnie klin, w który miał się zaklinować na zawsze: będzie (ogólnie) takim, a nie innym — jakim? — nie wiedział. Więc *takiem* jest to życie, ciągle nieuchwytne, wymykające się wykrętnie, kiedy już zdawało się, że się ma w ręku jego sam najskrytszy pępek czy ośrodek, z którego wszystko dałoby się automatycznie wywlec, wykręcić i wyżąć. Chodziło, mówiąc popularnie, o zasadę, z której logicznie każdy słuszny sposób reakcji na dane zjawisko możnaby wyprowadzić. Mimo tych wysiłków zdobycia jednolitego poglądu w sferze idealnej, zawodziły wszystkie drobne postanowienia realne, a ciągłe niespodzianki zewnętrzne (oficerowie kursowi, koledzy, świat wojskowych pojęć i zwalana codziennie na głowę pakami całemi odpowiedzialność) i również niespodziewane, nie dające się absolutnie przewidzieć i opanować, reakcje wewnętrzne, napełniały Genezypa niesmakiem i wstrętem do samego siebie. Tracił nadzieję, że chaos ten kiedykolwiek da się w jakiś jednoznaczny sposób uporządkować i opanować. Ludzie, ci inni niepojęci ludzie — to był najjadowitszy problem, tak byli inni, że nie można sobie było wyobrazić możności porozumienia, mimo używania tych samych znaków o tych samych znaczeniach. Zypcio poraz-pierwszy zaczął ze zdumieniem rozpoznawać różnorodność typów ludzkich. Dawny ojciec i „dawna" również księżna, wydawali mu się teraz jedynie tworami jego własnej wyobraźni — przekonał się, że ich wcale nie znał — tak — i nie pozna — bo z księżną postanowił nie widzieć się nigdy w życiu, a ojciec jak wiadomo umarł — otóż to właśnie: było to wiadomem, ale śmierć ta nie była śmiercią innych ludzi i możliwą jego własną — to była inna śmierć — niezupełna. Stary żył w nim i niepoznawalny już w rzeczywistości rozrastał się jako nowa przepoczwarzona, ekstrapolacyjnie poza polem doświadczenia wytworzona i oczywiście sfałszowana osobowość — urastał do rozmiarów wszechwładnego tytana. Jeśli wierzył Zypcio w życie przyszłe i duchy, to jedynie w stosunku do ojca. Możliwa jego śmierć własna stanowiąca zupełnie różną od śmierci innych ludzi „istność", była też zróżniczkowana: jedna: śmierć ogólno-daleka, symbol końca życia, której bał się czasem właśnie śmiertelnie i ta druga, wesoła, niebezpieczna, „sławna", „śmierć walecznych", po której zdawało się rozpoczynać nowe życie. Mimo pogardy dla sztuki i osobistego wstrętu, coraz bardziej tęsknił do wszechwiedzącego Tengiera — tylko żeby nie ta jego pokraczność i pocałunki — brrr...

Ciągła samotność wśród ludzi i poza zajęciami nawet w największym gwarze, wytwarzała obłędne samozjadanie się w „myślach". Nie były to związki określonych pojęć — raczej bezforemne obrazy, szkice i „obłomki" jakichś przyszłych koncepcji, znajdujących się w stanie zalążkowym. Zalążki te pełzły koncentrycznie ku jakiemuś, narazie urojonemu centralnemu punktowi, co dawało pozory potencjalnej struktury całości, a niewykończoność systemu męczyła wprost okropnie — ale to strasznie. Takby się chciało, aby tanim kosztem wszystko było takie doskonałe, uporządkowane, bez zarzutu — a tu nic: chaos, bezład, zamieszanie, kłótnia poszczególnych części między sobą, awantura. Na nic nie było czasu. O, gdyby tak móc żyć pięćset lat, lub ze trzydzieści razy „pod rząd". Wtedy dałoby się coś nie coś zrobić, czegoś dokonać. (Na tle sflaczonego tempa życia, „biezałabierności", klejkości *milieu ambiant"* — wszystko zdawało się odbywać w beczce ze smołą — wielu u nas [i Kocmołuchowicz też] doznawało podobnych wrażeń). A tak — nie warto. *„Il faut prendre la vie gaiement ou se brûler la cervelle"* — tak mawiał, cytując Maupassanta, jeden z nieprzyjemniejszych kawaleryjskich typów szkolnych, tak zwany „nieprzyjemniaczek", naczelnik maneżu, porucznik Wołodyjowicz. Miało to dodawać ducha wychowankom. Genezyp czuł, że żyć będzie krótko — na czem opierał to przypuszczenie, sam nie wiedział, w każdym razie nie na groźniejących wypadkach. Rok dwudziesty pierwszy wydawał mu się samą wiecznością — ale o tem później.

Szkolni przyjaciele byli bardzo nieciekawi. Jeden różowy „intuicyjny" chłopczyna, o rok od Zypcia młodszy, był dość delikatny, ale zato głupawy. Drugi — pierwotnawo-mądrawy, trzydziestoletni chłop, były urzędnik bankowy, miał faktycznie wyższe intelektualne aspiracje, ale zato tak był nieprzyjemny w swych formach towarzyskich, że tamte zalety ginęły w nich jak małe brylanciki w olbrzymim śmietnisku. Poza tem ćma pół-automatycznych, zaledwie zdających sobie sprawę z własnego istnienia, duchowych chudzielców. A wszystko to było złe, zazdrosne, pełne wzajemnej pogardy i napuszone, operujące w rozmowie ciągłemi przykremi aluzjami i złośliwościami, na które niewiadomo było jak reagować. Bo Zypcio złośliwym nie był i cierpiał na *„esprit d'escalier"* w formie ostrej. Nie reagował drugi raz, trzeci, czwarty, aż nagle robił awanturę o byle chamską poufałość i zrywał stosunki, co mu wyrabiało opinję „nadwrażliwego" psychopaty, jakim faktycznie był. „Zbyteczna wrażliwość" — myślał z goryczą. — „Dobrze, ale jest to wyrazem pewnej subtelności. Czemu na mnie nikt się nie skarży? Czyż ideałem naszym ma być chamstwo i niedelikatność?" Ale cóż pomóc mogły takie myśli? Trzeba było się izolować, bo „przypuść tu raz chama do konfidencji — zaraz ci na

mordę wlizie". A robić przykrości i peszyć ludzi Zypcio nie umiał wcale —
był wogóle dobry, poprostu *dobry* — co tu ciekawego można o tem
powiedzieć.

O, wstrętny był ten przeciętny inteligent polski tych czasów! Lepsi już byli
nawet wysokiej marki dranie, lub poprostu tłum (ale zdaleka), w którego
zwojach i skrętach czaiła się złowroga, bezlitosna przyszłość przeżytych
warstw ludzkości. Całe społeczeństwo zepsute fałszywą, amerykańską
„prosperity", zdobytą za pieniądze ościennych i nieościennych pół-
bolszewickich państw, tych hodowców „przedmurza", — całe
społeczeństwo (powiadam) było jak zepsuty jedynak tuż przed stratą
rodziców i pieniędzy, który dziwi się potem, że cały świat nie zajmuje się
tem, aby on miał dziś obiad i nie może pojąć, że nikogo to nic nie obchodzi.
Tak też było później.

Kocmołuchowicz, wyczerpawszy w swej manji produkowania oficerów
całą prawie zbywającą poza urzędami inteligencję, sięgnął już porządnie w
pół-inteligencję, a nawet domacywał się wprost do sfer najniższych, do tak
zwanych „duchowych batiarów", wybierając stamtąd co najtęższych
psychicznie drabów, podobnie jak Fryderyk II-gi swoich grenadjerów.
Genezyp, nie przyzwyczajony do sposobu bycia tego rodzaju indywiduów,
nie mógł pogodzić się z istnieniem swych trzystu przeszło kolegów, którzy
mieli *prawo* poufalić się z nim bez wszelkich ograniczeń. A na dnie czuł do
siebie za to najsroższą pogardę. Przecież był niczem i co gorsze nigdy kimś
nie będzie. Nie dadzą: a) czasy, b) ludzie i c) brak czasu. Tęsknił do innych
historycznych epok, nie zdając sobie sprawy, że tam byłby jeszcze gorszą
może (chociaż kto wie?) ciurą, niż w tym okresie największej rewolucji
świata — jedynego przewrotu istotnego: absolutnego ujednolicenia
ludzkości w formach nieprzewidzianych w żadnej doktrynie przeszłości:
nikt nie mógł przedtem wykoncypować tego, że potwór cywilizacji dojdzie
do takich rozmiarów i że metody walki z nim nie mogą być wypracowane
zawczasu. Niby robił to faszyzm, ale za dużo pokutowało w nim jeszcze
dawnych nacjonalistycznych i indywidualistycznych pozostałości.
Ograniczył się więc Zypcio do paru naiwnych masek wobec bezpośrednich
swych dowódców, na szczęście ludzi niezbyt przenikliwych, a poza tem
otorbił się o ile możności zupełnie. Dyscyplina utłaczała go powoli i
systematycznie, ale tylko na powierzchni. Chwilami nawet był
zadowolony, że tak odrazu stał się tem niby-czemś w kręcącej się z coraz
większą bezmyślnością machinie społecznej. W głębi rozszarpanych przez
księżnę i niezagojonych bebechów puchła podświadoma żądza

erotycznych przeżyć. Ale Genezyp postanowił „żyć w czystości", aż póki nie nadejdzie prawdziwa miłość — pozornie banalne to powiedzeńko było najszlachetniejszą rzeczą, jaką ten nieszczęśliwy chłopak dotąd wymyślił. (Była to jednak „linja postępowania" niezależna, nie mająca nic wspólnego z całokształtem życia i jako taka bezwartościowa.) Nie godził się na użycie żadnych antydotów, co było tem łatwiejsze, że, po dwóch tygodniach obowiązkowej niewoli, zamknięto go znowu na tydzień aresztu, z powodu nagłego braku umiejętności w słaniu łóżka i palenia w olbrzymim piecu szwadronowego lokalu. [Stary gmach po-hieronimicki, czy też po-pneumatycki, a dawniejszy pałac Herburtów, wciągał z rozkoszą wyziewy bardziej świeckie, ba — nawet wojskowe.] Nieściśliwe ciała byłych metafizycznych chwil, tamtych „przebudzeniowych", ogólno-nienasyceniowych, obłe, wyślizgujące się jak pestki, a jednak mięsisto-żywo-twarde, wymykały się wszelkiej analizie. A jednak czuł Genezyp w rzadkich i nikłych a krótkotrwałych jak daleka błyskawica letniego wieczoru jasnowidzeniach, że tam to właśnie kryło się przeznaczenie, tajemnica całości jego niepoznawalnego charakteru. Zawsze można powiedzieć, że właściwie co nas obchodzi taki to a taki głupniarz czy nawet główniarz — ale rzecz nie jest tak prosta, jakby się wydawała. Czekał wyroków od obcej potęgi w sobie, od tego swego „więźnia", jak nazywać zaczął rządzącego wszystkiem podświadomie nie sobowtóra nawet, a nieznajomego osobiście, tylko z widzenia jakby, bardziej dorosłego niż on sam, pasażera w sobie. Ale jeszcze nie bał się go zupełnie — to miało nadejść trochę później. Narazie przelotny pasażer, czy więzień ów wewnętrzny, żył w sferze oderwanej, ale bliżej pojęciowo nieokreślonej. Jego myśli i przeczucia ledwo zaznaczone nie zahaczały się o ruchowe ośrodki Genezypowego ciała — nie miały jeszcze odpowiednich transmisji. To ciało, pod wpływem wojskowych ćwiczeń, rozwijało się poprostu bez przesady w coś nadzwyczajnego. (Zostawmy na boku wszelkie kawaleryjskie subtelności — kawalerja dla kawalerzystów). Nie był to troglodotyczny akt, jakich wiele spotyka się w sferze sportowych manjaków: kwadratowy w barach i suchy w biodrach i brzuchu. Raczej stanowiła ta kupa organów hermafrodytyczną syntezę pewnej kobiecości z męskością, ale wszystko razem doprowadzone do maksymalnej nieomal harmonji i niepozbawione pewnej bydlęcej potęgi. Smutnie i ze wstrętem nawet spoglądał czasem na swoje wspaniałe członki (onisuakimalipans) — czemu nikt nie używa tych bądźcobądź męskich wspaniałości, czemu ta cała kupa pierwszorzędnego mięsa więdnie bezużytecznie w tej kazarmie?

Może wyjdą z tego młyna mocniejsze części — każda zosobna — a nawet jako materjalna całość — ale rządzone przez zabitą (tylko skończone flaki giną w takich warunkach) w dalekiej od indywidualnego przeznaczenia bezdusznej dyscyplinie, duszę, niezdolne już do dźwigania żadnej wyszej marki jedności osobowości. Daleka, wspaniała, nieznana nikomu, chyba jemu samemu w chwili powstawania, myśl takiego oto Kocmołuchowicza, ciążyła nad każdym osobistym *wewnętrznym* losem (pojęcie losu trzeba zróżniczkować), ugniatając osobowe istnienia według swoich nieoczekiwanych skrętów i załamów. Takie dziwne! — nieprawdaż? — tam, gdzieś w stolicy siedzi sobie przy zielonej lampie taki hocheksplozyw ludzki i nic nie wiedząc o tem (jako takiem), każe żyć w zupełnie nieoczekiwany sposób jakiemuś, uwielbiającemu go zgóry, na kredyt, młodzieńcowi, na którego zwraca się „oko opatrzności" (choćby w powieściowych tematach), ukazując go znowu całemu społeczeństwu jako symbol. A tak, poza paroma przyjaciółmi i rodziną, pies o tem nie wie. Jak już społeczeństwo definitywnie obejmie nad sobą władzę (czy w jakim sownarkomie, czy programowo elitycznej radzie gospodarczej — to wszystko jedno) takie stosunki niewspółmiernych dusz będą niemożliwe — będzie nudno.

Po ukończonej karze zostawały jeszcze do święta trzy dni bez możności opuszczenia szkoły. Zaczynało być trochę ciężko: ból w skórze, jakby lekka gorączka, genitalja rozranione i bebechy, przewalające się w swych czeluściach, ślepe potwory wysuszone wewnętrznym upałem. Życie błysnęło nagle, odległe, niedostępne i „urocze" jak uroczą może być tylko nieznana kobieta.

Informacja: Kurs trwał 6 miesięcy, z czego przez 3, w czasie przebywania na oddziale młodszym, wolno było wydalać się z gmachu szkolnego jedynie raz na tydzień w niedzielę i to bez nocowania poza gmachem.

SPOTKANIE I JEGO SKUTKI.

Samotna myśl gotowała się w odległym od życia imbryku. Drobne duszki, niepozorne wysłanniki Wielkiego Złego, bez którego nie byłoby Istnienia wogóle, nieznacznie preparowały piekielny dekokt, którym postanowiono, w podświadomych zaświatach i gdzieś jeszcze w dalekiej linji przodków, zatruć ten idealnie stworzony do innych warunków „organizm" młodego Kapena. Trudno.

Któregoś wieczoru, kończącego *metafizycznie powszedni* dzień, kiedy to w pospolitości właśnie widzi się najwyższą dziwność, gruntownie wyjałowiony, umysłowo wysterylizowany wojskowością Zypcio wezwany został do sali przyjęć. Już gdy dyżurny podchodził do niego, już wtedy wiedział co to znaczy. Pękła tajemna tama, oddzielająca serce od niższych części brzucha. Sam ją, nieomal w tajemnicy przed sobą budował, starając się zlekceważyć problemat tego związku. I bał się ciągle o jej całość. A tu pękła nagle, bo ten dureń Kwapek „zaczął" do niego podchodzić w sposób urzędowy. Okropne, niewiadomo czemu, przeczucie rzuciło sercem. Pokazała się amfilada dalekich przeznaczeń: wymuszone wypicie trucizny — do dna, do ostatniej kropelki i czarna, burzowa chmura milczkiem zwalająca się na okrwawiony mózg, sterczący niby bezludna wyspa na Południowym Oceanie, w bolesnej pustce życia. Ognisty język wyższej świadomości liznął lubieżnie obnażoną, obolałą od nieartykułowanych myśli mózgową korę. To, to, to — właśnie to: wytropiono jego myśli w kryjówce, zanim zdołały się opancerzyć. Powolna egzekucja rozpoczynała się właśnie 13-go maja o trzy na siódmą. Pachniał mokry bez przez otwarte okna korytarza. Tłoczył się, duszący płciowym smutkiem, zapach, z ciężką wilgocią pół-deszczowego, ponuro-wiosennego wieczoru. Rozpacz straszliwa zalała go po szyję, bez ratunku. Już nigdy, nigdy, — dożywotnie więzienie w sobie samym. Te mury szkolne, te mury już były raz, kiedyś w innem życiu i gniotły go tak już od niepamięci, przez pamięć (wydrzeć to!) aż do bezpamięci, do nieskończenie powolnego roztopienia się w Nicości. Ale czekało po drodze małe piekiełko. „Czemuż mnie wszyscy zmuszacie, abym musiał zwarjować" — szepnął ze łzami, idąc po znanych, twardych, „rycerskich", „ostrogowych", męskich schodach, które teraz zdawały się być zrobione z ciepłej gutaperki. Wiedział już co to znaczy: los, w postaci niemieckiego kata z bajki, wybierał z dziecinnego pudła z prezentami jakieś figurki i stawiał mu na drodze życia. One nie żyły — to były świetnie zrobione automaty, udające do złudzenia tak zwanych „bliźnich". (Batiarowaty starszy osobnik w dżokejce i chustce czerwonej na szyi, odsłaniającej niepachnącą, żylastą grdykę, z dużemi pręgami blizn po gruczołach). W to trzeba było pocałować i nadstawić drugi *policzek* — w pierwszy on już wyrżnął kiedyś. Nigdy. przenigdy! Nie kochał w tej chwili nikogo — nie wiedząc o tem był praktycznym solipsystą. — Naprawdę dyżurny i cały świat były to tylko związki elementów Macha. Wszedł do poczekalni dla gości. Świadomie myślał, że to matka go tam czeka, z Liljan, z Michalskim — już raz tak było — *wiedział*, niższą częścią brzucha, że tam musi być jego najbezwstydniejsze przeznaczenie. Mówcie sobie co chcecie,

ale „erotyzm to *jest* piekielna rzecz" — to nie można tego lekceważyć" —
jak powiedział kiedyś pewien kompozytor. (Tylko nie można oddać tej
jego intonacji głosu, tego przerażenia rozkoszą i tego wyrazu oczu,
załzawionych ohydnym, śmierdzącym urokiem). Ostatni raz wymknął się z
djabelskiej równi pochyłej, wydobyty ręką ojca, wyrwał się z mrocznego
„gapo", które ciągnęło go od spodu za wszystkie mięśnie, ścięgna i nerwy.
Ostatni raz ojciec podał mu rękę z za grobu. Od tej chwili wiedział Zypcio,
że musi być sam i wiedział też, że nie udźwignie (choćby miał nie ludzkie
nawet siły) swego losu na tamtej wyższej płaszczyźnie, wyrosłej ze
środkowego kółeczka dziecinnego schematu metafizycznych przeżyć.
Na płciowym spodzie duszy zaległa już złowroga cisza śmiertelnego
niepokoju i strachu. I tylko w myślowym kompartymencie zobaczył
nieswojemi, zupełnie nawet cudzemi oczami JĄ. Jakże piekielnie była
ponętna. „Młoda dziewczynka — a to bestja! Ona nigdy nie przestanie...
Boże — (ten martwy Bóg!) — Wybaw mnie od tego potwora!" — szepnął
podchodząc do księżnej, która, ubrana w szaro–niebieskawo–fjoletową
„sukienkę", (t. zw. „bleu Kotzmoloukhowitch" — modny dziś błękit, koloru
wprowadzonych przez Generalnego Kwatermistrza mundurów) i czarno-
granatowy kapelusz, stała oparta o jeden z filarów sali. Nie było nikogo.
Cisza straszliwa, głośna sobą w sobie, rozprzestrzeniła się w całym
gmachu na tę chwilę. Wybiła siódma — daleko, na jakiejś miejskiej wieży,
w świecie życia, szczęścia i wolności. Rozpacz tamta z metafizycznych
wymiarów spełzła chyłkiem (chyłek) na ziemię i zmieniła się w głuchy
płciowy ból — tak to djabeł kusi pozorami niewymiernych wysokości, aby
następnie wytarzać w błocie. Butla z lekarstwem stała tuż obok — tylko
sięgnąć łapą samca, w rękawiczce „chłopięcej" delikatności i nieśmiałości.
[A w tej samej chwili, tam, w stolicy całego kraju, „Wielki Kocmołuch", jak
go nazywano, upaprany po łokcie augjaszowem zaiste dookolnem
świństwem, które starał się zmyć ze swego kraju choćby kosztem
powiedzmy djabli wiedzą czego, odczytywał raport pewnego chińczyka,
który stał przed nim zgięty we dwoje, jak człowiek skazany na ścięcie.
Kocmołuchowicz rzekł: „Czy można wiedzieć co on myśli?" Odpowiedział
Chińczyk, mandaryn II–giej klasy, człowiek bez wieku: „Jego Jedyność jest
absolutnie nieodgadniony. Wiemy tylko, że to jest myśl najwyższa,
wszechludzka. Załatwi to, czego nie załatwicie wy, choćbyście zwołali radę
największych mędrców całego waszego świata. Wasza wiedza przerosła
wielkość waszych dusz. Jesteście w mocy maszyny, która się wam
wymknęła z rąk i rośnie, jak żywy stwór, żyjący swojem, samoistnem

życiem i zjeść was musi. Próbowali odgadnąć myśl Jego kapłani wymierających kultów — zapomocą trucizn i potęgi narzuconej woli. Dojrzał ich z oddali i zginęli wszyscy — ścięto im głowy, a winy podsunięto inne". — Kwatermistrz drgnął i nagle skoczył do nahaja, wiszącego na ścianie. Chińczyk zwiał jakimś cudem, poprzez dwa pokoje, pełne adjutantów. A ten zastygł z nahajem w ręku na środku pokoju i zamyślił się głęboko po sam pępek. Jaźń jego zetknęła się z całością bytu w skurczu niewymownym, a potem z nędznym robaczkiem, z ludzkością całą. Zapłakał do środka i pocisnął guzik dzwonka, na krzywych nogach podszedłszy do zielonego stołu z paperasami. Wszedł adjutant...] Tę scenę widział Genezyp, patrząc w twarz swego wcielonego losu — może to była prawdziwa telepatja, bo rzeczywiście działo się to właśnie o 7'13 w gabinecie wszechwładnego „Kwatermajstra".

Informacja: Ale co to jest równoczesność i rzeczywistość? Ani fizyka, ani filozofja nie odpowiedzą nigdy (według niektórych) po wsze (wszawe?) czasy na te pytania, jak i na wiele innych. A co do telepatji ta jest możliwa, jakkolwiek wytłomaczenie jej (czyli objaśnienie mechanistyczne) może tylko polegać na tem, że *nie będziemy przekraczać poglądu fizycznego* i będziemy szukali nieznanych dotąd sposobów przenoszenia się energji wytwarzającej się w mózgach przy pewnych procesach i mogącej oddziaływać na inne mózgi, wywołując w nich pewne procesy. Ale tu znowu zaczyna się psychologja — możemy skonstatować pewne związki między niewspółmiernemi sferami — więcej nic. To samo stosuje się nie tylko do odgadywania myśli, ale do widzenia, czy słyszenia na odległości nienormalne i z przeszkodami o ile taka rzecz wogóle zajść może. Ale gadania o „materjalizacji myśli" (?!) są tak bezsensowne jak n. p. teorja kalafioryzacji lokomotyw, a nawet więcej. To samo też stosuje się do wszystkich tak zwanych „zjawisk nadnaturalnych". Wszystkie rozwiązania dowolne, kursujące dziś między publicznością, polegają na nieznajomości psychologizmu (kierunku filozoficznego — nie psychologji jako nauki) i stosunku jego do poglądu fizycznego, który jest statystycznym i przybliżonym i daje się w terminach pierwszego wyrazić.

— Tak bardzo tęskniłam za tobą — (przez wielkie T) — nie gniewasz się, że przyszłam. — Szept spłynął najbardziej płciową drogą przez górną połowę ciała aż tam. — Musiałabym i tak przyjechać, ale naprawdę to tylko do ciebie. Ty jesteś już dorosłym — musisz wiedzieć dlaczego, ach dlaczego musiałam tak postąpić. Nie umiesz ocenić mnie teraz. Zrozumiesz wtedy co ci dałam, kiedy mnie już może nie będzie, kiedy przezemnie właśnie nie skrzywdzisz tej drugiej, czy trzeciej, którą będziesz kochał naprawdę — będzie ci się tak wydawać. Jednak kochałeś i kochasz tylko mnie — może na zawsze — nie wiem o tem. Nie gniewasz się? — Jak pokorna suka wygięła się i spojrzenie błękitne, „niebiańskie", rozlane, wyłupione z jądra, rozbebeszone, niechlujne, oddane aż do samego rdzenia istoty (tu gdzieś koło nerek i głębiej i z tej strony nawet) zatopiła jak ostry szpon w jego twardych oczach. Pocisk trafił, pękł, pozabijał (tylko myśli) i zniszczył jak papierową zabawkę, kunsztownie, dziecinnie wykombinowaną redutę czy przyczółek mostowy. Przez wyrwę tłoczyły się długo więzione żądze, dzikie, spocone, śmierdzące, rozjuszone — na niektórych brzęczały jeszcze łańcuchy, szły jak żelazne robactwo, na zdobycie duszy. Nad niemi rozpiął się błękitny parasolik, udający prawdziwe niebo — czysta, wielka miłość. Kochał ją teraz bez–miary tę biedną, starowatą dziewczynkę — jak nikogo dotąd. Nagle wszechświat rozświetlił się od spodu łuną wschodzącego szczęścia — oddalone, tęskniące za sobą w męce przestrzenie (połacie, tereny?) ducha złączyły się we wściekłym, palącym uścisku. Jeszcze czegoś tak piekielnie, wysublimowanie zmysłowego nie przeżył Zypcio nigdy — nawet (!) wtedy, gdy wlepiony gałami w szybę łazienkowego okna, dokonał tamtego niemrawego i gnuśnego czynu nad sobą — raczej nie: nad tym świeżo w sobie odkrytym, trochę w tej chwili plugawym gościem. Krwawa, lepka mgła oplotła i przeniknęła zwiotczałe w nieziemskiem pożądaniu ciało. A przecież jeszcze nic nie drgnęło i nie podniósł się ani na włos wielki przeciwnik ducha, samotny, głupi, wszechwładny w cielesnych walkach ON. Gdzie była właściwie ta oczekiwana żądza, czyli właściwie chuć? Unicestwiwszy ciało objęła śmiertelnym uściskiem świat cały aż w nieskończoność. Kochał tę babę zupełnie na czysto, jak za najlepszych czasów, jak nigdy jeszcze nie kochał matki, ani siostry, ani nawet ojca. Takie to czyste było to uczucie... Aż śmieszne poprostu. „Il fornicatore" przemówił wreszcie, przez zalepione lubieżną papką gardło:

— Gniewać się, to mało. Ja nienawidzę pani i nigdy już... Zamknęła mu twarz, wszechwiedzącą nagą ręką — (szybko, na jedną czwartą minuty przedtem, zdjęła rękawiczkę, wiedząc, że wykona taki właśnie ruch). Odepchnął tę rękę brutalnie, ale wspomnienie ciepła i zapachu zostało: nieśmiertelne gencjany Fontassiniego trwały, mimo, że świat przewrócił się do góry nogami: — Nie chcę — rozumie pani? Za co? Dlaczego? Coś tak potwornego! I ja tak panią kochałem!! — Kłamał bezczelnie niewiadomo poco — to znaczy kłamał świadomie, — w istocie było to prawdą, w tej chwili prawdą się stało — a zresztą czort wie — nikt tego nie pojmie jak jest, a temhardziej jak było, nawet ci, którzy i tak dalej... — Mam wstręt do pani, jak do ropuchy — brzydzę się sobą, jak o pani myślę... — Chwyciła go za rękę mocno, aż do bólu — baba była silna.

— Nie — dopiero teraz kochać mnie będziesz. Ale już jest zapóźno na to, co było przedtem. — Patrzyła mu prosto w mordę rozkochanemi, płomiennemi „oczyma". Obłęd był w tem spojrzeniu — dla dodania sobie odwagi i uroku księżna kropnęła „empedekoko" — jak mówiła. Czyniła to rzadko, w najważniejszych momentach życia. — Możemy się widywać — mówiła dalej głosem nieprzyzwoitszym od rozwalonych bioder, od bosych nóg, od ust całujących djabli wiedzą już co — ale nigdy twoją już nie byłabym, nawet jeślibyś o to błagał. — To ostatnie słowo było szczytem sztuki: ujrzał Zypcio siebie na kolanach przed nią — ona z gołemi do kolan zarzuconemi jedna na drugą nogami, dotykająca mu nosa prawie prześlicznemi, spedikiurowanemi palcami, o różowych paznokciach. Szpon *buro-czerwonego* nieszczęścia zatopił mu się we wnętrzności, a żądza ponura jak śmierć w torturach w wiosenne popołudnie, moręgowata, czarno-złota, djabelska tęsknota za wymykającem się na wieki szczęściem, przywaliła trumiennem, całuniastem wiekiem *złoto-czerwoną*, tylko co rozkwitłą w pożarze ciała przyszłość. Rozpacz oblepiła lubieżną aż do bólu mgłą narządy płciowe — teraz nie symbole potęgi, a wstrętne flaki ze zbitemi pogardą mordami, pogardą, okazaną im przez *tamto*. Co za bezczelność! Nie rozumiał nic — był przecież bądźcobądź mężczyzną. I, właśnie dlatego, że nie rozumiał, postąpił tak, jak trzeba. Ha — musi ze wstrętem zdobyć poraz-wtóry to dymiące duchowemi zbrodniami bagnisko — a mógł już pokochać na nowo — tak mu się zdawało — jej — nie. Zamachnął się i uderzył w biały kark pięścią naiwną i niewprawną. Poprawił z drugiej strony, chwytając jednocześnie instynktownie lewą ręką za wspaniały kapelusz od Hersego (Firma „Herse" przeżyła wszystkie dotychczasowe kataklizmy.). A ona zachłysnęła się z rozkoszy... (on rwał już jej włosy i walił, walił — co za cud! — więc ją kocha? —) Ale zaledwie się rozpędził i uczuł już falę żądzy, zstępującą z krzyżów w lędźwie i pośladki, wyrwała mu się, a na załomie schodów (drzwi nie zamknął w zdumieniu) w drodze łaski „dały się słyszeć" kroki. Podniósł szybko porzucony kapelusz i wpakował jej brutalnie na głowę. Taka cudowna chwila i — zmarnowana, psia-krew! Przez kogo? Nie przez tego, co tam szedł po schodach — daleko głębiej: przez ojca, który Zypcia tu wsadził i w dodatku był kochankiem tego cielska, tego jego „ideała", kiedy ono, to cielsko (wcale nie za tłuste zresztą) promieniało jeszcze młodością (no tak ze 28 lat) — a on dostał już ochłap jakiś i tego ochłapu nie może pokonać i zgnębić i musi go jeszcze zdobywać!! Ach — co za wstyd i rozpacz! Zatęsknił aż do furji za jakąś czystą, panienkowatą miłością. I wspomniał Elizę, tę trochę zahukaną, dobrą istotę (raczej stworzonko jakieś) z pierwszego wieczoru u księżnej. Rozdarta dusza stanęła dęba, a jednocześnie gorzko zapłakała nad „przydzielonem" jej, bezwolnem ciałem. Darł się w pasy w męce godnej doprawdy lepszej sprawy. Ale co on właściwie mógł o tem wiedzieć? Na czem mógł oprzeć skalę swoich porównań? Żeby choć tak wierzyć, jak ten szczęśliwy Bazyli, mieć swoje ukochane znaczki, jak Benz, a choćby takiego potwora, jak muzyka Tengiera! Nic — życie samo w sobie. „Nie dać się zwyciężyć, nawet samemu sobie" — przypomniało mu się zdanie Putrycydesa. Ten, mimo całej pospolitości życia, walczył, zmagał się z czemś — jeśli nie poprostu wielkiem, to olbrzymiem. A on? Ta oto małpa przeklęta, za której ciała dotknięcie jedno sprzedałby teraz cały kramik napompowanych mu przez ojca „idealizmów" [siły, honoru, uczciwości i tym podobnych mamideł (raczej papideł)] — ta belzebubica była jedynym symbolem rzeczy, jeśli nie najwyższych, to najsilniejszych. Poczuł przeraźliwą wydrążoną pustkę tego, na czem stał i o co się opierał. Musi zbudować nową płytę podstawową z jakiegoś psychicznego żelazo–betonu, bo inaczej byle co i kto wytrąci go z równowagi. A materiału tego pod ręką nie było — trzeba byłoby eksploalować kopalnie w dalekich, utraconych już krajach metafizycznej dziwności, na nowo je zdobywać. Kiedy? Nie było czasu. Życie parło, jak gaz w brzuchu, zmuszając do rzeczy nieprzystojnych. A parę jeszcze takich wytrąceń i znajdzie się na dnie istnienia: plugawa, miękka masa, bez ambicji, bez szkieletu, bez jąder — bezpłciowa, bezhonorowa — brrr... Wstręt i strach ocaliły go. Skonsolidował się — ale poto tylko, aby dookolną drogą dopełnić nieuniknionego przeznaczenia. Bo gdybyż naprawdę kochał ją! Ale właśnie naprawdę nienawidził (cztery warstwy — któraż z nich była prawdziwa w tym przekładańcu? — o szczęśliwi wagotonicy, co nie macie tych problemów) i w kłamstwie tem była małość. Jeszcze jedna wolta i stał się dobrym. Ale taką dość parszywą dobrocią, płynącą ze słabości i strachu przed cierpieniem. Po schodach szedł dyżurny oficer, jego „wróg", młody, brutalny obrzydlaczek, chamskawy poruczniczek z poprzedniego kursu, Wołodyjowicz.

— Przyjęcie skończone — wygłosił sztucznie dystyngowanie. — Junkier
Kapen do szwadronu na miejsce. Pani pozwoli odprowadzić się do bramy.
Miałem przyjemność być przedstawionym kiedyś w teatrze — galówka na
cześć wodza...

— To dość mało — rzekła wyniośle, bezsensownie księżna. Ale zawinął
się dookoła niej z tą samczą zapobiegliwością, którą tak lubią baby i
uwlókł ją za sobą. Rzuciła Zypciowi, z za ramion tamtego, spojrzenie łzawe
i palące, piekące i swędzące, w którem było wszystko i nic — poczuł się jak
na bezludnej wyspie, opuszczony przez wszystkich — ona tylko istniała
(księżna, nie wyspa) — dopięła swego: pięła, pięła, aż dopięła bestja. Ach,
stokroć łatwiej byłoby mu walczyć z nią gdyby na niego nałaziła, narzucała
się mu, napychała — ale tak? Poczuł, że hak głęboko tkwi mu w zgęstniałej
krwi. Cały, razem ze środkowem kółkiem, przechylił się na stronę złych
potęg, królujących w tej podświadomej części jego istoty, której bał się
zawsze, prawie zabobonnie. Wychylił się nad przepaścią odrobinę zanadto
— czy zdoła wciągnąć się na nowo. Rozszarpany zupełnie szedł
marmurowemi schodami w górę. Schodził tu przed kwadransem jako ktoś
zupełnie inny. Nie poznał siebie w czarnem lustrze niewiadomego, w
którem przeglądały się przesuwające się sobowtóry. Gwar miasta, który
buchnął przez otwarte okno korytarza wraz z czarnym upałem majowej
nocy i zapachem mokrych bzów, odczuł jako wstydliwy ból pokonanych
genitalji, obrzmiałych i nieznośnie rozdrażnionych. Musiał o tej
niewygodnej godzinie rozpocząć definitywny bój. Zakrył się wolą, jak
wiekiem trumny. Umierał i odradzał się co sekundę na nową mękę i wstyd.
A tamte flaki ciągle żyły swojem osobistem, prywatnem, niezależnem
życiem i puchły i puchły w dziwnie jakiś nieprzyjemny sposób i to nawet
wtedy, gdy z nieprzejednaną zawziętością najbardziej właśnie niszczył
obrazy dawnej i możliwej rozpusty. Pod szarym kocem, w smrodliwej
atmosferze szwadronu (któż u nas mył się, z małemi wyjątkami, nawet w
te czasy, porządnie?), spocony, samotny, ze swędzącą skórą i innemi
okropnemi objawy, junkier Kapen zdobywał, najeżony zionącemi trującym
gazem kiszkami, barbakan ducha.
A księżna zaraz za węgłem gmachu (przyszła piechotą) zawyła głośno
okropnym samiczym szlochem (zaszlochała wyjem), w przepaloną gęstość
czarnej majowej nocy, takiej w której lęgnie się wszelka lubież i złe
płciowe świństwo. (Pocieszał ją obrzydławy poruczniczek, jak mógł.)
Tylko ten jeden został jej chłopyś na świecie i tego nie mogła zdobyć —
Kapen oczywiście, a nie ten pocieszyciel. Była nieciekawa, prostolinijna i

prosto-uczuciowa. — Co tu o niej napisać — demonizmy wszystkie djabli wzięli. Trzeba było jednak czekać 3 dni do niedzieli. A on tymczasem stężeje, zmężnieje, rozdrażni się aż do kości (czuła ten swój jad przewalający się w przyśpieszonym pulsie po jego gęstniejącej krwi) i będzie taki cudny, taki cudny, że „chyba ja się wścieknę gdy on — ach, nie — to niemożliwe" — „i jaki śliczny był w tym mundurze! Tylko nie taki czysty zdaje się..." „Ale on może być nawet brudny, może nawet śmierdzieć — (umyślnie półgłosem powtórzyła to straszne słowo) — i ja te jego smrodki kocham" — zakończyła bezwstydnie, wyzywająco. Kobiety są czasami niemożliwe. Czuła całe niebezpieczeństwo takiego poddania się, ale nie mogła wytrzymać — jeszcze raz, jeszcze raz, a potem niech już stanie się ta rozpacz zupełna: oszroniona zagwazdraną przeszłością jesień szarej, beznadziejnej starości.

Informacja: A tam w Ludzimierzu Putrycydes Tengier nie wytrzymał też w swoim rodzaju i zrobił kompromis — (dotąd unikał starannie wszelkich pół-środków n. p. grania po bajzłach, lekcji śpiewu w szkółkach, poprawiania utworów t. zw. „reiner Finger — muzykantów" i t. p.): przyjął wyrobioną mu przez Sturfana Abnola posadę muzycznego kierownika: pianisty i kompozytora w dziwnym teatrzyku Kwintofrona Wieczorowicza. Miał „okraszać" muzyką jak kluski słoniną straszliwe „wprzódniewiedziałki", „cobędzietobędki", „znienacki" i „niepewnostki" (broń Boże nie niespodzianki — to słowo, zużyte jak ścierka, zabronione było u Kwintofrona) od których już dziwne wrzenie powstawało zwolna nawet wśród zdziesiątkowanej „wojenną" służbą inte- i pół–inteligencji. Ta ostatnia, na Zachodzie i Wschodzie wymarła prawie warstwa, u nas znajdowała się w tych latach w pełni rozkwitu. Towarzystwa roiły się wprost od indywiduów, rozstrzygających najzawilsze problemy przy pomocy iście pacanowskich czy kocmyrzowskich systemów pojęć — prawdziwi mędrcy milczeli smutnie, nie chcąc wdawać się z taką hołotą. O przekonaniu kogoś takiego o czemś, mowy być nie mogło. 3–groszowe objaśnienia zastępowały zupełnie wypieraną poza obręb społeczeństwa intelektualną pracę. Na kompromis Tengiera wpłynęła też tak zwana żądza życia, czyli poprostu chęć zmienienia za jaką bądź cenę kobiecego „menu". Motyw nienasycenia zanadto już często zaczynał się powtarzać w jego ostatnich hypermuzykaljach. Zrzucił któregoś dnia maskę półwiejskiej pokraki i wyświeżony na potwornego degenerata i zmałpiałego genjusza, pomknął wraz z całą rodziną węgierskim ekspresem do stolicy K. Pani

Tengierowa miała w tem też swoje planiki, które kryła szczelnie pod maską troski o wychowanie dzieci w bardziej odpowiednich warunkach. Wszystko składało się jak najlepiej, ale na małą skalę. Program maksymalistyczny musiał być zarzucony.

REPETYCJA.

Nareszcie nadszedł dzień pierwszego wyjścia ze szkoły. Zdawało się, że dyscyplina, teror i to, co Genezyp nazywał „karnością" (ale nie w znaczeniu dyscyplinowem, tylko sądowem — „wdrożenie dochodzenia karnego" — brrr...) rosną z godziny na godzinę. O lada głupstwo mógł całkiem niewinny człowiek wpaść w tarapaty, które w razie lekkiego choćby nieopanowania delikwenta, mogły znowu skończyć się w sądzie wojskowym, a dalej djabli wiedzą gdzie. Tortury — oto było pojęcie, od którego ledwo zaznaczonego obrazowego cienia bledli do ścianowo-prześcieradłowo-chustowych odcieni najwięksi dotąd śmiałkowie. Odpowiedzialność, na modłę chińską zhierarchizowana, zwalała się na bezpośrednich zwierzchników i dalej, dalej aż do drzwi czarno-zielonego gabinetu Wielkiego Mistrza Niepewnej Przyszłości — tu był jej kres. Nad nim był już tylko, wyblakły ze starości Bóg, (a może też blady z przerażenia, jak mówili inni), albo Murti Bing — o tem nie śmiano nawet szeptać.

Wściekły wskutek nieznośnego oczekiwania i jak na niego niezwykłej bezczynności, (18 godzin pracy na dobę — nawet i on się przeczekał), nie wiedząc co zrobić ze sobą i z armją, rozprzestrzeniał swoją zduszoną wypadkami — raczej brakiem ich — indywidualność w sferze wojennego szkolnictwa. Tam to kuł potęgę, która zaczynała wyginać się i wypuczać poza granice poprzednio pozakładanych ramek negatywnego czysto stanowiska: izolacji i ochrony „status excrementali", jak nazywano aktualny stan rzeczy t. j. rządy Syndykatu i zakłamanypseudo-faszyzm. Natężony do ostatnich granic gmach wewnętrznej, duchowej konstrukcji kraju drżał od napięcia sił i trzeszczał złowrogo, ale trwał. Gdzie jednak było dokładnie to napięcie — nikt pojąć nie mógł, bo jednoczesny bezwład ludzi wzbudzał podziw nawet u zagranicznych gości — oczywiście tych stałych, dawnego typu. „Das ist nur in Polen moglich" — mawiał stary feldmarszałek graf Buxenhayn (ostatni z młodszych kolegów Hindenburga), który też znalazł oczywiście swoje miejsce w tradycyjnie gościnnem „Przedmurzu".

I takie nędzne kółeczko, taka amoeba jak Genezyp, nie mogła przeżyć swobodnie najgłębszych, najtajniejszych stanów i uczuć, tych właśnie rzeczy, dla których ostatecznie warto żyć, z pewnego punktu widzenia — nie współmiernego oczywiście z poczuciem rzeczywistości większości ludzkich bydląt [to mało, to właściwie komplment] w „sukienkach" (ach ty droga!), sweterkach i smokingach. Musiał być, w najsubtelniejszych nawet drgnieniach swej istoty, tam gdzie tkwi jądro sensu niczem nieuwarunkowanego istnienia, marną funkcją wielkiej (pożal się Boże! komu?) (może nawet aktualnie nieistniejącej??) koncepcji jakiegoś tam Kocmołuchowicza, który, za cenę władzy i działania, stracić musiał z konieczności ten wymiar istotności, będący udziałem jedynie czystych kontemplatorów i to w dodatku dostatecznie „zsofistykowanych". Ale tamta „koncepcja" (o której nikt zresztą nie wiedział i sam jej przyszły twórca też) była bądźcobądź także wynikiem jakichś międzykomórkowych nierównowag w tem pięknem, włochatem, czarnem mimo białości i sprężystem jak byczy surowiec i jego własna wola, cielsku generalnego kwatermistrza. To cielsko chciało się wyżyć do końca, razem ze zbitym z niem w jedną nierozerwalną kupę, drapieżnym, nienasyconym i (powiedzmy otwarcie) brudnym w swej potędze duchem. I tak oto poprostu, niewolniczo, gnuśnie, ze zsumowanych przypadkowo osobistych bezsensów. tworzyła się tak zwana historja. Bo „historja naprzód, czy nawspak, to chyba największa z blag" — jak mówi poeta. Za paręset lat nie będzie już mózgu zdolnego scałkować narastającą komplikację. Tysiąc rzutów nie da pojęcia o jednej chwilce tej najdziwniejszej z epok. Najdziwniejszej, ale dla kogoś z innej planety — nie dla nas już niestety. Ponad tem unosi się tylko zasada Wielkich Liczb. ostatnia instancja wszechświatowej konieczności tak w fizyce, jak i (trochę inaczej) w dziejach żywych stworzeń — biuro statystyczne jako kryterjum Prawdy — do tegośmy dopełzli. I nikt nie widział (i nie zobaczy) całej potwornej „zdumiewającości" tworzenia się czasów i samego w nich trwania, bo o ile życie prywatne było wtedy dość już oddziwnione, to dzieje przedstawiały poprostu ucieleśnioną samą pospolitość. I nie wtem była rzecz, żeby rzeczywistość naprawdę była pospolita — fakty same w sobie dziwne, ciekawe np. dla Ludwika XIV-go lub Cezara, rosły jak astralne grzyby po jakimś metafizycznym deszczu, ale nikt tego nie widział. A cóż jest warte cokolwiek, co istnieć może, jeśli tego nikt nie widzi? Nic. Chyba że ciekawem jest Istnienie Poszczególne samo w sobie. czyli jakieś jedno jedyne dla siebie „ja". Ale w nich nieciekawie odbijałby się świat nawet dla jakiegoś idealnego nad-obserwatora, o ileby takowy istniał. Zabawna była całość, zablagowana, nieodgadniona. Przepaści otwierały się nie tam, gdzie ich oczekiwano: doskonałość społeczna niosła w sobie jad, będący integralną jej częścią: nad-komplikację, przerastającą siły indywiduum. Nikły głos uprościcieli konał w gąszczu bezosobowej zawiłości — jałową pustynię stwarzały: mnogość i bogactwo (pozorne) — tak jakby ktoś na trzech-centymetrowej minjaturze zechciał wyrysować wszystkie pory skóry, wągry i pryszczyki — muszą wtedy z konieczności zatracić się rysy twarzy i podobieństwo. Ludzkość traciła swe oblicze, przez uwzględnienie najdrobniejszych jego elementów. Beztwarzowa, zamazana jedność wschodziła na krańcach historji, jak ponury, czerwony, jesienny księżyc, oświetlający pobojowisko po bezcelowej walce. Straszliwe, metafizyczne prawo ograniczenia pokazało z poza nieogarnionych pozornie horyzontów swoje nieprzebyte barjery i rogatki. Spiętrzona fala tak zwanego „rozwoju" i „postępu" kłębiła się bezsilnie u stóp przeszkody nie-do-zdobycia, którą jest — w całem nieskończonem Istnieniu, a nietylko u nas w Polsce i na ziemi wogóle —: niemożność przekroczenia pewnego stopnia komplikacji bez utknięcia w bezwyjściowym chaosie: niewspółmierność społecznego elementu z całością, którą wielość ich tworzy. Chyba cofnąć się. — Ale jak? Już ubierając się wiedział Zypcio, że wstąpi tylko do domu, a potem ordynarnie „poleci" natychmiast do „Palazzo Ticonderoga" na ulicy Granicznej. Naturalnie nie w celach erotycznych (to było oczywiście wykluczone — gdzieżby! taka *hańba!*) tylko w celu esencjonalnych wyjaśnień dotyczących stosunków duchowych, wyjaśnień, które nastąpiłyby bezsprzecznie, gdyby nie przerwał ich wtedy brutalnie dyżurny oficer. To połączenie wojskowości z erotyką, ta militarna bezwzględność i mundurowo-sprzączkowo-paskowa dokładność i twardość, zastosowana do rzeczy psychicznie tak subtelnych, a fizycznie tak śliskich i miękkich, miała dla Genezypa specjalny urok. Ostrość i brzęk ostróg zdawały się wrzynać (z młodem okrucieństwem pierwsza, z rozpacz wzbudzającą beztroską drugi) w pragnące bebechy wszystkich bab świata. Co tam ta jedna głupia księżna! Miał je wszystkie pod sobą jak jakieś zajeżdżone na śmierć klacze, suki pokornie pełzające, smutnie łaszące się kotki. Czuł wyraźnie „nieczłowieczość" kobiet. (Matki stanowiły niby wyjątek. Ale ta sprawa była niewyraźna — chyba wziąć pod uwagę czas od chwili urodzenia dziecka.) Życie roztaczało się zachęcającymskrętem, kusząc oszalałą, pieniącą się młodość — mnogością przyszłych barw nieznanych i skrytością djabelskich niespodzianek urągało czającym się w śpiących jeszcze zwojach mózgu zimnym rachmistrzom: obłędowi i śmierci. Spuścił się Zypcio ze smyczy w bezkresną pozornie dal nieodgadnionego wieczoru. A do tego nie mógł bądźcobądź w ten sposób zakończyć stosunku z osobą, która dała mu odczuć bądźcobądź poraz pierwszy jedyną bądźcobądź w swoim rodzaju grozę rzeczy płciowych i była bądźcobądź „kimś", a nie pierwszą lepszą dziewczynką, o których to stworzeniach wogóle pojęcia nie miał. Tak okłamywał siebie, prawie nie wierząc w tej chwili w rzeczywistą egzystencję przedmiotu tych rozmyślań. Ale mimo to tak był przepracowany, zmacerowany dyscypliną i gruczołowo wyjałowiony, że ujrzawszy pierwszą kobietę na ulicy zdumiał się niepomiernie: „co też to jest za stworzenie?!" — pomyślało w nim błyskawicznie umęczone bydlę. I już w następnym ułamku sekundy uświadomił sobie fakt istnienia kobiet wogóle — „dobrze jest — jeszcze nie wszystko stracone". — Jednak świat bez „tego" byłby pustynią nie-do-przebrnięcia. I zaraz potem cała nędza tej „koncepcji" i odwartościowanie wszystkich „oderwanych" (od czego?) męskich spraw. Minęły mil się, w muskularnej raczej, niż wzrokowej, wyobraźni: matka i księżna, splecione w jakimś świętokradczym kołowrotku, czy karuzeli zwierzęcych nieprzyzwoitości. Poraz–pierwszy dopiero w tem połączeniu odczuł naprawdę pogardę dla matki jako dla kobiety. Jednakże wolałby, żeby całej tej brudnej historji z Michalskim nie było wcale — och — „wolałby gorąco", aby matka wcale kobietą nie była, tylko czystym duchem, zaklętym w jakąś maszynę do rodzenia dzieci. Niepokalane poczęcie to jednak cudowna rzecz! Wogóle to słusznie tak nazwane „kalanie" to jest przecie piekielny wprost wymysł. Żeby w tem umieścić motor trwania gatunku i najwznioślejszej twórczości, trzeba być złośliwcem bez sumienia. Ale trudno: ostatnie usprawiedliwienie znajdowało wszystko w tem, że kończył się oto dawny świat właśnie w tym zaprzałym we własnym sosie kraiku, a niewiadomo było jakie formy mogło przybrać istnienie po tym skrycie oczekiwanym końcu. Nadzieja wszystkich zawiedzionych, niedorobionych, niedopieczonych, niedogotowanych, psychicznych „siemimiesiączników" — a tych był legion. Nawet konserwatyści (w miarę religijni i w miarę demokratyczni) czekali końca, żeby móc choć powiedzieć: „a co? nie mówiliśmy...??"

W domu nie zastał Zypcio nikogo. Był zły. Tak się napompował na to pokazanie się Liljanie i matce w nowym galowym mundurze ostatnich polskich junkrów. A do tego kartka, że te damy są na podwieczorku u księżnej i tam go oczekują. A wstyd! A z drugiej strony może tak było lepiej, że on nie idzie tam z własnej woli, tylko jakby z musu, żeby nie wydać się ze wszystkiem przed matką. Takie zagwazdrane, dziecinne, wprost pieluchami śmierdzące problemy, splecione w jedną „girlandę" z ornamentami najdziwniejszej chwili życia: początkiem bycia „kimś", usymbolizowanym w granatowym z żółtemi rabatami mundurku. Przerażony był poprostu przepychem „palazzo Ticonderoga". Forteca jakaś (znał ją jeszcze z niedawnego dzieciństwa) zmieniona od wewnątrz w „edredonowy, mandrylowo nieprzyzwoity dytyramb" na cześć rozpulchnionych ciał i dusz zropiałych w rozkładzie — inaczej nie da się to wyrazić. Zestawienie twardych bastjonów z lubieżną miękkością wnętrza, działało już na schodach rozwalniająco-płciowo. Ich dawny „pałac", w stolicy który zwiedzał tylko kiedyś za dawnych czasów, wydał mu się nędzną budą w porównaniu z tem gniazdem rozkosznie konającej nieprawości i wiekowych znęcań się nad ludzkiem bydłem. To doprowadziło go do wściekłości. Widocznie młoda, dorobkiewiczowska krew Kapenów wzburzyła się i sfermentowała, *zbolszewiczała* nagle na tle nędzy, w zetknięciu z symbolem dawnych, odwiecznych, ginących teraz pra-potęg. Cóż z tego, że matka była z domu — a niech ją — bezwstydny worek, pełen chamskich wydzielin tego „pana Józefa" — niech go „do trumny przez lejek *wliwają!*" Nie czuł nic ohydy tych snobistyczno-blasfemicznych myśli-gówien — za chwilę dopiero miał się wahnąć w przeciwną stronę.

Tem nieznośniejsze były mu w tej chwili obowiązkowe zachwyty nad jego pięknością i mundurem: duma promieniejąca bezwstydnie w oczach matki i zdziwiony wzroczek Liljan („to jednak taki morowy jest ten Zypcio!") i dobrotliwy, smutny i trochę ironiczny uśmieszek tamtych warg wszystko umiejących. W domu całkiem inaczej wypadłyby te oględziny. Tu był nędznym dzieciakiem. Resztki kontenansu djabli wzięli. Czuł się niewiadomo czemu brudnym, choć wyszorowany był (szczotką (Sennebalta (Bielsko)) jak rondel w luksusowej kuchni. Ujrzał jak na patelni, całą śmieszność walki z *czemś* tak potężnem, zmiennem, władającem górami całemi niezbadanych środków unicestwiania, jak księżna. Jedno lubieżne mlaśnięcie wszechmocnego ozora i widział siebie zmienionego w oszalałe zwierzątko, miotające się we wstrętnym,upokarzającym, bezwolnym, wahadłowym ruchu — jedno pogardliwe skrzywienie tych jadowitych mandybułów i mógł pogrążyć się w beznadziejny, żałosny smutek płaksiwego wyjca, jakiegoś śmietnikowego „trubadura" (czyż jest coś obrzydliwego jak trubadur?) czy onanistycznej małpy na łańcuszku! Teraz dopiero, na tle

„umundurowania" (które tylko co było takiem szczęściem) i nędzy swego stanowiska, księżna wydała mu się nareszcie prawdziwie wielką jakąś — a! czort wie kim — wielkiem zjawiskiem poprostu, jak wojna, burza, wybuch wulkanu, trąba morska czy trzęsienie ziemi — była nawet bezpłciowa w tej wielkości. (Zahamowana erupcja seksualna uderzyła na mózg — w księżnej umieszczał teraz Genezyp negatywny ekwiwalent swego „Minderwertigkeitsgefühl"). I on w nią....! A, to nie-do-uwierzenia! Tego nie było i więcej być nie może. Nie mógł zupełnie pojąć na czem polegało to wyolbrzymienie, udostojnienie, to „ukoronowanie tego babska w innym rzędzie wielkości". Bo nie urodzenie, nie uroda jako taka (w zupełnej niezależności od stosunku jaki ich łączył i rozdzielał), nie wpływy, które miała w zagrożonym w swoich podstawach Syndykacie Narodowego Zbawienia. Więc co u djabła?

Coś było w tej nadbabie straszliwego poza wszystkiem dającem się określić: stała się dla niedoszłego metafizyka wcieleniem, jedynem narazie, tajemniczości bytu, zamarłej w sferze bezpośredniego przeżywania zupełnie. W niej, a nie w nim, osobowość występowała jako tajemnica z mrocznego gąszczu życiowego zagmatwania — piętrzyła się jak niezdobyta twierdza w nieskończonych obszarach bezsensu. Poco? Poto aby być, psia krew! — i na tem koniec. A reszta to umysłowe fintifluszki tchórzów i niedołęgów, zasłaniających społecznemi fikcjami, wyniesionemi do godności zaświatowych potęg, ponurą, niesprowadzalną do niczego potworność Istnienia. Bo może być i potworność wesoła — ale ta niestety jest udziałem tylko czystych cyklotymików.

Zypcio, po dwóch tygodniach gniotu dyscypliny, pławił się teraz w tej atmosferze „rozdarcia ran", z uczuciem niewysłowionej męki. (Tło, tło było nieodpowiednie — wszystko można znieść na „podchodiaszczom fonie"). Oglądał tajemnicze istności niepoznawalnych bytów, jak zwierzęta dziwne w menażerji, lub monstrualne ryby w akwarjum — przez kraty i trzycalowe szyby. Nigdy nie wejdzie do tych klatek, nie posiędzie istoty przeżywania tych bestji, nie będzie pływał nigdy w swoistem medjum tych potworów jak w swem własnem. To przebicie się przez życiową realność, nudną jak beznadziejne czekanie na łup jesiennego pająka w odmuszonym, opuszczonym pokoju, możliwe było tylko przez dokonanie aktu płciowego z tą wiedźmą. Ale tego zabroni mu ambicja, której nie pokona nigdy, nigdy. Straszną jest rzeczą nie móc być panem swej ambicji i widzieć jak na dłoni, jak siła ta niszczy życie całe (jedno-jedyne, w chwilach rzadkich jasnowidzeń), dla bezpłodnych fikcji, nawet w świecie pojęć mających wątpliwe podstawy egzystencji. I cóż z tego? Nawet, nawet powiadam, gdyby mógł to wszystko przezwyciężyć to cóżby było? Jak tego użyć, co z tem zrobić, jak uczynić czemś trwałem? — (bo o to głównie chodzi). A pytacie: „co właściwie?" — „no tę esencję życia, wartość znikomą uroku, która właściwie nie trwa, to coś, czego jest coraz mniej na świecie (dziś tylko warjaci coś o tem wiedzą naprawdę), a co nie mieści się ani w samem użyciu, ani dokonaniu, ani poświęceniu, tylko wszystkim tym istnościom nadaje dopiero wyższą markę: odblask niedocieczonej tajemniczości wszystkiego". (To wszystko powiedziane było kiedyś po pijanemu przez Benza). Przecieka to wszystko przez zaciśnięte szpony, znika przed zachwyconą mordą bydlęcia w tużurku, czy mundurku, i pozostawia je znowu, wplątanem w codzienny, bezsensowny kołomąt. Wiedzą o tem coś najtężsi nawet schizotymicy. Nie wynaleziono jeszcze na tę rzecz fiksatywu i wątpliwem jest czy to kiedykolwiek nastąpi. Można tego nie mieć wcale i nie męczyć się. Ale czemże różni się wtedy ludzkie bydlę od zwierzęcego? Wyrastały góry problemów, dla których jakiego–takiego załatwienia, trzebaby żyć tysiące lat. Nikt nie spełnia tych tryljonów czy kwindecyljonów możliwości w nim zawartych — jest jedno to paskudnie jednowymiarowe życie, wzdłuż którego właściwie człowiek toczy się jak po relsach — (z metafizycznego punktu widzenia oczywiście, poza wszelkiemi niezadowoleniami — o byłby kontent chyba jako stumózgowa i milion-mackowa potwora) — a jednocześnie idzie jak po linie nad przepaścią: maksymalna niewola i za to (właśnie za to) maksymalne niebezpieczeństwo — i to nietylko na wojnie pod huraganowym ogniem, ale w zacisznym saloniku czy sypialni, wśród zbytku, ciszy, wygody i pozorów szczęścia, którego nigdy zresztą być nie może — przynajmniej dla schizoidów. Z temi, czy podobnemi myślami w tobołku, czy plecaku duchowym wszedł był Zypcio do salonu, gdzie czekała na niego „rodzinka", nienawistna mu w tej chwili aż do żądzy mordowania włącznie. Właśnie przez swój kontrast z tą wlanią, chełbją i drętwą, czy też poprostu wybryndowaną bledzią z metafizycznych burdelów samej Astoret. Rozparta w grzęzawisku lubieżnej aury siedziała na wiotkim foteliku wznosząc się w wymiarach ducha jak niedostępna turnia, zamykająca wyjście z wąwozów wiecznego upodlenia i „sromu" (tak — okropne!!) sama rysując się na zaświatowem niebie odwiecznych tajemnic (osobowości, płci, śmierci no i nieskończoności), skąpana w blasku zachodzącej swej, ale *tout de même* niepospolitej, zaiste nie–kobiecej *ęteligencji* (— jak mówiła). Odmłodzona (w czarodziejskim zakładzie

„Andrea"), nieznośnie piękna i w piękności plugawa, łaskocąco ponętna i jak nigdy dotąd poprostu „droga" — niezniszczalny dla najdzikszej rozkoszy nawet symbol ogólnego „żalu za życiem" i Zypciowego wstydliwego dziecięctwa (mimo odznak tak żartobliwie zwanego „partupiej junkra" [Kocmołuchowicz miał wprost zboczenie do Rosji]) i niezmytej hańby bez granic. Wiedział już, że wpadł na relsy — cała pomaturyczna swoboda rozwiała się.

Matka ściskała go czule, ale w tej chwili nienawidził ją (jak „nie" połączone — to czwarty przypadek): i za to, że była tu jego matką (śmiała być!) (i nie szanowała nic–a–nic jego dorosłości) i za Michalskiego — to nie-do-przezwyciężenia — będą wieczne fluktuacje. Gdyby choć sama była czysta i przyjęła go naturalnie jakby-nigdy-nic, mógłby się o nią oprzeć on — głowa rodziny. I to nawet było zobrzydliwione i ośmieszone. Widział to w uśmieszku dalekiej jak mgławica Andromedy potwornej damy swego głupiego serca. Wszystko nastawione było jakąś djabelską ręką, aby go zgubić i zgotować mu najsroższe upokorzenie. Ledwo przywitał się z nadskakującą mu jak wróbelek siostrą: ją też mu wydarto: tamten szczęśliwiec: Sturfan Abnol, który cały świat miał gdzieś, w jakimś metafizycznym hyperderjerze. Oprócz tego mundurku, w którym się dusił, nic nie było jego własnością — psia-krew, żebrak! Czyż wszystko to byłoby możliwe, gdyby ten stary, przewrotny mędrzec nie zrobił tamtej przedśmiertnej wolty. Mógł to zrobić on sam, Zypek, jako głowa rodziny właśnie — w tem byłaby wielkość. A tak została mu wytrzebiona ostatnia wewnętrzna trampolina dla jakiego bądź czynu. Był marjonetką, (raczej „irinonetką"), a przytem ruszał się w powietrzu jakby w gęstej smole.

Po paru objaśnieniach, które „oddał" paniom głosem zdławionym wściekłością, rozmowa weszła na inne, plugawe tory. Ach, więc to wszystko było już ukartowane! Matka pchała go poprostu w objęcia tej klempawej szołdry, która coraz bardziej złowrogo zaczynała mu się podobać. Czuł że nie wytrzyma i ta beznadziejna walka podniecała jego żądze aż do złośliwego szału. Znienawidzał wszystkich i wszystko coraz jadowiciej, a bez cienia pogardy. Nie istniały inne kobiety — ho, ho — tylko to, a inaczej pęknie tu na te dywany, na te obrazy, bibeloty i fatałaszki, obsika ten cały kram skondensowanym, zaprawionym trującą nienawiścią, sosikiem swojej najgłębszej istoty. Najgorzej irytował go zaś zdeformowany biust księżnej, wykonany w nefrycie przez Kocia Zamoyskiego, wnuka słynnego na cały świat nieboszczyka Augusta. Wydobył z niej ten bydlak właśnie całą tę niezwyciężalność, która go wściekała. Ostatnim wysiłkiem trzymał się na włosek od najregularniejszego ataku furji. „Na włosek" — sam sobie to powiedział. A był to oczywiście złoto-rudy włosek, zaplątany na podniebieniu podczas djabli-wiedzą-czego — ach, mówić nie warto — krwawy mrok bezecnej „chuci" zniszczenia zalewał ostatnie miękkie zwaliska mózgu — sterczały już tylko szczyty centrów kontroli najwyższej. Chciałby się bić z nią jak z napadającym wstrętnym drabem — jakiś pojedynek na śmierć... Ona, zgadując jego myśli, rzekła wolno:

— Kiedy panie wyjdą — ja nie wypraszam — ale sama mamusia pana mówiła („ach więc one wyjdą, a on zostanie — tak zostanie — musi, musi —") to pójdziemy na „*escrime*" do sali gimnastycznej. To panu dobrze zrobi... — Matka coś ględziła dalej. Syczącym głosem przerwał te jakieś nieokreślone dywagacje na jego temat, a mające bardzo nieprzyjemny posmak pchania go w jakieś karjerowe świństwa.

— Więc mama chce, abym ja był poprostu tajnym adiutantem pani — ordynarnie oczyma wskazał księżnę. — Wie mama chyba o zasadniczej sprzeczności syndykatu i partji wojennej, która jest wierną naszemu wodzowi. Oniby chcieli dyplomatycznie opanować chińczyków i uratować....

— Cicho, cicho... —

— Nie będę cicho. Ja was wszystkich zadenuncjuję...

— Nic nie rozumiesz, dziecko. Ja ciebie już wychowywać dalej nie potrafię. Nie chcę abyś niszczył stosunki z ludźmi tak sobie życzliwymi jak Irina Wsiewołodowna. Mówiła mi, że była u ciebie w szkole i że byłeś niegrzeczny. Dlaczego? Nie trzeba zniechęcać do siebie ludzi chętnych... (Wiedział co to za chętki. Czy ta mama zgłupiała, czy spodlała tak z tym „panem Józefem"?)

— Czy mama nie wie — zaczął, ale musiał spojrzeć na tamtą i sparaliżowany okrutnym, żółto-zielonym błyskiem jej oczu urwał. — Czy mama jest tak naiwna — i urwał znowu.

— Ja chcę tylko, żebyś umiał ocenić dobroć Iriny Wsiewołodowny, która obiecała wprowadzić cię w świat polityczny. Jesteś przeznaczony na adiutanta Generała-Kwatermistrza — (tak mówili o nim tylko w pewnych sferach.) — Nie możesz być takim zwykłym, głupiutkim oficerkiem — musisz poznać wpierw ludzi wybitnych i wiedzieć jak się zachować w — sytuacjach nader skomplikowanych — musisz też nabrać ogłady, której niestety takim przeciwnikiem był twój nieboszczyk-ojciec.

— Proszę nie mówić o ojcu. Zrobię co zechcę. Jeśli nie nabiorę sam politycznego rozumu, zostanę oficerem frontowym, do czego mam największą skłonność. Potrafię zginąć bez parszywych form intelektualnych, wymaganych w jakichś parszywych politycznych salonikach, w których robi się bezsilną politykę kompromisu...

Księżna (szczęśliwa). — Panie Zypku — jeszcze herbaty. Z pana zdolnościami szkoda, aby pan robił to, co za pana byle dureń potrafi. A przytem będzie pan miał punkt obserwacyjny świetny. Człowiek zajmujący się literaturą nie powinien odwracać się od życia i to wtedy, jeśli ono chce mu pokazać swą twarz z najciekawszej strony. —

— Zupełnie inne na to mam poglądy. — (Księżna uśmiechnęła się ironicznie: „on ma poglądy!") — Życie nic z literaturą wspólnego nie ma — chyba u autorów, którzy wogóle do literatury nie należą — są bezmyślnymi fotografami jakichś zatęchłych kącików rzeczywistości. Literatura właśnie — nie teatr i nie poezja, tylko proza — stwarza nową rzeczywistość według teorji Chwistka. Teorja ta bezsilna jest wobec sztuki czystej, ale na szczęście to coś, czego nawet nie rozumiem, zanika w naszych oczach. Rozumiem właśnie twórczość nie jako produkowanie tej idjotycznej, nikomu niepotrzebnej tak zwanej „czystej formy" i nic jako odwalanie rzeczywistości, tylko jako stwarzanie rzeczywistości nowej, do której uciec można od tej, której mamy dosyć po same gardła...

— No czy tak bardzo dosyć, panie Zypulka — śmiała się już otwarcie Irina Wsiewołodowna.

Matka. — Zypciu! Jak ty mówisz ordynarnie! Ty musisz zacząć bywać... — Księżna spoważniała.

— Panie Zypku: Sturfan Abnol, ten schizofrenik, ten genjalny marzyciel wcielonej pustki, zawrócił panu głowę swemi teorjami. To dobre w teatrze Kwilltofrona Wieczorowicza — dodała widząc oburzenie na „jasnej twarzyczce" Liljan — w teatrze w swoim rodzaju nadzwyczajnym. Tam jest miejsce dla niego, artysty — bo artystą jest mimo, że twierdzi, iż sztuki nienawidzi — tam, gdzie właśnie zupełna pustka w znaczeniu nieobecności wszelkiej treści realnej, wciela się naprawdę w życie jako zbiorowa twórczość artystyczna. Indywiduum się w sztuce skończyło. Bo w to wytwarzanie nowej treści urojonej, w przeciwieństwie do jakiegoś dawnego formizmu, nie wierzę. Byłam raz i *nic — dosłownie nic.* Ale musimy tam pójść razem. Liljan już w przyszłym tygodniu wystąpi poraz-pierwszy w cudnej burdelesce, swego Sturcia czy Fania. Ale literatura — mówiła dalej swym najbardziej uczonym stylem — nie tkwiąca silnie w podłożu społecznem danej chwili, bojąca się jadowitych problemów i dalekich horyzontów dla jakichś dydaktycznych urojeń; chęci podnoszenia mas, musi być fałszem, narkotykiem *„tretiawo razriada"* dla ludzi słabych, nie mogących wziąć za kark najprostszej rzeczywistości. Sam Abnol przerzuca się na teatr z całym swoim niby hyperrealizmem... (Nieletni fornikator był zgnębiony na miękko. Rosyjski przewlekły akcent działał na niego jak *yohymbina*).

— Co za pomieszanie pojęć w tej biednej rudej głowie — zaczął Genezyp programowo — wyższościowo, ale nie wystarczyło mu materjału i odwagi i utknął. — Niech pani lepiej postawi jasno kwestję wobec mamy. Skąd ta cała życzliwość dla mnie? Chce pani mieć okaz dla obserwacji? Chce pani na mme wykonać jeszcze jakiś piekielny eksperyment, bo się pani nudzi. O, gdyby mama wiedziało wszystko!

— Wie — nie skłamałam nic. Mama mnie rozumie jako kobieta. Nieprawdaż, baronessa?

— O, jak ja jednak panią znam! — Zakrył twarz rękami purpurowy ze złości i wstydu. Jakiż był piękny! Szkoda! Liljan pochłaniała nierozczłonkowaną, niezrozumiałą „istotę życia" podświadomemi ssawkami. Coś się w niej prężyło do skoku — jeszcze chwila, a będzie wiedzieć wszystko. To wiedzieć i potem wkręcić w to Abnola i wszystko inne dalej — położyć się na życiu, jak pantera na dogonionej antylopie, odpocząć, a potem chłeptać żywą krew... Znowu nadstawiła różowe uszki pod niewinnemi blond–kosmykami.

— Nic-a-nic mnie pan nie zna i nie pozna nigdy. „Poznaj mię dobrze, bo wkrótce utracisz, jak sny przez dobre duchy malowane" — co to: Słonimski, czy Słowacki? A *wsio rawno! Głupie poetniki.* Pan jest dziecko — biedne, okrutne dziecko. Kiedyś pan zrozumie wiele rzeczy, ale wtedy może być zapóźno, zapóźno... — Coś zajęczało w jej głosie, zajęczało powoli coraz bardziej jej biedne serce. Była teraz jak duża, przemądrzała i bardzo biedna dziewczynka. Genezypa zdławiła za gardło jakaś wstrętna litość. — Pan mnie sądzi fałszywie. Pan jest z tych, którzy prócz siebie nikogo od środka nie pojmą — nigdy — w tem pana szczęście i nieszczęście. Pan będzie dotykał życia przez ciepłe, grube rękawice — już nie przez gumę — pana nic nie zrani, ale nie dojdzie pan nigdy do całkowitego szczęścia w uczuciu. — („Sama jest taka" — pomyślał leniwo Zypcio). — Skąd pan wie przez co ja przeszłam, i co cierpię teraz. Człowiek z bólu może pokąsać rękę, która go gładzi. Pan zastępuje mi synów, których tracę — każdego inaczej. Maciej jest obcy, a Adam nie wyjdzie już stamtąd... — (Załkała na sucho i opanowała się natychmiast). — I zamiast cenić mamę, że jest tak liberalną matką, pan nią za to właśnie pogardza.

— Matki nie powinny wglądać w brudne męskie sprawki synów, o ile nie przekraczają one granic kryminalnych... Sprawki, nie matki. Cha, cha! — śmiał się nieprzytomnie jak bohater Przybyszewskiego. — Baronowa, przygotowana snadź na wszystko, nie drgnęła nawet.

— Księżna jest bardzo zdenerwowana i opuszczona. Książę i markiz Scampi musieli wyjechać do stolicy, a książę Adam jest aresztowany. Pomyśl — jest sama — chodzi o to, ażeby miała młodego przyjaciela. Młodość to wielka rzecz. Ileż jej idzie na marne, gdy dla kogoś, mały jej kawałeczek może być tą wielką dźwignią, dopełniającą jego układ sił... („Język «pana Józefa») — z obrzydzeniem bąknął w myśli Zypcio. „Ja mam być podręcznym akumulatorem energji dla tego babska!").

— Tak — moją uboczną misją na tym nędznym światku — (Mignął się jej w wyobraźni jakiś wspaniały dwór i ona jako kochanka młodego króla — wszechwładna w polityce i w miłości...) jest wprowadzenie pana w świat. Przeżyję w tem moją drugą młodość.

— Ale czemu naprawdę nie pojechała księżna do stolicy? — brutalnie spytał Gcnezyp, nagle zdoroślały, zły samiec. Zdawało się że w oczach trzech kobiet pokrył się cały włosami. Zmałpiał.

Nastała chwila niby-kłopotliwego milczenia. Światy waliły się gdzieś, niepodobne do tego, w którym odbywała się ta rozmówka. I mimo, że, połączywszy odpowiednie punkty, możnaby jeden z drugiego kolineacyjnie wyprowadzić, nikt z tych czworga ludzi, w życiu samem w sobie pogrążonych, nie wiedział nic o tamtych „zaświatowych" obszarach, w których żyli teraz, aktualnie, jak widma, obdarzone wyższym bydlęcym sensem — wszyscy czworo w tej samej dokładnie chwili, gdy pili herbatkę tu, w tym saloniku.

— Czemu — tak, czemu — powtórzyła obłędnie księżna i zaraz spadła z tamtego wymiaru w ten salonik, jak postrzelony ptak. — Muszę tu pilnować przyjaciół męża, a przy tem mam pewien osobisty interes... Gdybym była tam, musiałabym się starać o uwolnienie Adama. A ponieważ znany jest mój osobisty urok, więc rozumie pan, oni wszyscy zawzięci są na mnie więcej niż na kogokolwiekbądź — żeby pokazać swój niby objektywizm, dla przykładu, żeby pokazać, że ja na nich nie działam, właśnie na złość będą stokroć bezwzględniejsi niż z jakąś pierwszą–lepszą petentką.. — Genezyp nie słuchał tych tłómaczeń.

— Ten osobisty interes, to jestem ja — raczej moja cielesna powłoka. „Obołoczka" — tek. — (Był sam dla siebie tak wstrętny, że nie mógł „wyjść z podziwu", że go poprostu na pysk stąd nie wylewają). — Jestem dla pani smacznym kąskiem — niczem więcej. Bo nawet sympatji pani dla mnie nie ma. Traktuje mnie pani jak głupie zwierzątko — użyć a potem wyrzucić. I tylko podziwiam matkę, że z panią razem przystępuje do spisku przeciw mnie, chcąc mi odebrać siłę i odpowiedzialność, jako jej opiekunowi.

Ta bzdura była już kompletnie ponad siły obu pań. Coś zaczęło się rwać. Bezsens stanu całego społeczeństwa, z fikcyjnym rozdziałem na Syndykat i to coś bezimiennego, o czem bali się mówić, a nawet myśleć, naśmielsi i to beztwarzowe, tajemnicze, zadowolenie z chwili, to właśnie wcielało się w tę właśnie chwilę w tym salonie, jak w najdoskonalszy symbol. Niepotrzebność tych ludzi i takich ich stosunków. Ale niepotrzebność dla kogo? - dla nich, czy dla tych tam obałwanionych i *zadowolonych* robociarzy? Chwilami zdali się niepotrzebni wszyscy i ci i tamci — niepotrzebny był świat — nie miał go kto przeżywać w sposób godny i warty. Zostawał pejzaż sam w sobie i trocha bydląt — to mało. Tylko żywy mur chiński mógł jako tako to załatwić — ale to było coś w rodzaju lawiny: bezimienny żywioł. Lepiejby jeszcze zrobiła *„eine Weltkatastrophe"* — zderzenie planet, czy wejście w nieznaną mgławicę.

Księżna. — Pan jest niemożliwie brutalny. Myśmy mówiły tu z godzinę przed pana przyjściem, wszystko ułożyłyśmy, już było tak dobrze, tak dobrze, a tu...

Genezyp: — Porozumiały się panie jako kobiety, mama ma *pana* Michalskiego — pani chce mieć mnie. Mamie jestem niepotrzebny, nawet zawadzam jej w tem całem „nowem życiu" (z ironją) — chce mnie zwalić z karku i jako syna i jako opiekuna. Anadjomene z piany od piwa — pienił się — tania gargotka z hygjenicznemi miłosnemi placuszkami, — ja nie chcę być jaką *„Selbstbefriedigungsmaschine"*, ja...

Matka: — Zypciu! Tu jest twoja siostra. Zastanów się co mówisz. To obłęd zupełny, — ja już nie wiem kim ja jestem. Boże, Boże...!

Genezyp: — Niech mama nie wzywa Boga, bo Bóg dla mamy dawno umarł: razem z papą: to było jego istotne wcielenie. — (Dobrze, ale skąd to bydlę wiedziało n. p. o tem?) — A ta „siostra" za parę tygodni więcej będzie wiedzieć o życiu, niż ja — a może już wie teraz. Nie mam nic przeciw Abnolowi, ale zdaleka od Liljan.

— Podświadoma zazdrość brata — rzekła z naukową powagą księżna.

Matka: — Sturfan jest potomkiem bojarów rumuńskich, a za rok niecały będą mogli się pobrać. Liljan kończy szesnaście lat we wrześniu.

Genezyp: — A róbcie sobie co chcecie! Nie wiedziałem, że w ten pierwszy dzień wyjścia mojego ze szkoły, takie będę miał przyjemności. Wszyscy za mnie coś chcą robić, a nikt me wie dokładnie co. Ale w imię czego, tego też z was nikt nie wie — oto co jest gorsze.

Księżna: — Właśnie to jest ta bezidejowość dzisiejszej młodzieży — z tem chcemy rozpocząć walkę, zaczynając od pana.

Genezyp: — Wskażcie mi tę ideję, a upadnę przed wami na brzuch. Ideja hamulcowa — oto wasz najwyższy szczyt.

Księżna: — Są ideje pozytywne — jest Syndykat Zbawienia. Tylko na hamulcach wóz nasz toczyć się może na takiej pochyłości jak dzisiejsze czasy. Hamulec jest dziś najpozytywniejszą rzeczą, bo stwarza możliwości innego wyjścia niż bolszewicki *„impasse“*. Ideja narodu jest konieczna...

Genezyp: — Ideja narodu kiedyś, krótki czas, była ideją pozytywną: była to ideja–juczne bydlę, niosła na swoim grzbiecie inne. Była to pomocnicza linja w zawiłym geometrycznym rysunku. Wielbłądy ustępują przed lokomotywami — po wykonaniu planu linje pomocnicze wyciera się. Wszelki kompromis narodu i społeczeństwa jako takiego jest niemożliwy. I mimo całej beznadziejności należy wam zginąć na tych nowych okopach Świętej Trójcy — tylko bez Boga — oto sztuka. A trójca wasza to chęć użycia za wszelką cenę, chęć już tylko pozorów władzy za cenę lizania brudnych dla was łap proletarjatu i wola kłamstwa, jako jedynej twórczości — oto wasze ideje.

Liljan: — Przyszły mędrzec z Ludzimierza, jak przyszły święty z Lumbres w pierwszej części powieści Bernanosa!

Genezyp: — Jakbyś wiedziała! Zobaczysz jeszcze czem....

Księżna: — Nie zakłamuj się, Zypulka. Ja sama miałam też kiedyś takie pomysły. Ale teraz widzę, że tylko w kompromisie jest przyszłość, przynajmniej na dystans naszych tymczasowych istnień. Czemu chińczycy zatrzymali się? Bo się boją Polski, boją się, że tu, w tym kraju kompromisu, siła ich rozbije się choćby chwilowo, że się rozłoży ich armja, gdy ujrzą kraj szczęśliwy, bez żadnych bolszewickich pseudo-idei. *Genezyp:* (Ponuro). — Raczej to bagno. Czyż kraj nasz jest szczęśliwy? Jeśli się wejrzy w głąb tego splotu... („Tu są takie aktualne, częściowe sprawki do załatwienia, a ten brnie w jakiś *pryncypialnyj rozgowor!*“)

Księżna: — Nie trzeba za nic patrzeć w głąb. Poco! Trzeba żyć — to największa sztuka. — (Blada, nędzna wydała mu się jej afektacja w tej chwili), — Ach — czuję, że idzie na mnie coś wielkiego z dalekich przestrzeni, co mi potwierdzi moje prawdy! Pan, panie Zypku, może oddać nam nieocenione usługi, o ile, jako tajny członek Syndykatu, wejdzie pan w najbliższe otoczenie Kwatermistrza, który otacza się ludźmi politycznie bezpłciowymi.

Genezyp: — Poprostu chcecie ze mnie mieć szpiega w sztabie tak zwanego przez was Kwatermistrza. Tyle on jest Kwatermistrz, co ja. To jest wódz. A niedoczekanie wasze. Nie — dosyć — będę tem, czem być chcę. Będę miał cierpliwość, aby to zobaczyć bez niczyjej pomocy. Od tej chwili niech nikt nie śmie mną kierować, bo ja go pokieruję tak, że popamięta, albo nie popamięta wcale — to gorzej. Nie prowokujcie we mnie tajemnej siły, bo was wszystkich rozniosę. — Olbrzymiał fikcyjnie, wydymany urojoną potęgą — czuł to, ale opanować się nie mógł. Coś obcego stawało się najwyraźniej w mózgu — ktoś tam grzebał niewprawną ręką w tych zawiłych aparatach — ktoś nieznany, jakiś straszny pan, który nie raczył się nawet przedstawić, za niego załatwiał wszystko bezczelnie, pośpiesznie, bez namysłu, napewno, bezapelacyjnie. Sam począteczek, ale wystarczy. „Czy to tamten, już trochę znany, (choć powierzchownie) gość, wylazł z ukrycia? Boże — co się stanie za chwilę?! Nikt tego wiedzieć nie mógł, nawet sam Bóg, chociaż mówią, że to ON właśnie odbiera rozum swoim stworzeniom — jak wszystko inne zresztą — odbiera i daje. On albo programowo niszczy częściowo (czy „wyłącza") swoją wszechwiedzę (jest wszechmocny — tak) (dla swojej zabawy, czy „zasługi wiernych"), albo jest okrutnikiem ponad wszelkie nawet ludzkie zrozumienie. A czyż jest okrutniejsze bydlę niż człowiek?" — Tak mniej więcej myślał okruchami Zypcio, na tle tamtego mózgowo-materjalnego dziania się czegoś niewiadomego. Wydzierał się Zypcio sam z siebie w tajemniczy, okropny świat, w którym rządziły inne prawa, niż tu — ale gdzie to się działo? Był tu i tam jednocześnie. „Gdzie jestem?" — krzyczał ktoś bezgłośnie w jakichś jaskiniach bez formy, dna i sklepień, w „grotach, które rzeźbi sen i obłąkanie" [Miciński]. Ach — więc to jest ten obłęd, o którym się tyle mówi. To wcale nie jest takie straszne: lekka „nie-euklidesowość" psychiki. A jednocześnie ta „próbka bez wartości" była czemś tak okropnem, że na całe życie wystarczyćby mogła. Nie to samo — tylko to, co być poza tem mogło: co powiedzą na to centra motoryczne, a dalej mięśnie, ścięgna, kości — czy nie obrócą wszystkiego dookoła w puch i proch — a potem konsekwencje — *to* jest straszne. A jednocześnie, z przerażającą zaiste jasnością, widział całą głupią, pospolitą sytuację obecną. Zatrzymał wzrok na Liljan, jak na libelli stałej w nachyleniu wśród tego chwiejnego kłębowiska pospolitości. Kochał ją, żyć bez niej nie mógł — ale działo się to za szybą, tą, która zawsze oddzielała go od świata. Sztylet zdradliwej ambicji wbił mu się we wnętrzności od spodu — znienackie pchnięcie zagrobowego ojca. To ona temu winna — matka — ona jest warjatka. To po niej ma ten cały pasztet we łbie. A jednak ani na chwilę nie chciałby być kimś innym. Dźwignie samego siebie ponad siebie razem z tym obłędem. Bo to był obłęd — wiedział o tem, ale jeszcze się nie bał. Ta myśl była jasna aż do oślepienia — czarność dookoła. Jednak trochę się przeraził i oprzytomniał. Wszystko to trwało jakieś nieuchwytne mgnienie czasu. Gdzie to się podziać mogło w oczywistej jednoczesności? Jakby czas się rozdwoił i biegł na wyścigi dwiema różnemi kolejami.

Genezyp stał oparty pięścią o stół. Był blady i chwiał się z wyczerpania, ale mówił zimno, spokojnie. Czuł w sobie rozgałęzionego jak polipa ducha Kocmołuchowicza — przyjemnie jest mieć wodza i wierzyć mu. (Księżna wyła do wewnątrz z zachwytu. Tak się jej podobał ten mały „buntowszczyk", że nie wiem. Ale teraz zgiąć go trochę, chociażby troszeczkę upokorzyć i żeby na nią, w postaci gwałtu i tych jego soczków (jak nacięta młoda brzózka w słońcu) wyładowała się ta cała dziwna, zagmatwana wśród hamulców wściekłość: „Skanalizowanie męskiego abstrakcyjnego szału i niewystarczalności wszystkiego" — jak to nazywał markiz Scampi). Matka przerażona nagle zacichła jakby obita od środka i przypłaszczyła się. Ale za to Liljan patrzyła na niego z uwielbieniem — to był ten jej ukochany, wymarzony Zypcio — takim go chciała mieć jako brata właśnie: prawie warjatem. Nienormalność była konieczną pieprzną zaprawą bratersko–siostrzanych infiltracji, o mały prożek już od płciowych psycho–centrów — (dla niego też). Taki inny był niż wszyscy — „nieżyciowe widmo" — jak mówił Sturfan Abnol. Wszystkie trzy baby, każda na swój sposób, korzyły się przed urojoną potęgą chwili, nie widząc (jak zwykle) istotnych powiązań na daleki dystans. Znowu zaczęło się to samo:

Genezyp: Będę takim, jakim być chcę, chociażbym tam miał i zwarjować. Tak więc mama wie, że byłem kochankiem tej pani i że w moich oczach zdradziła mnie z Toldziem. Tak — patrzyłem na to z łazienki, zamknięty umyślnie na klucz. — Spodziewał się, że jeśli sam to jasno wypowie tem samem wzniesie się ponad dziejącą się za jego plecami machinację. Obie damy zachowały zupełny spokój. Nowe kierunki w wychowaniu panienek: przepajanie całkowitą wiedzą zła z punktu, w samym nieomal zarodku uczuć. To miały być te silne kobiety przyszłości. Liljan wiedziała o wszystkiem: pojęciowo — raz — i dwa): bezpośrednio, dolnym brzuchem, w którym prężyły się głodne życia potwory. — I mama by chciała, abym ja potem...! Ja nie wiem gdzie ty żyjesz obecnie — w jakimś niezrozumiałym dla mnie świecie. I to nie jest świństwo — to syn jest bardziej konserwatywnym od matki! To wszystkiemu winien Michalski — pan Józef — cha, cha!

Matka: Okrutny jest twój śmiech. Przypomnij sobie ten ranek... Jakże byłeś inny wtedy...

Genezyp: I wstręt mam jeszcze dotąd do siebie za ten ranek. To było właśnie po *tem*... — (Tu wskazał na księżnę). — Chcę strząsnąć z siebie wszystko, być nagim jak embrjon i zacząć wszystko na nowo. — (Baby w śmiech — ale szybko się opanowały. Strasznie oburzony Zypcio zmartwiał zmieniony w jedną ranę. Zapadał się w grząski wstyd, śmieszność lepką i jałową beznadzieję. Huśtawka.) I Liljan, Liljan wtajemniczona w takie rzeczy! — Chciał się ratować histeryczną obroną siostry — naprawdę nie obchodziło go to wcale.

Matka: Ty nic nie rozumiesz kobiet. Widzisz w nich najgroźniejszą siłę, zagrażającą twojej niewykształconej indywidualności, a nie dostrzegasz tego, jak krucha jest ta ich potęga — ile muszą one nagromadzić w sobie pozornego zła, aby was wogóle wytrzymać. Ty nie wiesz co ona wycierpiała dla ciebie. — Wstała i objęła księżnę. — My obie tak cierpimy razem nad tobą. Zrozum sercem i ją i także twoją biedną matkę, która nic prócz cierpień w życiu nie miała. Ty nie wiesz co to jest zacząć kochać naprawdę po trzydziestce! — Zaczął tajać po wierzchu — spocił się jakby tłustą czy śluzowatą litością — ale się trzymał — raczej tamten „gość" trzymał go na granicy zupełnej fiksacji. „W obłędzie też jest siła" — pomyślało mu się w pustej przestrzeni między sobowtórami.

Genezyp: Nie chcę nic o tem wiedzieć! Wstrętne jest to uczuciowe ślimaczenie się wasze. O — jakże ohydną rzeczą jest uczucie ludzkie, właśnie ludzkie — to zawinięte w kłamliwe futerały odpadków społecznych transformacji. O wiele szczęśliwsze są bydlęta — tam u nich jest to prawdą.

Matka: Mało co różnisz się od bydlęcia, moje dziecko. Przebierasz miarę w brutalności, łudząc się, że jesteś silnym człowiekiem. A co do Liljan to są te nowe metody wychowania. Nie chciałyśmy cię zrażać przedwcześnie. Wczesne uświadomienie nie jest niczem złem — przesądy, które kosztowały wiele pokoleń ich zdrowie psychiczne. Za kilka miesięcy Liljan będzie i tak żoną Sturfana. Prawda, córeczko, że lepiej teraz się czujesz, jak wiesz wszystko?

Liljan: Ależ oczywiście, mamo! Niema o czem gadać. Zypcio jest dzieciak, ale jest wspaniały w swoim rodzaju. Zczasem oswoi się ze wszystkiem. Przecież na Nowej Gwinei niema wcale kompleksów freudowskich. Tam dzieci od 6-go roku życia bawią się w małżeństwo. A potem wszystko jest „tabu" w obrębie jednej wioski. A siostra jest największe „tabu": za dotknięcie śmierć — [dodała z nieprzyjemną kokieterją]. — Wszystko jeszcze będzie dobrze: wewnątrz pozornej mechaniczności życia my stworzymy nowe, normalne pokolenie — nie nasze dzieci, tylko nas samych. My nieznacznie, od środka zmienimy wszystko. — [dodała znowu z naukową już całkiem powagą.]

— Dla chińczyków będą te nowe pokolenia — nawóz albo podmurowanie ich konstrukcji w tym kraju — przerwał jej wściekle upokorzony Zypcio, któremu wszystko przewracało się w głowie. — Frazesy, gołosłowne obietnice bez podstaw, otumaniania się nałogowych optymistów — ja wiem to po sobie. — A jednak sytuacja podobała mu się gdzieś na dnie, ale naprzekór wszystkiemu, co uważał w sobie za wartość: sam początek perwersji — dzieło tamtego draba w nim. Tylko czem było to dno? (Co to mogło obchodzić takiego Kocmołuchowicza!? Furda! A jednak to są te właśnie różniczki, (te „cząsteczki mózgowo-psychiczne" jak mówił pewien zniewieściały hrabia-bergsonista), z których robi się miazga, w której pracuje taki mąż stanu, który — i tak dalej. Nie wiedział Zypcio jak są do siebie podobni z tym oberhyperkwatermistrzem, którego tak wielbił i który dużoby się mógł nauczyć patrząc przez lupę na tego swego mikrosobowtóra. Zapóźno się spotkali, ze szkodą dla nich obu). Coś wyłaziło znowu z głębi. Oświetliła Zypcia nagła błyskawica od środka — objawienie. Stało się w nim całym tak lekko, przestronno (i jasno nawet) jak w zakatarzonym nosie po dwóch decygramach kokainy. Ten tam nienazwany, którego się bał i przed którym się bronił, to drugi on prawdziwy, najprawdziwszy — wypuścił go z podziemi na światło — niech się rozprostuje, rozeprze i też niech użyje. [„Warjat może spełnić swoje życie jedynie w obłędzie" — takby powiedział genjalny Bechmetjew.] Wszystko poświęcić można aby go poznać wreszcie i ujarzmić, lub być ujarzmionym. Ale jak to uczynić, za cenę jakich zbrodni, czy wyrzeczeń. Takie długie to życie jeszcze! Od tamtego możnaby się nauczyć, jak je zapełnić i przetrzymać. Tylko tamten może to uczynić on sam będzie zawsze „za szybą", jak ryba w akwarjum.

Informacja: Nie czuła tego wszystkiego Liljan. Wszystko miała w sobie —

była doskonała, psychicznie okrągła, bez skazy — jak papa — cyklotymik. To (co za cuda kryły się w tem „tem"!) bawiło ją jedynie umysłowo, zupełnie na zimno, Świetnie dopasowała do swego wewnętrznego chłodu maskę dorosłej osoby. Ten chłód, było to właśnie to, za czem tak dziko szalał Sturfan Abnol. Ale dotąd (broń Boże) nic między nimi nie zaszło. Parę pocałunków, podczas których spytała go lodowato: „czemu mnie pan tak liże?" — nie było to wstrętne, tylko dziwnie obojętne — nie pochodziło z tego świata, w którym żyła w myślach swych: nie połączyły się jeszcze wybuchowe materjały z lontem, prowadzącym do ukrytych w małej, „dobrze zekwilibrowanej serwelce" (jak mówiła księżna Irina) detonatorów. Ale coś wyłaniało się poza tem: owoc życia, bezkształtny jeszcze, nie przypominający narazie w niczem Fallusa, wypinał się kusząco. Zdawało się to tak idealne jak przeziorek seledynowy wśród mgieł w jesienny poranek, a były to całe wężowiska plugawych sił i apetytów, rozpierających się aż w nieskończoność. Kiedy już, już miały się zetknąć niewspółmierne światy (jak usta — ale te idealne, nie mięsiste wargi Sturfana z jej poziomkową marmeladką) i stworzyć nowe chemiczne połączenie: świadome kobiece bydlęctwo i potęgę, Liljan doznawała czegoś graniczącego prawie z religijnym zachwytem: jej czysta jeszcze bądźcobądź duszyczka pławiła się w eterycznej, niespełnionej piękności urojonego, nieurzeczywistnialnego Istnienia.

Zamknęły się znowu „wrzeciądze" więzień: jeszcze nie czas. Genezyp opadł bezwładnie od wewnątrz. Odbite miał mięśnie od kości i wszystkie bebechy w nieładzie. Mógł być tytankiem tam w szkole i walczyć zwycięsko ze swymi osobistymi wrogami: dowódcami sekcji i plutonu. Ale tu, oblepiony świńskością i urokiem spotęgowanego ponad jego miarę życia w formie tych bab (te rodzinne potęgowały tylko urok tamtej książęcej bestji, zamiast osłabiać, jak by to powinny) poddawał się na całej linji. Chyba trzasnąć do djabła wszystkie trzy odrazu (tylko odrazu — inaczej nie wyjdzie ten pasjans) i nie zobaczyć ich nigdy więcej w życiu. Ach — gdyby to tak można taką sztukę wyczynić — są przecież tacy, co tak robią. Coraz mniej ich jest, ale są psiekrwie. Ale na to nie miał odwagi. Sam utajony obłęd trzymał go za kark i kazał chłeptać z tego koryta nędzy dalej. Brzydki kompromis wlał się z boku i płynął jak struga mętnego bocznego potoku w czystej rzece. Zarzut bezidejowości palił go wstydem nieznośnym. Jakąż bowiem miał ideję? Czem mógł usprawiedliwić fakt swego życia, nagi, odarty z codziennych, drobnych dowodów konieczności, sterczący chwiejnic z otaczających bagnisk bez żadnych podpórek dziecinnych koncepcji istotności koncentrycznych kółek — no czem?! A ta wściekła baba miała przytem jakieś polityczne koncepcje, miała wogóle łeb na karku, a w tym łbie mózg wcale nie ostatniej jakości, prawie że męski i w djalektyce wyćwiczony. Nie było wcale łatwą rzeczą tak ją z punktu zlekceważyć. Czy to nie oburzające?

Wlekło się wszystko niemożliwie. Już nikt go nie przekonywał. Wiedziały wszystkie trzy (jak wiedźmy z Makbeta), że się poddał. Babi tryumf zapanował w salonie, oblepił nieprzyzwoitym śluzem wszystkie meble, dywany i bibeloty. Matka i Liljan podniosły się z foteli z tem charakterystycznem pochyleniem naprzód, wyrażającem dystyngowane pływanie ponad nędzną, przezwyciężoną rzeczywistością — była w tem też wdzięczność dla księżnej. Pani Kapenowa ucałowała syna w „czółko", nie pytając go nawet, czy wychodzi czy zostaje. Przyszły adjutant Wodza zadrżał od tego pocałunku: nie miał ani matki, ani siostry, ani kochanki; był sam zupełnie w nieskończonym wszechświecie, jak wtedy, po tem fatalnem przebudzeniu. O ekskrementalnych przyjaciołach nawet nie pomyślał. Ha — niech się dzieje co chce. Wyjdzie i nie wróci, tylko nie teraz, nie zaraz, na Boga, nie w tej chwili. *„Der Mann ist selbst"* — jak mówił naczelnik szkoły, generał Próchwa.

Wyszedł z paniami do przedpokoju. Ale kiedy całował na pożegnanie *piekielnie miękkawą* rączkę księżnej Iriny, ta zdążyła mu szepnąć razem z gorącym oddechem, wycelowanym prosto w prawe ucho: „Zostaniesz. Niezmiernie ważne rzeczy. Cała przyszłość. Kocham cię teraz zupełnie inaczej". Rozpuścił się w tym szepcie, jak cukier w gorącej wodzie. I nagle, zmieniony sam dla siebie do niepoznania, rozjaśniony upadkiem, już nie sam i nie w rozpaczy (ujutność trochę śmierdzi, ale to nic) zadowolony, rozczulony, prawie szczęśliwy przez łagodne (środek łagodnie rozwalniający) płciowe rozluźnienie, został. Ale zaraz po wyjściu tych pań księżna stała się zimna i daleka. Genezypa chwyciła znowu lodowata rozpacz — za mordę, brutalnie. Na to więc zdradził sam siebie, aby za upadek wewnętrzny nie dostać nawet jednego ochłapu, choćby gorszego, tego ciała, którem w istocie pogardzał. Natchnienie do jakiegoś decydującego czynu nie przychodziło. Łupić, bić, mordować, kopać — a tu stał w kąciku grzeczny chłopczyk z sercem *en compôte*.

— ...teraz nie będziemy mówić o nas. — [Siedział wypięty i po wojskowemu stężały. Ta „kupa elementów" przed nim była tak daleka (oto „inny wymiar" jak byk w tej samej przestrzeni), że nie mógł pojąć, nawet w przybliżeniu, jakim cudem mógłby sobie pozwolić na najlżejszy nawet, „najsiostrzeńszy" pocałunek. Męka rozkładu za życia, i to na zimno, trwała. „Ach — wyrwać się już raz na szeroką falę bez tych przeszkódek, zastawek, drobnych hamulczyków" — ciągle miał uczucie, jakby mu kto laskę między nogi wstawiał. Koniec szkoły — oto termin ostatni — wtedy on im pokaże... Ale żeby nie było tak, jak z maturą, kiedy to najważniejsze problemy osobowości wylazły wtedy, gdy wszystko zdawało się być załatwione, skończone.] — to najmniej ważne (niby „my") — Ważniejsze jest to, kim ty będziesz dalej. Ty właśnie Zypciu, z twoją naturą pełną tajemniczego, bezforemnego żaru, nie możesz żyć tak bez żadnej idei. To grozi pęknięciem, obłędem w najlepszym razie. W tobie odbija się jak przelatujący obłok w lusterku, cała ludzkość. Ja wiele zrozumiałam patrząc na te twoje szamotania się. — (Mówiła jak jakaś stara ciotka, będąc *tak* piękną! To piekielne...) — Ideja organizacji pracy nie doprowadzi nikogo do wielkich czynów. To są koncepcje szarej przyszłości i dla tej przyszłości istotne — ale my musimy patrzeć na ich wcielanie się w dawne organizmy społeczne, których częściami napół jeszcze jesteśmy i dlatego czujemy tylko ból i nudę — wrastamy sami w siebie w obcych nam formach. — (»„Cóś" w piętkę goni ten babon« — pomyślał Zypek). — Są to ideje pomocnicze, techniczne, które *obecnie* zużywać może każda partja dla swoich celów, począwszy od nas: Syndykatu Zbawienia, aż do zbolszewizowanych Książąt Mongolskich — ale kiedyś będą one urzeczywistnione w całej ludzkości — i na szczęście nas już wtedy nie będzie. Właściwie nie są to żadne pomysły, któremi można żyć, albo się im poświęcać — o ile się nie jest specjalistą w danym zakresie.

Genezyp: Tak, ale ideja ciągle i to pokojowo wzrastającego dobrobytu, połączona z ideją zamazania walki klas, w stylu dawno–amerykańskim, do którego rozkwitu doprowadziła kiedyś ideja organizacji pracy, może już być, dla dostatecznie zmaterjalizowanych ludzi, dostateczną podporą dla przetrwania choćby istnienia — nie mówiąc już o jego przetwarzaniu i stwarzaniu nowych zupełnie wartości, w co wierzą tylko oportuniści i zwykli durnie i karjerowicze. Przetrwać — to już jest wiele, gdy naokoło widzi się zalewającą nas pustynię ducha — pogodzić się z beznadziejnością i żyć w prawdzie, a nie omamiać się urojonemi nowaljami, które niby nadejść mają — nie brać ostatnich podrygów za zaczątki rzeczy nowych... — (przecież to ona sama kiedyś to mówiła!) — Jakże łatwo jest obiecywać jasną przyszłość, bełkocąc nieszczerze, ze skłamanemi łzami w oczach, banalne, oklepane pocieszenia ludzi niezdolnych do okrutnego myślenia: że przecież zawsze były wahania i oscylacje i ludzkość coś sobie dla uciechy zawsze wynalazła... — (Tracił zupełnie poczucie w imię czego mówi — czy przekonywa ją, czy siebie samego z nią razem przeciwko sobie — powtarzał, jak papuga, rzeczy, których mu naopowiadał jeden z jego kolegów, były ekonomista–amator, Voydeck–Wojdakiewicz).

Księżna: Pleciesz, drogi, jak na tortiurach. Dobrobyt nie może wzrastać nieograniczenie, a uspołecznienie jako takie — *als solche*, powtarzam — może, i to niezależnie od bytu, którego rozwój może się zatrzymać i żadna siła go nie wzmoże. Nie mówiąc już o Europie, widzimy to jasno na Ameryce: mimo wszystkich wysiłków organizacji pracy i maksymalnych wynagrodzeń i oszałamiającego dobrobytu tych tam robotników i wzrastającego współudziału w przedsiębiorstwach, nic nie mogło uratować tego lądu od komunizmu. — Apetyty ludzkie są niezmierzone...

Genezyp: Stępią się — niech pani będzie spokojna. To było tylko kwestją czasu: jeszcze chwila i załatwiłoby się wszystko bez przewrotu. Właśnie w nowych społeczeństwach...

Księżna: Nigdy się nie dowiemy jak to być mogło, gdyby i tak dalej... Fakt dowodzi mojej słuszności. Widać stąd, że jeszcze — *jeszcze*, powtarzam — trzeba idei wyższej, której tam brakło, a jakaż ideja wyższa jest od narodowej?

Genezyp: O, to pani plecie! — (Postanowił być brutalnym.) — Bez żadnego komunizmu, na tle ekonomicznej współzależności narodów, która wyszła na jaw po wojnie narodów, okazało się, że narodowość jest humbugiem. fikcją byłych rycerzy, tajnych dyplomatów, ciasno patrzących przemysłowców i operatorów czystego pieniądza. Wszystko tak się splątało na świecie, że mowy niema o oddzielnych narodach w znaczeniu samodzielności — (znowu zabrnął i nie wiedział czy to, co mówił jest jego własnem przekonaniem, czy tylko bezmyślnem małpowaniem Wojdakiewicza. —)

Księżna: To, co nastąpiło po Wielkiej Wojnie, to był właśnie zamaskowany bolszewizm pod pozorami międzynarodowych, ponadnarodowych, ale pozostawiających im jakieś niby odrębne życie, instytucji. I dlatego klapnęły te wszystkie ligi i międzynarodowe biura pracy i jest tak, jak jest teraz. — (Księżna używała ordynarnych słów polskich, nie zdając sobie sprawy z ich właściwego smaku.). — Może być tylko narodowość, albo mrowisko — trzeciego wyjścia niema. Musisz żyć ideją narodową, bo należysz do tej ginącej części ludzkości. To trudno: nie można kłamać: nie

być tym, kim się urodziło. Lepiej wcześniej zginąć prawdziwym, niż żyć zakłamanym. Musisz mi się poddać, o ile nie chcesz dojść do swej własnej odwrotności, co z twoją naturą jest bardzo prawdopodobne. Musisz zostać tajnym członkiem Syndykatu, o ile wogóle chcesz przeżyć samego siebie na swoich własnych szczytach, a nie na cudzym śmietniku. (— Genezyp zakrył twarz rękami: teraz go wzięła! Skąd ona mogła znać słowa, wcielające się w jego bezpojęciowy gąszcz, raczej wywlekające stamtąd, nadziane na symbole jak na patyczki, kawały żywego mięsa jego najistotniejszego trwania. Czyniła to oczywiście przy pomocy swych organów płciowych bezpośrednio, tak „intuicyjnie" („he, he, panie Bergson!") jak klasyczny do znudzenia sfeks swoją sprawę z przeklętą liszką. On to wiedział i palił się ze wstydu, mimo że pochłonął jeszcze w szkołach całą literaturę bijologiczną od Loeba i Bohna począwszy, tych wielkich panów, co pojęcie instynktu rozbili w puch i proch, niszcząc pośrednio jedną z najpotworniejszych blag jakie były: bergsonizm.) — Coś dziwnego przygotowuje się w atmosferze — są to ostatnie podrygi — zgadzam się, ale jest w tem posmak wielkości, której brak wszyscy tak boleśnie i obleśnie odczuwamy: *„Die Freude zu stinken"* — jak pisał ten nieszczęśnik Nietzsche. — (I zaraz dalej:) Dotąd nie zdołaliśmy, mimo szalonych wysiłków, nikogo z nas wkręcić w najbliższe otoczenie kwatermistrza. Ty jeden, jako specjalnie przez niego wybrany, — mówią, że twój ojciec coś nie coś wiedział o jego dalszych planach — możesz nam dostarczyć niezmiernie cennych wiadomości, choćby o jego sposobie życia, o tem, jak pije śniadanie i zdejmuje te swoje historyczne lakiery na noc. Przecież nikt z naszych nie wie nawet w przybliżeniu jak przechodzi codzienny zwykły dzień tego monstrum*u*. A potem oczywiście mógłbyś wślizgnąć się w rzeczy daleko ważniejsze... —
Z najniższych nizin, z moczarów, z tyłów ohydnych bud i śmietników, ale własnych, odpowiedział Zypcio: (rzeczywistość jak na niego wspaniała, ale wstrętna i zgnicie w małym loszku na brudnej słomie — dwa obrazy tańczyły w jego umęczonym mózgu, nie mogąc się przemóc. Załatwiła to mowa, niezależna jakby od osobowości. To pewno tamten trzeci, warjat, mówił w imieniu szlachetnego chłopczyka, sam szlachetnym wcale nie będąc — miał tylko wolę, *„den Willen zum Wahnsinn".*)
— Przedewszystkiem na wszystko to nie będzie już czasu — czy wy sobie wyobrażacie, że chińczycy będą czekać zanim wy załatwicie wasze wszystkie brudne rachunki w imię waszych bezpłodnych, utuczonych brzuchów? Śmieszne złudzenia!

— A fe! Co za bolszewik! Opamiętaj się. Nie bądź ordynarny jak agitator jakiś.

—Mówiłem już, że szpiegiem nie będę — warknął — i to w imię żadnej ideji, nawet absolutnie najwyższej.

— Nawet szpiegostwo dla celów wyższych jest czemś wzniosłem. A tu przecież... Nawet dla mojej przyjaźni? —

— Pluję na taką przyjaźń! Czy pani miłość poprzednia do mnie i demoniczne sztuczki były również wynikiem jakiejś, czy tej samej politycznej kombinacji? O, jakże upadłem strasznie... — znowu ukrył twarz w dłoniach. Patrzyła na niego jednocześnie z czułością matki i drapieżnością kota o włos od pochwycenia zdobyczy. Wypuczyła się cała, sprężyła ku niemu, ale dotknąć go jeszcze nie śmiała. Mogło to być przedwczesne, a jeśli nie w tej chwili, to nigdy już. Genezyp czuł się jak mucha w lepie — o wyciągnięciu połamanych nóg mowy być nie mogło, a skrzydła brzęczały rozpaczliwie w powietrzu, dając złudzenie swobody. Malał aż do zaniku z niemożliwego wstydu do siebie i do całej sytuacji. — Posłyszał dzwonek od drzwi wchodowych, dochodzący gdzieś z dalekich zakamarów nieznanego pałacu.

— Ty nic nie chcesz zrozumieć. Najpierw chodzi o ciebie samego, o twoją jedyną drogę życia, na której możesz się istotnie przeżyć. A potem o twoją karjerę także, w razie zwycięstwa Syndykatu. Pamiętaj, że to nie wszystko jedno skąd się patrzy na życie: czy z loży parterowej, czy z przesyconego wyziewami paradyzu. *„Leute sind dieselben, aber der Geruch ist anders"* — jak powiedział pewien wiedeński fiaker Piotrowi Altenbergowi. Nikomu jeszcze nie pomogło programowe zdeklasowanie się, a powrót na swoje miejsce trudniejszy jest niż się to zdaje. — (Przerwać jakim bądź sposobem to walenie się ciężkich jak jakieś potworne kufry (właśnie) słów.)

— Czyż pani myśli naprawdę, że my możemy zatrzymać chińczyków i ostać się w tej parszywej, umiarkowanej demokracji wśród tego morza bolszewizmu?

— I to mówi wielbiciel i przyszły adjutant kwatermistrza! Sprzeciwiasz się, moje dziecko zasadniczej myśli twego idolu.

— Nikt nie zna jego myśli — w tem jest jego wielkość...

— Dość wątpliwa conajmniej. Jest to siła, nie przeczę, ale wichrowat, siła dla siły to jest jego ideja, siła w czystej formie. My, Syndykat, musimy go zużyć dla naszych celów.

— I taka galareta, która co chwilę mówi co innego, ma być wyrazem organizacji, która jego, JEGO chce zużyć! Cha, cha, cha!

— Nie śmiej się. Jestem zdenerwowana i gubię się w sprzecznościach. Ale któż się w nich dziś nie gubi? Widzisz: tam z Zachodu będziemy mieli tajną pomoc. To, że upadła Biała Rosja niczego nie dowodzi. Tam nie było ludzi, takich właśnie, jak Kocmołuchowicz. Tam, na Zachodzie, młode bolszewizmy, jeszcze zlekka od spodu podnacjonalizowane i używające tajnie faszystowskich metod, pod pozorami tego, że czas jeszcze nie przyszedł — co za sprzeczność! — drżą, powiadam ci, przed możliwością chińskiego gniotu, niwelującego wszelkie subtelniejsze różnice. Dlatego muszą nam pomagać, nietylko w utrzymaniu *status quo*, czyli obecnego marazmu, ale muszą nas czynnie pchać w idejowo przeciwną im stronę, ze względów technicznych. W głowie się mąci, gdy się pomyśli do czego doszła komplikacja życia. Finanse z Zachodu — to jest ten cud polski, którego te żółte małpy, z ich uczciwością zrozumieć nie mogą. Potworne tajemnice ci mówię — za to — śmierć w tortiurach. A jeśli to się nie uda, to ostatnia zapora dla chińczyków przerwana, żółty potop i koniec rasy bialej. Niestety, tak się wszystko uspołeczniło, że kwestja ras nawet przestaje coś znaczyć na wielką skalę — kolory skóry nawet stają się obojętne. Właśnie przychodzi pan Cylindrjon Piętalski, baron papieski i szambelan, były dowódca kulomiotów gwardji Jego Świątobliwości. — Genezyp poczuł się owadem w tym domu: karaluchem, prusakiem, pluskwą. Ha — gdyby można czasem całego siebie wyrzygać prosto w nicość, nie przestając przytem istnieć! Cóż to byłaby za frajda!

Wszedł ohydny (przecież mógłby być pięknym tego gatunku osobnik — więc poco? Poco i to jeszcze? Przypadek.) wymokły, obwisły, chudy na gębie, a brzuchaty na brzuchu blondyn, z rozczesanemi „po lordowsku" faworytami, w monoklu na czarnej tasiemce. Zaczął mówić zaraz (był widać uprzedzony). (Bezpłciowość jego była aż nazbyt widoczna — ten przynajmniej napewno nie był kochankiem księżnej.) — mówił — i obecnym zimno robiło się od trupowatości pojęć, których używał. Poprostu czuło się, że kwestja narodowości wogóle, a polskiej w szczególności, na skutek przemacerowania w literaturze od romantyzmu, aż po ostatnich neo-zbawicieli, jakoteż z powodu przegwajdlenia jej nawylot na wszystkich obchodach, uroczystościach, wiecach, posiedzeniach i rocznicach w bezdusznych frazesach i obietnicach bez żadnego skutku, jest czemś tak martwem, wyczerpanem i dalekiem od rzeczywistości, że nikogo nigdy *naprawdę* poruszyć już nie będzie zdolna. Jadowite kłamstwo ścinało żywe białko w promieniu sięgającym po orbitę

Neptuna. Zdawało się, że na innych planetach i ich księżycach zamiera wszystko od nieznośnej nudy i jałowości problemu, że jeśli na satelicie Urana czy Jowisza zaczyna tworzyć się coś w rodzaju narodu, to oddech Piętalskiego, zionący potworną pustką frazesu, musi zwarzyć i zamrozić ten żywy kiełek na odległość biljonów kilometrów. Wszyscy wiedzą jak taki sos wygląda i pachnie, tembardziej na tle zgniłego kawała rzeczywistości, którą podlewa i usmacznia — można nie cytować dosłownie. Było w tem coś niesłychanie męczącego — to samo-załgiwanie się typowego „poważnego człowieka", czy też programowa blaga jakiegoś równie poważnego demona. Dobrze, dobrze — ale w imię czego? Nie — tak bezsensownej politycznie sytuacji nie było nigdzie, nawet w Hyrkanji, gdzie obok rządu bolszewickiego trwał błazeński król, pozostawiony niby na pośmiewisko dla innych — w gruncie rzeczy bardzo wtrącał się do rządów i sam bawił się znakomicie. A ten gadał — i słowa takie jak: miłość do kraju, ojczyzna, poświęcenie dla dobra narodu i t. p. (chociaż już mało było wogóle takich słów — pozapominano wiele — kursowały tylko najmniej wyświechtane, w których jeszcze resztki znaczenia tłukły się, jak ćmy o lampę łukową o tajemnicze ciemne ognisko ostatecznego sensu istnienia) padały z oślinionych, sinawych warg siwiejącego blondasa, „filaru" Syndykatu. On istniał tylko w tych słowach — poza tem był widmem, plamką na siatkówce Boga.

Genezyp dusił się ze wstydu za ten naród — (i za siebie jako element tego właśnie narodu.) Co za pech! A jednocześnie brał odpowiedzialność za to, że wszyscy byli tacy — taki mały, różniczkowy Mesjaszek! Też się wybrał w porę! A tu myśl podła: czy warto wogóle być czemś w takiej klapzdrze? Poco? Przypomniało mu się zdanie Tengiera: „urodzić się arbatym polakiem — to wielki pech, ale urodzić się do tego jeszcze artystą w Polsce, to już pech najwyższy". Dobra nasza (*„bonne la nôtre"* — jak mawiał Lebac) że artystami nie jesteśmy. Nie — nie miał racji ten bluźnierca. Z takich oto powiedzonek składa się ta parszywa atmosfera. *„Die Kerlen haben keine Ahnung was arbeiten heiss und dazu haben sie kein Zeitgefühl"* — tak mawiał Buxenhayn. Otóż: każdy swoje, nie oglądając się na innych, a może kiedyś... Ale znowu chińska nawała i ogólne spóźnienie się z temi kwestjami. Poczuli bestje, że czas ucieka, jak zawisła im nad łbami (nic nie lepszemi od dawnych „golonych pałek") żółta fala, niosąca niewymierne już z temi dawnemi, przeznaczenia. Zapóźno! Zatulić łeb w brudną pierzynę i robić swoje: odtąd — dotąd, nie myśląc o niczem — przeczytać głupią powieść, pójść na dancing, kogoś poobłapiać i zasnąć. Jeszcze nie przyszedł czas tak doskonałej organizacji — jeszcze trzeba było myśleć. Zjedzona przez „dziki kapitał" Europa nie mogła wyciągnąć ręki ku wstającemu Wschodowi — „trzeba było wszystko stracić, aby wszystko zyskać" — jak pisał kiedyś Tadeusz Szymberski. Coś takiego kołatało się jeszcze w niektórych pół- i ćwierć-duszach

wyłaziło, gdy już bardzo na nie pluto, ale cóż to takiego było: jakaś cieniutka ambicyjka, że to niby jego naród, takiego oplutego, jakieś czysto zmysłowe przywiązanie do pewnych dźwięków (na Zachodzie Esperanto gnębiło coraz bardziej rodzime mowy), jakieś pół—bydlęce uczuciątko do krajowego „narzecza", to był ten tak zwany i znienawidzony patrjotyzm. A w gruncie rzeczy maska dla apetytów. A to straszne, psia—krew!

I on w Imię tych trupów–pojęć, wyrosłych jak grzybki na trupie dawnego kompleksu uczuć, zwanego: — tak czy owak — wszystko jedno — on miałby popełnić najgorsze świństwo w stosunku do tego jedynego człowieka z jajami, biednego Kocmołuchowicza, skazanego oczywiście w tych warunkach na zagładę? Nie. Podniósł się znów z dymiących oparzelisk jaźni tajemny gość z krainy obłędu, gdzie wszystko jest takiem, jakiem być powinno — dla niektórych oczywiście. W pewnej chwili Zypcio dał w twarz Piętalskiemu i wyrzucił go do przedpokoju. Słyszał jak tamten pluł i charkał — i było mu wstyd, a jednocześnie cieszył się, że patrjotyczna ideja została trochę pomszczona. Niech nie biorą takich ohyd na jej nosicieli. Dużoby dał, aby dowiedzieć się teraz, jaki jest jego własny procent (%) narodowości. Nic — widział tylko żółte wyłogi swego munduru i czuł, że on, ten pogardzany dzieciak, dokonał jednak czegoś morowego. Miał dobrą intuicję — o, tu to słowo jest na miejscu — ale równie dobrze mogło to być fałszem. (Jak słusznie mówi Edmund Husserl: czemu t. zw. „intuicyjne" (ulubiony obecnie termin zarozumiałych bab nie chcących myśleć i zbabiałych mężczyzn) odkrycia robią zawsze jednak specjaliści wyszkoleni w danym fachu — analogja pewnych form myślowych, zużytkowanie przyzwyczajeń badacza, przeskakiwanie szeregów myślowych, automatyzacja — ot co jest, moje panie. „Zwyciężycie kiedyś i to tym samym pogardzanym intelektem — to inna rzecz, ale racji nie macie" tak mawiał à propos tego problemu Sturfan Abnol.) Nie wiedział jednak Zypcio, jakie będą tego „czynu" następstwa: mordobicie to przyśpieszyło o całe 2 tygodnie wybuch pewnych wypadków. Bo Centrala Syndykatu Zbawienia przygotowywała na wszelki wypadek małe „powstańko wywiadowcze" jak to się nazywało. Kraj był tajemnicą dla wszystkich patrjotów prawie tak wielką jak sam

Kocmołuchowicz. Już nikt nic nie rozumiał i wszyscy dusili się wprost w tym czadzie ogólnego „niezrozumialstwa". (termin Karola Irzykowskiego — niech będzie przeklęty za ten wynalazek, pozwalający każdemu durniowi odsądzić od wszelkiej wartości najwartościowszą rzecz.) Trzeba było choćby paru kropel krwi, aby się dowiedzieć co właściwie jest: „zanurzenie lakmusowego pap*i*rka w świ*ż*ą krew" — jak mówił Piętalski. Że ktoś tam musiał przy tem zginąć, z tem nie liczono się zupełnie. Dopiero w razie inicjalnego powodzenia możnaby atak ten rozszerzyć i kto wie czy nie utrącić samego generał-kwatermistrza, który ku zgorszeniu Syndykatu wąchał się na razie przynajmniej dość bezwstydnie z najbardziej radykalną częścią armji, znajdująca się pod wpływem pułkownika Niehyda-Ochluja. (Oczywiście „radykalność" ta była mocno zamaskowana i jako taka względna.) Zresztą główni działacze Syndykatu Zbawienia nie angażowali się w ten „eksperyment" — podrzędnych można się było w wypadku klęski wyprzeć jako nieodpowiedzialnych.

Tamten pluł i charczał w przedpokoju. Genezyp blady, drżący, zadyszany, zaciśniętemi pięściami wparty w poręcz fotelu, patrzył na bezwstydne nogi księżnej, które zdawały się być przepojone szatańską esencją niepojętej w swem natężeniu zmysłowości. Że też noga może mieć tyle wyrazu i to zamknięta w jedwab i twardy lśniący lakier. Gdyby tak taką nogę można było zgwałcić jako oddzielną istotę i wreszcie nasycić się jej (względnie ich) złowrogim czarem... Rozmyślania te przerwał huk. Zatrzasnęły się nareszcie drzwi wchodowe, nazbyt mocno dzwoniąc łańcuchami. Skazańcy spojrzeli się na siebie — zwarli się kłamliwemi zwykle gałkami ócz naprawdę, ich tajemnym fluidem (który jest tylko zwykłą konwencją, podobnych między sobą istot), jak dwie bańki na mętnej kałuży rzeczywistości. Walka z Cylindrjonem rozpętała w Genezypie to coś ze dna, ten głód nieskończoności, który kusił go zawsze do nadzwyczajności — choćby potwornej — byle nie to co jest i być ostatecznie może. Niestety któż to potrafi — tylko obłęd, lub zbrodnia przebić może tę ścianę pospolitości — czasem twórczość — ale i to nie. Mniejsza z tem. Tak się tego bał — ale w tem tylko był urok życia. Nie był sobą — jedyna chwila odpoczynku ponad całem istnieniem. Psychiczny szalej własnej produkcji, a stwarzający mimo to coś obcego, niewiadomo gdzie istniejący (jak „byt idealny") świat absolutnej zgody wszystkiego ze wszystkiem. Tak: nie był sobą: (o rozkoszy!) tamten wewnętrzny drab patrz*a*ł przez jego oczy, jak przez szybki, jak zwierz, czający się w ciemnościach.

A potem wszystko zmieniło się w to... Zwalili się na siebie, jakby z nieskończonej, bezkierunkowej w istocie wysokości obojętnej przestrzeni. To darcie na strzępy ucieleśnionej w miękkich zwałach rozkoszy, to bezwstydne odarcie ze skóry nagiego mięsa palącego się dziką żądzą, to nieludzkie *nasycanie* wydartego z trzewi prawie metafizycznego *bólu...* Nasycanie bólu? Tak. Znowu przekonał się, że to jest jednak coś i w ten sposób rozwiązując problem natychmiastowego, na poczekaniu, zwarjowania, zapadł jeszcze głębiej w nieprzezwyciężone objęcia swych potworów z Krainy Dna. Ryjąc jak wieprz całym sobą w najstraszniejszem świństwie istnienia, wisiał nad całym światem, świdrując wzrokiem wściekłego jastrzębia tonące w bezgranicznej przepaści zła *tamte oczy. W ich spotęgow*anej rozkoszą ukośności zdawała się lśnić Tajemnica Bytu. A wszystko to kłamało zawzięcie, z bestjalską, idjotyczną furją. Doszedł Genezyp do szczytu: usamotnił się w tej chwili okropnej, zamiast się omamić złączeniem dwóch ciał. Psychicznie dalej w tym kierunku pójść nie można. Bardziej był samotnym teraz, niż wtedy z Toldziem w dzieciństwie i nawet niż wtedy w łazience.

Ponuro oddała mu się księżna, czując, że mimo wszystko nie potrafiła zgnębić tego smarkacza, tak, jak chciała. O jakiżsmak miał dla niej teraz, kiedy dostała go tak prawie z łaski bezecnego przypadku! To nie była dawna matematyka i w tem tkwił nowy, groźny urok. Niech sobie mówi co kto chce, ale te ostatnie chwile mają też swoją wartość. „Z łaski, z łaski" — szeptała, podniecając się aż do szału tem uświadomieniem upadku, potęgując do niemożliwości tragizm, ponurość, beznadziejność, palącej się wszystkiemi jesiennemi barwami młodości, rozkoszy. A młodzik rżnął z potęgą również „na zło". I tak syciły się ich dwie złości, tworząc nieomal jedno zło, bezpłciowe już, samo w sobie, jedyne. Wygnana z tych „zawrotnych" uścisków miłość (teraz jedna już, nie rozdzielona na dwie osoby) uśmiechała się smutno gdzieś na boku — wiedziała że to, co robiło tych dwoje zemścić się musi i czekała spokojnie.

Informacja: Ze zdwojoną siłą zabrał się do szykowania zamaszku stanu pobity Cylindrjon Piętalski. „Tak"? — mówił sobie — „Chcecie? To zobaczymy! Ha — teraz wyjaśni się wszystko". Taki mały pozornie fakt skondensował tak energję „filaru" Syndykatu, że plan eksperymentu, zielony jeszcze w dzień ten, dojrzał i spęczniał w dni następne w źrały, złocisty owoc, gotów do zerwania przez byle kogo. Samo szło ku temu — „przebąkiwacze" podejrzewali, że akcją kierują agenci samego Kocmołuchomcza. „On też „potrzebuje" zobaczyć co jest na dnie" — przebąkiwali. Wypadki wydzierały się pojedyńczym indywiduom z rąk i

„hasały" same — narazie w małym zakresie. Najtęższe względnie indywidualności zdawały się być tylko emanacjami pewnych ugrupowań — musiały tak, a nie inaczej postępować, traciły wolę osobistych czynów. Trzymał się jedynie w swej wewnętrznej twierdzy, sam Kocmołuchowicz.

Technika tego wszystkiego nudna była jak rekolekcje nieszczerego księdza — ten tam coś szepnął, temu wręczył papirek, z tym pogadał, tamtemu coś dał, tu pogroził, tam się podlizał, a tamten robił to samo z drugimi — co tu o tem pisać. Psychologje też były nieciekawe z wyjątkiem struktury wewnętrznej wodza, o której nikt nic nie wiedział: Melanż w różnych proporcjach ambicji, wielkich słów o małych znaczeniach, brudny spryt i czasem trochę ordynarnej siły. Poza tem wszyscy o wszystkich myśleli że są świnie, czasem nawet włączając w to siebie samych.

Wszczęta przez Cylindrjona sprawa honorowa doprowadziła z wiedzą Dowództwa Szkoły do honorowo zadawalniających, a jednak bezkrwawych rezultatów. Ze względów politycznych uznano za stosowne, aby Zypcio przeprosił Piętalskiego, a do aktów dołączono dokument lekarski, „endorsowany" na ślepo przez samego Bechmetjewa, a stwierdzający lekki stan nienormalny mordobijcy na tle przejść rodzinnych.

Genezyp opuścił pałac Ticonderoga, tak zwany „fornication point" z „pianą życia u pyska". Dobra jest askeza, ale lepsza jeszcze jest dobra fornikacja. Kompromis na całej linji. W tajnych zakamarkach gromadził broń przeciw księżnej i miał zamiar użyć jej w odpowiedniej chwili. Narazie jednak pogrążył się z rozkoszą samowiedzy w zupełnym upadku. Parskał i prychał, tarzając się po samem dnie rozpusty. Aby ujść szpiegom Syndykatu „podozritielnaja paroczka", jak nazywała ich oboje księżna, urządzała schadzki w małym plugawym domku, wynajętym i urządzonym wprost przepysznie w tym celu przez samą książęcą instygatorkę tego świństwa, na dalekiem od centrum miasta przedmieściu Jady. O zdradzie nie było mowy. Na długie tygodnie ten „gieroj naszawo wremieni" był unieszkodliwiony.

MYŚLI WODZA, A TEATRZYK KWINTOFRONA WIECZOROWICZA.

W trzy dni po tym smutnym incydencie zamieszkał Zypcio przy rodzinie — miał już swobodne noce poza służbą — został „starszym junkrem". Spędzał noce te na szaleńczej wprost miłości z księżną, która w przeczuciu niedalekiego końca troiła się poprostu czy dziesięciorzyła nawet w oczach i rękach rozwydrzonego programowym upadkiem szczeniaka. Poznał wreszcie Genezyp czem jest przesyt. Dziwne to były chwile, gdy patrzył na te istności, które wczoraj jeszcze zdawały się być tajemnicami bez skazy, doprowadzającemi oczy do wysadzenia z orbit, a z rąk czyniącemi nienasycone polipy, jak na zwykłe przedmioty codziennego użytku. Ale krótkotrwałe były te stany. Zawsze coś nowego jeszcze umiała wymyślić ta stwora, wydobyć nowy „trick‴" z niewyczerpanego zapasu swych przebogatych doświadczeń i to bez zbyt ordynarnego demonizmu. A jednak tamta chwila w łazience działała z oddali czasu, promieniejąc niewyczerpanie niby radjum — chroniła od miłości, ale za to była rezerwą dla zamierających czysto–płciowych rozdrażnień. W tem było zło i bezpieczeństwo dość podłego gatunku. Coś psuć się zaczęło pozornie bez żadnego powodu.

W tym to czasie poszedł Genezyp któregoś wieczoru do teatru Kwintofrona Wieczorowicza. Zaprowadził go prawie gwałtem Sturfan Abnol. Szła już jego druga sztuka pół–improwizacyjna, w której dublując rolę jakiegoś zamierającego ze zmęczenia podlotka, miała poraz–pierwszy wystąpić Liljan. Dotąd Genezyp nie chciał zgodzić się na zobaczenie siostry swej na scenie. Może była to podświadoma zazdrość, a może ukryty wstyd rodowy za aktorkę w rodzinie, pannę bądźcobądź Kapen de Vahaz. Za wolno płynęło życie i to odczuwał nietylko Zypcio, ale cały naród, a najbardziej sam Kocmołuchowicz. On miał koncepcję, nie dającą się zawrzeć w słowach: nieuchwytną, jak pajęczynka, a mocną jak wiązania lin stalowych — czuł ją w swoich mięśniach, w błyskach woli, w tem wypiętrzaniu się ponad siebie samego, co było jego specjalnością: chciał by ten naród jako całość był jedną osobowością, tak potężną jak on sam: machiną odrobioną z najwyższą dokładnością do ostatniej śrubki i gwińcika, a jednocześnie swobodną jak pozornie swobodnym jest obłok beztroski na ciemnogłębnym szafirze przestrzeni. Takim był i chciał czuć ten cały blok surowca jako swoją własną rzeźbę: zaklęte w nieruchomość materji mięśniowe czucia, aż pękające w doskonałości idealnej jedni. Cóż z tego: wychodziły z tego rzeźbienia kulfony. Ale i z nich, jak z perwersyjnych elementów, zbijał jakąś pseudo–konstruktywną, improwizacyjną kupę. On, jeździec nad jeźdzcami jechał na lichej, leniwej, zapadłobokiej kobyle. Ale lubił nawet swoje błędy, kochał się w sobie *bezświadomie* — taki kawaleryjski hypernarcyz–byk. Na to uświadomienie brakło mu jeszcze jednej duchowej platforemki wzwyż, którą, gdyby osiągnął, straciłby możność czynu, poczułby paraliżujący metafizyczny nonsens wszechrzeczy. Był pociskiem; naród cały czuł tak, jakby czuł za sobą pocisk (gdyby czuł) skłębioną w gilzie pyroksylinę. I kondensował pod sobą eksplozywną miazgę, która go miała wypchnąć z gmachu kwatermistrzostwa na ulicy Bykoń, jak z armaty, w wyższe regjony przeznaczeń. Czytał tylko do łóżka i to tylko „Barcza" i „Wyspę Skarbów" Stevensona. Poczem spał twardo do piątej na prawym brzucho–bokui budził się z świeżemi ustami, pachnący świeżo skoszonem sianem. One to lubiły bardzo.

Dzień „premjery" Liljan podwójnie był (później oczywiście) pamiętny dla Zypka, bo przed południem odbył przegląd szkoły sam Wódz. Z nudów oczekiwania (jego nudą mogłoby się zabawić jeszcze z pięćdziesięciu głównodowodzących ze wszystkich armji świata) rozpoczął objazd prowincjonalnych „wojennych" szkół. Była to jedna wielka orgja fetyszyzmu. Ale Kocmołuchowicz miał jedną zaletę rzadką: uwielbienie innych spływało z niego jak deszcz z oilskinu, a przy tem nie obowiązywało go do bycia nadal tym właśnie uwielbianym. Umiał nie dopuścić bałwochwalczej czci dookolnej, nawet najbliższego otoczenia, do tego rozkosznego wewnętrznego organu, (tej „łechtaczki ambicjowej" jak go nazywał), którego wtórne działanie stwarza potem wtórną osobowość, (nie tą którą się być miało) jako sumę wszystkich drobnych popchnięć czcicieli, nowotwora, pożerającego często najtęższe charaktery.

Wszelkie porozumienie z chińczykami było wykluczone. Właśnie niedawno wrócił przecie starszy syn księżnej, ambasador z Hańkou, w zaplombowanym wagonie. Nikt dosłownie nic nie wiedział. Po wysłuchaniu raportu *kazano* młodego księcia zamknąć w celkowem więzieniu kwatermistrzostwa i tyle o nim słyszano. Tajemnica stawała się coraz bardziej jątrząca w swej kurtyzaniej zalotności. Już, już miała się odsłonić i znowu oddalała się, tańcząc lekko i zwijając się w zwojach niewiarogodnych blag. Wszelkie starania księżnej zmierzające do uzyskania widzenia się z synem, nie odniosły żadnego skutku. Coraz bardziej była z tego powodu rozdrażniona, a całą rozpacz topiła w potężniejącej rozpuście z Zypkiem, który stawał się podobnym raczej do jakiegoś upiorka ze złowrogiego snu o utraconej młodości, niż przyszłego adjutanta Wodza. A piękny był jak młody djabeł. Dorosłość samczawypełzała powoli na młodzieńczą gębusię, nadając jej wyraz ostry — okrutnej siły i bezwzględności, co połączone z władczą lubieżnością podbitych na *himmelblau* oczu działało na kobiety rozpierająco-mdlejącym chwytem od spodu. Na ulicy przepełzały przed nim nieznajome baby jak suki. Och, gdyb raczył... Ale na razie miał dosyć — wyższej marki nie znajdzie teraz — a „malinowe światło" pokrywało drobne usterki. Zbyczony laluś, udrapieżniony, zjastrzębiały efeb, krew z mlekiem na sino od spęcznienia tęgich mięsnych łodyg — księżna oszalała kompletnie — pokryła ciągłą błyskawicą ekstazy straszliwą ranę swego ciała. A program Zypcia był taki: w dzień męczące ćwiczenia i nauka, a w nocy przygotowanie do lekcji i dzikie wyuzdanie. Nauczył się spać dwie do trzech godzin — trening był niezły. Zaczął trochę (troszeczku) pić i chwile „pochmielja" dawały mu dziwne stany rozkosznego i męczącego odosobowienia z tem, co nazywał „warjacją na zimno" (narazie) — katatoniczne prawie zakrzepnięcie, w czasie którego intelekt pracował z precyzją niemal rachunkowej maszyny. Mroczny człowiek-duch-bydlę z dna dawał znać o sobie często, ale słabo — czaił się do skoku jakby — czasem *myślał* — te to myśli zapisywał Genezyp w dzienniku. Razem później czytali go z tą... ale o tem później. Coraz częściej przypominała się i coraz większego uroku nabierała nawet pomaturyczna, niedawna przeszłość, nie mówiąc już o dalszem dzieciństwie. Dalekie to było jak góry, wyłażące z za uciekającego widnokręgu. Czuł się wtedy starcem. Obcością sobie samemu upajał się jak nieznanym narkotykiem. Zabawne są początki, ale potem...

„O jakże dziwnym jest świat, widziany przez oczy warjata,

W spojrzeniu ich, zdrowy człowieku nie poznałbyś wcale świata".

jak pisał ten „zły" kolega. Żałował Genezyp że go stracił. Gdyby tak teraz mieć go tu pod ręką! Ileż rzeczy tajemnych wyjaśniłoby się bez reszty. Zachowywał całą świadomość niebezpieczeństwa, bez poczucia jego jakości. Skąd ono nadejść mogło? Czy od strony tego draba, którego gościł w podziemiach swoich psychicznych bebechów i w które on, ten obcy, zdawał się wrastać coraz dokładniej, przyjmując ich formę a nawet i wchłaniając zawartość. (Pseudomorfoza.) Czy też z zewnątrz ze sfer splugawionej miłości, w których przebywał z księżną? Mimo głębokiego skrytego wstrętu do niej i do siebie poddawał się wrażeniu, że nikt nigdy tak jak ona podobać mu się nie będzie, a nadewszystko, że nikt takich sztuk wyprawiać i tak odgadywać jego najwstydliwszych życzeń nie potrafi. Nauczył się wreszcie walczyć z demonizmem, oczywiście nie na skalę największą. Takiego natężenia jak w Ludzimierzu nie osiągnęły te objawy już nigdy. Ale przecie, ale przecie. Nagłe odmowy kończyły się dzikiemi gwałtami (nawet jeśli ich podłożem były sfingowane ataki świętości). Wzbudzana kunsztownie zazdrość odgrywała rolę erotycznego motorku dodatkowego, gdy pomęczone gruczoły chciały spać, a dusze pragnęły jeszcze oszałamiającej, wytwarzającej złudzenie jakiegoś nowego gatunku poznania, ujedniającej ich oboje w jakieś hyperjestestwo, rozkoszy.

Informacja: Niewiadomo dlaczego w tym czasie wszystko przybrało zupełnie odmienny wygląd, a nawet charakter wewnętrzny. Jakiś prąd samouświadomienia przebiegł przez zankylozowane ciało biednego społeczeństwa. Poprzez potworne w swojej nudzie frazesy o organizacji pracy (która bokami wyłaziła już nawet najgorszym pedantom i niewolnikom czasu) i poprzez dawne śmietnisko patrjotycznych fatałaszek przeglądnęło coś nieznanego. Ludzie uśmiechnęli się do siebie idjotycznie, nie wierząc sami, że wogóle coś czują. Jak skała wynurzająca się wśród opadających wód odpływu, występowała jedyna prawda i wartość: społeczeństwo samo w sobie jako takie. Powiedzieć to jest głupstwem, ale naprawdę przeżyć to i ustosunkować się w tym wymiarze do codziennego dnia, ho, ho — to jedna z najistotniejszych przemian ludzkości. Ale jeszcze trajkotały różne gęby bezkostne na usługach rozłażących się w zgniłym, ostrym sosie przeszłości mózgów i głuptasie z Em–es–zetu uczyły się po dawnemu jak cienkie patyczki i wiórki nawet kłaść między szprychy rozpędowych kół olbrzymich maszyn. I to było najciekawsze, że prąd ten przebiegł dosłownie wszystkie odcienie społeczne, nie wyłączając nawet wybitnych członków Syndykatu Zbawienia. Ale nie każdy może, nawet w chwilach objawień, tak łatwo rozstać się ze sobą w związku z praktyką życia. Widzimy często ludzi brnących do końców swych istnień w kierunkach których wewnętrznie dawno się już wyrzekli. Bardzo wielcy starzy znawcy czując w sobie również jakieś młodociane dreszczyki, stworzyli teorję, że to katalityczne dzialanie na dystans nagromadzonej w takich ilościach obcej masy żółtej pod wielkiem idejowem ciśnieniem. Może było to i słuszne. [Jak wiadomo wojen skasować nie zdołano (W epoce tych tam różnych Lig i blag i międzynarodowych flag i realnych fig) ale unicestwiono lotnictwo wojenne i gazy — nie zdołano jedynie tych ostatnich w psychicznej odmianie zniszczyć w stosunkach prywatnych i publicznych, w polemice literackiej, naukowej i dotyczącej spraw społecznych i narodowych — trudno. Jakim cudem wszyscy się tego trzymali (nawet chińczycy) niewiadomo — podobno na tle zbyt silnego wojennego instynktu, odziedziczonego po przodkach. Bo przecie każda wojna byłaby w tych (poprzednich) warunkach niemożliwa, a widocznie chęć wojowania jako takiego silniejsza była od chęci zniszczenia wroga i sąsiada.] Okazało się później, że przyczyny tego stanu były bardziej skomplikowane, mimo że nikt (prócz może jednego Kocmołuchowicza) sprawy sobie z tego nie zdawał. Oto pozornie społecznie *explicite* obojętna wiara proroka Dżewaniego, którą, zaopatrzeni w odpowiedni narkotyk emisarjusze, zaszczepiali zaczynając początkowo od warstw najniższych, poczęła już zmieniać nieznacznie atmosferę uczuciową kierującej inteligencji. Najgorsze męty oddziaływały na trochę lepsze — potem robotnicy na majstrów, ci znów na dyrektorów, a ci na Radę Gospodarczą Centralną. Służące działały na „panie", a niższa gawiedź urzędnicza na swoich zwierzchników. Do Kocmołuchowicza i jego najbliższego otoczenia nie doszła jeszcze ta fala (mimo rozmów zupełnie otwartych z samym Dżewanim i jego agentami) — nie doszła bezpośrednio, uczuciowo, ale spodziewano się ważnych wypadków w związku z koniecznością zajęcia jakiegoś określonego stanowiska w tej sprawie przez ten centralny punkt przecięć sprzecznych (narodowej i czysto społecznej) sił, żądz i nadziei, jakim było generalne kwatermistrzostwo armji.

Ta chwila, w której Zypcio zobaczył Generał–Kwatermistrza, wchodzącego do sali jadalnej Szkoły, to była naprawdę chwila, a nie jakieś głupie orgazmy, wyduszane sztuczkami na tamtern zjełczałem, arystokratyczno-mongolskiem cielsku. Ugięły się pod nim kolana, ale oczy, z jastrzębią żarłocznością, wpiły się w oczy tamtego. Czarne śliwy, zatopione w medjum szklisto–spermatycznem, obrotowe maszynki dodatkowe spotworniałego w nieprzyzwoitych myślach o nieosiągalnem człowieczeństwie jakiegoś hypermotoru. To ruszało się, to żyło — ten wąs był z prawdziwej, żywej szczeciny, jak u foki w ogrodzie zoologicznym, jak u Michalskiego! Jeszcze sekunda upojenia rzeczywistością tej mordy i ujrzał przeznaczenie swoje i całego kraju, wywalone na wierzch, jak flaki z martwego bydlęcia. Jakież to ono było! I przecie tak jasno to widział, a słowaby o tem pisnąć nie potrafił — nietylko temu Cylindrjonowi bez czci, ale samemu nawet sobie w najgłębszem wewnętrznem zamyśleniu. Coś poprostu wielkiego czaiło się w tym pół–bogu dawnego autoramentu (ale nic z szlacheckiej swołoczy ubiegłych wieków), coś co przechodziło jego samego, jako jakość i potęga. Otóż to: wielkość jako zjawisko, nie „stan psychiczny", (podstawy tego są: natężenie woli, ilość i jakość implikowanych w danej awanturze osób, siła nie zwracania uwagi na jednostki [bez wykluczenia ludzkich uczuć], ogólna bezmyślność w wykonywaniu raz powziętego zamiaru; poczucie własnej nierzeczywistości, jako przecięcia sił; poczucie wyższości czegoś ponad sobą: od Boga do społeczeństwa, poprzez naukę, sztukę, filozofję; poczucie samotności metafizycznej; marne, życiowe właściwości każdego pospolitego drania, uniezależnione w swych funkcjach od tamtych elementów - dość) polega na tem, że podstawa jej w danym człowieku jest za mała w stosunku do rozrastających się wzwyż i wszerz kondygnacji... Nie — nic na ten temat *ogólnego* powiedzieć się nie da — dajmy temu spokój.

Ale on, Zypcio, był jednak jakimś elementem dynamicznym w bliskości punktu zdeklanszowania — bez niego nic. Ale co? Intuicyjna bzdura — 5% sprawdza się przypadkiem (i potem gadają o tem te mistyficiątka 3–ciej klasy całemi latami) albo się zapomina o tych 95% i też jest dobrze. Znowu zapadł Genezypcio w ciemności: Ojciec, jako skrzydlaty bykołak w białym wirze gwiazd; Kocmołuchowicz — czarność całego wszechistnienia, oplatająca nawet Boga matki razem z Michalskim, oddech palącej nieskończonej nocy świata całego, i księżna, jak złota szpilka (fałszywa), przebijająca „naskwoz" cały ten burdel życiowych, umetafizycznionych wielkości; a on sam jak ogonek merdający się z radości a należący do nieistniejącego kundelka.

Cała ceremonja: „baczność", zerwanie się „junkrów" od stołów (programowa niespodzianka), „spocznij", zasiądnięcie Wodza do podłej ryby z jarzynami (rzygać mu się tem chciało po dobrem śniadaniu w „Astorji") jego „ćmiak" (umiał ćmiakać kiedy chciał, dla zjednania sobie popularności — na pewnej już wysokości drobne błędy robią wcale niezłe wrażenie) — wszystko to przeżył Genezyp nie jako ten: jakieś katatoniczne bydlę przeżyło to na martwo, na nie było. Ocknął się, gdy już junkrowie, i on sam, przechodzili „wolno", nie w szyku, do szwadronowych lokali. Przechodził tuż mimo NIEGO ze ściśniętem sercem — wszystko mu opadało, było za luźne, podwiązki, gacie, spodnie, coś go swędziało, czuł się w rozkładzie jakby nie był tym, który miał prawo kochać Wodza. Był szczytem wielorakiej roztrzęsionej niedoskonałości, a chciałby być kryształem, choćby w tryklinicznym systemie.

— Nastąp się, durniu — burknął Kocmołuchowicz na adjutanta, młodziutkiego księcia Zbigniewa Oleśnickiego, cudnej rasy i urody hubka, takiego prawdziwego arystokraty z Almanachu de Gotha, a nie puszącego się, durnego, szlachetkowatego „ziemiańskiego" smroda, bez manier i bez wewnętrznej wytworności. Tych niecierpiał Wódz i kopał ich przy lada sposobności gdzie popadło. Rozpłaszczony jak bura suka „eddekan" umknął się wtył, nieomal między nogami Wodza. Jakże kochał tę chwilę

Genezyp! Gdyby ta chwila mogła być osobą! Cóż to byłoby za szczęście! Gdyby czas jako taki mógł być rozciągliwym, gdyby można go było napiąć, jak jakąś skórkę na spęczniałej rzeczywistości, a? I potem dopiero... No — nic. Orkiestra zagrała piekielnego kawaleryjskiego marsza, kompozycji jeszcze starego, dobrego, klasycznego Karolka Szymanowskiego, [którego pomnik dłuta czy pięt Augusta Zamoyskiego, opluła niedawno grupa muzycznych bezkręgowców pochodzących od Schönherga, i który, po przed-ostatniej fazie religijnej, wpadł (na tle popularności znowu wojny w okresie „krucjaty") w szał wojenny i w tym szale skończył.] i dusza Genezypa, porwana wirem wojennej, czysto-kondotjerskiej wzniosłości uleciała w niedosiężne kręgi wymarzonej śmierci na tak zwanem „polu bitwy". Tak umierać niech tylko będzie wolno, przy takiej muzyczce, w oczach takiego hyperkomandora, a reszta to *furda* — właśnie furda, to niesmaczne, przykre, „ślachcickie" słowo.

— Baron Kapen de Vahaz, Genezyp — szepnął Oleśnicki między puszyste włoski na mięsistem, *czut' czut'* semickiem uchu Wodza. Pytania Zypcio nie słyszał, ale widział ucho... Być nawet kobietą, aby móc się mu, mu, muuuu...

— Stój! — To on „sam" na niego krzyknął! Zwrot w lewo, trzask obcasów i brzęk ostróg i samo ucieleśnione wojenne wypięcie wyrosło przed czarnemi śliwami-smorodinami Kocmołuchowicza. Między nimi dwoma biła jakaś ciągła nieskończenie szybka błyskawica, w obie strony jednocześnie. Cement fluidu krzepi na niezniszczalny zaświatowy mur. W tem była przyszłość. Jakoteż była. I to jaka! — Ty nie rozpływaj się w empirejach! — Nie-do-uwierzenia! To on do niego mówił. Słowa, jak wyhodowane w zaświatach, nieistniejące rajskie ptaki, siadały Zypciowi na głowę, zdobiąc ją w pióropusz chwały już nie z tej planety. Tam to, w jego głowie, stawały się one naprawdę tem, czem były. A przy tem obaj mieli tyłki, dziś srali, tylko co obaj rybę żarli — jakie to dziwne. Nawet Kocmołuchowicz miał lekki atak hemoroidalny *á la* Roztopczyn. Nie — to piekielnie dziwne.

Zawisły nad Genezypem długie, kozackie wąsy i śmiejący się wzrok dzika, orła, byka i węgra i ujeżdżacza czy nawet koniokrada jednocześnie — i ten kocmołuchowaty, nieujęty, nieuchwytny, najistotniejszy wzrokowy chwyt pajęczo-tygrysi. (Fotografje były nieznane, bo straszliwie karane — jak mit to mit tęgi - musi zginąć wszelki ślad. — Nigdy nie powinien wzrok ten dać się zafiksować, złapać, utrwalić, stężyć.) Spadła w tym piwnym, raczej czarno-porterowym, smolistym, a żywym jak ukrop i sam ogień wzroku Wodza, maska erotycznego świństwa z niedoszłego, granicznego jeszcze adjutanta. Jak wszystko się uwzniośliło w tym, wybuchniętym z samych psychicznych jąder, zachwycie. I księżna jak anioł gdzieś pływała w nieznanem medjum, jak chybki wiertnik- wymoczek w szklance zgniłej wody — ho, ho! — jak wysokawo, obłokawo, kadzidławo, świętawo. I matka stała się jedyna i konieczna, ta, a nie inna, razem ze swoją nową manją kooperatyw i Michalskim. Ten wzrok organizował swą specyficzną, skupiającą i porządkującą potęgą, dowolnie rozłożoną miazgę flaków. Zdawało się, że jeśli spojrzy na śmietnik jaki najgorszy, to wszystko się tam ruszy i ułoży w prześliczną promienistą gwiazdę symetrji i harmonji. Tako zbił w kupę rozkładającego się Zypcia i uczynił porządek we wątpiach jego i duchowych „*rozpołożeniach*". Wszystko tak było cudne — cudne aż do bólu — przelewało się po brzegi świata (nie *poza* — to niemożliwe) pianą spienionego szczęściem duchowego pyska. Położył się pełny siebie na krawędziach wszystkości i trwał. I to on to sprawił, ten ciemny chuj morowy, w generalskim, zalepionym orderami mundurze. Muzyka rwała kiszki na niebiańskie flagi, sztandary i chorągwie ku czci tamtego, prawie Nienazwanego = „Kocmołuchowicz", to był znaczek dla ludzi — on sam nie mógł się nazywać, był jedyny. Jego Jedyność nie potrzebował nazwy — był — to dość. Czy tylko był? Boże! Oddal tę mękę... może go niema wcale...? Ale jest, jest — o! — śmieją się smoliste gały, błyszczy tęcza orderowych wstęg i nogi (jakie też on może mieć nogi?) wypychają wspaniałe, lakierowane ostrogowate buciska. [Cóż dopiero działo się z babami!! Strach pomyśleć. Po przejeździe Jego Jedyności przez ulicę wszystkie musiały majtki zmieniać jak jedna. Aż chlupało im w międzykroczach z suczego uwielbienia. Lepiej chwytało, niż najpiekielniejszy hałas ponurej dźwiękojebni samego Tengiera. Ano, ano.] Z wdzięczności za jedną taką chwilę można było umrzeć — byle prędko — byle zaraz.

— Ojciec — padło pierwsze bardziej osobiste słowo — rozlało się po arterjach słodką trucizną dającą siłę, męstwo, odwagę bez granic, prawdziwą żądzę śmierci. (Ach, ojciec! że też Zypcio o nim zapomniał! — przecież to on zgotował mu tę chwilę jedyną! — „tak, tak ojciec — tak ojciec, ojciec", — powtarzał w myśli ze łzami początek zdania tamtego, mówionego do niego). — Ojciec polecił mi cię, Zypulka — a? Za 3 miesiące zgłosisz się młody wądrołaju w stolicy u mnie do raportu. Pamiętaj że główna rzecz w życiu, to się nie przeczekać! *A beau se raidir le cadavre* — (to było słynne jego, jedyne francuskie, ale koślawe, przysłowie.) — Panowie: — zwrócił się do całej sali, stojąc na prawem skrzydle 1–go szwadronu. (Zypcio był drugim w drugim — pierwszy jeszcze nie ruszył z za stołów.) Był to jeden z tych jego szaleńczych histeryczno–historycznych występów-wystąpień — jedna rzecz, której się bał, aby w niej nie przesolić. Histeryczne ataki zupełnej bezwątpienia szczerości, nieobliczalnej, która, rozpraszając mrok w detalach, utajemniczała go jeszcze bardziej ogólnie w oczach tłumów, a nawet najmorowszych inteligentów. Tam sięgał w chwilach tych, gdzie kryła się jeszcze morowsza tajemnica, niż jego własna osobowość: stan społeczny obecnego przekroju. A potem zaraz do Zypka cicho szeptem metalicznym: Zypcio mało nie umarł ze szczęścia, poprostu mało nie zesrał się w portki. Poprostu zachodził w ciążę we łbie jakimś nieznanym płodem: nieugiętą w pojęcia myślą Wodza, jego marzeniem o ogólnej potędze. — Nie masz pojęcia lizogonku jak to świetnie się złożyło, żeś wtedy wyrżnął Piętalskiego w mordę. — (Boże, Boże! Skąd on wiedział o tem ten kawaleryjski bóg? On zdawał się czemś tak ogólnem, że nie powinien wiedzieć „zda się" o żadnym „zasię" takim marnym fakcie.) — Akurat mi trzeba przyśpieszeń dla małej próby sił. — (Głośno.) — Panowie! Musimy zrobić próbę. Wiem co mówię i do kogo. Agenci moi prowokują Syndykat już od dwóch tygodni. Nikt nic nie wie i ja też. Dosyć tych ciuciuduszek. Ja nie mogę jechać na Centaurze — ja muszę mieć pod sobą konia sztandarowego. Naród w sumie może być normalnym durniem — byleby chciał siły. Zamiast naszej *Wille zur Ohnmacht"* stawiam hasło: „wygiąć się aż do pęknięcia" bo „lepiej pęknąć niźli gnić", nawet jeśli to pęknięcie znaczyć będzie międzyplanetarnie tyle, coby ktoś tam sobie pierdnął. Panowie: taki los parszywy każdego żywego stworzenia, że sobie samemu wystarczyć nie może. Spodziewam się, że wobec mojej notorycznej tajemniczości — mam odwagę o tem mówić — tem różnię się od wszystkich innych działaczy ziemskich — (każdy był szczęśliwy, że on się tak z nim spoufala — aż ze skóry własnej się rwał czort wie gdzie z bezwstydnej „niegi".) i bliskości wojsk Niebieskiego Państwa, zdenerwowanie strony, która uwzięła się, aby być stroną wrogą wobec mnie i armji, jest wielkie i prowokacja się uda. Będziemy wiedzieli wtedy jasno, jakie są procentowe rozłożenia w kraju. Parę trupków jest koniecznych. Ale każdy facet, który padnie tu, z pomiędzy was, czy tam, to cyfra w moim notatniku tajemnym, o ile go wogóle mam. Cha, cha, cha — „zalał się" weselnym, chamskim, radosnym jak ryk rozkoszy bydlęcia, śmiechem. — Ja papierków nie lubię, chyba klozetowe — *post factum* — niech mnie historja podetrze i dowie się *qu'est ce que j'avais dans le cul*, czy *dans le ventre même*. Mój notatnik to mit panowie — ilu chińskich szpicli za nim goni, a żaden go nawet nie wąchał zdaleka. Każdy z was to jeszcze jeden parametr we wspaniałem równaniu, które układa się tu! — Uderzył się bezczelnie w łeb — słychać było to uderzenie na całą salę. Ryk rozkiełznanego zachwytu i cicha, gwałtowna chęć śmierci dla i za tego koniokradowego zgeneralonego dojeżdżacza, z domieszką 80-ciu procent Aleksandra Macedońskiego i 10-ciu procent księcia de Lauzun, wypełniła salę. Gdzieś w drugim końcu oberwały się i poleciały zmurszałe po-pneumatyckie stiuki na głowy rozpalone junkrów — dwudziestu było rannych — wyli jeszcze bardziej z zapału (a nawet z animuszu) opatrywani na miejscu, na sali. Kocmołuch otrząsnął żółtawo-biały pył z lśniącego dekoracjami munduru i rzekł:

— A pamiętajcie chłopcy, że ja was kocham, was jednych — bo całą rodzinę moją, żonę i córeczkę, to ja mam w zadzie mego „Siwka". — To były to okropne powiedzonka, które zjednywały mu najszaleńszą miłość i to wśród najwytworniejszych bubków. Oleśnicki płakał rzewnemi łzami, a komendant szkoły, generał Próchwa nie wytrzymał: złapał litrową butelkę czystej dzikowskiej i wychlał całą do dna na oczach całej szkoły, poczem wciągnął, równie przy wszystkich, w krwawy nochal, gram najlepszej lśniącej kokainy Merck'a. „Bo żebym ja miał sobie czego odmawiać, dlatego aby o pięć lat dłużej żyć? Niedoczekanie anielskie. Najwięcej energji kosztują człowieka te wszystkie abstynencje" — mawiał 95-cio letni starzec. Już go Kocmołuchowicz trzymał w swych kawaleryjsko-kleszczowatych objęciach. Piła cała szkoła — jutro i tak dzień wolny. W przeczuciu wielkich wypadków, których ten czarny, młody jeszcze, chmyzowaty wąsal, był żywem wcieleniem, ogarnął wszystkich śmiertelny szał pojmowania najwyższego uroku życia już prawie w samem tchnieniu nagłej śmierci. (Są naprawdę chwile, kiedy i gram kokainy nie zaszkodzi. Ale trzeba o nich dobrze wiedzieć — nie wziąć innej chwili za tę właśnie. A przytem zasada ta stosuje się tylko do silnych: *„meine Wahrheiten sind nicht für die Anderen"*). Cyferblat przeznaczeń kręcił się jak szalony — dwie tarcze: jedna czarna, druga złota, zlały się w jedną szarą kulę. Czemże byłoby życie bez śmierci?! Świństwem — w doskonałości zakrzepł cały świat. Rozkosz bytu w śmiertelnym pół-cieniu dudniała we krwi wraz z alkoholem, mocnym, prawdziwym prądem. Połączyć, ach choć na jedną setną sekundy te sprzeczności i trwać choć jedno mgnienie już po wszystkiem. Niestety — cała rozkosz jest w tem wypinaniu się — niema w uczuciu tem orgazmu — najwyższy punkt jest aktualną nicością. Biada temu, co przetrzyma za długo. Ocknie się w nudzie jakiej dotąd nie znała planeta (oczywiście dla niego). I w niej pojmie dopiero czem jest śmierć naprawdę: niczem strasznem: nieznośną nudą nieistnienia, wobec której niczem jest najstraszniejszy ból i rozpacz. Ale teraz „pożywał" Genezyp pełną gębą słodko-trujący, dwoisty owoc śmierci za życia, czy pośmiertnego istnienia.

Za oknami gasło przepiękne wiosenne słońce, pomarańczowo błyszcząc w oknach domów i na mokrych od niedawnego pachnącego deszczu pniach puszystych od młodych listków, wiosennie sprężonych do życia drzew. Już prawie po ciemku, kiedy niebo konało w najcudniejszym seledyno-granacie przepikowanym mosiężno-żółtemi ognikami pierwszych gwiazd, rozpoczęły się pijane popisy uczniów, w których brał udział on, pierwszy jeździec kraju, dawny „bóg" ze szkoły w Saumurs. Dotąd w takich okazjach, on jeden z całej armji, (przebrał się bestja po obiedzie) nosił czarny i czarno-szamerowany mundur i złote ostrogi „somiurskiego boga". Genezyp, dostawszy w pijanem zamieszaniu nie swojego konia (czy w to nie była zamieszana „długa ręka" Piętalskiego?) rozbił sobie ciężko głowę przy samem ciemieniu. Leżał w świeżej trawce półprzytomny od piekielnego wyrżnięcia się i wódki. Obok stał ON — o parę kroków. Widział go — on Zypka — ale nie podszedł do niego i nie spytał jak się czuje. Rozmawiał wesoło z kursowymi oficerami, z których jeden właśnie zwichnął lewą rękę, a prawą palił nonszalancko (czekając na doktora) *„Mr. Rothman's own special"* papierosa, którego dostał od wodza.

— ...wielkie rzeczy na małą skalę. Nie, nie — ja wiem: jeśli chodzi o napięcie psychiczne osobiste, to bezsprzecznie wielkie, może ostatnie w swoim rodzaju, ale jeśli wziąć pod uwagę skutki, to może wszystko jest zbyt małe jak na to właśnie zbiorowe wypiętrzenie się miazgi ludzkiej. Ziemia jest kulą, w przybliżeniu, psia-krew! Ograniczone ścierwo! Dziwnie świat się zamaskował sam przed sobą... — (I to on mówił! — najdoskonalsze wcielenie tajemnicy, a może i wcielenie najlepiej wykonanej maski! O szczęście, niewypowiedziane szczęście; móc słyszeć coś takiego, choćby z rozbitą głową i nawet będąc świadomie zignorowanym (dobrze, że świadomie — to wiedział) przez tego wymarzonego „nadpłciowca", to nad-człowiecze, a jednak antymetafizyczne bydlę!) — ... tę maskę trzeba zerwać, choćby razem z twarzą, a może i głową. W tym wypadku i z nami koniec. Ale czemże jest życie, nie przeżyte na ostrzu wbijającem się w nieznane, na szczycie szaleństwa, czy mądrości? *„Wsio rawnò! „Trzebiona nać"* — (Wyrażenie zastępcze — jak *parbleu* — a lubił Kwatermistrz *„ruskie rugàtielstwa"* —

trudno — trzeba się było odzwyczaić). Och — żeby to wszyscy zrozumieli!
Żeby każdy chciał, nawet ostatni drań, przeżyć siebie w swojej proporcji
psia–kość, w tej dymensji wielkości. Ale... — (i tu powiedział słynne swoje
zdanie o kryształach. Teraz słyszał to Zypcio, o czem wtedy w salonie
księżnej bełtano tak bezwstydnie naiwnie. Czuł całą dysproporcję tych
słów z rzeczywistością i w tem poczuciu urósł mu Kocmołuch do
potwornych wprost rozmiarów — zalał świat cały, zasiadł w nim swym
wspaniałym kawaleryjskim zadem i roztarł go na proszek. Łeb bolał
niesamowicie i ten ból czuł Zypcio jako ból tamtego, ból dysproporcji i
koniecznej przyszłej jego hańby — prawdziwy wściekły orzeł na czele
tłumu koników polnych i „śniętych rybek". A bodaj to...!) I głos ten lejąc się
jakby roztopionym metalem w bebechy junkra mówił dalej:
— I czy nie czas to jest, aby te ostatnie szaleństwa popełnić — te wielkie
— bo te, za które *„atprawljajut w żołtyj dom"*, to ja mam w zadzie „Siwka"
za przeproszeniem pana, panie rotmistrzu. Hę? Jak pan się nazywa? Hrabia
Ostromęcki? *Bon* — nie zapomnę. — To „hrabia" powiedziane było z
lekkim odcieniem pogardy — ale w miarę. On umiał jeszcze w ten sposób
oddziaływać na zatracone poczucie wielkości naszych lepszych *„aristos"* —
mało takich już było. I ten tytan nie lenił się takich rzeczy mówić byle
kursowemu oficerzynie z jednej ze stu czy dwiestu szkół. *„Il a de la poigne
ce bougre-là"* — jak mówił Lebac.
 Genezyp siłą woli pokonawszy rozbicie łba o pień (uderzył o niższą część
prawie zakrytą trawą) wylizał się z tego, wzmocnionym widzeniem
Wodza, psychicznym ozorem i o ósmej, napchany potęgą
Kocmołuchowicza, jak akumulator (Wódz walił już o tej porze do szkoły
artylerji konnej w Kocmyrzowie ładować dalej — niestrudzona jedna
psychodynamo na cały kraj) olśniony urokiem życia od wewnątrz, którym
promieniały wszystkie komórki jego ciała, jadł kolację w domu razem z
„panem" Michalskim. Dziwnie małym wydał mu się ten niestrudzony
człeczyna od kooperatyw, na tle szkolnej wizytacji. Niechże takiego
„rzecznika wspólnoty" zmusi co do przeżycia życia „na szczytach" *à la „le
Grand Kotzmoloukh"*. Jak rozpętać pod wyższy djapazon tę zacietrzewioną
w sobie uspołecznioną codzienność? Co dla tamtego było ciągłem świętem
(*„immer Sonntag"* jak mówił Buxenhayn) u tego „wycirusa łzawej
społeczności" stawało się wcieloną pospolitością — szara miazga nie
mogła czuć tego święta — dla niej to była katastrofa. Inne jakościowo
gatunki sił. Trzeba to skopać, zmiażdżyć, rozpłaszczyć jak ciasto walkiem,
aby na tem móc dopiero zatańczyć ostatni swój taniec szaleństwa, upicia

się względną w dodatku wielkością. Widział Zypcio błędy Kocmołuchowicza, całą jego niewspółczesność, nieprzystosowalność i za to jeszcze bardziej go kochał. O ile trudniejsze miał zadanie on, niż „taki" Napoleon choćby, nie mówiąc już o dawniejszych bohaterach — on musiał tłamsić, deformować swą wielkość w gęstniejącej z minuty na minutę organizacji — tamci ruszali się w próżni prawie — on, w smolnej mazi. Za chwilę miał Zypcio ujrzeć Liljan na scenie poraz-pierwszy — i to w taki dzień. Poczuł, że coś komponuje mu życie i że nic nie jest tu „bez kozery" — (okropne wyrażenie). Tak czuć zawsze byłoby już szczęściem, bez względu na ujemne zdarzenia. Przyszedł Sturfan Abnol i powitał go jak najrodzeńszego z braci. Zaraz wypili na „ty". Jeszcze nie wywietrzała mu uczta w szkole, a już zalewał mózg nowe mi falami likworu. Trudno — ten dzień trzeba było spotęgować do ostatnich możliwych granic, choćby wszystko miało trzasnąć aż do wiązań mózgowych włącznie. Obręczą stalową na łeb była mu wizja Wodza, zdeformowana już w kierunku nadzwyczajności do niewyrażalnej potęgi. Czuł go całego razem z butami i ostrogami gdzieś pod sercem, jako czarną, metalową pigułę nie do strawienia. Ale mimo pozytywnej wartości narazie wszystko to razem spotęgowało tylko, zafiksowało, obramiło i utwierdziło gościa z dna. — Stał się już czemś stałem, ekranem, na którym rysowały się niesamowite cienie chwil obecnych, ekranem który zwolna z płaskości wizji wchodził w trzeci wymiar, urealniał się nieomal mięśniowo. Otóż to — pewne mięśnie należały już trochę do tamtego — tracił Genezyp nad niemi coraz bardziej władzę. Było to piekielnie niebezpieczne.

Tak — takiego dnia nie wolno było z rąk wypuścić, nie wyssawszy z niego całej utajonej rozkoszy, niezdobytej dla normalnych ludzi. Są dnie–kwiaty i dnie–plwociny i wypociny. Ale czy te pierwsze nie wyrastają względnie rzadko na odpowiednio przezwyciężonych tamtych? Trzeba czasem miesięcy całych czarnej, pozornie jałowej pracy, aby znienacka „uszcznąć sobie taki śliczny »dzionek«, lub choćby »smaczne« pół-godzinki" — przypomniało mu się nie smaczne zdanie Tengiera. Druga wątpliwość Sturfana: „czy kobiety nie są czasami wstrętnemi kapliczkami w których pewni onanistyczni bałwochwalcy oddają cześć sobie samym, nawet pod pozorami zupełnie autentycznej miłości?" Księżna zmalała w tem wszystkiem — ale ostatecznie dobrze, że była, *faute de mieux*. Wygodny był bądźcobądź ten „ujarzmiony demon", którego można było dowolnie na dwie strony tłómaczyć, robić z nim, przynajmniej wewnętrznie co się chciało. A przyjemność była wprost straszna. Czuł Zypcio, że takiej kobiety, o takiej proporcji elementów psychicznych i fizycznych już nie spotka i to go właśnie do niej podniecało — ta ostatniość, końcowość. Ale nie dziś — dziś wszystko było oddane ostatnim promieniom młodego życia w obliczu [tak — obliczu — oblicze to nie twarz — to puste miejsce pod jakiemiś wualami (a nie woalami — czort wie co) z nad grobu] w obliczu najpiękniejszej ze śmierci, uosobionej we wspaniałym wodzu, śmierci, w której świat wyolbrzymia się w dzikim uroku aż do najdrobniejszej swej „pecyneczki" i staje się naprawdę aktualną nieskończonością, dającą się pożreć w jednym kawale, gdy osobowość pęka pod własnem ciśnieniem i rozlatuje się aż po najdalsze krańce wszystkości. W śmierci takiej niema miejsca na jakiś parszywy żal za życiem — on zostaje przetransformowany na odwrotność swą: *radosne* potwierdzenie niebytu, nasycenie żądzy życia tak wściekłe, jakiego *w życiu* niczem osiągnąć się nie da. Pojęcia: odwaga — i strach stają się bezsensami, wyblakłemi widmami istności z innego, niższego wymiaru. Nadać nową wartość wyrazom — gdyby mógł to uczynić mówiłby tak właśnie na granicy bezsensu — bo do czego się sprowadzają tak zwane „intuicyjne sformułowania"?: rezygnacja z logiki na rzecz bezpośredniego, *artystycznego* = działającego formą i niezwykłemi zestawieniami słów, wypowiedzenia. Intuicja (ta, o której plotą baby i umysłowe leniuchy) zawsze jest upadkiem, w stosunku do sensu. Ale poza pewnemi, ograniczonemi co do ilości sprzecznościami, sens w znaczeniu pozytywnem jest bezsilny — trzeba bredzić, aby wyrazić bezpośrednio metafizyczną dziwność bytu i jej pochodne. Poza nią i sprzecznemi uczuciami niema rzeczy, które mogłyby pretendować do „intuicyjnych" (w powyższem znaczeniu) ujęć. Durnie mówią wtedy o „niezrozumialstwie". Tak mawiał ten wieczny Sturfan Abnol. A potem pienił się na tę „bandę pasożytów zamierającej sztuki", jak nazywał krytyków całego świata: „...to stado tchórzliwych impotentów, bojących się walki ze mną w obawie kompromitacji i mego wywyższenia, operujące przekręconą myślą, fałszem, lub udaną nawet czasem głupotą, aby mnie zwyciężyć w mózgach skretyniałej publiczności..." i t. d. i t. d. Genezypa nudziły te zwierzenia. Dawniej może byłby się zapalił i chciał zostać „prawdziwym krytykiem" tak samo jak stangretem czy maszynistą. Dziś miał w zadku swego „Eufanazego" całą literaraturę, podobnie jak Kocmołuchowicz w zadku „Siwka" nieomal że świat cały, z wyjątkiem... Ale o tem później. (Naiwne zaciekawianie). Co to kogo może obchodzić w czasach, gdzie wszystko się wali i na żywo przewala *de lond en comble*. Może to i było czemś realnem kiedyś: ten cały niby związek literatury z życiem i wpływ jej na to życie właśnie. Ale teraz kultura o ile jest wogóle, fabrykuje się w innej kondygnacji wartości, świadomie czysto społeczno-ekonomicznych. Może nie jest już kulturą w dawnem, spenglerowskiem znaczeniu, nie opiera się na mitach, choćby się tu stu Sorelów nawet zagadało na śmierć. Ta manja nie widzenia kardynalnych różnic w czasie to też jeden z atrybutów typowego „spłyciarza". „Wszystko jest to samo, dusza ludzka jest niezmienna, wszystko było i będzie, są tylko oscylacje" — głędzą psie-krwie, zamazując istotne przepaście, tropiąc problemy w celu zniszczenia ich gdzie mogą. A w sferze pojęć absolutnych i koniecznych są psychologistami, empirystami i wogóle „względnisiami". Och, wytruć to plemię! Ale mniejsza z tem. Trudno: słowo przestało być twórcze: wlecze się za życiem społecznem, jak tabor za zwycięskiem wojskiem. Przeżuwa zaledwie materjał, ale nie stwarza nowego. Pewnie nietylko dlatego, że ilość słów jest ograniczona, a nowych pojęć zasadniczych przybywać nie może, ale z powodu wygaśnięcia głębszych źródeł twórczości: zasychania i więdnięcia samej osobowości ludzkiej. Dawniej słowo było na froncie, a dziś? Co taki pół-artystyczny (bo już nawet nie pełny artysta słowa dawnych czasów — ci — wymarli) bałwan Sturfan Abnol, wie o istocie takiego Kocmołuchowicza? Nie może już chwycić rozpiętości jego fali na swój sparszywiały transformator. Życie wyprzedziło sztukę pod względem jej materjału, nie mogą nastarczyć już temu napięciu nawet sami główniarze z ich zdewergondowaną psychiką — chyba jeszcze w muzyce, bo tam jest tylko rzeczywistość uczuć, a nie świata, a sztuka, w chwili formalnego wyprzedzenia życia, o parę dziesiątków lat wstecz, wyczerpała wszystkie formy do dna. On jeden, Zypcio, może coś rozumiał, jako stojący na samej grani, czy na spęknięciu — jak kto chce — w punkcie przecięcia sprzecznych sił przeszłości i przyszłości, Zypcio i może paru takich samych rozdwojeńców. A zresztą całe życie społeczne poza świadomością rozdwojenia w takich mózgach jest, gdyby je tak dokładnie zanalizować, tak wstrętne i bezidejowe jak te literacko-artystyczne „stosuneczki", zionące bezmyślnem mizeractwem walk cienko-osobistych, bezsilnych pseudo-ambicyjek. Tak przedstawiał to czasem Sturfan Abnol, twierdząc, że literatura to skondensowane życie — ale napewno tak nie było — przynajmniej w tych strasznych czasach. Może jeden tylko Kocmołuchowicz maskował ostateczną nędzę wszystkiego, tę, w którą nie śmieli spojrzeć najlepsi z minionych epok. A czemże to było poza niezdolnością do pracy, niechlujstwem myśli, brakiem poczucia czasu (tego zegarkowego), jak nie pewnem historycznem zapóźnieniem, brakiem tresury wieków i *niezdolnością przystosowania*. „To, to ono jest": co w indywiduach daje czasem nowe wartości, u narodów staje się głupotą i mizerją — narodowa odwaga na mały dystans — tchórzostwo na wielki. Ale w takim razie (jakim?) jaki czort dawał temu tytanowi kwatermistrzowstwa („zakwateruje on po mistrzowsku cały ten swój naród w jakiejś chińskiej czerezwyczajce" — mówiły skeptyki), tę siłę, aby mógł on być takim ogólnym samoparawanem dla wszystkich, czy raczej taką wewnętrzną maską całego narodu? Jak w nim odbijała się ta ohyda, jak w nim to *wszystko wyglądało!?* Nie wiedział tego nikt i co najstraszniejsze, on sam — tylko za cenę tej nieświadomości był tem, czem był — wielkim żołądkiem, w którym trawił się i dotrawić się nie mógł cały naród — zgaga tej niestrawności, to była jego prywatna świadomość. Wrogowie jego nawet czuli, że istnieją przez to tylko, że są jego wrogami — czysto negatywnie szwendali się po tej ziemi. Na tem polegała jego Nietykalność i na Tajemnicy. Tą tajemnicą i pieniędzmi Zachodu żyło wszystko. Cienka była to warstewka, oj cienka! Gięła się już czasem miejscami, ale nie pękała. I na nią to wpełzała powoli nowa wiara Dżewaniego, za którym piętrzył się jak wieża z żelaznej mgły, tajemniczy do niewymierzalnej potęgi, *nikomu nieznany* Murti Bing, na dalekiej malajskiej wysepce. A tu pod nogami wstręt, wstręt, wstręt — niech przyjdzie zniszczenie, byle piękne — bo w tej idealnie zorganizowanej pracy, zaczynały już śmierdzieć jakąś metalową zgnilizną nawet szczerozłote serca i stalowe umysły. Tak, tak — jeden Kocmołuchowicz — w nim była do tego jeszcze głupia młodość i wyzywająca niebezpieczeństwo siła, ale nie ta głupia dawna, albo ta krótkotrwała tak zwana dancingowosportowa, nie siła i młodość mądrych bydląt z przedhistorycznych epok, takich bydląt paleontologicznych, jakich dziś niema, (bo dziś marne, biedne człowieczysko splugawiło nawet dzikiego zwierza swoją marną o nim świadomością) tylko *perwersyjna*, powstała jakby z wywróconej podszewką na wierzch starości i słabości — na złość wszystkim. [„Zbrudził człowiek świat, narobił świństwa pod siebie i w tem siedzi — za kark go jak szczeniaka, w mordę i rzucić potem na nowo na tło wszechświatowej przestrzeni" — to była jedyna „astronomiczna", jak ją nazywał, filozofja Kwatermistrza — na Drodze Mlecznej kończyły się dla niego te problemy — czytał tylko „*Zwei neue Welten*", Fournier d' Albe'a, jako najwyższy już intelektualny luksus i pękał sobie z tego ze śmiechu. Zhypostazowana Przestrzeń była jego jedynym fetyszem — niebóstwem. — Czas miał w zadzie „Siwka". Ten zad biednego (skończył bardzo tragicznie) „Siwka" była to zaiste przedziwna rupieciarnia. Tam to znajdował się też obraz drugiego Kocmołuchowicza na elektronie w materji niższej jako na planecie (i to w jego własnym brzuchu), podczas gdy wszystko razem z Drogą Mleczną było w brzuchu trzeciego Kocmołuchowicza w materji rzędu wyższego. Jeden Kocmołuchowicz na świecie całym — — już nie śmiano go nazywać polskim Gutierezem de Estradą — on był jedynym autentycznym unikatem].

A Zypcio myślał, pijąc na umór ze Sturfanem: „...Cóż to za rozkosz piekielna mieć Wodza: móc komuś zawierzyć ponad wszystko i ponad siebie samego! Ach — nieszczęsne te epoki, grupy i ci ludzie, którzy tego nie mieli! Jak już nie można wierzyć sobie samemu, ani swemu narodowi, ani jakiejś idei społecznej, niechże zostanie choć wiara w takiego szaleńca, który w to wszystko wierzy". Nie być sobą, być w kimś, w NIM — być atomem jego potęgi, włókienkiem jego przedłużonych mięśni — a na dnie tego podłe uczucie: zrzucić odpowiedzialność za siebie — tak myśleli też wrogowie Kwatermistrza: musieli być takimi, mając takiego wroga i w ten sposób pozbywali się ciężaru własnych czynów wobec historji.

[A w salonowym wagonie kocmyrzowskiego ekspresu, samotny w swym przedziale Kocmołuchowicz, myślał. („Jak ty myślisz o tem wszystkiem" — pytała go często jego żona. On się tylko uśmiechał na to po bestjalsku, muskając straszną swą łapą zbrodniarza jedwabistą czerń swych wąsów, a potem... Były to chwile największego jej dla niego uwielbienia. Rzecz dziwna: były coraz częstsze, ale coraz bardziej krótkotrwałe. Wtedy tylko jej pożądał — mógł sobie na to pozwolić, aby być wobec niej sobą, to jest masochistą...) A więc myślał w przybliżeniu tak = »obraz granicy państwa: słupki w Zdołbunowie, Żmerynce, Rohatyńcach, na Psiorach, w Kropiwnicy... Tak — tylko brakuje jeszcze kaszubskich słów w naszym języku. To fatalne«. (Etnograficzna, aktualna Polska zdała mu się czemś małem, jak piąstka dziecka, może jego córeczki, jedynej Ileanki. On trzymał to w swojej garści. Spojrzał na swoją piękną męską, włochatą, zbrodniczą [tak mówiły kabalarki] rękę i zadrżał. *Widział obcą łapę, która nie wie co myśli).* »Obraz chińczyków — znał te toczone z kości gęby i ukośność draniowatą oczu, znał z Rosji — sam, gdy rękami skosił sobie oczy przed lustrem, czuł się potwornym wprost draniem, czuł obcą psychikę w sobie, całkiem kogoś innego, kogoś, którego znał *z widzenia*, nie osobiście. A może był to on, który kiedyś się objawi". Niema czasu na takie myśli — to nie wchodzi w sztubacką nieomal grę, którą prowadzi z nieznanym przeciwnikiem. Jakże mógł wiedzieć co mu jest przeciwne, nie wiedząc kim był i jest sam. Kim będzie? Ha — niech inni to rozplączą potem. Po *czem*? Zimny pot na dolnych powiekach. Życie jest jedno. On jest tym jedynym „polaczyszką" prawdziwym na całym globie. Niska marka Polski jako narodu, ale znowu jedyność tego zjawiska... I on, prawie tak, jak król Hyrkanji, Edyp IV-ty — tylko nieskończenie wyżej, choć bez korony, bo tamten *au lond des londs* jest błaznem. Chociaż...? Straszliwa wątpliwość wybłysła ze „*szklannych szkopułów*", zaplątanych w podmorskie algi znanych słów. Nowych brakło mu — tak lepiej. Gdyby na pewne rzeczy znalazł słowa, to rzeczy te ożyłyby, rzuciły się nań i zjadły. On płynął dalej jak rekin w bezrybnym oceanie, skazany na śmierć głodową. Nonsens — wizje prysnęły — był znowu sobą. Skondensował się w punkt. I to, że nikt nie wie tej jego ostatniej myśli... Strach potworny, jak w *tych* chwilach z NIĄ... Nie z żoną. I w tem cały urok, że jeszcze można się czegoś bać i że to się ma w sobie, a nie poza sobą. Taki strach nie upadla. Och — tego, tej myśli nie wygadać histerycznie, samemu zapomnieć. Ściśnięcie wszystkich mięśni w jedną kulę żelazną z mózgiem — już niema nic. Skok w inny wymiar. I ten „biedny" Kocmołuchowicz, mimo piekielnych bohaterstw krucjatowych w Bolszewji, do niedawna nieprzyjmowany przez bardziej arystokratycznych członków Syndykatu, ten, który porwał sobie tę kochaną zresztą hrabiankę — teraz rodzina jej chciała się z nim pogodzić — on nie chciał, uśmiechnął się gorzko, choć z prawdziwą pogardą — to rzadka rzecz w takich kombinacjach. Wolałby jednak, aby tak nie było. Wolalby jednak być jakimś choćby parszywym, nędznym hrabią. Zapatrzył się na chwilę w wyobraźni w przepiękną, natchnioną twarz młodego Oleśnickiego, rzymskiego księcia od XVI-go wieku i zadrżał z dziwnej nienawiści, połączonej z nieprzyjemnie piekącą zazdrością. Czyż nienasycenie jego w tym kierunku nie jest motorem połowy jego działań? Tak, oczywiście: parszywym hrabią być, parszywym w swem hrabiostwie, byłoby lepiej. Ale siebie, jako takiego, nie oddałby nawet za króla czy cesarza. Chyba może jakie 5 tysięcy lat wstecz? Wtedy nawet z przyjemnością. Cóż — dziś trzeba być tylko Kocmołuchowiczem. I nagle poczuł nonsens metafizyczny, wyrosły z przemian życiowych człowieka, choćby od podoficera do generała, polegający na gadaniu, że ten mógłby być tym, a ten znów tamtym. Tylko tem właśnie, a nie innem może być to dane Istnienie Poszczególne raz na całą wieczność — tylko to może o sobie powiedzieć „ja" — nie „ja" jako abstrakcja przelatująca z ciała na ciało jak motyl z kwiatka na kwiatek, tylko to jedno, stanowiące z tem ciałem absolutną jedność. Poczuł nieszczęsny Kocmołuch swoją własną „ponadastronomiczną" konieczność. Jak mgnienie przeszła chwila metafizycznego zdumienia nad sobą i światem. Był znowu Kwatermistrzem, stąd dotąd — małym w swej wielkości, jak przed chwilą wielkim był w małości. Nie było czasu na takie bzdury. Zadławiła go pogarda dla siebie samego tak wielka, jak dla obcego człowieka i to go ocuciło, ocaliło przed samym sobą. Gdyby raz się był na siebie porządnie rzucił, toby go nic już z własnych szponów nie wyrwało. Bechmetjew inaczejby to określił. Mógł Kwatermistrz zgnieść siebie w tej chwili jak stonogę, a wzleciał ponad siebie, jak orzeł ponad śmierdzące bagnisko. Zduszona wątpliwość wylała się poza brzegi duszy, dusza nią ociekała po wierzchu. I zaraz: »cały kraj jak mapa i ta piekielna, męcząca, *absolutna* niewiadomość celu. Za małe to wszystko, za małe — cały świat zadusićby w uścisku, przetworzyć i przepotworzyć i odrzucić omdlały z rozkoszy (że to on niby właśnie go ściskał) jak Tę... Stop. Ha — żeby wiedzieli jak to on jest tajemniczy sam dla siebie, toby się dopiero śmiali. Chociaż teraz, gdzieś popodświadomie może, gdyby się tak zacząć uczciwie grzebać, to możnaby się może domyślić. Już „szybował" nad swoją" bezdenną dziurą prywatną" („prewetną", jak mówił jakiś chłop, bardzo inteligentny zresztą — czyż jest okropniejsze słowo?) Nie patrzeć tam w tę otchłań. („prawdziwą do pioruna, nie jakąś głupią poetycką jakiegoś żydka czy mistyka w kawiarni" — własne słowa Jego Jedyności) — tam obłęd, a może przedtem jeszcze śmierć na przytomno z własnej ręki — z nienasycenia. Czegóż on jeszcze chciał, ten uosobiony maksymalny potencjał osobowości? Aktualnej Nieskończoności w życiu — a to się niestety nie zdarza. Praca, praca, praca — to jedynie ratuje. Nie dać się zatruć złogami niezużytych sił. A Bechmetjew znowu radził trochę odpocząć. „Tyle życia, co się człowiek zużyje i przemęczy do upadłego" — odpowiadał mu na to wesoło, zabójczy dla wykonawców swej woli jak Napoleon, Kwatermistrz. Słynny strażnik dusz na krawędziach przepaści potępienia za życia i opiekun już potępionych mawiał o nim: *„Erazm Wojciechowicz nie imiejet daże wremieni cztob s umà sojti. No eto dołżno byt' konczitsa kakimnibud' wzrywom"*. Jedno było pewne: ani naród, ani społeczeństwo nie obchodziły go jako takie: to jest zbiorowiska *czujących istot*, nie obchodziło go wcale. Nie miał rezonansu dla masowych stanów psychicznych. „Od środka" odczuwał parę osób: 1) córkę, 2) żonę, 3) „tę małpę" (jak mówiła generałowa o NIEJ), no i 4) suczkę „Bobcię". Reszta to były cyfry. Ale widział tę „resztę" ludzi jak nikt, na zimno rozłożonych, jak na sekcji: od najbliższych wielbicieli, aż do ostatniego żołnierza, którego zawsze za najczulszy pępek uchwycić umiał. I prędzejby się rozleciał na drobne kawałki, niżby mógł sam się co do tego zanalizować czy miał jakie narodowe uczucia, czy społeczne instynkty. Przeznaczenie zwaliło go na szczyt tej piramidy i musiał wytrwać tam do końca. Ale temu przeznaczeniu godnie też pomagał. I teraz zawarzyć w tem wszystkiem kaszy i potem jeszcze raz w tej kaszy sobą maksymalnie zaważyć i być zauważonym wreszcie przez cały świat — ale nie tak, jak teraz. Nie wystarczało mu, że jakieś tam zagwazdrane zagraniczne piśmidełka ledwo czasem coś o nim skrobną. (Wogóle milczano o nas wtedy publicznie, zużywając tajnie jako bufor — „butaforski bufor zbutwiałego, nabufionego a butnego i głupiego jak but bufoństwa" — jak mówił on sam. Coś tam było jeszcze o bufecie — że niby Rosja i Polska to bufet z zakąskami dla mongołów, przed pożarciem całego świata. Lubił takie wyrazy w wolnych chwilach „Wielki Kocmołuch".) Tak — to jedyna jeszcze forma twórczości dzisiaj: potrafić według własnej woli i fantazji zakręcić porządnie, kłębowiskiem ludzkiem (choćby taką Polską), naruszyć zacieśniającą się, jak obręcz na szyi organizację mas i układ ciśnień zewnętrznych. Ale był to raczej nowotwór intelektualny — bo we krwi nie miał kwatermistrz władztwa — tego pierwotnego, rozlanego po całem ciele. Siedziało to w jakimś przerośniętym mózgowym gruczole — osobno gdzieś tkwiło, ale zato mocno.« »Znowu plan — ta prawdziwa *jego* koncepcja: plan wielkiej bitwy z chińczykami, polegający na takiej konfiguracji frontu, któraby z początkiem boju zmusiła przeciwnika do takiej a nie innej „pieregrupirowki" (ulubione wyrażenie Wodza), przyczem sztab chiński miał być nawet o pewnych rzeczach programowo prawdziwie i wiarogodnie poinformowany. W istocie kwatermistrz był urodzonym kondotjerem — tu leżało jądro rzeczy, — a przy tem strategiem–artystą. To była istotna twórczość, którą on jako „mąż stanu" lekceważył. Działalność społeczna stanowiła tylko do dla wielkich koncepcji bojowych — ale w świadomości swej uważał się za wielkiego proroka całej ludzkości, proroka bez idei. A może było coś takiego tam w tej „prywatnej otchłani" — ale o tem później. On sam nie wiedział co tam siedzi i wiedzieć w tej chwili nie chciał. Plan dojrzewał w szatańskiej wyobraźni Wielkiego Kocmołucha bez pomocy żadnych papierów — jedna goła, bez nijakich rysuneczków odręcznych mapa i pamięć, jak jedno kolosalne sztabowe biuro z miljonem szufladek i siecią elektrycznych przewodów, łączących system sygnałowych lamp. Centralny guzik tego potwornego aparatu lokalizował sobie prywatnie kwatermistrz między brwiami, trochę na lewo, gdzie miał pewien nieregularny guz — „guz macedoński", jak go nazywał wobec NIEJ. Osobno zdawał się on sterczeć (subjektywnie oczywiście) zdala od chamskich pokładów duszy (od barów i od lędźwi stalowych też), które nie były do pogardzenia też — w pewnych chwilach stanowiły doskonałą rezerwę.«»Ha, ci strzelcy konni w Grudziądzu, to nie jest pewne. Wizytacja może popsuć, z powodu tego djabelskiego Wolframa — a sprzątnąć go niepodobna. A on przeziera — oczywiście zdaje mu się, ale to wystarczy. A to najgorsze, że on jest także „kawaleryjskim bogiem". Nie ruszać — zresorbuje się samo, albo pęknie i ...„czik" — przyszczypnąć w odpowiednim momencie. Już tam Swędziagolski da sobie radę w razie wybuchu. Teraz nie można zawczasu „przyjąć miar" zbyt surowych, a potem... Ha — K, I, i W — to trzy. Cyferblatowicz jest przekonany o tajnem zbliżeniu do Syndykatu — niedocenia jego siły. Niech będzie — tem go się później unieszkodliwi. Niech działa na własną rękę.« Poczuł pogardę dla wrogów, zmuszających go do niegodnych sztuczek.»Puścić go wolno, a przeważy tam gdzie trzeba. Boroeder — ta enigmatyczna twarz wschodnia to jedyna nieomal przeszkoda — prawie tak tajemniczy, jak on sam, tylko nie tak ogólnie interesujący. Lśniąca czarna broda, w której się kryją wszystkie jego zagadki. Nią się bestja maskuje — gdyby go tak związać i ogolić? Genjalny pomysł: straciłby połowę potęgi. I ta żółta ręka z pierścieniami o czerwonych, tanich półszlachetnych kamieniach (Spinele?) (też się wybrał!) gdy gładzi tę brodę, jak wiernego psa. I to imię: Jacek — konglomerat usystematyzowanych sprzeczności. „Ogolę drania"! — krzyknął głośno wódz. „Z tymi cywilami jest najgorzej. On ma kogoś blizko mnie. Ale który?" Wpatrzył się w czerwony aksamit poduszki tak intensywnie, że mu aż pociemniało w oczach. Wypłynęła razem ze szczypiącemi łzami kamienno-poczciwa twarz Uhrynowicza... Informacja: W trzy dni i pół zmarł na piorunującą mózgową grypę. Wódz *był* człowiekiem *nie-bez-pie-cznym*. Umiał zapatrzeć się w cel choć nieokreślony i nie patrzeć na boki. Boczne — realne przepaście tylko się migały wzdłuż lśniącego jego toru — jak tarcza złota na wschodzie widniała straszliwa bitwa i pewne zwycięstwo — — — A potem? „Ha — Kołdryk (Dyament) = poduszka: wyrżnę — wydmie się na nowo. Ha — nie warto gnieść. Lepiej powoli wypuszczać z niego dech, dając mu zbyt odpowiedzialne zadania. Najlepiej zniszczy go w ten sposób jego bezsenność." „Ha — znowu otchłań. Zamroczył się wklęsły jej horyzont i na tle skłębionych „pytyjskich" dymów Niewiadomego, zamajaczył budujący się dom na Żoliborzu i wizja spokojnej, nasyconej po gardło czynami, starości. Wyrżnął Wódz duchowym kułakiem przez łeb ten kuszący spokojną marnością obrazek i przeciął go jeszcze dla pewności na dwoje olbrzymim, rycerskim, bardziej już realnym koncerzem, którego prototyp nosili może jego przodkowie–pachołkowie, za wielkimi panami dawnych wieków. Psychicznie zatarł ręce z zadowolenia, że jest finansowo czysty — to nie była etyka: to był tylko sport, ale lepszy jeszcze od konia. Ach, ten jego koń, ten koń: „Hindoo" — „Siwkiem" zwany, arab gdzieś aż z nad Zatoki Perskiej. Razem z nim powinni się nazywać „Bucentaurem", gdyby to całkiem czego innego nie oznaczało. Poczuł go na chwilę pod sobą, potem żonę, potem jeszcze kogoś — ha, to najstraszniejsze (o tem później) = *le problème de détentes, das Entspannungsproblem*. I znowu· liczby i kolory pułków i twarze oficerów, tych niewierzących mu, tych, których trzeba sprowokować teraz na tę pseudo–konserwatywną, prewentywną, prezerwatywną, prewetową pseudo–rewolucję, która będzie w istocie dla niego, bo przecież mówią w „dołach", że się z „hrabiami" zwąchał i trzeba to odwrócić, póki Niehyd–Ochluj nie wyciągnie z tego swych flakowatych konsekwencji. Zakotłuje się to jego wstydliwe nazwisko na wszystkich pyskach, a w każdym z nich w innem znaczeniu i wychynie z tego prawda, jemu tylko wiadoma teraz, a potem wszystkim. „Mimo braku świadomych uczuć w tym kierunku jestem emanacją tłumu, a oni, ci durnie, widzą we mnie niebezpiecznego indywidualistę" — (Ci durnie to byli: Cyferblatowicz, Kołdryk i Boroeder — M. S. W.; M. S. Z.; i Finanse — najtęższe łby w kraju, ludzie bezwątpienia inteligentniejsi od niego, a mimo to durnie — w tem też była mała tajemnica: piekielna wprost intuicja (ale ta zwykła, nie bergsonowska) kwatermistrza derutowała najmorowszych spryciarzy. Jeden go niepokoił: Dżewani — z tym miał się rozprawić za powrotem z objazdu.)« Wszedł Oleśnicki z jakimś głupim meldunkiem i został zaproszony do pozostania w *coupé* wodza. — Zasnął natychmiast wyżyłowany doszczętnie. Kwatermistrz wpatrzył się w jego efebowatą twarz z rozchylonemi panieńskiemi ustami i zaraz zaczął się wyobraźniowy kołowrót pysków na tle tej cudownej maski „śpiącego hermafrodyty"— pysków i odgadniętych „psych" — raczej psychoz. »A on sam?« — Nie myślmy o tem... Obłęd sterczał z każdej prawie wybitnej twarzy tego strasznego zaczarowanego kraju, jak kość ze złamanego członka, świadcząca o jego bezsile. Maski wrosłe w pyski zdawały się tworzyć, czy symbolizować tylko, nową, nieznaną, nieprzeczuwaną, niedającą się przewidzieć, zbiorową duszę — raczej jakieś kolosalne „bydlisko". Mordy i mordy — i on, sam, bez jednej choćby mordy *bratniej*, na równym z nim poziomie, (pod sobą miał ich całe stosy, piramidy, ale na równi ni gugu). Chyba te maseczki rodzinne (rwące wnętrzności w wolnych chwilach–sekundach, żalem, bezgraniczną czułością i piekielnym *smrodem* zaprzepaszczonego w nieskończonych możliwościach życia — (bo i takie rzeczy były — a jakże) i takież pseudo — i te i tamte miały wyższość uczuć nad nim, uczuć, których odpłacić nie umiał, a był uczciwy jak Robespierre — (co za męka!) — żona, córeczka i nawet ONA, ona też mimo wszystkich *tych* strasznych rzeczy... I Bobcia... Ale o tem później. I na tem tle najbliższem on, straszny samotnik w imię niezbadanej idei, wtem samotnictwie i podświadomem, ale już na samej granicy, nabieraniu i kpiarstwie ze wszystkich, ale to *absolutnie* ze wszystkich — przynajmniej w kraju — znajdujący najistotniejszą radość swego życia, beztroskę i dziki artystyczny urok każdej chwili, nawet klęskawej — mało takich chwil zresztą było: atak na kawalerję Bezobrazowa pod Konotopem, zamach tego durnia Parszywienki, manjaka, który chciał go „stayloryzować" i — trochę przydługi moment obecnego czekania — to najgorsze. Wzdrygnął się i wpatrzył znowu w Oleśnickiego, który spał jak anioł, ale zlekka chapał. „Książę, a chrapie jednak" — pomyślał Wódz. Takie myśli były mu odpoczynkiem. „Ale czy ja nie jestem czasem zwykły anarchista, przygotowujący wybuch bałaganu na wielką skalę? Ten wstręt do organizacji, który muszę pokonać, organizując to bydło? Ech — co tam moja skala — Chiny — to jest coś. Tyle mego, że mogę się z tem zmierzyć. A pluskwa rozdusza na kirasjerskim (koniecznie) butem też się z nim w pewien sposób „mierzy", a przecież po zwycięskiej bitwie i tak ulec musimy. I co wtedy? Znowu przyszło to fatalne poczucie własnej małości, — najbardziej paraliżująca wszelki czyn wątpliwość. Przeraził się, bo mu się zdawało, że Oleśnicki posłyszał tę myśl, udając dalej chrapanie. Nie wiedział już teraz, czy czasem przypadkiem nie powiedział tego głośno. Spało przeklęte „bubjo" — czuł się wobec niego Kwatermistrz jak Judym wobec Karbowskiego w „Ludziach Bezdomnych" Żeromskiego — na to nie było rady. Kiedyż zniknie z tej ziemi ta przeklęta, nieprzezwyciężalna niczem „transcendententalna" arystokracja. I to on, wobec którego tamten płaszczył się jak sama „Bobcia". Tu był kres upadkowych myśli. Zamknął się ich beznadziejny krąg. Nie — jeszcze jedno najstraszniejsze: ktoś odszczekał w nim jak bezdomny pies, odczekał, wystukał jak na maszynie takie zdanie: „Czy jestem zmienną niezależną, czy też tylko dość stosunkowo prostą funkcją: a) potwornej koncepcji chińskiej = wessania białej rasy b) komunistyczno-faszystowskich sprzeczności Zachodu". Hu — źle. Szlus.« Znowu mapy, pułki, t. zw. „realna praca" i zupełna beztroska. Rzadko pozwalał sobie na takie rzeczy. Ha — jeszcze po Kocmyrzowie, o 2-giej, najpóźniejszej godzinie nocy, będzie ONA — wygładzi się wszystko. Dreszcz potwornej rozkoszy jak szpada przeniknął go od móżdżku do kości ogonowej i zasnął Wódz po napoleońsku na dziesięć minut jak kamień — on, mimo całej swej barwności, szary, przydrożny, zapylony kamień na kończących się szlakach zamierającej ludzkości.]

Gdyby Genezyp mógł „widzieć" te myśli, byłoby to dla niego katastrofą, ruiną moralną. Musiał szukać oparcia w kimś. Sam był za słaby, aby udźwignąć swoją własną komplikację — „karkasa" nie wytrzymywała nieregularnych szarpań się zbyt mocnego i nieskorygowanego motoru. Gdyby nie Kocmołuchowicz, który nastrzyknął go swoim „jadem życia", czemże byłby wobec potęg takich jak księżna, Syndykat, matka, a nawet Michalski. To już się okazało. Teraz dopiero pojął co zawdzięczał Wodzowi. „Cóż mi dał ojciec? Dał mi przypadkiem życie — ty wracasz mi wiarę w istnienie wierzchołków duchowych" — przypomniało mu się powiedzenie Jana Cymischesa do Nikefora w „Bazylissie" Micińskiego, Była w tem przesada, bo dotąd ojciec właśnie pchał go swą wolą, nawet z za grobu. Teraz dopiero oddał go w ręce dalekiego za życia przyjaciela. Nie przeczuwał Zypcio co go czeka — że to co widzi obecnie to ostatnie odbłyski normalnego życia: matki zapatrzonej w Michalskiego, potrawki cielęcej z beszamelem, dorożki i dżdżystego wieczoru — (już kiedy wracał ze szkoły nadciągnęły ciężkie chmurzyska od Zachodu.) Już nigdy nie miał używać przedmiotów świata tego w ich zwykłych związkach i stosunkach i, co najgorsze, zachować miał świadomość różności obecnego otoczenia w stosunku do dawnego układu. Gdyby miał czas zamęczyłby się tem na śmierć przedwcześnie.

Pierwsza wiosenna burza przewalała się nad miastem, gdy jechali we troje dryndą w kierunku Chaizowego Przedmieścia, gdzie rozpanaszał się kwintofronowy „Przybytek Szatana". Tak przynajmniej nazywali tę budę członkowie Syndykatu Zbawienia. [Jednocześnie, przy dźwiękach hymnu Karola Szymanowskiego „Boże, zbaw Ojczyznę", Kocmołuchowicz wjeżdżał na Kocmyrzowski dworzec, beztroski jak pies spuszczony z łańcucha.] Gdzieś z pól dalekich za miastem przywiewał wiatr wiosenny zapach „ziem ojczystych", znienawidzonych i trawy świeżej, pijącej łaknącemi listeczkami gaz węglowy. Rozkoszna wewnętrzna niechlujność zalała Genezypa aż po najdalsze krańce ducha. Pławił się w bagnie fałszywej zgody ze sobą samym. Całował cudownie piękną rękę matki, obnażając ją bezwstydnie z rękawiczki i (niewiadomo poco) pocałował w czoło zdumionego Michalskiego, który zgnieciony absolutnem szczęściem przeważnie milczał. (Bał się przy swojej „hrabinie" — tak ją, ku jej zgorszeniu nazywał — palnąć coś niestosownego. W łóżku co innego — tam, mając wszystkie atuty w ręku, dużo pewniejszym był siebie.) Uwaga: „Cóż można powiedzieć ciekawego o człowieku szczęśliwym odproblemionym, któremu wszystko w życiu się udaje? Wstrętnym jest i w życiu i w literaturze dla wszystkich. Pastwić się nad „nieudacznikami", którzy *pust' płaczut"* potem — oto wdzięczne zadanie dla literatnika. A jak już człowiek tęgi, to taki jak u Londona: pełzać powinien nagi bezkarnie przez 36 godzin, przy — 35" C, rozdrapać sześćset-metrową skalistą górę w trzy dni bez odpoczynku gołemi rękami, zatrzymać trójśróbowy oceaniczny paketbot, podstawiwszy mu nogę pod dziób, a potem *„keep smiling"*. Łatwe zadanie: robienie takich nieskomplikowanych bohaterów" — Tak mawiał Sturfan Abnol, zacałowujący w tej chwili na śmierć Liljanę, w następnej dorożce.

Ostatni raz... O, gdyby można o tem wiedzieć w takich razach... Bezecne szczęście rozpierało wnętrzności Zypcia. Wstrętny pasożyt „złogów sił" Wodza, poił się cudzą wartością najwyższą: poczuciem sensu Istnienia. Ogólna harmonja Bytu zdawała się nie mieścić w sobie — świat pękał od doskonałości. W takich chwilach, lub równie natężonych momentach rozpaczy, stwarzają ludzie zwykli zaświaty, jako ujście dla nieznośnego ciśnienia ujemnej, lub dodatniej, doskonałości.

Powitały ich, u wejścia już, zwykłe mechaniczne, fotomontażowe, wyrzygane z przekwaśniałej nawskroś pustki twórczej, purystyczno–infantylistyczno–sowiecko–staropikaso-we, piurblagistyczne nieomal „biezobrazja" i lampjony w kształcie wyłażących wszystkiemi bokami skajskraperów i zamaskowanych (czarnemi maskami) fantastycznie zdeformowanych części ciała. To ostatnie, to była nowość. Pierwszy raz widział Zypcio podobne świństwa i zamarł ze zgrozy. Znał to z reprodukcji w dawnych historjach sztuki, ale nie wiedział, że może to być aż tak wstrętne w swej beznadziejnej degeneracji. A jednak było w tem *coś* = rozpaczliwa blaga, doprowadzona do ekshibicjonistycznego bezwstydu. „Biedna Liljan, nieszczęsna prostytuteczka najukochańsza! Jakże okropnie żyć musimy — ja: pseudo–oficer (bo przecież we krwi tego nie mam?) — ona: taka pseudo–artystyczna duchowa kurewka." Szczęście zgasło: sterczał nagi, wśród zimnego, błotnistego deszczu, za jakiemiś rozwalonemi budami z zapachem pralni i kapusty, w których miał życia

dokonać. Przypomniała mu się rosyjska piosenka, którą znał ze szkoły, z refrenem, kończącym się na słowach: *„oficerow i bladiěj"*...
I tu naraz świat faktycznie pękł. Coś nie coś słyszał Genezyp o słynnej Persy Zwierżontkowskoj od Liljan i Sturfana. Ale to, co zobaczył przeszło pojęcie o wszelkich wyśnionych, najbardziej wybzdyczonych, wyindyczonych wymiarach — *„and she has got him in his negative phase"*. Uwaga: Działanie danego zjawiska na przestrzenie lat całych określa się tem, czy złapało nas w dodatniej czy ujemnej fazie, zupełnie pozornie nieistotnych, drobnostkowych, wewnętrznych oscylacji.
Trafiła na „dolinkę" — przepadło. Na chwilę nawet Kocmołuchowicz zbladł na całej linji tylko co stworzonego wewnętrznego frontu. Ale siła tego przeżycia była funkcją układu wypadków dziennych, w których główną rolę odegrywał jednak świeżo wymarzony, wysmarzony Wódz.
Przed kurtynę stanowiącą bohomaz wyjący o pomstę do idei Czystej Formy, wyszło skromne, szaro ubrane, *panienkowate* stworzenie, lat może aż 25-ciu, może 6-ściu i głosem, który rozpływał się po wszystkich mięśniach zaułkach ciała, jak jakaś ciepła, lubieżno-dreszczykowata, dziwna *oliwa nienasycenia*, czy djabelski smar zmysłowości, rozluźniając wiązadła cielesne jak żar parafinę i wypiętrzając całą samczość samców w niedosiężną sferę warjackich pragnień, tym głosem powiedziała parę słów o mającem się odbyć przedstawieniu, przyczem wspomniała, że rolę Dzibdzi dublować będzie Liljana baronówna Kapen de Vahàz, występująca poraz-pierwszy. Powstał na sali nagły ryk żalu i tupot nóg zawiedzionych widzów.
Informacja: Wogóle grała małe role, a przeważnie pełniła funkcje reżyserki dla kobiet, chcących zagłębiać się w tajemniczy świat metafizycznych niedosytów Kwintofrona Wieczorowicza. [Ten bezpłodny osobiście imponent (są imponenci płodni, przynajmniej w dziedzinie ducha) z zapamiętaniem bez granic, z męką wysychania z nienasyconych pragnień twórczości, stwarzał przez innych, organizując ich w jedną wielką symfonję zimnego szaleństwa, swój świat złudy, w którym jedynie mógł jako tako istnienie swe wytrzymać. W dzień drzemał i czytał, a wieczorem, po kolosalnych dawach kokainy wypełzał ze swego czarnego pokoju i „organizował" ten piekielny teatr bezimiennej okropności („ostatnią placówkę szatana w doskonalejącym świecie") napuchał wszystkich beznadziejnym obłędem nienasycenia. Za kulisami działy się rzeczy straszliwe. Tam to znalazło wreszcie również kres swój nienasycenie życiem Putrycydesa Tengiera — znalazło, ku zgubie

twórczości. O tem krótko, później.] Obecnie zajęta była Persy specjalnie preparowaniem Liljany, ku spełnieniu tajemniczych celów Kwintofrona, z których jednym przynajmniej widocznym, była tak zwana „ucieczka od rzeczywistości". I Liljan, której „dusza otwierała się przed słowami Persy jak biały kwiat nocny na przyjęcie brutanej, furczącej ćmy, nieświadomej rajfurki słupków i pręcików", zaczęła, już podczas pierwszych rozmów, stwarzać mimowoli pewien, mówiąc popularnie, tajemniczy fluid między swą inicjatorką, a bratem. Całą podświadomą, beznadziejną i niedosiężną miłość swoją dla brata (raczej niepodobnego do aktualnego Genezypa „braciszka" znanego Persy tylko z dawnych fotografji) „przetchnęła" w tę niezrozumiałą dla nikogo, ani dla niej samej figurę. Zypcio o Persy nie wiedział nic. Zazdrośnie ukrywała Liljan przed bratem realny objekt tej dzikiej transformacji uczuć, wiedząc jednak na dnie duszy, że coś rzeczywistego kiedyś nastąpić musi. Czy to dobre było dla tamtych dwojga, nikt nie umiałby teraz powiedzieć. „Przeżyć życie najpełniej (choćby najstraszniej — jeśli takie już jest przeznaczenie) nie oszczędzając się; zużyć wszystko do końca w sobie i zużyć też innych, o ile oni również w tem istotniej siebie przeżyć będą mogli" — tak mówił ten cyklotymiczny bałwan Sturfan Abnol. Łatwo takiemu bykowi mówić.

Ujrzał Genezyp nad kostiumikiem szarym i dwiema (dobrze, że nie trzema) piekielnie zgrabnemi nóżkami (nie nogami) twarz dziecinną, niemal owczą, czy nawet baranią, a tak jednocześnie piękną i przejaśnioną łagodnością i słodyczą (ale nie mdłą) tak niesłychanie dostojnej marki, że trzewia zatrzęsły mu się od spodu, a serce połknęło siebie w nagłym kurczu. A oczy, wielkie jak koła młyńskie i chłonne jak jakieś gąby olbrzymie, zastygły nasycone po brzegi widokiem niezwykłym, w zachwycie, unicestwiającym byt osobowy, zżarłszy w jedno mgnienie tę owczą twarzyczkę, zabrały ją sobie, niezależnie od mózgu, na wieczną własność. Ale to było jeszcze wrażenie powierzchowne, jednostronne. Aż wreszcie prysły jak dwie złote (koniecznie złote) tarcze, chroniące mózg przed bezpośrednim szturmem materjalnego obrazu w mięsiste jego, bolesne zwoje — one naprowadzały obraz ten potencjalnie nijaki w subtelnych drgnieniach przestrzeni, w mozaikę tajemniczych, niedocieczonych w swej istocie, barw. Wtedy spotkały się ich oczy i Zypcio poczuł, że ona (co za zwycięstwo! — zadygotał cały z płciowego bólu, ze złego szczęścia i tryumfu tak smutnego, że aż przeweselonego nawylot, czy jak tam) — poprostu go widziała. Przypomniał mu się, niewiadomo czemu,

Jerzy z Podjebradu. Zapadł się pod siebie — raczej nie: poprostu zrobił całym sobą pod siebie — kwicząc ze sprzecznych uczuć. Rozrywały się kiszki i inne organa w spaźmie powolnym beznadziejnego żalu za całem istnieniem, nigdy nie wcielonem, nie przeżytem, którego nieskończoność wołała ze wszystkich stron naraz, biedne, „ogałuszone", „opępione", zdezorjentowane, wystrychnięte na dudka, istnieńko indywidualne.

Zypcio poczuł, że *musi ją mieć*, albo życie spotwornieje tu, w tej chwilce, do wymiarów zbrodniczych i to takiego natężenia, no że niby ja nie wiem, no że przypuśćmy śmierć w torturach: matki, Iriny, Liljany i innych (nie pomyślał tylko o Kocmołuchowiczu — a szkoda) będzie niczem w porównaniu do rozpacznych pustko-otchłani, które trzeba będzie zapełnić, aby przeżyć tę stratę niepowetowaną — o „wetowaniu" mowy nawet być nie mogło wobec tego gatunku nieszczęścia, tego bydlakowatego, onanistycznego, *sinego* żalu, zmieszanego z wściekłością taką, (na myśl o wydarciu jej jemu naprzykład — a tu jeszcze jej nie miał), że choć gryźć ten oto pluszowy fotel. To nie była już kobieta — to całe życie rozdęło się potwornie w sekundę jedną spojrzenia w te oczy, aż do nieskończonych granic wszechświata, do sensu ostatecznego, dotąd nawet nieprzeczuwalnego — („gdzież są granice duszy" — szeptał Zypcio w podziwie nad gutarperkowatością swojej własnej istoty). Rozciągało się to i rozciągało i za nic pęknąć nie mogło. I oto teraz miało klapnąć to wszystko znowu w błotko codzienności i pospolitego sensiku z minuty na minutę z godziny na godzinę (o męko!), z dnia na dzień (nie przelazę!) może z roku na rok (o niewytrzymanie twoje!). „To musi być samo dobro" — (błysk tamtych oczu w bok i dalej słowa niepojęte, a zwykłe i zaraz straszne zwątpienie: może to samo zło najgorsze, o jakiem dotąd pojęcia nie miał (jak o wielu rzeczach zresztą w ich żywej realności), to zło o którem się tylko w gazetach czyta, ale się go naprawdę nie rozumie, to zło śmierdzące i bolące, na zimno okrutne i przeważnie śmiertelne, o którem nie wiedzą „szanowne ludzie", tonący w ich wątpliwej wartości „respectability".) A tak była ta twarz ponad wszystkiem, że nic z tych pojęć dobra i zła nawet powierzchownie się jej nie czepiało. I zaraz poczuł, że teraz dopiero całe dzieciństwo i matura i cały dziecinny również romans z księżną, to wszystko zapadło się w bezdenną jeszcze, ale dziurę (nie otchłań już) przeszłości — oczywiście Kocmołuchowicz przygotował grunt do obcięcia się epoki, ale sam epoką nie był — nie dochodził tak głęboko, jak płciowe świństwa. Życie ruszyło się od swych szczytów, jak lawina. Nieomal czuł Genezyp świst przepływającego czasu wewnątrz samego siebie. Naokoło działo się wszystko jak w zwolnionem tempie w kinie — to znaczy na razie tylko spóźnieni widzowie, zajmujący miejsca i to odejście jej z przed kurtyny, które było gorsze od wszelkich dotąd rozstań, zerwań i śmierci nawet.

Persy dawno przestała mówić — nie wiedział Genezyp co. Zobaczył tylko ostatnie podrygi ruchu ust, niebardzo czerwonych, lecz jakże piekielnie nieprzyzwoicie i jednocześnie szatańsko niewinnie wykrojonych. Każde wymówione słowo było pocałunkiem w zbrodniczym stopniu bezwstydnym i lubieżnym, a jednocześnie świętym, jak dotknięcie jakichś najświętszych relikwij. Na czem to polegało nie mógł nikt określić, nietylko biedny Genezyp. Podobno dwaj malarze jacyś ohydni w swej istocie, „oddali" czy „uwiecznili" to na płótnach i papierach, ale mówiono o nich, że zaonanizowali się na śmierć obaj. Ale nienawidził osoby tej jedynie Sturfan Ahnol. On też błąkał się już nad brzegiem tej przepaści, (teraz po przyjeździe do miasta), ale znalazłszy odrazu dość silny antydot w miłości swojej dla Liljany, odwrócił tamto nierozwinięte uczucie na niechęć i nieuznanie absolutne. Oboje mieli zresztą coś podobnie baraniego w twarzach — nawet zaczęto przebąkiwać, że są przyrodniem rodzeństwem. Może coś takiego i było, ale szybko stłumił Abnol tę wersję zręcznem i w porę wyczynionem mordobiciem, poczem „zasię" otworzył rozmyślnie niecelny ogień po sali (działo się to w „Euforjalu")i wystrzelał koło czterdziestu naboi. Puszczono go niebawem, bo udowodnił, że nawet po pijanemu strzelcem jest nie omylnym — odbyły się takie zabawne próby w więzieniu, ze współudziałem najlepszych szarfszicerów armji, korpusu oficerskiego artylerji, przedstawicieli kondekanalnego duchowieństwa i prasy. Trochę był Abnol zazdrosny o Liljan, z powodu jej koniecznego utarzania się w aktorskim sosie: melanżu psychofizycznego wypranych z uczciwości wszelkiej uczuciowych wycirusów obojga płci, wydzielin prześmierdłych gruczołów płciowych, szminki, pudru, wazeliny i codziennej restauracyjności, ale zbyt cenił jej zajęcie się sztuką (ale czy to była sztuka właśnie, to, co wyrabiał na swej „ostatniej barykadzie złego ducha" Kwintofron?) aby nie miał przezwyciężyć przesądowych raczej fobji.

Zaczęło się przedstawienie — raczej potworna msza szaro–zielona (koloru suchotniczej flegmy) do nieznanego bóstwa ni to złego, ni dobrego, ale zato nieskończenie wszawego, w swej pozornej, oszukańczej antytezie wszelkiej pospolitości. Widział ten koszmar i słuchał jego „treści", godnej natychmiastowego zasypania torfem, Genezyp, zabity w samem centrum swej człowieczej godności, zaklinowany beznadziejnie w sam kil dna ostatecznej rozpaczy. Realnie wypsnęło mu się wszystko, a jeszcze psnęły się dalej czy wypsniwały ostatnie rezerwy ludzkich pokładów, tych na czarną godzinę, „couches d'émergence" — system alarmowy nie działał. Piersi zdawało się miał w strzępach, a głowę w tumanie krwawej nudy, niższe zaś części w warze łaskocącego bólu. Coś poprostu nieznośnego — na stłumienie tego nie wystarczałoby dziesięciu pastylek allonalu. Swędziało wprost wszystko moralnie (a nawet fizycznie) do niemożliwości, a podrapanie tego kompleksu bolało do zwierzęcego ryku włącznie. Są takie wysypki zdaje się, a jeśli niema jeszcze, to przyjdą. Dusza uciekła wreszcie z rozszarpanego ciała — nie chciała cierpieć. Ale ciało trzymało ją swemi najwstrętniejszemi, bo płciowemi, miękkiemi szponami i mackami i nie popuszczało w świat doskonałości: idealnego bytu pojęć i śmierci. Właściwie jedyną rzeczą do zrobienia była śmierć. Ale ciekawość tak paląca i piekąca (trzech-metrowa rozdziawiona gęba, wydająca szept, niosący na kilometry całe: „Co będzie? Co będzie?") jak najbardziej nienasycona żądza, zasłoniła wszystko inne. Czuł „wypełnianie się losów" w samych podziemiach Istnienia. „Czy to nie jest głupie, żeby z z tego erotyzmu takie wielki rzeczy robić?" — mówił w nim jakiś głos niby-to-starszego-pana. „Czemu–to rozdwojenie procesu dzielenia się komórek ma być czemś tak strasznem i ważnem i nietylko i nie tylko w wymiarach samego problemu zachowania gatunku, tylko zupełnie jakby poza tem. Problem osobowości: oszukanie absolutnej samotności indywiduum we wszechświecie, tak samo jak zlanie się indywiduów w społeczeństwie". Wytoczyły się myśli gołe, wypięte i nieprzyzwoite, w bezmiar niewiadomości męczącej, suchej, a wstydliwej. Zrobiło im się zimno i pochowały się. Przypomniał sobie Zypcio, że księżną miała być w loży Nr. 4 (koniecznie). Spytał z góry Sturfana Abnola gdzie to niby jest ten ich czwarty numer i spojrzał we wskazanym kierunku, jakoś dziwnie dumnie (szukając jej właśnie, po tylko co odbytem zmarmeladowaniu przez tamtą). Ujrzał kupę piór zbukieciałych (ta moda wróciła) między ceglastemi i malinowmi (nowość) frakami „panów" — tych prawdziwych, to znaczy, bezecnie głupich, napuszonych mniemaniem o sobie, niedobrze wytresowanych, wyfraczonych bydląd. Był tam też Cylindrjon Piętalski, na czysto ogolony, w olbrzymich okularach o ciemnej oprawie. Ta twarz wżarła się w centr wzrokowy Genezypa jako symbol (niewiadomo czemu w tej chwili?) najstraszniejszej straszności. Dreszcz zgrozy i wstrętu, połączonych z zachwytem „osobawo obrazcà", kiedy tamten ptasi profil odwrócił się zniewolony jego wzrokiem i wszechwiedzące turkusowe gałki oblały go swoim nieprzyzwoitym fluidem. Zaszczepiony w nim „bratni" jad „bratał" się ohydnie z „braterskiem" spojrzeniem. To *rendez-vous* trucizn, na nim, jak na trupie — o! — to nieprzyjemne. A jednak dobrze, że nauczył się miłości od tego pudła. Jest także takim bydlęcym „starszym panem", który wszystko wie i umie. (Może nie pokazywać swojej umiejętności „tak odrazu", ale się nie zawstydzi w-razie-czego.) Uczuł siłę zdobywczą i sprężył się — zaczaił się w sobie na tamtą, skrytą teraz w tajemniczem środowisku „kulis i zmysłów" zjawę — księżna przestała dla niego istnieć zupełnie. — (no, to jest przesada — ale powiedzmy: prawie...) Nie wiedział: bydlątko głupie ile jej zawdzięcza, nie oceniał: kanalijka podła, jej uczuć wielkich, ostatnich (co *on* mógł o tem wiedzieć?) i właściwie zupełnie bezinteresownych — nic — rżnął na pysk przed siebie do tego baraniego profilku z za kulis — tam było jego przeznaczenie. „Ach, więc ona jest naprawdę tam gdzieś za sceną? Ten cud nie jest złudą?" Teraz przekonał się, że nie wierzył dotąd w jej realną egzystencję. Uwierzył i doznał *gwiaździstego*, podpłciowego olśnienia. Połowa tamtej poprzedniej męki (no: ten tak zwany „wewnętrzny drab"; jad płciowy, demoniczny; cynizm w stosunku do własnych uczuć i tym podobne faramuchy) spadła z niego zaraz. Usta miał jeszcze zakryte maską, ale gały „bałuszyły się" już „na nowe panny, na nowy świat" — jak mówił podobno jakiś pan Emil, przechodząc pod oknem opuszczonej kucharki w niedzielę. Zakochał się „od pierwszego wejrzenia", *„coup de foudre"*, *„kudiefudriennoje rozpalażenje ducha"* — takby powiedzieli „spłyciarze" i możeby mieli nawet rację. Czasem faktycznie mają rację nawet „spłyciarze"-kanalje — trudno. Ale podobno znowu schizofrenicy w czasie narzeczeństwa dochodzą do najlepszych swych warjackich rezultatów. „Poprostu wogóle nic niewiadomo *polniejszyj bardak i untiergang"* — jak mówił pewien generał, podobny do foki. Ale zaraz nowa męka dźwignęła się ze śmierdzących czeluści wewnętrznych (zewnętrznie wyszorowany był i czysty jak aniołek) gorącego, głupiego, młodego ciała. Djabły paliły na gwałt w płciowych piecach, fabryki jadów szły. Sam Belzebub, chłop w średnim wieku jak dąb, zły jak sam szerszeń, brodaty po pępek na czarno, nagi przemuskulisty atleta, zimnem spojrzeniem czystego, krystalicznego, zielonawego, najokrutniejszego zła, badał manometr ciśnień najplugawszego z szalbierstw. Czynił to ze wstrętem — on, wielki twórca i buntownik — do takiej parszywej roboty zaprzęgli go za karę — tfy, *„Kein Posten für mich hier"* — mówił z goryczą, myśląc o ziemi, uspołecznionej, zamarłej w szarej doskonałości. — „Faszyzm, czy bolszewizm — *wsio rawnó* — i tak mnie zjedzą". *Zaczęło się przedstawienie* — nigdy, nigdy, nigdy... „Zabraknie ci słów i tylko wyć będziesz do wnętrza twego o litość". Ale ci i możności wycia poskąpią katy wyrafinowane, piękne, szczęśliwe, rozłaskotane od rozkoszy do nieprzytomności — niby kto? Jakieś zabójcze hermafrodyty, gołe i gładkie jak hyperalabastry czy onyksy, jakieś nad-płciowe, kolosalne, beztroskie pół–bogi, jakieś tak zwane „mity wszechludzkie", powcielane na poczekaniu, *à la fourchette*, (na ohydne pośmiewisko [czyje, do cholery?]) w płaskie bombonierki, wysmukłe sosjerki i etażerki, kręcone galopjerki, wykręcone trzęsawki z pianką bezzębnych starców i niemowląt i na tem on. KRÓL, Wielki Gnidon Flaczko, aktor, trzymający w swym plugawym, zakłamanym pysku gorące, śmierdzące flaki całej sali, pełnej świetnie ubranych, a *au fond* przynajmniej moralnie mocno nie–pachnących glist ludzkich. Huzia! Huzia! I nie to i nie to!! Spróbujmy opowiedzieć: nie było w tem żadnej Sztuki, tej przez Wielkie S. (niema innego określenia, chyba trzebaby napisać tomy całe.) Nie — Czysta Forma w teatrze nie istniała już dawno, zadeptana brudnemi nogami paserów zachodniego towaru i zwykłych poprostu idjotów, w rodzaju Mistrza Roderyka i jego pomocnika z przeciwnej partji: Dezyderego Fląderko. Obaj w grobie — Cześć! Cześć! Może i lepiej, że się tak stało, czcigodne guniafrasy! A więc ten teatr był zaprzeczeniem wszelkiego artyzmu: rzeczywistość stara, tłusta rozpustnica królowała w nim rozparta obrzydliwie, nieumyta, rozkraczona, śmierdząca surowem mięsem i śledziami, rokforem i krajową psychiczną bryndzą, landrynkami i taniusim "perfumem", tak zwanym "kokotenduftem". *Zbombonizowanie potworności*. A jednak, a jednak...? Nie można było się od tego oderwać. „Pozornie niby nic, a jednak zwisł jej cyc" — tak śpiewały jakieś zakazane mordy gdzieś, w nieznanych osobiście Zypciowi, ogrodach bogini Asztoreth. Maksymalne, *nieomal* metafizyczne wyuzdanie, wywróconej jak rękawiczka rzeczywistości, ale bynajmniej nie w celach artystycznych — dla niej samej.

Na scenie było już kilka osób i zdawało się, że nic już okropniejszego być nie może, że przecież do djabła starego wszystko musi mieć pewne granice, a tu, naprzekór niemożliwości, z wejściem każdej nowej figury, potęgowało się to — przewalanie się kłębowiska Niewiadomego znowu, gdzieś aż w nieskończoność i to za każdym razem w sposób jakościowo różny od poprzedniego. Blaga? Spróbójcie sami. Nie możecie? Bóg z wami. Żal nam was... A szkoda!

Genezyp patrzył przed siebie, jak ktoś leżący na pochyłej płycie nad przepaścią i trzymał się czerwonego pluszu, jakby wymykającego się ostatniego chwytu w skale. Za chwilę mógł *tam* spaść, tam na scenę, raczej w odmienny, nawet kolineacyjnie niepodobny do tego, byt, gdzie temperatura życiowa przechodziła w najmniej istotnych przejawach po stokroć, po tysiąckroć, ciepłotę naj dzikszych aktów wszelkiego rodzaju: płciowych, nadpłciowych (= megalosplanchicznych, cyklotymicznych) czysto „intencjonalnych", oraz dziwność najrzadszych narkotycznych omamień i najwyuzdańszej dobrowolnej śmierci w sadystycznych torturach, zadawanych przez Nią, jakiegoś wyśnionego kobiecego hyperbelzebuba. A przytem „namacał" (w analogji do banału) całej tej sprawy był dość nikły.

To była rzeczywistość, to, co się *tam* działo. A reszta (niby ten świat) stało się jakąś podłą imitacją nawet nie tamtego, tylko czegoś niegodnego istnienia wogóle, czegoś nie–do–przetrzymania w swej złowrogiej, niczem nienasyconej nudzie i pospolitości. Istnienie wogóle, nieprześwietlone głęboką metafizyką, jest czemś zasadniczo pospolitem, choćby je nawet wypełniały nadzwyczajności w wymiarach Londona, czy nawet, nawet Conan Doyle'a. Jakże tu żyć dalej „bywszy" już raz w *tamtym* świecie? Nienasycony (ale nie metafizycznie tylko *nonsensowo*) Kwintofron stwarzał przez swój piekielny teatr, to samo nienasycenie u innych. Ceny miejsc były potworne i tolerowano tę budę w sferach rządowych (o których nikt nie wiedział jakie *au fond* są) bo jakiś referent M. S. W. [zdaje się, że Picton–Grzymałowicz] dowiódł w swym referacie właśnie, że dla ludzi o pewnym cenzusie finansowym ten właśnie teatr dobry jest z punktu widzenia militaryzacji kraju, bo pobudza w nich t. zw. „kawalerską fantazję": *tryń trawà morie po koliena*. Tę manję bowiem posiadał zarówno kwatermistrz, jak i Syndykat Zbawienia. To, że pewnym bydlętom dobrze jest bez metafizyki nie dowodzi jej bezwartościowości. Wszystko zależy od skali wartościowań. Ale czyż mamy opierać się właśnie na standarcie bydlęcości? Najgorszy jest pół–nonsens życia osobistego i społecznego, najgorsza jest połowiczność wogóle, ta zasadnicza cecha naszej epoki. Albo absolutyzm, albo organizacja mrówcza, faszyzm, czy bolszewizm — *wsio rawno*; albo szał religijny, albo prześwietlony na wskróś intelekt; albo Wielka Sztuka, albo nic, ale nie tandetny pseudo–artystyczny „produkt", ale nie ten szary sos we wszystkiem, upstrzony jak „maggim" paskudną esencją demokratycznego kłamstwa. Brrrr... Teatr Kwintofrona był przynajmniej paskudztwem skończonem w sobie - czemś wśród tego ogólnego szaro–żółtego gwazdru wielkiem. Nigdy nie odwiedzał go Kocmołuchowicz – miał w sobie inne kryterja wielkości, jego psychofizyczny „miuratyzm" nie potrzebował tej przyprawy, on był sam w sobie jak dawny Bóg. [Ideja wielka z I–szego czy z XVIII–go wieku może być mała w wieku XXI–szym. Tego nigdy nie mogli zrozumieć księża i dlatego musieli wymrzeć.] Czarna kurtyna spadła. Wszystko zbladło, zszarzało, zwszało, jak pejzaż po zgaśnięciu słońca, jak wygasły nagle kominek w późno–jesienny, słotny wieczór. Nie można było uwierzyć, że przed chwilą widziało się to właśnie na własne oczy. Mózg skończonego fiksata, oglądany przez jakiś hyperultramikroskop, mózg Boga (gdyby go miał i gdyby zwarjował), oglądany przez zwykłą tekturową rurę bez szkieł, mózg djabła w chwili pogodzenia się z Bogiem, widziany *gołem* okiem, mózg zakokainowanego szczura, gdyby ten nagle zrozumiał cały idealizm pojęciowy Husserla — *biezobrazje*. Dlatego to krytyka była bezsilna w opisie tych rzeczy. Są sny takie co to wie się dokładnie, że coś się działo i jak się działo, a w żadne obrazy, ani słowa znane wtłoczyć tego niepodobna — czuje się to gdzieś w brzuchu czy sercu, czy w jakichś gruczołach, czy co u cholery. Nikt nie mógł tego pojąć jak to się dziać mogło, a jednak *„biezobraziło"* się oto w pełnem świetle na oczach wszystkich i to wszystkich ze wszystkich partji i samych mogołów policji. Nie było się o co przyczepić, a jednak były to straszne historje. Mówiono, że to w celu ostatecznego wygładzenia, wypoliturowania dusz inteligencji przed przyjęciem nowej wiary, teatr ten subwencjonuje w imię Murti Binga sam Dżewani. Były to niby te same nonsensy, co u anty– i a–formistycznych futurystów czy dadaistów, albo psychowomito żonglerów hiszpańskich i afrykańskich, tych autokoprofagów duchowych, lecz w jakiejże dziwnej odmianie. To, co tam było dziecinadą, fanfaronadą, błazenadą, tu zmieniło się w prawdziwą, duszącą za gardło, życiową tragedję. Było to też oczywiście zasługą reżyserji i gry, doprowadzanych do zenitu subtelności w najdrobniejszych, najohydniejszych szczegółach. Ale co się pod wpływem tego działo w sferach zakulisowych, to lepiej o tem nie pisać. Jedno kłębowisko zwyrodnienia na samej granicy zbrodni. Dawniej banda taka siedziałaby w kryminale — w tych czasach stanowiła samoistną wyspę, czy łódź podwodną, opierającą się ciśnieniu mętnych wód całej *przemierzłej* do kości społeczności. Tam to znalazł swe ostateczne nasycenie nieszczęsny Putrycydes. O tem parę słów później. Cóż było robić — naturalistyczny teatr zdechł już dawno dzięki szalonym wprost w tym kierunku wysiłkom pierwszych mężów pióra. Oczywiście znać było wpływ niezapomnianych, a jednak tak prędko faktycznie zapomnianych, t. zw. „eksperymentów" Teofila Trzcińskiego i Leona Schillera, lecz w jakiejże piekielnej transformacji. Ochłapy tej „twórczości" reżyserskiej zużytkowane tu zostały dla najzacieklejszego *naturalistycznego* zrealizowania samego nieprawdopodobieństwa — potęgowały tylko nieznośnie niewiarygodną rzeczywistość, zamiast przenosić widzów w inny wymiar — metafizyczny, mocą bezpośredniego pojmowania Czystej Formy. Nieprawy prawnuk Trzcińskiego i ktoś mocno podejrzany, który podawał się za prawego wnuka Witkacego, tego gówniarza z Zakopanego, grali tu pomniejsze role jakichś t. zw. „obskurentów", czy czegoś podobnego. Dla wyżej wymienionych powodów rzecz ta w istocie swej jest nie-do-opisania. Trzeba było widzieć to na scenie. Wyliczenie sytuacji i cytaty wypowiedzeń nic tu nie pomogą. *„Quelque chose de vraiment ineffable"* — mówił sam Lebac, a jego adjutant, książę de Troufiéres powtarzał za nim to samo. Kto nie widział, niech wyje z żalu. Nic innego poradzić mu nie można. Same sytuacje możnaby jeszcze wytrzymać, gdyby stanowiły one pretekst do czysto-artystycznych kombinacji. Nie dla celów sztuki (o nie!) spiętrzano tu wszystkie środki najmoderniejszej psychoekwilibrystyki. W tej nad-realistycznej (ale nie w znaczeniu potwornej bandy blagierów paryskich, przeczutych przez naszych piur-blagistów w wydawnictwie „Papierek Lakmusowy" już w roku 1921-szym.) interpretacji i grze (dekoracje robił wnuk Rafała, syn Krzysztofa, Rajmund Malczewski — wcielony djabeł hyperrealizmu w malarstwie) najdrobniejsze nawet drobiazgi urastały do rozmiarów haniebnych klęsk i ran jakichś poprostu okropnych, rozjątrzonych ropiejących. Każdy odczuwał te „ichnie" szprynce i szpryngle w sobie, w *spłciowiałych* nawywrót poczciwych zwykle stosunkowo flakach (takich jak serce, żołądek, dwunastnica i tym podobne, nie mówiąc już o innych jelitaljach. Co się działo z prawdziwemi *temi* w cenzuralnych słowach opisać się nie da — a żałujcie, bo toby było dopiero cudowne!) i to jako swoje najintymniejsze przeżycie, wywalone bezwstydnie przed wszystkimi na wierzch, na pośmiewisko podobnej mu wyfraczonej i zgolasionej hołoty obojga płci, zlanej w jedną masę świńskiej, płynnej zgnilizny. Putrescyna i Kadaweryna (duchowe!) — te piękne „córy" wielkiego pana: Jadu Trupiego rozpadającej się za żywa (przed ostatniem wskrzeszeniem.) ludzkości, królowały w tej sali niepodzielnie i bezczelnie. Kawały tej nad-rzeczywistości, odarte ze skóry walały się w prochu, kurzu i pyle dawnych poczciwych, sceptycznych desek — one jedne pozostały tylko z dawnej sceny. Stargana za trzewia publiczność opadła jak jeden flak po pierwszym akcie, w fotele. Każdy zdawał się sobie jakimś fantastycznym klozetem, w który tamta banda bezczelnie srała i targała potem gorączkowo i bezlitośnie za rączkę z łańcuszkiem — ostatni wentyl bezpieczeństwa. „Całe społeczeństwo zapadło na ostrą smierdziączkę" — tak pisały o tem mamuty formizmu. Jakąś wspólną kloaką wyciekały te brudy hen (tak: hen) na miasto i niewinne ciche pola, aż pod strzechy przerażonych kmiotków. „Nie zabrną me twory popod żadne strzechy, bo wtedy na szczęście żadnych strzech nie będzie. Wogóle z tego żadnej nie będzie uciechy i tylko świństwo równomiernie rozpełznie się wszędzie" — tak napisał w sztambuchu Liljany nieśmiertelny Sturfan, ale się mylił. I tylko dziwiono się, że rząd... ale niesłusznie. Okazało się, że teatr ten to chyba jedyna klapa odchodowa nieznośnych ciśnień psychicznych (tak zwany później „duchowy pierdometer, panie") dla niedających się wciągnąć w organizację pracy indywiduów dawnego typu, co żyły jak pasożyty na resztkach narodowości i religji, koniecznych jeszcze wtedy jako kompromisowe ideje–motorki dla puszczenia w ruch faszyzmu — oczywiście na tle ekonomicznego niedokształcenia społeczeństwa. Tam przeżywali oni siebie do dna i unieszkodliwiali się po takim wieczorku na długie tygodnie. Świństwa wypalały się w nich jak rudy w hutach i na życie nie pozostawało już nic. A zresztą, wobec tego co widzieli nieszczęśnicy ci na scenie, wszelkie możliwe do wykonania świństwo bladło jak pluskwa, która dwa lata krwi ludzkiej nie widziała.

Genezyp był tu pokryjomu i „w cywilu" — groziło za to do dwóch lat twierdzy, ale to także potęgowało urok sytuacji. Teraz uświadomił sobie z wyrazistością cięcia noża w żywe mięso, że *ona jest*. Pozornie proste zdańko to zawierało w sobie nieomal tajemnicę całego bytu, znaczenie jego nie mieściło się w niem, wylewało się poza brzegi wszelkich możliwości — było coś w tem z bydlęcej metafizyki pierwotnego człowieka, prawie religijny zachwyt pierwszego totemisty. Nigdy nie doznał jeszcze Genezyp takiego przerażenia wobec nagiego faktu istnienia innej jaźni obok niego. Tamte stwory: matka, księżna, Liljan, ojciec nawet, zdały się teraz wyblakłemi, płaskiemi widmami w stosunku do żywości tej, niepojętej egzystencji. „Ona jest" — powtarzał szeptem zeschniętemi wargami, a w przełyku czuł jakby twardy kołek. Genitalja, ściśnięte w bolesny węzełek, zdawały się być zredukowanemi do matematycznego punktu o ciśnieniu miljardów atmosfer płciowych. Teraz poczuł drań, że żyje. W tym wirze przewartościowań ostał się jedynie sam

Kocmołuchowicz, jak blok nie topliwej skały w okalającym ją potoku lawy — ale daleko, jakby czysta ideja poza krańcami realnego bytu. Przychodziło pierwsze prawdziwe uczucie, zaplugawione jeszcze wydzielinami wszystkich nowotworów wytworzonych w nim przez „książęcy jad" Iriny Wsiewołodowny. Cała przeszłość zatarła się, straciła swoją bezpośrednią tajemniczość, jadowitość, ostrą namacalność — jak u wszystkich wogóle w życiu — inaczej egzystencja byłaby wogóle niemożliwa. Ale szczęśliwi ci, co mogą jeszcze po pierwszem czy n-tem chlaśnięciu życia odczuć na nowo pierwotny fakt bytu bez podłych spłycających przyzwyczajeń codziennego dnia. Jakże potworną krzywdę bezpośrednim ujęciom, wyrządziły tu pojęcia, też ostatecznie rodzaj pewien elementów pewnych z tychże ujęć, tylko inaczej zużyty — artystycznie raczej, niż logicznie. [Bo pojęcia są elementami sztuki w poezji i teatrze — tego nikt z tych zakutych łbów nie chciał nigdy zrozumieć i to irytowało głównie nieszczęsnego Sturfana, ale teraz było to już prawie obojętnem.]

W związku z tem, że znikł półrzeczywisty obraz tego dziewczynkowatego stworu (nie mógł bowiem Zypcio mimo szystko uwierzyć w istnienie tej kobiety *jako takiej* - wogóle nie wchodziła ona w żadne znane kategorje, była bezpłciowo–bezosobowa, właśnie jako ta pierwsza i jedyna jaźń poza nim ponad wszystko wyniesiona) znikł tam na tej scenie, zdającej się majakiem z innego świata, mimo całego realizmu, wśród tej niemożliwej bachanalji zdeformowanej rzeczywistości, jej tej osoby właśnie rzeczywistość *zakulisowa* (to słowo miało jeszcze dla Genezypa ten posmak ostry kłamstwa, zakazanego świństwa, tajemnicy, brudu i czysto ludzkiego (bez bydlęcej przymieszki) zła wysublimowanego, ale skobieconego na jadowito [mężczyźni nie liczą się za kulisami zupełnie]) nabrała siły tak straszliwej, że zaraz prawie po uświadomieniu sobie tego wszystkiego, obraz pamięciowy tylko co odbytych na scenie potworności, wytarł się, zrudział, spluskwiał, znikł prawie, a na jego tle *urojona rzeczywistość wyższego rzędu* zawaliła się nieznośnym ciężarem na całą dotychczasową „zawartość psychiczną" gówniarza, zgniotła ją jak pociąg kurjerski biednego żuczka (omomiłka n. p.) siedzącego sobie niewinnie na szynie w piękny dzień sierpniowy. A stanowiły ją: 1) mokre, poziomkowo-czerwone usta, 2) gołe, lśniące nogi i 3) gładko zaczesane popielate włosy. To wystarczy — chodzi o to *jak*, jaką atmosferę stwarzały dookoła siebie te banalne elementy seksualnego wciągu. To wszystko jej, tej, która przed chwilą patrzyła na niego, mówiła: z tych ust wychodziły słowa, które on połykał jak anakonda króliki, to wszystko było gdzieś naprawdę w tym gmachu, w tajemniczych jego, tylnych zakamarkach — nie do uwierzenia!! A do tego poczucie, że tam, między jakiemiś (ach, nie jakiemiś tylko temi!) włosami, naprawdę tak jak u wszystkich... i ten zapach skrytych otchłani ciała... o zgrozo...! — nie, nie — dosyć — nie teraz — to nie-do-uwierzenia! Tak — to była nareszcie ta wielka miłość, oczekiwana, „wyśniona", rzec można wyonanizowana, w przybliżeniu jedyna i ostatnia. To były w każdym razie symptomy — jedne z nich — po których się ją poznaje. Ale wielka miłość tylko niespełniona, nieskonsomowana pozostaje najpiękniejszą. W każdym razie ona była tu — świadomość tego jest jak ostrze w brzuchu, jak czarna błyskawica we łbie jasnym od metafizycznego, podpuszczonego płciowym sosem, straszku. Raz na zawsze: metafizyczne jest coś, co ma związek z poczuciem dziwności Istnienia i bezpośredniem pojmowaniem jego niedocieczonej Tajemnicy. I żeby mi się tu nie czepiały jakieś dychempki — „won", jeden z drugim, do własnych, zatęchłych nor.

Ryk nieludzki na scenie. Dwie kobiety pół-nagie, walczą w otoczeniu obojętnych, wyfraczonych i umundurowanych mężczyzn. Trzecia, stara baba, całkiem goła, matka jednej z nich, wpada i zabija (dusi rękoma) córkę, aby ta została niezwyciężona. Ktoś starą po łbie, tego ten, reszta rzuca się na tamtą. Wchodzi jakiś kapłan i okazuje się, że to, co się przed chwilą działo, to programowe nabożeństwo na cześć Absolutnej Nędzy Istnienia i jego definitywnej niewyduszalności dla celu rozpędzenia Wielkiej Nudy. Co mówiono — któż wie? Pewno jakieś bezecne nonsensy — w tych czasach generalnego skiełbaszenia się pojęć, tej mizerery, przeciętny krytyk, a nawet zwykły „obywatel" (jakże śmiesznie brzmiało to słowo-przeżytek z dawnych, rozkosznych czasów uczciwego demokratycznego kłamstwa, dziś, w żółtawym, złowrogim cieniu ruchomego muru) nie był już zupełnie w stanic odróżnić prawdziwej mądrości od najdzikszego z baliwernów. Jeszcze do czegoś tam dodłubywały się czasami pewne „précieuse'y", ale mężczyźni! — pożal się Boże, jeśli masz komu. Ale zato jak to było zrobione, jak zrobione!! To się opisać nie da. Palce od brudnych nóg lizać. To trudno — to trzeba było widzieć. Dość, że wyli wszyscy, zmiętoszeni w jedną metafizyczno-bydlęcą, krwawą miazgę — (o, gdyby to można tak napychać to zaraz w puszki i rozsyłać na właściwe, a nawet niewłaściwe miejsca — ludzkość byłaby zaraz, natychmiast szczęśliwa). Kiedy nareszcie zapadła na to piekło kurtyna (niktby nie wytrzymał ani sekundy więcej) cała sala, jak jedno ciało, wypinała się, wyłupiała (aż załupiała się?) w tem wychyleniu się nagłem i beznadziejnem w inną psychiczną przestrzeń, w świat nieeuklidesowych uczuć i stanów na jawie (i złudzeń, już tego drugiego świata — o szczęście!) na jawie, bez żadnego narkotyku. Ogólnie możnaby powiedzieć tak: zanik zupełny świadomości swego indywidualnego bytu i towarzyszących mu realnych okoliczności: (domu, zajęć, upodobań, osób — te ostatnie transformowały się w wyobraźni w wymarzone cudne monstra, z któremi dopiero możnaby zacząć psia-krew naprawdę żyć. Ten żal, że tak nie jest, nie da się niczem wyrazić — cały żal, całego życia wspaniałego psa na łańcuchu, skondensowany w jednej sekundzie) — nic. Żyło się tylko tam na scenie. I to stwarzało tę piekielną atmosferę dla aktorów, w której oni spalali się w nieznośnie intensywnem, nad-życiowem kabotyństwie najwyższej, aż wzniosłej klasy, nie mającem jednak ze sztuką nic wspólnego, chyba dla normalnych i specjalnie „wnikliwych" krytyków, którzy nosorożca od lokomotywy rozróżnić mimo szalonych wysiłków nie mogą.

Genezyp, ciągnąc za sobą Sturfana, rzucił się za kulisy szukać garderoby Liljan. Grała dopiero w trzecim akcie rolę duszka na tak zwanych „zmysłowych zaduszkach" — co to było — lepiej nie mówić. Tylko jej niedorozwój płciowy, pomieszany z szaloną rzeczywiście jak na nią miłością do Abnola, utrzymywał ją w jakiej takiej równowadze. Wpadł nieprzytomny w wąską, rażąco oświetloną „klitkę". Liljan siedziała na wysokim taburecie, a dwie starsze damy-krawcowe ubierały ją w jakiś *sfeterek* pomarańczowy, ubrany znowu wualami czarnemi i białemi, z pod których szarzały nietopezie skrzydła. Biedna wydała mu się siostrzyczka bardzo i pokochałby ją bocznem serduszkiem w tej chwili wprost niezmiernie, gdyby nie brak czasu. Główne bycze serce zajęte było i wypełnione czemś niepojętem, sprzecznem i złowrogiem, jak burza w dzieciństwie, skombinowana z rozdzierająceni nieporozumieniem z matką.

— Liljan: błagam cię...

— Już wiem wszystko. To takie dziwne. Bo to ona właściwie wie wszystko. Mówiła, że cię widziała. Zaraz będzie tu. Miała przyjść między I-szym a II-gim aktem. Tylko jedną chwilkę, bo przez cały II-gi akt musimy przerobić jeszcze rolę. Boję się, boję się — mówiła, szczękając drobniutkiemi, „siostrzanemi" ząbkami. Jednolite jak blok serce Sturfana wydymało się do pęknięcia miłością i litością, (najgorsza przyprawa) a przytem rozum myślał błyskawicznie: „taka mała, kochana, a już rajfurzy. Boże, cóż to będzie z niej, gdy się rozkręci". Zamroczyło go z podniecenia. Liljana robiła na niego wrażenie małego, nieznanego (może astralnego?) gryzonia w klatce.

— Jak się w tem czujesz — spytał czuły brat, a połączenie widoku siostry na tem tle z oczekiwaniem na tamtą, na tle tylkoco słyszanych słów, przechodziło wszystkie znane mu dotąd ingredjencje sprzecznych uczuć, w których tak „gustował", bojąc się ich i cierpiąc jednocześnie.

— Wiesz, że trochę lepiej, niż w prawdziwem życiu. Sturfan zwinął się z bólu, ale to tylko podniosło urok życia o parę kresek dalej ku czerwonej linijce na jego prywatnym manometrze od tych właśnie rzeczy. — Przy tem coś dziwnego zaczyna się we mnie budzić. Wychodzę jakby z siebie — raczej wiesz: wynurzam się. Już Sturfan nie wydaje mi się obcym żuczkiem na trawie widzianym z pociągu, tylko jest tym jedynym samcem, o którym mówiliśmy jako dzieci, kiedy to pamiętasz: ta rodzina lisów w starym atlasie zoologicznym Domaniewskiego... — Genezyp nagle zgasł. Piwowarskie dzieciństwo przemknęło mu w pamięci złoto- czerwoną łuną niepowrotności: smak cierpki jakichś gruszek, wieczorne bójki i matka, ta inna, święta męczennica ze swoją cichą wiarą w nieznanego katolickim dostojnikom Boga. (Wzrok Chrystusa zwiedzającego mennicę, gdzie się biją monety Państwa Kościelnego, lub patrzącego na ostrze halabardy(!) gwardzisty, strzegącego tronu Jego Namiestnika — niewiadomo czemu teraz przyszedł mu ten grubo spóźniony i banalny obraz — aha — przecie doniosły dziś dzienniki, że nareszcie papież opuścił boso zbiedniały Watykan i wyszedł na ulicę. Ale dziś nie zrobiło to na nikim już wrażenia. Tyle poświęcono temu miejsca, co wiadomości, że Ryfka Zweinos ugryzła boleśnie swego narzeczonego z powodu ukradzenia zardzewiałej agrafki. Spóźnił się biedaczek.) Straszliwe, bezpowrotne zmarnowanie tych chwil — tak jakby miały one być wieczne — ta rozrzutność, z jaką się rozprzestrzeniało koło siebie blaski wewnętrzne, jeszcze bydlęce, jeszcze niedoczłowieczone, a pełne aż bolesnego w swej niepochwytności uroku. Gdzież się to wszystko podziało. I naraz nowy błysk, twardy i ostry, taki nieprzyjemnie męski i wstrętnawy. Kocmołuchowicz i wielkie zadania (mające na celu w razie spełnienia, umożliwienie życia takim samym jak on, Zypcio, a może gorszym obwiesiom) majaczące niewyraźnie za dławiącym horyzontem narastających wypadków. Stłumiony grzmot przebuczał w oddali — nie w nim, tylko w samej bezimiennej, obcej już teraz i dalekiej, w każdym razie nie-ludzimierskiej naturze. Tu byli tylko ludzie, oblepieni, ociekający wstrętnością nazbyt ludzkich spraw. I poczuł obrzydzenie do wszystkiego, do siebie i nawet do tej Nieznanej, co miała wejść tu lada chwila. Ona była też „nieczysta", jak wszystko ludzkie, na tle niedosiężnej piękności wiosennej burzy.

Dzwonek roztętnił się po korytarzach. Drugi akt, jeden z „aktów" samozgwajdlenia i samoskierdaszenia się samego gnijącego wierzchołka zapadającej się w śmierdzące bagno społecznej doskonałości ludzkości. Weszła ONA. To samo zapadnięcie się pod siebie (zrobienie pod siebie całym sobą) co przy ujrzeniu pierwszy raz. Dotknięcie ręki przekonało go o tem, że to właśnie *to*. Aż po krańce wieczności dotykać choćby jednego kwadratowego centymetra tej skóry, nawet gdyby twarz była jedną ropiejącą raną — i więcej niech nie będzie nic. Pocałowałby ją w gnijącego nowotwora, ale nowotwora jej, z jej ciała wybujałego w anarchicznej żądzy wyrwania się z pod praw normalnie funkcjonującego organizmu.

Organizm — orgazm, wytryśnięty na jego pognębienie z czeluści niebytu — orgjastyczna organizacja organów i komórek — ta nie inna — poco, psia–kość poco? Można było żyć bez tego nic wiedząc, a teraz przepadło już na wieki. Zapadł się jeszcze głębiej pod dotychczasowe swoje ruiny (bo wszystko poszło w „*drebiezgi*"), a tam, nad niemi, w ciemnościach burych *psychicznej wietrznej trąby* wyłaniał się i konsolidował nowy gmach, ale złożony z samych tortur, jak z dziecinnych klocków, rogaty, kańciasty, najeżony tetraedrami z nieznanych męczarni aż do siódmego potu. Przypomniała mu się poranna „śpiewka" kursowego oficera, Wojdałowicza, gdy już w butach mył zimną wodą (jak większość wojskowych niestety) czerwoną, górną połowę ciała. (Na nutę Ałławerdy:) „życie ach się składa z małych przyjemności i do potworności natężonych mąk — ledwie ach coś komuś dogryzie do kości, już się ach zaczyna nowej męki krąg". Krąg nowej męki zaczął się. Odrazu z punktu nie było w tem żadnej nadziei. Coś rozpaczliwie nieugiętego rozprężyło się we wszystkiem, mimo iż wiedział, że się podobał i to nawet bardzo. A może właśnie dlatego. Tego nie mógł wiedzieć. Cóż mógł wiedzieć o dzikich psycho–erotycznych perwersjach wyrzeczeń, któremi opłaca się po tysiąckroć marną swędzeniową przyjemnostkę. „Zabić, zabić" — zasyczało w nim coś i popełzło, a potem pomknęło dalej, jak przestraszony wąż niesłychanie jadowity. A potem zaczaiło się w duchowych gąszczach i *krzakach*. Mignął w zatłoczonej pamięci roześmiany, rozchełstany potęgą pysk Kocmołuchowicza. Co to takiego? Boże! — Boże! — jeszcze coś przydusić, a będzie, tu, tu, na patelni przed nosem — jasnowidzenie. Ciśnienie w mózgu straszne — jak nigdy przedtem (i potem). Jak to kiedy dzieci się bawią: „ciepło, ciepło, gorąco, bardzo gorąco, parzy, ciepło chłodno, chłodniej, zimno". Rozwiało się i nigdy już. Jedyna chwila minęła bezpowrotnie. Intuicja szalllonego (przez trzy *l*) uczucia już miała dotrzeć do metalowej (z irydu) pestki prawdy w tym owocu, który kąsał bezzębną paszczą mózgu, owocu *całego* życia, ale się cofnęła. Nie w tym, kochanku, (jakim przez Boga?! — Kto tu mówił o tem. Zdawało się, że *wszystko* krzyczy, że wszyscy o tem wiedzą, pokazują palcami, pękają ze śmiechu. Taka gnida, gorsza od samego Gnidona Flaczko) było zło (o tem — same okropności do końca życia — ach, ale później) — *ono było w niej samej*. Nie jako wielość — piramida „demonizmów" nieszczęsnych, tylko jako absolutna jedność, ta metalowa pestka nie–do–zgryzienia, zło niepodzielne, jedyne, chemiczny pierwiastek: „*malum purum elementarium*", nawet gdyby była pielęgniarką i całe życie poświęciła lizaniu czyichś ran. Zło takie zatruwa najlepsze uczynki, odwraca je nawywrót, czyni z nich zbrodnie. Taka mogłaby być kochanka duchowa samego Belzebuba. Zupełnie inaczej niż w tamtej, księżnej — tamta była biedna, zbłąkana owieczka wobec tej, choćby nawet całe jej życie usiane było trupami okrutnie zamęczonych. Takie to są panie dobrodzieju tego owe jakościowe różnice. Jakże pogardzał teraz sobą, że mógł tamto co było za zło uważać. Taż to panie były barankowe przeżycia młodego solitera godne jakiegoś klasztornego braciszka. Nie można tak zła obrażać. I chciał się przecie ratować, wybrnąć z tego, a tu nowe okropieństwo tysiąckroć wyższego rzędu wyszło naprzeciw niego z uśmiechniętą twarzą najwyższego szczęścia. A może nie było to wszystko takie już bardzo straszne? Może inne kryterja — — — ach, dosyć. W każdym razie był w tem wyrok bezwzględny na niego, wydany przez przypadkowe sprzężenie wrogich mu sił. Ale jakich sił? Jasnowidzenie nie wróciło. Był pokonany zawczasu przez coś od niego „akurat" o głowę wyższego. Ale co u cholery?! Nie była to przecież jej inteligencja. Sama hypoteza taka jest śmieszna. Po perspikacji księżnej mało kto mu tem właśnie mógł zaimponować. Nie — coś absolutnego na całej linji: zasadniczy sprzeciw i to (z góry wiedział, choć uwierzyć nie chciał) nie–do–pokonania. Ale w czem to było na Boga, bo przecież wiedział, że się podoba jako ten zadatek na mężczyznę, którym jeszcze właściwie nie był. Powinien był odrazu teraz wyjść i nigdy jej więcej nie zobaczyć. Mówił to wyraźnie jak nigdy dajmonion. Iluż nieszczęść uniknęliby ludzie, gdyby słuchali takich tajemniczych głosów, które zawsze napewno prawdę mówią. To jest podstawa katolickiej teorji łaski: każdy na tyle zna siebie, że mógłby zawsze uniknąć pewnych rzeczy, w których *wogóle* woła jego coś do gadaniaby miała. Ale został na swoją, a może i jej zgubę. (Straciła przez to część swej bestjalskiej siły, którą mogła była w pewnej krytycznej chwili inaczej zużytkować — ale o tem później). „A może właśnie wyjdzie z tego coś dobrego?" — kłamał jak mały chłopczyk, naiwnie, bezpretensjonalnie. Łzy miał w gardle od kłamstwa, takiego dobrego, poczciwego. „Tak wszystko będzie jeszcze dobrze". Ponury cień padł na roześmianą przed chwilą dolinę życia. Beztwarzowe postacie nienarodzonych złowróżbnych myśli czaiły się ze wszystkich stron. Napewno wiedział, że tego czegoś nie pokona i z całą podwójną świadomością został.

— Zypcio tak strasznie się panią zachwycał — rzekła, zdławionym przez tremę głosem, Liljan. Miał wrażenie, że nie mówił nic, a mówił. Potem mu cytowano jego słowa: „...jest w niej *rozpacz szczęścia* tak straszna, że chyba ten, który ją kocha żyć nie może ani chwili..." (Ach, prawda: Liljan występowała pod pseudonimem Mańki Bydlanej). „...Spalić się w jednej sekundzie z całą przyszłością, odrazu, teraz — pęknąć w prawie-nieskończoności tej chwili, wyrzekając się w zamian za to całego dalszego życia. Ale śmierć za nic. Temby się uczyniło ją jeszcze straszniejszą...'" (ją — tę Zwierżontkowską).

— Nie powiedziałem ani słowa. Głupie gadanie. Nie cierpię teatru. Świństwo jest to wszystko — Słowa te padały jak granaty w bagno — nie wybuchały, tylko pluskały bezsilnie świńsko. Persy uśmiechnęła się daleko, na ukos, gdzieś, gdzieś do innych światów, które miała, ha — w międzynożu. Był w tem tak zwany „upór–międzynóż", w analogji do narciarskiej terminologji Marjusza Zaruskiego. Weszła matka z Michalskim. Mieli lożę oddzielnie. Zypcio ze Sturfanem siedzieli przecie na parterze. — Czy mogę pani złożyć wizytę. — (Słowa te brzmiały tak śmiesznie nieprzyzwoicie, jakby mówił n. p. „chciałbym pani oficjalnie wpakować to w tamto"). — Chciałbym pomówić o Liljan — — A nadewszystko o sobie, prawda? I o mnie, zbyt wiele o mnie. — (wciągała go z uśmiechem na dno nędzy). — Może się pan nie trudzić. Inni zrobili to za pana. Nudzi mnie to. Ale niech pan uważa: ja jestem złe ziele: mnie się nie zapomina. — (Gdyby wiedział na jakiej podstawie opiera się jej pewność siebie i jak nikłe są jej doświadczenia, pękłby Genezyp tu w tej klitce, roznosząc cały teatr w drobniutkie kawałki. Posiniał tylko ze złości płciowej, purpurowej, glansowanej, glancewitej, glanspenisowej, wspaniałej. A potem na ponuro bardzo, już jakby rozkosz w nim „szła" bez żadnego onanizmu, poddał się fijołkowej mgle tych dziewczęco-belzebubicznych oczu. Był „gotów".). — Chociaż jestem bardzo niewinna

— może za bardzo. — (w tem było rozkraczenie się nie do zniesienia dopingujące. Mówiła to przy tamtych zupełnie otwarci. A na Sturfana nie miała żadnego „gryfu".) M-me Kapenowa wytrzeszczała oczy ze zdumienia. „Cóż to za poufałość?", Zypcio aż pozieleniał ze złości, wstydu i niesmaku. Nie wiedział, że ona właśnie była dobra w tej chwili = chciała go zniechęcić do siebie naprawdę i obrazić. Obraził się oczywiście bardzo, ale aż flaki stanęły w nim dęba z chęci walki: nareszcie znalazł coś godnego siebie. I momentalnie pokonał obrazę. Zaśmiał się rozkosznie, nieomal tryumfująco. Persy zmarszczyła brwi i zawzięła się troszeczku w sobie. A on pod spodem nie miał już nic = zimno, pusto, wygnańczo czuł się razem z kupą niepotrzebnych już flaków, które ściągnęły się w bolesny, wstydliwy, aż nazbyt zbyteczny woreczek. „Co u djabła — będzie wojna, zginę i koniec". Z sali doleciała fala nieprzyzwoitej, wstrętnej (koprofagicznej?) muzyki (to Tengier płciowił się instrumentalnie spuszczony z łańcucha, w spuszczonych psychoportkach) i zaraz trzask oklasków. A przez dziwną perwersję, na kpiny z upadającego Kościoła, tytuły tych muzycznych interlubryków, drukowane w programach, były religijne, łacińskie nawet. Lecz co tam — tytuł dzieła muzycznego ma wspólnego z jego istotną *muzyczną* treścią? Albo jest wybebeszaniem prywatnych przeżyć twórcy, które nikogo nie obchodzą, albo ma cel uboczny. Potem zagrano tegoż autora tak zwaną „wślinkę", (coś w rodzaju uwertury ze śpiewami sprośnych podlotków i alfonsowatych dryblasów) już z nowego okresu kompromisowego upadku. Straszne spustoszenie czyniło w tym samotniku ze świata czystych dźwięków powodzenie w małym stylu. A do tego nowe dziewczynki, też nie bardzo wysokiej klasy. Stał się modnym jako erotyczny łup wśród potworków-assorties specjalnego chóru i baletu teatrzyku, prowadzonym przez straszliwą, podmamusiałą rajfurę, Manię Kozdroniową. Doszczętnie znudzone pospolitymi bubkami „dziwki", jak je poprostu nazywał, wyrywały sobie wzajemnie niedosycony ochłap obrzydłego, rozszalałego nagle kaliki — bądźcobądź przez niego płynęły te potworne kombinacje dźwięków, któremi wstrząsał i rozedrgiwał ich ciała w niewiarogodnych figurach tańców, kompozycji lalusiowatego pląsmistrza, wytartego, zgwazdranego brudem całego świata, Anestezego Klamke. Pod wpływem łaskocącej, budzącej *bezmierne* pragnienie *nieokreślonych* rzeczy muzyki (ale nie metafizycznie — artystycznie — wprost bebechowo) rozprężyły się w Genezypie wnętrzności i mięśnie skuły się w rozkoszny, pełen żalu i życiowej oddali kłąb. Niewiadomo nawet czy była to przeszłość czy przyszłość: aktualna dalekość wszystkiego, rozdzierająca nieznośnem cierpieniem niedościgłości samej w sobie. Nie odnosiło się to do żadnego określonego przedmiotu. Teraz Persy była w tem jako malutka pecynka. I tak ciągle — przekleństwo schizotymików. (Czytajcie Kretschmera psie-krwie: „*Körperbau und Charakter*" — niech wreszcie ktoś przetłomaczy tę konieczną dla wszystkich [z wyjątkiem dla muzyków] książkę.) Naprzód czy wtył — przeszłość czy przyszłość? l nikt nie wiedział już kto kogo żałował. Nieuchwytne trwało gdzieś jak tęcza wśród chmur i Bóg uśmiechał się łaskawie do wierzących, rozpylonym promieniem słońca przez dziurę w groźnych obłokach. Ktoś mówił za Genezypa: słyszał swój głos obcy w wydrążonej, tykwiej pustce:

— Będę jutro po 12-tej. Będziemy mówić o Liljan. O mnie ani słowa — pod tym warunkiem. Jestem tylko nędznym kandydatem na adjutanta generalnego kwatermistrza. — (Skąd znowu ten się tu zjawił? Na chwilkę Kocmołuchowicz przestał być dla niego posągiem Wodza na placu, jakby już z przeszłości, a stał się żywym człowiekiem, mającym brzuch, kiszki, genitalja, pełnym drobnostkowych nych pożądań — zmaterjalizował się pierwszy raz w czysto-mało-życiowych, nie kwatermistrzowskich wymiarach.) *Krwawy cień przeniknął przez twarz Persy* — nie rumieniec, tylko właśnie krwawy cień. Ani przez głowę, ani przez jądra nie przeszło Zypciowi, że to właśnie może być jego rywal. Wogóle była to jedyna rzecz naprawdę tajemnicza, prócz „idei" kwatermistrza (*„Idée fixe*, w tym wypadku *„Fide X"*) rzecz, o której wiedziało tylko paru ludzi, pewnych jak sama zasada sprzeczności. O tamtej nie wiedział nikt wogóle, ani sam jej posiadacz. To ona była właśnie, „ONĄ" Wodza, ta jedyna, która i tak dalej.

Informacja: Sam Kocmołuchowicz nie chciał żeby ona mieszkała w stolicy. Normalnie widywali się w celach erotycznych raz na miesiąc, wtedy kiedy ona i t. d. t. zn. kiedy miała urlop czterodniowy w teatrze. Takie to były te okropne, te beztroskie, te djabelskie nawywrót zabawy kwatermistrza: zjadanie, to jest koprofagja, bicie rajtpajczą w goły — to jest — flagelacja, nieprawdopodobnie rozkoszne poddanie się władzy kobiecej (i to tej właśnie niewinnej dziewczynki) spiętrzające urok jej do zawrotnych wielkości — autoprosternacja. Ryk wściekłej bestji w liljowych szponkach spłciowiałego, delikatnego jak malutka muszka okrucieństwa. Szaleństwo takie jak picie ze szklanki gotującej się lawy małemi łyczkami, malutkiemi hauścikami. W tem było jedyne nasycenie i jedyne odprężenie tej strasznej w ręku Boga sprężyny, jaką był przeklęty Kocmołuch. Tem utrzymywał w

sobie tę dziką, istinno ruską *biezzabotnost'* której nie mogli się nadziwić
militarni przedstawiciele dawno nie istniejących już reżimów i narodów.
Niestety filja teatru Kwintofrona niemożliwa byłaby w stolicy, gdzie jednak
dawało się więcej oczuwać ciśnienie komunistycznej mgławicy w zarodku.
(Ciekawe było zwalczanie tej mglistej „jaczejki" [pajęczynki pełnej
jajeczek] przez komunistów całego świata. Mimo to coś tam puchło i
chwilami bolało nawet, ale słabo.) Może to było i lepiej ze względów
osobistych („zużywania sił nasiennych na lepsze cele" jak mówi w
„Nietocie" Micińskiego de Mangro —, „rzadko ale dobrze" było zasadą
kwatermistrza — „szara materja jest jedna"), ale tam w stolicy odciążenie
ogólne indywidualnych wybryków było stanowczo mniejsze. — Więcej
fantastyki życiowej wchodziło jako takiej w samą Przenajświętszą
Politykę. I tak za dużo szeptano o tym teatrze w sferach pułkownika
Niehyda, brodatego mściciela wiecznie łakomych warstw najniższych. A
zresztą gdyby ONA ciągle była z NIM taż to panie życie zmieniłoby się w
nieustający koszmar i cierpiałaby żona — Ida i córeczka — Illeanka. A on
kochał je wszystkie trzy i wszystkie trzy potrzebne mu były jako podpory
dla jego straszliwej fabryki sił do walki, raczej zmagania się z
niewiadomym losem własnym i uosobionem w nim przeznaczeniem
całego kraju. „Ach, znam was wszystkie trzy, jak stare suki i ciebie też, ma
belle Zuzuki" — śpiewał pięknym barytonem kwatermistrz w chwilach
radości. Ta czwarta, to była ta wyśniona, nieznana: księżniczka Thurn und
Taxis, jak ją inaczej nazywał *„Gafährlich ist zu trennen die Theorie und
Praxis, doch schwer ist auch zu finden Princessin von Thurn und auch zu
Taxis"* — śpiewał w towarzystwie sztabu Buxenhayna, rżąc z uciechy
nieposkromionej. Mimo wszystko jasnem zdawało się dla wszystkich, że
on jeden musi wiedzieć coś nareszcie, bo jakże inaczej poprostu panie
tego, więc co to ja chciałem powiedzieć — i dalej nic, tylko wybałuszone
oczy, takie jakie widuje się u ludzi, pijących gorącą herbatę na stacji, gdy
pociąg już już ma odjechać. I to, właśnie to było nieprawdą. Gdyby wszyscy
nagle dowiedzieli się, że tak jest, cały kraj zmieniłby się w sekundę w jedną
masę płynnej zgnilizny, jak pan Valdemar w nowelce Poego.
II–gi i III–ci akt jeszcze gorszego „biezobrazia" i zgnębiony do samego
zbolałego dna rozpalonycb duchowych trzewiów, Genezyp, powlókł się z
rodziną na kolację do pierwszorzędnej odżywialni „Ripaille". Odchodząc
Persy powiedziała, że *może* przyjdzie. W tem „może" był już zadatek
wszystkich tortur. Czemu może, czemu nie napewno — psia-kość
zatracona. Że też nic nie może być takiem, jak powinno! Wszystko

spospoliciało tak, że na nic wprost nie można było patrzeć: kelnerzy, wódeczki, zakąski, radość Liljany, uśmiech pół-zbolały a pół-radosny matki i ekzuberantna radość Michalskiego. Na dobitkę księżna przywlokła swoich adjutantów ze sfer najwyższych — patrzyli na Genezypa jak na dziurę w serze i walili naczczo szampanskoje. Potworny „żal za beznadziejnie uciekającem życiem" jak w walczyku Tengiera, wywrócił Genezypa (moralnie) twarzą do ziemi w ohydnym, bydlęcym szlochu. Zaczął pić i na chwilę żal stał się pięknym i wszystko zdało się takiem, jakiem być powinno – jak plamy w idealnej kompozycji malarskiej. Ale zaraz potem zdławiła tę harmonję brutalniejąca łapa alkoholu. Zalewany wódą drab ze dna, wstał, budząc się ze snu i krwawemi oczami rozglądnął się po sali. Życie szalało, tonąc w ponurej bezmyślności. Jeszcze chwilka, jeszcze chwilka, a potem niech choć 15 lat ciężkich robót. Płazie oko plugawej finansowej kombinacji zdawało się mrugać chytrze *całą salą* w gwiaździstą po burzy noc. Pochłaniała nowe ofiary w swych brudnych objęciach zbiorowa świnia interesu, nowa obok-społeczna nad-osobowość, nie bacząc na cierpienia indywidualne swych elementów. Jej było dobrze — pasła się w kotłowisku brudów, żrąc plugawie drogie potrawy, zmieszane z drogiemi materjałami, kamieniami i rozkoszą. Miękkie, chwytające za niezróżniczkowany kłąb najwyższej nieuświadomionej metafizyki i najbydlęciejszej żądzy użycia, tony skrzypiec, włóczyły brudnemi, cierpiącemi flakami po wypolerowanej posadzce pełnej zawrotnych esów–floresów wyuzdanych lśniących łydek i pantofelków i wstrętnych męskich najelegantszych buciorów i portasów. Świnia żarła. Tak było wtedy w „przedmurzu", ale już tylko w pewnych najlepszej marki lokalach. Na Zachodzie nie było już tego wcale. O ile tam narodowość i religja zużytkowane zostały kiedyś jako kompromisowe tymczasowe motorki dla rozpędzenia maszyny faszystowskiej, z całą świadomością heurystyczności tych zamierających istności, o tyle tu, w „przedmurzu" były one tylko maską przedśmiertnego zażerania się Wielkiej Świni — pod ich pokrywką mogła jeszcze użyć w ostatnich drgawkach sprośnej agonji, zdechnąć z niedogryzionym ochłapem sterczącym z ryja. Używanie życia to dobra rzecz, ale jeszcze zależy od tego kto i jak. Jeszcze w tej epoce mogło to być nawet czemś twórczem — (u pewnych wyjątkowych osobników oczywiście) — ale były to ostatki. Brr, hrrr — dosyć, dosyć! Zdawało się że niema siły, któraby to życie z marazmu wyciągnąć mogła. Zdawało się, że o tych kilku kelnerów i wyznawców życia samego w sobie rozbije się nawet sam mur chiński.

Zapomniał Genezyp zupełnie o istnieniu Tengiera: że to on był przecie twórcą tej muzyki, którą „okraszano" tak „hojnie" (tak pisano w afiszach) przedstawienia u Kwintofrona [Sam Kwintofron, chudzielec o blond-wąsach i cudownych błękitnych oczach, pił teraz szampusia z panią de Kapen i Michalskim, tłomacząc im istotę realistycznego deformizmu w teatrze.] i która dodała tak piekielnego uroku znikomości i niepowrotności i tego charakterystycznego „darcia się w nieskończoność", chwili poznania się z Persy. Był to przeciwny biegun życiowego działania muzyki w stosunku do tego momentu w szkole (Boże — jak dawno to było!) kiedy zczepił się Zypcio poraz-pierwszy z duchem Wodza. Gdy na salę wpadł wreszcie spóźniony Putrycydes (teraz naprawdę już zgniły), cała przeszłość buchnęła jak nieprzeźroczysty kłąb dymu z dna genezypiej istoty i rozwiała się w ohydzie wykasetowanego stropu dancinglokalu. Za tym dymem, z przerażającą jasnością, jak pejzaż na wojnie: skądinąd łagodny, a w chwili takiej na okropno dziwnie odmieniony, ukazało się tło dawnych zdarzeń, a na niem ONA, prawie tak okropna, jak wojenna rzeczywistość, narzucona na zwykły podkład planetarny codziennych spraw ludzkich. Z natężeniem zdolnem mur przewiercić patrzył czy między wchodzącymi za Tengierem monstrami z teatru nie ujrzy tej, w której istnienie teraz prawie nie wierzył. Nic z tego — zatrzymały ją obowiązki wobec całego kraju, może nawet ludzkości całej, obowiązki nieomal kosmiczne. Tengier oświadczył, że Persy nie przyjdzie — migrena. „Nie mogła to zrobić tego dla mnie mimo migreny" — myślał w kółko nawpół zbaraniały Zypcio. O gdyby mógł wiedzieć co działo się w tej chwili, (ten urok jednoczesności), w jaki sposób *der geniale Kotzmolukovitch*" podtrzymuje w sobie właśnie teraz beztroskę i szał życia, toby spalił się w jednym wściekłym, bolesnym, onanistycznym orgazmie raz na życie całe. Zaczął słuchać rozmów poprzez przeźroczyste ściany żalu rozpaczy ostatecznej.

Informacja: Mówiono rzeczy straszne. Śmierdzące ploty, wydobyte z najciemniejszych, najzatęchlejszych łbów i zgniłych flaków, mających zastąpić zawiędłe t. zw. „serca", ucieleśniały się, pęczniały i obleśniały w nieprzebitą realność wśród wódeczek, zakąseczek, w atmosferze beznadziejnego, samobójczego obżarstwa, opilstwa i objebdztwa, na tle omamiających rozkładających wszystko w bezmyślną kaszę, dźwięków śmiertelno-kloacznej, już nie normalno-bajzlowej muzyczki. „Wielka pizda" i „mały podchujek" wyły otwarcie w hypersaksofonach, tremblach, prztyngach, gargantuowypierdach i cymbałocinglach, skombinowanych z potrójnym organo fortepianem t. zw. ekscytatorem Williamsa. Nieznacznie, podstępnie, ciemne potęgi, gnilne bakterje społeczne, rozgniłały życie pod pozorami tężyzny, dobrego płytkiego chestertonowskiego humorku i radości z życia. A więc: podobno Adam Ticonderoga, starszy brat Scampiego zginął z więzienia w stolicy. Uwolniło go trzech brodatych panów w cylindrach ze sfałszowanym rozkazem. Papier jednak zdawał się pochodzić z biur kwatermistrzostwa armji. Tu, jak zwykle (tak bajtlowały niemyte pyski) śledztwo odpadło, jak wilk od szyi psa z kolczastą obrożą — z kikiem bólu. Kogoś potem bito w jakimś wychodku, na tyłach pewnego domu, w którym pewni ludzie odbywali sadystyczne orgje, przy pomocy pewnej specjalnej, pewno z Berlina, sprowadzonej maszyny. Ktoś z kimś miał pojedynek tajny (mówiono między najodważniejszymi, że sam kwatermistrz) wskutek czego podpułkownik Habdank Abdykiewicz-Abdykowski otruł się phymbiną w towarzystwie kochanki swej Nymfy Bydlaczek z kabaretu „Eufornikon". Te wiadomości przywiozła dziś właśnie oszalała z bólu i niepokoju księżna. Jedyny ratunek było pić, kokainować się, a potem kochać tego szczeniaczka jedynego, co teraz obcy, pijany, dumny i ponury, siedział wwalony w jakieś niepojęte myśli, gdy ona była tuż przy nim taka bliska, dobra, kochachająca i nieszczęśliwa. Biedny Adzio, jej ukochany _little chink"_, jak go nazywano w domu. Nawet do niej nie mógł zajechać przed raportem, a zaraz potem zrobili z nim koniec „ci drianie" — (bo to było prawie pewnem) — ale kto — nikt nie wiedział. „Ho, ho, ho — żyjemy w niebezpiecznych czasach: tajnej polityki, _„lettres de cachet"_, bezprawnych więzień, czapek „niewidek" i dywanów „samolotów" — mówiły podejrzane figury. — „Zbyt pochlebne wiadomości musiał przywieźć Ticonderoga o chińczykach. Jakim cudem na tle takiego nastroju, Dżewani, ten po Kocmołuchowiczu najtajemniczejszy człowiek na świecie, chodził swobodnie — co prawda to jeździł oficjalnie w lektyce, otoczonej 50-ciu najwierniejszymi (ale komu?) lansjerami, nie „możono" (..gono?) się dość nadziwić. Niektórzy skrajni optymiści cieszyli się i zapowiadali cuda: — „zobaczycie — przychodzi nowy renesans obyczajowy — _les moeurs, vous savez_, zmienią się radykalnie. Przed wszystkiemi wielkiemi przemianami ludzkość zawsze cofała się do skoku" — gadali durnie psia-krew. A tu — mówili zatruci jadem paszkwilarze i plotkarze — nikt nie był pewny dnia ani godziny. Najlepszy przyjaciel mógł dać cjankali w paszteciku już przy zupie, a tu jeszcze tyle dań do końca obiadu i tyle możliwości przeniesienia

się na „kosmate łono Abrumka". Proszone objadania się stały się moralną torturą jak u Borgiów, bo parę jakich politycznych śmierci zanotowano faktycznie po jakichś oficjalnych wyżerkach. Pewnie były to najzwyczajniejsze objawy przeżarcia się, przepicia, lub też najprawdopodobniej zatrucia narkotykami wyższej marki, których z Niemiec dostarczano wprost wagonami, ale w tej atmosferze absolutnej niewiadomości tłomaczono sobie wszystko w jak najokropniejszy w świecie sposób, powiększając tem panikę do *blado–zielonych rozmiarów*. Panikę, ale przed czem? Przed NIEZNANEM u władzy — pierwszy raz w historji, poza *oficjalną* ostentacyjną tajemniczością dawnych władców, od bóstw wprost pochodzących. Tutaj tych panów można było oglądać nieomal codzień w najzwyklejszych okolicznościach, przy „pracy", przy krewetkach, czy karczochach, a nawet przy zwykłej marchewce, ubranych w standardowe marynarki czy fraki, można było z nimi pogadać o tem i o owem, o „kobietkach" jak pisać lubił Stefan Kiedrzyński, można się było z nimi upić, wypić „na ty", pocałować w dupę, zwymyślać i nic — i nic i NIC. Niewiadomo tylko kim są au fond. „Kim są au fond, sami nie wiedzą" — (akcent na ą) — śpiewano blednąc. Cień tajemniczości kwatermistrza padał też na nich. Jego to tajemnicą świecili fosforycznie jak widma, niby to należąc do Syndykatu Narodowego Zbawienia. Sami w sobie byli zdaje się normalnemi „państwowemi pionkami", doskonale skonstruowanemi maszynkami. Ale ten demon (dla tłumu) wypełniał ich nadmiarem swego farszu, nadziewał jak paszteciki i puszczał w makabryczny taniec przed oszalałą ze sprzecznych uczuć gawiedzią. „Kto byl rząd"? — takie pytanie słychać było zewsząd — niegramatyczne, a logiczne jednak. Mówiono o tajnych konferencjach Kocmołuchowicza z D
ewanim, o 4–tej nad ranem, w czarnym gabinecie; mówiono (ale to już pod kanapą, pod kokainą, na ucho), że Dżewani jest rzeczywistym, tajnym ambasadorem Zjednoczonego Wschodu i że o ile młody Ticonderoga cuda opowiadał o doskonałości wewnętrznej organizacji Kraju Czinków, o tyle odradzał stanowczo naśladowanie systemu tego w kraju, jako dla rasy białej nieodpowiedniego i stanowczo również błagał o niedopuszczanie do poufałości nieoficjalnych wysłanników (czyli macek) Wschodu, w postaci rozpowszechnicieli i usypiającej rozum religji Murti Binga. Był za bohaterską polityką „przedmurza" (za t. zw. „przedmurzyzmem") i przepadł jak kula w bagnie. Ale przecież za tą–że polityką, byli wszyscy, cały rząd — więc o co chodziło właściwie? Ale kto to byli ci panowie: ten Cyferblatowicz, ten Boroeder, ten Kołdryk wreszcie? Mityczne postacie —

a ktoś za tem stał jak mur — „ale w jakim celu, w jakim celu?" — szeptała z przerażeniem cala Rzeczosobliwa Polska. [Cel był sam w sobie — historyczne konsekwencje sprzeciwiania się zawsze najlepszej w danej chwili idei, skumulowane w człowieku duszącym się od nadmiaru siły, których zaprząc nie mógł do szarej, codziennej pracy — a reszta to przypadek, że właśnie wszędzie był komunizm, że chińczycy następowali, że wreszcie ludzkość zechciała przestać żyć w demokratycznem kłamstwie, i tak dalej i dalej.] Zdawało się, że natężenie czyjejś widmowatości jest wprost proporcjonalne, do wysokości zajmowanego przez niego stanowiska. Ale nawet przeciwnicy obecnego kursu rozumieli że ten „przedmurzyzm", oparty na fantomach w rządzie, był jedynym kierunkiem, za cenę panowania którego, egzystowało się wogóle w tem spóźnionem stadjum społecznem na tej planecie. Rządził nominalnie Syndykat, ale niektórzy twierdzili, że słuszność miał psychjatra Bechmetjew, według słów którego *„proischodił procies psiewdomorfoty"* i że właściwie stanowiska zajęte były nie przez rzeczywistych członków Syndykatu, tylko przez postacie podstawione. W biały dzień na zwykłej wstrętnej stołecznej ulicy miało się wrażenie dziwnego snu: zachwiane poczucie czasu i sprzeczności na każdym kroku, było przyczyną, że najnormalniejsi ludzie wyzbywali się co prędzej swojej rzeczywistości, jak pozbywające się wszystkich stałych elementów życia osobniki przed jakąś wielką katastrofą. Tylko tu uchodziła przez wentyle strachu sama najistotniejsza treść duchowa, „wypśniwały się" jak migdały z łupinek same pępki osobowości, niektórych nawet doniedawna wspaniałych. Zato życie wewnętrzne bezwzględnie bardziej było urozmaicone, nawet niż w pierwszej połowie XX–go wieku. Ten proces zaczął się niedawno, ale potęgował się z szaloną szybkością. A kto był tego wszystkiego sprężyną nie wiedział nikt. Bo kwatermistrz przecie, zajęty tylko armją, nie mógł mieć czasu na takie zabawki jak tworzenie nastroju — od niego oczekiwano czegoś, ale nie wierzono, żeby on już coś zaczynał. Miało się wkrótce okazać zupełnie co innego. Tworzył się powoli nowy tajny rząd pod maską obecnego, a prasa Syndykatu (zresztą prawie jedyna wogóle jaka istniała) wmawiała wszystkim, że o zmianie gabinetu nie może być mowy, że wszystko jest w największym porządku. Nigdy nie było jeszcze takiej zgody między Sejmem a Rządem jak obecnie, ponieważ, na skutek kolosalnych sum zagranicznych, zużytych na wybory, sejm składał się prawie wyłącznie ze zwolenników Syndykatu, a zresztą stale znajdował się (na wszelki wypadek, dla wszelkiego bezpieczeństwa) na wakacjach, z czem się sam zupełnie zgadzał. Cała walka kwatermistrza z Syndykatem odbywała się tylko w jego mózgu i w paru mózgach najwybitniejszych zaślepieńców Narodowego Zbawienia. Dla ogółu była absolutną tajemnicą. Organizowano siły po obu stronach, nie objaśniając niżej postawionych osób co do głębszych celów i zamiarów. Dziwiono się później jak to wogóle było możliwe. Na tle ogólnego ogłupienia było to zupełnie wykonalne, czego dowodziły fakty. Fakt to wielki pan. Bądźcobądź paru wybitnych zagranicznych uczonych (socjologów, nie mających nic wspólnego z polityką) zaznaczało nieśmiało w jakichś notach i przypisach do innych tematów, że tak dziwnej sytuacji, jak obecnie w Polszcze nie było od czasu ekspanzji pierwszych chrześcijan. Cała n. p. dyplomacyjna *„kanitiel"* z ościennemi i dalszemi nawet państwami, odbywała się w sposób tajny, bo oficjalnych przedstawicieli nikt u nas nie posiadał. Ostatni węzeł z komunizmem i to żółtym, Ticonderoga, był rozwiązany. Ambasador chiński odjechał już pół-roku temu, tajemniczy jak 40000 bóstw Kantońskiej świątyni.

W nastroju pod psem i z takiemi wiadomościami przyszła na kolację księżna, spławiwszy gdzieś po drodze Piętalskiego. Obecność jej była torturą dla Genezypa. Wiedział, że cokolwiekby nie uczynił nie ominie go dzisiaj ta *„notte di voluttà" à la d'Annunzio*, której wcale nie pragnął, przed którą, na tle ostatniego kudefudru, odczuwał nieomal-że zgrozę. I właśnie dziś będzie musiał ściskać i miętosić to biedne, wstrętne dla niego, rozpustne cielsko, będzie musiał i koniec — to dziwne — a co dziwniejsze, że pożądał tego: nie jej samej, tylko faktu jej posiadania. To różnica, to gruba, piekielna różnica — działał jad przyzwyczajenia. I tak się też stało. Takie rzeczy wcale nie działają dobrze na początkującego bzika.

Tengier, dziwnie nieprzyjemnie podniecony, przywitał Zypcia z roztargnieniem. Pierwszy raz wogóle miał posadę, pierwszy raz był „czemś" (o nędzo!) i kosztował małemi łyczkami lurę marnego powodzenia. Pierwszy raz również, poza dziecinnemi próbami w konserwatorjum (które skończył jako przyszły organista w Brzozowie) próbami, zatłamszonemi przez zawistnych, pozbawionych inwencji i świeżości, rywali, słyszał sam siebie w orkiestrze — nędznej, ale zawsze. Tylko, że nie była to prawdziwa premjera poważnej twórczości, raczej ochłapki wypocone z „trick'ów", zdobytych w tamtej, istotnej sferze, produkowane dla zabawy „muzycznej hołoty", której nienawidził. Była to właśnie ta do głębi wstrętna mu klasa „wyjącego psa". Ale o ile dawniej pies wył do sentymentalnego księżyca, o tyle teraz, aby go do wycia pobudzić, trzeba było mu w nos dmuchać, deptać go po ogonie, a nawet nadpruwać trzewia. Mimo, że było to bądźcobądź (nawet przy pewnej swobodzie podpuszczania muzycznych wytworów najdzikszym oryginalnym sosem) miejsce kompromisowe, upadkowe, Tengier puszył się tem bardzo wbrew sobie i cierpiał nad tem puszeniem się potajemnie. Dotąd strzegł się wszelkich uzgodnień z wymaganiami chwili i zmiennym gustem „wyjącego psa" nawet w tytułach swoich kompozycji. (Pojmowanie bowiem danej rzeczy przez to bydlę zależne jest w 9/10-tych od tego co „stoi" w programie i co o danym artyście piszą jakieś nic nie rozumiejące powagi.) Niósł wśród gęstniejących zwałów wyższego rzędu potworności życiowej, (wynikającej z konfliktu artysty ze społeczeństwem) swoją własną artystyczną niezależność w tryumfie przed sobą. To dawało mu ciągłe poczucie własnej wartości, którem urzynał się jak podłą wódą. Nie był to jednak narkotyk szlachetny — co innego gdyby nie był kaleką, — wtedy byłoby to wszystko czystem, bezużytecznem i idealnem — tak stało się tylko pokrywką, przykrywającą wewnętrzne wstrętności — owrzodziały zadek pokryty brabanckiemi (koniecznie) koronkami. Była to jedna z tych tajnych plugawostek, o których prócz niego nie wiedział nikt. Nawet posądzeń swych co do takich rzeczy u innych nie zdradzają normalni ludzie, aby na tem tle ktoś inny ich samych o coś podobnego nie podejrzał. Bo skądże-by mógł znać tak ukryte i wstydliwe mechanizmy, jak nie z własnej psychologji? To są najbardziej tajemnicze z życiowych tajemnic, będące czasem istotnemi sprężynami nawet wielkich czynów wielkich ludzi. Bądźcobądź chałupę i grunt miał. Ale coby było, gdyby nie było nic? Tego nie starał się nigdy zanalizować. Do jak głębokich upadków z wyżyny czystej sztuki byłby zdolnym wtedy? I teraz, na zaświnione obszary płatnego „muzykanctwa", tamte myśli wypełzły jak głodne gady czy robaki. I na całą twórczość dotychczasową padł złowrogi retrospektywny cień. Sprężał się w nagłych buntach przeciw tym myślom, w obronie ostatniej możliwej formy istnienia — bo teraz nie mógłby już powrócić na ludzimierskie „pielesze" i wyrzec się tego „tarzania się" wśród dziewczęcych psycho-fizycznych pokurczów chóru Kwintofrona. Zato teraz właśnie stworzy to wszystko, na co nie miał dotąd siły i odwagi: ten kompromis stanie mu się odskocznią do tego ostatecznego skoku w głębowyż Czystej Formy, tem usprawiedliwi życiowe świństwo, w które zabrnąć musiał. Niebezpieczna teorja artystycznego usprawiedliwiania życiowych upadków czepiła się jego mózgu jak polip. Przypomniało mu się zdanie Schumanna: *„Ein Künstler, der wahnsinnig wird ist immer im*

Kample mit seiner eigener Natur..." coś tam *niederge* — a, mniejsza o to. Ale nie — jemu nie groził obłęd. Pogardzał tymi flakami, którzy śmieli mówić o jakichś *„rançons du génie"*. A może nie był genjuszem? Nie analizował nigdy istoty tych głupich, sztubackich klasyfikacji, ale czuł swoją wartość nieomal objektywną, kosmiczną ważność (czy co u licha), kiedy czytał nocami swoje partytury, wiedział o tem na zimno, nieosobowo, jak gdyby chodziło tu o drugiego człowieka, a nawet rywala. zazdrościł sam sobie, że drugi raz nie można już taksamo; doznawał tego charakterystycznego nieomylnego piknięcia pod sercem, od którego nawet najbardziej niezazdrosne natury wolne nie są. „Hej!" (właśnie w tem miejscu musi być to nienawistne „hej") — „gdyby to tak usłyszeć w wielkiej orkiestrze newyorskiego Music–Palace'u i widzieć wydrukowane czarno na białem (a nie w „pośmiertnych" własnych gryzmołach) w Cosmic–Edition Havemeyera! „Niech sobie te „ślachcice" warjują — ja nie. Mogę, ale niekoniecznie — jak będzie trzeba". Jakkolwiek matka była szlachcianka, (tak „jednak drobna", że praktycznie chamom równa), mówił to z prawdziwym humorem. Jedną zaletę miał Tengier rzadką niezmiernie: zupełnie wyzbyty był arystokratycznego snobizmu. Teraz, na tle marnych powodzeniek, poczuł się mimo wszystko na wstępującej części życiowej sinusoidy.

— Jakże moja muzyczka? Co? — spytał księżnej, zabierając się bez ceremonji do gór całych ulubionego od niedawna majonezu z niezmiernie prawie drogich, niebieskich fląder. Irina Wsiewołodowna, wciągnąwszy w lekko spuchnięty nos kilka decygramów coco, na tle widoku ponurego swego medjum, niezawodnego dotąd Zypulki, odzyskała znów dawną beztroskę — *„tryń trawa, morie pa kaliena"*. Zdecydowała się, że ginie i odtąd wszystko przestało ją obchodzić. A przytem po rozmowie z pewnym adjutantem Dżewaniego, który obiecał jej dawkę dawamesku i szereg rozmów dalszych, poczuła w sobie coś nowego: mały świetlisty punkcik, który jednak blaskiem swym rozjaśniać zaczął trochę ponure zwały nadchodzącej starości. Ten punkcik świecił wtedy, kiedy było najgorzej i (o dziwo!) stawało się wtedy trochę lepiej, w innym wymiarze ale lepiej. Łzy podchodziły pod gardło i wszystko zdawało się nabierać jakiegoś bliżej niewytłomaczonego sensu. Wielka gnęba lżała.

— Cudowne! — odpowiedziała łypiąc niespokojnie turkusowemi gałkami, które coraz bardziej wypełniały czarne otchłanie rozszerzających się źrenic. — Muszę ci powiedzieć, Putrysiu, że pierwszy raz właściwie byłam zachwycona. Tylko zanadto wybija się pan na pierwszy plan. Musi pan

więcej ilustrować to, co się dzieje. Pana muzyka rozprasza akcję na scenie.
— To tylko pierwszy raz. Nigdy jeszcze nie popełniałem takich świństw.
Ale chciałem pokazać tym jełopom — bo widzieliście, że cała krytyka i
szlachetni koledzy byli w komplecie. — Otóż chciałem im pokazać co
umiem, a na to musiałem się trochę wybić, bo w powietrzu tej mojej
wiedzy pokazać nie mogłem. Oni nie lubieją — (tak mówiono w
Brzozowie) — mnie słuchać, ale jak już nie mogą wytrzymać i muszą, bo
ich ciekawość zła rozpiera, to potem dużo uczą się biedactwa. Za ½ roku
zobaczycie wpływ mojej pracy w tej norze na całej oficjalnej muzyce kraju.
Już dziś było paru panów ze stolicy; Prepudrech młodszy i dyrektor
Najwyższej Akademji Muzycznej sam Artur Demonstein — no ten może
najmniej jest niebezpieczny, ale nadewszystko Szpyrkiewicz i Bombas. Ha,
muszę się przyznać, że się cieszę. I cała ta hołota, z wyjątkiem Arturka,
pękała niby ze śmiechu, a wewnętrznie była bardzo niespokojna i
skrzętnie notowała pewne rzeczy, o których ja jeden wiem tylko. Pozornie
to detale — ornamentacja jak oni lubieją to nazywać. A mówią tak aby
zlekceważyć tę właśnie dziwność całości formy, która jest zastygniętą
materją samego jądra rzeczy i której oni wymyślić nie mogą. Ha, ha!
Bombasa złapałem w 2-gim antrakcie w pisuarze z nutowym notesem w
ręku. Zmieszał się i bąkał coś o prostopadłych kwintach. Mam drania w
pierdofonie... —
— Niech pan nie pije za dużo, mój Putrysiu. Pan chce połknąć życie z
kopytami na surowo jednym łykiem. Udławi się pan, albo zerzyga, mówiąc
pańskim stylem jak Alfred de Musset lub Fiodor Jewłapin. Trzeba trochę
przebierać będąc nawet tak wygłodniałym jak pan. Panu-by trzeba
najprzód jakąś psychiczną lewatywę ze słonecznikowego duchowego oleju
zrobić, jak tym głodomorom z pod Bieguna. Pan jest pełen życiowych
koprolitów, ha, ha, ha! — śmiała się nienaturalnym kokainowym
śmiechem. Hamulce przestały działać.
— To pani jest jednym z nich — niech Irenka będzie spokojna i nie kropi
za dużo koko, a nadewszystko nie nadużywa samej siebie — bo potem
będzie można wjechać karetą w sześć koni i frajdy żadnej. — (Genezyp
poczuł się poprostu przyrządem — chciał wstać — zatrzymała go
straszliwa w swej miękkości łapka: „będzie obłapka, będzie" — mówił w
nim jakiś głos niezbyt nawet tajemny. Nie pomogą wielkie miłości. A
zresztą tamto i tak jest beznadziejne — poddał się.) — Mam śliczną
dziewczynkę upatrzoną. Prawie gotowa — na gotową kobitę pojechał do K.
— jak to pani mówiła — i to wielbicielka. Oddała się moim dźwiękom —

jak i tamte — podnieca to je właśnie, że takie dźwięki przepuszczone są przez taką pokrakę jak ja — daje im to nowy wymiar tajemniczości erotyzmu. Ha, gdybyście wiedzieli co ja myślę wtedy. Co za amalgamy ja robię — *ekskrementale Inhalte mit Edelsteinen zu neuen Elementen verbunden* — wśrubowuję się całym sobą w same genitalja tajemnicy. Żona pozwoliła oficjalnie — ja jej też — robimy próbę małżeństwa w nowym stylu.

— Jest pan zawsze naiwny, jak małe dziecko, Putrysiu. Połowa kraju, jeśli nie ¾, żyje w ten sposób. Nareszcie dotarł do nas naprawdę wpływ francuskiej literatury z przed lat stu. Ale głównie chodzi o to czy pan też żonie swej daje zupełną swobodę? Bo tego byle kto nie potrafi. Mój Dyapanazy jest prawdziwym wyjątkiem pod tym względem. — Przez twarz Tengiera przeszedł zakrwawiony półcień, ale szybko zniknął wchłonięty jak przez gąbkę, przez bezczelniejące gwałtownie „oblicze".

— Oczywiście — zagadał szybko z fałszywą radością. — Ja jestem konsekwentny. Za miesiąc będzie to *„pierwsza granda w R. S. K. — że to mówię wam hrabiowie nie hrabiowie —"* — jak mówił brat doktora Judyma. Mijam się z kochankami w przedpokoju i nic sobie z tego nie robię. Swoboda to wielka rzecz — za nią można zapłacić nawet tym głupim fikcyjnym mężowskim honorem. Śmieszne jest tylko jeśli się jest okłamanym — ja wiem i mam to w pierdofonie — zakończył swem ulubionem powiedzeńkiem.

— Ale nie będziesz miał wszystkiego tam, jak nie będziesz wiedział kiedy ci żona pójdzie na utrzymanie tych frantów, a z nią i ty genjalna kukło — powiedziała księżna z nagłą powagą.

— Ja, kniaginia, jestem prowincyjał — no cóż? — pierwszy raz jestem od 20-tu lat w mieście naprawdę nie przejazdem — ale na tyle głowy mam, żeby wiedzieć gdzie się zacznie ta granica.

— A gdzie to się zacznie — to ciekawe — od kwiatów, cukierków, pończoch, czy bucików... — Tengier huknął pięścią w stół — ponosiła go już świadoma genjalność, zmieszana z świetną dzikowską wódą i uratowanym od niedawna honorem samca.

— Milcz książęca kurwenaljo — (adjutanci księżnej śmieli się „do rozpuku". Obrażać się na artystę? — nonsens.) — workowata samico elementala — taki elementaler zrobiłbym z twego mleka i popijał go słynnem piwem Kapenów. A pani — zaczął z nagłem olśnieniem jasnowidztwa w oczach — trafiła na swój numer. Ten Zypcio da pani prażonego bobu. Tembardziej, że tu jest dla niego kąsek — ta mała

reżyserka, co mu siostrzyczkę na potwora wykieruje. Dla mnie to za
wysoka marka, ale on da radę. Bo w*i*cie, że tu muszą wszyscy spotwornieć
— zagadywał, zobaczywszy u Genezypa odruch dość wiele stosunkowo
mówiący. Ni mniej ni więcej schwycił Zypcio ciężką butelkę
komunistycznego burgunda i zakręcił nią w powietrzu oblewając sobie
kark i perłową suknię księżnej. — A ty Zypek odstań — wiesz, że ci dobrze
życzę. Czyż nie trafiłem? — księżna obezwładniła kochanka metodą
dżudżitsu.

— Pan zapomina, że ja za trzy miesiące będę oficerem i o tem też, że pan
jest kaleka. Wiele wybacza się kalekim genjuszom, ale lepiej stop.
Nieprawdaż? — Zypcio wytrzeźwiał zupełnie wskutek gniewu i zdawało
mu się, że unosi się ponad stołem zawalonym drogiem żarciem i ponad
światem całym. Trzymał w ręku sam centr przecinających się sprzecznych
sił — miał złudzenie, że wolą swą mógłby planety puścić w odwrotnym
kierunku i każdego żywego stwora przekształcić na obraz i podobieństwo
swoje. Rzeczywistość wzdymała się ku niemu, płaszcząc się jednocześnie i
pokornie wijąc — czuł jej oddech, gorący i cuchnący (trochę) chuch i
słyszał mlask niepojętych jej organów. „Kiedy bo z tem nasycaniem się
rzeczywistością to jak z kobietami: nie można utrzymać się ciągle na tem
samem miejscu: trach i wszystko się kończy. Niedosiężność nawet
najpieklelniejszych orgazmów: psychicznych i fizycznych. Nakręcana
sprężyna przekręca się i trzeba zaczynać na nowo i tak bez końca, aż się
całkiem odechce. Prawo to jest metafizyczne".

Księżna z podziwem patrzyła na kochanka. Nigdy nie był jeszcze w tym
stopniu dorosłym. (Piła coraz więcej, naprzemian z kolosalnemi dawkami
„coco" i piękność Zypcia rozrywała jej wnętrzności okropnym bólem
niedościgłości wszystkiego). Pod wpływem tej kombinacji podobał się jej
coraz straszliwiej, niepojęciał i jedyniał z każdą chwilą coraz potężniej.
Rozlazła, rozplaskana, jak jedna wielka rana wywalała się przed nim,
obwijając go spuchniętemi, obolałemi od wypięcia tele-mackami. Tengier
z Zypciem wypili „na ty". Atmosfera na sali stała się naprawdę
orgjastyczna. Wiew rozpalonej nieskończoności ogarnął nawet zwykłe
bydlęta ludzkie. Wszyscy zdawali się tworzyć jedno, dobrze znające się
towarzystwo, przepojone podświadomem poczuciem dziwności bytu.
Zaczęło się przełażenie pojedyńczych orgjastów do obcych stolików —
osmoza wściekłych bebechów, poprzez błony towarzyskich przesądów i
klasowych zastawek. (Faktycznie są podobno takie chwile na dancingach
nad ranem.) Sturfan upojony tryumfem swojej sztuki (którą programowo

na obstalunek dla tej świni Kwintofrona napisał) puścił się z Liljaną w tak zwane „tany".

— Zatańczymy, Zypulka? Co? — Tak powiedziała księżna, głosem tak ssąco-tłoczącym, jak pompa transoceanicznego parowca. Nie wytrzymała stara, gdy malajska muzyka (złożona z najwierniejszych wyznawców Murti Binga,) urżnęła potwornego „wooden-stomacha". Zypcio nie wytrzymał też. Tańczył, zgrzytając zębami i mimo wszystko pożądał jej, tej właśnie klempy, a właściwie wcielonego w nią wyższej marki płciowego jadu, obałwaniającego narkotyku, w który to monstrum erotyzmu zmieniało każdą najbardziej nawet niewinną pieszczotę. I gdyby wiedział co się działo w tym samym gmachu, w pewnym specjalnym gabinecie od tyłu... I ONA z kwatermistrzem... (Zaiste był Kocmołuchowicz mistrzem w tej kwaterze, mistrzem najbardziej upadlającej perwersji, która dopiero dawała mu wymiar prawdziwej wielkości w tej drugiej historycznej części życia. Specjalne „menu" a potem jalapam... ona... jądra małp Dżoko w makaronie z jajowodów kapibary, posypane tartemi koprolitami marabutów, karmionych specjalnie turkiestańskiemi migdałami. Kto za to płacił? ONA SAMA — ze swej pensji u Kwintofrona. W tem był szczyt upokorzenia. A czemże są najpiekielniejsze nawet wymysły ciała bez tej djabelskiej przymieszki specyficznych stanów ducha, które tylko pewne osoby wzbudzić umieją. Najdziksze sztuczki byle kurwa potrafi, ale to nie to.) Ach, gdyby to wiedział Zypcio, toby może naprawdę poszedł tam i roztrzaskał butelką burgunda beztroski łeb swego najwyższego idolu, a potem zniszczył i ją i siebie w jakimś hypergwałcie, jakiego nie znała dotąd ziemia. [„I czy nie szkoda, że takie rzeczy, przynajmniej w tak wczesnych stadjach rozwoju danych indywiduów, nie przytrafiają się częściej? Czyż ogólny „tonus" całego społecznego organizmu nie byłby więcej natężony? Może *wszędzie-indziej*, ale nie u nas. A czemu? Bo jesteśmy rasą kompromisiarzy we wszystkiem. I może chińczycy po nas przejdą tak jak niegdyś przewalały się przez inne narody hordy Kublaja(?) czy Dżyngischana, a my odegniemy się (ale nie odgięciem siły, tylko miernoty) i wrócimy znowu do naszej mdłej, poczciwej, kłamliwej demokracji" — tak mawiał nieśmiertelny Sturfan Abnol, jedno z najbardziej trujących bydląt naszych czasów. Że żył dotąd wśród tak natężonej ogólnej nienawiści, było jednym z cudów tej niezapomnianej epoki, który jednak mało kto należycie doceniał. Potem zato po jego śmierci już w t. zw. „okresie złotym" piśmiennictwa polskiego, dawno po tresurze chińskiej, pisano o tem całe tomy — całe tabuny gnilnych pasożytów i hjen literackich żywiły się jego duchowem ścierwem aż do zupełnego przesytu.] O gdyby to można jednocześnie w jakiemś telekinie oglądać: tu nocne ćwiczenia oszalałych z uwielbienia konnych artylerzystów, zdeklanszowane tylko co przez Wodza; tam posiedzenie rady trzech (trójwidmia, które niejedną zjawę na porządnym seansie zdystansowaćby mogły); tu szwargotowe konszachty finansowych przedstawicieli Zachodu z Jackiem Boroedrem, a tam wielkie X tego różniczkowego równania z pochodnemi wszystkich rzędów, nurzające się w najszaleńszem, najświńszczejszem prusko – francuskiem wyuzdaniu z jedną z najczystszych kobiet w kraju, która uważała się już chwilami za jakąś nową Joannę d'Arc, tak jej przewrócono w małym babskim móżdżku ciągłemi adoracjami i to w najściślejszem kółku najwierniejszych tak zwanych „druhów" kwatermistrza. A tak wmówiła jej pewna klika to poświęcenie dla dobra „ojczyzny", że nie było innej rady jak oddać ciało na pastwę temu straszliwemu skrzydlatemu bykowi, którego samo zbliżenie się napawało ją bezdennem przerażeniem. Ale móc się *tak* bać było też szczęściem swojego rodzaju. A tu wszystko działo się naodwrót całkiem inaczej niż wszędzie, tam, po szkołach, ministerjach, zawodowych radach i tym podobnych nudnych instytucjach. To on się tytłał przed nią — o, rozkoszy...! W okresie wahań kwatermistrz szalał i czasem ośmnastu adjutantów musiało go gwałtem trzymać w czarnym gabinecie i szły bez końca całe kubły wody z lodem, znoszone przez przerażonych ordynansów. (Wypuszczony wtedy dopieroby narobił bigosu!) „Chce pani, żeby największy mózg obecnego świata zgnił w słoju jakiegoś komunistycznego psychjatry?" — (mówił pułkownik Kuźma Huśtański.) „Chce pani, żeby na pani sumieniu był nietylko los tego genjusza, ale całego kraju, a może i świata?" — (mówił sam Robert Ochluj-Niehyd w chwilach nawróceń — a może całkiem inne myśli miał — czort go wie...). „Jak jego zabraknie, moja Persiu — (mówiła znana z niezłomnej dyskrecji ciotka Frągorzewska) — to co się stanie z bezświadomem ciśnieniem ciemnych potęg. Ty jedna możesz rozplątać ten bolesny splot zbyczonych sił i dać mu jedność w wielości bezpośrednio — w twoich wiotkich objęciach tylko może spocząć bezpiecznie ta piekielna sprężyna — ty ją możesz naoliwić i zmniejszyć ból spieczonej żarem niedosytu duszy. Ty jedna możesz go poprostu wypatroszyć twemi ślicznemi paznokietkami". To wszystko sprawiło, że dzieweczka ta, czysta w istocie swej jak lilijka, robiła już od paru miesięcy rzeczy coraz niewymiernej potworne i to z coraz większą przyjemnością. I teraz właśnie stawała się ta „rzeczywistość" z najwyuzdańszego snu naprawdę, o parę pięter i korytarzy stąd, tu, w tym gmachu. Owiewała ICH dwoje ta sama (tylko trochę stłumiona) rozkładająca muzyka, co ten kłąb wcieleń Wielkiej Świni i biednego Zypulkę. Oni też byli jednem z nich — może największem. Tylko że proporcja „produktów drugorzędnych" (bitew, reform wojskowych, czynów społecznych, bohaterskich „wystąpień", politycznych „trick'ów", n. p.) (bo czemże innem są te rzeczy dla kobiet?) była inna. Wszystko usprawiedliwić można wymiarem, prócz głupoty i tchórzostwa.

Zypulka dusił się ze sprzeczności, przechodzących wszelką miarę: ta matka, zlekka na dystyngowano podpita, prowadząca subtelne rozmówki z dawnych czasów z Michalskim i Liljan podniecona występem aż do bzi͏ka i wyraźnie świadomie doprowadzająca Sturfana Abnola do szału, to wszystko razem w atmosferze dancingowego płciowego bigosu i strach przed spotkaniem któregoś ze szkolnych oficerów, na tle widoku tego cielska, w którem utopił jak w bagnie wszelką możliwość czystej pierwszej miłości — ha, Zypulkę djabli już powoli brali — „byli za mali by duszę moją brać, a brali" — przypomniał sobie dziecinny wierszyk Liljany. „Wyrwać się stąd — zdala od tych babskich problemów, rozwiązać siebie" — ale gdzie? — poczuł się więźniem. „A może właśnie ta bestja da mi siłę do zdobycia tamtej?" — tak brzydko myślał ten wstrętny dzieciak, zakochawszy się dziś poraz-pierwszy. Teraz wiedział już napewno, że nic wyższego ponad to nie będzie, że dziś właśnie stoi na najwyższym punkcie paraboli życia, na szczycie swego istnienia. A szczyt ten tonął w śmierdzącej mgle przyziemnego brudu życiowych nizin, a daleko wzwyż, w niewymierzalnej wysokości nad nim, piętrzyły się prawdziwe wierzc hołki ducha: Kocmołuchowicz, Boroeder, Kołdryk i *prawdziwi* oficerowie chińskiego sztabu na ruinach carskiego poraz-drugi Kremla. Gdzie jemu do nich! Nawet gdyby 300 lat żyć mógł na tej gałce. A apetyt i ambicję miał na miarę prawdziwego tytana. Teraz się w nim to rozpaliło — tu, w tym bajzlu. Mlaskanie żrącej świni boleśnie odbijało mu się brudnem echem w spalonych żądzą użycia wątpiach. Dla niego też były to tylko *„produits secondaires"* te wszystkie wielkości. Użyć — po gardło, aż do przesytnego rzygu. Oto gdzie się znalazł — pierwsza miłość — — — Jak wytworzyć tę prywatną głębię, (którą stwarza sztuka, nauka i filozof ja) czy jakąś izolowaną niedowyż, w której mógłby, zadowolony z siebie, przeżyć to jedyne swoje życie do końca? Nie było żadnej nadziei. Jakże piekielnie pożądał lekkiego choćby otarcia się o prawdziwą wielkość, raczej o zanikający jej ostatni koniuszek! O gdyby tak już siedzieć, w jakiemś biurze wojskowem stolicy (na końcu JEGO macki), lub jechać gdzieś autem z jakimś papierkiem, podpisanym jego ręką, jakże inaczej przedstawiałyby się takie chwilki jak ta teraz. Wszystko możnaby zżuć, strawić, być ponad tem, a nie brnąć w to z poczuciem nicości swojej i bezsiły. Tak mu się zdawało. Wszystko się kiełbasiło coraz bardziej i nie było tem, czemby być mogło na tem właśnie aktualnem, falującem i zdeformowanem tle społecznem. Różnica taktu i tempa czyniła niemożliwem przeżycie siebie w sposób istotny. Bo przecież Zypcio, mimo wad, był bądźcobądź wyjątkiem.

Ogólnie (jak twierdził Abnol) powojenne, dancingowo–sportowe pokolenie przeszło szybko (jako takie — to znaczy ustąpiło szybko miejsca następnemu nie co do wieku, oczywiście, tylko co do opanowania stanowisk czołowych. Odstępy pokoleń, zwęziły się w tych czasach do śmieszności prawie — ludzie o parę lat młodsi od innych, mówili o tamtych jako o „starcach") — część zagłupiła się beznadziejnie (rekordowy sport, radio jako t. zw. „kręcicielstwo", taniec i marniejące kino — gdzie był czas żeby o czemkolwiek móc pomyśleć? Grubiejąca z roku na rok gazetka codzienna i tandeta książkowa dokonały reszty), część przez nagłą reakcję wpadła w fałszywą żądzę pracy i zapracowała się bezmyślnie i bezproduktywnie do zdechu — tylko cząstka pogłębiła się, ale były to duchowe pokraki, niezdolne do życia i twórczości. Następne pokolenie (różniące się od tamtego o lat 10) było głębsze, ale bezsilne. Nie mięśniowo — odrodzenie fizyczne było wyraźne — ale wola panie tego coś nie ta i duch, duch panie dobrodzieju, mimo że tyle o nim mówiono — nic był pierwszej jakości jako rusztowanie — szczególniej oczywiście u nas. Nie było i w atmosferze społecznej dość optymistycznych teoryj do wdychania, prócz srogo zabronionego komunizmu. Czem miały żyć te rachityczne mózgi? Umiarkowanie jest śmiercią dla młodzieży, oczywiście w dawnem znaczeniu, a nie dla bezmyślnych, ordynarnych sportowych dryblasów. Hodowanie tej warstwy przy pomocy straszliwych blag krajowych i zagranicznych, na podstawie teorji reprezentacji kraju przez skok o tyczce czy rzucenie kulą, mściło się teraz fatalnie. Cóż będzie w 30-tym roku z bubków, którzy już w 18-tym nie mogą sobie pozwolić na radykalizm. Ten trzeci narybek, do którego należał Zypcio, wychowany przez Syndykat Zbawienia, nie różnił się wiele od średnich warstw młodzieńczych przedwojennych. Nareszcie! Była to podstawa na której można byłoby coś zacząć, gdyby był czas. Ale gdzie tam. Tę właśnie warstwę militaryzował nagwałt Kwatermistrz Generalny — raczej *oficeryzował* — marzeniem jego była armja z samych oficerów, ze stopniami jakichś ultrahyperfeldcajgmajstrów na stanowiskach najwyższych. Ha — zobaczymy co będzie.

Zypcio tańczył, czując w rękach okropną galaretę z echinokoków, a nie symbol życia. Widział tylko twarz tamtej przed sobą, ale musiał... Czemu musiał? Zastanowił się ponuro nad mechanizmem tej pułapki, w którą wpadł. Poza dziecinnym onanizmem był to jego pierwszy brzydki nałóg — nietylko fizycznych rafinad przyjemnościowych, ale stanów zrzucenia z siebie odpowiedzialności, zatulenia się w wygodny kącik beztroski, ale tej słabościowej, nie awanturniczej. O — trzeba z tem skończyć. I to on, oficer prawie, waha się! A potem pojechali razem na przedmieście Jady i przeżył Zypulka straszliwe wprost rozkosze. (Księżna pokryjomu dosypała mu kokainy do wina). Gorzej: poznał rozkosz bezczeszczenia rzeczy najświętszych i co gorsze zasmakował w tem. Od tej chwili żył w nim nowy człowiek, (oprócz podziemnego, ponurego gościa, który sycony wypadkami przycichł jakoś w ostatnich czasach, ale w głębi pracował dalej.) Ten nowy stworzył sobie transformator dla odwracania wartości: obrzydliwe? — właśnie zrobić to na złość (t. zw. „perwersja"); trudne? — właśnie dokonać; nic nie warte? — podnieść do godności istoty życia. Transformator taki w rękach takiego Kocmołuchowicza był czemś wspaniałem, nawet w jego szaleństwie. Ale wsadzony w mózg „przyszłego warjata z Ludzimierza" mógł stać się czemś strasznem.

TORT/URY I PIERWSZY WYSTĘP „GOŚCIA Z DNA".

Zupełnie niewyspany, w straszliwym nieświadomym co do istoty swej kokainowym katzenjammerze, (działy się wprost otchłanne cuda i objawienia. Skąd?) po całodziennych ćwiczeniach za miastem, wśród nudnego jak matura pejzażu (był szary, ciepły, słodkawy, pachnący trawą dzień wiosenny) popędził Genezyp koło szóstej na ulicę Św. Retoryka do Persy. Miał piekielną tremę, nie wiedział co i jak ma jej powiedzieć, pocił się w ciasnym mundurze i miał niesmak w ustach.

Mieszkała ta drętwa sama z jakąś kucharo–duenją, panią Golankową (Izabellą). Takiego jeszcze trzeba było nazwiska, aby dopełnić okropności miejsca samczych mąk, jakiem było „mięszkanie" (tak mówiła Golankowa, a przytem „kwandransik", „dyszcz", „syr", „nierychło" i „wnet") słynnej panny Zwierżontkowskiej. Już w przedpokoju, niewiadomo jakim zmysłem, poczuł niezdrową (uch, jak niezdrową, to strach!) atmosferę wyrzeczenia. Wszystko pachniało przewlekłą, nieuleczalną tort/urą, jak

308

mówiła księżna. I to takie wrażenia na tle takich doytów wczorajszych. U
— niebezpieczne — ho, ho! Widział to, ale jakiś demon pchał go w to
wszystko dalej dzierżąc za kark bezlitosną łapą. On dobrze wiedział kto to
taki — oj, wiedział biedactwo. Przyjęła go w łóżku wśród jakichś piór *à la*
Wróbel (ten malarz nie ptaszek) hyperbrabanckich przezroczystości i
poduszek, których poduszkowatość przechodziła sen o lenistwach
najwschodniejszego z książąt ziemi. (Wszystko to było bardzo tanie, tylko
skonstruowane z niesłychanym sadystycznym smaczkiem. Chodziło o
maksymalne rozluźnienie samczej siły. Jakoż się i tak faktycznie działo.)
Biedny Zypcio olśniony był wprost jej t. zw. nieziemską pięknością.
Zauwżył pewne detale, które wczoraj mu się wypsnęły. Piękniejsza była „w
naturze", niż na scenie — to było straszne odkrycie. Żadnej wady, którąby
się można *en cas de quoi* pocieszyć. Mur. Nos miała „tak prosty, że aż
prawie orli", jak mówił Rajmund Malczewski; usta nieduże, ale to wycięcie
to była wprost rozpacz; i cudowny poziomkowy rumieniec na jakichś
niebiańsko–migdałowych nadzamszach. I oczy fijołkowe z ciemną rzęsą,
która uginała się lekko w kącikach, nadając spojrzeniu podługowatość
falistą, ciągnącą się gdzieś aż w nieskończoność nienasyconej żadną
rozkoszą żądzy. Zdawało się, że cokolwiekby dowolnie piekielny samiec z
nią „wyczynił", na nic się to nie zda, w niczem nie pomoże, niczego nie
zaspokoi, wogóle będzie niczem. Była niezniszczalna. Jedynie śmierć: albo
„jego", albo jej. Poza tem ściana nie–do–przebycia. Ha! W tym to wymiarze
beznadziejności znajdował Kocmołuchowicz najistotniejsze elementy
swego szału. Poniżej tego to były te zwykłe, prześliczne nawet dzierlatki,
których napsuł już tyle — jak brutalny chłopiec zabawek. Tu mógł walić
swym wszechpotężnym łbem całą parą, na całego jechać, a nigdy nie
dojeżdżać — bestwić się i rozbuchiwać dowoli, rozbuchanym obuchem
oburącz rżnąć z całej mocy i wyprychiwać, jak wulkan lawę, swoją złoto-
czarną chuć, czyli poprostu mieć tę „*détente*" dla swojej metafizycznej
potrzeby pożarcia samej wszystkości. Ona mu była tego symbolem. A cóż
taki Zypcio? Śmieszne!
Zaledwie niemiła duenja postawiła przybory do herbaty i wyszła
(uśmiechając się przytem tak, jakby chciała powiedzieć: „o, wiem dobrze
co tu będzie za chwilę"), Persy odkryła kołdrę koloru róży herbacianej i
zawinęła koszulę pod szyję. Genezyp zmartwiały z przerażenia (aż żądze
wszystkie uciekły mu w sam czubek intelektu, tak się przeraził) ujrzał
wcielenie doskonałości kobiecej ponęty i piękności, od popielatej
blondynowości włosów (i tych i tamtych) do paznokci palców od nóg.

Stężał. Niedostępność, niezdobytość widoku graniczyła z absolutem. — Czemże była wobec tego ściana Mount-óverestu od strony lodowca Rongbuk — Głupią farsą. To, co jeszcze wczoraj zdawało mu się czemś niepojętem (że ona może mieć wogóle to), stało się. Ale niepojętość realnego obrazu była o nieskończoność potworniejsza od tamtych marzeń w teatrze, kiedy to nie mógł biedactwo wyobrazić sobie pewnych rzeczy, jako należących do JEJ osoby... O, zgrozo! I w mrocznej kamerze tortur wewnątrz siebie posłyszał te słowa, mówione tym zabójczym głosikiem („o gdyby przytem jej głosik...") ze sceny, przez tą, która teraz leżała przed nim w bezwstydnym przepychu gołości (nie nagości), będąc jednocześnie takim aniołkiem! Jakże piękną musiała być w chwili rozkoszy...?! To chyba był zły sen. Ale nie — słowa właziły mu w uszy, jak mrówki w majtki i kąsały boleśnie już i tak obolały cielesno-duchowy węzeł płciowych zawikłań.

— Niech pan wreszcie siądzie. A zresztą będę panu mówić „ty". Tak będzie lepiej. — (Dla kogo, na Boga?!) — Tylko w kłamstwie i nienasyceniu jest istota wszystkich uczuć. Nasycony samiec nie kłamie, a ja chcę kłamstwa zawsze. — (Tylko jeden Kocmołuchowicz wystarczał jej i w „prawdzie nasycenia" — no, taki byk i władca...) — Kocham cię, ale nigdy nie będziesz mnie miał — możesz tylko patrzeć — i to czasami jedynie. Ale będziesz kłamliwie myślał i mówił mi to i ja w tem będę żyć i tworzyć sama moje kłamstwo własne. To mi jest też potrzebne dla teatru. A potem znienawidzisz mnie od nadmiaru męki i będziesz mnie chciał zabić, ale nie będziesz miał siły i wtedy będę cię kochać najwięcej. To *będzie* rozkosz... — Wyprężyła się zlekka rozchylając usta i nieznacznie rozchylając nogi, a oczy jej zaszły mgłą. Zypcio wił się. Ach — wydrzeć z niej młodą i brutalną łapą wnętrzności i żreć je cuchnące nią, pełną gębą... — I ty będziesz już tylko jedną myślą o mnie, jednym orgazmem męki, jednem pęknięciem z niewysłowionej żądzy i wtedy może... Ale to bardzo nieprawdopodobne bym ci pozwoliła dotknąć się do siebie, bo wolę śmierć, niż ohydną prawdę nasycenia i nudy. Sama też męczę się do szaleństwa... Kocham cię, kocham... — Skręciła się cała z bólu jakby żgnięta rozpalonem żelazem w sam centr cielesnej rozkoszy i zakryła się kołdrą po szyję. Mignęły mu tuż przed nosem różowe jej pięty i zaleciał go jakiś zapaszek nie z tego świata samicy. (Zawsze tak było po tamtych historjach.) Persy doznała tego prawie psychicznego dreszczu, który tamten mistrz masochistycznego zbyczenia nazywał *sobie* „po żołniersku" (panie tego) „zmajtczeniem się w międzygwiezdną pustkę" i co było wstępem do bardziej realnych rozkoszy.

Ach, ten jego ozór piekielny, umiejący napinać rozkosz do niewytrzymania, a przytem ta świadomość, że to ON sam, tam... A, nie. Zypulka dobry był jako dekoracja: dziecinna kalkomanja na metafizycznym urynale, w którym pływało w podejrzanych wydzielinach serce tamtego tytana. Bo to, że poza wszystkiemi "detantami" kwatermistrz kochał ją — wiedziała. Cudownie ułożyło się życie — pełne było, że szpilkiby nikt nie wścibił. Miała rację ciocia Frągorzewska: trzymać w ręku taką bombę przeznaczeń i bawić się jej lontem z tą świadomością, że wszystko może trachnąć lada chwila — „taż to panie jest pirsza klasa" i koniec.

Przez chwilę Persy łkała głucho histerycznem, suchem łkaniem właśnie, a potem, patrząc na Genezypa, znajdującego się w stanie ostatecznego, tak cielesnego, jak moralnego płciowego rozkładu, z najgłębszą miłością siostrzaną, powiedziała troszczącym się, zabiegliwym, gospodarskim w najlepszym stylu tonem:

— Może herbatki, Zypciu. Świetne ptifurki zrobiła dziś Golankowa. Jedz, jedz — taki jesteś mizerny. — A potem dodała z drapieżną namiętnością:

— Teraz jesteś mój, mój. — (Inne jeszcze słowo podobne cisnęło się jej na usta, ulubione słowo kwatermistrza — nie wytrzymała i szepnęła je pocichutku, spuszczając przytem oczy, które wtem rzęsowem omdleniu, zdawały się mówić tylko jedno: „wiesz co mam, takie śliczne, pachnące, przyjemne, ale nie dla ciebie głuptaku. dla prawdziwych siłaczy świata tego". Bo czyż jest coś bardziej nieprzyzwoitego jak spuszczone niby to ze wstydu, orzęsione powieki kobiece. Genezyp myślał, że się przesłyszał. To już byłoby niepodobieństwem.) — Nigdy mnie nie zapomnisz. W grobie jeszcze wieko trumny się podniesie, gdy o mnie pomyślisz. — Nie wahała się powiedzieć tak ordynarnego banalnego dowcipu III–ej klasy! I ten to dowcip zabrzmiał jak groźna, ponura, rozdzierająca bólem niedosytu prawda — w jej ustach niedosiężnych. I wpijała się *mademoiselle* Zwierżontkowskaja w jego pobladłą, cudownie piękną w nadludzkiej męce twarz, chłonęła chłopczykowaty, nieznośny płciowy ból w jego rozpalonych oczach, wdzierała się kawowo obwiedzionemi niewinnemi, fijołkowemi oczkami w rozdarte torturą jego usta i drżące szczęki, miażdżące w bezsilnej pasji świetne zaiste *petits–fours'y*. I miała rację. Bo czyż to właśnie nie było najpiękniejsze? Oczywiście nie z punktu widzenia sprawności korpusu oficerskiego armji kwatermistrza. O — o — o — ale coby było gdyby Zypcio dowiedział się nagle o tem co było wczoraj. Jakby się wtedy spotęgowała jego wewnętrzna furja! Ach, toby było „słodkie"! Ale na to nie można było sobie jeszcze pozwolić. To przyjdzie, to będzie napewno — taka chwilka jak drogocenny kamień cudownie oszlifowany i on się wtedy rozpłynie cały w ten torturowy sosik — poprostu przy niej zrobi z sobą coś. Już byli tacy.

Właściwie to oczywiste było, że ona kłamała o tem całem nienasyceniu: była przecież przepełniona rozkoszą, którą dał jej tamten: pół–bóg, wąsal, brutal, dziki władca, zaświniony wyżej głowy w jej ciele. I jak to on ją po tych swoich programowych upokorzeniach skopał, zbił, sprał, zmiażdżył...! Aa! [Niedarmo taki turbogenerator jak Kocmołuchowicz miał taką właśnie kobietę. Poznał się na niej wśród milionów pudów babskiego mięsa i uczynił z niej to, czem była teraz: władczynią krainy prawie metafizycznego kłamstwa (takiego co to zaprzecza wszystkiemu) i królestwa męczarni naprawdę I–ej klasy. A mając za sobą (psychicznie) Kocmołuchowicza, Persy nie bała się nikogo. Każdego mogła sparaliżować i zjeść na zimno (nawet kochając naprawdę — w jej kategorjach oczywiście) — jak gąsienicznik swoje ulubione liszki. Tylko tu działo się to jednoosobowo.]

Genezyp zmartwiał przywalony górą bezgranicznej męki. Zasnuły się świńską męczarnią wszystkie rozkoszne dolinki, do których możnaby w ostatniej chwili uciec. Wybełkotał przepalonym głosem nieswoje słowa, wykwitłe bezwolnie na tylko co rozwianym pamięciowym obrazie jej cudownie smukłych, długich, a jednak pełnych nóg — *przecież całe pokryte były sińcami.* (Teraz dopiero to sobie uświadomił). A sińce działały na Zypcia jak piorunian rtęci na pyroksylinę.

— Czy nikt...? Dlaczego te; te plamy? — Nie miał odwagi powiedzieć poprostu: „sińce". I zrobił kolisty ruch ręką ponad kołdrą. — Spadłam wczoraj ze schodów po trzecim akcie — odpowiedziała Persy z minką bolesną i uśmiechem pełnym niewysłowionej słodyczy. A w uśmiechu tym przesunął się przed intuicyjnym pępkiem młodego męczennika fatalny, niezartykułowany obraz jakichś dzikich, niepojętych gwałtów. I mimo, że *wiedział* coś nieprawdopodobnie potwornego, wiedział napewno, mocą przedziwnej hypnozy, to coś zamiast go do niej zniechęcić, całkowicie bez reszty przetransformowało się na jeszcze straszniejsze jej pożądanie. Spalał się jak papierek w gruszce Bessemera, wyjąc głucho na bezwodnych pustyniach ducha. Nie było ucieczki z tych mąk, a także i z wyżyn oficersko–męsko–natchnionego poglądu, którego symbolem był kwatermistrz — było to właściwie czyste kondotjerstwo, ideje narodowe w tym wymiarze nie grały już najmniejszej roli — to jest w tym stopniu „zoficerzenia". Sam Kocmołuchowicz nie wierzył już we wskrzeszenie spróchniałych narodowych uczuć. W szkołach mówiono na ten temat parę prostych dogmatów na początku kursu, a potem obnoszono tylko w tryumfie jak sakramenty abstrakcyjne pojęcia: honoru i obowiązku narówni z pojęciami: słowności, odwagi, punktualności, dokładności w rysunkach, jasności wysławiania się i czysto fizycznej sprawności. Kierunek automatyczny panował wszędzie wszechwładnie. (Podobno Murti Bing zgadzał się z tem w zupełności.) W idejowym mroku poruszały się wylękłe manekiny. Każdy co miał głębszego skrywał i chował starannie przed ogółem — te rzeczy (właściwie co?) niski miały kurs, szczególniej jeśli związane były z dawną metafizyką, lub religją. Panowała jedna psychoza niepodzielnie: strach przed obłędem. Genezyp był naprawdę wyjątkiem.

Ale w tej złej chwilce rzuciło go nagle o ziemię i on, asymptotyczny oficer, przyszły „eddekan" Wodza i obecny pegiekwak, gryźć zaczął dywan, dławiąc się włóczką i prychając pianą w perskie wzorki. Czarny wał nieprzebitego, a miękkiego oporu, oddzielił go od szczęścia. Za tem dopiero było do zdobycia wszystko — bez tego — nic. Wiedział, że gwałt nic tu nie pomoże, że wejdzie duenja i nastąpi kompromitacja definitywna. Żaden z „truc'ów", które wystudjował na księżnej, nie działał. Wszystkie antydota na demonizm klapnęły. To nie był zresztą żaden demonizm — dla niego, który wierzył mimo zeznań jej w jej prawdę. W istocie był to demonizm najwyższego gatunku, bo pozornie ona była dobra, tkliwa (a nawet ckliwa) i rozmazana w urojonem cierpieniu. Nie było z czem walczyć, wobec tego, że i ona była nieszczęśliwa. Ale to potęgowało tylko jej urok, jak w dzieciństwie żałoba urok jakichś tam panienek — potęgowało tajemne, ukryte zło do dzikości zasmrodzonej sytuacji. Tak — tylko słowo „smród" (*smrood* — po angielsku dla tych, co nie lubią ordynarnych wyrażeń) jest w stanie oddać okropność tego, co się działo. Regularny atak furji — poraz–pierwszy i to *pod pozorami normalnej nieprzytomności, bynajmniej nie warjackiej*. Ona wyskoczyła bosemi „stópkami" z łóżka (w długiej, prawie przeźroczystej koszuli) i zaczęła gładzić go po głowie, przemawiając doń najczulszemi wyrazami:
— Ty mój najsłodszy chłopaczku, złotko moje, koteczku najmilszy, duszku przeczysty, pszczółko najpracowitsza — (A to co znowu?) — moje ty nieszczęście kochane, uspokój się, ulituj się nademną — (to dla wywołania uczuć sprzecznych) — pożałuj mnie. — (Ona mogła go dotykać - on jej nie.) Przycisnęła jego głowę do niższej części brzucha i Genezyp poczuł na swej twarzy gorąco, buchające *stamtąd* i delikatny, niesamowity zapach... A

nie!!! A głos miała taki, że zdawała się dotykać nim najskrytszych płciowych ośrodków jego ciała. („A, ścierwo - najbardziej urocza kobieta, jaką wyobrazić sobie można, tylko "dziań" — jak mówił kwatermistrz. Ale dla niego to właśnie było szczęściem.) Ten głos wydrążył Zypciowi szpik kostny, wybaranił mu mózgi obolałe i wydął go całego w pusty pęcherz bez żadnej absolutnie treści. I to tak szybko się działo! Przecież nie było jeszcze trzech minut jak tu wszedł. Niewiadomo jakim cudem ocknął się. Ten stan omdlenia furji był już rozkoszą. Zobaczył jej nogi bose i gołe, gdy stała tuż przy nim (te palce długie prześliczne, do dziwnych pieszczot stworzone. — Znał to dobrze general–quartermaster) i jakby go kto kłonicą w łeb trzasnął i dźgnął przytem rozżarzoną sztangą w same jądra istoty. Znowu zaczął bić głową o ziemię, rykojęcząc głucho. Tak — to była miłość, ta prawdziwa, bestjalska — nie żadne tam idealne fintifluszki. Persy, szczęśliwa aż do zachłyśnięcia się sama sobą (tak dziwnie świat olbrzymiał, piękniał i nią jedną cały się wypełniał) gładziła dalej tę męskawą, taką obcą i przez to tak „uroczą" główkę, w której takie rzeczy się działy! „Sperma rzuciła się na mózg" — jak mawiał jej Kocmołuch. Nazywał to też „byczym skurczem". Och — wedrzeć się tam i zobaczyć jak się to męczy, mieć to w sobie, na granicy tej niemożliwości, gdzie dwie sprzeczne koncepcje mózgu — jedna, mózgu jako organu nieistniejącej jako takiej realnie myśli, organizacji żywych komórek, w granicy sprowadzalnych do chemizmu — otóż chodzi o przecięcie tej koncepcji z tą, którą każdy ma w swej głowie od środka, bezpośrednio prawie, gdzie lokalizuje nieświadomie pewne kompleksy i następstwa mniej uchwytne jakości, stanowiących sam psychologiczny proces myślenia — o, to, to,: to widzieć razem jako mózg nagi, krwawy, wyłupiony z czaszki = koncepcja trzecia, ale dotycząca zawsze niestety mózgu cudzego. Straszne zachcianki miała ta Persy, obca wszelkiej filozofji, a nawet naukom ścisłym. Dla niej już metafizyka (pożal się, Boże!) Kocmołuchowicza była czemś zbyt ryzykownem. Ona wierzyła w Boga katolickiego, bezmyślnie jak automat i nawet chodziła do spowiedzi i komunji — ten potwór! A czemże to jest wobec Aleksandra VI–go, który modlił się do Matki Boskiej o śmierć kardynałów, których dla celów pekunjarnych otruł, czemże wobec sprzeczności dzisiejszego katolicyzmu z prawdziwą nauką Chrystusa. Głupstwo, detal.

— Och, ty, moja główko słodka! Jakie to jedwabiste, cudne ma włoski, jakie oczka złe, jak u wściekłego zwierzaka w klatce, gdy obok za ścianą jest samiczka, do której dostać się nie może. Jakie usta spragnione i niezadowolone, jakie ciałko spalone gorączką! — (Wsunęła mu rękę pod mundur.) — Ach — ty cudzie mój — jakież to wszystko śliczne jest! — I *klaszcząc w dłonie* z zachwytu zaczęła tańczyć na dywanie, fikając nogami wyżej głowy i odsłaniając przepaście rozkoszy i pierworodnego grzechu. Genezyp klęczał i patrzył. Świat jak potwór peyotlowej wizji przepoczwarzał mu się w nadpotworne monstrum, kolczate, zębate, rogate, ohydne i złe nie-do-pojęcia. Cierpienie już prawie moralne tak fizyczne, a bezbolesne i pieszczotliwie miękkie, rozkwasiło go na ohydny, śmierdzący plaster. Zamknął oczy i zdawało mu się, że umarł. Upłynęły wieki. Persy nastawiła gramofon na rozpaczliwego „wooden-stomacha" i tańczyła dalej nieprzytomna. A głos w niej, obcy jej i całemu światu (uważała go za głos Szatana), mówił obok, mijając całe to zdarzenie: „cierp ścierwo męskie, zakalcowaty embrjonie, chłopczykowate gówienko, — zamęczę psia-krew, zabiczuję cię własną żądzą, zasmagam na śmierć zaświnioną wyobraźnią. Tarzaj się we mnie myślą, rycząc z wściekłości, ale mnie nie dotkniesz nigdy. Właśnie w tem „nigdy" jest cała rozkosz. Wyj z bólu i błagaj żebym cię choć jednym włoskiem musnęła po tych twoich rozdrażnionych do obłędu bebechach". I t. p. I t. p. I w tem była też miłość najwyższa, ale wykłamana na odwrotną stronę jaźni. Cała była już jak wywrócony brudny worek i to było jeszcze mało, mało. Teraz ciągła oscylacja między dotykalną już prawie prawdą (w postaci kwatermistrza i jego szałów) i wewnętrznem kłamstwem w całości, które się, przez doskonałość swą prawie prawdą stawało, miała służyć dla nowego rozjątrzenia w sobie woli do życia. Bo biedna Persy cierpiała na straszne bezprzyczynowe depresje i słabą była w gruncie rzeczy „istotką" i „dzieweczką", jak lubiła nazywać siebie w chwilach rozczulenia nad sobą, nawet wtedy, gdy z samców kiszki na zimno wywlekała, budząc w nich *jednocześnie* litość skowyczącą i ryczącą bestjalsko wściekłość. Psychiczny sadyzm i dobroć niezmierna dla wszystkich pokurczów, kalek i ubogich duchem sietniaków i karapetniaków „prostaczków" i „maluczkich" (brrrr — co za świństwo!) były w niej złączone w jedną obrzydliwą kupę. Kobiety, albo uwielbiały ją bez granic (miała kilka świetnych lezbijskich propozycji, ale je odrzuciła z pogardą), albo nienawidziły, bez powodu nawet, tak, jakby kochanki swoich ukochanych, mimo że win istotnych w tym kierunku Persy na swojem sumieńku nie miała. Chyba wobec jednej jedynej generałowe u Kocmołuchowiczowej (kwatermistrz więcej *prawdziwych* kochanek po ślubie nie miał. Persy była pierwszą (i ostatnią), z którą zdradził naprawdę ukochaną zresztą żonę. Bo cóż tam te dzierlatki

— to się nie liczyło wcale...).

Nagle Zypcio zerwał się i wyleciał, zaledwie zdążywszy porwać czapkę. „Herbatka" i ptifurki pozostały niedokończone jako symbol tego wyrwania się z kleszczów demona. Czatująca pod drzwiami duenja zemdlała prawie na widok tego pędu tej twarzy. Straszną miał zaiste gębę młody „pegiekwak" — zczerniałą od męczarni i rozpuchłą czemś wogóle nieznanem. Ach, gdyby go ktoś w tej chwili narysował, albo przynajmniej zdjął! Szkoda.

A Persy, cichutko, z obrzydliwym lubieżnawym uśnmieszkiem, weszła z gracją do łóżka (miała zwyczaj zawsze, nawet na bidecie, zachowywać się tak, jak gdyby ktoś na nią patrzył) (spojrzawszy przedtem w lustro) i zatuliła się rozkosznie w poduszki, zwijając się przy tem w kłębuszek.

Teraz dopiero mogła pomarzyć trochę o sobie *naprawdę*: samoosobowo, samobytowo, samosamowo, mogła się samić i rozsamiać dowoli, zagłębiać się w siebie samą, jak w doskonały futerał. Czuła, że jest naprawdę — wypadki tylko co przeszłe zbladły, stały się abstrakcyjnem nieomal, ale koniecznem, tłem dla rozkwitającej czystej jaźni, która wychylała się z mgieł codzienności, paląc się na czarnej Nicości jak szczyt olbrzymi w zachodzącem słońcu na tle nocnego prawie nieba, nad ciemnemi dolinami pospolitości. Była w tej chwili pępkiem świata, jak szach perski bywał nim podobno codziennie, stale — była szczęśliwa. A potem jaźń rozwiała się w jakimś rozkosznym oparze (nie było nic więcej prócz tego oparu, jak w eterycznej narkozie, tuż przed ostateczną utratą zmysłów) i nastąpiło „zlanie się z wszechbytem": zupełny zanik ciała (kiedy jeszcze iskierka ostatnia świadomości trwała gdzieś na samej krawędzi pustej Przestrzeni) i potem cudowny sen, z którego budząc się, wstawała świeża, zdrowa jak krowa i pogodna. To wystarczało na tydzień — no, powiedzmy na dwa. I nie żałujmy jej tych chwil, bo właściwie z wyjątkiem takich przeżyć (i tych *innych*, z tamtym jedynym siłaczem ducha i ciała) biedniutka i szarawa była (sama dla siebie *jako taka*) ta cała osławiona Persy Zwierżontkowskaja.

A Zypcio gnał autem do szkoły. (Nie mógł ratować się tak jak wtedy w łazience księżnej — wiedział czem to pachnie. Pachniało wszystko w dziwnie nieprzyzwoity sposób. Wszystko zdawało się powoli i systematycznie na to tylko sprzysięgać, aby go rozdrażnić do najwyższego stopnia. I tamten niezapomniany zapach... Nigdy, nigdy. Łupił łbem o czarną ścianę „na zabój", zwijając się w straszliwych „ciągotkach".) A w świecie zjawisk siekł drobny, wiosenny, ciepły deszczyk. I wszystko było takie pospolite i zwykłe — choć do rany przyłożyć: i latarnie, i rzadcy przechodnie, i zaczynające się ożywiać właśnie o tej porze lokale, a jego targała za trzewia dziwność tego właśnie wszystkiego, tak potworna i plugawa, że mało nie wył. Miał uczucie, że jego zbezczeszczone wnętrzności ciągną się za autem zagnojonemi, brudnemi ulicami. Ryk nienawiści podnosił się z dna istoty, stamtąd gdzie siedział tamten ciemny gość. On — ten tamten, był spokojny, chociaż fala nieszczęścia dochodziła już do jego celi. Trzy godziny maneżu wieczornego, przyczem kary koń jego ociekał biało-żółtawą pianą — i mógł trochę zasnąć. Ale to spał raczej storturowany trup, nie on sam.

Jak przeżyć dalsze dni aż do wypadków, w których możnaby nareszcie zginąć? A nazajutrz o szóstej był już u księżnej i kochał ją, jak mamę-wampyrzycę wprost potwornie. Wieczorem znowu to samo przedstawienie u Kwintofrona, a o dwunastej u Persy. Ale już był potulny. Zdołała go ujarzmić i wplątać w koło najgorszych tortur — chronicznych. Ostry stan przeszedł. Persy doprowadziła go do głębokiego przeświadczenia, że ona jest aniołem, a on niegodnym jej muśnięcia nawet grzesznikiem. Mówiła tylko o swoich cierpieniach, pozornie zapominając o jego egzystencji, a w istocie bacząc na każdy jego ruszek, każde drgnięcie powiek, obciążonych ołowianym bólem niedosytu, na każdą przelotną deformację jego storturowanego ciała i syciła się jak mątwa, jak żarłoczny kleszcz, jak wesz. Sublimowała się ta miłość w jej piekielnym tyglu w nie dosiężne wyżyny oddania i poświęcenia —teoretycznie oczywiście, bo żadnych prób nie było i niewiadomo jakby wtedy wypadły, bo miłość ta przypominała, poza zewnętrznemi formami, raczej nienawiść dziką do *martwego przedmiotu*, niż przejęcie się „od środka" cudzą duszą. Problem był: jak zużyć to wszystko we właściwym celu i co główniejsze: czem był cel właściwy. Gdyby nie duch kwatermistrza w niedalekiej stolicy, nie wytrzymałby tego Zypcio nigdy. Kocioł wrzał dalej w prychających roztopioną smołą czeluściach cielesnych pegiekwaka prawie że z siłą pierwszego wybuchu. Tylko „wyciąganie kiszek" było teraz o wiele subtelniejsze, głębsze, istotniejsze. Kawałkami (jak jakiś śluz czy ropne ciałka) wydzielała się w tym rozczynie i dusza. Nią to żyła, odżywiała się jak fosfatyną biedna „Persiczka" (jak ją nazywał kwatermistrz), aby w czas oznaczony oddać się całkowicie, raz (czy dziesięć razy, ale „pod rząd") ale dobrze, w purpurowo-ochrowej mszy swemu bożkowi.

Tak trwało to wszystko przez czas dłuższy. Piekielny przekładaniec sprzecznych uczuć stworzony rzeczywistem przeżywaniem miłości dla

Persy z księżną, windował duszę Zypcia na coraz to wyższe kondygnacje poznania siebie i niedościgłej istoty życia, a z każdej nowo–zdobytej wyżyny, niższe piętra, niedawno ostateczne, szczytowe, zdawały się dziecinnemi poglądzikami, niewartemi nawet 19–sto–letniego oficerka. Bardzoby mu trudno było powiedzieć na czem polegała wyższość tych ciągle nowych „wejrzeń" nad poprzedniemi, tych „Einsichtów" tak mało podobnych do nieśmiertelnych husserlowskich, tych „intuicji", w niczem nie przypominających blag Henryka Bergsona. Było to raczej uczuciowe dowiercanie się do niezgłębialności samego faktu istnienia, niż jakieś pojęciowe ujmowanie aktualnej rzeczywistości, która pozostawała płynna, gotująca się, drgająca, nieuchwytna. Wtedy to doszedł Genezyp do tego twierdzenia, że jedyną jasną, precyzyjną rzeczą na świecie jest cierpienie — jedyną pozytywną — wszystko inne to były tylko „wklęśnięcia" — ból był czemś wypukłem. Dodać trzeba, że Zypcio nie czytał Schopenhauera. Niema nic banalniejszego jak pesymistyczny światopogląd — oczywiście chodzi tylko o to jak głęboko metafizycznie sięga ten pesymizm. Wtedy to powstała u niego teorja „pessimum", w przeciwstawieniu do pojęcia „optimum". „Moje optimum jest właśnie moje „pessimum" — mawiał nieszczerze. Jakoś trzeba było przekręcać cierpienia na pozytywne wartości, bo same–przez–się zaczęły stawać się złowrogo–nudne. Czasem myślał Zypcio o samobójstwie, ale żył dalej z prostej ciekawości co też dalej będzie, co też nieogarniony w swych pomysłach doczesnych tortur Bóg (bo wiadomo, że piekło jest tylko wieczną nudą) jeszcze dla niego wykoncypuje. („Il a de la combine ce bougre-là" — jak mawiał bezbożny Lebac.) A przytem nie można było się wyrzec nawet tak paskudnego życia nie skosztowawszy przed śmiercią bodaj jednego łyku prawdziwego adjutanctwa Wodza. Wiedział nieszczęśnik że teraz, gdyby nawet Persy ustąpiła jego żądzy nicby się w istocie nie zmieniło. Była to miłość nie dosiężna sama w sobie, a ona była uosobieniem niepoznawalności. Ale na myśl, żeby z tą właśnie panieneczką, godną najwścieklejszych młodzieńczych idealizacji, móc sobie na to pozwolić, co z tamtem pudłem, młody pegiekwak zamieniał się moralnie w zdysocjowaną od żaru mgłę gazów. Narazie jednak trzymano go dobrze na wędzidłach i hamulcach preparowano na niesłychanego smaku pasztecik. „Wskutek przestawienia normalnego (względnie) porządku w czasie: panienkowatej miłości z romansem z doświadczoną damą, nastąpiło to przekręcenie i niedopasowanie uczuć do objektów, które później tak fatalne rezultaty wydać miało. Księżna zeszła do roli jakiegoś powiedzmy no... kubła, połączonego dziwnym sposobem z tresowaną małpą. Używana była w rachunku niecnego młodzieniaszka jedynie jako siła odciągająca na odcinku życiowego frontu z ulicy Retoryka. Nic wiedziała o tem biedaczka — tylko Zypcio stawał się dla niej coraz bardziej psychicznie tajemniczy i niepojęty. Rzecz dziwna: tak była jednak pewna siebie, że nie podejrzewała go o nic: był bestjalsko namiętny i coraz wymyślniejszy w swoich wymaganiach. Rozkoszą była dla niej już nie tyle własna przyjemność, co zadawalnianie szatańskich fantazji młodego „paszy", pławiącego się w coraz bardziej zabójczych wyrafinowaniach.

A jak się odbywało *tamto istotne*, jak funkcjonował ten alembik, przepuszczający psychofizyczny pokarm z tego byczka do szarej, ćmawej, czy ćmowatej duszyczki Persy i co było tego esencją, to trudno jest powiedzieć. On zapięty w mundur jak w pancerz, ona rozmamana, rozbebłana, rozfajtana w najnieprzyzwoitszy sposób, z tym jej specjalnym wdziękiem, którego nikt zimitować nie mógł. Widział (naprzykład) jej lewą pierś z poziomkowym (*„fraise vomie"*) pępuszkiem (t. zw. brzydko brodawką — fuj), kawałek prawego biodra z leciutkiemi sinawemi (*bleu-gendarme*) żyłkami, i różowe (*laque de garance rose de Blocxs*) paluszki lewej podgiętej nogi (miała sandałki koloru cynamonu z mlekiem, na wzór tej damy z powieści Struga.) Siedział nisko na pufie koloru *orange* Witkacy — (to była jej metoda to sadzanie nisko — czemu? — niewiadomo, piekielna intuicja zepsucia tej dziewczynki) wypięty, a zgięty w kabłąk, zmieniony w jedną jakąś zbitą na sino masę płciowego cierpienia. Kochał ją przytem idealnie jak szaleniec — dosłownie: były chwile, że dla niej mógłby zdradzić samego nawet Kocmołuchowicza, gdyby tego zechciała. Ale ona skromne miała wymagańka: trochę „pomęczkać", „potorturkować" i „pomarzkać o sobkie samkim" jak mówiła, rozkosznie pieszcząc się sama ze sobą, niby kocica „murłykająca" w cieple pieca. I mówili:

— Zypulka najdroższy: to są jedyne chwile, te z tobą, w których nie cierpię, ty moja morfinko najsłodsza. Tak mi dobrze jest jak wiem, że jesteś taki mój, jak tak się prężysz cały do skoku, o którym wiesz, że nigdy nie nastąpi. Jesteś napięty jak łuk, z którego nigdy strzała w przestrzeń wolną nie wyleci. Chcesz wiedzieć co jest w tamtym pokoju? Chodź. — Wzięła go za rękę (ha! ten najwyższy gatunek skóry, na który niema rady, chyba rżnąć nożem, maczanym w witryjolu), zawijając się drugą niezrównanie wabiącym ruchem w *dziwny* (czemu? bo jej) biały zatulnik. Wstał zdrętwiały od męki. Wyjęła klucz z jakiejś chińskiej szkatułki i otworzyła drzwi na lewo od łóżka. Sąsiedni pokój był prawie pusty. Genezyp oczami zgłodniałego sępa rozglądał się po tem miejscu, które tyle go kosztowało niezdrowej ciekawości. Czemu właśnie dziś? Stało tam oficerskie polowe łóżko, dwa krzesła, na nich książki (jakieś lotnicze konstrukcje Mokrzyckiego, mechanika Love'a, „Evolution créatrice" Bergsona i I–szy tom skonfiskowanej przed 70–ciu laty powieści zgrzybiałego Kaden-Bandrowskiego: „Cham czy automat" — a, jeszcze na łóżku leżała logika Sigwarta i „Corydon" Gide'a. — Dziwny melanż.) i okropny metalowy t. zw. tutaj „nakaślik", na którym leżała pęknięta ikona z Bożą Matierą Poczajowską. Umywalni nie było — trudno. Czuć było tylko dym papierosowy i coś nieuchwytnie, plugawie męskiego. Zypcio zadrżał. Ona mówiła, drażniąc go do potworności przeciąganiem głosu i pewnemi dobrze odmierzonemi pauzami w odpowiednio dobranych miejscach, wywołując skurcze brwi, powiek i ust i przepływanie buro–krwawego cienia przez umęczony pysk. Każdy objaw taki łykała, jak głodny pies kawał mięsa. Znane i piekielnie nudne metody. Trzeba być tylko wstrętnym, młodym durniem, żeby się dać na to nabierać. Czemu ten bałwan nie zaczął żyć normalnie, nie zerwał z temi obiema babami, nie puścił się poprostu z jakiemiś łatwemi, ładnemi, pospolitemi panienkami? No czemu? A — rzucaj groch o ścianę — niema co gadać. Więc mówiło to ścierwiątko tak:

— To nic, nie bój się. Tu czasami nocuje jeden... mój stary wuj — (dobrze i tak, że nie powiedziała: „jeden mój znajomy"(?)) — Kiedy pije i nie śmie wrócić do domu. To polowe łóżko po moim... bracie. Poszedł jako ochotnik do niemieckiej armji w czasie tej przeklętej krucjaty i zginął — wbili go na pal jak Azję Tuchajbeja. Nasza matka jest niemka: baronówna von Trendelendelendelendelenburg. Takie dziwne nazwisko, ale bardzo stare. Po niej mam to spokojne usposobienie, które cię tak draźni. — (przez ź naumyślnie) — Ja nie przeczę, ja lubię cię draźnić, tak strasznie, tak bez litości, żebyś swoich nie poznawał jak wracasz do domu. — (Łysnęła mu przed zamorusaną płciowym brudem twarzą, swemi cudnemi fijoletowemi gwiazdami i w jego oczach powlokła je mgłą szaleństwa, która pachniała tamtem...) — Wtedy jesteś mój kiedy o niczem nie myślisz tylko o tym biedny potworku, którego mam między nogami. — Drgnął jakby się chciał rzucić, ale wstrzymała go jednem dotknięciem okrutnego palca w pierś. — Nie — dziś chcę żebyś trochę odpoczął przed nową głębszą męczarnią. Nic będę więcej. Przysięgam — dodała ze strachem, widząc błysk prawdziwego bzika w jego krwawych ślepiach. Ochłonął, ale zapadł się znowu o kilka pięter niżej w smrodliwą przepaść bólu. Świat zakołysał się dookoła i mało nie pękł, ale wytrzymał jeszcze trochę.

Czy wiedziała co robi? Do jakiego stopnia męczy tego chłystka, tego duchowego oberwańca, który na niczem się już oprzeć nie mógł. Zapytana sama nie umiałaby odpowiedzieć: nie zdawała sobie z tego sprawy. Mogła żyć naprawdę jedynie na wyciągniętej do ostateczności, o włosek od pęknięcia, strunie czyjegoś pożądania. Robiła biedactwo wszystko, aby sobie jako-tako umożliwić egzystencję — tylko tyle. Nie sądźmy jej zbyt surowo — wina jest zawsze po stronie mężczyzny.

„Ach, wiedzieć o niej wszystko, wszystko, wszystko...! Wedrzeć się do tej wspaniałej, małej, kształtnej blond-główki, rozerwać komórki tego dziwnego (ach, — jakże w istocie pospolitego!) móżdżku, rozdrapać wszystko, wylizać, wywąchać, wchłonąć". Ale Persy skąpa była w wyjaśnieniach. Nawet gdyby dać je chciała, nie miała na nie odpowiednio zróżniczkowanych pojęć. Mogła to *przedstawić jako takie* w tym wstrętnym lupanarze Kwintofrona, ale mówić o tem — ani rusz. Udawały się jej tylko te sadystyczne gędziolenia — to umieć robić *musiała* — aby żyć. — Ale to nie usta jej mówiły, tylko szeptały swem obmierzłem specjalnem „narzeczem" jej, tak zwane naukowo i obrzydliwie: „wargi sromne". Genezyp czuł dotąd taką prawdę we wszystkiem, mimo jej tych gadań o wszechkłamstwie, nadfałszu i hyperbladze. Czemu ona go nabiera teraz z tym całym pokojem i jego tajemnicą?! Tak wierzył jej dotychczas bezgranicznie! Każde słowo jej — samo słowo bez odpowiednika — było rzeczywistością stokroć głębszą od istnienia jakiegokolwiek realnego przedmiotu, a ona naumyślnie chce w nim wzbudzić podejrzenia! Poco? Na Boga, poco?! O, kretynie...!

Nagle, szybko, a nawet pośpiesznie wyprowadziła go stąd za rękę i zmusiła do wysłuchania jakiegoś nowego teatralnego „kawałka" Tengiera. Grała na fortepianie bardzo nierytmicznie, spazmatycznie, uczuciowo, wogóle podle. Muzyki używała jedynie jako środka potęgującego dookolną płciową atmosferę. Czy ten hałas potrzebny jej był dla zamaskowania czyjegoś wejścia do tamtego pokoju? Jeszcze nigdy przy nim nie grała. Okropna niepewność szarpnęła nim — ale na krótko. Niech lepiej trwa ta męka nieokreślona, niż żeby miało zajść coś, co mogłoby ich rozdzielić.

Był gorący, duszny, mokry wieczór czerwcowy. Deszcz nie padał, ale ciepła woda wisiała kubłami całemi w czarnej przestrzeni, parnej jak w łaźni. Ćmy i komary „hasały" w powietrzu całemi tabunami, rozbijając się o szkła elektrycznych lamp. Turkot i nieustający brzęk dopełniały miary nieprzyjemnego już i tak nastroju. Wszystko zdawało się opadać jak pończochy bez podwiązek, wszystko się lepiło i swędzialo, wszystko wszystkiemu przeszkadzało. Na tem tle dzika burdeleska Tengiera w spazmatycznem wykonaniu panny Persy była już czemś nie–do–zniesienia. Szczęście, że się już skończyła. Jedynem wyjściem było skazać się na dobrowolną nudę: krystaliczny, bezbarwny gmach wznosić czort wie jak długo na gorącem, zatrutem bagnie. Otwarte na czarność nocy okno i zapach czerwca, ten sam, który w dzieciństwie był symbolem czegoś szczytowego w niewiadomej przyszłości. Więc tak miało się skończyć to życie? Więc to miała być ta ostatnia, największa „rzecz"? Nie — za tym cuchnącym moczarem poświęcenia siebie dla zadowolenia niezdrowych fantazji jakiejś klempki wyrósł nagle *szkicowy* obraz politycznej sytuacji wszechświatowej, tej naszej pigułki–ziemi. „Boże, jeśli tam gdzieindziej takie samego nawarzyłeś mętu, to czy wogóle istnieć warto" — rzekł w nim jeden sobowtór do drugiego. — „Ale czemu ja mam zato cierpieć, za Twoje nieudałe plany?". Dosyć — to było nieszczere: nic go nie obchodził żaden „Pambóg" dzieciństwa — nigdy w Niego nie wierzył. A jednak w takich chwilach właśnie wolałby mieć kogoś życzliwego z zaświatów pod ręką... Zastępował mu go Kocmołuchowicz. Ale znowu nadchodziły chwilami takie chwile, że i to nie wystarczało. I wtedy przypominał sobie rozmowy w pustelni kniazia Bazylego i brał go strach: czy czasem z powodu spotkania tych trzech panów w nieodpowiedniej chwili, nie rozminął się z jakiemś najistotniejszem swojem przeznaczeniem, z prawdą dziką i samotną, którą należało upolować jak zwierzę w puszczy, zdobyć jak trudny łup, kobietę może... Oto jest tu gwiazda jego przeznaczeń, o krok od niego z całem tem piekielnem międzykroczem, a on oślepiony jakiemś cudzołożnem (w znaczeniu, którego sam nie rozumiał) bałwochwalstwem, bezsilny i drżący przed tajemnicą (czyją? — tylko swojego bytu — w tem mieściły się wszystkie inne) nie śmiał wykonać jednego małego, głupiego ruchu (tyle razy powtarzanego tam: w palazzo Ticonderoga i na przedmieściu Jady) tego ruchu, który mógł mu dać w posiadanie nietylko ten łup, ale i samego siebie. Może o to właśnie chodzi? Może ta beznadziejność jest pozorna, może ona właśnie tego gwałtu potrzebuje. Otóż właśnie zrobi to naprzekór wszystkiemu. I rzucił się na nią nagle: zwierzę metafizyczne, zaświatowe bydlę — juszyła go, juszyła, aż wreszcie rozjuszyła. Ta chwilka *trwała* — to było najdziwniejsze: chwilka–symbol przeznaczenia jego i tych wielu w nim: czarnego gościa i zabitego chłopczyka i plugawych (czemu?) spermatozoidów, z których każdy chciał być jego synem, zrodzonym z tego a nie innego babska. Bo gdyby był już kimś! — ale działo się to w tym wieku, w którym staje się właśnie tym, a nie innym, w wieku niebezpiecznym mężczyzny. *Ta głupia czerwcowa chwilka w tych pokojach tej strasznej kobiety* (precz z temi pseudo-problemami i t. d.) była właśnie przełęczą jego życia, na której zdobyć mógł sam siebie, albo też utracić na zawsze. Być zwycięzcą, lub niewolnikiem tchórzostwa wobec klęski. Wielkość nie jest tylko w zwycięstwie samem, jest tak samo w wewnętrznie odwróconej na zwycięstwo klęsce — tylko ta klęska, którą na zwycięstwo odwrócić trzeba, musi być klęską wielką. A więc „do dzieła" — za kark, za włosy ją, tę cierpiącą świętą, tę metafizyczną wlań i drań — dałoj! o tak, o tak!! O... I cóż zobaczył. Bo zamiast dokonać do końca, patrzył wielkiemi oczami (w samo dno swej istoty też) na tego niepojętego stwora przed nim. Znowu tajemnica cudzej jaźni zamagnęła się ku niemu z nieskończonej dali i zamiast uderzenia maczugą dostał w pysk miękką kupą bawełny. Pod nim, gdzieś na 15-tej kondygnacji wniż, wiła się wstrętna pokraka, a nie żaden łup. Nie było co zdobywać. Przebił się nawylot przez zupełną pustkę. *Ona nie miała dla niego ciała.* Pijane bólem i skrytą rozkoszą („nareszcie pęki, nie wytrzymał, *nie mógł wytrzymać"* — powtarzała w sobie szeptem i przyszedł ten dreszczyk specjalny, którego nie mógł jej dać Kocmołuchowicz — ten też nie wytrzymywał, ale inaczej pękał — z nią razem, a ten sam, *sam!* — o cudzie!) oczy Persy wywróciły się dnem do góry w ekstazie najwyższej (była tak niesamowicie piękna w tej chwili, że aż zanadto, że aż nie można było więcej — żaden gwałt, ani nawet lustmord nie dałby rady teraz tej piękności) a w niego piorun od środka trzasł (regularny schizofreniczny szub = uskok) i spopielił się cały ten Zypcio w jednym wybuchu litości, graniczącej z unicestwieniem. I za chwilę leżał u jej bosych nóg i całował brzeg sandałka z lubieżną tkliwością, nie śmiejąc dotknąć ustami prześlicznych palców — całował jak kiedyś matkę w głowę, albo księżnę Irinę w „czółko", w chwilach „upadłości" matkowato-synkowatych. Zwyciężyła raz jeszcze.

Znowu powlokły się dni pełne koszmaru, pochmurne, parne, parszywe czerwcowe dnie, stworzone do małych zdarzeń małych ludzi. A wielkości czerpać nie było skąd — (i donikąd się zwrócić, o dopokąd, dopokąd...). Przyjęty był stały rytuał: on leżał kolo niej na dywanie, spalany żarem bezimiennej, już nie płciowej żądzy, a ona szeptała mu w ucho słowa, zdolne wałacha zmienić w parowego ogiera, wołu w nieskończoną ilość bezosobowych byków (samą ideję bykowatości), skogucić całe stada kapłonów, ujaić dowolnego eunucha, choćby Wielkiego Bazylego ministra cesarzowej Teofanu. A on chował ten nabój lubieży dla tamtej flondry starej, pijąc u samego źródła, a nie z dalekich, zabrudzonych życiem rzek, nieznośną mękę zatrutej miłości. Bo kochał ją teraz zupełnie poprostu na serjo i cierpiał z nią razem jej fałszywem, przewrotnem cierpieniem. Aż wreszcie trząsł, rozdarł się i leżał przed nią jak bydlę za życia patroszone w jakiejś potwornej fabryce konserw męczarni, jak owad zdeptany na letniej, pylnej drodze [właśnie był taki ohydnie czerwcowo–prawie-lipcawy dzień, pełen obietnic i żarów i marzenia o innem (byle nie tem, byle nie tem) życiu.] O, życie, kiedyż zaczniesz się wreszcie! Modlił się o śmierć do bezimiennych potęg w sobie, ale daleka była jeszcze do niej droga.

A dziś właśnie ona jechać miała do stolicy, wiadomo nam grzesznym, którzy wszystko wiemy, w jakich sprośnych celach (Kocmołuchowicz, przeciążony nadludzką pracą, tuż przed wybuchem decydujących wypadków, gwałtownie domagał się detanty. Szyfrowane depesze już od dwóch dni szły od Huśtańskiego (Kuźmy) *aż* tu i odczytywane były przez kogoś w sąsiednim pokoju (tam gdzie nocował pijany wuj, cha, cha!) a potem Persy dziwne miała z kimś rozmówki, które napełniały słodkim żarem jej przepiękne uda i wywoływały rozkoszne dreszcze w okolicach kości ogonowej. Jej skrzydlaty byk czekał napięty jak stalowa lina, gotów na wszystko. W czarnej nocy widziała przed sobą jego smoliste gały, zawrócone żarem upadlającej żądzy i usta drgające od niewysłowionej mękojebni, tuż, tuż przed samą chwilą nasycenia, straszną chwilą posiadania mężczyzny przez kobietę, jego unicestwienia za życia) Ona wyjeżdżała, a on, Zypcio, który najniesłuszniej w świecie uważał siebie za główną figurę tej bezecnej tragedji, zostawał w tej przeklętej dziurze K., w dyscyplinie szkoły i dyscyplinie straszliwego nałogu czystej rozkoszy płciowej z tamtą. Ale znowu gdyby tej Iriny Wsiewołodowny nie było wcale, „taż to panie byłby poprostu szkandał" — gdyby nie ta klapa bezpieczeństwa — ten powiedzmy otwarcie kubeł na spermę — to coby było? Możeby dawno już dokonał tych swoich niespełnionych zbrodni i odpadł od Wielkich Cyc Istnienia syt życia po wieki wieków. A tak musiał trwać i trwał sam w męce, ohydny i przeklęty. I to on, ten młody Zypcio, „dziecko szczęścia", dla szczęścia chowany i pielęgnowany, jak rzadka roślina jakaś, to *„Luxusthierchen"*, jak go nazywała ciotka, księżna Blińska-Gloupescu. A ona, na wyjezdnem, (we wspaniałej walizie od Pictona zapakowana była złota miseczka i dyscyplina z ołowianemi gałeczkami) lekkiemi pół–słówkami i muśnięciami, stwarzała w nim stany obce mu i straszliwe w ich zahamowanej zbrodniczości. Chciał mordować jak nigdy — tylko nie wiedział kogo. Dobroć i poświęcenie, odwrócone, wypatroszone nawywrót (*„Transformationsgleichungen von Gut und Böse mit dem unendlichen Genitalkoeffizient des Fräulein v. Zwierżontkowskaja"*) przybierały powoli postać mglistej, niewygodnie bezsensownej zbrodni: *„quite a disinterested murder"*. Knuł się spisek na nim samym, przeciwko niemu samemu. Przewodniczył ten ciemny gość z piwnic duszy, poczęty z samego zła, bezosobowego, obojętnego, nieprawdopodobnie plugawego.

Aż wreszcie którejś (trzeciej czy czwartej — to obojętne) nocy po powrocie Persy ze stolicy (niemożebnie święta była i poprostu roztkliwiona) nagle wszystko się Zypciowi przewróciło we łbie, jakby mu ktoś ten nieszczęsny łeb potrząsnął z całej siły i zakręcił w wirze o szybkości conajmniej cząsteczek α. Pozamieniały się komórki w mózgu jedne za drugie i kasza powstała niesłychana. Trzymał, trzymał, trzymał siebie, aż nie wytrzymał i pękł wreszcie z okropnym, bezgłośnym wewnętrznym hałasem. Rozpadła się jaźń w kupę nietrzymających się ze sobą, luźnie bełtających się stanów czegoś niewiadomego. Były to „akty intencjonalne", wiszące w próżni, bezosobowo. jak w koncepcji pewnych fenomenologów. Okropny ból zawiedzionego życia i niewypełnienia tego, co właśnie zdawało się wypełnionem być *musiało*, był jedynem medjum, sklejającem zdysocjowane elementy ducha.

Po zwykłym dniu szkolnym [już do promocji i podobno do przyśpieszonego buntu (ale przeciw komu,) Syndykatu Zbawienia zostawał tylko tydzień] Zypek, pozornie chłodny i psychicznie zapięty i wyświeżony — to najgorsze właśnie — a wewnętrznie przedstawiający potworne zwalisko i rumowisko pełne niewybuchniętych jeszcze bomb, min i kamufletów, w chronicznej o zwolnionem tempie erupcji nieludzkiej i już prawie nie bydlęcej żądzy życia, szedł na ulicę Św. Retoryka do Persy. Szedł jak żywy pocisk — powinna była być na nim wyrysowana trupia czaszka, czerwone zygzakowate strzałki i wypisane odpowiednie napisy. Bechmetjew, gdyby tylko na niego był spojrzał, mógłby był opisać przebieg zdarzeń z błędem nieomal astronomicznym. Ona, ta słodka i smutna dzieweczka, wcale nie lubiła śmierci, tylko lubiła się o nią „ocierać". A gadali całkiem co innego (najbardziej wtajemniczeni oczywiście), że właśnie ona czeka śmierci z rąk rozwścieczonego Kocmołuchowicza, nie mając odwagi na samobójstwo, że czyha na moment zupełnego nieopanowania kwatermistrza (były istotnie chwilki niebezpieczne), aby „rozwiać się w nicość", „połączyć się z pępkiem bytu", „przejechać się w krainę prawdziwego zaprzeczenia istocie istnienia" — cytowano takie głupie zdańka, szeptem za szafami, w klozetach i komórkach, po opuszczonych po-reformackich spichrzach i świronkach. To ocieranie się o śmierć dodawało piekielnego uroku różnym chwilkom płciowych... niedociągnięć — tak. Łowienie chwilek tych było specjalnością Persy, a główną wędką teraz Zypcio, a dodatkową siatką naokoło, podglądający i podsłuchujący ich prawie stale z drugiego pokoju (specjalne tuby akustyczne i periskopy) pułkownik Michał Węborek, grubas, siłacz, brodacz, wogóle partacz i notoryczny homoseksualista, ale zaufany urzędnik do najbardziej zawiłych poruczeń natury prywatnej (gdy jakaś tam n. p. hrabina bardzo chciała, albo jakaś tam dziewczynka bardzo się bała i t. p.) generała–kwatermistrza. Zasada: wolno było wszystko — nawet najgorsze tortury gości były dozwolone. [Relacje Wyborka z tych posiedzeń specjalnie podniecały Wodza i dawały mu możność niesłychanego nagromadzenia sił wybuchowych niesłychanego napięcia. Czasem w razie kilkodniowej zwłoki od oznaczonego terminu: teatr, lub spóźnienia natury fizjologicznej (jak teraz), siły te dochodziły do szaleńczych rozmiarów: otoczenie nieraz obawiało się regularnego ataku szału. Ale ostatecznie Persy umiała zawsze szał ten skanalizować i skanaljować w sposób nieszkodliwy, a dla spraw społecznych twórczy.] — Wolno było wszystko, ale bez najmniejszych nawet dotyków. A to właśnie było jej specjalnością, to najbardziej nasycało jej poczucie rzeczywistości. Mówił Zypcio sykiem genitalnym a życie dookoła, w postaci piętrzących się czarnych widm, pochylało się nad nim coraz bliżej, zakrywało go, otulało. Ginął jak mały robaczek pożerany przez niewiadomego, niewidzialnego potwora. Persy słuchała go, rozwalona bezczelnie w najbezwstydniejszy sposób, (ubrana *zresztą* w czarny kostjum, taki wie pani obcisły, trochę męskawy, z takiemi pętelkami, wkładkami, mereżkami w gipiurkach i dżetach i jasnołososiową bluzkę krepdeszynową, podrabianą żorżetkami plisowanemi w walensjenki pikowane i obszyte bardzo starannie.) ukazując bez żadnego „ścieśnienia" (jak mówiła) tylko co *„zbeszczeszczone"* przez kochanka tamte miejsca, zmęczone i obolałe. Mówił: (nie on tylko to, a raczej przez to mówił gość ze dna): — Musisz dziś. — (śmiała się rozkosznie) — Albo, albo — a jeśli nie, to śmierć. — (Nie zdjął nawet palta i rękawiczek. Gorąco było nieznośne, pochmurno-lipcowe.) — Ja mam dosyć, ja nie wiem kim jestem — ja ciebie już nie chcę, nie wiem kim ty jesteś — wszystko mi się przekręciło na drugą stronę — nie wiem czego chcę, ale coś musi się stać, bo inaczej pęknę — ja nie-wy-trzy-mam. — Twarz jego zrobiła się straszna: jakieś nieludzkie uduchowienie połączone z takiej marki zahamowanem bydlęctwem i jeszcze coś — coś, z czego Persy nie mogła zdać sobie sprawy, coś, co widziała poraz-pierwszy. Obleciał ją straszek, ale jeszcze stosunkowo dość miły, a jednocześnie piekielna ciekawość co też będzie dalej, oblepiła jej ciało: czuła dreszcz tej ciekawości w udach, a nawet w łydkach. Chwila była dobra, ale czy troszeczkę nie przeciągnięta? Dalej, dalej... Ten mówił: wymiotował słowa z trudem, kawałami, niestrawione, okropne. Właściwie słowa były zwykłe, bo cóż poza poezją, słowami niezwykłego wyrazić można — ale ton, ton i „dykcja" i to gardłowe duszenie się: zdawało się że wszystkie bebechy podchodzą mu pod samo gardło jak kłąb robaków, że za chwilę wyrzygnie całego siebie na perski dywanik („persicki kawiorek" jak mówiła Persy) i zostanie z niego (Zypcia) tylko cienka skórka, wywrócona jak pończocha. — Ty musisz, albo ja... Nie... Trzymajcie mnie Wszyscy Święci, bo za chwilę nie wiem co zrobię. Nie wiem — to jest najgorsze. Ja cię nie potrafię nawet zgwałcić, bo cię kocham. — A co było najstraszniejsze to zupełny bezwład płciowy: złowroga cisza przed wybuchem orkanu. Zdawało mu się, że nie ma i nigdy nie miał genitalji. To się odbywało w tych hypergenitalnych sferach płciowości: coś najgorszego, co może być, *coś nieodwracalnego*, jak trzeciorzędne zmiany kiłowe.— Musisz, musisz, ale nie wiem co musisz! — krzyknął prawie i przebił jej oczy nawylot spojrzeniem morderczem, zbrodniczem — w spojrzeniu tem wystrzelił ostatni nabój świadomości — za tem czaił się tylko jakiś nieznany, rozpętany, bezimienny żywioł, a tuż obok ohydna, pospolita, głupia jak but śmierć: imię tego po polsku *„lustmord"*, ale nie jakiegoś tam idjoty pod krzaczkiem, dokonany na babie, wracającej, czy idącej na jarmark (medycyna sądowa Wachholca: pejzaż letni z białym krzyżykiem pod krzaczkiem właśnie, obok fotografja jakiegoś matoła, a dalej zdjęcie potwornie smasakrowanego trupa jej, tej biednej baby: jakieś serki zmieszane z mózgiem, wątroba owinięta w podartą spódnicę, posiniaczone nogi, posypane suszonemi grzybkami — „wizja lokalna" — coś piekielnego! Wieczór zapada za lasami, a w gliniankach kumkają żaby.) (Taki obraz przemknął przez wyobraźnię Persy i nagle przestraszyła się: tak naprawdę po ludzku, bez żadnej już perwersji) o nie — to był (w jego oczach) potencjalny *lustmord* tak wyrafinowany, że aż niepojęty. Najdziksza fantazja nie mogłaby odtworzyć sposobu i warunków w jakich mógłby się odbyć — o tem mógł wiedzieć tylko gość ze dna. Ale on stracił połączenie z istotą Zypcia — stawał sam do walki z tajemną grozą istnienia, na własną odpowiedzialność.

— Siadaj, Zypulka — pomów ze mną — ja ci wszystko wyjaśnię. Uspokoję — wytłomaczę. Na co ci to? Zapomnij o tem, nie myśl. — Siedziała już w zupełnie przyzwoitej pozie, tylko ząbki jej szczękały cienko, prędko, niespokojnie, jakby jakie obce, niezależne od niej gryzoniowate stworzonka. — No — Zypulka. Biedny chłopczyk, kochany. Nie patrz tak na mnie. — Straciła nagle siły i zakryła twarz rękami. Nie było już w tem żadnej przyjemności. Przesoliła. Stał wypięty, stężały. Wszystko cofnęło się w głąb i tam, w podświadomych jaskiniach odbywała się cała awantura, której wynik miał się okazać za chwilę. Twarz miał spokojną, tylko bezmiernie zmęczoną i ogłupiałą. Czasem przelatywał dreszcz przez wszystkie mięśnie tej biednej mordy i drgała, jak muskuły bydlęcia odartego prawie że żywcem ze skóry w jakiejś maszynowej jatce fabryki konserw. Przez czarną czeluść otwartego okna dolatywał mokry zapach świeżo skoszonych łąk. (W tej dziurze K. wszystko było blisko, co chwila utykało się nosem w przedmieściach, a właśnie ulica Retoryka była na samej „opuszce" miasta, jak mówiła Persy.) Gdzieś daleko szczekał pies i na tle tego szczekania, tu blisko, bzykała raz po raz mucha — na jednej nodze w pajęczynie uwięziona — ja wiem. (Tajemnica jednoczesności dalekich zdarzeń — jedynie teorja Whiteheada zdaje z tego sprawę, w przybliżeniu, granicznie.) Zamarła cisza promieniała dyszącem oczekiwaniem. Genezyp był zupełnie bezwładny (w znaczeniu erotycznem), ale muskuły ściągnięte miał w jeden węzeł nieznośnego bólu, rozsadzającego wszystko „na potęgę", bezlitośnie. A tam, w tych miękiszowych głębiach ciała nie ruszało się nic. Persy odkryła oczy i łzawo spojrzała na swój preparat. Uśmiech rozjaśnił jej piękną twarzyczkę — pewna już była przewagi. Ale czegoś było żal — taka dziwna chwila uciekła bezpowrotnie. Żałowała niebezpieczeństw tylko co niewyraźnie antycypowanych, a tak uroczych, bezkresnych obszarów niedokonanych zbrodni, całego uroku życia, który tak czuła biedactwo przed chwilą, tak czuła — a tu nic. Nuda. Smutek. I tylko tyle...?

Zypcio napróżno trudził się starając się wywołać w wyobraźni obraz kwatermistrza — ten stale dotąd działający symbol siły woli i wszelakich przezwyciężeń — napróżno! Pęczniało coś obcego, strasznego, w psychicznych zwojach, niezależnych jakby od ciała. Jeszcze kontakty nie były pozakładane (pracował nad tem w podziemiach „tamten"— ciemny robociarz-elektropsychotechnik.), ale strzałki zegara latały niespokojnie poza linjami niebezpieczeństw. Maszyna szła wolna jak szalona — trzeba ją było włączyć. Już się robi. Samotne, bezduszne mięśnie, zdysocjowane ruchowo, niezorganizowane, czekały tylko rozkazu jak żagle przed podniesieniem, jak żołnierze zamarli na „baczność", spuchnięte z żądzy czynu, przepojone krwią, zdrową, bydlęcą, gdy dusza była tak bardzo chora, czekały tylko rozkazu wyższych centrów, opanowanych przez posępnego pracownika głębin — *przytomnego warjata*. On sam w sobie był przecie przytomny (*jako taki*). Tylko w połączeniu z tym Bykozypkiem (kochankiem księżnej, przyszłym adjutantem, tu w zagwazdranem mieście K., na ulicy Retoryka) *dawał* dopiero warjata. Był warjatem kierując tamtym — sam był poprostu *innym* człowiekiem, logicznym w swoich pomysłach a nawet mądrym. Ale dwie jaźnie nie mogą żyć w jednem ciele — zdarza się to wyjątkowo i to na bardzo krótko, ale ogólnego równania na to niema. Dlatego nazywa się to (słusznie) obłędem. I ta biedna dzierlatka mówiła do tej zdeformowanej do–nie–poznania psychologicznej kupy czegoś (w normalnych wymiarach ludzkich nie dającej się jako to i to rozpoznać) złudzona tej kupy ogłupiałą miną. (Najwięksi myśliciele, wbrew przesądom tłumu, mają *w samej chwili wynajdywania czegoś* (w chwili przeskakiwania szeregów logicznych = racjonalnie zdefinjowana intuicja) właśnie najgłupsze miny — chyba że pozują jeszcze dodatkowo przed jakąś widownią.) A mówiła tak, z przyzwyczajenia kokietując go (mówiąc delikatnie) dalej bez miłosierdzia:

— Ja wiem. Ty już nie możesz. A jednak musisz, *musisz*. W tem jest wszystko: cała niewysłowiona tajemnica i piękno naszej miłości. Niespełniony sen, piękny jak nic na ziemi. Czyż jest coś wznioślejszego...? — Głos jej załamał się i ugrzązł w gąszczu łez. Coś było w tem tak piekielnie zmysłowego, nieskończenie ciągnącego się, wlokącego na dno, okrutnego i świadomie złego, że Zypcio zagotował się od nagłej, piorunującej żądzy, jak garnek pełen ścierek. Był niczem, jednem tem i koniec. Nie miał nic do stracenia. Był pusty jak skorupka od raka, wypatroszony, wyjedzony, wyssany — *ausgepumpt* und *ausgezüzelt*. Żył tylko tem wyciągnięciem wszystkiego w nieskończoną dal pustki, żalu i złowrogiej nudy. Mięśnie sprężyły się i „poszedł zew" po bebechach do wszystkich rezerw płciowej siły. Ogień rozlał się jak gęsta, oleista ciecz po żyłach — ale szybko, pod szalonem ciśnieniem. Stało się. Wyszedł z niego głos ekskrementalny, zatwardzeniowy, paskudny, głos nie jego: przemówił jeszcze dusząc się ten ze dna. Nie umiał mówić — to był przecie jego pierwszy prawdziwy występ.

— Nie — dosyć tych bezecnych gadań. Ja nie pozwolę. Tu uduszę cię jak wiewiórkę — (czemu to właśnie zwierzątko przyszło mu na myśl, mimo, że nigdy jak żył wiewiórki nie dusił?). — Ona zaśmiała się. Był śmieszny — panowała nad nim niepodzielnie. Ale mimo śmieszności czuła całą grozę napięcia jego „biezumnych żełanji" — tak to nazywała. Była w nim, w samem centrum jego płciowego ośrodka, wewnątrz jego opuchłych gruczołów, kierowała tą całą szajką wewnętrznych jego bydlątek jak chciała, a przez to nim samym także, ale nie tak zupełnie. „0 zupełności, kiedyż cię doścignę!" Nagle tajemna kraina rozkoszy najwyższej otwarła się w niej na nowo, stokroć piękniejsza niż kiedykolwiek bądź. Jeszcze nigdy tak nie było. Czemże wobec tego jest cała muzyka Tengiera: przedsmakiem metafizycznej rzeczywistości. A tu sama metafizyka wpleciona w koło najcudowniejszych tortur drugiego człowieka i to samca i to tortur bez bólu: miękkich, łaskotliwych... Ach, jakże dokładnie wiedziała teraz wszystko, wszystko to i wszystko inne. Rozpromienił się i wyrósł w nieskończoność cały świat. Nareszcie przyszła ta ekstaza najdziwniejsza. Czemże była wobec tego nawet kokaina Kwintofrona. (Częstował ją przecie także jak wszystkich, ale jej nie wciągnął.) Czemże wreszcie, w porównaniu z tem, były teorje międzynarodowego „wizytatora dziwnych teatrów", Ganglioniego, który twierdził, opierając się na teorjach Chwistka, że tylko to jest, czego niema i w co się wierzyło, gdy się go uważnie słuchało. Ale wiedziała, że odmówić musi, mu–si, bo inaczej ten za ścianą zobaczy to, czego nie powinien, a tamtego byka na tę wiadomość szlag gdzieś trafi w środku jakiejś niezmiernie ważnej konferencji, a ona wogóle (tak: wogóle) zginie jakąś fatalną, plugawą śmiercią — może będą tortury... te prawdziwe... brrr... A zresztą gdyby nawet teraz poddała się temu „cudnemu" chłopczykowi (czego nawet chwilami pragnęła, nawet po tamtem z tamtym...) to momentalnie straciłby on właśnie dla niej całą wartość. Widziała już przed sobą to przyszłe morze nudy beznadziejnej, w którą zawsze wtrącało ją zaspokojenie normalnych pragnień. (Bo próbowała w szalllonej tajemnicy — ale to się nie liczyło). A tu śmierć błyskała w orzechowych oczach valentinowatego niedooficerka, już krzywiła w ponurym szale te kochane, nigdy nie całowane śliczne, młodziutkie usta.

Uwaga: Księżna jako antydot przestała działać na Genezypa zupełnie.

— Poczekaj. Zaraz przyjdę — szepnęła z doskonale udanem poddaniem się i obietnicą czegoś takiego, że Zypulka zmienił się poprostu w jeden buro-krwawy, twardy, śmierdzący płomień, o temperaturze płonącego helium. Zatrząsł się, spojrzał na nią psim, a jednocześnie miażdżącym wzrokiem i zaczekał się przez tę sekundę prawie na śmierć. Z zaciśniętemi pięściami w białych rękawiczkach stał jak zwierzę gotowe do skoku, w prawie katatonicznem zastygnięciu, zankylozowany przez rozpierające go pragnienie.

Wyszła tym swoim najbardziej lubieżnym krokiem, chwiejąc półkulami derieru jak arabska tancerka, uśmiechnąwszy się przedtem programowo, długo, przeciągle, mokremi, poziomkowemi ustami. I to o ten flaczek mięsa szło to wszystko! Czyż to nie potworne poprostu!

Nieodwołalne piętrzyło się gdzieś tuż obok, wzdymało i pęczniało — może w przyległym pokoju tego nieboszczyka–brata, o ile taki wogóle istniał — cha, cha! Jakaś odrętwiająca fala przeczucia czegoś strasznego, jakiejś niewiarogodnej klęski uderzyła go w plecy. Ona mu się nie odda — oszukała go! Wściekłość rzuciła się w nim jak pies na łańcuchu i zaraz opadła. To jeszcze była jego wściekłość *normalna*, ale za chwilę...? (Czas ciągnął się jakgdyby był z gutaperki.) Zypcio nagle odwrócił się, mimo że nie dobiegł go żaden najlżejszy nawet szmer z tej strony i stał dalej, wpatrzony w olbrzymią fotografję Persy w roli „Mątwy", zrobioną przez Tadeusza Langiera (wnuka), wiszącą na prawo od wejścia do tamtego pokoju. Jednak kochał ją, tę dręczycielkę metafizyczną — na to nie było rady. I taka miłość, połączona z taką djabelską żądzą (czegoż więcej trzeba, u samego Belzebuba?!) idzie na marne! Poczucie tego „pecha" (znowu niema polskiego słowa — wgniot, klapzder, niechód, wypsnęk, wygwizd, nieud, chlust, gwajdlak, kierdas, rypcio, gwajdluk, potknianka, wypsnianka, spełzek(zka), wyślizg, niedochwyt, przedznak, lośnik, fatalik, spędka, zwiej(ka), chłapniak, zwichniak, chwist, zgnojek — dosyć — wszystko brzmi jak ze złodziejskiego słownika wyjęte — co u djabła? Czyż u nas nie można mieć dystyngowanego pecha?) wgniotło go znowu w gęstą, lepką, błotnistą, maziowatą rozpacz. Już nigdy z niej nie wybrnie...!

Wtem trzask otwieranych drzwi i w ich obramieniu stanął nagle drab: brodaty blondyn może pięćdziesięcioletni, z barami jak u niedźwiedzia, z gałami jasnemi, poczciwemi ale z wciągiem dużym i kłopotliwym do wytrzymania — w cywilu, ale wojskiem niosło od niego na milę. Był to ten właśnie zaufany generała, Węborek, Michał, pułkownik. Zdecydował się interwenjować — wyjście Persy było mu sygnałem. Zrobił trzy kroki ku Zypkowi i powiedział wymuszonym na swobodno tonem, tak, jakby mu to wszystko przychodziło z wielką trudnością:

— A ty, chłopysiu, chodź tu do mnie. Ja cię uspokoję. I ostrzegam: wara od tej kobiety, jeśli ci życie miłe. — I zaraz innym tonem, w którym brzmiały jakby jakieś dziecinne błagania, zduszone łzy, wstyd i niecierpliwość. Już od dłuższego czasu piekielnie podobał się pułkownikowi ten mały i biedny straszne męki przeżywał przy swoich periskopach, widząc jak się marnuje ta śliczna, godna Sokratesa „dusza", na takie podłe, heteroseksualne" bezskuteczne porywy. Teraz mógł działać z czystem sumieniem, zgodnie z instrukcjami kwatermistrza. — Jestem pułkownik Michał Węborek. Ja cię nauczę przyjemności daleko wyższej: związku dwóch czystych duchów męskich, po przejściu pewnych prób, które wskażą ci — ale mniejsza o to narazie — to głupstwo, jakkolwiek bez tego — ale dosyć... Będę twoim przyjacielem i zastąpię ci tymczasem ojca, zanim dostąpisz prawdziwego zbliżenia z naszym wodzem, w którym, jak w Bogu, jedno jesteśmy tu na ziemi. Czy wierzysz w Boga? — (Genezyp milczał. Skurczony wewnętrznie, w niewyrażalnym stanie pozornej kompletnej nicości (w podziemiach działy się całe światy!) stał dalej, patrząc martwemi oczami w porozumiewawczo uśmiechnięte jasno–zielone, uprzejme, załzawione, focze, najwyraźniej zapłcione (skąd?) gały Węborka. Ani jednego drgnięcia. Stał nad straszliwą przepaścią, której nie widział — jak lunatyk, trzymał się cudem, na jednym palcu wsparty o chorągiewkę wiatrową olbrzymiej wieży.) — Czy słyszałeś kiedy „Stabat Mater" Szymanowskiego i tę piekielną parodję „Stabat Vater", którą dla nędznych samic napisał ten wściekły Tengier? To dwa niewspółmierne światy. Ja byłem lotnikiem, przysięgam ci, że robiłem akrobatykę, ale teraz nie mogę. Wyprztykałem się na krucjacie — ale ja nie jestem tchórzem — zakończył prawie ze łzami. „Co ten plecie" — pomyślał w Zypciu dawny Zypek. „Przecież on mówi bez sensu do trupa". I nagle skoczył w nim, jemu samemu i całemu światu do gardła ten drab, schowany w gąszczach wielorakiej duszy. I odrazu ta rozkoszna pewność, że tak właśnie, a broń Boże nie inaczej postąpić powinien. Jak — jeszcze nie wiedział, ale poczuł się równym nieomal Tengierowi, nieomal samemu Kocmołuchowiczowi. Jakby zerwały się wszystkie związki między tą chwilą, która teraz „stała" (jak *stojała kagdato diwnaja osiennaja pogoda*", jak *„stojali czudnyje dni"* — dni stały bez czasu — pogoda też — co za cud!) zupełnie izolowana, a tem co było i co najważniejsze: tem, co będzie. Otwierały się nieznane groty, nieznane „strony", obłoczne krainy, podobne tym na wschodniej stronie nieba, pełnego burzowych kumulusów o zachodzie. Tam on był teraz, już nie marzył o tem, ale był. Było to swojego rodzaju szczęście: jak po dwóch pierwszych kieliszkach wódki na czczo, lub po pierwszej dawce kokainy po

kieliszkach czterdziestu. Cudownie poczuł się Genezyp, jak nigdy — raczej nie on, tylko to straszne stworzenie w nim, którego tak się panicznie dotąd bał i którem tak się brzydził. Ono (on) było nim, stanowili jedność — tego normalnego Zypka nie było wcale. I sens, sens cudowny (ten którego poczucie mają ci, co *kochają Boga(!)* — w to jedno nie wierzył nigdy Sturfan Abnol, chyba u kobiet) wszystkiego, nawet najdzikszego z najniemożliwszych przypadków. Och — gdyby taki stan mógł trwać wieczność! — (podobno trwa u tych, co 20 lat umieją patrzeć we własne pępki mało jedząc i nie pijąc — ale to wątpliwe bardzo.) Ale niestety działanie jakieś, jeszcze nieznane, było nieuniknione. Zypcio był *tout de même* człowiekiem Zachodu. To będzie też rozkosz, tylko inna — może jeszcze mocniejsza, ale inna, psia-krew? Może nareszcie szczęście stanie się zupełne, czyste, bez chmurki, bez skazy! Ten drab nieznany, brodaty i jakiś niezmiernie wypukły, jak w stereoskopie widziany, który stał tam na tle czarnej czeluści tajemniczego pokoju, to był, to był, to był *pies na łańcuchu* — *trzeba go spuścić* — innego wyjścia niema. Znowu żałośnie zaszczekał daleko na przedmieściu pies obcy, ale rzeczywisty, kochany — z prawdziwego świata zwykłej nocy ziemskiej przyszedł teraz ten szczek, jakby z zaświatów. Na tem tle, tuż koło Zypcia (czy koło tego drab w nim?) bzyknęła mucha. Jednoczesność dalekich zjawisk. Tak — niech się stanie. Ale co? Już wiedział — właściwie nic nie wiedział, więc jakim sposobem wiedział co się stanie? Jasnowidząca czarność doskonałości zalała duszę. Nadchodził moment *twórczy* (uśmiałby się z tej twórczości Tengier, a nawet Wielki Kocmołuch, mimo że temu ostatniemu mogły być bliskie nawet takie stany — ten miał w sobie wszystko, razem z rogami i kopytami.) — nieznane, nieprawdopodobne miało się wychynąć z nicości i stać się ruchem elektronów, przemieszczeniem grawitacyjnych pól, czy też zazębianiem się na bardzo stosunkowo wielką skalę bardzo małych żyjątek — nikt, nawet sam djabeł nie wie czem to jest i będzie po wieki wieków. W każdym razie to, że są żyjące: czujące i myślące stwory jest pewne, a istnienie materji martwej, takiej, jaką ją chce mieć fizyka, na podstawie danych ordynarnej wizji świata tych wł
śnie stworów, jest wysoce problematyczne. Chyba że się przyjmie ordynarny dualizm, ordynarną „harmonję przedustawną" i całkiem ordynarnie przestanie się myśleć — ot co.

A drab tamten stał i czekał — brodaty, uprzejmy a straszny — zdawało się wieki całe, a mimo to wszystko to razem nie trwało może i trzech minut, a jednak „wypchanie czasu" było nie-do-zniesienia, a upływał przy

tem poprostu jak strzała. Życie wahało się po obu stronach grani, jak na
huśtawce. Raz widać było słoneczne doliny normalności i całe masy
rozkosznych kącików wymarzonych dla zatulenia się, to znowu z drugiej
strony ukazywały się mroczne „zachołuścia" i rozpadliny obłędu, dymiące
odurzającemi ciężkiemi gazami i błyskające roztopioną lawą — *Vale
inferno* — królestwo wiecznych tortur i nieznośnych wyrzutów sumienia:
przecież można było tego wszystkiego uniknąć! Nieokreślona, mała a silna
jak czort pokuska, wżerała się coraz głębiej w ciało, drążąc sobie drogę do
nietkniętych jeszcze centrów motorycznych. Persy nie istniała dla
Genezypa w tej chwili zupełnie. Nie było wogóle nic, tylko ten czyn do
spełnienia. Świat skurczył się do małego wycinka pola widzenia i w tem
bełtała się, luźna jeszcze, kupka czuć muskularnych. Wierzcie mi — nie
było nic prócz tego: sam Mach byłby kontent, a może i Chwistek. Na stoliku
leżał tapicerski młotek, długi z żelazną, wpuszczoną w obłe drzewo rączką
— ach, jak kusząca to rzecz w pewnych chwilach — intruz niepojęty w tem
państwie bibelotów i fatałaszek. Uśmiechał się nad nim czarny, chiński
Budda. Zapomniany młotek — (coś pomagał jej nim przybijać wczoraj
jeszcze — jakieś przesunięcie perskiej miniatury o 3 cm. na lewo — bo
Persy była wielką estetką, *bardzo* wielką) — zdawał się czekać. Było w nim
napięcie żywego stworzenia zamkniętego w klatce. On też chciał się od
czegoś uwolnić, coś zdziałać wreszcie naprawdę morowego, a nie gnić tu
na przybijaniu jakichś nędznych gwoździków, nie marnować się. Otóż to.
Zypcio nie chciał się marnować też, a jeszcze mniej chciał czarny,
beztwarzowy dotąd, podziemny drab. (Później on wylazł Zypciowi na
twarz, wlazł mu na mordę, wrósł mu w pysk i wszyscy dziwili się
dziwnemu wyrazowi oczu młodego junkra — nie wiedzieli, *że to nie był już
on* — to była właśnie ta „*postpsychotische Personalität*", z dawną
osobowością nic wspólnego nie mająca.) Cały system muskułów drgnął jak
doskonała maszyna, puszczona w ruch przekręceniem jakiejś–tam
maniwelki i Genezyp twardą ręką złapał młotek za długą, powtarzam:
oprawną w drzewo, ale z obejmującym je metalem, rękojeść. Waga tej
rzeczy była cudowna, wymarzona... I ujrzał jeszcze raczej zdziwione niż
przerażone oczy tamtego, bałuszące się już jakby nie w tym naszym
świecie i rżnął go z całej siły w niewiadomo czemu nienawistny teraz, a
bydlęcy blond–brodato–włosisty łeb. Miękki trzask, mokry, *żywy* i
olbrzymie ciało zwaliło się z głuchym hukiem na dywan. Tego deseniu nie
zapomniał już nigdy. Młotek został w tym łbie, powyżej guza czołowego
lewego. Zypcio wyszedł jak automat, bez cienia cienia jakiejkolwiek myśli i

uczucia. Poprostu uprościł się tym sposobem do niemożliwości. Gdzie to były, gdzie się podziały te wszystkie komplikacje dawne i przedchwilowe? Nic. „Dobrze jest żyć" — powiedział w nim obcy głos i głos ten był jego własnym, rodzonym głosem. Ciało było lekkie, jak puszek — zdawało się unosić ponad tym bezsensowym światem oficerstwa, Kocmołuchowicza, chińczyków, całej politycznej sytuacji i tych dziwnych stworzeń, tak brzydko kobietami zwanych. Nie było duenji, nie było Persy — nikogo. Nie zdziwiło go to wcale. Teraz dopiero uczuł swobodę i beztroskę niebywałą. „Boże! Kim ja jestem" — pomyślał idąc po schodach. (Drzwi zatrzasnął za sobą. Klucz od bramy miał swój darowany mu przez Persy.)

Była godzina druga, ta najpóźniejsza godzina nocy. Niewiadoma siła skierowała go najprzód w stronę szkoły, tak jakby tam był jakiś ratunek. Ale przecie ratunku nie potrzebował— było tak dobrze, tak cudownie się wszystko układało — więc poco, poco u djabła starego...?! Mżył drobny letni deszczyk. To, co mogłoby być w taką noc do utraty zmysłów pospolite i przykre (cisza wymarłego miasta, mokre ulice, duszne powietrze i ten ciepło–wilgotny, małomiasteczkowy zapaszek, nawozowo–cebulkowato–słodkawy) zdawało się właśnie najcudowniejszem, koniecznem, doskonałem, tem właśnie, a nie innem. Ta „tość" a nie inność — ach cóż to za cud móc czuć konieczność absolutną wtem niesamowitem państwie przypadku i bezsensu, jakiem jest *nagie istnienie*, poza fikcjami społecznych praw, pokrywającemi bezczelne wprost kontyngencje. Gdyby Zypcio zażył kiedy świadomie dużą dawkę kokainy (do czego w chwilach rozpaczy namawiała go księżna), to mógłby porównać stan ten z lekkiem zatruciem tym pozornie szlachetnym, a wymagającym takich ofiar jadem. Nagle błysk potworny zimnej świadomości: „jestem zbrodniarzem — zabiłem nie wiem kogo i nie wiem poco? Ach — przecież nie o nią. Ona, ona..." — obce słowo bełtało się wśród innych, równie luźnych, martwych, pozbawionych znaczenia. „Czyż nigdy tego nie zrozumiem? Tak — może zrozumiem jak mnie wsadzą na 12 lat. Ale przecież chińczycy... nikt się im nie oprze..." Tak mógł myśleć „bezstraszno" w tej okropnej chwili, której okropności nie był w stanie pojąć. To nie był on — to był tamten, tylko dziwnie jakoś i wstrętnie złagodniały, wcielony w zwnętrzne formy tego dawnego, dawno zmarłego chłopczyka. Ze zgrozą pojął straszność samego faktu istnienia, nawet najłagodniejszego — w tej koncepcji nawet Święci stawali się potworami bez nazwy. „Wszystko, co istnieje, zaprzecza tej zasadzie, według której istnieje — wszystko opiera się na metafizycznej, nie-do-wynagrodzenia krzywdzie. Nawet gdybym był najlepszym w świecie, jestem i będę tylko kłębowiskiem walczących ze sobą drobnych istnień aż w nieskończoność. Taki sam okrutny jest świat wewnątrz indywiduum, jak i poza niem"] — tak mówił kiedyś pijany Sturfan. Dziś pojął to Genezyp — nie pojęciowo, tylko żywą swą krwią — zdawało mu się, że przelewa się mu w arterjach–kloakach jakaś ohydna, trująca i cuchnąca ciecz. Nie było na świecie nic, prócz jednej wielkiej, paskudnej nieczystości, a jednak było dobrze. Machnął ręką z lekceważeniem. A więc i on też, skoro cały świat jest taki. Przemknęła w pamięci jakby innej jaźni widmowa, blada twarz Elizy i zgasła jak fosforescencja w głębi czarno-zielonawej wody. Zostało samo poczucie związku jednej zbrodni z jakiemś czemś równie zbrodniczem, a nieokreślonem. *W jaki sposób był* dany ten związek i to drugie coś, czort jeden wie. Niech się męczą nad tem psychologowie. Wszystko jednak da się zdaje się sprowadzić do pojęć: pewnego *zabarwienia* jakości będącej jako takiej w trwaniu i „tła zmieszanego" (niezauważonego) Corneliusa. Wszystko jedno, ważnem było to, że Zypcio nasycił się w jakiś dziwny sposób tą zbrodnią i to tak, że Persy, ta rozzuchwalona powodzeniem u takiego Kocmołuchowicza mątewka, przestała dla niego istnieć. A przytem nie miał żadnych, ale to najmniejszych nawet wyrzutów. Etyka? Furda, panie tego. Dla schizofreników pewnego typu to są puste słowa — jest tylko on jeden i nic poza tem. „Cudowne lekarstwo na nieszczęśliwą miłość: zabić kogoś zupełnie nie mającego związku z tą miłością — jakiegoś obcego pana — pierwszego lepszego przechodnia". Przypomniał mu się wiersz jakiegoś zagwazdranego pseudo-futurysty z dawnych czasów, jeszcze za życia Boya:

„...I pierwszego z brzegu przechodnia
Bęc przez łeb pałą — drugiego? także bęc!
To nie jest żadna zbrodnia
A więc cóż to jest więc.
 Nic — tak sobie bęc:
Usuwanie niepotrzebnych gratów
Bez pomocy katów..."

Co było dalej nie wiedział. Tamten błysk nad–świadomości, unoszącej się ponad schizofrenicznemi sobowtórami, zgasł, ale automatycznie zjawiały się *obok* osobowości normalne myśli, takie jakieby miał każdy zwykły człowiek w podobnej chwili. Ale one już nie zazębiały się (ho, ho — nic z tego) o motoryczne centry. Te były we władaniu draba z dna — on zdobył sobie tę władzę tem uderzeniem — wykonał coś absolutnie nowego, nieuczonego — zasłużył sobie na nagrodę. A jak się ma w ręku czyjeś motoryczne centry, to jest się tym właśnie panem i koniec: umarł Zypcio — narodził się postpsychotyczny Zypon. Sam atak — ten tak zwany „Schub" trwał sekundę. A więc te myśli boczne (ale co kogo to obchodzi?) = ależ Boże mój: przecie ten człowiek musiał mieć jakiś związek z życiem Persy, z tem tajnem życiem, o którem on, Genezyp, nie wiedział nic. Może nie związek erotyczny, ale coś do djabła było w tem niesamowitego, nawet dla tak skretyniałego osobnika, jak Zypcio w ten pamiętny wieczór. Niedarmo kłamała bestja, że to stał pusty pokój nieboszczyka brata — ten drab mieszkał tam najwidoczniej. Ale instynktem (który zresztą tak często myli [ale w tym wypadku mówił prawdę napewno — to wiedział Genezyp]) czuł, że ten brodacz był dla niej płciowo obojętny. Coś bardziej istotnego, a pośredniego ukrywało się poza tem. Nie dowie się pewno nigdy. Uczuł się zawieszonym w zupełnej próżni społecznej. Społecznie był zbrodniarzem (dobre i to, jeśli już moralnie nie można) kimś, na którego dybią absolutnie wszyscy, z wyjątkiem może kilku tysięcy (w kraju oczywiście) typów jemu podobnych. Uczucie życiowego osamotnienia przeszło dalej w stan samotności metafizycznej: jednego, jedynego istnienia, mówiącego „ja" o sobie, w nieskończonym w czasie i przestrzeni wszechświecie. (Bo niech sobie co chcą mówią matematycy i dla wygody niech słusznie wykrzywiają świat, a nasza aktualna przestrzeń „taki" jest euklidesowa i linja prosta, mimo wszelkich trick'ów, różni się zasadniczo od wszystkich innych.) Intuicyjnie, to znaczy: nie znając odpowiednich terminów i teorji, w swoich własnych rodzących się pojęciach–obrazach, pojął bezpośrednio, po bydlęcemu, aktualną nieskończoność Bytu i jej niepojętość dla ograniczonej poszczególnej egzystencji. I na tem koniec — ściana — i zupełna obojętność. Nagle — nie wiedząc o tem prawie — zawrócił w kierunku domu. Jedyna osoba na świecie to Liljan. Problem „alibi" zarysował się nagle z całą wyrazistością, zupełnie jak w tym niedawnym, a tak dawnym śnie. Może nikt go nie zobaczy, a Liljan powie, że był cały czas u niej — powie napewno — kochana siostrzyczka! Jak dobrze jest czasem mieć rodzinę! Pierwszy raz zobaczył to teraz tak jasno — kanalja! Jedyna istota, której mógł teraz wierzyć to ona, ta pogardzana Lilusia — matka nie, a księżna po stokroć tembardziej. Walmy więc, „vallons" alors — trzeba cudu, żeby go ktoś znajomy spotkał i rozpoznał w nikłem oświetleniu tego wiecznie martwego miasta. Jakkolwiek w pierwszych chwilach miał jednak na dnie wrażenie, że życie skończyło się bezpowrotnie — (jakaś bezimienna, praistnieniowa, niezróżniczkowana kasza, w której tkwiła dawna, tylko spotęgowana w trójnasób i wydłużona w nieskończoność męczarnia, otwierała się w kierunku przyszłości) to teraz, również zupełnie nie wierząc w dalsze możliwości istnienia, nie widząc przed sobą nic prócz aktualnej beztroski (to mało, psia-krew!) koniecznie, tak na wszelki wypadek, zapragnął upewnić się co do swego „alibi". To wszystko robił ten drab, broń Boże nie on. Ginący Zypcio zwalił całą odpowiedzialność na tamtego. Czuł go już w sobie wyraźnie z kopytami i pazurami (ta beztroska to była jego, tego drugiego) jak mościł się i umaszczał i rozpierał się w nim wygodnie — już na zawsze — wytłaczając dawnego Zypulkę z jego formy niby miękką marmeladę czy ciasto przez wszystkie psychiczne otwory. A tu jak na złość ukazały się na rogu Studziennej i Filtrowej dwie postacie, zataczające się, lepiące się sflaczałemi nogami do mokrych płyt trotuaru, czepiające się podobnemi do macek rękami siebie wzajemnie, ścian, słupów i kiosków. Rozległa się wstrętna piosenka, śpiewana chrapliwym barytonem, z marsylskim, twardym akcentem:

„*Quel sale pays, que la Pologne,*
Cette triste patrie des gouvegnages.
Pour faire voir un peu de vergogne
Ils n'ont pas même du courage".

Zbliżali się. Cywile. Jeden tłusty, mały i okrągły; drugi mały i chudy. Ten wtórował okrągłemu jakimś zachrapanym sykiem, zdającym się wychodzić z jadowitych gruczołów wewnątrz ciała. Zionęło od nich jak z tylko co zgaszonych, ciepłych jeszcze, spirytusowych maszynek. W Zypciu obudził cię poprostu polak. (*Vous autres, polonais...*) Ach! To takie proste — nic o tem ciekawego napisać się nie da. Może to ten automatyczny drab ze dna był więcej polakiem, niż on sam. Zawrzała w nim, panie tego, krew i rżnął w mordę grubego i w samem zamachnięciu się już zobaczył w mroku bezczelnie filuterną i wesołą twarz Lebaca, którego znał z jakiejś rewji szkolnej. (W tej samej chwili poraz-pierwszy pomyślał, że przecież sama Persy i duenja... „Nie — te nic zdradzą" — rzekł w nim jakiś głos i miał rację. Więcej *nigdy* o tem nie pomyślał. Ten nowy w nim miał jakieś inne klapki i sposoby.) Drugi, to jego przyboczny adjutant, duc de Troufières. Poprawił tamtego pięścią w sam dołek i wywalił go w kałużę, która mlasnęła z rozkoszą, przyjmując w sam środek chudy zadek francuza. Na zewnątrz w palcie (w tem znaczeniu na zewnątrz, a nie duchowo) mało co różnił się junkier od zwykłego żołnierza kawalerji. Ciemności były prawie nieprzeniknione w tym zaułku — nie mogli go poznać. Poszedł dalej z tym samym automatyzmem, który nie opuszczał go od chwili zbrodni. Lebac poprobował go gonić — napróżno. Zakręcił się na zwiotczałej ręce naokoło słupa zgasłej latarni i padł na kolana krzycząc, z akcentem na ostatniej sylabie: „Policja, policja!". (Czas był przesunięty (naukowa organizacja pracy) o dwie godziny — za godzinę dopiero mogło zacząć świtać.) Zypcio nie czuł nic, nawet najlżejszego niepokoju. Jako polak był zadowolony. „Ładne alibi" — mruknął. — „Właściwie niepotrzebnie to zrobiłem, a jednak było to konieczne dla dokończenia tego dnia. Co za lekkość! Co za lekkość! Że też ja tego wcześniej nie znałem!" I w tej samej chwili przeraziło go to właśnie, że nic prócz tej lekkości nie czuł. „Cóż robić? — nie można się przecież zmusić do czucia tego, czego się nie czuje". Zawinął się w tę myśl, jak w ciepły płaszcz i poszedł dalej zagwazdranemi ulicami do domu.

Obudził Liljan. Była prze-ra-żo-na. Słuchała opowiadania drżąc i ściskając go za rękę, z przerwami oczywiście — prawie szczypała go z podniecenia. Mimo, że Sturfan Abnol nic przestał ani na chwilę być jej jedynym ukochanym mężczyzną, w tej chwili dopiero poczuła co to jest to wszystko. Ten jej brat, dotąd obcy — (ileż razy myślała, że go kocha — teraz przekonała się, że tamto było niczem) — zbliżył się ku niej nagle jakby z zaświatów z niepomierną szybkością meteoru i tym pędem, który był w gwałtowności samych opowiadanych wypadków, przebił jej nie czułe dotąd ciało. Biedny Sturfan, mimo dzikich wprost zabiegów, zdołał jej rozwydrzyć tylko główkę. Poczuła coś takiego, że no niby jakby w tej chwili właśnie straciła to słynne dziewictwo, o którem legendy całe słyszała od mlaszczących się lezbijsko koleżanek i od samej baronowej. I to z nim, z tym czystym duchem w mundurze, takim bratowatym naprawdę, którego nie potrzebowała mieć w sobie, aby go *tak* kochać. Oczywiście nie wiedziała co to znaczy naprawdę, ale tak jakoś to sobie wyobrażała i koniec. Była to chwila prawdziwego szczęścia: obietnicy prawdziwej, pełnej rozkoszy z tamtym ukochanym, rumuńsko-bojarskim, artystycznym bykiem. Służyć jemu będzie za tę chwilę do końca życia. Najgorszych dla siebie rzeczy dokona, byle tylko on mógł tak prosto iść w swym rozwoju jak mu nakazuje ukryta w nim siła. Ujrzała, wewnątrz siebie jakby odbite — cała była ze zwierciadeł w tej chwili —

nieskończone jego możliwości i pochłonęła go całego, jak armata
połykająca pocisk. Ale nie miała już siły wyrzucić go z siebie. On tylko sam,
jeden–jedyny, mógł cisnąć sobą w mroczną, burzliwą przestrzeń życia.
Widziała „tarczę tajemną jego przeznaczeń" (co to było niktby się nie
dowiedział): jasny, promienny dysk na „czarnem wzgórzu śmierci" z
jakiegoś obrazka, tarczę, w którą on musiał trafić sobą, jak kulą. Ale ta
chwila to już była właśnie sama śmierć. W tem trafieniu jest sens
ostateczny. Przypomniała sobie zdanie ojca: „...stawiać cele poza rogatkami
życia..." Sturfan też o tem bredził. Ale czemże są te jego artystyczne
piereżywanja" wobec takiej oto historji. Niech sprobuje dokonać czegoś
takiego. To przecie pęknąć można. I ona jedna, która wiedzieć będzie
wszystko: prawdę motywów, lub raczej ich braku, tej przedziwnej zbrodni,
której nie zrozumiałby nikt — nikt prócz niej. Bo zrozumiała go tak do
głębi, jakby była nim samym, tej okropnej, a jednak pięknej, może
najpiękniejszej nocy. Musi sobie to przypomnieć (i przypomni napewno) w
noc poślubną i wtedy tajemnica ta połączy się jej z tamtem wszystkiem i to
będzie jej szczyt życia. Tylko nie zleźć już z tego szczytu niżej za nic na
świecie! Prędzej umrzeć w mękach, niż spełznąć na płaską nudną dolinę
pospolitości, na powierzchni której wszystko jest takiem, jakiem jest. I
czemu Sturfan, mimo wszystkich tych swoich szprync, i nawet
„Kronszprynców" (jak nazywano jego sztuki) nigdy jej *tego* nie ukazał.
Dopiero trzeba było ofiary ukochanego braciszka, aby się stało *to*:
ostateczne zrozumienie tajemnego uroku odwróconej rzeczywistości i
sensu wszystkiego poza wszystkiem. Pomodliła się cicho do dawnego Boga
Matki, bo jej bóstwa rodzone, które miała jeszcze w sobie wytworzyć,
spały dotąd lekkim snem, na samej granicy przebudzenia. I tak doskonale
zrozumiała, że on nie mógł inaczej postąpić, że się uszczęśliwiła, jakby
dostała jakiś wspaniały prezent. Tak cudowne było to dla niej w swej
doskonałej prostocie! A! I nic nie żałowała tego niewinnego (pewno)
brodacza. (Pułkownik — nazwiska Zypcio zapomniał.) On nie mógł lepiej
skończyć, jak tak właśnie. Wszystko to było dziwaczne, jak w jakiejś sztuce
z teatru Kwintofrona, choćby w jednej ze sztuk Abnola: bezsensowne, a
jednak konieczne. I to się działo naprawdę! Stał się rzeczywiście cud. Ale
już pierwsza ekstaza minęła i wszystko zaczęło zjeżdżać powoli w czysto
życiową rozmówkę, w czasie której oboje nabierali coraz gorszego wstrętu
do siebie wzajemnie i do siebie samych. Coś się psuło, gniło i rozkładało
się z niepojętą szybkością, jakkolwiek konsekwencje poprzednich stanów
trzymały ich formalnie na pewnej niby-wysokości. Przypominało to trochę

wygasanie kokainowej ekstazy, kiedy wszystko, *nie zmieniając się*, staje się w „dziesięcionasób" conajmniej straszne i jednocześnie pospolite, w odwrotnej proporcji do poprzedniego wyniesienia i dziwności.

Liljan: Czemu nie mówiłeś mi nic o tem przedtem, że ją tak właśnie kochasz? Myślałam, że to twoja pierwsza idealna miłość, jako reakcja po romansie z Iriną Wsiewołodowną. Ona jest zupełnie pozbawiona uczuć erotycznych — nikt, przynajmniej z teatru, nie był jej kochankiem, a o innych też nic nie mówią. Albo byłabym ci odradziła wszystko i wyperswadowała, albo bym może nawet na nią wpłynęła, aby ciebie przynajmniej nie łudziła daremnie. Zdaje się, że w ostatnich czasach mogłam mieć wpływ na nią. — (Kłamała radośnie i wstrętnie, wyolbrzymiając [choć troszkę przynajmniej] siebie przed sobą i przed nim.)

Zypcio: Mówisz jak starsza pani, ale mylisz się. Na nią nikt wpływu mieć nie może, bo to jest wcielenie samej pustki — wampir. Jeśli moja miłość nie zrobiła z niej czegoś, to znaczy, że jej wogóle wcale nie ma. Przychodzę teraz do przekonania — nie w porę oczywiście — że w niej jest coś potwornego, jakaś niedocieczona, ohydna tajemnica i to mnie właśnie do niej ciągnęło. Poznałem w sobie nieprzeczuwane nigdy pokłady zła, świństwa i słabości. Wmawiałem w siebie, że to była miłość prawdziwa, ta, której dotąd nie znałem. Czy poznam to jeszcze?! — („Ach, ty drogi!" — pomyślała z rozczuleniem Liljana. — „Zakatrupił niewinnego człowieka, a teraz biada nad tem, że nie pozna prawdziwej miłości. To jest jednak cudowne".) — Byłem tak sparaliżowany. Ona miała w sobie jakiś jad obezwładniający i tem pozbawiła mnie woli. Teraz myślę, że to ona przeze mnie zabiła tego pułkownika. Mówię ci, że działałem jak automat. Wydaje mi się, że to był jakiś okropny koszmar a nie rzeczywistość. A jednak jestem teraz innym — zupełnie *kimś* innym. Nie umiem ci tego wytłomaczyć. Może on się we mnie wcielił. Przekroczyłem w sobie jakąś granice i nigdy już tam nie wrócę, gdzie byłem — (Liljana „zawiła się" znowu z podziwu i zazdrości. O, gdybyż to można tak się ciągle transformować, ciągle być kimś innym, nie tracąc ciągłości swojego „ja"! I tu siedział, tuz przy niej, ten jej codzienny brat, będąc jakby w innym świecie! *„Il a une autre vision du monde", ce bougre-là, a deux pas de moi — e mua kua?"* — dokończyła „po polsku".} — Ale wyzwoliłem się przez ten czyn okropny — od niej i od siebie. Jeśli mnie nie zamkną, to życie moje może być wspaniałe... — Urwał, wpatrzony w absolutną nicość: swoją i otaczającego świata. Djabły spuściły kurtynę — widowisko skończyło się.

Ale niewiadom o było, jak długo mógł trwać ten antrakt — może do końca życia? Wzdrygnął się. Ogarnęła go gorączka czynu. Robić, robić, cokolwiekbądź, „choćby pod siebie robić" byle jaki czyn. Ha — nie tak to łatwo. Ale i tu wypadki miały pomóc temu nieszczęsnemu „szczęściarzowi". — (ohydne). Byle dotrwał do rana. — Najgorsze jest to że nie wiem kim był on. — Mówił już poprostu drab ze dna, zamalgamowany z resztkami, z pozorami raczej dawnego Zypka, w jedną nierozdzielną twardniejącą już miazgę. A tak był zamaskowany, że gdyby nie oczy, przez które czasem z Zypciowego ciała na świat wyglądał, nikt (nawet sam Bechmetjew) nie poznałby, że to już nie dawny Zypek, tylko całkiem ktoś inny straszny i niepojęty — niepojęty dla nikogo, nawet dla siebie samego. Na tem właśnie polega obłęd. — Ale najgorsze jest to, że nie wiem kim był on — dodał Zypcio po chwili. Nie było to *naj*gorszem, ale tak mu się w tej chwili zdawało.

Liljan: Dowiemy się z gazet — „odparła" natychmiast Liljan z tą przytomnością umysłu i żywością, cechującą panienki tego pokolenia. O, rybki zwinne, mądre myszki i jaszczureczki przemyślne, w jednych i tych samych osobach — czemuż was nie poznamy nigdy, my, starcy 40-stoletni już w 1929-tym roku, skazani na oglądanie strasznego narybku bezmyślnych „grzmotów" sportowych! Ale mniejsza z tem. — Ja dla ciebie zrobię wszystko. Od 10-tej byłeś u mnie i nie wychodziłeś. Mama z panem Józefem o 9-tej już byli u siebie. Wierz mi bezwzględnie. To jest dla mnie szczęście. Ale czy ona nie zdradzi? Zależeć to będzie od tego, kim był ten brodaty człowiek dla niej. Nikt z moich znajomych nigdy jej z nim nie widział. Może to ktoś przejezdny?

Zypcio: Nie — on mieszkał dawno w tym pokoju. Teraz wiem to. Rzecz dziwna: teraz mam takie wrażenie, jakgdyby on mnie doskonale znał już przedtem. Musiał mnie podglądać, kanalja, co wieczór, kiedy tam siedziałem i naśmiewał się z mojej bezsilności. Ach — napewno słyszał te wszystkie głupstwa, które mówiłem! Boże — co za wstyd! A przysiąc mógłbym, że kochankiem jej nie był.

Liljan: Skąd możesz twierdzić to napewno? Nie chcesz w to uwierzyć — a ja ci radzę nie staraj się sztucznie zmniejszyć twego cierpienia. Odrazu połknij wszystko najgorsze. — (Zapomniała zupełnie co mówiła przed chwilką. Czy nie zapomniała, ale gadała głupia byle gadać (śpiąc prawie), sama nie wiedziała co.)

Zypcio: Jestem kompletnie poza tym problemem. To wiem napewno. Ale to co się pod tem kryje i wewnętrznie, we mnie, i w samej sytuacji, może być jeszcze gorsze. To nie był zwykły lokator, a ja nie jestem już tym, którym byłem. — ("Znowu zaczyna" — pomyślała śpiąca już prawie Liljan.) *Liljan.* No, teraz idź i bądź mężny. Ja muszę się wyspać przed jutrzejszą próbą.

Genezyp uczuł się zranionym do głębi, ale nie dał nic po sobie poznać. Wszystko zdawało mu się znowu takie nadzwyczajne, tak jakoś na milutko przepojone płomienną esencją dziwności życia — właśnie tej nie pojęciowej, tylko bezpośrednio danej. W jaki sposób? Chyba w samem przeciwstawieniu się indywiduum temu, co nie jest niem samem. Mroczny, bezsensowny świat, palący się metafizyczną grozą, jak górski krajobraz w zachodzącem słońcu, i zabłąkane istnieńko samotne, przesycone tą samą tajemnicą, która wypełnia wszystko. Właściwie powinnoby się zlać z tem wszystkiem, powinnoby nie być nic, a jednak odgraniczone w niewiadomy sposób „ja", trwa oddzielnie ku zgrozie własnej i innych podobnych mu nędzot. To był szczyt metafizyki Zypcia. Tak — to wszystko jest takie, a ona...? Głupia kurka! Byle tylko „alibi" i niech ją... Patrzył na szafkę z tualetowemi przyborami, jak na rzecz najdziwniejszą na świecie całym. Przynależność tych przedmiocików — (należących do tamtego, metafizycznie obcego świata) do tego właśnie istnieńka oddzielnego, no, tej siostry, wydała mu się czemś potwornem aż do śmieszności. Rzadko ten, który ma siostrę, jest w stanie odczuć dziwaczność tego faktu. To stało się teraz. Wyróżnienie tej osoby właśnie z pośród miljonów innych i to wyróżnienie nie podlegające jego woli, zdawało mu się ciężarem nie do zniesienia i przymusem gorszym od siły ciężkości i równań Maxwella czy Einsteina. (Jak raz się zrozumie, że fizyka nic nie może pomóc na niezrozumienie istoty Bytu, to tak mało już obchodzi to, z *jakiem przybliżeniem opisany* jest świat. Między Heraklitem, a Planckiem są już tylko różnice *ilościowe.* Co innego filozofja — ale o tem gdzieindziej.) Ciągłe ocieranie się o tajemnicę w każdej chwili życia, w najtrywjalniejszych nawet sytuacjach. Na szczęście świadomość tego nie trwa ciągle. Gdyby tak było, czyż możnaby czegokolwiek bądź na tym mizernym światku dokonać?

— Idź — powtórzyła Liljan zmęczonym, dziecinnym głosikiem. Już nie miał do niej pretensji, że nie mówiła do niego językiem jego własnej dziwności. Poczuł, że był niesprawiedliwym i zrozumiał ją nie jako element obcego i groźnego świata, tylko jako cząstkę samego siebie w tamtem wewnętrznem morzu pustki i nonsensu. Znowu odwracał się od siebie ze zgrozą.

— Przebacz mi Lilciu. — rzekł czule zbrodniarz do siostrzyczki. — Byłem tak strasznie względem ciebie niesprawiedliwy. Życie rzeczywiste zanadto mną owładnęło. Wiesz, że właśnie teraz, po spełnieniu czegoś najbardziej i jednocześnie — z powodu bezprzyczynowości — najmniej rzeczywistego, poczułem może najbardziej moją egzystencję, jako tego, a nie innego kółeczka w całej tej maszynie naszego perwersyjnego społeczeństwa. A — podła rasa ci polacy, a jednak... — i tu dopiero opowiedział jej całą historję z Lebac'iem. Na chwileczkę rozbudziła się. A ten gadał dalej, czując, że tylko tem gadaniem trzyma się wogóle przy życiu. Był tylko w tem — gdyby mu kto teraz przerwał, przestałby istnieć niektórzy twierdziliby, że umarł. Poczem mówił znowu ogólnie, nie zwracając najmniejszej uwagi na męki Liljany: — Jak nic właściwie nowego niema do powiedzenia, nawet w takiej piekielnej chwili! Wszystko jest już powiedziane dawno. Stany nasze wzbogaciły się, ale nie język, który ma granice swego zróżniczkowania się w praktyczności. Już wszystkie permutacje i warjacje są wyczerpane. To ta bestja Tuwim i jego szkoła dokastrowała język nasz do końca. I tak jest wszędzie. Powiedzieć już nikt nic nie może — może jedynie powtarzać, z pewnemi zmianami, rzeczy dawno sformułowane. Zjadanie własnych rzygowin. Może artyści mogliby coś opowiedzieć o stanach różnych i podać ich różnice, mimo, że dwa normalne przyzwoite indywidua, do którychby te stany należały, powiedziałyby identycznie to samo. — Nie wiedział, z jakim strasznym bólem nudy słuchała go siostra. On też cierpiał: wysilał się na te słowa z obowiązku zakończenia tej sceny, w której za mało było uświadomionych głębi. Oto byli ludzie przełomu ostatecznego — przełom chroniczny, połowiczny trwa od Rewolucji Francuskiej. Już następne pokolenie nie będzie mówić wcale w naszem znaczeniu — t. j. będzie mówić jedynie o rzeczach konkretnych, ale nie będzie babrać się w „duszy"", zohydzonej przez wszystkich parszywych literatników. Wiadomem stanie się powszechnie, że nic już nowego stamtąd się nie wybabrze. Narazie zmienne do pewnych granic zewnętrzne warunki, deformując zlekka psychikę, dają złudne poczucie, nieskończonych możliwości. Ale już nawet literatura rosyjska kończy się, możliwości się zwężają: wszyscy drepcą na coraz mniejszym kawałku, jak ci, co się schronili na topniejący kawał kry. A potem i proza pójdzie za Czystemi Sztukami w otchłań zapomnienia i pogardy. Bo czyż nie słusznie pogardzamy dziś sztuką? Dobry narkotyk jeszcze znieść można, ale narkotyk sfałszowany, podrobiony, nie działający tak, jak powinien, przy zachowaniu ujemnych skutków, jest rzeczą wstrętną, a jego producenci oszustami. A niestety proza dla prozy, bez czysto artystycznego usprawiedliwienia (jak usprawiedliwiają się odstępstwa od sensu w poezji) proza bez treści okazała się fikcją językowo zdolnych kretynów i grafomanów t. zw. pełnych.

Straszna, zaświatowa (w tem znaczeniu, że znikąd na nią ratunku być nie może) nuda zawisła nagle nad tem nieszczęsnem dwojgiem. Poprzez jadalnię (skromną, ciemną, z ceratą na stole, z zapaszkiem cykorji i cykaniem zegara) słychać było głośny chrap Michalskiego, w ciszy nocnej małego miasta. Kapała woda w rynnie od podwórza, padając z obsychającego po niedawnym deszczu dachu. Tak byłoby dobrze, aby móc zostać w tej pospolitości, zanurzyć się w niej po uszy, a nawet dać w nią nurka na wieki — doprowadzić nudę aż do stopnia jakiegoś straszliwego szału. Niestety próżne to były marzenia. Poszukiwanie dziwności w pospolitości nikogo już dziś zadowolnić nie mogło. W literaturze nawet norwegowie wyprztykali się na ten temat, nie mówiąc o krajowych landszturmistach normalnej beletrystyki. Czasy stały naładowane aż do pęknięcia pospolitością społeczną wyższego rzędu, która miała zalać świat w najbardziej niepospolitym wybuchu. Zypcio ucałował Liljan gwałtownie w same usta i doznał wstrząsu okropnego żalu: czemuż to ona jest jego siostrą, a nie tamta? Czemu wszystko na świecie jest jakby umyślnie poprzewracane, poprzestawiane, poprzekręcane? — pozamieniane role, dusze, fryzury, maście i inteligencje.

Zanurzył się znowu w mokre, przesiane bladym świtem ulice. O paręset kroków od domu przysunął się ku niemu jakiś cień. Z początku myślał Zypcio, że to tajny agent. Skulił się w sobie jak do skoku, ale nie pomyślał już biedactwo o nowej zbrodni. Widział przed sobą jeden ze znanych domów. Właśnie zapaliło się tam na piętrze światło. Dom ten był inny: nie był tu w tem sennem mieście, w tym kraju, na tej planecie. Tam byli zwykli, obcy, normalni i może porządni ludzie — stwory nie z *tego* (jego) świata. Był wyrzutkiem, który nigdy już tu spokoju nie zazna. Spuszczony wreszcie z łańcucha, ale bezdomny pies. Zachciało mu się popłakać nad sobą w jakimś kąciku i umrzeć. A tu rzeczywistość, w postaci tego strasznego podłażącego doń człowieka, zmuszała go do jakichś wstrętnych działań. Odtąd wszystko będzie negatywnem, choćby niewiadomo czego dokonał — będzie tylko wymigiwaniem się z plątaniny, którą sam wytworzył. Nieznany trup płynący byle jaką rzeką, w tym świecie bardziej był u siebie, bardziej na miejscu, niż on. A żyć musiał. Mimo, że w tej chwili byłoby to łatwem jak splunięcie, wiedział, że samobójstwa nie popełni. Nie bał się niczego, ale otwierająca się teraz właśnie przyszłość podobna była do czyjegoś olbrzymiego rozprutego brzucha. Musiał wkręcać się w bolące do nieprzytomności czyjeś bebechy, sam będąc znieczulonym w nadludzkiej męce pojmowania oderwanego od wszystkich związków faktu istnienia.

W błysku gasnącej latarni zobaczył pod czarnym kapeluszem ciemną twarz i płomienne, naprawdę, bez żadnych żartów, natchnione oczy młodego hindusa.

— Od pana Dżewaniego. Wiesz kto to? — szepnął nieznajomy, po polsku, z dziwnym akcentem. Zaśmierdziało z tej gęby jakby nieświeżem mięsem i mokrym mchem. Genezyp cofnął się ze wstrętem, macając automatycznie rewolwer w tylnej kieszeni od portek. — Niech sahib nie boi się — mówił dalej tamten spokojnie. — My wiemy wszystko i na wszystko mamy ratunek. Pigułki są wtem. — Wcisnął Genezypowi w rękę pudełeczko i karteczkę, na której ten odcyfrował w migającem świetle tej samej latarni (to wydało mu się dziwnem — ta obojętna tożsamość) (tamto schował do kieszeni jak automat) te słowa, napisane okrągłym, angielskim, kobiecym charakterem.

„Grzeszyć w pokorze, znaczy grzeszyć o połowę mniej. Nie przyznajesz się sam przed sobą do Twego obłędu, jakkolwiek on to jest istotą Twoich postępków. Naszą rzeczą jest zużytkować Twój obłęd i obłęd całego naszego nieszczęsnego świata dla wyższych celów. Chciej *wiedzieć*."

Genezyp podniósł głowę. Hindus znikł. W uliczce na lewo słychać było śpieszne, oddalające się, *miękkie* kroki — ale trochę wyglądało to jakby pełznął tam jakiś gad. Dreszcz mistycznej już teraz (nie metafizycznej — to wielka różnica: strach przed całością bytu, a strach przed nieprawidłowością pewnej jego cząstki) przeszedł całe ciało Zypcia. Więc ktoś (kto, na litosierdzie?!) wiedział o każdym jego kroku?! Dawano mu poznać, że może i tamto... O, Boże! Poczuł się wymoczkiem w kropli wody na szkiełku, pod jarzącem światłem jakiegoś olbrzymiego ultramikroskopu i djabli wzięli wszelką beztroskę i swobodę. Tym niby wewnętrznie wyswabadzającym „czynem", na zewnątrz zaplątał się w jakąś straszliwą niewidzialną sieć, wpadł w dawno przygotowany wilczy dół. On, który przecie Piętaiskiego wyrżnął wtedy w mordę, on, przyszły adjutant,

mamin-syn i drań! On, którego metresą była pierwsza w kraju wlań!
Zupełnie zimno mu się zrobiło. Teraz nie będzie już mógł być sobą i
cieszyć się absolutnością oderwanego życia, w którem najdzikszy
przypadek stawał się nieodpartą koniecznością, a najnieubłagańsza
konieczność cudem skończonego „dowołu" — (banał — od „banalny'''';
dowół — od „dowolny".) Poczuł się ostatnim psem, ale na jakże dziwnym
łańcuchu! Rozpaczliwie targnął głową, ale niewidzialny łańcuch nie puścił.
„Chciej wiedzieć" — co za ironja! To baba jakaś pisała. „Czyż jest ktoś, coby
więcej chciał wiedzieć odemnie? Ale jak? Dajcie mi ten sposób! Nie
opuszczajcie mnie teraz!" — krzyczał niemym głosem, a zimne przerażenie
potęgowało się w nim, aż do zawrotnych rozmiarów. Zjeżył się cały,
skolczał i nastroszył przeciw niewidzialnym wrogom, czy wybawcom —
nie wiedział. Namacał w kieszeni pudełeczko z pigułkami i nagle uspokoił
się, jak furjat po zastrzyku morfiny. To była ostatnia stawka: dawamesk,
B₂. Wszystko, co tak niby realnie działo się tu przed nim, wydawało mu się
teraz drobinką, odpadkiem Wielkiej Tajemnicy, większej od wszystkiego,
co dotąd kiedykolwiek odczuwał. Ale tajemnica ta miała realne macki,
któremi wciągała brutalnie w obręb swego działania. Ten śmierdzący
hindus to było jedno z tych jej wciągadeł — zapewne najniższej klasy.
Słyszał już dawniej Zypcio o tajemniczej wierze Dżewaniego,
prześladowanej podobno przez zaciekłych czystych buddystów, po tamtej
stronie żółtego muru. Czemu podobno? Bo oto niektórzy twierdzili, że
Dżewani jest wysłannikiem bynajmniej nie — (może fikcyjnego) Murti
Binga z wyspy Balampang — tylko tychże samych żółtych małp, które
rżnęły teraz na Europę, że od wiary jego do buddyzmu jest tylko jeden
mały kroczek wtył, który zrobiono specjalnie dla zamydlenia oczu Wielkim
Białym Durniom z Zachodu i że wszystko to służyć miało jako ogłupiający
podkład dla łatwiejszego opanowania tychże Wielkich Białych Durniów i
uczynienia z nich nawozu i „odświeżki" dla żółtych mas Dalekiej Azji.
Drażniła Zypcia kiedyś naiwność gadań tego gatunku na temat polityki i
społecznych przemian. To niemożliwe, żeby jeszcze w naszych czasach
tego rzędu koncepcje mogły być siłami przetwarzającemi ludzkość i
tworzącemi historję. A jednak miał na sobie sprawdzić ich potęgę.
Przyczyniał się do tego piekielny narkotyk, którego wizyjne działanie
przechodziło postokroć najoczywistszą rzeczywistość. W całości, historja
ludzkości zdawała się Zypciowi czemś wielkiem, strukturalnie pięknem i
koniecznem. Ale jeśli wejrzeć było bliżej w ten cały bałagan, to głównemi
siłami były: a) ordynarny brzuch (pański czy chamski — wszystko jedno) i

b) bzdura, zwykła w tysiącznych postaciach bzdura, osłaniająca ostrożnie, wyliniałą dziś intelektualnie Tajemnicę Bytu. Naprzykład cała ta wiara Dżewaniego, którą protegowali obecnie podobno nawet sami: minister oświaty, pułkownik Ludomir Swędziagoiski i kanclerz skarbu, Jacek Boroeder, będący w tej sekcie również podobno trzeciem wcieleniem Granicznej Istności, czyli jednym z trzecich z rzędu po Murti Bingu. A wiadomo było, że to gruby rozpustnik i cynik I-szej klasy, podejrzany o grube świństwa w wojennych dostawach za czasów Krucjaty. Ha, może oni mają... Ta, ta, ta, ta... i t. d. Nagła salwa kulomiotów, dość bliska, na tle zupełnej ciszy, była dla Zypcia jeszcze większą niespodzianką, niż spotkanie ze śmierdzącym hindusem. Drgnął, ale nie ze strachu, raczej jak koń cyrkowy na dźwięk kawaleryjskiego marsza. Nareszcie! Był to bądźcobądź pierwszy wypadek w jego życiu, że coś podobnego naprawdę, a nie na ćwiczeniach posłyszał. Bunt — Syndykat — Kocmołuchowicz — PiętaIski — mama — trup z młotkiem w głowie — Persy — Liljan — pigułki — oto był szereg asocjacji. „Aha — znowu jestem, jestem naprawdę"" — krzyczał w nim ustami ohydnego draba z dna dawny Zypcio. — „Jestem i nie dam się. No — ja im pokażę." Pędem puścił się w kierunku niedalekiej szkoły. Za dwie i pół minuty zobaczył między domami piętrzący się na wapiennych skałach ponury gmach. Ani jedno światło nie „błyskało" w tej części od strony miasta. Biegł bez tchu schodami kutemi w skale. Jednak ten wstrząs był wyższej marki. Nic nie mogło być bardziej w porę. Teraz na tle tej salwy tamto wszystko zdawało się nędznym snem. Ojciec razem z wodzem schwycili go w swoje szpony, nie bacząc czy trzymają dawnego chłopczyka, czy gościa z dna. W tem był istotny sens tego huku czy trzasku, raczej czegoś pośredniego. Zbity w jedną kupę bezimiennego junkra dopadł do niższej bramy. Była otwarta — strzegło jej sześciu drabów z 15-go ułanów. Nowość. Przepuścili.

Tak — rzeczywistofć przemówiła niezaprzeczalnym, jednoznacznym językiem międzyludzkiej śmierci na wielką skalę, wdarła się, poraz-ostatni może w zaczarowany krąg schizofrenicznej samotności. Trudno n. p. znaleść abstrakcyjny metafizyczny pierwiastek w ryczącej baterji 11-sto-calowych haubic (tu wystarczyły kulomioty) — chyba w dalekiem wspomnieniu tego zjawiska, lub w wypadku zupełnego zblazowania. Realne jego przeżycie wywołuje raczej (u wielu, nie u wszystkich) pierwotniejsze stany religijne, w związku z wiarą w osobowe bóstwo i prowadzi do znanych powszechnie modlitw ludzi niewierzących w chwilach niebezpieczeństwa.

BITWA I JEJ KONSEKWENCJE.

Genezyp zaszedł za ciemny węgiel i ujrzał, że cały tył gmachu płonął wszystkiemi oknami, oświetlony *„a giorno"*, (jak lubiła mówić hrabina-babcia), mimo, że faktycznie robił się już dzień. (Wskutek zakrycia skrzydłami bocznemi, ustawionemi pod kątem do głównego trzonu, nie widać tego było od frontu – ważny szczegół!) Pełen dzikiego bojowego ognia (był w tej chwili zupełnym automatycznym bydlakiem, tylko *nad* „czółkiem" płonęła mu gwiazdka *bezimiennych* ideałów, jak nad tą damą na rysunkach Grottgera) młody junkier (a nie człowiek bynajmniej) wpadł na schody i popędził do swego szwadronu. Twarze przeważnie były blade, szczególniej u starszych panów, a oczy mętne i zniechęcone. Jedynie na paru młodszych pyskach widać było ten sam głupi zapał, co u Zypcia. Co innego byłoby, gdyby grała orkiestra i sam Wielki Kocmołuchowicz był obecny. Trudno — nie może być przecie wszędzie. O ileż łatwiejsze pod względem osobistego działania były dawniejsze bitwy.

Gdy zameldował się dyżurnemu oficerowi, ten rzekł spokojnie:

— Gdybyście się spóźnili o pół godziny, poszlibyście pod sąd wojenny. Tak skończy się na areszcie.

— Nie dostałem rozkazu. Siostra zachorowała na bardzo ciężką anginę. Byłem u niej całą noc. — Te słowa pierwszego nieomal w życiu oficjalnego kłamstwa, wykwitły jak blade storczyki na potwornej (pożal się Boże) kupie świństwa całej przeszłości. Na wierzchu tego śmietnika leżał trup z młotkiem we łbie. Szybko odegnał Zypcio ten obraz. Głos z innego świata, tego niby–rzeczywistego, mówił dalej:

— Nie tłomaczyć się. W rozkazie wieczornym, któryście samowolnie opuścili oddalając się przed dziewiątą, stało jak byk, że dziś wszyscy junkrowie nocują w gmachu szkoły.

— Czy pan sądzi, panie poruczniku... —

— Ja nic nie sądzę. Proszę na miejsce. — rzekł młody człowiek (Wasiukiewicz) tak zimno (ale zimno–jadowicie — po chamsku), że Genezyp, rozgorzały cały od wewnątrz, a nawet i na policzkach „świętym" ogniem młodzieńczej awantury i chęci *polowania raczej jako takiego*, a nie mordowania, (tego narazie miał dosyć), zmienił się w kupę zastygłego *wojennego* żelastwa, takiego prawie że na szmelc, dobrego do trenu, szpitala, lub kuchni ale nie na front! Tak zmarnowano mu tę chwilę, przez głupie formalności. Ale mimo wszystko rad był wprost piekielnie z całej tej „przygody". Idejowa strona walki nie obchodziła go w tej chwili nic —

zajmowały go tylko konsekwencje osobiste, a śmierć zdawała się nie istnieć wcale. Najgłupszy stan w świecie, który tak sprzyja wszelkim „wojennym dziełom"" na niższych szczeblach wojskowej hierachji. Zdawało mu się, że kadawer nieznanego brodacza wsiąknie w tę krwawą burdę bez śladu, zresorbuje się, wetrze się w skórę nadchodzących wydarzeń, których sensu, mimo wszystkich poprzednich rozmyślań, obecnie nie pojmował wcale.

Zdaleka znowu zaklekotał kulomiot, a potem odezwały się bliższe pojedyńcze karabinowe strzały i coś jakby daleki, daleki wrzask tłumu. Po cichu mówiono w szeregu, że akcja nastąpi w szyku pieszym. Dotąd nie było mowy o koniach. Wszyscy, z wyjątkiem zajadłych konnych cyrkowców, byli temu radzi — jazda po mokrych „kocich łbach"" i asfalcie! — żadnemu normalnemu kawalerzyście me uśmichała się ta perspektywa. — Baczność! — podwójny szereg zamarł. — W prawo zwrot! Dwójkami, równy krok, marsz! — rozległa się komenda. Genezyp poznał głos Wołodyjowicza — (nie widział go z poza filarów). Więc to on będzie dowodzić szwadronem — ten jego główny „wróg" szkolny, między oficerami. Co za pech! Ale mimo to wypiął się przed siebie z taką siłą, że przez chwilę zdawało mu się, że już jest tam, gdzie rżną się ogłupiałe bydlęta ludzkie, aby innym bydlętom kiedyś było troszkę lepiej. Ideje! Boże — cóż to za szczęśliwe były czasy, kiedy ideje naprawdę unosiły się nad podobnemi jatkami — teraz nikt nie wiedział nic. Oberwały się wszelkie wątpliwości jak napięte szelki — coś opadło w środku i wola osobista ustąpiła miejsca poczuciu zupełnego bezwładu jaźni — tylko system mięśniowy, któremu przewodził morderczy drab wewnętrzny, naprężył się jak transmisja maszyny puszczonej w ruch przez dalekie centrum sił. W lekkiej pustej głowie unosiły się obrazki: wolne, bezprzyczynowe, zdematerjalizowane. Poczuł Genezyp głowę swoją jako coś *wklęsłego*, jako przepaść, a nad nią te fantazmaty, jak motyle jasne w słońcu. Ale czem było to słońce, które je oświetlało? „Środek Bytu" — tajemnica nieskończonej przestrzeni i zanikająca jedność osobowości jak czarny ekran, na którym rysują się pojedyńcze obrazki, *ale która zasłania niepojętą wszystkość. Inaczej nie byłoby nic.* „A ja żyć będę, psia–krew, bo jeszcze nie wypełniły się losy i jeszcze pokażę...!" — mówiły mięśnie. I na tle tej dziwności czerwona ściana stajni po drugiej stronie, a nad nią ołowiane niebo letniego, chmurnego poranka. „Więc dopiero tu jesteśmy?" — zdawało się, że upłynęły lata. „Nigdy nie poznam już rzeczywistości" — szklanna gruba szyba zapadła między Genezypem, a światem. Nie przebiją jej nawet kule żołnierzy Syndykatu Zbawienia. Pryśnie razem ze śmiercią chyba. To, co dawniej było motorem wielkiej twórczości (tajemnica jaźni), bohaterską walką indywiduum o miejsce we wszechświecie, — miejsce w znaczeniu metafizycznem, nie społecznem — dziś jest tylko gnijącym ogonkiem obłędowych zagmatwań zdegenerowanej rasy schizoidów. Pyknicy i baby zaleją ich wkrótce, zatłamszą zupełnie — wtedy nikomu już nie będzie źle w świetnie zorganizowanem mrowisku.

Głos nienawistnego rotmistrza, obciążony teraz groźnemi, *prawdziwemi* komendami, przypomniał Zypciowi pierwszą wizytę księżnej w szkole. Jakże dawne to były czasy! Prawie nie poznał siebie w tamtym zahukanym chłopczynie z przeszłości — on, junkier idący w prawdziwą bitwę, prawdziwy morderca i warjat. Pierwszy raz sobie to uświadomił, że może to już... Nie było czasu... Ostatni obrazek: Drab zrastał się z nim: jeszcze w niektórych częściach (duszy) widać było dawnego chłopca, pożeranego przez ciemną beztwarzową postać tamtego. Zobaczył to Zypcio prawie plastycznie, jakby z boku. I zdawało mu się (oczywiście) przez chwilkę, że ten niedawny więzień, a teraz pan, ma brodę, taką samą jak tamten zamordowany pułkownik, tylko czarną.

Wyszli na miasto i ulicami spadającemi w dół brnęli w lepkiem błotku ku przypuszczalnemu ognisku całej awantury. Znowu zionęło z wewnętrznych rezerw ducha zupełną dezynwolturą i lekkomyślnością wprost piekielną. Takie okrzyki jak: „Hajżeha! O hej! Hajda!" i t. p. (gdyby nie były zbyt wstrętne oczywiście jako takie) mogłyby teraz być na porządku dziennym. A jednak, mimo że „oczyszczający płomień zaczynał już *oto* pożerać powoli od brzegów świństwo ogólnego marazmu", Genezyp czuł, że gdyby nie spotkanie z wysłannikiem Dżewaniego, wszystko to nic byłoby takiem właśnie lekkiem i beztroskiem jak w tej chwili. Był to jedyny punkt tajemniczy, posiadający jaki taki urok we wstrętnie jasnej pospolitości obecnego przekroju rzeczywistości i to nietylko tu, zdawało się, ale we wszechświecie całym. Cały świat dawny, z tajemnicami i cudami, przedstawiał się teraz jako niebezpieczny i męczący chaos, pełen rozkosznych schowków, ale również i plugawych zasadzek; nieznanych możliwości, ale i mąk rozdwojenia i wynikających stąd bardziej realnych inkomodacji. Przykład: historja z pułkownikiem — na więcej takich „przeżyć" nie miał Zypcio ochoty, a jak zapanować nad czemś, co dzieje się samo, bez żadnego udziału kontrolnych aparatów? (pigułki miał przy sobie — to jedno było pewne.) Cała obecność (może z wyjątkiem n. p. takiej oto wewnętrznej ruchawki, lub chińskiego muru w

oddali — tajemnic drugiego stopnia) była jaskrawo–jasna, prosta, z
wewnętrznego punktu widzenia przynajmniej zupełnie bezpieczna — bez
kryjówek, w których czaili–by się wrogowie–sobowtóry, ale też i bez t. zw.
„uroczych zakamarków", do których możnaby uciec w każdej chwili, mając
dość rzeczywistości. Ale przedewszystkiem było to nudne — nudne jak
cholera, jak chroniczna gonorhea, jak klasyczna sztuka, jak
materjalistyczna filozofja, jak ogólna dobroć wszystkich względem
wszystkich. I gdyby nie ta bitwa na ten ranek jakby obstalowana, to
niewiadomo jakby jeszcze było — możeby doszło i do samobójstwa.
Jedyną iskierką tajemnicy wyższego rzędu była ta nowa religja. Jej, jak
„ostatniej brzytwy", chwytali się wszyscy prawie, czując, że poza tem
niema już absolutnie nic, prócz naukowej organizacji pracy. A dla
niektórych było to bardzo mało. Szczególniej cierpieli ci, którym od
dzieciństwa pompowano do mózgów wzniosłe a blade ideały, a potem
kazano być bezmyślnemi maszynkami w imię tychże ideałów. Jakże tak
można — a fe!
I Postanowił Genezyp, że jeśli przeżyje ten „mętlik", (jak w sferach
zbliżonych do Kocmołuchowicza nazywano projektowaną rewolucję
Syndykatu Zbawienia), to musi zapoznać się bliżej z doktryną nowej religji
w całej jej rozciągłości. Zwykle bywało tak, że taki osobnik zażywał
pigułki, a potem już szło jak po maśle. Zypcio postanowił naodwrót:
najpierw poznać, a potem zażyć. Ale w praktyce okazywały się zwykle
postanowienia takie niewykonalnemi. Problem czy Kocmołuchowicz już
zażywał, czy nie, roztrząsany był przez wszystkich bezskutecznie. Nikt nic
nie wiedział napewno.
Przed placem Dziemborowskiego (nikt nie wiedział napewno kto to był
ten Dziemborowski) rozsypano ich w tyraljerę w szerokiej kasztanowej
alei. Tam gdzieś łupiono coraz silniej. Zaczynał się dzień szary, spłakany,
ohydny. Jakże daleka była ta chwila niebyłej jeszcze, a już potencjalnie
zcodzienniałej walki, od tego wiosennego popołudnia, kiedy to przy
dźwiękach bebechowych orkiestry szkolnej, „natychał" *der geniale
Kotzmolukovitch*" wiarą swoje przyboczne automaty. Czemu nie można
ginąć (teoretycznie — w istocie nie było o tem mowy) w takim właśnie
układzie, jak wtedy. Rozdźwięk między przedwojennemi akcesorjami. a
samą wojenną robotą — nudną jak każda praca dla niespecjalisty, stawał
się coraz bardziej przykry. Ogarnął Genezypa głuchy gniew na jego
„nieud"" (pech) życiowy — wszystko nie to psia–krew, jak gdyby ktoś się
zawziął na niego. I złość ta momentalnie przeszła w t. zw. „dziki szał

bojowy" — gryzłby teraz na strzępy członków Syndykatu, gdyby ich miał pod ręką — ale same główne figury, a nie biednych, omamionych oficerów i żołnierzy, „przelewających swą krew", aby taki Piętalski naprzykład mógł żreć codziennie swoje poranne(!) ostrygi z szampanem(!).

A tu nagle gruchnęły z pustej pozornie ulicy pierwsze bliskie karabinowe wystrzały. Potworny był hałas między domami — jakgdyby strzelała artylerja. Cała piękna wściekłość zmieniła się znowu w obrzydliwe niezadowolenie, że właśnie w takiej nędznej miejskiej ruchaweczce, a nie w „prawdziwej" bitwie... A — niech to...! I znowu wściekłość. I tak ciągle. Nic nie mógł pomóc tu nawet sam Kocmołuchowicz, siedzący gdzieś w dalekiej stolicy — działał dobrze na dawnego chłopca, na „draba z dna" nie miał jeszcze gryfu, mimo że (ale to szeptem) były gdzieś pod kanapami czy w wychodkach bezosobowe wątpliwości, że no, no, że czy i on sam (o Boże! — skąd tyle odwagi?) nie był czasem takim samym „drabem z dna" — swego własnego wyrobu oczywiście, a nie sobą, tym prawdziwym. Uf — kamień spadł z serca.

Zbuntowany 48-my pułk piechoty, w którym nie dało się (z tajemniczych powodów) przeprowadzić rozproszkowania idei narodowych syndykalistów — [mówiono poprostu, że to „wrodzony patrjotyzm" — furda! panie tego — w dzisiejszych czasach! Kpiny. Czemu właśnie w 48-ym a nie 9-tym? Przecież różnice zaborowe należały dawno do mitów. Cudne czasy — prawda? A tu chińczycy. Buxenhayn mawiał często po pijanemu do Lebaca: „niepunktualnością tylko Polska stoi — gdyby była punktualna powinnoby jej już dawno nie być". A gdyby można tak po mordzie tych draniów. Ale nie — „druhowie ostatniej demokracji" byli nietykalni — chyba ich tak urządzić jak Zypcio, pijanych, w cywilu, w ciemnej uliczce.], a więc pułk ten łupił nieregularnym ogniem po półokrągłym placu graniczącym z aleją, z dwóch narożnych domów, pospolitych jak wszystkie domy w nowych dzielnicach, a jakże w chwili tej niezwykłych i dziwacznych. Zdawały się domami z innego wymiaru, domami nieeuklidesowemi, hyperdomami, domami poprostu z bajki. Były to piekielne jakieś pałace, w których mieszkała sama śmierć ucieleśniona w kilku durniach ze staremi niemieckiemi karabinami w rękach, nastawionych na bezecne, wprost nieprzyzwoite czynności, przez paru jeszcze gorszych durniów, bo przekonanych mimo dureństwa, że w nich się wcielił duch narodu, a w gruncie rzeczy chcących dobrze zjeść, wypić i poobłapiać.

Gdzieś daleko za miastem bęcnął ciężko wystrzał armatni. Była w tem groza podobna jak w nadchodzącej z oddali burzy — ale tam było to rozproszone w naturze, tu skondensowane po ludzku, w określonym punkcie, którym mógłby być brzuch słuchającego — inaczej nie da się to wyrazić — uczłowieczony żywioł. Genezyp zamienił się cały w słuch — zdawało mu się, że ma uszy jak nietoperz. Bądźcobądź to była prawdziwa bitwa, jakkolwiek w parszywych warunkach się odbywała. Trzeba było przeżyć ją możliwie świadomie, choćby dlatego, aby móc mieć potem o tem swoje zdanie i odpowiednio to opowiadać. Przedewszystkiem należało zapamiętać dobrze wszystkie odgłosy. Mimo długiej tresury nie mógł przyszły oficer zdobyć się na najmniejsze techniczne zainteresowanie — jako problem taktyczny nie obchodziło go to nic. Gdyby tak mógł w tej chwili dowodzić dywizją, byłoby całkiem co innego. Ale mimo tytanicznych wysiłków, tak wielkie wytworzyło się pomieszanie materji, że nigdy potem nie zdołał Zypcio zrekonstruować wszystkich wrażeń w ich pierwotnych wzajemnych stosunkach. Przeszła noc, zarówno jak i ten nieubłaganie zaczynający się dzień, były w stosunku do przepływania czasu wielowymiarowe — nie dawały się w całości wtłoczyć w sposób adekwatny w normalne formy ujmowania byłych zjawisk. Jedno było pewne, że noc ta wsiąkała w aktualnie przeżywany ranek jak jakaś wstrętna wydzielina w dobroczynną gąbkę — bladła i nikła coraz bardziej. Mimo wszystkich „niedokładności wykonania" wypadków, pierwsze bzyki kul powitał jednak Genezyp z rozkoszą wprost nieludzką. Nareszcie! (Być „ostrzelanym" było marzeniem wszystkich młodych junkrów. Oczywiście lepsza byłaby rzeźnia en règle z okopami, tankami i huraganowym ogniem artylerji. Ale dobra psu i mucha.) Zato stuk tychże kulo ściany kamienic z tyłu, był już o wiele mniej przyjemny. Zbyt krótko trwał zapał. Gdyby jeszcze tak zaraz można było pójść do ataku na noże, byłoby cudownie. Ale nie — zatrzymano ich tu pod ogniem bez żadnego sensu (wszystko przeważnie, co robią dowódcy, wydaje się żołnierzom bezsensownem), kiedy, z za niezbyt wspaniałych kamienic Dziemborowskiego placu, wyłaził ponury, powszedni jak mycie się i golenie, letni dzień, odziany w poszarpane, znoszone jakby płachty szarych, upiornie pospolitych chmur. „Wszystko idzie za szybko, wszystko kończy się w jakiemś krótkiem spięciu i na nic naprawdę niema czasu" — myślał z żalem Genezyp w przerwie od ognia. Ach — gdyby można to tak z „góry na dół" przemyśleć, unieść się ponad to i już z tem, jako swoją własnością w bebechach rżnąć dalej gdziekolwiekbądź. Niecne złudzenie. Bitwa rozłaziła się w rękach jako coś tak nieuchwytnego, jak dzikie harmonje muzyczne w jakimś

utworze Tengiera. Szereg bezsensownych sytuacji i czynów bez żadnej
kompozycji i co gorsze bez żadnego wdzięku. Czasami tylko tryskało
wewnętrzne światło i na chwilkę maleńką świat płonął jak w błyskawicy,
w pięknie ostatecznego zrozumienia i gasł znowu, pogrążając się w sam
ekstrakt pospolitości, spotęgowany tem, że pospolitość ta była z pewnego
punktu widzenia (porannej kawy, spokojnych ćwiczeń, erotycznych
przeżyć n. p.) niesłychanie niezwykła, nie tracąc nic z szarzyzny i nudy, z
którą możnaby porównać garnizonowy regulamin. Leżał teraz Zypcio za
jednym ze słupów balustrady, otaczającej mały skwerek pośrodku placu.
Miejsce to, gładkie, zwykłe aż do bólu, nieinteresujące w swych detalach
ani trochę, zdawało się być terenem pełnym wzgórz i dolin, tajemniczem
na tle nieznanego z sekundy na sekundę losu i ważnem niezmiernie w
niewytlomaczony sposób — był to przykład jaskrawy z lekcji taktyki
żołnierza w tyraljerze. Wszystko to jednak było potencjalne — nie było
rozkazu ognia — bezczynność wydłużała czas zdawało się aż poza krańce
wieczności. Robiło się coraz jaśniej, coraz parszywiej. I Znowu „głupiość"
tej bitwy odebrała życiu cały urok. Sytuacja obecna i wizyta
Kocmołuchowicza w szkole, zdawały się być dwoma światami bez żadnego
związku, bez żadnej transformacyjnej formuły. Nie wiedział Zypcio, że
każda bitwa wydaje się w ten sam sposób głupia nietylko prostym
żołnierzom, ale i dowódcom kompanji i szwadronów, a nawet bataljonów i
pułków, chyba że mają oni określone i bardzo absorbujące zadania do
wypełnienia. Co innego jest z oficerami dowodzącymi wyższemi
jednostkami bojowemi. „Réfléchir et puis exécuter — voilà la guerre" —
przypomniało mu się zdanie Lebac'a, podczas jednej ze szkolnych
wizytacji. Ani na jedno, ani na drugie nie było tu miejsca. Cóż można było
wymyślić w stanie „spieszenia", leżąc na brzuchu za słupkiem na ponurym
głupim (koniecznie) miejskim skwerku i co można było w tych warunkach
wykonać? Nie było w co i w kogo strzelać. A tamci zaczęli „grzać" znowu i
znowu „pjukały" kule i stukały tępo o ściany domów i pnie drzew ztyłu.
Bezsens stawał się coraz straszliwszym i zwolna, dookoła twardego trzonu
„bohaterstwa" zaczynała krążyć zwinna jak łątka myśl, że za chwilę może
tego wszystkiego nie być (albo może być gdzieś w ciele jakaś wściekle
boląca dziura) bo przecież według rachunku prawdopodobieństwa, któryś
z tych durniów trafić musi.
 Nagle wypadł z za budki gazetowej zastępca dowódcy korpusu, major
Węborek i ryknął: ale nim ryknął teraz właśnie (w porę zaiste)
przypomniał sobie Genezyp, że ten jego trup też się tak właśnie, a nie

inaczej nazywał. Ta koincydencja zastanowiła go i poczuł, że bezkarnie z tej awantury się nie wywinie — jeśli go nie odkryją jako mordercy, to tu nastąpi zaświatowy wymiar kary — *„ili raniat, ili ubijut"* — jak mawiał jeden z agentów Cara Kiryła, kniaź Rozbuchanskij. Że też mógł nie połączyć tych kompleksów: oczywiście stryj tego, były (przelatany) lotnik. I tu właśnie ryknął rozbestwiony major:

— Za mną, dzieci Wielkiego Kocmołucha! — I popędził jak nieprzytomny z szablą w ręku, w kierunku różowiejących w pochmurnej poświacie ranka domów naprzeciwko. Cała tyraljera pomknęła za nim. Ujrzał Genezyp cztery ogieńki w oknach kawiarni narożnej i rozległ się znowu nieznośny (już teraz otwarcie) klekot maszynowego karabinu i trwał od tej chwili bez przerwy czort wie jak długo. „I poco właśnie w tej chwili? — Za godzinę, za kwadrans, byłbym zdolny do wszystkiego. Tak — ale może nie *tu* — w jakimś jarze, na jakichś szkarpach(?) fortu, na jakimś przyczółku mostowym, psia-noga, ale nie tu, na tym zagwazdranym placu Dziemborowskiego". (bodaj przeklęty był do stu pokoleń ten ogólnie nieznany, wielki człowiek tego miasta i okolicznych przysiółków.) Zupełnie już bezrozumna wściekłość ogarnęła Genezypa. Rwał jak opętany i wszyscy inni też. Pewno myśleli identycznie to samo co on i rżnęli teraz na pysk za pędzącym *zdawało* się wśród gradu kul Węborkiem. Ale kulomioty wzięły za wysoko i junkry nie straciwszy ani jednego człowieka, wpadły na terasę kawiarni. Rozpoczął się bój ręczny — przeciwnicy, nieszczęśni durnie z braterskiego 48-ego, ze strachu wypadli naprzód z drzwi kawiarni kupą i weżnęli się w podwójną tyraljerę junkrów, która zaginała się właśnie i skupiała od skrzydeł. Straszne to było łupienie. Ktoś (może i „swój") wyrżnął Genezypa kolbą w goleń. Na tle piekielnego bólu, bezsensowność tego, co się działo, doszła do niewiarygodnego natężenia, a z nią spotęgowało się zezwierzęcenie do granic płciowej nieomal rozkoszy — (bo mówiąc otwarcie, bez fałszywych manigansów, czyż jest wyższa marka wstrząsu, niż właśnie to?). Wogóle już nikt nie wiedział co, gdzie, jak i poco — nadewszystko poco? Ale zdeklanszowane raz rozbestwienie i strach — jednych przed drugimi i przed szarem widmem dyscypliny wojskowej — pchały ich dalej w ohydną jatkę z beznadziejnym uporem. O „idejach" nie było mowy — dobre są w sztabach i tajnych komitetach, ale nie tu, a i tam nawet były czasem wątpliwe w tych okropnych odbarwionych ze wszystkich kolorów czasach. Przeważnie przeżuwano tylko mdłą, przeżutą już dawno i wypluniętą przez przodków papkę: biała, trzciniastą, bez smaku i zapachu. Ale niektórzy w tem widzieli ostatni ratunek dla ich ostatnich życiowych „używek". I poto ci durnie rżnęli się właśnie w ten paskudny dzień po ulicach ospałego, skisłego we własnym sosie miasta.

Junkrowie mieli kolosalną przewagę nad świeżo pobranymi rekrutami. W dwie minuty już uciekała bezładna kupa ulicą idącą od placu w zamiejskie pustacie, a za nią pędziły opijaniałe łatwym tryumfem „dzieci Kocmolucha". Genezyp kulejąc potężnie rwał nieco ztyłu, ale mężnie. Widział przed chwilą jak jakiś podoficer rozwalił kolbą łeb nieszczęsnego Węborka. Słyszał jeszcze w pamięci na tle hałasu bitwy mokry (podobny do tamtego...) trzask tak oddanej generalnemu kwatermistrzowi czaszki. Tej doby dwóch Węborków zginęło prawie w ten sam sposób a w okolicznościach tak różnych. Zastanowił się nad tem z dziką jakąś satysfakcją, mającą związek tajemny z płciowemi podziemiami ciała — zdawało się to tkwić dalej nawet — w ziemi, w samym pępku wszechbytu. „Potworność metafizyczna istnienia" — Abnol — Liljan — Persy. Koziołkujące asocjacje żywych potworków już, a nie wyobrażeń, wplątywały się w tę zwierzęcą pogoń za nieszczęśliwymi piechurami. Upojenie świadomem bydlęctwem i złem — byle tylko przeżyć ten dzień do końca. Teraz dopiero, jak już zaczęło być aż tak dobrze, zaniepokoił się Genezyp o swój los. Nareszcie, nareszcie połączył się definitywnie ten ohydny ranek z tamtem szkolnem popołudniem. Szkoda tylko, że nie było wódki i muzyki — ale i tak było nadspodziewanie nieźle. W jakimś odpadku sekundy uświadomił sobie Genezyp, że Kocmołuchowicz, jako „wódz- bożyszcze", przestał dla niego istnieć. Oto jak wyglądała ta jego robota zbliska. Już nie wróci nigdy, jako nadludzki posąg-maszyna — dziwne bydlę, na roztrzaskany piedestałek. Tu zostały jego okruchy na tym przeklętym Dziemborowskim placu. „Za plecyma" wodza odbyło się, na koszt jego uroku, połączenie tych niewspółmiernych chwil. Ten ciemny drab, którego się Zypcio kiedyś w sobie tak obawiał, nie był wcale taki zły: — był to przemyślny sprzymierzeniec, a nie żaden wróg — a przy tem był bestja odważny — to grunt. Ha — dużo był odważniejszy od byłego junkra — to był prawdziwy oficer. On to objął komendę nad wzburzonem ciałem, zorganizował i wypiął wszystkie flaczki w jednolity system sił i rozwydrzał teraz cały ten aparat do dalszej pogoni za tamtem nieszczęsnem bydełkiem. Bo przecież nie byli to ludzie, co słudzy Syndykatu — to był pewnik nad pewnikami: omamione zwierzęta nieszczęsne. Aż nagle z jakiejś szparki, jak skorek, wypełzł dawny Zypcio (ten co spuszczał psy z łańcucha) i coś szeptał zawzięcie o „mordowaniu swoich", o miłości, o

„kwiatkach" i wiośnie niepowrotnej i snach dziwnych z okresu „przed przebudzeniem". Ale już nikt go nie słuchał i tak zamarł stratowany bezosobowem bydlęctwem tłumu, tem całem gnającem junkierstwem, którego sam był bezwolną cząstką. Ktoś (czy nie Wołodyjowicz) krzyczał z tamtej strony byczym, grzmiącym głosem — *„voix tonnante"* — jak ten generał u Zoli.

— Pod ściany, pod ściany, kurdypiełki!! — Zniknęła masa uciekających piechurów a z głębi długiej ulicy, ginącej w porannej, burej mgle buchnęły krwawo-czerwone błyski i cztery, prawie jednoczesne, straszliwe huki potoczyły się z szaloną szybkością ku nim. I jednocześnie jakby ktoś darł olbrzymie płótna w powietrzu i jakby olbrzymie, kilkumetrowe usta krzykogwizdały nazwisko filozofa Hume'a: „Hium, Hiiiuuum." I znowu huki pękających szrapneli, ale inne: metaliczne, płaskie, krótkie i grad kul (tym razem prawdziwy) po ścianach i szybach. Z tyłu zajeżdżały już na plac „nasze" armaty. Rozpoczął się pojedynek lekkiej artylerji, a piechury obu stron waliły z pod ścian, leżąc na brzuchach po rynsztokach i na trotuarach. Teraz to było chyba coś w rodzaju bitwy. Ale uczucie nonsensu trwało gdzieś, niewiadomo w którym kompartymencie ducha, ciągle. Na tle piekielnych łoskotów, wizgów, wyć, brzęków, łomotu i trzasku dartego powietrza, słychać było jęki i ryki. Z dwóch stron łupiły dwie baterje bez wytchnienia. Również bez wytchnienia strzelał leżący Zypcio, nie czując dwóch kul szrapnelowych w prawej łydce. Dzień był zupełny — wszystko naokoło bolało od niesamowitej aż w swej jasności zwykłości. Jeszcze trzy salwy armatnie „nasze" i tam cisza. A potem dudnienie dział po bruku — „nieprzyjacielska" artylerja cofała się w boczne ulice. I właśnie wtedy, zdawało się tuż nad głową, równocześnie prawie z westchnieniem ulgi: że „wszystko już dobrze", pękł z nieznośnym trzaskohukiem daleki, zamiejski, ciężki szrapnel, wypluwszy całą swą zawartość gdzieś w tylne szeregi „nadciągających na czworakach" rezerw. Gorący gaz buchnął ołowianym ciężarem na głowę. Teraz poczuł Genezyp ból w nodze i dziwne zdrętwienie w całem ciele, a głowa była lekka, jakby pusta. W tej pustce zaświegotał nagle niepokój jak głupi, nieznośny, a przytem kochany ptaszek. Teraz dopiero widać było z jakich ciśnień i napięć wracał junkier do zwykłej rzeczywistości. Któż to zmierzy i kto wynagrodzi. Nikt — jeszcze mu „naplują za jakiś detal na brodę". Coraz gorszy niepokój. Coś się jednak stało i to dość złego. Chciał wstać, ale prawa noga zdawała się być nie jego i olbrzymia przytem do niemożliwości, dostosowana rozmiarami do uświadomionej wreszcie wielkości: 1) huku, 2) działających sił i 3) samej chwili historycznej jako takiej. Dopiero jak dostał zrozumiał, że jednak dzieje się jakaś rzecz ważna nietylko tu i dla jego kraiku, ale dla całej ludzkości, może i dla wszechświata. Zwierzęcy okres bitwy przebrzmiał — zaczynała się sublimacja — oczywiście tylko subjektywnie, dla Zypcia — dla innych nie było tej drugiej fazy do samego końca. [Naprzyklad Kocmołuchowicz przeżył ten czas w łóżku z Persy. Od czasu do czasu tylko brał z niechęcią słuchawkę telefonu. Tylko on mógł dzwonić — do niego nikt. Za małe to były wypadki na takiego tytana. On oszczędzał sobie gangliony dla prawdziwie wielkiej rozprawy: z ruchomym żółtym murem]. „A jednak żyję i jestem ranny" — pomyślał z szatańską rozkoszą Zypcio, już zupełnie jednolity, odproblemiony z dwoistości, dla nikogo, ani dla siebie w swej obcości i inności niepoznawalny, ten, a nie inny, może trochę „zmężniały" pod wpływem przeżyć, może trochę „dojrzalszy moralnie"(?), może wreszcie „poważniejszy życiowo" — cha, cha — nikt nie widział ani widzieć nie mógł, (ani on sam), że tu leżał zupełnie ktoś inny, tylko w zewnętrznościach ciągły z dawnem zypciowem cielesnem raczej niż duchowem „ja", a wogóle *jakiś* dorosły oficer, powalony w ataku na ulicę Figlasów Michalika. Wywalił się znowu w rynsztok (ścieknik?) z rozkosznem poczuciem dokonania swego, spełnienia wreszcie jakiegoś pozytywnego czynu. Dotąd życie było usprawiedliwione i zbrodnie zmazane, raczej zamazane. Ale odtąd każda chwila wymagać będzie takich usprawiedliwień. Kto raz na tę drogę wejdzie albo: A) musi się doskonalić, albo B) bardzo intensywnie upadać i staczać się, albo C) zwarjować dla wyrównania napiętych potencjałów między marzeniem, a rzeczywistością. Śmierć nieznanego brodacza znikła ze świadomości jako jego, Zypcia, „dzieło" i odtąd miało trwać tak już zawsze. Poprostu stała się ona czemś zbyt małem i niedostrzegalnem w nowej skali przeżyć. Gdyby mordu tego dokonał dawny Zypulka, byłoby to czemś strasznem — jako czyn tego drugiego, wzięte bezpośrednio stało się czemś takiem jak rozduszenie karalucha. „Pigułki, och, pigułki — teraz nadchodzi pora". — „Nie zdechnąć tylko z tych ran, a otworzy się życie wspaniałe, jedyne w swoim rodzaju, to a nie inne — takie, w którem w cząstkowatości przeżywa się aktualną nieskończoność świata, bez poczucia krzywdy ograniczenia." To dają czasami narkotyki.

Powoli zatracało się poczucie własnej jaźni. Jasne już szaro–żółtawe, pochmurno–pospolite niebo miejskie, zakołysało się szerokim ruchem i stało się tak dalekie, że aż nieskończone, jak bywa tylko czasem w chwilach wyjątkowego astronomicznego natchnienia gwiaździsty firmament. Domy naodwrót wywrócone zdały się na krótkie mgnieńko brzegami otworu jakiejś potwornie wielkiej pieczary, zwróconego na tę ochrowo–mleczną pustą nieskończoność, zaktualizowaną jakby w swej metafizycznej monotonji i nudzie, ponad wszelkiemi różnicami ziemskich „interesującości". On leżał teraz przylepiony do asfaltu jakimś ledwo trzymającym klajsterkiem nad wiekuistą otchłanią nieskończoności. Trotuar był podłogo–powałą tej wiszącej nad samym niebytem groty. Czarne, miękkie płaty wśród oślepiających kręgów zawirowały cicho, złowieszczo–dyskretnie = mogło być przecie coś więcej w tej ostatniej chwili. Zasunęła wszystko ciemna mdłość i nie znośne cierpienie, zupełnie nieokreślone — w niem zaprzepaściły się tamte bóle bez śladu. Wypełniło ono zdawało się wszystkość aż po brzegi, a nietylko jego ciało, i wyparło gdzieś na zimne, ciemne krańce duszy wszystką poprzednią rozkosz. Nie można było tego wytrzymać. Świadomość zgasła na ostatniej kondygnacji poznania, gdzie już, już, już wszystko miało stać się raz na zawsze jasnem, pewnem i zrozumiałem, jak ten nieznośny „niedoból" (*malaise*), rozsiany po ostatnich zakamarkach wszystkości. „Może to śmierć — ale przecież dostałem tylko w tę przeklętą nogę"" — ostatnia myśl zarysowała się w nieznanych, a mimo to w *prawie* niezrozumiałych znakach na absolutnej pustce bez nazwy, pustce, w której duszącem jak dym siarkowy wnętrzu, nie było już miejsca na osobowość. Przekłuta szpilką ostatniego błysku: „że to może ostatni raz...", pustka pękła i Genezyp wśród szalonych nudności (metafizyczno–psycho–fizycznych) chwilowo przestał istnieć (sam dla siebie, *jako taki*).

OSTATNIA PRZEMIANA.

Gdy się ocknął, leżał w białej sali szkolnego szpitala, a jednocześnie leciał w dół z niepojętą szybkością i te dwa sprzeczne stany zmieniły się szybko w realną chęć niepowstrzymywanego rzygania. Wychylił się. Ktoś podtrzymywał mu głowę. Jeszcze przed rzygnięciem zobaczył Elizę, tę z pierwszego rautu u księżnej. To ona właśnie trzymała mu to olbrzymie, obolałe coś, które niegdyś nazywał swoją głową. Była w stroju pielęgniarki — ogromny krzyż krwawił się na jej albatroszących się piersiach i brzuchu. Straszliwy wstyd zahamował nagle wszelką chęć rzygnięcia. Ale ręce jej pochyliły mu głowę nad kubłem i dokonał swego, purpurowy i spocony — pękający od nieznośnego upokorzenia. Tu go dognało przeznaczenie (nie czuł nogi wielkiej jak piec, nie należącej do niego i bolącej tak, jakby to kogoś gdzieś bolało a jemu ktoś inny o tem kiedyś opowiadał, a jednak okropnie, okropnie...) aby w ten sposób ohydnie go skompromitować przed tą jedyną możliwą miłością, przed tą trzecią kobietą, o której zapomniał zupełnie, tą, która jedynie mogłaby być jego żoną. Bo momentalnie i nieodwołalnie postanowił się z nią ożenić, a jednocześnie wiedział przecie, że po takiem spotkaniu: on: nieogolony, czerwony, rzygający i spocony — ona: anielsko piękna i uduchowiona na niedościgłych pinaklach doskonałości — jest to wykluczone na wieki. A jednak już w tej chwili, razem z rzygnięciem wypuczył tu przed nią, jako przedślubny podarek i swoją ohydną nieszczęśliwą miłość i dziecinną bezinteresowną zbrodeńkę — ofiarował jej to potencjalnie, bo mówić jeszcze nie mógł. To wszystko robił oczywiście drab ze dna, o czem ani on, ani nikt nie wiedział. Ostatni raz niech będzie wspomniane bezimienne imię tamtego, który odtąd jedynie bytował w tem już leciutko skatatonizowanem ciele wspaniałego byczka.

Opadł znowu na poduszki — czuł tylko głowę nieznośnie wirującą — zaniesiony z ponad w nieskończoności gdzieś stojącego kubła przez te dobrotliwe, jedyne ręce. „Ach, gdyby tak ciała nie było wcale, gdyby się tylko duchy mogły roztopić w sobie, bez tego przeklętego zazębienia się brudnych bebechów" — pomyślał Zypcio. Nareszcie przyszła prawdziwa miłość i to w takiej fatalnej chwili. Jest to coś prostego i absolutnie niewyrażalnego, a ci, co lubią o tem mówić i pisać, dowodzą jasno, że nic ciekawszego do powiedzenia nie mają i ględzą, ględzą, gromadząc i kombinując bezsilne słowa, kiedy to, co na ten temat powiedzieć można dawno już powiedzianem zostało. Tak twierdził Sturfan Abnol. (On też brał udział w walkach tej nocy, ale jako sanitarjusz bezpartyjnego szpitala, zorganizowanego przez Dżewaniego we wszystkich ważniejszych miastach. Skąd ten czarniawy demon wiedział, że to akurat dziś ma być i w jaki sposób zdążył swój szpital zorganizować, pozostało tajemnicą na wieki.)

Teraz dopiero naprawdę poczuł ból w łydce i goleniu i przypomniał sobie *naprawdę* bitwę. Dotąd to nie były jeszcze *jego* przeżycia. A jednak zachował się dobrze: prał i nie uciekł — choć się trochę bał, strach ten opanować umiał — mógł być oficerem. To go pocieszyło i utwierdziło w sobie na tyle, że mógł wybełkotać:

— Niech pani odejdzie. Dziękuję. Nie chcę, żeby pani mnie doglądała. Skąd te torsje? Proszę mi przysłać jakąś starszą damę. Jestem wstrętny, ale będę innym. — Ręka jej niewinna i płciowo–czysta (tak inna od tamtych i „tych tamtej" nawet) przesunęła się po jego lepkiem, spoconem czole; a potem po nieogolonych (ledwo znać było ten „zarost") policzkach.

— W imię Murti Boga i granicznej jedności w dwoistości, niech się pan uspokoi. Wiem, że jest pan na drodze do poznania. Straszne musiał pan przejść rzeczy, aby poznać to. Ja wiem wszystko. Ale będzie lepiej, będzie zupełnie dobrze. Jest pan podobno kontuzjowany, ale to przejdzie. Dziś ma być Bechmetjew na konsyljum z tutejszymi lekarzami.

Nagły rozkoszny spokój spłynął z jakiś jakby „zaświatowych stron" na ten rozdarty kłąb wstydu, obrzydzenia, rozpaczy, zawodu i lekkiej, lotnej jak puszek nadziejki (to było najgorsze — lepsza już byłaby zupełna beznadziejność) jakim było jego ciało. Duch uciekł gdzieś do ostatnich zakamarków, zaklinował się w najciemniejszy kąt i czekał. [Ani na chwilkę nie dało mu spocząć przeklęte przeznaczenie. Pchało go w sam środek coraz szybszego wiru wydarzeń, nie dając mu się nad niczem zastanowić, nic przetrawić — tak zwane „bezpłodne intensywne życie", do którego tak tęskni tylu z tej miazgi, na której dopiero rosną sobie takie kwiatki. Jakże tu nie zwarjować w podobnych warunkach?] Ale czyż to drugie spotkanie się z nową wiarą, wcielona teraz w Elizę, nie jest znakiem, że na tej drodze właśnie czeka go wybawienie z tego całego splotu potworności, w który zabrnął? Może jest to dowód istotności tamtego pierwszego nocnego zetknięcia się z tajemnicą Murti Binga i „granicznej jedności"? Tak myślał, a obok takich idjotycznych myśli, któremi wszyscy prawie staramy się ugłębić i upiększyć w niższym wymiarze dziwności najpospolitsze koincydencje lub skutki działań istot, obliczających partję życia na kilkanaście posunięć naprzód, wrzało w jakimś małym, ocalałym z ostatniej katastrofy kociołku, od rodzącego się piekielnego wprost przywiązania do Elizy — właśnie przywiązania, a nie czego innego. Był to wybuch, ale w zwolnionem tempie. Już teraz wpijał się w nią duchowo jak krab, czując, że tylko z mięsem mógłby być od niej oderwany. W atmosferze tego napięcia, wywołującej zdawało się zginanie się samej dookolnej przestrzeni, biedna dziewczynka, mimo wszelkich metafizyk à la Murti Bing, słaniała się od ogarniającej ją nieznanej żądzy oddania się. Nie wiedziała jeszcze jak to trzeba zrobić. Zdawało się, że rozpiera ją sama aktualna nieskończoność, a to takie było proste i właśnie ograniczone.

Czy tylko to nie wstyd zakochiwać się poraz–trzeci, mając takie(!) doświadczenia? Nawet potworna, zmarnowana pierwsza miłość do księżnej nie była tu tak wielką przeszkodą (jad zresorbował się w tamtem

„obsrywaniu się") jak ta druga, nieszczęśliwa i zawiedziona — mówiąc delikatnie. To było najgorsze. Mimo, że niby całą przeszłość djabli wzięli, nie mógł Zypcio znaleźć żadnego punktu oporu przeciw tej klęsce, już teraz abstrakcyjnej raczej, niż rzeczywistej. A siły przecie miał dosyć. Tylko, że w miarę tworzenia się wyciekała ona z niego, jak ciecz z dziurawego garnka, a tą dziurą było tatmto obrzydliwe, oszukańcze, zapieczętowane zbrodnią uczucie — nawet nie uczucie, a czort wie co — *„gadost"*. A gdy leżał tak spokojnie z zamkniętemi oczami, trzymając niedoszorowaną jeszcze żołnierska łapę w „niebiańskiej" dłoni Elizy, niktby nie powiedział, że w tym wzniosłym chłopczyku mieści się aż tak potworne wężowisko sprzeczności. Całe zło wypływało z niego przez te rękę prosto w serce tamtej dziwotwory, która potem rozprowadzała je po jakichś chłonących jad gruczołach, zbierając zapas antydotów, czyli antyciał, na czarna godzinę. Nie wiedziała biedactwo co ja czeka. Bo rzecz dziwna, że wiara i pigułki Dżewaniego, dając wiele doraźnie, na każdą chwile zosobna dostarczając środków do walki z osobowością (a cóż jest zło, jak nie trochę zanadto wybujała osobowość?) zabijały w wyznawcach i zjadaczach wszelką intuicję przyszłości, wszelką możność całkowania chwil w konstrukcję życia na dalszy dystans. Następowało zupełne rozproszkowanie jaźni na szeregi bezzwiązkowych momentów; na tle możności poddania się każdej, najgłupszej nawet mechanicznej dyscyplinie. Niedarmo pracowały nad formułką dawamesku B_2 najtęższe mózgi z pośród chemików chińskich, wydzielając i łącząc niewinne grupy C, H, O i N, w fantastyczne diagramy chemicznych struktur. Bo o ile podobno sama wiara płynęła z nieznanej nikomu bliżej malajskiej wysepki Balampang, o tyle środków realizacji dostarczało Państwo Niebieskie i „koncern zbolszewizowanych mongolskich pryncków i władyków".
Dopiero teraz zainteresował się Genezyp rodziną, ale jakoś nie śmiał pytać. A czemu? Poprostu rozkoszne było mimo wszystko to poczucie oderwania od rzeczywistości; a tu kwestja „alibi" i rozmowy z Liljaną, a tu teatr i Persy, a tu czort wie co mogłoby się wyłonić. Ale trzeba było przerwać ten stan. Ach, wiecznie płynąć tak z głową jak bania, choćby rzygając wieczność całą, byle prócz kubła nic nie było na tym świecie — żadnych problemów. Żyć w ciągłem niezdecydowaniu, w *ciągłym zamiarze bez końca*, w obietnicy — tylko w tem jest wszystkość i doskonała okrągłość. Ach, prawda: a zamach? Ale to było oczywiste: kwatermistrz zwyciężył. Ona potakująco kiwnęła głową, odgadując jego myśli. Gdybyż wszystko to było jeszcze dokonane w imię jakiejś określonej idei, gdyby

można wierzyć jeszcze w coś poza sobą i poza obowiązkiem mechanicznego wypełniania narzuconych przez sam nieodwołalny fakt istnienia funkcji: od fizjologicznych, aż do wojskowo-społecznych — wtedy przeżycie takiej awantury byłoby szczęściem. Trudno — są szczęśliwe osobniki, które właśnie w takiem wplątywaniu się w byle jaki układ rzeczywisty znajdują usprawiedliwienie swej egzystencji i są wieczni wygnańcy, nie jakiegoś określonego kraju, społecznego kompleksu, ani nawet ludzkości, są „wygnańcy świata", jak ich nazywał Sturfan Abnol. Nie są to ci, którzy przez przypadek nie znaleźli odpowiedniego dla siebie miejsca, nie **déveineur**zy", nie „nieudaczniki" którzy „*pust' płaczut*" — dla nich wogóle miejsca niema i niema udanego dzieła i sytuacji, ani żadnej możliwej szansy, nawet gdyby się tacy jak są, znaleźli w nieskończenie wyższych, lub niższych kulturach jakichś dziwnych stworzeń, na planetach innych układów. Dawniej byli to twórcy religji, wielcy artyści, a nawet myśliciele — dziś niektórzy dostają bzika, a inni cierpią potwornie całe swe niepotrzebne nikomu życia, nie mogąc nawet porządnie zwarjować. Na szczęście jest ich coraz mniej. Ale znowu przyszło zbawcze myślątko III–ciej klasy: musi w tem być sens jakiś, jeśli on: a) spotkał hindusa, b) nie zginął, c) spotkał JĄ i d) ona właśnie wierzy w Murti Binga. Nie chciał myśleć o tem: każdy wysiłek wywoływał zawrót głowy i wymioty. Już rzygał znowu wsparty spoconym łbem na jej dobrych, miękkich jak płatki kwiatów dłoniach. Ale czynił to swobodnie, lekko i bez żadnego już upokorzenia.

Informacja: torsje te nie tyle były wynikiem kontuzji, ile zatrucia morfiną, co później stwierdził sam genjalny Bechmetjew.

Powiedział sobie: „niech się dzieje co chce. Poddaję się przeznaczeniu". — Potem leżał bezwładnie. Była to jedna z chwil prawdziwego szczęścia, których nie mógł nigdy dostatecznie docenić: zupełna izolacja czystej jaźni, podobnie jak na granicy utraty przytomności w eterycznej narkozie: nieodpowiedzialność, ponadczasowość — „byt idealny" pojęcia, jako rzeczywiste przeżycie — a jednak był to on, Genezyp Kapen, identyczny ze sobą i jakby wieczny, poza wszelką kontyngencją życiowych spraw. Jeszcze trochę to spotęgować, a nastąpi nicość: „zlanie się z dwoistością" Murti Binga.

Informacja: w wierze tej nie było metampsychozy, hierarchji i kondygnacji

„planów", tylko różne sposoby (a nie stopnie) zlewania się z jednością tu, w jedynym bycie możliwym, czasowo-przestrzennym. Na tem polegała wyższość wiary tej nad różnemi „teozosiami" (jak mówił Kocmołuchowicz), że nie było w niej nadziei na jakieś tam „poprawki" na innych „planach": tu trzeba było zrobić wszystko, a inaczej „sposób zlania się z jednością" mógł być tak straszliwy, że skóra cierpła na samą myśl o tem. Wiedzieli o tem ci, co zażyli choć raz (wogóle więcej nie było nawet trzeba) piekielne pigułki Prezesa Najwyższej Rady Chemicznej Niebieskiego Państwa, nieśmiertelnego Czang – Weja. Mieli przedsmak tego, co ostatecznie (czas był wykluczony z tych rozważań — jak? — nikt nie wiedział — ale nie była to bynajmniej wieczność) przeżyćby musieli, gdyby nie chcieli poddać się dyscyplinie śmierci za życia, zupełnemu zmechanizowaniu wszelkich funkcji życiowych — miało to być uczucie „malaise", podobne do duszności, niestrawności, mdłości i zgagi, doprowadzone do nieskończonych nieomal potęg wszystkich czterech tych elementów, przyczem wizje wzrokowe przedstawiały niesłychanie męczące bezskuteczne zlewanie się niezrozumiałych przedmiotów w coś, co istnieć nie mogło.

Eliza trzymała dalej rękę Zypcia i była to jedyna pępowinka, którą łączył się ze światem. To była nareszcie prawdziwa miłość: „kochanka" nie wciągała go w zdradliwe gąszcza „takości" życiowych, tylko stwarzała pancerz, izolujący go od reszty istnienia, ginąc w niem sama jako obca jaźń, stając się tylko symbolem absolutnej samotności. Oczywiście taką była prawdziwa miłość dla niego (czyli dla „draba z dna") — dalekie to było od tego, co normalnie za miłość uważanem bywa: w tej wyśrubowanej w sobie osobowości nie było już miejsca nietylko na przejęcie się kimś drugim „od środka", na „dbanie o niego" w najogólniejszem znaczeniu, ale nawet na obojętne zrozumienie fakty, że inna niż on psychiczna struktura w ogóle jest możliwa. A cóż dopiero mówić o poświęceniu dla kogoś, zrezygnowaniu na jego rzecz choćby z jakichś drobnych przyzwyczajeń! Był prawdziwym wampirem sam o tem nic nie wiedząc — mimo, że nie zdawał sobie sprawy z możliwości istnienia niepodobnej do niego jaźni, praktycznie na tym fakcie „inności", zupełnego przeciwieństwa (w tym wypadku „żądzy ofiary") opierał instynktowo swoja własną egzystencję, nie tyle okłamaną własną „duszą", świadomie i z wyrachowaniem, ile całą organizacją komórek swego ciała z koniecznością skonstruowanej w pewnym celu maszyny. Mógł zadawać się nawet „dobrym", dla innych i sam mógł się za takiego uważać, ale, jak mówi Kretschmer *„hinter dieser glänzenden Fassade waren schon nur Ruinen"*. W tym mrocznym świecie rozpadającej się osobowości miała błądzić dusza Elizy do końca, jak w jakiemś zaświatowem piekle, stworzonem dla niej za życia przez nienawistny przypadek takiego właśnie ciała i takiego pięknego chłopczykowatego pyska: wiecznie nienasycona ofiarą, spalająca się w niesytej żądzy zupełnego oddania się, którego on bałby się nawet, jako czegoś stawiającego go oko w oko za znienawidzoną rzeczywistością. On mógł tylko chłeptać jej krew przez wąską rurkę jak komar — w tem było jego szczęście. Nic nie wiedząc o takich psychologicznych kombinacjach kochali się poprostu jak „para gołąbków", jak zwykła parka na końcu bajki, kiedy to już „wszystko jest dobrze" aż do spokojnej śmierci.

Aż tu nagle, kiedy zdawało się, że przeklęta rzeczywistość wyparta została definitywnie aż na krańce pustego, doskonałego w nicości swej świata, straszne nienasycenie (absolutnie niczem mozliwem), ta zmora początkujących schizofreników, złapało go za wnętrzności od spodu. Jęknął i wyprężył się — zrobił poprostu „most" i zdawało mu się, że wisząc nad przepaścią pępkiem dotyka samego, w nieskończoności tkwiącego „nadiru".

— Jaki dzień dziś?

— Wtorek. Dwa dni był pan nieprzytomny.

— Proszę o gazety.

— Nie można teraz.

— Muszę. — Wstała i zaraz przyniosła. Przynosząc mówiła:

— Kochałam cię już wtedy u Ticonderogów i mówiłam, że wrócisz do mnie.

— Czy już wtedy...?

— Tak: byłam już wtajemniczona.

Czytał, a wszystko kołowało mu straszliwie we łbie i widział chwilami ją wplecioną w druk i w wypadki tym drukiem wyrażone. Działo się to naprawdę poraz–drugi na jakiejś płaszczyźnie rajsbretowatej, będącej już poza tą naszą przestrzenią, tam w tej mdłej nicości, (w której przebywał tuż, przed utratą przytomności na ulicy w czasie bitwy), a która zaczynała się jakby na szczytach ludzimierskich pagórów. Całe życie było na niej rozwałkowane, jak kawał ciasta. Któż jak nie on musi z tego zrobić pierożki, tylko czem nadziane, kiedy prócz tego nie było nic i ile, ile?! — Boże cóż za piekielne zadanie ponad siły! Znowu rzygał i znowu czytał. Opis bitwy na placu Dziemborowskiego był dla niego najstraszniejszy.

Widział siebie wyraźnie z boku w całej tej wstrętnej „działalności" i przeżył znowu ten okres absolutnego bezsensu, ale już bez dodatku usprawiedliwiającego wszystko, a niczem nie usprawiedliwionego zapału. Tak: miała rację Irina Wsiewołodowna: brak idei był tego bezsensu przyczyną. Nie pomoże kawaleryjski marsz i dzika, młoda kawaleryjska siła, promieniejąca z czarnych gał i wąsów i kawaleryjskich lędźwi i jąder generalnego kwatermistrza. Naukowa organizacja pracy i racjonalna regulacja wytwórczości to nie są właściwie ideje. Ale innych niema i nie będzie — chyba bzdura zdegenerowanej religji w rodzaju Murti Binga. Szlus.

Na końcu wczorajszego numeru „Brytana" znalazł wzmiankę następującą: *Krwawe porachunki*. W mieszkaniu znanej artystki teatru Kwintofrona Wieczorowicza pani P. Z., nieznany sprawca zamordował uderzeniem tapicerskiego młotka w głowę, sublokatora tejże pułk. Michała Węborka, byłego pilota i byłego szefa gabinetu gen. kw. Kocmołuchowicza. Przebywał on w K. incognito, jako urzędnik dla specjalnych poruczeń ministra wojny. Badania daktyloskopiczne nie dały żadnego rezultatu — przezorny sprawca odziany był w rękawiczki. — („Cha, cha, — przezorny sprawca! Zapomniał poprostu zdjąć — poprostu nie wiedział kim był, a oni... ten wstrętny dziennikarski styl! Pierwszy raz miał „wycinek" o sobie. Kto to mówił — ach, to Tengier: „człowiek bez wycinków jest niczem. Pokaż mi twe wycinki, a powiem ci kim jesteś". Oto mam — pierwszy i chyba ostatni. Śmiał się i czytał dalej.) — Zmarły tragicznie ś. p. Węborek miał niestety wiele znajomości, rekrutujących się z najgorszych szumowin miejskich, a koncentrujących się dookoła lokalu „Euforion", znanego jako miejsce *rendez-vous* miejscowych, a nawet zamiejscowych homoseksualistów. W mieszkaniu nie było nikogo prócz ofiary, gdyż tego wieczoru właśnie p. Z. wyjechała wraz ze swą gospodynią nocnym ekspresem do stolicy." — „Ach — więc to było uplanowane! A ścierwo!" Upokorzenie jego i wstręt do siebie doszły do niemożliwych do wytrzymania granic. Musiał wyznać wszystko — inaczejby go to zadusiło jak kłąb glist, pełznących z żołądka. Wyrwał Elizie prawą rękę ze wstrętem i zmiął gazety w jedną bułę.

— Mówiłam, że nie można...

— To ja — to ja to zrobiłem... — Wyszarpał znowu z tej buły numer „Brytana" i wskazał jej fatalne miejsce: swój jedyny wycinek. Znowu wszystko: i bitwę, i dowód odwagi i odwagę samą i honor zabrało mu w mgnieniu oka tamto plugastwo. Czytała, a on patrzył dosłownie przez palce w jej twarz. Nie drgnęła. Złożyła spokojnie gazetę i spytała:

— Czemu? Tego nie zauważyłam.

— Kochałem ją, ale wierz mi: inaczej niż ciebie. To było potworne. Wszedł tamten drab. Ona uciekła przedtem. Czy tu rozumiesz? — Mówił jej ty, sam o tem nie wiedząc. — To wszystko było przygotowane. Jestem spługawiony. I ja ją kochałem! Inaczej, ale także mimo wszystko. — (Nie mógł jednak wobec niej kłamać.) — Ale to nie była zazdrość. On nie był jej kochankiem. To niemożliwe. Już jej nie kocham, ale coś strasznego jest we mnie, czego nie pojmuję...

— Uspokój się. Ona była kochanką wodza. Musiał ją mieć przy sobie, ale nie na co dzień — toby mu odbierało siły. Jeździła do niego co miesiąc. Musiał ją mieć zaraz po pokonaniu rewolucji — inaczej wściekłby się. — Te słowa i ten styl w jej (JEJ!) ustach to był szczyt perwersji! Ale zaraz poczuł, że to nie jej słowa, że to ktoś jej tak opowiedział i ona powtarza to prawie dosłownie. *Mimo to* pękła w nim jakaś tama i nareszcie zmysłowy obraz Elizy połączył się w nim z tą tylko co „wybuchniętą" czystą miłością. Pożądał jej więcej niż kiedykolwiek księżnę lub Persy, a nawet wszystkie możliwe kobiety świata aż po wieczność samą, ale inaczej... Ach — na czem polegała ta różnica? Chyba na tem, że tamte były to potęgi wyższe od niego (nawet księżna — tylko starość jej była pewnem obniżeniem) — nigdy nie mógłby ich pokonać, wchłonąć w siebie i zniszczyć. Tak — zniszczyć — to było rozwiązaniem zagadki: Elizę mógł pożreć jak dziki, zwierz mimo że podobała mu się więcej niż tamte. A może dlatego, że ją właśnie kochał naprawdę i to przedtem właściwie, nim mu się podobać zaczęła. Ale na czemże u djabła polegała ta miłość, jak nie na poczuciu możności pożarcia? To była właśnie ta wymarzona izolacja od świata, doprowadzona do ostatecznego wypełnienia — pożerając i niszcząc izolował się — to takie proste. Oczywiście nie wiedział o tem wszystkiem sam Zypcio, a tem mniej ona. Tem niemniej na tle tej miłości ten stopień pożądania był szczęściem prawie nieludzkiem. Gdyby tylko na dnie tego wszystkiego nie było wstrętu (do czego?), niby małego, a tak w gruncie rzeczy wielkiego, że tylko śmierć (czyja?) zabićby go mogła. Ale tamta wiadomość była bądźcobądź druzgocąca.

— Kocmołuchowicza? — wymiamlał jeszcze prawie nie wierząc, na tle tamtych zmian, odbywających się jakby na tylnym ekranie świadomości.

— Tak — odpowiedziała spokojnie Eliza. — Tak jest lepiej. — Skąd mogła wiedzieć o tem, co się w nim miało stać za chwilę, skąd psia–krew wiedziała ta naiwna panienka, że tak właśnie będzie lepiej? Chyba jeden

Murti Bing...? Ostatni wewnętrzny promień zniknął, zgnieciony czarną łapą z dziecinnego snu. Ucichła ostatecznie wojenna muzyczka — ta ze szkolnej wizyty wodza — wściekły kawaleryjski marsz Karola Szymanowskiego. To on mu ją zabierał, ten piekielny tytan z czarnemi kozackiemi wąsami, ten najbardziej tajemniczy człowiek naszych czasów, ta nie tyle apokaliptyczna co „apoplektyczna bestja" jak go nazywali pokątni wrogowie. Była w tem osobliwego rodzaju chwała, ale wszystkie światła przeszłości zgasły bezpowrotnie: za Genezypem rozpościerała się czarna noc umarłej ohydy i umarłego wstydu. Ale właśnie tak jest doskonale, bo przecież — to jasne — w ten sposób *cała* przeszłość zostaje przekreślona i wsiąka jak w gąbkę w tę nową miłość. Tylko ta niewygoda zostaje, że z tej przeszłości nic już czerpać nie wolno. Koniec. Eliza, jako ta właśnie, która tę wiadomość z umarłego już świata przyniosła, wypiętrzyła się (duchowo oczywiście) do „ niebotycznych" rozmiarów, zalała cały rozszarpany horyzont jakimś mlecznym, łagodnym sosem i wchłonęła całą potworność życia. Teraz dopiero upolowana zdobycz gotowa była do tego, aby być pożarta, jak królik obśliniony przez anakondę. Było to wysoce nienormalne i niebezpieczne: (mimowolne liczenie na kogoś) ale było dobrze. W istocie Zypcio stracił jedyną rzeczywistą podstawę (wypsnęła się z pod niego jak podpórka z pod wieszanego człowieka), podstawę dla normalnego rozwiązania życia. Głową na dół powoli zagłębiał się w bagno obłędu, nie widząc nawet na pożegnanie niepowrotnych gwiazd, świecących gdzieś z tamtego brzegu, *„połzuszczaja forma schizofrenji"* — powiedziałby Bechmetjew.

— Skąd wiesz?

— Od mego mistrza. Bezpośredni podwładny Najwyższego Mistrza Dżewaniego: Lambdon Tygier. Poznasz go. On cię nauczy jak znosić ciosy życia. Wtedy poczujesz się nietylko godnym mnie, ale także poznania Tajemnicy Dwoistej Jedności Granicznej.

— Ten twój mistrz musi mieć niezłą policję tajną. Boję się, że pracuje ona metodami lepszemi niż nasza defenzywa.

— Nie mów tak, nie mów tak. — Zakryła mu usta ręką. Zypcio zamknął oczy i zbałwaniał zupełnie. — Poznasz go, ale dopiero po nocy poślubnej ze mną. — A może i wcześniej. To musi się stać i ty w to wierzysz. — Ale swoją drogą sposób traktowania tych spraw przez tę dzieweczkę był tak dziwny, że Genezyp omało nie wybuchnął dzikim śmiechem, co byłoby przecie straszliwą niestosownością. Ale nawet gdyby to zrobił i to pewnie przebaczonemby mu było. Niewyczerpana była cierpliwość wyznawców

Dżewaniego. Ach — wszystko byłoby dobrze, jeśliby ta wiara nie była taką bzdurą! Te pojęcia jej, te „graniczne jedności" jakieś, były dla niego martwe: *„Begriffsmumien"*, jak mawiał Nietzsche.

— I ten wszechwiedzący nie mówił ci, że to ja...?

— Nie — widocznie chciał, abyś ty sam przyznał się przedemną. — Tu Zypcio opowiedział jej o spotkaniu z tajemniczym hindusem w noc zbrodni. Eliza ani drgnęła. Niewrażliwość jej na wszelkie niespodzianki zaczęła go irytować. Ale było w tem coś z płciowego rozdrażnienia. To mu się w niej właśnie podobało: wzbudzało w nim zwierzęcą wściekłość, zmieszaną w absolutną (niegraniczną) jedność z nieznaną mu dotąd „czułością" i „tkliwością". (Ach — czemu niema na to innych słów?!) I jeszcze jedno: miał wrażenie, że się nią nigdy, nigdy nie nasyci, że nie będzie mógł znieść już widoku innych kobiet. „W każdym razie" ścisnął jej rękę na znak, że *„tak"* i na wieki. I nagle okropne przeczucie stężyło go w masę zimnego bólu, zmieszanego w jedno z metafizycznem prawie przerażeniem. Czyżby miał nie dożyć tej poślubnej nocy i umrzeć nie oczyszczony ze wszystkich grzechów? Znowu życie jego nie było jego życiem własnem: władali niem jacyś straszni ludzie, znający najskrytsze tajemnice, wiedzący wszystko, mimo że operowali bzdurnemi pojęciami, może wobec tłumów tylko — na przynętę. Czy sam generalny kwatermistrz nie jest także w ich ręku? A może to on kieruje wszystkiem i ich też zużywa dla swoich niezbadanych celów? Uczuł nagłą dumę, że jednak nim, jakimś niedoszłym oficerkiem, zajmuje się tak potężna organizacja, jak ci wyznawcy Murti Binga — i to mogoły, a nie jakieś podrzędne szarże. Oni jednak robią coś rzeczywistego, a nie uciekają od życia, jak kniaź Bazyli. [Wspomnienie bytności w pustelni leśnej i cały ten ludzimierski okres ukazał mu się jak dalekie życie obcego człowieka. Chyba nic w nim nie zostało z tamtego chłopczyka — teraz to sam zrozumiał — przez sekundę nie był sobą na granicy dwóch osobowości. Tajny drab, więziony na dnie przez ojca, stał się nim samym i to on kochał Elizę — tamten do takiego uczucia dla takiej osoby nie byłby nawet zdolnym. A jednak gdybyż to mógł kochać ją tamten chłopczyk. To byłoby właśnie „wymarzone" szczęście, które prawie wszystkich omija. Gdyby chociaż można było władać przestawieniem w czasie. Ale i to nie — wszystko przychodzi albo zapóźno, albo za wcześnie. Do Elizy (i pośrednio do wyznawców Binga) należało uświęcenie jego (już tego draba) egzystencji w innym, lepszym wymiarze.] O ile oczywiście towarzystwo takie nie jest ślepem narzędziem w rękach jeszcze potężniejszej mafji, która zużywa je może nawet dla jakichś zbrodniczych, przeciw-ludzkich zamiarów. A — wszystko jedno: dobrze jest gdzieś przynależeć, a już najlepiej do jakiejś tajnej konfraternji. W każdym razie poczuł Genezyp, że on sam, gdyby był w tej chwili naprzykład na bezludnej wyspie, nie mógłby dokonać ze sobą niczego. Był siłą, której kierownictwo nie leżało w nim samym. Myślał: „Muszę być igraszką tajemnych potęg, wcielonych w innych ludzi. Czyż wszyscy nie są dziś takimi, pod pozorami samowładczych gestów? Władają nimi siły wyższe, naprawdę wszechludzkie — już nie „ideały" jak kiedyś — właściwie nieubłagane prawa ekonomji. Historyczny materjalizm nie był prawdą wieczną, ale *zaczął być prawdą kiedyś* — może „koło" XVIII-go wieku. Społeczny potwór tworzy nie byłe dotąd nigdy życie, a wszyscy jesteśmy tylko marjonetkami — może największe indywidualności naszych czasów też". Zupełnie zgnębiony zapadł w prostrację, graniczącą z rozkosznem omdleniem. Chodziło tylko o brak odpowiedzialności.

Ona czekała. Miała czas. Wszyscy wyznawcy Murti Binga (nietylko młode panny, ale i pożerani przed nawróceniem gorączką czasu i użycia starcy) mieli i mają czas. Pośpiech jest im obcy [To był właśnie ten niesłychany spokój, który spływał (dosłownie jak ciecz jakaś oleista) na wszystkich zaraz po objawieniu. Na czem polegała ta chwila objawień, nikt potem opowiedzieć nie mógł. I Zypcio mimo postanowień przegapił później sam najistotniejszy moment. Tylko czy ten drab (to znaczy on) nie udawał sam przed sobą całego tego nawrócenia? Bo po tem, co zaszło później — ale o tem później.] Wobec asymptotycznej zbieżności dwoistości w jedności nie ma się co śpieszyć. Płynęły chwile białe, beztreściwe, wzniosłe — dla niej. Wzniosłości tej nie czuł jeszcze Genezyp — w nim toczyła się walka dwóch światów: czarnego, podłego indywiduum i białej szczęśliwej nicości przyszłych wieków. Walka zbyteczna — w tej proporcji danych w tej epoce ulec musiał (nie ulegał może jeden Kocmołuchowicz, choć i to nie napewno — historja coś o tem powie później) — tylko jeszcze o tem nie wiedział. Pewnego stopnia i jakości indywidualiści mogli się jeszcze pokazywać na tym świecie jedynie w postaci warjatów. Są jednak warjaci, którzy w pewnej epoce, w pewnym układzie stosunków, mogliby być uważani za normalnych, a w innej epoce i układzie muszą być warjatami, i są warjaci absolutni, którzy w każdym systemie byliby nie-do-przystosowania. Zypcio należał do pierwszych.

Znowu (poraz — niewiadomo który) wzięła go za rękę. Za każdym razem (jak upolowane bydlę przez jakieś leśne przeszkody) przeciągała go coraz bardziej na swoją stronę, stronę łagodnej, usypiającej bzdury, w której natura jej rozwijała się właśnie najistotniej we „wspaniały bukiet najlepszego gatunku cnót kobiecych". Ale dla fanatyków walki o życie, dla niedoszłych artystów, dla warjatów, mężów stanu, wogóle dla wszelkich transformatorów rzeczywistości, ta że sama bzdura mogła być zabójczym jadem o wielorakiem działaniu, w zależności od proporcji elementów składowych ich dusz — jednych mogła uśpić, a innych wywlec na ich własne, urojone szczyty, których rzeczywisty odpowiednik nie mógł mieć miejsca w otaczającem ich życiu — w obłęd. „Ach — ona wie i jest z nim". — „On", to był jakiś ktoś między nieznanym hindusem, a Murti Bingiem, ktoś, na którego można było w każdym razie zrzucić wszelką odpowiedzialność. Znowu promień łaski najwyższej dotknął wierzchołków jego ducha, zaklinowanych w nocny zakamar zbrodni i warjactwa. Bo czyż nie było czystym bzikiem to wszystko. Tylko dla nich, zatopionych w nienormalności jak w zwykłem „codziennem" powietrzu, uczucia ich mogły się wydawać normalnemi — w istocie był to trujący gaz, którego nie powstydziliby się nawet chińscy mistrzowie chemji. Gdyby takie choroby mogły być zaraźliwe! — lepiej o tem nie myśleć. Potoki *nieświadomej prawie, a mocnej jak koń* męczarni, przewalały się przez zdechłe, wysuszone ogniem zwątpienia, ciało dawnego Zypulki. Już idzie ten czas, gdy wszytkie takie historje będą tylko „historjami dla niegrzecznych dzieci", o ile takie dzieci wogóle istnieć będą.

Nagły trzask i huk rozwalonych drzwi: wizyta lekarska. Ale ręką jej (czyż prócz tej ręki nic naprawdę nie było, czy co u djabła? — ciągle ręka i ręka — w niej był narazie cały wszechświat) nie drgnęła nawet na piekielny hałas wpadających bez pukania władców tej sali. Szedł jak burza sam wielki Bechmetjew, obskakiwany przez naczelnego lekarza i sforę asystentów. Wszystkie szyje wyciągnęły się ku grupie potentatów w białych fartuchach — bo przecież tam było może z pięćdziesięciu rannych na tym oddziale. — Nie widzieli ich prawie Zypcio i Eliza. W sekundę potem oddaliła się pewnie i spokojnie, jakby mówiła: „zaraz wrócę". I to był może najrozkoszniejszy moment całego życia: ta pewność absolutna, to zawierzenie komuś aż poza granicami śmierci. O — gdybyż to można wiedzieć! Ileż cudownych chwil przemarnowuje się w ten sposób, nie wiedząc która z nich jest najcudowniejszą.

Wielki duszoznawca podszedł ku łóżku krokiem złego lwa. Tamci zatrzymali się, wypięci na „lekarskie baczność". Coś przykładał do oczu, zamykał jedno, potem drugie pachnącą cygarem, chyprem i potem grubą

łapą, potem stukał, rysował czemś po skórze, skrobał, szczypał i łaskotał
— wreszcie spytał:

— Czy macie czasami takie poczucie, że wszystko jest nie to? Ze takie jest
jak jest, a jednak nie to — jakby całkiem inne? Co? — I wszechwiedzącemi
orzechowemi oczami zajrzał Zypciowi pod sam psychiczny szpik. *„Dusza
shizotimika w tiele cikłotimika"* — pomyślał w przerwie przed zeznaniem
ofiary.

— Tak — była cicha odpowiedź onieśmielonego pacjenta. Ten drapieżny
„duszekluj" lepiej izolował od świata niż nawet sama Eliza. Zypcio miał
wrażenie, że prócz niego samego pod jakimś kloszem, niema nic w
promieniu bilionów kilometrów. — Prawie zawsze. Ale czasem ktoś jest
we mnie...

— Tak — ten obcy — wiem. Czy dawno stał się tym właśnie?

— Od czasu bitwy — przerwał — ośmielił się przerwać *takiej* powadze
Zypcio.

— A przedtem? — spytał Bechmetjew i ciężar tego pytania jak roztopiony
ołów zalał całe zypciowe jestestwo. Sprężył się w nim ten zły do walki.
„Czyżby jeszcze jedna kondygnacja w dół? Czyż nigdy nie dojdę do końca?"
Otworzyła się w nim czarna, pusta otchłań — (bez żadnej przesady i
literatury) otchłań prawdziwa: (*tam nie było jego wcale*), w którą wbite
były w tej chwili te straszne orzechowe oczy, wyłupiające się z potworną
siłą z blond-brodatej twarzy, raczej arcybestjalskiej mordy — jak
ostrokoły z wilczego dołu. Jeden ruch, a spadnie i nadzieje się. „Nie
przyznać się" — szepnął jakiś głos. „Nawet JEGO oszukać można".

— Nie — rzekł twardo, ale bardzo cicho. — Do bitwy nie czułem nic
takiego. — Tamte gwiazdy złoto-orzechowe przygasły, ale po tem ich
lekkiem przyćmieniu poznał Zypcio, że on wie wszystko — nie fakty, ale
ich istotę, abstrakcyjny wyciąg i to nie przez szpiegów Dżewaniego, ale
sam z siebie, z własnej duchowej potęgi. Ukorzył się przed tym
prawdziwym znawcą ducha. W tej chwili dałby mu się pokrajać na kawałki
— wierzył, że na jego rozkaz zrósłby się znowu w jedność poza czasem.
(Co? Kto to powiedział?) „Jedność ciała z duchem. W granicy poza czasem"
— tak to mówiła przed chwilą Eliza. Już myślał pojęciami tamtych przez
nią.

Ale wielki psychjatra okazał dyskrecję równie wielką — proporcjonalną
do swojej wielkości, tej już poza-życiowej, nie wchodzącej w ramki
społecznych konwencji. Cofnął się o krok i Zypcio słyszał, jak mówił do
Głównego Lekarza szkoły:

— *On wsiegdà był niemnożko sumasszedszyj, no eta kantuzja jemù zdòrowo podbàwiła.* — Więc jednak jest warjatem — to strasznie ciekawe i straszne — i jednak jest kontuzjowany w dodatku. W tej chwili sprawiło mu to niczem niewytłomaczoną ulgę. Potem dopiero, dużo później, miał sposobność przekonać się dlaczego — to otwierało mu kredyt na najdziksze czyny, dawało wewnętrzną przynajmniej bezkarność i co ważniejsze bezwinność.

Odeszli. Eliza znowu(!) wzięła go za rękę i zamarł w bezprzedmiotowem szczęściu. Nie chciało mu się nawet rzygać. Trwała szczęśliwa nicość. Zasnął.

Obudziło go wejście księżnej. Prawie że jej nie poznał. Tajemnym duchowym ogniem zionęła jej twarz. Niosła się jak ptak przez salę: nieziemska, czysta, wzniosła. Eliza spokojnie podniosła się na jej spotkanie. Ściskały się gorąco za ręce. Genezyp patrzył na nie obie, olśniony niespodziewanem szczęściem. Cóż za cud się stał, że one są takie razem wzięte, że tak się witają, tak się w siebie wlepiają oczami, jak jakieś zaświatowe przynajmniej siostry? Na niego nawet nie zwróciły *razem* uwagi (to go nie zraniło zupełnie) a same ze sobą są *takie*: przeduchowione, w inny wymiar wypiętrzone, unoszące się ponad rzeczywistością. (Zresztą Eliza była ciągle taka — teraz tylko spotęgowało się to niemożliwie.) Naprawdę nie możnaby uwierzyć, że one mają organy płciowe, że oddają mocz i kał jak wszyscy ludzie — gdyby ktoś śmiał to w tej chwili twierdzić. Nie mówią nic — widać, że to pierwsze spotkanie, że za nieprzytomności Zypcia nie widziały się wcale Księżna, nasyciwszy wzrok Elizą, zwróciła się do swego byłego ucznia (tę „byłość" czuć było w całem zachowaniu się od chwili wejścia) wyciągając rękę, którą on ucałował z nieznaną dotąd czcią. Wiedział o tem napewno — szalona była w tem rozkosz. Prawie nie wierzył Zypcio, że widzi przed sobą tę niedawną trucicielkę, która zdawało się na całe życie napoiła, nasyciła po gardło jego duszę jadem zatrutej miłości. Więc dokonała się wreszcie ta „matronizacja" jak wyrażał się *marchese* Scampi. Nareszcie i naturalnie dzięki nauce Murti Binga. Księżna walczyła na tak zwanej „Barykadzie Pszczół" tuż obok placu Dziemborowskiego, oczywiście po stronie Syndykatu. Mało brakowało, aby się byli spokali w ataku. Nie była ranna. Ale bitwa i mała rozmowa z Dżewanim (no i pigułki) dokonały swego. Zypcio nie czuł w tej chwili ani odrobiny tego jadu — zbyt głęboko miał go w sobie. Ale o tem przekonać się miał później. Obie te drugie kobiety nie były już temi, któremi być mogły, gdyby spotkał je przed poznaniem miłości z tej „ciemnej strony", w tak spotworniałej interpretacji starzejącego się byłego demona. Tylko perwersja wytworzona przez księżnę kazała mu tkwić aż do ostatecznego pęknięcia w niezdrowej atmosferze niedosytu przy Persy; tylko wahnięcie się w przeciwną stronę zmuszało go teraz do szukania izolacji od życia w mętnej, zatumanionej, słabej „duszyczce" Elizy, w której oparach mógł się roztopić w bezosobową nicość, nie tracąc złudzenia życia — chwilowe wymignięcie się z katatonji. Jad krążył dalej nieznacznie w jego psychicznych arterjach — on to żywił i sycił rozrastającego się w Zypciu ciemnego gościa–nowotwora, autora pierwszej bezprzyczynowej zbrodni.

Księżna zaczęła mówić tak, jakgdyby miała przygotowaną zgóry dłuższą przemowę. Ale w czasie tej recytacji skręciło się w niej coś i, poprzez ukryte łzy, wyrwały się z niej słowa jej samej nieznane, którym sama się dziwiła, słysząc je mówione przez siebie.

— Zypciu — już nic między nami nie stoi. — Tu pękła krótkim histerycznym śmieszkiem z dawnych czasów. Zaśmiał się i Zypcio, ale krótko i węzłowato. Eliza spojrzała na nich dziwnie okrągłemi oczami, ale bez żadnego zdziwienia. Księżna mówiła dalej z niezwykłą powagą: — Możesz kochać ją — bo przecież widzę co jest. Jak tylko dowiedziałam się, że to ona jest pielęgniarką w szkole, wiedziałam już co będzie. Wiem teraz wszystko. Oświetlił mnie Murti Bing przez Mistrza Dżewaniego. — „Choroba czysta z tym Dżewanim — czyż oni opanują w ten sposób wszystkich" - pomyślał Genezyp i spytał brutalnie:

— A pigułki księżna już jadła?

— Jadłam i nie w tem rzecz...

— Ja mam tego dziewięć sztuk i dziś to zeżrę. Dosyć mam tych gadań.

— Nie uczyń tego przedwcześnie, przed zstąpieniem pierwszego stopnia eterycznej łaski...

— Już — szepnęła Eliza.

— Może się to zemścić fatalnie. Ale może dlatego, że znałeś mnie ujdzie ci to bezkarnie. Może kiedyś, kiedyś ocenisz co ci dałam, o ile dożyjesz dość późnego wieku, czego wam obojgu życzę. Dżewani zdjął ze mnie ciężar mego ciała. To co widziałam po zjedzeniu pigułek, zaraz po bitwie, utwierdziło we mnie tylko Jedyną Prawdę. Odtąd będę szła ciężką drogą ku doskonałości i nie ugnę się przed żadnem zwątpieniem. — „Pociecha dla „nieudaczników" i starych bab" — pomyślał Genezyp, ale nie „odparł" nic. — A ciebie kochałam i kocham dotąd — (łzy posłyszeli w jej głosie, głęboko, jak bełkot podziemnego źródła) — ale już nie chcę robić więcej świństwa z naszego stosunku i dlatego wyrzekam się wszelkich pretensji co do ciebie — wyrzekłam się przedtem, nie wiedząc jeszcze, że ona jest przy tobie. I tylko przebacz mi, że cię trułam — tu padła na kolana przy łóżku i załkała krótko, króciutko, tyle ile koniecznie było trzeba. Ani Genezyp, ani Eliza nie zrozumieli o co chodzi i nie śmieli nawet pytać. A chodziło biedaczce o pokryjome kokainowanie ostatniego kochanka. Siadła znowu i mówiła przez gęste, jakby z jakiegoś syropu łzawego czy z żywicy zrobione łzy. — Nie wiesz jakie to szczęście dla takiej sponiewieranej wewnętrznie, a nawet i zewnętrznie, istoty, wznieść się wreszcie ponad siebie. Wiesz, że wszystko jak w jakimś młynku przekręciło się we mnie od jednej rozmowy z nim — z mistrzem.

Eliza: Jakże ciocia jest szczęśliwa, że mogła z nim...

Zypcio: Tylko na grube ryby ekspansuje się sam mistrz. My musimy się zadowolnić tym twoim Lambdonem. Dobra psu i mucha — *bą pur ę szię e la musz* — rzekł programowo brutalnie Genezyp. Coś go wściekało jednak w tem wszystkiem. Eliza spojrzała na niego bez wyrzutu i to go podnieciło tak, że byłby tu ją zgwałcił przy wszystkich, gdyby nie ból w łydce. A nawet z samego bólu mógłby ją zgwałcić, tak jak inny rozbiłby naprzykład krzesło. Ale zaraz zalała żądzę czysta miłość. Zgasła z sykiem, pękła gdzieś w ciemnościach ciała, jak daleki meteor. A ta gadała dalej:

— Syndykat dla mnie nie istnieje. Zobaczyłam nagle całą nicość i małość tej ich programowej pseudo-narodowej roboty bez podkładu rzeczywistych uczuć. — [Myśl Zypka: „Tum cię czekał. To pigułki działają i na to. Ho, ho! Zobaczymy co będzie ze mną."] — Jedna, jednolita będzie ludzkość, a uspołecznienie nie będzie przeszkadzać wewnętrznemu rozwojowi indywiduum, które jak klejnot w futerale ochronione będzie przed samem sobą. Podobno chińscy neo-buddyści zgóry zrezygnowali z osobowości — wyznawcy Murti Binga nie. — Mówiła głupawo i nieładnie, ale to nie raziło dziś wcale. „Matronizacja" pokrywała wszystko dostojną szatą pokuty: było w tem coś prawie świętego. Czysto estetyczne, formalne zadowolenie z takiego końca tej starej wydry, było tak wielkie, że nie było pojęciowej lub słownej „gaffy", której nie możnaby jej przebaczyć. Zypciowi nie chciało się gadać, tak jak tylko może się nie chcieć poważnemu inteligentowi zabierać głosu w lekkiej rozmówce na banalnym fajfie, ale coś powiedzieć musiał:

— Niestety nie mogę w to uwierzyć, ale przypuszczam, że osobowość zaginie tak powoli i nieznacznie, że nikt z tych, którzy będą elementami tego procesu nie odczuje tego boleśnie. Jeszcze może dziś pocierpią niektórzy czysto fizycznie nad materjalnemi stratami na tle społecznych przemian, ale za lat kilkadziesiąt śladu nie zostanie po tego rodzaju problemach. — Nie czuł, że wszystkie jego cierpienia *pośrednio* wynikają z głębokiego przeżywania tego właśnie zjawiska. Niekoniecznie jako takie ma być to przez wszystkich uświadamiane, aby być tem właśnie. Wystarczy, że *ktoś jeden* sklasyfikuje pewne fakty, jako symptomy takiej właśnie przemiany. Nic więcej nie trzeba dla przyszłego historyka.

Księżna: Myślisz pewno Zypulka, że ja tak przez kompromis: że szukałam czegoś, coby mi mogło zastąpić rzeczywiste życie i ciebie, który tego życia jesteś symbolem i tak wpadłam na pierwszy lepszy paljatyw. Mylisz się...

Zypcio: Nigdy tak nie myślałem... (A właśnie tak myślał.)

Księżna: Otóż to dobrze, bo tak nie jest. To, do czego przyznać się przed sobą nie mogłam: że między nami, dla twego dobra musi być koniec, to zrozumiałam dopiero, kiedy on zaczął mówić. A przedtem, wiesz, walczyłabym może z tamtem przeciw tobie. — I nagle rozpłakała się, ale już na dobre. Ale nie było w płaczu tym cierpienia nad niepowrotną przeszłością: była raczej rozkosz wyniesienia się ponad dotychczasowe bagno upadków, zwątpień i sztucznie podtrzymywanej wiary we własną fizyczną niezniszczalność. — Nawet myślałam, że gdybyś ty mnie był zabił w bitwie, to byłoby tak piękne, tak piękne, że aż żal naprawdę, że się tak nie stało. — Genezyp skręcał się z żalu. Więc ona biła się jeszcze, biedactwo. Gdyby zginęła nigdy, ale to nigdyby sobie tego nie darował. Teraz, kiedy spadł z niego fizyczny ciężar miłości spotworniałego, a jednak tak zmysłowo pięknego starawego pudła, teraz dopiero poczuł jak bardzo ją kochał (i kocha dotąd — może więcej niż na samym początku ich stosunku). Nawet na dnie zawiłych splotów uczuć zjawiło się lekkie przeczucie tego, co jej zawdzięczał — gdyby miał czas oceniłby to w zupełności, ale nato trzeba byłoby, aby jad zresorbował się całkowicie, a zostały tylko stworzone przezeń anty–ciała. A przyszło zrozumienie to na tle takiej podłej myśli: „Coby było gdybym w jej postaci nie miał antydotum przeciwko tamtej? Czyż potrafiłbym wybrnąć z tego z tak małemi stosunkowo stratami: jeden pułkownik, atak obłędu no i tylko „stracone zachody miłości?" Genezyp rozkosznie cierpiał patrząc na spłakaną twarz Iriny Wsiewołodowny. Wszystko się uwznioślało tak przyjemnie i księżna była jednym z elementów tej ogólnej przemiany. Eliza pocieszała ją blado, ale zato bardzo skutecznie. Po chwili uśmiechnęła się przez łzy i piękna była tak w tym zmieszanym wyrazie radości i cierpienia, że Genezyp zadygotał cały z dziwnych uczuć, które już, już mogły przejść w stan zdecydowanie jednolicie płciowy. Na to wszystko weszła rodzina: Matka, Michalski, Liljan i Sturfan Abnol. Rozpoczęły się typowo rodzinne czułości. Liljan wpatrywała się w Zypcia wszechwiedzącemi oczami. Był jej pewnym — to była piekielna przyjemność. Czuł się uwielbianym przez nią może więcej nawet, niż przez tamte dwie kobiety i dziko był zadowolony, że Liljan ma na własność jego tajemnicę, o której nigdy nie dowie się Abnol. A do tego matka... Teraz dopiero osiągnął szczyt szczęścia. Popełniona zbrodnia łączyła się z tym kłębem kobiecych uczuć wokół niego w harmonijną, konieczną całość — była warunkiem pewnych kombinacji z Liljan i Elizą, bez których nie byłoby to szczęście tak pełnem, prawie absolutnem. Na wyrzuty sumienia nie było wprost miejsca. (Może gdyby znał bliżej tego nieszczęsnego Węborka, to może — ale tak? — nie można wymagać nawet wyrzutów od takiego, który bez powodu zabił kogoś, w minutę po poznaniu się z nim. Nonsens. Mało kto miał takie przeżycia i ogół nie jest w stanie tego należycie osądzić.) A do tego jeszcze rozkaz dzienny szkoły, który przyniesiono przed chwilą: już był oficerem i to takim, który w bitwie stawał, wprawdzie nie jako dowódca i w parszywej miejskiej strzelaninie, — no, ale dobre i to. W rozkazie stało, że jakkolwiek do promocji pozostawał od buntu Syndykatu Zbawienia jeszcze tydzień, to jednak, ponieważ wypełniony on miał być ćwiczeniami taktycznemi, dzień walki został zaliczony jako wystarczająca próba i wszyscy uczniowie mianowani zostali podporucznikami, czyli „karnietami", jak lubił z rosyjska nazywać tę rangę Wódz. Nawet całe upokorzenie z powodu Persy zresorbowane zostało w ten sorbet szczęścia, który siorbał Zypcio pełnemi ssawkami swojej nowej drabiej osobowości. A po wyjściu wszystkich Eliza sama dała mu dziewięć piguł Dawamesku B₂, tych samych, które dostał wtedy na ulicy, mimo że miała swój porządny zapasik. Zasnął jak kamień myśląc sobie: „no — zobaczymy co teraz będzie. Czyż i ja zbabieję tak, jak wszyscy".

I Obudził się o drugiej z dziwnem uczuciem. Nie był tu, w szkole i nie czuł żadnego bólu, ale nogi miał jak sparaliżowane. Przed oczami zdawała się powiewać jakaś ciemna, gruba zasłona. Przeraził się, że oślepł. Spojrzał w kierunku okien, które nawet w najciemniejszą noc przecie majaczyły czerwonawą poświatą. Nic — ciemność absolutna, a niespokojna — coś niewidzialnego przewalało się, jakby walczyły w nieprzeniknionym mroku grube cielska straszliwych płazów. Ale jednocześnie zstąpił na niego spokój zupełny — widocznie tak być musi. Leżał, nie wiedząc prawie kim jest — unosił się nad sobą, zaglądając w siebie jak w jakieś nieznane pieczary i jaskinie, w których tworzyła się rzecz nieświadoma. Aż nagle pękła kłębiąca się zasłona i ogarnął go *wir* brylantowych iskier. Z nich zaczęły się formować walczące ze sobą przedmioty nieznane i niepojęte: jakieś kombinacje maszyn i owadów, jakieś piekielnie precyzyjnie skonstruowane, wcielone w niewiadomą materję, uosobienia przedmiotowych nonsensów w barwach burych, żółtych i fijoletowych. A potem nagle stanął ten wir i przekonał się Zypcio, że to tylko *trójwymiarowa zasłona* wyższego rzędu, kryjąca inny świat, *nie znajdujący się w tej przestrzeni*. Gdzie trwał on jako obraz wyraźny, jednak i to trójwymiarowy, nie można było absolutnie pojąć. I potem, mimo że pamiętał wszystkie obrazy, nie mógł nigdy już realnie zrekonstruować tego niesamowitego wrażenia w jego bezpośredniej świeżości. Zostały tylko porównania — istota wymykała się normalnym zmysłom i poczuciu przestrzenności wogóle. Zaczęło się od rzeczy względnie zwykłych, których znaczenie mówił Zypciowi tajemny głos wewnątrz niego. — Słyszał go nie uszami, ale brzuchem. A więc: mała wysepka wśród oceanu kulistego — jakby jakąś planetkę oglądał z wielkiej odległości oczami o średnicy tysięcy kilometrów. Ale żaden „kilometraż" wogóle nie był możliwy. Odległość nie była odległością, tylko poczuciem skręcenia szpica, w który wydłużyła mu się głowa, sięgając *sufitu świata*, znajdującego się *poza nieskończonością*. To wszystko słowa, których używał potem, aby opisać Elizie te wrażenia. Ale nie oddawały one ani cząstki nieuchwytnej dziwności tego przemieszania wszystkich możliwych planów, aż do zupełnego zaniku poczucia przestrzenności w normalnem znaczeniu. (Eliza tylko kiwała na to wszystko pobłażliwie swoją małą blond–główką, uważając, że wizje Zypcia niczem są wobec tego, co widziała ona: „Każdy ma wizje takie, na jakie zasłużył — ale dla ciebie, dla twego ciemnego ducha, dobre i to". To poczucie niższości, było jednym z elementów piekielnego pożądania, które w stosunku do niej odczuwał — nic, nawet najdzikszy gwałt, nie mogło zniszczyć dystansu między nim a nią — była w pewnym sensie nie dosiężna. I ta niedosiężność właśnie wyrażała się w drażniącym spokoju, z jakim przyjmowała najbardziej nieoczekiwane zjawiska.) Nagle zobaczył Genezyp nieskończoną drogę, którą był pełznący w bezkresną dal zębaty wąż. On sam stał na nim i poruszał się jak na ruchomym chodniku. To już działo się na wysepce. Ktoś mówił w nim: „To jest Balampang — za chwilę ujrzysz Światło Wszystkich Światłości, jedynego, który za życia złączył się z Graniczną Jednością". Wąż skończył się (trwało to wieczność całą — wogóle czas zdawał się deformować dowolnie, w zależności od wypełniających go przeżyć) — zobaczył Zypcio nareszcie *samo to*: (co widzieli wszyscy — jedno i to samo — którzy mieli szczęście połknąć piguły Dawamesku): chatka wśród niskiej, suchej dżungli (purpurowe kwiaty pnączów chwiały mu się przed samym nosem i słyszał śpiew małego ptaszka, który powtarzał ciągle po trzy razy *ostrzegawczo* tę samą nutę, jakby mówił: „nie idź tam, nie idź tam..."). Przed chatą siedział w kucki starzec o cerze *café au lait*. Łypał wokoło czarnemi, olbrzymiemi, przelśnionemi oczami, a młody kapłan (z ogoloną głową, w żółtej szacie) karmił go z miski ryżem, przy pomocy drewnianej łyżki. Nie miał rąk, tylko (i to zobaczył Zypcio *potem*) z ramion wyrastały mu olbrzymie amarantowe skrzydła, któremi poruszał czasem, jak znudzony w klatce sęp. „Więc on jest, on jest" — szeptał Genezyp w szalonym zachwycie. „Widzę go i wierzę mu, wierzę mu na wieki. To jest prawda". Co było prawdą — nie wiedział. *Dowolna rzecz, przedstawiona mu w imię Murti Binga, musiała być dla niego prawdą.* I to wszystko działo się w tej samej niepojętej przestrzeni, która, nie przestając być tą naszą zwykłą trójwymiarową, nawet wcale *nie wygiętą* przestrzenią, nie była jednak włączona w nasz wszechświat. Gdzież to się działo? Już miał to pojąć, kiedy starzec łypnął oczami prosto w niego i przebił go niemi nawy lot. Poczuł Zypcio światłość w sobie — był promieniem pędzącym w nieskończonej pustce ku jakiemuś krystalicznemu jarzącemu się *nieznanemi* barwami tworowi, (nie tworowi, tylko czort wie czemu) którym była nigdy nieosiągalna Dwoista Jedność Graniczna. Wizja znikła — znowu kiełbasiła się przed nim djaboliczna zasłona z *niewidzialnych* walczących gadów. A potem zobaczył całe swoje życie, ale jakby wyżarte przez płomienie — niepełne, z lukami okropnych ciemności, w których nieznany drab (on sam, ale podobny z wyrazu do Murti Binga) czynił niezrozumiałe rzeczy, deformując się i zwiększając do nieskończonych prawie rozmiarów, to zmniejszając się do czegoś nieodszukalnego, mikroskopijnie małego, zaplątanego w czemś innem, co było samemi *wnętrznościami świata* — była to w istocie kupa niewiarogodnych flaków, miotająca się wśród erotycznych transów części swych, jako nienależących do nikogo osobowego, organów płciowych. To było jego życie, ale już rozpatrzone krytycznie z punktu widzenia jakiejś wyższej, nie-człowieczej celowości — cele były poza tym światem (w tej tajemniczej przestrzeni) ale życie musiało układać się według nich, inaczej potencjał świata musiałby się zmniejszać, a nawet dojść do zera i wtedy (o, okropności) nietylko zapanowałaby Nicość Bezprzestrzenna, coś niewyobrażalnego, *ale także wszystko to, co już było* zostałoby *przekreślone* i byłoby to równoznaczne z tem, jakby *nigdy nic nie istniało* i istnieć nie mogło. Strach przed tem był wprost niewymierzalny. Stąd powstawała ta niesłychana „żarliwość w posłuszeństwie" wszystkich wyznawców — Nicość z przekreśleniem przeszłości — jakże to było możliwem? A jednak podczas działania Dawamesku B_2 rozumiało się te rzeczy tak łatwo, jak ogólną teorję funkcji. Zobaczył Zypcio całe swoje życie i przysiągł poprawę.

Zbrodnia, której dokonał, przedstawiała się w tym obrazie jako przeniknięcie się dwóch krystalicznych potęg w sferze Wiecznego Ognia — Węborek stał się nim, Zypciem, a bynajmniej nie zniknął, jak to się wszystkim zdawało — za to Zypcio był dwuosobowy — oto wszystko. Ale sam moment objawienia prześlepił jak wszyscy. Zdaje się że chwilą najistotniejszą było tu to wściekłe przebijające łypnięcie, ale kiedy dokładnie i *jak* zazębiało się to o dotychczasową psychikę nikt nie był w stanie pojąć. Jeszcze jedno: ci, którzy już mieli wizje nie mówili o nich nic z tymi, którzy jeszcze przez to nie przeszli. Działo się to samo, bez żadnego upominania władz wyższych sekty. Niktby i tak nie uwierzył, że ktoś wogóle coś podobnego widzieć mógł — nie warto było gadać. Zato wspólność wizji wywoływała dziwną łączność między wyznawcami — trzymali się siebie z siłą rzepów czepiających się psich ogonów.

Zbudził się Zypcio koło jedenastej rano i odrazu poczuł że jest inny. Powoli, powoli przypomniał sobie wszystko i promieniał z zachwytu. Eliza *już* trzymała go za rękę, ale to nie nudziło go wcale. Wchodził w siebie coraz głębiej, do tych pustych teraz piwnic, w których hodował draba. (To ten drab się nawrócił — chłopczyk nie byłby do tego zdolny.) Tam węszył obcą sobie jaźń po kątach — nowy ktoś wyłaniał się z tych samych zakamarów — kto to mógł być u djabła. Obłęd, zmieszany z jadem piguł, nie dającą się syntetycznie odtworzyć morbidesiną, dawać zaczął wyniki nieprzewidziane przez psychjatrów chińskich. Teraz miało się zacząć „intelektualne"(!) opracowanie wyników objawienia. To było zadanie Elizy, tej notorycznie nieinteligentnej panienki ze sfer demi–arystokracji.

NOC POŚLUBNA.

Zrobiła się pół–letnia sierpniowa niby-jesień. Przykro-jednostajna lipcowa zieleń zróżniczkowała się na całą skalę tonów od szmaragdu do ciemno-buro-oliwkowego odcienia. Genezyp powoli zaczynał wstawać. Nie tyle przeszkadzała mu przestrzelona łydka, co pozostałości po kontuzji, objawiające się nietylko fizycznie (zawroty głowy, kolapsy i leciutkie konwulsyjki) ale i w dziwnych zabarwieniach stanów psychicznych, w jądrze swem od czasu zbrodni niezmiennych. Ciągle miał poczucie, dochodzące czasem do niezmiernie przykrej intensywności, *że to nie on przeżywa to wszystko.* Z boku patrzył na siebie jako ktoś obcy, ale *dosłownie*, a nie jako jakiś „mnożący się w nieskończoność obserwator" Leona Chwistka. To nie było żadne gadanie tylko *tak było.* Kto tego nigdy nie przeżył nie wie co to jest. Niepodobna tych rzeczy nikomu wytłomaczyć. Pyknicy chcący stan ten zrozumieć muszę kropnąć dużą dawkę meskaliny (wizyjny alkaloid peyotlu) Merck'a, aby mieć choćby pojęcie o schizoidalnym kierunku, w który zbacza normalny ciąg psychicznego życia. Porządny „schyzio" odrazu zrozumie o co chodzi, ale z pyknikiem nawet nie warto zaczynać na ten temat, bez wyższego rzędu narkotyków. Między dwiema osobowościami wytwarzały się bolesne przerwy, wypełnione strachem — co było w tych przerwach? Co stanowiło treść pustki trwającej, niewypełnionej żadną z dwóch jaźni? Czaiły się w niej jakieś czyny straszliwe, mogące zdawało się przebić pancerz zasadniczych praw istnienia, zdolne stworzyć możność przeżycia w ułamku sekundy aktualnej nieskończoności wszystkich, nawet tylko możliwych światów. Ach, te pustki! Wrogowi najgorszemu nie należy życzyć tego stanu. Chwila, która zdaje się nie być niczyją, a jednak jest kitem łączącym dwie istoty, które bez niej byłyby *faktycznie* odrębnemi jaźniami. W tych chwilach trwał ten trzeci, *nieziszczalny* w życiu, chyba w ostatnich momentach zupełnej katatonji.

Mimo nocnej wizji nie był Zypcio „pełnym" murtibingistą — o nie. Cóś nie szło w tem wszystkiem tak gładko jak z innymi i ciągłe nic był biedny aspirant godnym tego, aby osobiście pomówić z Lambdonem Tygierem. Ale zato teraz dopiero poznał duszę swojej narzeczonej, raczej tę jej emanację, którą w niej sam wywoływał — Eliza mogła istnieć tylko jako negatyw w stosunku do kogoś — negatyw *pozytywny* — (poprostu jako dobra postać, „duch z prawej strony") — sama była niczem. Zaczęła żyć od chwili wpicia się w bebechy duchowe Genezypa. Tak — poznał duszę Elizy, o ile ona takową w męskiem znaczeniu posiadała i nie była tylko idealnie zmontowanym przez Lambdona Tygiera manekinem, o co na tle jej doskonałości posądzaćby ją można. Na dnie tego wszystkiego tkwiła pewna nuda, jak na dnie każdej doskonałości. Doskonałość to bardzo podejrzana rzecz i kryje czasami zupełny negatywizm — nicość. Ale narazie upojony spokojnem szczęściem Zypcio nie zdawał sobie z tego sprawy. Nudził się z rozkoszą, sam o tem nie wiedząc, że podstawą tej rozkoszy jest właśnie nuda. Eliza w normalnych wymiarach była tym typem, co to żyje tylko wtedy naprawdę, o ile podnosi do swej „wyżyny" upadłego anioła, albo zwykłego demona, pod warunkiem, że osobnik taki ma dla niej wartość czysto płciową. Ale najbardziej w typie takiej osoby będący, normalny, odproblemiony zdrowy byczek, nawet na swój sposób mądry, będzie równie niczem jak odwrotność tego typu — musi być i jedno i drugie. Znalazła takiego w Zypciu i postanowiła nie popuścić go aż do śmierci.

Informacja: Sytuacja polityczna trwała bez zmiany. Kocmołuchowicz, po zwycięstwie „lakmusowem", jak nazywano pobicie syndykalistów zbawieniowych, przejął w siebie, częściowo przynajmniej, siły Syndykatu, stając się jeszcze bardziej tajemniczym, niż dotąd. Okazało się, że wogóle cały Syndykat był blagą, wydętym pęcherzem bez treści — nie miał racji bytu jako oddzielny społeczny element — wsiąkł bez reszty prawie w ogólną organizację obrony Białej Rasy. Może to była ta słynna, niezbadana „ideja" kwatermistrza — może on sam tylko był emanacją rasowego instynktu Białych? — czort wie. Oprócz nieubłaganych komunistów nie było już różnych partji w państwie — wszyscy podświadomie ogarnięci byli ideją „przedmurza", ale właśnie nie na tle narodowem, tylko rasowem: czuli się białymi i tyle — w przeciwstawieniu do żółtych, jako do innego gatunku zwierząt. Tak samo możnaby zorganizować walkę ze szczurami, czy karaluchami — ściśle narodowych elementów w tym ruchu nie mogli się doszukać najbardziej nawet zawzięci nacjonaliści wśród socjologów. O tem co się działo w Chinach i zdobytej przez żółtych Moskwie, nie wiedział nikt nic. Nie, żeby szlachetni z natury polacy nie byli zdolni zorganizować czegoś tak podłego, jak dobra służba szpiegowska — nie — nie wiedziano o niczem i na Zachodzie. Tak ścisłym murem otoczyły się przeklęte żółciochy i tak potwornemi torturami karano tam nietylko szpiegów złapanych na gorącym uczynku, ale i najlżej podejrzanych, że nie było agenta, któryby po pewnym czasie nie zaczął działać w przeciwnym kierunku niż zamierzał. Potem przestano ich nawet wysyłać. Porządnych szpiegów można mieć tylko, o ile uczucia narodowe są jeszcze w pełni rozwoju, albo jeśli idzie o propagandę społeczną — za pieniądze nigdy. Te dwa pierwsze punkty były u nas nieistotne z powodu zaniku odpowiednich danych bezpośrednich. Taki strach przed obcą rasą jaki panował obecnie w Europie, nie był dobrą podstawą dla hodowania bohaterów. Bronić się w tym stanie można, gdy już nic innego do zrobienia niema i niema gdzie uciekać — dla ataku wymagane są inne uczucia — pozytywne. Ogólnie przeczekiwano się z coraz większem zdenerwowaniem. Wolni od czekania byli tylko wyznawcy Dżewaniego — dla nich osobisty czas rozszerzył się jakby poza ich życia — w tył i naprzód (odwrotność tamtej koncepcji karnej z przekreśleniem już byłego istnienia — ta ucieleśniona niezrozumiałość, którą oni pojmowali bez najmniejszego trudu.) Nawet w pewnych chwilach wmyślania się w metafizyczne dobro świata czas zdawał się być nie prostym, ale pępkiem jakimś hyperprzestrzennym, tak wzbogaciła się ich skala odczuwania innych osobowości. Drobne telepatje stały się w pewnych sferach najzwyklejszą codziennością — wszyscy przenikali się wzajemnie, tworząc jedną wielką bezosobową miazgę, z której każdy, ktoby się odpowiednio za to wziął, mógł zrobić coby zechciał. Wszyscy tonęli w zachwycie nad innymi i tem samem, nie wiedząc o tem, potęgowali własny zachwyt, nad samymi sobą. Roztapiały się w sosie dobroci powszechnej co drobniejsze nienawiści, a nawet większe zaczęły się powoli łagodzić. Szczęście dżewanistów, widoczne jak na dłoni, wzbudzało tak szaloną zazdrość w otoczeniu, że całe masy ludzi, nie wierząc w nic podobnego do nauki Murti Binga, albo wierząc w coś zupełnie innego, zaczęły z czysto pragmatycznych powodów, grawitować w jej kierunku, by skończyć w masowej hypnozie i poddaniu się jej niezbyt zrozumiałym zasadom. Dokończały wszystkiego piekielne piguły DB2. W tym czasie przyjechał do K. w leśnych sprawach kniaź Bazyli. Wysłannicy Mistrza dotarli nawet do jego pustelni w ludzimierskiej puszczy i oczywiście wywabili wartościowego dla nich zwierza z jego ostępów. Pod wpływem 9-ciu piguł przekonał się kniaź, że to jest właśnie religja, której potrzebował — było w tem i trochę „intelektu" (pożal się Boże!) i trochę wiary — kompromis rozkoszny, nie wymagający żadnych nowych poświęceń, a nadewszystko umysłowej pracy. Ale na każdego działało to wszystko inaczej, najistotniej z jego właśnie osobistego punktu widzenia. Nawet Afanasol Benz, powołany wreszcie na jakąś mamą docenturę za staraniem samego Dżewaniego, pogodził system Asymptotycznej Jedności ze swojem państwem znaczków i z aksjomem Benza i zlogizował nawet pewne part je nauki Murti Binga — pewne, bo całość wiary tej miała elementy wykluczające zupełnie poddanie się logistycznej aparaturze. Tymczasem wypadki szły dalej. Aż wreszcie pękły ściany chińsko–moskiewskiego kotła i żółta magma przelała się znowu o paręset kilometrów dalej, aby stanąć w groźnem milczeniu nad naszą biedną polską granicą. Ale o tem później.

Nowo-mianowany oficerek i jego wzniosła narzeczona siadywali teraz często w ogrodzie szkoły, gdzie spóźnione(?) róże, koralowe bzy, śliwki, jabłonie, przekwitłe czeremchy i berberysy, wśród poszycia z baldaszków, szczawiów i gencjan, stanowiły wspaniale wprost tło dla rozwijających się uczuć. Byli oboje jakby parką błękitno-złotych chrząszczy, tak zwanych popularnie robaczków, kochających się na podczerwieniałym listku jeżyny w złotem, sierpniowem słońcu. Natura dyszała łagodnem, zamierającem ciepłem i dnie błękitne, wsparte na lotnych żaglach białych obłoków, pędzących na wschód, przelatywały jak płatki kwiatów, obrywanych łagodnym podmuchem — coś mniej więcej takiego w przybliżeniu. (Dosyć tych przeklętych pejzażowych nastrojów, tak zaplugawiających naszą literaturę. Nie można z tła robić istoty rzeczy i przy pomocy sentymentalnych widoczków wymigiwać się z zawiłej psychologji.) Bezustanku, aż do bólu, drążyła ich oboje wzrastająca miłość. Zdawało się, że to nie oni pożerają się wzajemnie duchowo (wszelkie fizyczne *„prykosnowienja"* były narazie wykluczone), tylko że sama dwoista miłość, pozaosobowo ujedniona, zobjektywizowana, zhypostazowana, obok nich, a nie w nich istniejąca, wysysa ich jak mątwa, sycąc tem swoje własne, niepojęte istnienie. Stało to paskudne w istocie swej widmo za nimi ciągle, gdy siedzieli przytuleni do siebie leciutko na ławeczce pod świecącą płomienisto-czerwonemi gronami jagód na tle błękitu, jarzębiną, czy też na jakiejś tam kanapce w zimnym mroku zielonego abażuru w długie, choć nie zimowe wieczory. Gdy szli w zamiejskie okolice (Zypcio już w nowym mundurze oficerskim szkoły wyszkolenia adjutantów) pełzało (zdawało się oczywiście) wśród schnących zżółkłych traw za nimi, zaglądało w formie kłębiastych sierpniowych obłoków w ich czaszki z góry, zalecało się ostrożnie, a podstępnie, w powiewach łagodnego pół-jesiennego wietrzyka i szeptało zwodnicze, kłamliwe, niby radosne, a już pełne bolesnego smutku i przyszłych zawodów, słowa, w szelestach wysuszonych gorącem liści.

Ale niedługo względnie trwał ten stan błogiej rekonwalescencji i beztroskiego nasycania się własnem bohaterstwem i przedwczesnem oficerstwem i czystem, niezmąconem „mętami rozumu" uczuciem. Synowie Dwoistej Jedności zaczęli zwiększać dookolne ciśnienie i powoli przymuszać do istotniejszej według nich wewnętrznej pracy. Już miała

Eliza parę konferencyjek tajnych z różnemi niższemi szarżami murti-bingowskiej hierarchji. Rozpoczęły się formalne lekcje. Na jedną z nich (niestety czas ich był ściśle oznaczony — od szóstej do siódmej i to denerwowało Zypcia, jako jeszcze jedno obowiązkowe zajęcie) przyszedł sam Lambdon Tygier, malutki starzec (a nie mały staruszek — to nie jest to samo) o popielatej brodzie i jasno-żółtych oczach, świecących jak topazy w bronzowej, gładkiej twarzy. (Podobno był kiedys plantatorem kawy). Ale nie powiedział absolutnie nic. Słuchał tylko, żując jakieś tajemnicze orzeszki. Za to Eliza wpadła w istny szał wykładowy pod wpływem jego obecności. Płynęły z niej rzeki wprost słodkiego nonsensu o zbieżnościach nieskończonych w X-tym wymiarze, o dwoistości już, już na granicy jedności, o sublimacji zmaterjalizowanych uczuć, o eterycznych dziurkach, przez które jedność spływa na rozdwojone stworzenia. Wszystko wiedziała napewno, bezapelacyjnie, wszystko umiała biedactwo objaśnić, nie było dla niej tajemnic. Lambdon słuchał i potakiwał. Świat tamten, świat Murti Binga tak samo był pospolity, jak z pewnego punktu widzenia ten nasz, z którym się zresztą przenikał, ale wszystkie problemy filozoficzne dotyczyły go w najlepszym razie, zarówno jak i tego naszego — ale tego zdawali się nie dostrzegać zajadli objaśniacze. Nie widzieli, że swoją nieistotną, dowolną paplaniną zabijają tajemnicę na drugim, fikcyjnym planie, nie różniącym się od naszego, zamiast poprostu bez całej tej parady zanegować ją gołosłownie na pierwszym, jak to czynią najzwyczajniejsze „bydlęta w surdutach", żuiserzy i wyznawcy „życia samego w sobie". Poco ta cała komedja? Coś podobnego *podświadomie* myślał adept nowej wiary, ale zawsze wpoprzek skonsolidowania się takich myśli stawało wspomnienie wizji: jednakcoś w tem było. A może tak jest? I na tę wątpliwość nie znajdował jego filozoficznie niewyćwiczony intelekt żadnej odpowiedzi.

Z początku nawet buntował się Genezyp trochę przeciw tej całej bzdurze — nieśmiało i nieudolnie, ale „przecie". Ale powoli pewne słowa Elizy zaczęły się łączyć w nim z pewnemi odpowiedniemi stanami z czasów popołudniowego przebudzenia. Cały okres miłości dla księżnej i epoka tortur w towarzystwie Persy zlały się w jeden, prawie nierzeczywisty koszmar, który odrzucił któregoś sierpniowego dnia, jak liniejący wąż swoją skórę. I nagle stanął przed sobą duchowo nagi, młody i niepodzielny, wobec nowego cudu: miłości tak pierwotnej i doskonałej, że zdawało się, iż ten do niedawna perwersyjny młodzik, nigdy nie znał kobiety i pierwszy raz widzi przed sobą jakąś tajemniczą stworę, o której nigdy nawet nic nie słyszał. Przeszłość *faktycznie* należała do innego osobnika. Buchnęły zahamowane zwały uczuć — nigdy, w najdziwniejszych snach nawet nieprzeczuwanych — Genezyp kochał teraz dopiero poraz-pierwszy naprawdę. Chodził z rozdartem, krwawiącem naprawdę sercem jak jedną wielką raną, wył prawie — bo cóż mógł robić więcej jak siedzieć z nią i rozmawiać — pocałunek najniewinniejszy zdawał się być w tym stanie jakimś potwornie świętokradczym aktem brutalnej rozpusty. Rozczulał się nad nią do pęknięcia, litował się tak jak nad całą sforą uwięzionych psów, rozdzierał się i rozpajęczał aż do bólu — wszystko nadaremnie: nic z tego więcej nie można było uczynić jak siedzieć lub chodzić razem i rozmawiać. A, przekleństwo! Zakorkowało go zupełnie — nie wyobrażał sobie wprost najskromniejszego nawet płciowego aktu na tle tej piekielnej sublimacji. I co było najdziwniejsze, że kochał ją teraz już świadomie, jako ten ciemny drab (zlekka tylko nocą wizji przejaśniony) i nic w nim, prócz metafizycznych przeżyć nie łączyło się z dawno umarłym chłopczykiem. O morderstwie nie było już więcej mowy. „Jeśli to stworzyło w tobie nowego człowieka, to nie trzeba się tem martwić" — powiedziała raz Eliza i na tem koniec.

Ale powoli, zatrzymana w swym rozwoju przez skutki kontuzji i świeżo otworzony wulkan idealnych uczuć, zaczynała się budzić w Genezypie płciowa pożądliwość. Było to raczej tylko dalekie „pochutnywanie", daleko subtelniejsze nawet od pierwszych wrażeń irytacji płciowej na tle spokoju i zrównoważenia Elizy, które to symptomy po pigułkach ustąpiły zupełnie. Eliza, mimo piękności, była, na pierwszy rzut oka, stworzonkiem prawie zupełnie bezpłciowem. (Tem niebezpieczniejsze bywają takie osoby, gdy już raz podobać się zaczną). Wielkie, szare, niewinne, prześwietlone zachwytem oczy, zniewalały raczej do czci jakiejś nieziemskiej, niżby budzić miały myśli śliskie, nieczyste; (ale takie oczy widzieć skoszone żarem nasycanej żądzy... Ha!); usta wygięte w łuk modlitewny, ani wąskie, ani szerokie, ale wcięte w kącikach z zaciętą trochę dobrocią, („dla *jego* dobra, można go nawet trochę pomęczyć") (takie usta rozmiażdżyć pocałunkiem tak, żeby się oddały bezwolne i jeszcze więcej pragnące... Ha!) i ciałko wiotkie pozornie, ale giętkie do akrobatyki włącznie (w chwilach ekstazy dotykała piet głową) i stalowoprężne w nerwowem podnieceniu (takie obojętne ciałko zmusić, żeby się wiło jak gad w lubieżnych drgawkach... Ha!). Wszystko to stanowiło kompleks „danych zmysłowych" o pozornie nikłem erotyczncm napięciu, ale kryjący w sobie jakieś piekielne, nieznane możliwości, o których świadomie nie śmiał pomyśleć Genezyp, wyśrubowywany w rozmowach na coraz wyższe piętra duchowej doskonałości. Ta nikłość to było złudzenie — oczywiście nie wiedział o tem niedoświadczony młodzik który dotąd tylko bebechy na wierzchu uznawał za wyraz namiętności prawdziwej i nawet martwił się chwilami zbyteczną wzniosłością narzeczonej, nie śmiejąc wyrwać jej z tego stanu. Milcząca umowa trwała, że do nocy poślubnej ani dotknięcia jakiegoś najskromniejszego być nie może. Pożądanie jego w tym okresie było raczej bezosobowe, na tle nagromadzonych zwałów żądzy do tamtej kobiety, żądzy już odosobowionej (zdezindywidualizowanej) pod wpływem zalania, zatopienia całej duszy wielką miłością idealną dla Elizy. A do tego nie miał żadnego antydotum jak wtedy w postaci sztuczek księżnej Iriny i miećby nie chciał, mimo że czasem... ale mniejsza z tem: czegóż nie pomyśli człowiek w jakiejś cząsteczce sekundy? Gdyby wszystkie takie drgnieńka uczuć i myśli zanotować i zanalizować, to cóżby zostało z najbardziej świetlistych postaci historji? Chodzi tylko o proporcję. Tak — każdy ma podobno różne zarazki w swem ciele, ale nie każdy choruje na wszystkie choroby, które one wywołują.

Podświadomie, wstrętnym instynktem samca, czuł Genezyp jakieś straszliwe bezimienne napięcia w głębiach tej tak bliskiej mu, a tak tajemniczej osoby. Bo stokroć bardziej tajemniczą była dla niego ona, niż księżna i Persy w chwilach ich poznania. Tego nie mógł jeszcze ocenić kilka miesięcy temu, a teraz, jako ten drugi zatapiał w niej bezsilne szpony swoich warjackich myśli (nienasycenie absolutne) i odpadał jak od śliskiej, prostopadłej ściany. Niby przezroczysta była jak stułbja, czy chełbja — widział nieomal proces jej psychicznego trawienia, gdy wykładała mu wzniosłą naukę Murti Binga, a jednak... Tą tajemnicą jej dla Zypcia, była płonąca narazie zimnym ogniem, skryta w głębiach jej ciała płciowość, bo cóż wogóle może być tajemniczego w kobiecie (jako takiej, a nie jako metafizyczna jaźń) jak nie to, prócz pewnej, głupiej zresztą nieobliczalności, na którą poprostu uwagi nie trzeba zwracać, *à la* Napoleon I–szy. Tak myślał o tym ostatnim problemacie Genezyp, zasłyszawszy odnośną teorję od Sturfana Abnola. Miała Eliza uśmieszki i błyski oczu, od których zamierały w Zypciu wnętrzności. Były w tem głębie nieznanych dla niego, wogóle niepojętych uczuć — nigdy ich nie zrozumie, nie przeniknie, nie weźmie w siebie... Chwilka morderczej wściekłości i upokorzenia, a potem, właśnie na tem tle, miłość jeszcze wspanialsza, promienna, rozświetlająca i jego i cały świat. W chwilach takich gałązka berberysu z czerwonawemi jagodami na tle kobaltowej niebieskości

sierpniowego „nieboskłonu", jakiś listek, zaczynający zlekka żółknąć; albo
błyszcząca ważka, trzepocząca z furkotem skrzydełkami, a sama zastygła
nieruchomo w ciepłym podmuchu, idącym od rozgrzanych ściernisk,
stawały się symbolami rzeczy najwyższych, w istocie niedościgłych, a
wtedy właśnie na sekundę choćby stających się Genezypa i Elizy
własnością wspólną, jak ich własne, nieznane sobie ciała. Bo cóż jest
„właśniejszego" od własnego ciała? — chyba czasem czyjaś dusza.
Zamaskowany zachwyt nad sobą — zwykłe banalnostki pierwszych
prawdziwych uczuć. Ale nie można było tego zatrzymać, w coś innego,
trwalszego przetworzyć, ująć i wchłonąć na zawsze. Chwile płynęły i coraz
większym smutkiem promieniała rosnąca przeszłość. Przeszłość jego
pokręcona dziwacznie, nabiegła męką wykrzywionego od samego
początku życia nie mogła stać się jej własnością. To jest może właśnie
szczytem miłości, jeśli dwie przeszłości kochających się dwojga ludzi zleją
się w jedną wspólną. Tu zbyt wielkie były różnice — Eliza nie miała w
sobie odpowiednich narządów (wstrętne) aby strawić byłego Zypcia z
całem jego rozdwojeniem. Gdy zagłębiał się w dawne a tak niedawne życie,
stawał się dla niej obcym i musiał być samotnym, mimo pozornego
analitycznego zrozumienia. I to może nadawało najjaśniejszym nawet
chwilom tragiczne zabarwienie. Tajemny lęk okrążał ich powoli i często
jednocześnie wzdrygali się oboje, tknięci jasnem przeczuciem nadciągającej
bezimiennej okropności. (Może to miał być „żółty mur"). Anielska twarz
rzeczywistości zmieniała się chwilami nieznacznie, na nieskończonostkę
czasu, w jakąś niewiarogodnie potworną mordę. A tak krótko trwało to, że
nigdy niewiadomo było, czy to nie złudzenie.
Na tle tych uczuciowych transformacji bzdura Murti Binga przenikała
powoli niedokształcony, a głodny jakiejkolwiek metafizyki mózg
Genezypa. Masa tych potencjalnych, nierozwiniętych uczuć, stanów i myśli,
związana z poczuciem nieskończoności świata i zamkniętej w sobie jak w
kufrze osobowości, nie rozpłomieniała się w żadną zaczątkową nawet
konstrukcję *prawdziwych* religijnych uczuć, mających za przedmiot Boga,
ani nie krzepła i nie krystalizowała się w system choćby pierwotnych, ale
ścisłych pojęć. Gniła powoli, rozkładała się w jakiś miękisz bezkostny,
nieartykułowany. Lekkie mgliste zarysy *dowolnego* szkieletu złożonego z
niepowiązanych części: wałęsających się zbanalizowanych pojęć:
granicznej jedności w dwoistości naprzykład, nie mogły stanowić żadnego
ośrodka myślowej krystalizacji, były tylko powierzchownym narkotykiem,
usypiającym wszelką pojęciowość w zarodku. Dobrze było zatkać dziurkę,

prowadzącą do niezmierzonej otchłani byle jakim korkiem, byle tylko za tę cenę można było się pogodzić z otaczającą i nieznośnie rzucającą się w oczy potwornością istnienia. Tak dobrze było wyciągnąć się w doskonałym, choćby w granicy, świecie, jak w wygodnym fotelu — nie na zawsze — choćby na chwilę, choćby na małą chwilkę tej wzniosłej miłości, tak kruchej w stosunku do piętrzących się dookoła groźnych potęg. Tej siły, aby móc powiedzieć sobie: „cokolwiek się stanie niech uderza we mnie" i strawić każdą możliwą rzeczywistość, nie dała Zypciowi nowa wiara. Czyż warto było zaczynać coś na wielką skalę, wobec niemożności rozstrzygnięcia przyszłości w sposób jednoznaczny? Jak będzie wyglądać życie jeśli chińczycy zwyciężą? A jeśli, co było nieprawdopodobne i w co nikt *naprawdę* nie wierzył, Polska, wieczne przedmurze, rozbije mongolską lawinę? Jeszcze niepewniej przedstawiała się w tym wypadku przyszłość. Ruina sztucznego, podtrzymywanego przez Komunistyczny Zachód faszyzmu i jeśli nie chiński to krajowy komunizm groził nieuchronnie. Genezyp przestał wkrótce dociekać ostatecznego sensu całej tej okrutnej baliwernji życia. Zadowolnił się tem, że ostateczne prawdy zsyła na Murti Binga Graniczna Jedność, a oczywistem było to na podstawie wizji. Wogóle, kto nie miał nigdy wizji, nie wie jak bardzo są one przekonywujące. Niepodobna wykładać tu całego systemu — piesby tego nawet nie przejrzał. Było to coś pośredniego między religją, a filozofją, coś poprostu okropnego: wszystko programowo niedokładne, do końca nie przemyślane, wszystko owinięte w pojęcia-maski, kryjące istotne trudności i zamazujące problemy. A skutek: barania dobroć i ogłupienie pozwalające na byle jaką przemoc. Tak myśleli w tym czasie wszyscy, których dosięgła zaraza: *Murtibingitis acuta*, jak to (jeszcze?) nazywał Kocmołuchowicz. Ogólną tendencję w tym kierunku spotęgowały znakomicie wypadki lipcowe: wytchnąć choć na chwilę przed ostateczną katastrofą, było jedyną ideą ogólną — nikt nie myślał o dalekich dystansach. Tak to przygotowywały sobie grunt pod swoje nieuchronne panowanie te „żółte djabły": uśpić i we śnie zadławić, było ich zasadą naczelną. Jeden z niewielu nie poddał się nowej wierze Tengier. Nie chciał, jak mówił odczytywać tych „znaków końca na niebie rozumu" — komponował coraz dziksze rzeczy, pił, zażywał co najmorowsze świństwa, miał swoje dziewczynki — co mu tam — takiemu dobrze. Artysta — brrr — najwstrętniejsze pojęcie w tych czasach — robak w ścierwie. Trudno — do takich narkotycznych myśli (przed samą ostateczną bezmyślnością) (skończy się nauka w znaczeniu ogólnem i zakorkuje się filozofja) dąży ludzkość — w naszych oczach się one tworzą. Ale iluż „spłyciarzy", szlachetnych (czy koniecznie) optymistów i sprytnych psychicznych byznesmanów nie widzi tego i widzieć nie chce.

A więc: Zypcio był już prawie nasycony dogmatyką nowej wiary, gdy Eliza znajdowała się na krańcach możliwości rozmów. Już, już za chwilkę miało się wyczerpać wszystko i miłość idealna zjadłaby przed czasem miłość wogóle, tę prawdziwą, niezróżniczkowaną na duchową i zmysłową. A zmysłowe okropności czekały w przyszłości, obstawiwszy drogę życia, jak sfinksy świątynną egipską aleję. Pod koniec rozmówki były mniej więcej takie:

Genezyp: (Nieszczerze). — Czuję się w sferze twojego ducha doskonałością tem większą, im bliżej jestem tego przecięcia się dwóch linji osobowości: przestrzennej i czasowej, o którem mówiłaś wczoraj...

Eliza: (Patrząc bezkreśnie, dwuokienkowo, jeden wzrok błądził koło wyspy Balampang, — drugi, ciemny, po zakamarkach ciała, dotykając, probując wewnętrznych organów. Któreby-tu, od których by tu, któremi by tu tak zagarnąć... Co? Zbudziła się). — Wiesz — chwilami straszliwe przychodzi na mnie zwątpienie: jeśli źródło pojęć ostatecznych, tych, które musimy przyjąć nie jest potęgą dobrą, tylko obojętną, to dlaczego właśnie świat ma być postępem, a nie bezkierunkową oscylacją — a wtedy, w której fazie jesteśmy? — albo nawet ciągłym upadkiem? — (Przez wątpliwości lubiła najbardziej dochodzić do wiary). — Ograniczoność nasza nigdy nie da nam pewności co do znaku: *plus* czy *minus*, całości Bytu.

Genezyp: (Nieprzyjemnie ocknięty). — Zawsze mówiłem, że etyka jest względną. Tylko specyficzne właściwości danego gatunku istot, stwarzają specyficzny stosunek poszczególnego osobnika do całości gatunku i to jest etyka. Wobec Granicznej Jedności Bytu czyż nie jest wszystko jedno, w którem miejscu jesteśmy. Zawsze uderzamy się o nieskończoność.

Eliza: Ponieważ nieskończoność jest graniczna, nie aktualna, więc to tak, jakby praktycznie jej nie było... — Kilka liści żółkniejącego klonu oderwało się i powoli balansując spadało na ziemię, od której buchał suchy żar. Zapatrzyli się w te liście lecące w nieruchomem powietrzu i (na chwilę) pojęcia, których używali, wydały im się takim nonsensem wobec istnienia, że zawstydzili się jakby tej pseudo-filozoficznej rozmowy. Ale Eliza brnęła dalej z uporem: — (ileżby oszczędzili sobie rzeczy strasznych, gdyby teraz, zamiast gadać, oddali się sobie wzajemnie.) — Hierarchja na skończonych wycinkach czasu jest bezwzględna. Zachowanie objawów indywidualnych, ale społecznie nieszkodliwych — oto do czego dąży nasz mistrz.

Genezyp: Nie uwierzę w to nigdy. Widzimy co się dzieje z teatrem: ostatnie ⸝
podrygi czystego nonsensu. Nie byłaś u Kwintofrona. A muzyka kończy się
naprawdę na Tengierze. To jest już to ostateczne wyprzedzenie
społeczeństwa przez sztukę, to, którego nigdy odrobić się nie da.
Eliza: Nikt jeszcze dotąd, a tembardziej żadne państwo, nie działało w tym
kierunku świadomie. Zizolowanie artystów i uczonych jak pod kloszem, od
reszty mechanizującego się społeczeństwa...
Genezyp: Potworna bzdura. Ale i to też jest możliwe. Cóż się nie kryje w
przyszłości naładowanej przez *taką* teraźniejszość.
Eliza: Przy pomocy naszej wiary możemy przetrwać jak zamarynowani w
galarecie dowolny system rządów. Tylko wszelka filozofja musi być
trzebiona z największą zajadłością, jako bezpłodne marnowanie fosforu w
mózgu, podobnie jak gra w szachy.
Genezyp: A jednak coś przeraża mnie w tem wszystkiem, gdy myślę tak
razem z tobą. Ja chcę żyć, a duszę się w tem! Ratunku! — Zaniemówił na
chwilę, zduszony prawdziwym strachem: czarnym, spoconym,
wyłupiastym: załupionym za samego siebie w nieskończoności, a potem
krzyknął i nic poznał swego głosu. Nagła przepaść mignęła w nim samym.
Wszystko było nie to. Coś rzucało się na niego z jego własnego wnętrza —
już nie obcy człowiek (ten dawny więzień — och! — jakże rozkoszne były
to czasy!) ale coś, coś bezimiennego, a ostatecznego jak sama śmierć — i to
nie tylko jego własna, ale śmierć wszystkiego — Nicość. Eliza siedziała
nieruchomo, zwrócona swym czystym profilem ku niemu, ale po ustach jej
błąkał się jakiś tajemniczy, prowokujący uśmieszek. Genezyp bił rękami
powietrze, w którem z szaloną szybkością rozprzestrzeniała się *gorąca*
broda tamtego, zabitego przez niego — już wypełniała cały wszechświat,
już przekraczała granice skończoności, jak w wizji po dawamesku — jak
wtedy gdy wszystko działo się w innej przestrzeni, poza tą naszą. A
jednocześnie widział całą rzeczywistość przed sobą, z niesłychaną
wyrazistością — jak nigdy dotąd — tylko jako jakieś *coś* obce, nieswoje —
cudze i niewiadomo przez kogo oglądane. Zrobiło się straszno. Oczy miał
wyłupione i dyszał ciężko. Eliza nie wytrzymała: wzięła go za głowę i
przyciągnęła — wyrywającego się obłędnie — ku sobie. Takim go mieć na
zawsze, panować nad nim, przetopić go w sobie na kogoś zupełnie innego,
niepoznawalnego. Eliza kochała jego obłęd, *kochała go jako warjata,* w tem
tylko znajdowała nasycenie — teraz miała taką chwilkę — poczuła, że ma
ciało, że ma i to i tamto, tamto wewnątrz. Oczywiście nie wiedziała że
dlatego to czuje — och — szczęście! Wtedy był jej, gdy się sam z siebie

wyrywał, gdy nie był już sobą. Pocałunek pierwszy w życiu, lekki jak dotknięcie skrzydeł ćmy, muskającej kielich nocnego kwiatu, a przewrotny w lekkości jak samo płciowe zło, zaczajone w całem istnieniu, spłynął na rozchylone i wykrzywione wargi Genezypa i zdarł zasłonę szaleństwa z jego rozwalonych przestrachem oczu. Przeszło. Zachciało mu się strasznie Kocmołuchowicza: wodza i jego bitwy też. W takiej chwili umrzeć nawet bez kawaleryjskiej muzyczki. Cóż kiedy chwila taka zawsze przyjdzie nie w porę. Zbudził się i wtedy właśnie jakże piekielnie ją kochał! (A ona już trochę mniej — lepszy był przed sekundą). Czuł dobrze, że to ona wyciągnęła go z tego wilczego dołu, w który strącała go ta sama bezlitosna łapa, ta co od początku kierowała jego życiem, łapa ojca. Ale nie tego, który umarł, tylko tego wiecznego, prawie Ojca–Boga, tego, którego niedokończone szaleństwo, szaleństwo silnego człowieka, rozwijało się teraz w nim, duchowo–słabym wymoczku. Okropna była w tem niesprawiedliwość. Ale czyż nie największem szaleństwem jest żądać sprawiedliwości od istnienia w całości? To jest właśnie to, co robili najwięksi myśliciele: uświęcali z uporem i bez skutków w zaświatowych prawach bezładne kupy etycznych kontyngencji.

A czasem znowu Eliza mówiła płomiennie:

— ...i oto tam w nieskończonej dali przetną się linje sensów przedłużonych najwyższych pojęć i w jedności absolutnej wszystkiego ze wszystkiem i poza związkiem wszechrzeczy samej ze sobą, staniemy się jednem i tem samem. Pomyśl co to za szczęście będzie, kiedy zatraci się różnica między realnym, a idealnym bytem, między pojęciem, a tem, co je nazywa takiem, i tem co ono oznacza. Byt nie będzie się niczem różnił w swej realności, od jego jedynego, najwyższego zrozumienia: Wszystkość stopi się sama z sobą — i tak dalej i dalej. — Genezyp troszkę wstydził się za nią, ale uniesiony wkońcu samą płomienistością tych słów, zaczynał wściekle jej pożądać. Czuł, że tę jedność osiągnąć można tu na ziemi przez akt płciowy poprostu, ale jeszcze nie śmiał o tem mówić. [„Dwoista jedność" — cha, cha — parskali na to słowo dzikim śmiechem sztabowcy chińscy, popijając ryżową wódką ogony szczurze, smażone w lnianym oleju. Śmiał się sam Wang, głównodowodzący zbolszewizowanych mongołów całej Azji, ten jedyny człowiek, przed rozmową z którym Kocmołuchowicz odczuwał lekki straszek.]

Konało lato w bólu swej własnej piękności. Szafirowa twarz nocy powlekała się żałobą beznadziejnej zagwiezdnej pustki. Świat zdawał się naprawdę ograniczonym, jak w koncepcji Einsteina — jedno wielkie więzienie. [Niektórzy ludzie, mimo że fizyka nie wymagała już tego poglądu (jakiś szwindel zrobiony z tym nieszczęsnym nieskończenie wielkim grawitacyjnym potencjałem) zżyli się tak z ideją „krzywego wszechświata", że intuicyjnie nawet godzili się na jego ograniczoność i było im z tem dobrze. Niebezpieczny symptom.] „Tam" było głucho — między niedościgłą prawdą, a istnieniem faktycznem rozpostarła się zasłona pojęć Murti Binga. Chociaż byla to raczej poszarpana firanka deszczu, zasłaniająca powoli śmiejący się dawniej nadzieją słoneczny horyzont poznania. To ostatnie słowo wyrzucono dawno na śmietnik: był sobie zwykły kretynizm i niczem nie różniąca się od niego pewność, że tak musi być, jak Murti Bing naucza. Poza tem nic — chyba znaczki Benza. Jak szelest liści żółtych, spadających ze smutnych szkieletów drzew na martwiejącą ziemię, tak szemrały słowa usypiającej nauki Mistrza, padając na krwawo zakrzepie zwoje mózgowe biednego adjutant–aspiranta. Rozpoczęły się już ćwiczenia ostateczne — kurs najwyższych eddekanckich subtelności — z dnia na dzień oczekiwać należało nominacji. Podróż do stolicy, nowe życie... z trudem myślał o tem Genezyp, zapadając coraz głębiej w bolesną, miękką nudę. Jedynie myśl o zbliżającym się ślubie galwanizowała jego zatęchłe ganglionny. Ale i tu otwierało się całe morze komplikacji. Jak spełni się ofiara tej ostatniej (tego był pewien, mimo swoich młodych lat) miłości? I brał go czasem jak w kleszcze dziki strach, od którego cierpła mu skóra na lędźwiach w łuskę krokodyla. Jak nasyci tę straszną, nieznaną dotąd, wzdętą jak pąk jakiegoś spotworniałego kwiatu żądzę, która rozgałęziła mu się w ciele jak włóknisty nowotwór i żarła go lubieżnie mlaskając, a przytem paraliżowała zdolność wszelkiego czynu realnego — był tak bezsilnym wobec Elizy, jak wobec tamtej i nie wiedział jakim cudem zdoła przezwyciężyć ten tan bezwładu. I jednocześnie była w tem niepojęta *bezkresna* nuda. Ha! A jeśli to nawet pokonanem zostanie to co dalej? Znał tylko księżnę jedną naprawdę i bał się aż do mdłości tej wrogości płciowej, ponurej w swojem kłamstwie, która mogła wytworzyć się w miarę urzeczywistniania się erotycznych stosunków. A miłość duchowa trwała i bez niej nie można już było wyobrazić sobie życia. Nadchodził fatalny i upragniony dzień — już był tuż, tuż — jutro czy pojutrze. Genezyp zdecydował się na rozmowę ostateczną. Od kogoż mógł oczekiwać pociechy, jak nie od niej, mistrzyni swojej w sferze tajemnych nauk. I pchał się do niej, i garnął i cisnął, błagając o ratunek i nie czując, że w niej właśnie jest źródło dalszego rozwoju obłędnych stanów, które może bez niej opanowaćby zdołał. Zdecydował się mówić, ale szeptał tylko bez sensu, ukrywszy twarz w jej lewej pasze, wciągając rozdętemi nozdrzami zabójczy „krwawy i zbrodniczy" (nie miał na to innego słowa) leciutki zapaszek nieznanego jej ciała. „Ach, to ciało — przecież to tam jest tajemnica wszystkiego, a nie w kombinacjach pojęć zawieszonych w idealnym bycie, którym babrali się bez skutku wszyscy mędrcy świata". Ucieszyłby się nieboszczyk Bergson, gdyby mógł „słyszeć" tę „myśl". Tak się myśli przedtem, ale potem? Szeptał, a każde jej słowo, którem mu na ten bydlęcy szept odpowiadała, było świętością i szatańską nudą i wściekłą podnietą dla nienasyconej i bezsilnej żądzy. Jak krople wody, padające na ściany rozpalonego do czerwoności kotła, były te zwykłe bzdurowate słowa zabójczej nauki dżewanistów polskich — oczywiście w jej ustach. Wstyd powtarzać te nonsensy. A wszystko to działo się jakoś *na sucho* — innego określenia na to niema — pustynia i gorący samum. Straszno było — co tam chińczycy! Tu na małym skraweczku osobistych tragedji, rysowała się tragedja całych pokoleń, semaforycznie, wskaźnikowo. A imię jej: „niezdolność do prawdziwych wielkich uczuć". Oczywiście gdzieś jakiś szewc kochał naprawdę jakąś kucharkę — ale to nie tworzyło życia ogólnego, przynajmniej w Polsce, pełnej schizoidów, a nawet schizofreników na stanowiskach twórczych. Pyknicy jeszcze nie dorwali się do władzy — dopiero chińczycy umożliwili im rozwinięcie się w prawdziwą potęgę i potem było już dobrze. Zypcio zdecydował się przerwać wykład za jaką bądź cenę.

Słuchaj, Elizo — mówił (zupełnie nie to, co chciał, jak zwykle młodzi ludzie) — nie mogę zdobyć się nawet na to, aby nazywać cię Lizką — jest w tem męka bez granic. Jeśli ty nie dasz mi możności spełnienia jakiegoś wielkiego czynu, to co będzie wtedy...? — spytał z bezradnym uśmieszkiem najwyższej rozpaczy, patrząc w prześwietlone wieczornym seledynem wrześniowe niebo. Już chłód wiał od dalekich łąk, na które kopiec imienia pewnego prawe zapomnianego narodowego bohatera, kładł szmaragdowo–błękitne cienie. Tu ziemia dyszała jeszcze żarem dnia. Straszliwa tęsknota przytłoczyła ich oboje. Jakże piekielnie zazdrościli rojowi zapóźnionych (czemu? we wrześniu?) komarów, wirującemu w tanecznych podskokach na tle gorącego wnętrza żółkniejących „krzów" rokity. Zazdrościli całemu rojowi, a nie pojedyńczym komarom — zdysocjować się na poszczególne istnienia — żyć w wielości, nie być sobą, oto do czego doszło. W wieczornym powiewie długoiglaste sosny syczały cicho. Zamknąć wieczność w takiej chwili i już nie istnieć.

— Poświęciłabym siebie abyś ty tylko mógł czegoś wielkiego dokonać. Nie

chcę żadnych zaszczytów, tylko żebyś ty mógł być wielkim sam dla siebie
— wierzę, że ty się nie okłamiesz...

— Nie, nie — ja tak nie chcę — jęknął Genezyp.

— Wiem: tybyś chciał aby to było przy wojskowej muzyczce ze
sztandarami i żeby Kocmołuchowicz — (zawsze tak mówiła, inaczej niż
wszyscy) — uderzał cię mieczem Bolesława Chrobrego po plecach. — (O
jakże nienawidził jej Genezyp w tej chwili, tak jednocześnie kochając! O,
męko!) — Nie, to może być dla ciebie tylko drogą do wielkości. Jak
dojrzejesz to ty właśnie w tem nie pozostaniesz. Wojnę musisz przeżyć
naprzekór sobie, w ukryciu przed samym sobą. —

— Więc, czyż chciałabyś, abym został wielkim automatem?! —
„zakrzyknął" Zypcio i stanął przed nią w całej okazałości, w tym dziwnym,
huzarskim mundurze adjutantów, rozkraczywszy nogi w obcisłych
ceglastych portkach i botfortach z ostrogami. (Coś było z napoleońskich
„guide'ów" wtem wszystkiem. Używał sobie kwatermistrz na dekoracjach
ile mógł). Jakże był pięknym ten jej ukochany Zypcio! Ach, gdyby to można
teraz, tu, na tej gorącej ziemi — żeby on spadł na nią jak jastrząb na
ptaszka i żeby ona wyć mogła z rozkosznego bólu jak kotka — niedawno
widziała taką scenkę. I to on tem... Oboje tego chcieli i nie mogli się
zdecydować. Czemu, czemu nie zrobili tego w porę? I znowu rozmowa:
teraz męczyła Eliza Genezypa *ofiarą*. Nowa zmora przybyła w ostatnich
dniach, ta przeklęta ofiara: dobrowolna ofiara indywiduum społeczeństwu,
aby tem silniej zakwitnąć potem w oderwanych od życia sferach, ale już w
śmierdzącem wnętrzu masy — nie oddzielnie, nie obok — i potem dopiero
rozpychając się zapachnić znowu cały ten interes tą oderwaną, dobrą już,
osobowością — (śmierdzącem psychicznem zbydlęceniem — ten okres był
konieczny) — zewnętrznie wymyci będą i czyści, syci i świetnie
mieszkający ci, ci — szczęśliwcy — raczej nie ci, tylko te kółka, trybki,
śrubki i klamerki idealnej maszyny przyszłych wieków, której pierwszy
szkic można już było teraz w niektórych państwach oglądać. Strach mroził
kości przed tem, co nastąpi.

[A w gabinecie na Świętokrzyskim Placu w pałacu M. S. Wojsk. stał przed
kominkiem generalny kwatermistrz i kołysał się zlekka, grzejąc
hemoroidy, które dziś mu specjalnie dokuczały. Na operację teraz
zdecydować się nie mógł, a wczoraj właśnie upił się w towarzystwie Persy
i działy się rzeczy potworne, nawet dla niego. Dyktował jakiś pozornie
podrzędny rozkaz Oleśnickiemu. Historja tworzyła się w tej właśnie chwili,
a działo się to tak: „......a więc przez to właśnie szkodliwej. Rozkazujemy nie

dopuszczać wyznawców Murti Binga do koszar. Żołnierz musi być do pewnego stopnia tylko zautomatyzowany przy pomocy środków zawartych w regulaminie Numer 3-ci. Uważamy zasady wyżej wspomnianej nauki za nieszkodliwe jedynie dla wyższych inteligencji, począwszy od chorążego. W warstwach niższych, spreparowana przez odpowiednich popularyzatorów trzecia klasa wtajemniczeń, może tylko wywołać nie dające się przewidzieć kombinacje dawnych, zamierających wierzeń z materjalistycznem ujęciem dziejów. Polecam p. p. oficerom, od kapitana począwszy rozbabranie tej całej djabelskiej kaszy. [Takim był styl generalnego kwatermistrza, nawet w oficjalnych rozkazach.] Przeczytać na zebraniach oficerskich, które umyślnie w tym celu zwołane być mają". Ordynansowy oficer zaanonsował Dżewaniego. Skąd właśnie teraz tu? Kocmołuchowicz poczuł się tak, jakby był oblezjony przez kleszcze w ceylońskiej dżungli. Wszedł miody i piękny hindus w smokingu. Na głowie miał turban, spięty szafirem wielkości gołębiego jajka. Zmierzyły się ze sobą dwie potęgi: wysłannik tajny wschodniej komuny z dewizą: zniszczyć najpierw wszystko, a potem stworzyć nowego człowieka i odtruć ziemię z jadu białej rasy i bezidejowy, nieświadomy siebie niewolnik potwornej machinacji komunizmów zachodnich, a poza tem siła sama w sobie, samowichrowata, bez określonego kierunku, jedno z ostatnich ginących indywiduów — (czepia się takie czego może bezprzytomnie). Rozmowa była krótka.

Dżewani: Czemu Wasza Ekscelencja zabrania żołnierzom świetnego Przedmurza — (wymówił te słowa bezczelny hindus z ledwo dostrzegalną ironijką) — uczestniczyć w wielkiej prawdzie, ogarniającej nietylko nieskończoność idealnego bytu, ale i przyszłość stworzeń myślących w całym kosmosie, na wszystkich aktualnych i możliwych planetach? — Kocmołuchowicz rzeki na to spokojnie, prawie słodko, a straszna to była słodycz:

— Jakto nikczemny szpiegu żółtej lawiny...

Dżewani: Nic wspólnego nie mamy z najazdem mongołów. Nic nigdy nam nie udowodniono...

Kwatermistrz: Nie przerywać. Więc czyż tylko myśli, które są tu — (tu stuknął się w swoje guziaste czoło mędrca) mogą być niepoznawalne? Dżewani obdarzony był słuchem wprost piekielnym, a potęgował go przez użycie specjalnych rożków akustycznych. Wynalazek chiński — nieznany na Zachodzie. Podsłuchal cały rozkaz z poczekalni oddalonej o trzy pokoje, przedzielone wypoduszkowanemi drzwiami. Słuchał poprzez piec i kominowe rury. Wogóle cały fakiryzm to tylko wysubtelnienie zmysłów i zdolność sugestji. Tej ostatniej sile nie podlegał jednak dzielny „Kocmołuch". Nie jego brać na takie sztuczki. Dżewani nie drgnął.

— Tylko myśli nienarodzone są niepoznawalne — rzekł szalenie poprostu znacząco, patrząc płomiennym wzrokiem w czarne, wesołe, genjalne gały tamtego. Najwyraźniej robił aluzję do niepoznawalności ostatniej myśli wodza. Tego jeszcze nikt nie ośmielił się dokonać. Spojrzenie jego było tak znaczące, że wesołość znikła momentalnie z czarnych gał jak zdmuchnięty nalot. „Czyżby on znał mój mechanizm" — pomyślał Kocmołuchowicz i nagle zrobiło mu się zimno w całem ciele. Nagły kurcz i hemoroidy przestały boleć — kiszka wciągnęła się. Tak to zużytkował generalny kwatermistrz tę wizytę, poza tem, że zwiększył od tej chwili kontrolę przylegających do gabinetu pokojów i kontrolę wewnętrzno–zewnętrzną swojej własnej osoby. Z najdrobniejszych rzeczy wyciągać wnioski i zaraz, natychmiast stosować je w praktyce — oto wszystko. Rozmowa poszła dalej jakby nigdy nic i nic ważnego nie zostało powiedziane ani postanowione. Dwaj panowie badali się przeważnie wzrokiem.
Niewiadomo było w dalszym ciągu co wiedziała ta bronzowawa małpa. On też probował swojej intuicji, ten hindus. Bo żeby dla niego, joga II–ej klasy, biały człowiek mógł być tajemniczym, to mu się jeszcze nie zdarzyło. Dał jemu również szkołę *der geniale Kotzmoloukowitsch*, jak i wszystkim. A to dlatego, że nic ważnego nigdy nie zapisywał — wszystko miał we łbie. Wychodząc wręczył Dżewani kwatermistrzowi dwadzieścia pięć piguł dawamesku w prześlicznie rzeźbionej szkatułce. „Dla takiego orła i dwadzieścia pięć nie jest dosyć. Ale wiem, że Wasza Ekscelencja jest cierpiąca". To były jego ostatnie słowa.]
Kiedy Genezyp obudził się nazajutrz po zdaniu ostatniego adjutanckiego egzaminu poczuł znowu tajemniczą przestrzeń dowolności, prawie jak wtedy zaraz po maturze. Wiedział, że przy „boku wodza" czeka go praca, przechodząca miarę wszystkiego co dokonał dotąd. Ale to nie było to. Teraz dopiero poczuł się człowiekiem wolnym i skończonym — wszelkie szkółki (i szkółka Elizy też) były już poza nim. Trzeba było być kimś naprawdę — straszna to chwila dla pewnych schizoidów, lubiących wisieć w niepewności między postanowieniem, a dokonaniem. Czyż jest coś gorszego od wolności, z którą niewiadomo co zrobić? Dałby dużo, aby się nie obudzić tego ranka wcale. Ale dzień stał przed nim jak jeden blok, nieubłagany, a pusty — (czemś wypełniony być musiał — czas leciał) — i to (ach, prawda!) w dodatku dzień ślubu. Przypomniał to sobie Zypcio w

dziesięć minut po obudzeniu dopiero przeraził się do kwadratu. Patrzył wyłupionemi oczami w okno, które machinalnie odsłonił. Obcość świata dochodziła do szczytu — jesienne drzewa w słońcu zdawały się rosnąć conajmniej na innej planecie. Gdzie tam inne planety — to była dziura bez dna ten świat, wypełniona samą ucieleśnioną w zewnętrznych przedmiotach obcością. Ale gdzie był ten świat, w którymby żyć można? Gdzie? Nie istniał i *nie mógł istnieć*. To była najokrutniejsza z prawd. „Poco ja żyję" — wyszeptał i łzy zdusiły go za gardło. O męko bezgraniczna — czemuż nie zrozumiał tego wczesniej!? Zdawało mu się, że dawniej mógłby się zabić bez wahania — teraz *musiał* żyć. Czemuż przepuścił tę sposobność? Dla głupstw, dla jakichś kobiet, dla rodziny. Aha, *à propos:* gdzież była matka, siostra i ten wszechwiedzący Abnol i wszyscy inni, drodzy dawniej, a teraz widma bezosobowe, które mu nic pomóc nie mogą, w tym jego wymarłym, bezosobowym świecie? Czyż Eliza nie należała też do świata widm? Różniła się tylko tem od tamtych, że miała tę twarz piekielną i pożądane, nieznane ciało. Tamci byli bezcieleśni. Taki był Genezyp nędzny, taki żądny współczucia: jakiegoś choćby muśnięcia lekkiego czyjejś kochającej dłoni (człowieka mogłoby nie być, tylko dłoń), że aż wstyd. Dłoni? Śmieszne. Skąd jakaś dłoń, co to wszystko wogóle miało znaczyć? Był sam i cierpiał potwornie — niktby go nie zrozumiał i nikt nawet gadaćby z nim o tem nie chciał. Nie warto było mówić o tem nikomu, nawet jej. Wiedział co usłyszy: mały wykład o jakichś eterycznych dziurkach, czy czemś podobnem. Mimo, że przed chwilą myślał o ślubie (abstrakcyjnie jakoś, bez związku z określoną osobą) teraz dopiero uprzytomnił sobie realną egzystencję narzeczonej. Ona naprawdę jest, jego Lizka, ha, ha! — I stoczył się w nią (czy w swoją miłość do niej) jak w śmierć. Przecież ona jedna wypełniała cały pusty, obcy świat. I on o tem mógł zapomnieć!! Tak — zapomniał, bo tak szczelnie świat był nią wypełniony, że właśnie to jako takie, mogło być niezauważone. Czy było to wszystko prawdą? Kto to wiedzieć może. I pomyśleć, że tego rodzaju i natężenia tragedje, które dawniej, odbywając się na odpowiednich stanowiskach społecznych, zmieniać mogły historję świata, teraz są jakiemiś wyplutemi pestkami, ogarkami czy ogryzkami. Nic nikogo to nie obchodzi. Takie rzeczy tępi się jak pluskwy. Wymarli tam, we świecie śmieszni marzyciele. Tylko tu jeszcze, na tym, cudem zachowanym w ogólnej przemianie, kawałku planety, w jakimś, do pęknięcia natężonym, bezwładzie, trwało coś, przypominającego dawne czasy. Ale wszystko to było wydrążone, wyjedzone, suche, dźwięczące pustką, jak zeschła tykwa.

Jak posępny, straszliwy sęp, kryjący pod różnokolorowemi piórkami swoją straszność, wyjadała resztki mózgów zabójcza nauka Murti Binga. A pozornie była to taka łagodna, „słodka" sztuczka. Eliza — samo imię to zalewało mózg jadowitym syropem — ha! I te wszechwiedzące oczy, kryjące nieznany szał, nieznaną rozkosz, obiecujące spełnienie najwścieklejszych nieprawdo podobnych pragnień, zbitych w jedno z idealnem przywiązaniem, graniczącem z nienawiścią prawie. Tylko dokonanie czegoś aż bezsensownego w swej potworności mogłoby go nasycić — ale czego? Tak ograniczone są wszystkie możliwości, że choć tłuc łbem o ten kaflowy piec — nie wymyśli się nic. O, żeby można było naprawdę poprostu pęknąć!

I równie nagle jak przyszło, tak i spadło z Genezypa całe to zawikłanie, niby jakaś wstrętna maska. Eliza była tylko rzeczywistą ukochaną dziewczynką, a nie żadnem widmem, czy trującym tajemniczemi naukami potworem, rodzina — kochaną rodziną, Sturfan — prawdziwym przyjacielem, a on sam — pięknym kandydatem na adjutanta Wodza, z otwierającą się równie piękną karjerą. Dobrze jest koniec.

Uwaga: dusza, która może uleczyć jednego, może struć śmiertelnie drugiego, trzeciego uczynić wielkim wbrew jego woli, a czwartego spodlić aż do kanałowo-psychicznych wymiarów, wytrzeć go na śmierdzący łachman. Straszno pomyśleć, że dobroć i poświęcenie siebie, oddanie się komuś bez zastrzeżeń, zatracenie się w kimś, może dla przedmiotów tych uczuć i czynów, stać się właśnie najgorszym z wymienionych wypadków. Byłoby najlepiej, aby dusze były tak nieprzepuszczalne, jak monady Leibniza, aby wszystko szło według jakiejś zasady obcej faktom, nie mającej w nich samych swego źródła. Trudno — ludzie włażą jedni na drugich i to jest wstrętne.

Zypcio mył się w łazience, jak najnormalniejszy bubek. Potem ordynans (ten przeżytek z przedhistorycznych nieomal czasów wojskowości) zaczął znosić mu świeżo wyczyszczone ubrania, naostrożone lśniące buty, akselbanty i inne „zamierzchłe fintifluszki". Ranne słońce wymiatało z sypialnego pokoju wszelką ponurą dziwność. Zdawało się młodemu, normalnemu oficerkowi, że przeszedł długą i ciężką, odradzającą chorobę. Czuł się byczym i zdrowym jak nigdy. Nie widział groźnego cienia, stojącego za nim i nakręcającego drobne niteczki na wałeczki, zakładającego sprężynki i wtykającego ledwo dostrzegalne sztyfciki

400

między zwoje jego biednego mózgu. Nawet ordynans Ciompała odczuwał coś niesamowitego w atmosferze. A ten nic — jak kołek. Przygotowania przeszły „jak sen", a potem zaczęła się zwykła „*kanitièl*" formalności, obrzędów i ceremonji. Ślub był potrójny: cywilno-wojskowy, katolicki (dla mamy) i murtibingowy, tak zwany dwój-jedyny. Małżeństwo było symbolem dwoistej granicznej jedności = zupełnego zagłupienia i tymczasowego zaniku osobowości na rzecz społeczeństwa. Ceremonji dokonał *przy pomocy* odpowiednich zaklęć sam Lambdon Tygier. Eliza, zamknięta w sobie i skupiona, miała w kącikach ust jakiś bolesny uśmieszek męczonego niewiniątka, który rozpalił najbardziej złe i okrutne żądze w ciele młodego adjutanta. Ale przecież to było zupełnie normalne i pożądane.

Nazajutrz mieli państwo młodzi wyjechać do stolicy, gdzie Genezypa czekała samodzielna, odpowiedzialna praca. „Co za rozkosz, co za rozkosz" — powtarzał, a zęby mu szczękały i latały oczy z jakiegoś wyprutego z samego szpiku niepokoju. Był jak w gorączce, ale tej zwykłej, życiowej — wszyscy uważali to za naturalne. „Aliści" wieczorne gazet przyniosły niepokojące wiadomości. Żółty mur ruszył się. Pierwsze oddziały doszły do Mińska, gdzie w trzy godziny „zchinizowano" białoruską republikę. Po południu ogłoszono u nas ogólną mobilizację, a już o piątej wieczorem wybuchł, na tle ideologji komunistycznej, bunt trzech pułków rozłożonych w stolicy i znajdujących się pod dowództwem Niehyda–Ochluja, — jak to wiadomo z powodu swego notorycznego niemycia się i spoconych rąk słusznie Ohydem–Niechlujem zwanego. Po konferencji z kwatermistrzem we cztery oczy (podobno było nawet mordobicie, co zdarzało się stosunkowo rzadko) ohydny mąż ten uspokoił w mig swoje pułki, nie wyjaśniając jednak istotnego stanu rzeczy wyznawcom swym i podwładnym. Był to jeden z cudów tej epoki, których nigdy nie wyjaśniła potem historja. Do cudów (podobnych stosunkowi Napoleona do Talleyranda i Fouche'go) zaliczane były również relacje Kocmołuchowicza z Niehydem. Pewni ludzie twierdzili, że kwatermistrz musiał mieć koło siebie taką niebezpieczną bestję dla wewnętrznego dopingu i dla „trzymania ręki na pulsie pewnych procesów" i to było wysoce prawdopodobnem. Inni zaś tłómaczyli wszystko ogólnem zidjoceniem.

Na wesele przyjechał też wynędzniały w więzieniu były ambasador w Chinach Adam książę Ticonderoga. Ale absolutnie nie chciał nic mówić, ani mamie, ani nikomu. Tylko księżna zauważyła, że jest to zupełnie nie ten człowiek i wstrzyknęła mu kolosalną dawkę nauki Murti Binga. Młody książę kiwał tylko beznadziejnie głową — miał dosyć wszelkich gadań. Chodziło o tak zwany „problem zatrzymania kultury" — czy to było ostatecznym szczytem chińskiej ideologji, czy też poza tem kryło się coś jeszcze, czego nie wiedział nikt w Europie i Ameryce? Książę Adam chciał wszystkie wiadomości swoje dostarczyć jedynie Syndykatowi Zbawienia. Dlatego ujęto go po drodze i osadzono w więzieniu. Po rozmowie z kwatermistrzem, który (według zdania pewnych podejrzanych figur) torturował go osobiście (lepiej nie mówić jak) wycięto mu podobno jakiś gruczołek w mózgu i zapomniał biedak o wszystkiem. W ten sposób coś pewnego na ten temat wiedział jedynie sam Kocmołuchowicz. Detale wydobycia tych tajemnic były straszne. Ticonderoga musiał oddać się najwyższemu mandarynowi Wu (omało przy tem nie umarł), ale tylko temu zawdzięczał, że go wogóle wypuszczono. A może to była blaga, którą umyślnie puszczono jako tajemnicę przez tak wąską rurkę aby nas okłamać? Kocmołuchowicz bił się ze strasznemi myślami. Nareszcie mógł o czemś „idejowem" pomyśleć na tle ciągłych strategicznych kombinacji i to może było szczęściem — kto wie? Czy puścić tę „ideję" dalej czy nie — oto był problemat. E — lepiej nie. Cały ten *„Ideengang"* przedstawiał się mniej więcej w następujący sposób, na tle zeznań księcia, który wyjęczał (podobno) wszystko, wijąc się w nieludzkich cierpieniach: „Jak wszystko dokładnie włazi na swoje miejsce we właściwym czasie, to całość robi wrażenie bloku — nie odczuwa się wtedy ani tarć ani wewnętrznych szybkości. Na błędach i nieregularnościach można zaobserwować dopiero ten szalony wir (nie ciąg) wzrastającej kultury, którego rozpęd coraz większy, grozi przez przekomplikowanie życia, zupełną zagładą ludzkości. Otóż wyszło na jaw, że komplikacja przerastać zaczyna nietylko siłę indywiduum — to zostało zużyte dla organizacji — *ale siłę samej możności organizacji masy ludzkiej*. To była ta katastrofa przyszłości, którą zobaczyło (podobno!) tylko paru chińczyków. To już się okazało na małą skalę w Chinach, nie mówiąc o Zachodzie. Ale tam nie wiedział o tem nikt nic. A więc same rasy żółte, mimo ich intelektualnej potęgi, oswobodzonej przez zaprowadzenie zachodniego typu alfabetu, nie mogły dać rady tym problemom. Doświadczenia wykazały nowe możliwości u osobników mieszanych: — aryjsko–mongolskich. Waliaj! Na Zachód więc i przez połączenie na wielką skalę dwóch ras, odświeżyć ludzkość — no i co dalej? Ha — nieznane możliwości — może cofnięcie kultury i zahamowanie jej na pewnym punkcie okaże się koniecznem tylko na czas pewien, a potem może ludzkość czekają nowe niewyobrażalne teraz przeznaczenia. Narazie chodziło tylko o opanowanie i skanalizowanie potęgi „dzikiego kapitału", głównego elementu przyśpieszenia, i zaprowadzenie tymczasowego systemu komunistycznego dla chwilowej choćby *„pieredyszki"*. Komunizm zachodni, przesiąknięty tak faszyzmem, że faktycznie prawie od niego nie odróżnialny, nie zaspakajał pod tym względem wymagań chińskich". Kocmołuchowicz ważył ideje, chodząc z kąta w kąt po swoim nowym olbrzymim gabinecie w byłym pałacu Radziwiłłów, „po-radziwiłłowskim" jak go nazywano obecnie. (Tydzień temu kazał wyrzucić stamtąd rodzinę nie chcących mu się podporządkować Radziwiłłów poprostu na bruk. Uznawał arystokrację, ale tylko w tym wypadku, gdy lizała mu buty. Panoszących się panków od czasu poskromienia Syndykatu ścierpieć nie mógł i chyba na Boga miał rację.) Ważył się wyższą nad-świadomością (jak orzeł) nad własną jaźnią, która leżała przed nim, rozsmarowana parszywą aktualnością, jak marmelada na stalowej płycie. Ale zwykły ataczek histerji, jeden z tych, w których improwizował zwykle swoje najgenjalniejsze posunięcia, nie przychodził psia-krew. Postanowił kropnąć dziś właśnie dwadzieścia pięć piguł Dżewaniego — niech się dzieje co chce. — Zarządził przecie mobilizację, wojna rozpoczęła się, plany były gotowe — trzeba było odpocząć i zobaczyć co jest „na dnie" — czy było jeszcze wogóle to dno, z którego zawsze dotąd potrafił wydobyć jakiś nowy pomysł. Umiał nie myśleć o najbardziej palących problemach, gdy tego bardzo chciał — w tem była jego siła. Zadzwonił na Oleśnickiego i kazał sobie tu, do tego gniazda znienawidzonych Radziwiłłów, zawołać Persy, czekającą już od dwóch dni w hotelu — z nią razem postanowił zażyć zabójczy narkotyk. Ha — zobaczymy co będzie. (Protokół wizji prowadzony przez Oleśnickiego tej nocy, protokół podwójny, posłał nazajutrz Bechmetjewowi. Ten zaś, nie pokazawszy go nikomu, kazał sobie niebezpieczny dokument włożyć *aż* do trumny. Tajemnica pozostała niewyjaśnioną. Ale na podstawie wizji Zypcia choćby, można się domyślać, co to takiego było.) Właśnie w tej chwili wchodził do gabinetu Niehyd-Ochluj (brodaty, z wyłupionemi na wierzch piwnemi gałami, ohydny) z raportem o uśmierzeniu swego własnego buntu. Lewy pysk miał obwiązany, ale trzymał się nieźle. Rozmowa była przyjacielska, pogodna. Kwatermistrz zdecydował się na zimno (a nie w ataku) odsłonić choćby rąbek ostatnich swych myśli przed swoją „przeciwwagą", jak w tajnych samo-bebeszeniach zwykł był nazywać Niehyda. Ochluj był zachwycony zaszczytem. Pierwszy raz panowie ci rozstali się w tak doskonałych stosunkach.

A tam, w regjonalnej stolicy K. właśnie na tle tych wypadków, odbywało się skromne wesele przyszłego adjutanta głównego ich bohatera. Jedynym elementem łączącym obie serje była gratulacyjna depesza Wodza: „Zypciu trzymaj się. Kocmołuchowicz". Natychmiast domowemi środkami oprawiono ją w zaimprowizowane passe-partout i powieszono na lampie nad stołem. Genezyp pił mało, ale mimo to doznawał coraz silniej jakiegoś wewnętrznego prześnienia, ogarniającego górne regjony jego niedokształconego umysłu. Czuł się poprostu inteligentniejszym od samego siebie i to go zaniepokoiło. Zwierzył się z tem Elizie.

— To działa moja modlitwa do Podwójnej Nicości. Czułam falę, którą wysłał sam Murti Bing. Oby światłość wiecznie spływała na jego głowę — szepnęła ta wszechwiedząca dzieweczka. Genezyp odczuł też nagłą fillę, ale nudy, falę wysłaną chyba z jakiejś metafizycznej centrali tej istności — potęga jej była straszna. Cały ten układ obecny, razem z weselnymi gośćmi (a byli wszyscy prawie, występujący w części pierwszej, a nawet kniaź Bazyli), wydał się Zypciowi czemś tak małem i detalicznem, przypadkowem w swej tożsamości, jak naprzykład kiszki tego właśnie, a nie innego karalucha, chodzącego po opuszczonej już przez kucharzy kuchni oficerskiego klubu 15-go ułańskiego, gdzie przygotowano kolację dla gości. (Był tam niedawno, rozdając jakieś napiwki.) Słowa Elizy spiętrzyły w nim nagły, nieznany mu dotąd, właściwie bezprzyczynowy napozór gniew. Z rozkoszą wykonałby natychmiast jakąś choćby drobną dziką potwornostkę. A więc „do dzieła": ściągnąć nagle cały obrus ze stołu, rzucić parę półmisków w całą tę kompanję, ryknąć rozdzierającym bolesno-szaleńczym śmiechem nad przerażonemi twarzyczkami mamy, Liljan, księżnej i Elizy, umazać majonezem wąsaty pysk naczelnika szkoły generała Próchwy i uciec, uciec, uciec — ale gdzie? Świat był za mały na tę ucieczkę. Uciec możnaby chyba w zamkniętą niestety na zawsze metafizyczną otchłań. Broniły wejścia tam porządne korki: czysto wojskowa tępota, niewykształcenie, nieścisłość pojęciowa no i Murti Bing, ten wielki odtajemniczacz wszystkiego. Wentyl bezpieczeństwa nie działał — ten wentyl, którym były kiedyś dla ludzkości wszystkie religje świata — te programowe dla większej części dzisiejszych ludzi obłędy, chroniące ludzkość całą przed pęknięciem w próżni bezmiarów wszechświata, przed ulotnieniem się w dzikiem przerażeniu w międzygwiezdną przestrzeń. Jeszcze chwila, a byłby wykonał swój plan. Ale ostatnim wysiłkiem świadomości opanował wściekły odruch nieomal na obwodzie drgających pod atłasową skórą mięśni. „Nie — to będzie dla Lizki — kochanie moje jedyne". Ofiarował to wszystko jej. Jakże straszliwie ukochał ją (idealnie i zmysłowo jednocześnie, w najwyższych, n-tych potęgach). Uratowała go od głupiego "metafizycznego" (cha, cha!) czynu.

Witali od stołu po potwornych mowach Sturfana, Próchwy i Michalskiego. O — niedobrze było wogóle. A gdzieś w jakimś zakamarku serca, wzdętego niesamowitą, aż na nienawiść przekręcającą się miłością, rozkłębiało się małe zadowoleńko, małe szczęśćko, małe uczućko, uczuciątko, uczuciąteczko dodatkowe (a, cholera!) — jeszcze tylko trochę sobie pozwolić, a zaleje to jak lepka maź Elizę, a z nią cały świat i będzie tak kretyńsko dobrze. To też było niebezpieczne. Nagły błysk normalnej świadomości i rzeczywisty obraz zmaterjalizował się przed nim z kokainiczną nieomal wyrazistością. Ale czuł Zypcio, że spadł tu na to swoje krzesło z jakiegoś piekielnego innego świata, w którym odbicie tego samego obrazu znaczyło całkiem *nie to*, miało swój ukryty, straszny jakiś, dla nikogo absolutnie nieodgadniony sens. Odetchnął głęboko. Siedział oto tu — obok matka i wąsy Michalskiego i kochana twarz jakiegoś przybłąkanego wujcia chana Murły–Mamzelowicza i kawa i likiery. O — jak dobrze jest w zwykłym świecie! O czemu dopiero jutro mieli wyjechać?! Jakieś papiery nie były na czas gotowe w adjutanturze okręgu i ten stempelek jakiś głupi zadecydował o wszystkiem. Możeby się nie zdarzyła cała ta historja, gdyby teraz, zaraz po kolacji pojechali na dworzec. Rzeczywistość — wielkie słowo — może największe. Niestety nie zobaczył już jej Zypcio temi zwykłemi swemi oczami, bo te odwracały się *oto* teraz przy wszystkich gościach, mamach, siostrach, żonach — (a prawda! — to była jego, jego własna żona — nie–do–uwierzenia!) zatapiając się w zakazane sezamy potworności wewnętrznej, tam, gdzie króluje prawdziwa swoboda i gdzie przesublimowane bydlę popełnia swe urojone zbrodnie i dopełnia miary nieprawości świata tego. Biada jednak jeśli zbyt silne napięcie centrów i ganglionów popuści nerwowy refleks aż do peryferji, inerwując bezwładne mięśnie. Wtedy krzyk, zbrodnia, kaftan i już do końca zduszony metafizyczny wrzask jaźni, rżnący wnętrzności piekielnym bólem zmarnowanego jedynego życia. Ryk wnętrzności dartych piekielnem cierpieniem wyrywania się z nieodwołalności świata zjawisk, słychać było zdawało się na kilometry całe wokoło. A tu nic: popijali goście kawę i sipali likery i ona też, w tym zwykłym świecie. Wciągnąć ją w tamten wir, i tam uczynić swoją własnością. Ale jak? Jego oczy patrzyły teraz w głąb mózgu, gdzie zachodziła potworna praca wydzierania się jaźni w nieskończoność, bez sztuki, nauki, religji i filozofji i bez żadnych sztuczek, w samem życiu, tu, w saloniku oficerskiego klubu 15-go pułku ułanów, przy ulicy Widok Numer 6. Nie zobaczy już ona tych jego zwykłych oczu nigdy. Zegar przeznaczeń, idący z hukiem w głowie przeszedł nareszcie czerwoną strzałkę: Keep clear - danger, nie dotykać — wysokie napięcie, *Vorsicht!* Jedziemy! — Uf — nareszcie! Najgorzej jest na ten obłęd czekać. Sam on nie jest znów tak straszny — jest obłędem, a to już ulga znaczna. Czeluść rozwarła się — już w nią zajrzał. Rozwalała się przed nim dalej, jak jakaś bezwstydna wyuzdana samica i kusiła, niemożliwie kusiła.

Nagle zagrał Tengier, pijany jak noc i zakokainowany na tym podkładzie na biały dzień. Genezyp uczuł, że coś pękło mu w środku — ale była to tylko mała błonka, pokryta wstrętnym śluzem dawnych, dziecinnych uczuć. Gdyby teraz pękło wszystko, wszystkie przepierzenia i zastawki, byłby może uratowany. Ale to była tylko, ach tylko mała błonka. Uciekł do klozetu i tam łkał suchem łkaniem bez łez — tem najgorszem — słysząc zdala przelewające się, zdawało się w bebechach wszechświata, dźwięki muzyki Tengiera. Nagły spokój — cofnęło się wszystko, ale nie całkiem. Czaił się w nim do skoku potwór metafizycznego użycia siebie i świata. Kiedy wszedł napowrót do saloniku muzyka już nie działała na niego. Ostatni narkotyk, produkcji dorywającego się dopiero do życia, genjalnego pożercy i wypluwacza zaświatowych głębi nie działał. Straszna poprostu rzecz. Lawina oberwała się i szła, a cicho było, jak przed burzą.

Zadzwonił telefon. Okazało się, że pokój w hotelu uwolnił się. Mogli iść do tego wymarzonego (niewiadomo przez kogo) „Splendidu". Tam było *od wieków* przeznaczone miejsce na tę piekielną poślubną noc, w imieniu Murti Binga — tam miała się spełnić ofiara. „Chińczycy zrozumieją to kiedyś" — pomyślało się Genezypowi, gdy wkładał wojskowe palto i przypasywał szablę. Tę myśl powtarzał sobie potem ze zdumieniem, nie mogąc dociec skąd ona mu wtedy przyszła.

Pustoszał świat daleki — zostawała tylko Eliza, jedyne medjum poznania istoty tej tajemnicy, którą mu zakryli swojem gadaniem tamci trzej, tej nocy w leśnej pustelni. Szli powoli przez puste prawie uliczki prowincjonalnej biednej stoliczki. „Głos przeszłości" nie wołał na nich „z krużganków, wież i bastjonów". Hejnał na wieży martwo, bez oddźwięku obwieścił północ. Zajaśniał hotel „Splendid" łuną świateł w ciemnem pustkowiu domów, w których zdawało się czai się zaraza. Tak — zaraza była naprawdę: przeklęta nauka Muti Binga, przygotowująca bezpłciową mechanizację przez gwałt — bo nie chcieliście sami *„vous autres —*

polonais". Genezyp poczuł, że nigdy, nigdy nie potrafi zerżnąć Elizy, jeśli ona nie „zacznie", lub w najgorszym(?) razie jeśli on jej czegoś na ten temat nie powie. Była mu w tej chwili zupełnie obca i daleka, oddzielona od niego nieprzebytym murem jego własnego niezdecydowania. Zwierzył się jej z tego w słowach tak zwykłych, jakby był najpospolitszym oficerkiem i mężem normalnej panienki z przed lat dwustu.

— Wiesz, taka dziwnie obca mi jesteś w tej chwili: jakbym widział tylko twoją powłokę, jakiś automat, udający cię, a nie ciebie samą. Wydajesz mi się w tej chwili absolutnie niedosiężną. Czyż cię nigdy nie potrafię zdobyć?

— Zaśmiał się głośno nad niewspółmiernością tych słów z tem, co się w nim wewnątrz „wyrabiało". Eliza odpowiedziała zupełnie spokojnie:

— Tylko się nie denerwuj i nie bój niczego. Postępuj ze mną tak, jak z dziewczynką uliczną, której dałeś trzydzieści złotych. Jestem twoja od koń ów włosów, do paznokci palców nóg, Ty nie wiesz jeszcze jakie ja mam nogi: są tak piękne, że sama się w nich kocham. Chcę się zatopić w miłości. Tak każe nasz mistrz. Powiem ci prawdę: we mnie niema nic, prócz tej wiary i miłości do ciebie. Czasem mam wyrzuty, że cię tak do siebie przywiązuję, do wcielonej pustki. Ale przezemnie staniesz się kimś na tem strasznem cmentarzysku światów, w którem płonie tylko jedno światło naszej nauki. Musisz się wyzwolić sam z siebie... — Przytuliła się do niego całem ciałem, rozpuszczonem, zmiękczonem w potężniejącem pożądaniu. Niedosiężność zginęła: rozpętało się w Genezypie zwykłe bydlę. Strasznie wdzięcznym był jej za to. Szybko potaszczył ją, mdlejącą prawie, w stronę hotelu.

Piekielnie kochał Zypcio Elizę, zdejmując z niej pachnące australijskim cząbrem paletko. Wszystkoby dla niej zrobił, tylko nigdy, przenigdy nie wyrzekłby się jej ciała. Dręczyła go szatańska ciekawość — przecież to była druga kobieta w jego życiu. Po pewnych czynnościach przedwstępnych żona, prawdziwa żona! — co za wygoda, co za wygoda! — oddała mu się najnormalniej w świecie i wszystko weszło (zdawało się — ale tylko zdawało niestety) na zwykłą drogę idealnego, w znaczeniu doskonałości, małżeńskiego pożycia. Był nawet maleńki formalny gwałcik, który umożliwił Elizie w sztucznem trochę zamieszaniu, przejście od stanu dziewicy do stanu żony, bez wielkich psychicznych przynajmniej trudności. „Aliści" nagle, przy następnej próbie zadowolenia prawnie dozwolonych rozkoszy (co za prostota! co za prostota!) stało się coś niesamowitego: — *„quelque chose de vraiment insamovite à la manière polonaise"* — wyrażenie Lebaca. Oto atłasowa skóra Zypcia, jego wspaniałe muskuły i ten valentinowaty, młody pysk zezwierzęcony w nasycaniu żądzy, we wspomnieniu tylko co przeżytej, niedokończonej, z powodu szybkości zjawisk, rozkoszy, zmieniły się w coś przechodzącego pojęcia Elizy o miłości wogóle. Nie wiedziała, że to jest aż *takie*. Wyolbrzymiło się wszystko do jakichś nadludzkich, niepojętych wymiarów — nieomal że się umetafizyczniło. Leżąc obok niego doznała najwyższego dreszczu, od samego wpatrywania się w jego twarz. Zapragnęła zaraz tego samego, ale z nim, z nim w niej, natychmiast, bo inaczej stanie się coś strasznego. Bez tego nie można żyć. Nagi Zypcio, leżący bezwładnie w jej wspaniałych ramionach, w swej niedosiężnej, męczącej do obłędu absolutną „niezdobytością" piękności, nagle zmienił się jej w jakiegoś półboga, w coś niewyrażalnego, przechodzącego wszystkie możliwości, w coś — ach — niech tylko trwa tak ciągle, nigdy ani chwilki bez tego — to jest jedyne — bez tego śmierć — niech djabli wezmą państwo, Kocmołuchowicza, Murti Binga, Dwoistą Jedność (jako taką), Chiny, przewrót socjalny i wojnę, byle tylko był on i żeby to niewyrażalne co on robił trwało bez końca. To jest dwoista jedność sama w sobie bez żadnych głupich symbolów, to, a nie jakieś bzdury Lambdona Tygiera — to jest jedyna prawdziwa rzeczywistość. I to on tak ją wścieka, ten tak ukochany Zypcio — jęknęła ze szczęścia prawie że aż potwornego. Nie wiedziała biedaczka o ograniczoności sił męskich — za dobrze wychowana była, a do tego pilnie strzegąca samą siebie przed jakiemkolwiek uświadomieniem. Żyła własną pustką — teraz ta pustka pękła, ukazując jej jako istotę niepojętych dotąd zjawisk życia, to jedno: rozdarcie niesamowitą rozkoszą pragnącego wnętrza ciała, dokonane przez niego, jedynego, ukochanego, przepięknego chłopczyka–bydlaka. Cóż może być jeszcze poza tem? Wył w niej niesyty zwierz o ciągłość takich chwil — poza tem nie było, *nie mogło być nic* — to był prawdziwy szczyt wszystkiego. Poprostu od pierwszego dotknięcia tajemniczego wału rozkoszy (nie wiedziała skąd się to wzięło takie) i to na tle jeszcze delikatnych muśnięć poprzednich, dostała biedna Eliza ataku ostrej nymfomanji. Bywają takie wypadki i teraz los taki padł na biednego również Zypcia, wiszącego już i tak na ostatniej krawędzi, za którą była jedynie tylko cuchnąca rozkładem jaźni (okropne słowa!) otchłań kompletnego zdziczenia osobowości i zwykłego bzika.

I tu nagle zaczęło się wszystko na nowo, ale z siłą i wściekłością tak piekielną, że Zypcio też poczuł coś całkiem innego niż kiedy z księżną — i tak dalej. Wydało mu się, równie jak i jej, że nic już poza tem niema. Świat znikł. Był tylko ten jedyny pokój w hotelu „Splendid", izolowany system, niewiadomo czemu wciągnięty w krąg działania piekielnych sił, emanujących z ich ciał, splątanych wzajemnie i z ich duchami, w jedną masę żywego, dwuosobowego, jak jedność Murti Binga, szału, graniczącego z chęcią śmierci za życia, czegoś wogóle sprzecznego w sobie, niewyrażalnego. Eliza miała (jak się okazało) tę szatańską intuicję wszelkiego zepsucia — rozwinęła się w jedną godzinę tej nocy, jak kwiat agawy — pękła w sobie, jak granat jakiś, naładowany potencjalną rozkoszą. Żyli w tej chwili oboje zdawało się za miljony ludzi, niepojmujących metafizycznej głębi tych rzeczy, pożerani płomieniem zaświatowo-bydlęcej żądzy stopienia się w jedną niepojętą istność. Był to proces odwrotny w stosunku do dzielenia się komórek — tylko tu nie mogło stać się to naprawdę — było asymptotyczną torturą nieskończoności, gwałceniem (w granicy) najistotniejszego prawa bytu, mocą którego indywidua są tak od siebie oddzielone, jak ponad-skończone liczby Cantora, piekielne hebrajskie alefy aż do C, liczności *continuum* i dalej może, w nieskończoną nieskończoność aż do nieskończoności i tak dalej i dalej. (Ponad-skończonych funkcji niema i być nie może: chciał stworzyć je nieboszczyk sir Tumor Mózgowicz i na tem kark, a raczej mózg skręcił.)

Jakże cudownie piękną stała się Eliza w swojem wyuzdaniu. Wszystko co było w niej święte, dalekie i niedostępne w swym wyrazie (oczy, usta i ruchy) stało się bestjalskiem, nie tracąc jednocześnie poprzedniej świętości — zbydlęcony nagle anioł mógłby tak wyglądać. To wzystko, co dla Zypcia było w niej na zimno, na wzniosło, *nietykalnie* piękne, zapłonęło teraz piekielnym ogniem ciała, tego już nie posągowego a rzeczywistego w swych nieprzyzwoitościach, zapachach i nawet (ach) w obrzydliwościach. W tem właśnie jest ten szatański urok erotyzmu, że taki anioł (poprostu) o twarzy pięknej jak obłok świecący odbiciem zorzy na fijołkowem wieczornem niebie, może mieć takie nogi, takie wspaniałe, zgrabne łydki z żywego mięsa i takie obrzydliwości nawet, które, nie przestając być takiemi, stają się *jednocześnie* jakimś niepojętym cudem. W tem tkwi djabelska siła tych rzeczy, a do tego jeszcze sam charakter niezrozumiałej nigdy tajemniczej rozkoszy, które one dają — złej, rozpaczliwej i nawet ponurej, jak wszystko co zbyt głębokie. A mimo to czy jest gorsze upokorzenie dla mężczyzny niż akt płciowy? Dawniej, jako bestjalska rozrywka dla wojowników po walce, jako odpoczynek z całem poczuciem wyższości mężczyzny nad jego niewolnicą — to jeszcze można było wytrzymać. Ale dziś — o — to okropne. Co innego cały problem dzieci i rodziny, choć i to zmieniło się zasadniczo: zagłupiony, zapracowany samiec dzisiejszy nie jest ekwiwalentem dawnego rodzinnego władcy. Można nie zwracać uwagi na drobne wyjątki pierwotnego matrjarchatu — prawdziwy „babijarchat" idzie dopiero. Nikt nie tryumfuje bardziej nad niczem jak kobieta nad światem całym i tajemnicą osobowości w takiej chwili. O — gdyby mógł widzieć teraz Zypcia i niewinną Lizkę ten kretyn Owsiusienko, projektodawca tayloryzacji erotycznych stosunków. Oszalałby z rozpaczy na widok tej różnorodności niepotrzebnych pozornie wymysłów. W pewnej chwili Genezyp zwinął się cały jakby ukąszony powiedzmy przez skorpjona. Teraz musi się nasycić za wszystkie czasy i stracone miejsca — nieskończoności nie obejmie, ale tu musi się stać coś takiego, co mu ją zastąpi. Przecież nic niema naprawdę oprócz tego pokoju, Elizy i jej niezwyciężonej piękności. Nie myślał nic, ale działo się w nim coś potwornego. Wszystkie tajemne znaczenia dawnych snów miał tu przed sobą, w tem hotelowem łóżku. Życie dalsze nie istniało — przyszłość była martwem słowem bez treści. Rodzina, znajomi, Kocmołuchowicz, Polska i wisząca nad nią beznadziejna wojna, czemże to było wobec tej możności połknięcia świata i siebie w jednej dawce jakiegoś szalonego czynu i to bez żadnej pracy i wysiłku. Tylko się puścić — zrobi się samo. Sine skręty jakiejś nieskończonej spirali zawirowały mu zdawało się w centrum jego istoty, która była jednocześnie środkowym punktem całego wszechświata, gdy wpatrzył się w wywrócone do góry dnem w szaleńczej ekstazie rozkoszy, niewinne, a teraz tak obce, zwierzęco-anielskie oczy żony — to nie była już żona, ani kochanka, tylko jakieś niesamowite bydłobóstwo, wcielenie całej znikomości wszystkiego, przepływania bezcennie drogiego czasu, czegoś drogocennego ponad wszystko. I to było rzeczywiste! Ha! Jak w to uwierzyć, jak zatrzymać lotny płomień najwyższego cudu, jak z tej zwiewnej aż do unicestwienia się mgły, trującej aż do bólu niepowrotnością nieuchwytnej chwili, uczynić choćby *kawałek wieczności*, zakrzepłej w twardych, gnaciastych łapach woli. Wszystko na nic. Czemże były marzenia o potwornostkach przy uczcie weselnej? — małe bzdurki. Teraz dopiero z takim trudem przez miljony pokoleń tworząca się w nim jaźń ludzka, zaczęła się rwać, drzeć i pryskać i prychać i łamać i druzgotać, pękając w powolnym, bolesnym wybuchu i nie mogła się do syta rozpęknąć w pustce bez dna, zionącej czystą śmiercią. Widział przed sobą drgającą w spazmie szyję, białą, giętką, kuszącą i czuł pod oszalałemi rękami przepiękne, *wieczyście* doskonałe kształty półkul odwrotnej strony wyprężonego w łuk ciała. Rozdzierał je i wbijał się całym sobą w samą ucieleśnioną rozkosz, która zdawała się nie mieć miejsca, obejmować wszystkie kręgi ziemskiego piekła i nigdy w istnieniu niedościgłego, prawdziwego Nieba Nicości. Ale umrzeć nie mógł. Nie kochał jej w tej chwili — raczej nienawidził do nieobjętej rozumem potęgi. Za co? Za ten ból unicestwiania się na żywo, za to, że nigdy nie mógł być nią samą i samym sobą jednocześnie i za tę straszliwą nieznośną przyjemność, z której jej udział w tem wszystkiem stwarzał jakieś djaboliczne misterjum, za to, że tem co czynił nigdy jej zniszczyć nie zdoła, nie pokona tej niemożliwej do zniesienia piękności. Rwały się w nim żyły i ścięgna, skręcały kości i muskuły, a w mózgu został już tylko jeden potworny, płonący zabójczy ryk zachwytu nad Nicością Istnienia. Puścił tamto i wpił ręce w tę nienawistną szyję. Oczy Elizy wyszły jej na wierzch i stały się przez to jeszcze piękniejsze. Nie broniła się, tonąc również w zachwycie najwyższym. Ból połączył się w niej z rozkoszą i śmierć z życiem wiecznem w chwale rozjaśniającej się Tajemnicy Wszechrzeczy. Odetchnęła głęboko, ale już ten oddech nie wyszedł z niej nigdy żywy. Ciało jej drgało w śmiertelnych konwulsjach, dając potwornemu zwycięzcy nasycenie najwyższe — wiedział, że ją zniszczył — w tem była ostatnia iskierka gasnącej świadomości. Genezyp zwarjował definitywnie, nieodwołalnie. Zasnął tak z trupem w objęciach, nie rozumiejący nic ziemskiego. Czy była to zbrodnia? Chyba nie, bo Zypcio absolutnie nie wiedział w tej strasznej chwili, że tem niszczeniem pozbawia kogoś życia. Kochał tylko Elizę nareszcie po swojemu, chciał się z nią nareszcie naprawdę połączyć.

A rano obudził się o siódmej *„avec une exactitude militaire"*, jak marszałek Ney przed egzekucją. Wyswobodził się z martwych objęć ukochanej, wstał, umył się w łazience obok, wyszedł stamtąd, nie spojrzał nawet na trupa (a nawet gdyby spojrzał nie wiedziałby co to jest właściwie) i włożywszy mundur i palto i wziąwszy ręczną walizeczkę, zeszedł na dół. Postępował zupełnie jak automat, działał tym gatunkiem świadomości, która każe pszczołom zbierać miód, mrówkom nosić sosnowe igły, gąsienicznikom składać jajka w liszki i tym podobne rzeczy wykonywać tysiącom innych stworów. Teraz naprawdę nie było w nim nic z dawnego człowieka. Mimo, że pamiętał wszystko doskonale, pamięć ta była martwa — jako żywa należała do innego człowieka.

Był zwykły jesienny dzień, taki sobie „dzionek" ludzi zwykłych. Genezyp też był takim sobie zwykłym osobnikiem — wypaliło się w nim wszystko — tak się rozpoczął początek katatonji.

— Papiery są? — spytał portjera.

— Tak, panie poruczniku — ordynans przyniósł o wpół do siódmej. Właśnie miałem pana kazać obudzić.

— Pani zostaje do jutra — powiedział jakiś głos z innego świata przez niego. Zapłacił rachunek i pojechał na stację. To wszystko robił już ktoś inny za niego. Zypcio umarł na wieki, ale osobowość był ta sama. Jadł obiad w restauracyjnym wagonie, patrząc bezmyślnie na ulatującą w dal, oszronioną zlekka mazowiecką równinę, tonącą w blaskach ćmawego, jesiennego słońca i słuchał równie bezmyślnie niezmiernie głębokich bzdur, które mówił siedzący naprzeciw niego Lambdon Tygier. Oczywiście dziwny starzec wiedział już o wszystkiem i wszystko w zupełności usprawiedliwiał — to było ciekawe i tego wysłuchał Zypcio nawet z przyjemnością, ale cały wykład teoretyczny przepadł — nie czepiały się już te pojęcia jego zautomatyzowanego mózgu. Może o to właśnie chodziło. Wszyscy murtibingiści przechodzili najpierw stan ostry, a potem zasypiali w systemie tych pojęć, jak wśród stosu wygodnych poduszek. (Tylko ci, u których trwał stan ostry dość długo, używani byli jako agitatorzy.) Lambdon wiedział, że Eliza przestała dla nich istnieć z chwilą zrealizowania się jej erotycznych marzeń. Wiedział też, niewiadomo skąd, że dzieci mieć nie mogła — była niepotrzebną. Co go obchodziła reszta? Umarła w najwyższej chwili swego życia — po tem co było mógł ją czekać tylko powolny upadek i samobójstwo. Czyż nie lepiej, że tak...?

W stolicy zameldował się Genezyp w komendzie miasta i zaraz udał się do mieszkania kwatermistrza. Była piąta po południu. Generał jadł właśnie obiad w towarzystwie żony i córeczki. Był dziwnie blady i czarność jego wąsów robiła na tle tej bladości, wrażenie żałobne, śmiertelne. Przecież to właśnie tej, tylko co ubiegłej nocy, przeżył kwatermistrz swoje dawameskowe wizje. Coś tam musiało się zmienić w tym tytanicznym mózgu — ale co — nie wiedział i nie dowiedział się nikt. Oczy, czarne, smoliste, „smorodinowe", świeciły dziką wesołością jak zwykle. Przecież to jutro właśnie wyjeżdżało się całą bandą na front, — nareszcie! Kończyły się małe, głupie polityczne gierki i zaczynała się wielka, największa w życiu gra — o życie i śmierć. A w duszy była tajemnica i czaiła się gdzieś zwinięta na dnie wielka niespodzianka, ta jedyna wierna, prawdziwa, godna jego kochanka. Zaproszony do obiadu zjadł go Zypcio z apetytem, mimo, że dwie godziny temu nasycił się zupełnie w pociągu. Jednak był biedaczek trochę wyczerpany. Rzecz dziwna — Kocmołuchowicz nie robił na nim żadnego specjalnego wrażenia. Owszem, cieszył się, że ma wodza, że ten wódz był taki morowy — ale żeby to było coś aż tak bardzo nadzwyczajnego, to nie. Jako były rywal w stosunku do Persy nie istniał dla niego zupełnie. Kwatermistrz wypoczywał dziś przed jutrzejszym wyjazdem, detantował się, entszpanował się, rozwalniał się — jak mówił sam. Umiał stwarzać te programowe, beztroskie wypoczynki wśród największego nawet nawału pracy. Nie robił nic: rozmawiał z żoną, a nawet ją rżął chwilami, bawił się z córeczką i rudym kotkiem „Pumą" i wałęsał się poprostu z kąta w kąt. Nasycał się nastrojem rodziny i domu — może już poraz-ostatni w życiu. To nie uponurzało bynajmniej elementów tego nastroju. Więcej tylko można było się tem nasycić w tym stanie. Najwyższa sztuka używania życia. To się wyrobić nie da — trzeba mieć już taki charakter. O wpół do szóstej siedzieli sobie z Zypciem w domowym gabinecie i pili kawę. Na łaskawe zapytanie opowiedział Genezyp całe swoje życie, różne detale o ojcu, przebieg służby i bitwy, a nawet ogólnikowo zdał sprawę z romansu z księżną. Kiedy przyszedł moment poznania się z Persy, dziwnie wpatrzył się w swego adjutanta kwatermistrz. Ale skatatonizowany adjutant wytrzymał dzielnie to spojrzenie — *„un aide de camp catatonisé — quel luxe"* — jak mówił potem de Troufières.

Przyszedł telefon — że to, a to i tamto a tamto — ze słów generała domyślił się Genezyp, że chodzi o śmierć Elizy. Wstał, stanął na baczność i gdy Kocmołuchowicz odłożył słuchawkę i zwrócił na niego swoje cudowne, bezdenne oczy z pewnem zdziwieniem, wyrecytował wszystko jak raport:

— Zadusiłem ją, bo zanadto ją kochałem. Może to obłęd, ale tak jest. Chcę służyć tylko armji. Toby mi przeszkadzało. Proszę o łaskę. Odpokutuję wszystko na froncie. Tego jednego niech mi pan generał nie odmawia — ukarany mogę być przecie potem. — Zamarł wpatrując się psiemi oczami we wspaniałą twarz Wodza. Kocmołuchowicz patrzył i patrzył bez końca — patrzył i zazdrościł. Zypcio stał bez drgnienia. „Ależ to tęgi warjat — wysoka marka" — pomyślał Wódz. „Swoją drogą ja też nie jestem tu bez winy" — przypomniał sobie jeden z ostatnich raportów Węborka. Czy jednak młody ten idjota nie przeżył czegoś takiego, czego nigdy nie osiągnie i nie pojmie nawet on sam, jedyny w swoim rodzaju człowiek na świecie, który z niczego absolutnie nic sobie nie robi. Chwila wydłużała się niepomiernie. Poobiedni nastrój drugorzędnego mieszkania w stolicy. Cykanie zegara, różne domowe zapaszki przesiąkające aż tu i mieszające się z zapachem cygar, *„miełkoburżuazyjnaja skuka".* A na tem tle takie rzeczy!

W tej chwili nawet gdyby Zypcia do więzienia wzięli, albo i na śmierć skazali, przyjąłby to z tą samą obojętnością. „Ale kiedy przyjdzie chwila przebudzenia i ja wreszcie zrozumiem wszystko?" — pomyślał automatycznie, beztreściwie. — „Wtedy śmierć — ale w jakichże potwornych męczarniach — brr". — To rzekł w nim jeszcze jakiś nowy ktoś, który teraz wstawał z samego dna ostatnich den jego istoty, opanowując cały stężały cielesny mechanizm. Między dwiema osobistościami: tego tworzącego się teraz i tego który jako dziecko (łezka) spuszczał biedne pieski z łańcuszków, była próżnia, której nikt i nic wypełnićby nie zdołało — „przerwa w duchu" jak określał stan ten, niezbyt inteligentnie, Bechmetjew. Aby to zrozumieć trzeba być samemu warjatem, co wyklucza dokładne i objektywne ujęcie tego i każdego wogóle zjawiska — kółko bez wyjścia. A tamten patrzył i patrzył i patrzył na tego syna przyjaciela i swego własnego „niedoszłego" i zdawało się, że swemi jasnowidzącemi oczami widzi nietylko mózg tego dziwnego zbrodniarza, ale nawet jak się układają w tym mózgu cząsteczki białkowych połączeń, a nawet (według fizykalnej koncepcji) elektrony i inne coraz mniejsze, aż w nieskończoność, fikcyjne (czy może rzeczywiste — *tak samo* w tym stopniu rzeczywiste jak systemy ciał niebieskich — o — Boże! gdyby tak było... a któż wie? — to zbyt straszne...) elementy idealnej materji–energji, pochodzące pojęciowo od a) pierwszego lepszego przedmiotu, czy przedmiotu wogóle; b) ruchu i c) naszej muskularnej, bezpośrednio danej jako następstwo jakości, siły. Widział genjalny kwatermistrz nietylko chwilę obecną i wszystko co było (miał zresztą doniesione różne szczegóły z przeszłości Zypcia, jak wogóle z życia wszystkich swoich adjutantów), ale i przyszłość całą tego wyjątkowego zaiste pegiekwaka: będzie długo żył, będzie szczęśliwy, jako ten trupek własnie, którym się stał przez tę zbrodnię. O on? — ha — lepiej jednak nie myśleć. Cała waga problemu polegała na walce z czemś niewymiernie potężniejszem, wobec czego nie można było marzyć o zwycięstwie — jakby ktoś palcem chciał zatrzymać kurjerską lokomotywę. Ale mimo to koniec *musi* być piękny. Jak przepadnie wszystko, zrobi szarżę sam na czele swego sztabu i zginie. Jakże zapłonęła na tle tej bezdennej(?) myśli cała rzeczywistość obecna. — Można tylko powiedzieć: „ha!" i nic więcej. „Tylko może on jednak potem z nią tego..." (na tle zbrodniczego wieczorku u Persy). Nie dokończył tej myśli — teraz i nigdy już. — Zamurował ją jak Mazepę(?). Upłynęło pół godziny może, może trzy kwadranse. I nagle ten piękniutki młody człowiek rzekł, a tamten zdołał jeszcze przedtem pomyśleć: „Ale to musiała być frajda dla tamtej histeryczki (poznał kiedyś Elizę na jakimś balu) — zginąć z rąk tak pięknego bubka. Szkoda, że nie jestem pedzio — użyłbym sobie na nim jak na burej suce".

— Melduję — itd. — ...przedtem zabiłem także pułkownika — nazwiska znowu nie pamiętam — wtedy kiedy kochałem się tak beznadziejnie w pannie Zwierżontkowskiej. — Kwatermistrz drgnął, mimo, że właśnie o tem samem myślał. To nazwisko zawsze robiło na nim wrażenie. Kochał się przewrotnie we wszystkiem co do niej należało: w pantofelkach, pończochach, szminkach, wstążkach, nawet w dźwięku nazwiska i imienia. „To jej, to jej to wszystko" — mówił sobie w duchu w pewnych strasznych chwilach. Właśnie zachciało mu się wprost niemożliwie tych zwykłych dziwności z nią, na zakończenie ostatniego może odpoczynku. Wstał brzęknął ostrogami i powiedział, rozciągając trzeszczące kości:
Wiem wszystko i o więcej nie pytam. Wobec tego, co teraz nastąpi to są *„miéłoczy"* — a *„miéłoczy k'czortu"*. Mówiła mi panna Persy — jest teraz u mnie sekretarką. Jutro wyjeżdżamy na front. Na front — rozumiesz błaźnie jeden. Takiego frontu nie pamięta dotąd ziemia i takiego spotkania ludzi jak my z Wangiem nie widziała. Ja widzisz dureńku nie przesadzam. Sam zobaczysz i ciesz się z tego. Zanim tam zbadają, że to nikt inny nie mógł zrobić tylko ty, będziemy daleko stąd. Odrobisz wszystko, a najpewniej zginiemy wszyscy. Teraz jesteś mój. Takich mi ludzi trzeba — I warjatów też. Tęgi z ciebie warjat, Zypek, ale ja lubię takich, potrzebuję ich i będę bronił. To rasa wymierająca. A może ja też jestem warjat? Cha, cha! — Zaśmiał się z piekielną, rozdzierającą swobodą. Pocałował Zypcia w czoło, poczem zadzwonił. Adjutant siadł spokojnie na fotelu, skłoniwszy się przedtem w milczeniu. Ha — gdyby tak dawniej! — a teraz nic. Wszedł ordynans, „głupi Kufke", jak go nazywano. (Znał swego pana nawy lot i czasem przez niego podawano beznadziejne skądinąd prośby i [o dziwo!] przeważnie załatwiane były pomyślnie. Znał chwile takie, o jakich jego pan sam nie miał pojęcia. Umiał to wyczytać z drobnego skurczu policzka, z nieznacznego błysku smolistych, wszechwładnych oczu. A głupi wogóle był — to była prawda — ale miał tę — no jakże się nazywa? — intuicję — tak — tę kobiecą, krótkodystansową.) — Powiesz pani generałowej *gawnò sabàczeje*, że pojechałem na chwilę do biura. Będę przed dziewiątą. Jutro o ósmej rano jedziemy. Przygotujesz wszystko. A pana podporucznika zaprowadzisz do jego pokoju. Gościnny, numer trzeci. Marsz spać Zypku natychmiast. W nocy będziesz miał robotę. — Podał mu rękę, władczą a miękką, i lekkim młodzieńczym krokiem wyszedł z gabinetu. Wsiadł

następnie w auto (które zawsze: dzień i noc stało przed bramą) i pojechał do Persy. Tam działy się rzeczy straszliwe. Lepiej się nie domyślać. Nie wytrzymał i opowiedział kochance wszystko, a ona jemu nieznane detale o Zypciu, o jego mękach, co podnieciło ich jeszcze więcej; tem bardziej, że Persy przekonała generała że to ona przez ręce Zypcia, na tle jego szalonej do niej miłości, zabiła Elizę. Ale to było nieprawdą, jak to widać z poprzedniego — chyba podświadomie? — ale któż takie rzeczy skontroluje. Psychoanalityków nie było już w tych dobrych czasach. Ale od tej chwili Persy zaczęła myśleć inaczej — o, grubo inaczej. Jakieś przeczućko zupełnie dziwnej przyszłości majacznęło się na chwileczkę w jej „cudnej" główce. I uprosiła generała, żeby wziął ją ze sobą na front. Zrobiła coś takiego, że musiał się zgodzić. Mimo, że bała się straszliwie (chociaż znowu z drugiej strony dla kobiety zawsze jakieś wyjście się znajdzie) musiała tak postąpić.

OSTATNI PODRYG.

Osma rano. Za pół godziny odchodzi pociąg sztabowy na front, który już jest gotowy — w ostaniej chwili skonstruował go Kocmołuchowicz. Genjalny plan, urodzony nieomal podświadomie w tym straszliwym turbogeneratorze, jakim jest mózg niezwyciężonego stratega, urzeczywistnił się tam na dalekich polach, bagnach i lasach polskiej Białej Rusi, z magiczną wprost dokładnością. Dużoby dali chińczycy, aby znać tę koncepcję, cudowną w swej prostocie. Niema na to rady, bo na papierze ona nie istnieje. *Der geniale Kotzmoloukovitsch"* ma wszystko w głowie. Rozkazy były telefonowane do każdego z szefów korpusów osobno, a oznaczały rozkład do kompanji, szwadronów i baterji włącznie. Ani jednego papierka. Mapa, niepokalanie czysta, bez jednego znaczka, przed oczami i telefon w *poczwórnie* wypoduszkowanym t. zw. „gabinecie operacyjnym". Nawet gdyby kto jaką rozmowę podsłuchał, nie wiedziałby nic. Linja specjalna, podziemna, której częściowe pozycje znało kilku ludzi, no i ci oficerowie, którzy części jej zakładali — zawsze inni. A rozkazy takie i to na dwa dni przed defenzywną ofenzywą: Dzwonek. „Hallo. Komenda 3-go Korpusu. Generał Niekrzejko? Słuchać i notować: 13-ta dywizja. Odcinek 4 km. długi od Brzuchowic do Śniatyna. 21-szy pułk piechoty: Brzuchowice-Lipa Wielka. 1-szy bataljon Brzuchowice. Sztab kota 261, chatka węglarza, koło brzozowego lasku. Front O. S. O. 300 kroków na prawo od wielkiego dębu z czerwonym krzyżem baterja 2-ga, 1 dywizjon,

5-go pułku 6-ścio calowych moździerzy. 2 haubice na W. 30 m. na lewo od błękitnych chałup przy drodze do Śniatyna". itd., itd. Innemu we łbie-by się pokręciło. Ten ci jucha nic. Aż zachrypł i gada, gada, gada bez końca. Sam w pokoju — innyby zwarjował — ten ani na źdźbło nie znieprzytomniał nawet na chwilę. Mało inicjatywy mają dowódcy grup? — no to i co? Durnie wszyscy prócz niego — popsuliby mu wszystko. Psy, które można poszczuć — nic więcej. On jeden wie — pan nad pany.

Pierwszy raz od czasu wymarszu z Pekinu, mandaryn Wang i jego japoński doradca Fucuszito Johikomo zastanowili się trochę. Żadnych danych co do systemu obrony. Żadni szpiegowie nie pomogli. Zginęli prawie wszyscy, a ci, co wrócili mówią, że nikt nic nie wie. Nie pomogły straszne tortury. Plan operacyjny miał być zakomunikowany dowódcom grup do dywizji włącznie wieczorem tuż przed ofenzywą. A tak go miał jasnym w swym prawdziwie jaśnie-pańskim łbie generalny kwatermistrz, jak i samo rozłożenie wojsk. („Szkoda takiego człowieka na taką parszywą epokę" — mówili nawet niedowiarkowie.) I to plan, który musiał zmusić przeciwnika do takich właśnie, a nie innych działań, choćby niewiadomo co przedtem był wykoncypował. Oczywiście mogły być małe odchylenia, ale od czego telefon? Na rzeczy nieoczekiwane umiał reagować kwatermistrz z takim samym spokojem, jak na znane od wieków. Oczywiście przewaga liczebna była po tamtej stronie praktycznie nieskończenie wielka, chińczycy naród straszny i niezrozumiały, o śmierć i ból nie dbają, mogą nie jeść i nie pić dniami całemi i bić się jak djabły. Technika ich w ostatnich latach przewyższyła wszystko, co tylko Białe Zamorskie Djabły wynaleźć zdołały. Jednem słowem ogólna przegrana pewna — chociaż kto wie — a nuż jakiś cud. Mało to ich miał w swem życiu Wielki Kocmołuch? Postanowił „pokazać co umie" — jak to o nim mówiono. Pierwsza bitwa, musi być wygrana. Życie takie i tak djabła warte. A jeśli nie zginie, to muszą go chińczycy wziąć do siebie co najmniej na szefa sztabu głównego i na tej posadzie zejdą mu ostatnie lata wspaniale: z początku będzie prał Niemców, potem Francuzów, Anglików, a potem choćby djabla samego. I na jedno i na drugie był przygotowany — czy to, czy tamto, było mu to prawie doskonale obojętne. Prawie — bo jednak dawameskowa noc zrobiła mały, malutki wyłomik. Ale umiał to ukryć przed sobą i innymi.

8-ma rano. Jesienny dzień wstaje, typowo-bezbarwnie październikowy, mimo słońca. Drugi dzień przymrozku. Trudno robić okopy, ale iluż ludzi było w pogotowiu — wystarczy. Zresztą ziemia twarda tylko po wierzchu. A co za sztuki będą z kawalerją, to się opowiedzieć wprost nie da, ani przedtem, ani potem. Będą mieli robotę wojenni historycy, a dokumentów nie zostanie żadnych — ani jednego papirka — hi, hi! Bucha para z cylinderkurków potwornej amerykańskiej maszyny. Złączenia ogrzewania też dymią. Jak widma snują się największe mogoły wojennej Polski w kłębach mokrej mgły. Rozkoszny dzień przed wielkim śmiertelnym czynem. Wszyscy tu przy pociągu: Niehyd Ochluj, Kuźma Huśtański, Stęporek i cały Rząd z ostatniem błogosławieństwem: wszystkie Boroedry, Cyferblatowicze i Kołdryki, a zdrada od nich zionie. Niech ta se, niech ta. *„Nech sa paczy"* — jak mówią Czesi. A — i kilku hrabiów durnych, doszczętnie zamundurowanych, jak w ciemię bitych — ale i ci dobrzy. Tamci mędrsi nie wiedzą także nic. W tem cała rozkosz. On jeden — jeden, jeden, Jego Jedyność i to w tych parszywych czasach, na tę masę tego żółtego paskudztwa, niosącego światło ze Wschodu. Och — żeby tylko nie śmierdzieli tak strasznie! Podobno na trzy kilometry już oddychać nie można. Sam brat kwatermistrza, naczelnik ogólnego ruchu, Izydor, prowadzi pociąg. Można jechać? Jeszcze nie. Naresznie lekkim krokiem wchodzi Persy na peron. Elegancko ucałował rączkę oficjalnej już teraz kochanki kwatermistrz. Teraz wszystko mu wolno — idzie na pewną śmierć. Żona wita się z nią czule, jak z siostrą. Co za stosunki, co za stosunki! Zaszeptali wszyscy. Rząd wyłupiał na to zdziwione, zaspane oczy. Uniósł kwatermistrz córeczkę Ileankę do góry i wtulił jej twarz w czarne swe wąsiska. Lekko, jak pliszka, sfrunęła Persy z peronu prosto w salonowy wagon. Będą perwersje, czy nie będą? A tu nagle Zypcio z meldunkiem (posłany był sprawdzić, czy jakiś tam kuferek czort wie czyj, jest w pakwozie, czy nie). Zczepiły się oczy tej dziwnej, niedoszłej pary. Ale trupie było w tej chwili spojrzenie nie dawnej ofiary panny Zwierżontkowskiej — żadnego śladu uczucia. Niezadowolona, cofnęła się w błyszczącą samą esencją wagonowego szyku głąb wagonu i zasunęła okno. Nie lubiła gdy się jej ktokolwiek wymykał, a po ukatrupieniu Węborka, nabrał dla niej Genezyp jakiegoś specjalnego uroku. Bądźcobądź z wściekłości na nią dokonał czegoś tak niesamowitego. Ta myśl przeszywała ją tym specjalnym dreszczykiem, który dotąd dawał jej tylko sam Wódz. Będzie miał kwatermistrz przedśmiertną zabawę z tych dwojga, czy nie będzie? Chyba nie, bo Zypcio to żywy trup w mundurze, przytomny nieprzytomnością ostateczną, śmiertelną.

Gwizdek Izydora „rozdarł" mroźne powietrze. Czas już najwyższy. Jeszcze jeden pocałunek na czole umęczonej żony (świętej Hanny Męczennicy, jak ją nazywano), jeszcze jedno zanurzenie wąsów w ten cudowny, różowy pyszczek córeczki (i tu łza stoczyła się, czarna jak czarna perła [ale do wewnątrz] z oka tego wspaniałego okazu ginącej rasy — co też z nią będzie biedaczką, jak to żółte robactwo zaleje tę ziemię) i szybko weszli do ciepłego wagonu. [Kocmołuchowicz nie był właściwie przywiązany do ziemi, tylko do pejzażu — tak przynajmniej mówił po pijanemu.) Pociąg ruszył zwolna, sapiąc ciężko pod szklannem sklepieniem dworca, przesunął się jak widmo wzdłuż wstrętnych bud stacyjnych i znikł w rudawej w rannem słońcu mgle miejskiej. Samo historyczne przeznaczenie całego kraju sunęło w luksusowym wagonie na Wschód, ku niezbadanej otchłani przyszłości, która czekała w postaci jesiennego nudnego, smutnego białoruskiego pejzażu. A małe to wszystko było, a wstrętne, a płaskie — oczywiście wobec tajemnic międzygwiezdnej przestrzeni. Cudownie się jechało w porządnie nagrzanym salonowym wozie. A sytuacja też była nienajgorsza. Zypek zakuty w polowy mundurek siedział sztywno, markując wyraźnie, że jest adjutantem i niczem więcej. Persy, teraz dopiero przerażona całą tą imprezą, myślała tylko, jakby się ty wywinąć z tej matni wobec pewnej klęski. Liczyła jedynie na swoją demoniczną urodę, w związku z szaloną pożądliwością chińskiego sztabu na białe kobiety wyższej marki. Ale jeśli ten szaleniec Erazm (Ercio), którego też na swój sposób kochała, każe jej iść w pierwszą linję, to co??? Na samą myśl o tem wściekała się już na niego zgóry. A jednocześnie ta niemoc jej, wobec jego wszechwładzy, podniecała ją do szału i to nie tylko do niego, ale i do innych — poraz-pierwszy w życiu. I wzbierała w niej potworna żądza do cudnego, młodego mordercy w adjutanckim uniformie. Rzeczywistość znienawidzonego niebezpieczeństwa i *możliwość niechybnej* (jakto?) śmierci, czyniła wszystko tak właśnie, w tym stopniu, jakościowo prawie odmiennie strasznem i cudownem i pożądanem i nienawistnem i kochanem aż do obłędu. Psia-krew — z tego właśnie wybrnąć jakimś genitalnym „trick'iem" — to było zadanie, och, było. Ale nie czuła się biedna Persy na siłach i to, to właśnie, dodawało, raczej tworzyło ten piekielny, niewyobrażalny nawet w przybliżeniu w normalnych warunkach urok chwili. Nie umiała jednak *w całości* przetransponować złego na dobre, jak ten jej byk wszechwładny, któremu zazdrościła tej zalety do wściekłości. A bodaj to... A jednak tak dobrze jest, tak dobrze, jak nigdy. Wszystko ma w ręku, jak rękojeść zatrutego sztyletu — w kogo wyrżnąć ten pierwszy, decydujący, nabity przyszłością cios? I to szalone wahanie między ostatnią rozpaczą, a szczytem życia... Nawet jeśli się uda oszukać los i wyminąć krnąbrne przeznaczenie, to już nie będzie *to*.

Ta chwila jest najwyższa, tylko nie można jej całkowicie użyć. I tak bez końca: z góry w dół i z dołu do góry, aż do psychicznej morskiej choroby, do tego zawrotu głowy nad przepaścią dziwności ostatecznej. Tam to spotykali się asymptotycznie z Zypkiem, tam to spotkali się naprawdę o nieskończonostkę od zupełnego zlania się w jedność.

Pociąg pędził jak wystrzelony pocisk — nie do zatrzymania, nie do zdewjowania ku nieznanym „wyrokom historji", ku zjeżonemu dwurożnie chińskiemu czemuś — co to było, nie wiedział nikt — nawet sam Murti Bing, o ileby istniał naprawdę. A komandor tej całej dzikiej ekspedycji w świetnym był humorze. On też przeżywał szczyt swoich marzeń. Nareszcie był tem „osobowem wcieleniem śmiertelnego ciosu", jak go nazywali jego sztabowcy — takim się oglądał zawsze w wyobraźni z tęsknotą zabójczą w pokojowe dni. Nareszcie pękła pępowinka łącząca go z parszywem, codziennem życiem. Krótko to będzie, ale użyje za wszystkie czasy. Ale się mylił biedaczek (kto ośmielił się tak powiedzieć?!! Rozstrzelać!!!) że to jest najwyższy moment. Ten krył się jeszcze w punktochwili hyperprzestrzeni, naznaczonej w ziemskim względnym kalendarzu poprostu tak: 9 rano, 5/X, Pychowice, tam, na tym, zgóry w genjalnym łbie kwatermistrza ułożonym, froncie. Nie wszystko jednak da się przewidzieć, nawet przy tak świetnym aparacie działania, jakim był mózg Wodza. Ale o tem później. Narazie był to moment najwyższy — trudno. Niech sobie przyjdą inne, jeszcze wyższe — nic nie miał przeciw temu „podufały" z największemi potęgami świata kwatermistrz: z najwyższem życiem na szczytach i ze śmiercią choćby gdziekolwiek bądź, byle dobrą, to jest bohaterską, „prawdziwą", to znaczy w chwili rzeczywistego wypełnienia się misji jego ducha na tej planecie, piękną psia-mać jak marzenie dziewczynki z rodu wodzów o idealnej śmierci wyśnionego rycerza. Narazie tak się właśnie wszystko zapowiadało. Patrzył Wódz na uciekające szmaragdowe pola, żółte ścierniska i sosnowe laski bez żalu — może ostatni raz — a może? — e — w cuda lepiej nie wierzyć. A jak się już stanie, można się wtedy weselić. To, co go czekało, to była prawie-że kosmiczna katastrofa — konieczna jak rozwiązanie w greckiej tragedji. Pewne było to, że innego wyjścia niema i być nie może. Myślał zawsze naprzód — nigdy wstecz — to była jego metoda. Myśl jego stale wyprzedzała życie, a nie ciągnęła się za niem. Do tej chwili wszystko musiało być tak, jak on tego chciał, psia-krew! — a potem zobaczymy. Zanurzył usta w puszyste kędziory Zwierżontkowskiej i przez kosmyki jej blondynowatości pochłaniał, lecący w ramie szerokiego okna wagonu, pejzaż. Przepracowani towarzysze

Wodza, przeważnie drzemali na czerwonych aksamitach kanap. Część poszła spać na dobre — noc tę spędzili na intenzywnych pożegnaniach z życiem. Plan operacyjny był potencjalnie gotów — należało go tylko podyktować dowódcom poszczególnych grup, tak, aby nie mogli zrozumieć całości działań. Teraz nie było nic innego do zrobienia, jak „zentszpanować się" kompletnie. Wziął Persy na ręce jak rzecz jaką i wyniósł z salonu do sypialnego oddziału. Zypcio nie drgnął nawet — zanik erotycznych uczuć, czy co u djabła? Pewne natury tylko w obłędzie uzyskują maximum szczęścia — od urodzenia prawie nie był tak szczęśliwy. Trwał nieruchomo, zdany na czyjąś wolę, tuż u głównej turbiny wypadków, przy samem ognisku sił tej miary, co Kocmołuchowicz (czegóż więcej trzeba?), zatulony w zaciszny kącik na pędzącym pocisku — pchełka maleńka na 15-sto calowym granacie, rwącym zdyszane powietrze. Chwilami tylko, jakimś bocznym centrem świadomości, bał się przebudzenia z tego stanu. Dokładnie widział w wyobraźni ostatnią scenę z Elizą i bezpośrednio, uczuciowo, nie mógł uznać tego, że to on był odpowiedzialny przed sobą i innymi za to, czego dokonał. Wszystko, co było dotąd, ułożyło się w obrazek piękny i konieczny, w którym nawet żyjące osoby występowały jedynie jako poprzebierani aktorzy. I wszystko to było normalne, bez cienia obłędu — oczywiście dla niego tylko.

Był dzień wiosenny w jesieni — jeden z tych dni, w których starzejące się lato (gdzie?) wyciąga się jeszcze raz rozkosznie nad usypiającą ziemią i przeżywa swoją znikomą drugą młodość, jak pijak, czy inny „drogista", który przestał pić, czy zażywać coś tam i mówi sobie: nie — jeszcze raz. Cicho było na froncie jak makiem zasiał — oczywiście z punktu widzenia huraganowego ognia. Dla biednej Persy była to najstraszniejsza bitwa jaką w życiu oglądała: artylerja chińska „przystrzeliwała się" do polskich pozycji, macając nieprzyjaciela i korygując wyliczenia. Raz po raz odzywały się po stronie chińskiej pojedyńcze huki dział różnego kalibru w różnych miejscach i pędziły ku nam samotne pociski, hucząc długo w spokojnem powietrzu i pękały w naszych okopach, wyrządzając czasami znaczne szkody. My załatwiliśmy tę pracę już wczoraj — nie można było dłużej czekać, choć to ułatwiło zadanie chińczykom. Oni mieli czas — my — to jest Kocmołuchowicz — nie. Jesień była bezwietrzna i drzewa stały przeważnie w Wiciach, zbronzowiałych od przymrozków. Ścierniska i łąki świeciły leżącą pajęczyną, odbijając jak w stawach pokrytych rzęsą, matowe, łagodne i senne słońce. Nieprzebrana cichość przestworzy budziła strach jakiś zabobonny. Wszyscy, poczynając od prostych ciurów w obozach, do dowódców korpusów i grup, zupełnie niezależnie od zwykłego, normalnego strachu, byli „czegoś" dziwnie przejęci i uroczyści. Kocmołuchowicz, w towarzystwie Zypcia i Oleśnickiego, objeżdżał front w małej, eleganckiej „pierdoletce", jak nazywano ten typ torpedowych, luksusowych tanków. Wielką ulgą było wykluczenie przez Ligę Ochrony Wojny powietrznego bombardowania i gazów. Gdzieś wysoko krążyły wywiadowcze samoloty, okrążane co chwila grupami białych obłoczków pękających szrapneli, ale nikt nie potrzebował już bać się pocisków na setki kilometrów za frontem. Chyba można było być ranionym własnym odłamkiem — ale na to trzeba już być zupełnym „nieudacznikiem". I to właśnie zdarzyło się Kocmołuchowiczowi. Główka do nastawiania odległości naszego własnego pocisku wyrżnęła go w koniec buta, rozwalając podeszwę i niszcząc sam szpic, w chwili gdy rozmawiał z dowódcą 3-go korpusu, Niekrzejką. Niekrzejko zbladł, Wódz zachwiał się, ale nie upadł. Zrobiło się zamieszanie. Mógł Zypcio podziwiać doskonałość tej maski — ani na sekundę nie straciły smoliste gały swojej bezczelnej wesołości. Niestety dosłownie: mógł Zypcio podziwiać, ale nie podziwiał — nic już nie robiło na nim wrażenia. Roboty ziemne były już na ukończeniu — chodziło tylko o strefy wypadowe — linja obrony była gotowa dawno, o 20 km. stąd wtył. Chińczycy trzymali się na 10–12 km. od naszej linji. Najbardziej wysunięte patrole kawalerji złapały zaledwie na jakie 7 km. kontakt z nieprzyjacielem.

Generał-kwatermistrz w świetnym był humorze. Już przeszedł linję zwątpień i wahań — był sam jak wypuszczony pocisk. A jednak zdarzają się psia-mać cuda. Znał siebie i wiedział, że zawsze jednak może oczekiwać od siebie czegoś nieoczekiwanego. Co też teraz „wykinie" jego nieposkromiona natura przedostatniego indywidualisty na tej ziemi, zakonserwowana aż na dzień 5/X w piekielnym sosie polskich układów sił społecznych? Dumnym mógł być ze swojej armji = maszyna — dość było pocisnąć guzik i „trach"...!! Ale równie dumnym mógł być i ze swego łba, w którym, prawie bez jednego zapisanego papierka, mieściła się ta piekielna przyszła bitwa w potencjalnym stanie. Na chwilę poczuł w sobie kwatermistrz wszystkich wodzów Polski, którzy walczyli kiedykolwiek z mongolskiemi „nawałami". Ale nagle jakiś dziwny smutek starł tę świetną chwilkę, jak ściereczka „pył" z zakurzonego, gładkiego stoliczka. Czemu takie „domowe" porównanie przyszło do głowy samemu Wodzowi? Lśniąca, niepokalana nuda absolutnego bezsensu najświetniejszych nawet czynów, ogarnęła go z niezmożoną siłą. Chciałby *poprostu* żyć. A tu śmierć zaglądała mu bezczelnie pod szeroki daszek czapki I-go pułku szwoleżerów, którego mundur, ozdobiony generalskiemi naszywkami i sznurami nosił. Nie był to brak odwagi bynajmniej, tylko czysty, pozbawiony strachu przed śmiercią sentyment do życia. Cichy szept wewnętrzny mówił mu o jeszcze cichszem istnieniu w jakimś małym domku w kooperatywie wojskowej za miastem — jakieś pelargonje w oknach i córeczka bawiąca się w ogródku — o, w taki śliczny dzień jak dzisiaj i śliczna pani Hanna z całą swoją filozofją (teraz mógłby to nareszcie poznać) i won wszelkie perwersje z tą przeklętą „dziwką" i dzikie „entszpanungi"i „detanty", których potrzebę stwarzało mu życie w natężonej, obłędnej pracy. W gruncie rzeczy było mu to obce, było tylko substytutem nasycenia nieświadomej, metafizycznej żądzy bycia wszystkiem, ale to *dosłownie wszystkiem*. A tu Nicość. — Jakże bliskim był tej nicości w olbrzymiej drabinie hierarchji wszelkich możliwości! Ledwo oderwał się od podstawy zupełnej pospolitości [on były chłopiec stajenny, a potem dojeżdżacz (co to jest?) hrabiego Chraposkrzeckiego–Łzowskiego, pana na Łzowie i Dubiszkach, którego syn najmłodszy, major, dowódca szwadronu w jego przybocznej legji, był teraz jego ślepem narzędziem] a już ciągnęła go ona pokusą cichego snu, pospolitego, prawie nie wiedzącego o sobie istnienia. „Chamska krew, czy co?" — „żachnął się" Wódz sam na siebie. I sam zaśmiał się nad sobą. — „Właśnie tak jest dobrze — gdybym był hrabią, nie byłoby w tem żadnej sztuki". Ach, gdyby to można skończyć to życie spokojnie, tak po dokonaniu tego beznadziejnego czynu, tej przeklętej bitwy, która miała być tem *„opus magnum"* całego jego życia? A? I tylko jeździć sobie potem po świecie z córeczką, ukazując jej jego zakryte dla zwykłych oczu cuda i wychować ją na potwora takiego jak naprzykład Persy, lub on sam — szepnął głos tajemny — brrr...! Nie nasycił go niegdyś ani front rumuński, ani Bolszewja, ani genjalne walki miejskie, w których był mistrzem — on kawalerzysta z krwi i ducha najtajniejszych bebechów, ten Kocmoło-centaur, jak go nazywano na orgjach pułkowych, kiedy w szaleństwie alkoholu jako piechur ledwo trzymając się na nogach, dokonywał piekielnych swych kawaleryjskich, smoczo–centaurowych czynów, dając przykład niedościgły prawdziwie „końskiej" młodzieży oficerskiej. Ale czy był tem w istocie swej najgłębszej, od samego początku, kim jest obecnie? Kim mógłby być przy „najświetniejszym zbiegu" sprzyjających okoliczności?(!) — właścicielem stajni wyścigowej, czy stadniny, czy profesorem hodowli koni na uniwersytecie wileńskim? Bo ta jego karjera była nienormalna — zawdzięczał ją tylko wypadkom — no może trochę i sobie — ale czemże byłby gdyby nie krucjata? A profesorem mógł zostać zawsze. A nadewszystko powinien był się urodzić conajmniej hrabią — tak wszystko przepadło i teraz trzeba było walić naprzód. Był jednak niewolnikiem czegoś ponad niego wyższego — bo cofnąć się nie mógł. Program: objazd, orgja u szwoleżerów, sen, mały ranny „Entspannung" z Persy (czekała go w dworku pp.. Łopuchowskich w Załupach, tam za sennemi(?) grupami miedzianych drzew — pewnie teraz pije kawę w tej poziomkowej piżamce... Ech!!) A potem bitwa, ta bitwa jedyna w historji, której sława rozejdzie się po świecie całym i on jako najstraszliwszy mit gasnącej osobowości, którym straszyć będą mechaniczne matki potomków przyszłych, szczęśliwych ludzi. Uha, uha! Otrząsnął ostatnią słabość, w którą był się zatulił, jak w miękki leniwnik–zatulnik w leniwe świąteczne rano. Adjutanci patrzyli na niego ledwo śmiejąc oddychać. Na samą myśl co działo się w tym piekielnym łbie brał ich strach zabobonny (koniecznie.). Oto siedzi teraz między nimi ta kupa pospolitego pozornie mięsa w generalskim przepychu, a w niej zaklęta jest jedyna w swoim rodzaju chwila historji ginącego świata. Oto ta sama chwila definitywnego przewalania się ludzkości w jej drugą zasadniczą fazę, wcielona w tę djabelską kukłę, pełną niepojętych myśli, trwa tu przed nimi, w październikowe rano, w pędzącej przez zapajęczone ścierniska „pierdoletce". Zypcio zaczął się powoli budzić, ale już po tamtej stronie. Okropność przeszłości, powleczona tajemnym werniksem obłędu i oczekiwania nadchodzących wypadków, świeciła jak stłumione, a niegdyś jaskrawe barwy na obrazie jakiegoś dawnego mistrza. Wspomnienie nie zazębiało się o nic aktualnego. Z jednej strony był to wynik „nerwowego szoku", który przeżył tej strasznej nocy wyzwalania się w zaktualizowaną nieskończoność i dziwność istnienia, z drugiej tłumiła wszelkie głębsze przemiany zbliżająca się katastrofa. Rozkoszna była tymczasowość tych chwil niepowrotnych. Już w dzień odjazdu szepnął ordynans Wodza obu adjutantom, że nikt z tej wyprawy nie wróci. Jeszcze nigdy takiego oka nie miał podobno generał. Obserwację tę zrobił głupi Kufke podczas rannego ubierania. Potem maska kwatermistrza nie zdradzała już innych uczuć prócz wściekłej, skoncentrowanej jak słońce w soczewce, woli. „Spiął mózg ostrogą woli" — zaiste było tak. A przytem co mógł przeżyć jeszcze ten obłąkaniec. Bo i jeden i drugi, i Wódz i adjutant — byli prawie na granicy — może Zypcio posunął się dalej w urzeczywistnianiu swoich pomysłów, może był jako warjat właśnie życiowo dojrzalszym, ale z

Kocmołuchowiczem było naprawdę źle. Nie zdawał sobie tylko z tego sprawy, a piekielna praca trzymała go jak w kleszczach, nie dając możności uświadomienia pewnych symptomów. Dotąd dosłownie nie miał czasu zwarjować. Ale nie rzadko, ale też i nie bardzo często, Bechmetjew kiwał nad nim głową z politowaniem, połączonem z podziwem. „W grobie nie będzie czasu leczyć się Erazm Wojciechowicz" — mówił. „Jeszcze nie czas na sanatorja" — odpowiedział kiedyś kwatermistrz. — „A zresztą jak się skończę, to lepiej wyprowadzić za płot i strzelić w ucho. Płot już mam w Kooperatywie na Żoliborzu, a rewolwer znajdzie się w ostatniej chwili — ktoś życzliwy użyczy" — miał na myśli swoich najstraszliwszych wrogów, co może teraz gdy on tu łeb nadstawia, tam w stolicy chleb i sól dla chińczyków przygotowują i czyszczą klucze stołecznego miasta. Dobrze czuł się Genezyp w tej pustce uczuć. Nie mógłby już wrócić między normalnych ludzi — w więzieniu, czy na swobodzie, czekała go jedynie samobójcza śmierć. Teraz był wolny od tego zagadnienia — miało to załatwić samo życie. Nie poznawał ani siebie, ani otaczającego świata. Ale właśnie w tej obcości czuł się jak w wygodnym futerale. Tylko czy to nie jest jednym z objawów zbliżającego się bzika? Zaniepokoił się tym problemem — poraz-pierwszy naprawdę ogarnął go strach przed obłędem — czy nie zapóźno? — jego, skończonego już warjata, żyjącego tylko mocą nadwyżki sił, których dostarczała sama sytuacja zewnętrzna, no i skatatonizowanie. Ale nie było czasu zastanawiać się nad takiemi głupstwami. Właśnie zajechali przed jakąś zakamuflowaną ciężką baterję, gdzie Kocmołuchowicz wypowiedział jedno z tych swoich słynnych, wstrząsających najtajniejsze żołnierskie bebechy, przemówień. (Nigdy ich nie zapisywano i nic drukowano, bo bez jego obecności, głosu, postawy i tej atmosfery, którą koło siebie stwarzał — okazywały się bardzo liche i nieudolne. On sam był tego zdania.) Ledwo skończył, a tu, jak na zawołanie nadleciał od dalekich pozycji chińskich ciężki, 11–sto-calowy granat i pękł tuż przed linją armat, zasypując wszystkich ziemią i drzazgami rozwalonych rogatek. Cudem nikt nie zginął, ale Wódz dostał po łbie dużym kawałkiem drzewa. Drugie ostrzeżenie. Żałował Zypcio, że niezdolnym był już do odczuwania tego entuzjazmu, co w szkole, gdy parę buczeń trąb i sam głos Wodza zdolne było rozpromienić świat cały w szalony wybuch skondensowanego uroku życia. Ze spuszczoną głową, wstydząc się za niesmaczne dowcipy Kocmołuchowicza, słuchał całej tej baliwernji, jak skazaniec, dla którego pojęcie życia straciło sens wszelki. Dalej wypadki potoczyły się z przeraźliwą szybkością. Nazajutrz rano stał

już Wielki Kocmołuch otoczony sztabem na kocie 261, skąd miał obserwować bitwę, [wobec braku gazów i samolotów, (co za rozkosz!) bezpieczeństwo było względnie duże — 10 km. od własnej pierwszej linji.] a raczej jej punkt centralny zdeklanszowania. Front bitwy rozciągał się na przestrzeni 300 km. — trwanie jej obliczano na dni pięć minimum: Za sztabem, na jakie tysiąc kroków, rozłożyły się trzy pułki legjonu przybocznego, konnych pegiekwaków, pod dowództwem adjutanta Cara Kiryła, Karpeki, jednego z lepszych kawalerzystów rosyjskich. A prawda! — na śmierć się zapomniało — wczoraj o dwunastej w nocy rozstrzelano prawie bez sądu Niehyda–Ochluja, który na fikcyjnej radzie wojennej (odbyła się po orgji) zaczął się nieprzyjemnie, po bolszewicku stawiać. Zakneblowano mu gębę i wyprowadzono. W kwadrans już nie żył. Sam Zypcio pomagał wlec go, wyrywającego się rozpaczliwie rozwścieczonym sztabowcom, nie czując przy tem nic. Pijany Huśtański (Kuźma) chciał mu jeszcze przed śmiercią własnoręcznie wyciąć jaja, ale nie danem mu było tego dokonać — Wódz stanowczo zabronił. Zypcio wsiąkł cały bez reszty w duszę Kocmołuchowicza — egzekucja nie zrobiła na nim najmniejszego wrażenia — był już kompletnym automatem. Sytuacja urządzona było po napoleońsku — ostatni występ przed historją nie mógł się obyć bez pewnej dekoracyjności: sztab, kawalerja, „Siwek", galowe mundury i defilady. No ale trzeba było przystąpić wreszcie do czarnej roboty tego świątecznego dnia. Rozkaz operacyjny wydany był przez telefon oczywiście osobiście przez kwatermistrza z zamkniętej telefonicznej kabiny, którą wożono za nim wszędzie. Przygotowanie artylerji miało trwać krótko — o trzeciej po południu atak generalny — ha!
Był świt blady jesienny. Z początku było szaro. Potem zaróżowiły się od spodu uwarstwione obłoki na wschodzie i dzień prześliczny zaczął się rozwijać powoli, systematycznie. Kocmołuchowicz na koniu (tym słynnym „Siwku", co to wszystko miał z rozkazu wodza w swym zadzie) przed sztabem. Słuchawkę telefonu miał w ręku. Twarz spokojna, a czarne gały utkwione w niedalekie chałupy Pychowic, zasłaniające dalszy horyzont. Gały pełne były jego pękającej z własnego nadmiaru indywidualności. Cisza. Nagle jakaś czarna błyskawica rozdarła mu normalną (tę genjalną) ciemność mózgów. Naodwrot, wszystko naodwrót! Nie będzie żadnej bitwy. On poświęci swoją sławę dla dobra tych biednych żołnierzy, biednego kraju i reszty biednej Europy. Chińczycy i tak i tak muszą zalać wszystko. Pocóż mają ginąć te tysiące? Za co? Za ambicję jego i jego sztabu? Ambicję pięknej śmierci? Straszna wątpliwość przemknęła przez

jego precyzyjny, a ciemny łeb umęczonego sobą tytana. Zaczął mówić w telefon głosem pewnym i stanowczym, a szare obłoki krwawiły się coraz hardziej, długiemi, strzępiastemi pasmami. Ale jednak odczuli sztabowcy, że kwatermistrz wyrywa z siebie te słowa z jakąś niewidzianą u niego dotąd, pełną bólu potęgą:

— Hallo — centrala sygnałów? Tak. Słuchać uważnie, generale Kłykieć: bitwa się nie odbędzie. Odwołane. Na wszystkich odcinkach wywiesić sygnał poddania się. Front się otwiera. — (Nagła myśl już między nieodwołalnemi zdaniami: „Czy ja aby poprostu nie chcę żyć?" — Mignęły mu w wyobraźni pelargonje w okienku kooperatywnego domku na Żoliborzu.) — Wszystkie oddziały, po przyjęciu sygnału przez nieprzyjaciela, mają bez broni wyjść z pozycji i pójść w kierunku wschodnim, w celu zbratania się z wojskami żółtej koalicji. Niech żyje — zawahał się — ludzkość — wyszeptał sam do siebie — bezwładnie i puścił słuchawkę, która padła na zmarzniętą ziemię ze słabym, głuchym hukiem. Telefonista stał jak wkopany, nie śmiejąc się ruszyć. Sztab słuchał oniemiały. Ale taka była karność w tem wojsku, że nikt nie pisnął ani słowa. A zresztą chciało się żyć wszystkim — wiadomo było, że sytuacja była beznadziejna. A potem okrzyk: „niech żyje!" — nieregularny, porozrywany, zagrzmiał zmieszanym gwarem. Krwawe obłoki zaczęły pomarańczowieć. Kocmołuchowicz odwrócił się do swoich wiernych towarzyszy i zasalutował. Był w tej chwili takim samym automatem jak i jego przyboczny adjutant, Zypcio Kapen — coś się nagle skręciło. Podjechał do nich ordynansowy oficer dowódcy „legjonu Kocmołuchów", Chraposkrzecki, właśnie drugi syn tego byłego „pana" generał kwatermistrza.

— Panie generale: czy mogę się zapytać co tu się stało? Mówiłem tam z Ciuńdzikiem. Twierdzi, że...

— Panie poruczniku — (na służbie kwatermistrz trzymał się ściśle stopni i nie pozwalał sobie na żadne poufałości) — poddajemy się w imię ludzkości. Niepotrzebny rozlew krwi. Jedź pan zawiadomić mój legjon przyboczny. — Nastała chwila milczenia. Obłoki były już żółte. Wielkie płaty seledynowego nieba odkrywały się na wschodzie. Na wzgórzach za sztabem błysnęło poranne słońce. Chraposkrzecki jednym rzutem wyrwał wielki bębenkowy rewolwer z futerału i wystrzelił w naczelnego wodza. Poczem, nie bacząc na wynik strzału, zdarł konia i galopem popędził ku linjom legjonu, o jakie ośmset kroków na Zachód. Tam już świeciło jasne słońce. Kocmołuchowicz pomacał lewe ramię. Kula oderwała mu epolet w tem miejscu, gdzie przyszyte były generalskie akselbanty, które zwisły smutnie wzdłuż generalskiego boku, łaskocąc bok generalskiego „Siwka".

— Zdegradował mnie przed moim sztabem. Idjota! — zaśmiał się Wódz. — Ani kroku! — krzyknął do wiernych sztabowców. Wszyscy zwrócili się na Zachód. Chraposkrzecki karjerem dojeżdżał właśnie do zwartej linji kawalerji na równinie. Coś tam krzyczał. Tłum oficerów go otoczył. Ktoś mówił mowę — krótką. Komenda... Jaka? Najwyraźniej posłyszeli ostatnie słowa: głos generała Sergjusza Karpeki: „Skróć cugle, broń do ataku, maaarsz!" — A potem krótkie: „Marsz, marsz!". Ława ruszyła zwolna, lśniąc szablami w różowem, ciepłem „słoneczku".

— No — teraz panowie na nas kolej — powiedział spokojnie Wódz, zapalając papierosa. — Karjerem do 13-tej dywizji. Direktion — Pychowice, E, mapa s. g. N. 167. — Zaśmiał się szeroko i spiął konia. Pognali *ventre-à-terre* w kierunku pierwszych domków Pychowic, gdzie na mapie wypadała litera E tej słynnej odtąd nazwy nieznanego dotąd nikomu miejsca ostatniego boju legjonu Kocmołuchów z 13-tą, wierną Wodzowi, jak i cała zresztą armja, dywizją. A za nimi gnali tamci w rozwiniętym szyku. Trudno jednak gonić dwudziestu jeźdźców trzema pułkami: Grupa fantastycznych fantasenów dopadła wsi na dwieście kroków przed tamtymi.

— Zbuntowali się! Ognia!! Obrócić kulomioty!! — krzyczał dziko Kocmołuchowicz, nie tracąc ani na sekundę zimnej krwi. Obserwował siebie z boku, tego tak zwanego histeryka i bujdogeneratora. Świetnie sprawiał się ten bohater i wierne mu, zautomatyzowane kompanje 13-tej dywizji w rezerwie. Grzmotnęła salwa w przejrzystem powietrzu jesiennego poranka. Czterdzieści kulomiotów zagrzechotało ku słonecznemu oddziałowi. Już i tu było słońce. I waliły się kupami wspaniałe, prawie że gwardyjskie, szwoleżery, nie mogąc dobiec do przeklętego E. Kocmołuchowicz patrzył na to spokojnie. Kiedy trzy pułki legły na oświetlonych pełnem słońcem ścierniskach (pogoda była już zupełna — chmury ściągały się z nieba, jak firanki, ciągnione przez niewidzialne sznurki) kazał wysłać lotne szpitale, sam zaś pojechał dalej ku swoim byłym pierwszym linjom. Miał wrażenie, że dokonał potwornego wprost poświęcenie własnej ambicji na rzecz ludzkości, większego, niż Napoleon po Waterloo. Na „jego" froncie była cisza. Już wychodziły pierwsze oddziały „bratańców". Witano Wodza uprzejmie, ale bez entuzjazmu, jak przystało na armję automatów w decydującej chwili. Kocmołuchowicz pokazał, co umiał — tym razem naprawdę.

Siedzieli przed małą chałupką tuż przy byłej pierwszej linji robót ziemnych. Kwatermistrz dziwnie szklannym wzrokiem wpatrzył się w czarną czeluść okopu, wyrytą w przepysznym, starokonstantynowskim czarnoziemiu. Pierwszy raz pomyślał o grobie i serce ścisnęło mu się nieznanym dotąd, tajemnym bólem. Wiekuistość wszechrzeczy zmieniła się na przelotne „*Minderwertigkeitsgefühl*". Córeczka i żona (może to dla nich i dla tych pelargonji w okienku, wykonał tę woltę?) wyolbrzymiły mu się jako jedyne wartościowe istności w świecie całym. Wstrętną była mu obecność Persy, która, uszczęśliwiona nowym obrotem rzeczy, wesoło szczebiotała z oficerami sztabu, kryjącymi pod sztucznie ponuremi maskami, rozsadzającą ich radość z darowanego życia. Duch niepotrzebnie zamordowanego Niehyda przesłonił na chwilę jasność godziny jedenastej październikowego, pogodnego przedpołudnia. — „Jeszcze mnie pociągnie za sobą" — pomyślał kwatermistrz. — „Przecież właściwie on tego chciał wczoraj, co ja zrobiłem dziś. Ale chcieć, a móc to różne rzeczy. On tego wykonać sam nie mógł — co najwyżej wywołałby jakiś drobny bałagan. Tak to u nas zawsze w Polsce bywało: zabić kogoś dla tego, co się jutro zrobi po jego śmierci." — Oczekiwano wysłańca chińskiego sztabu, który miał osobiście wyznaczyć spotkanie wodzów. Ciekawy był kwatermistrz „tamtej strony", której nigdy (do dziś z rana) nie miał pokojowo przekroczyć i zobaczyć. Sztab chiński stał w Starokonstantynowie o dwadzieścia kilometrów od pierwszych okopów. Gwar bratania się rósł wzdłuż całej linji, mącąc przedpołudniową ciszę natury, przykucniętej jakby ze strachu przed nadchodzącą zimą, ukradkiem grzejącej się w darowanem cieple ociągającego się lata. Zima z latem stykały się prawie w ten przepiękny dzień, zawierający elementy obu tych pór roku.

Krótko trwały zwątpienia kwatermistrza. Szybko nastawił się swoją niezłomną wolą na poprzednie stanowisko, wynikłe z histerycznej chwilki absolutnej dowolności czynu, z dodaną(?) teoryjką („*eine zugedachte Theorie*"?) dobra kraju i całej ludzkości — i poświęcenia najwyższej strategicznej ambicji, dla jeszcze większej (kto wie?) sławy i popularności, której przytem używać będzie można — bo „lepszy jest żywy baran, niż zdechły lew". Potem tłomaczono to działaniem indukcyjnem „pola psychomagnetycznego", wytworzonego obecnością miljonów chińczyków, ogarniętych jedną ideją. — (Był taki naukowy kierunek na Zachodzie). Inni mówili tajemniczo o „nocy 25-ciu piguł" — inni poprostu zwalali wszystko na obłęd. Było tak, jak tu jest opisane i koniec. Wszyscy ucichli i nastawili uszu. Zawarczał automobil na szosie. Po chwili zajechał przed chałupę po drugiej stronie linji wspaniały, czerwony Bridgewater. Wysiadł z niego niepozorny chiński człeczyna w żółtawo-szarym uniformie; przepasanym dwubarwną: czerwoną z żółtem wstęgą. Lekko przeskoczył czarną w cieniu czeluść okopu, unosząc ręką długą krzywą szablę z niesłychanym wdziękiem i zbliżył się do grupy oficerów polskich. Oddał honory, (cały sztab również) poczem zwrócił się do kwatermistrza: (Zypcio wciąż był zupełnie obojętny — on jeden ani się cieszył, ani smucił tem co zaszło. Ale wobec takich wypadków, co może obchodzić nas psychologja jakiegoś tam gówniarza? — warjat nie warjat — wszystko jedno.)

— Mam honor mówić z Ekscelencją Kocmołuchowiczem — (*Have I honour to speak with His Excellency Kotzmoloukovitsch?*) — spytał najczystszą angielszczyzną. Kwatermistrz wyrzekł krótkie: „Yes". „No — teraz wytrzymać maskę" — szepnął sam do siebie przez ściśnięte zęby. Tamten mówił dalej, nie podając ręki, tylko kłaniając się po chińsku. — Jestem generał Ping–Fang–Lo, szef sztabu generalnego i kawaler orderu Żółto-Czerwonego Bławatka — (tu skłonił się). — Nasz wódz, mandaryn I–szej kategorji Wang–Tang–Tsang — (złowrogo zabrzmiało to tse–tse–owe — zaiste nazwisko) ma zaszczyt prosić przezemnie Waszą Ekscelencję wraz z całym sztabem i zapewne — hm — z małżonką, na śniadanie o pierwszej do staronkonstantynowskiego pałacu. — (*„Oldconstantinovian palace"*). — Wyraźny strach widać było w czarnych oczkach mongoła. — „Czego się boi to ścierwo?" — pomyślał kwatermistrz. — „Przecież oni wogóle nie boją się niczego. Coś w tem jest". — i odpowiedział niewiadomo czemu po francusku z „wylaniem":

— Panie generale (*mon général*): jest mi niezmiernie przyjemnie, że mogę w panu powitać... (*je suis énormément flatté de pouroir saluer en votre personne...*).

— Dziękuję — przerwał tamten po angielsku. Odsalutował i skoczył przez okop i dalej do auta, które zawróciło już podczas rozmowy. Wóz z potwornym kompresorem skoczył odrazu w sto kilometrów na godzinę i za chwilę nie było go już widać. Po chwili przykrej ciszy, gwar wybuchnął w całym sztabie. Kocmołuchowicz był najwyraźniej skonsternowany (oczywiście dla Kufkego, gdyby tu był) — widać to było tylko po zmarszczce między oczami. Coś psuło się w ogólnej kompozycji tej historji.

— Co ta bestja sobie myśli — mówił do Persy — jak on śmiał... ha — trudno. Trzeba spożywać owoce czynów w wymiarach komunistycznych. Ale ja im jeszcze pokażę! —

— Nic nie pokażesz szczebiotała rozpromieniona kochanka. — Dokonałeś największego czynu od czasów Aleksandra Macedońskiego. Pomyśl jak piękne będzie nasze życie. Gdyby to zrobił tchórz, byłoby to straszne, ale taki knur, taki skrzydlaty byk, taki Lewiatan jak ty...! To cud, prawdziwy cud! Ja jedna cię rozumiem naprawdę. — Wzięła go za rękę i wpiła się w niego tem najgłębszem, mącącem najkrystaliczniejsze myśli spojrzeniem. Odbiło się od jego oczu, jak od dwóch metalowych tarcz. — Wódz patrzył w siebie. Znowu obraz żony (bądźcobądź była hrabianką) i córeczki, przemknął mu przez umęczony mózg. Ale nowym nawrotem woli szybko wrócił kwatermistrz do poprzedniego stanu automatyzmu, z dodatkiem pewnej nieznanej dotąd rezygnacji. Rozkazał podać auto. Opodal przewożono rannych w rannej szarży szwoleżerów, w kierunku chińskich szpitali. Taki był rozkaz. Czyj? Chiński. On musiał się poddać chińskim rozkazom. Tego nie przewidział. Okropny, prawie że fizyczny ból, przeszył mu duchowe wnętrzności i zgasł w czarnej pustyni, która rozesłała się tam nagle, zdradziecko. Na odgłos jęków zakrył sobie generał twarz — na chwilkę. „Ilużby ich było, gdybym nie postąpił właśnie tak? A jednak coś mi we łbie trzasło, psia-krew! Nie czuję nic". Bezmierne umęczenie i nuda objęły go ze wszystkich naraz stron — nawet tam od Zachodu, gdzie były ONE — żona i córka. Świat zamarł wokoło — nie było nikogo. On sam jeden, w bezimiennej otchłani pełnej automatów — ostatni może prawdziwy człowiek w tym układzie. Jakoś przyjaciele nie zwracali na niego wielkiej uwagi. Nikt nie zbliżył się nawet po odjeździe chińczyka. Coś niesłychanego! Hrabiowie szeptali ponuro z Oleśnickim. Kuźma Huśtański, pijany od rana, chodził wielkiemi krokami, brzęcząc groźnie swojem olbrzymiem szabliskiem. Stęporek gwizdał przez zęby tango „Jalousie", patrząc z niepokojącym uśmieszkiem w kierunku linji chińskich. Ale taka była wiara w absolutną doskonałość postępków Wodza, że nikt pary z pyska nie puścił. Jeden ten bałwan Chraposkrzecki — bohater! Niedawno doniósł Wodzowi Zypcio, że postrzelany jak sito skonał w świetnym humorze — sławę miał zapewnioną. A takiemu nie trzeba nic więcej. On, no i tamci. Ale to Karpeka winien. Kto mi kazał u licha moskala dawać na dowódcę legji przybocznej? Zahypnotyzował ich czy co? A może fałszywie przedstawili sytuację? Oto do czego doprowadza przesadna dyscyplina — nikt się nie oprze byle czyjej komendzie. Ha — zobaczymy potem jak to było naprawdę.

Jechał z Persy, Zypkiem i Oleśnickim. Mężczyźni milczeli, tylko Zwierżontkowska wykrzykiwała swoje zachwyty nad pięknością pejzażu. Młody książę wywalał na nią swoje przecudowne oczy z wyrazem beznadziejnej, ponurej żądzy. Zypcio nic — prawie nie istniał sam dla siebie. Był tylko małą naroślą na tamtych mózgach, a mimo to odczuwał doskonale, co się tam w nich dzieje — tę zdolność wnikania bezpośrednio w obce jaźnie dał mu dawamesk B_2 — ale na cóż mu to teraz było potrzebne. Niema biednej Lizki i nie będzie. Nie mógł wydusić z siebie na ten temat ani jednej najmniejszej wewnętrznej łezki. — Kamień.

Zajechali przed bramę parkową starokonstantynowskiego dworu. Chińscy sołdaci oddali honory z wielkim szykiem i przepuścili auto. Mijali dziwni goście grupy drzew żółtych i miedziano–czerwonych wśród szmaragdowych trawników. Jakoś niesamowicie przedstawiał się im zwykły (identycznie taki sam, jak poza frontem) białoruski pejzaż — zdawało się im, że są już w Chinach, że formy drzew są zchinizowane, że wszystko ma inny kolor, jak na mapie.

Nagle ujrzeli dziwny widok. Od skrętu alei rozpościerał się trawnik, idący aż do dworu, świecącego oślepiającą białością ścian i kolumn, wśród gęstwy purpurowych jarzębin. Na lekkiej pochyłości klęczał szereg ludzi. Stali tylko: kat (jak się później okazało) i oficer. — Właśnie zaczynała się egzekucja. Kocmołuchowicz wyskoczył z auta w biegu. Auto stanęło. Tamci gramolili się za nim. Aha — zrozumiał. *„Unser liebenswürdiger Gastgeber hat uns eine kleine Ueberraschung vorbehalten — nach Tisch werden ein Paar Mandarinen geköpft"* — przypomniał mu się *„witz"* z odwiecznego „Simplizissimusa". Tylko, że tu było *„vor Tisch"*. Zatrzymali się przy pierwszym skazańcu.

— Za co ich tak karzecie? Co om zrobili u djabła? — spytał Kocmołuchowicz dyżurnego oficera. (Żołnierzy straży nie było widać wcale).

— *Ne me parlez pas, Excellence — je suis des gardes* — odpowiedział zimno, ale grzecznie, jakby z wyrzutem lekkim, poruczniczek o twarzy dziecka.

Skazany patrzył obojętnie w głąb jarzących się w słońcu drzew parkowych, rozumiejąc zdawało się wszystko (dosłownie wszystko w metafizycznem znaczeniu), albo nie rozumiejąc absolutnie niczego — jedno z dwojga. Inni klęczący (nie mieli nawet związanych rąk! — coś nieprawdopodobnego!!) patrzyli na niego z wielkiem zainteresowaniem, jak sportowcy, oczekujący wyniku jakiegoś niezmiernie ciekawego rekordu. Nad tym pierwszym stał kat, z prostym mieczem w ręku. Komenderujący egzekucją oficer nie zwracał więcej już żadnej uwagi na przybyłych. Kocmołuchowicz stał o trzy kroki od niego w pełnym generalskim uniformie, a ten nic sobie z tego nie robił. Musiał przecież wiedzieć z kim ma do czynienia. Coś niezrozumiałego. Nagle krzyknął, jakby „miał już dosyć tego wszystkiego". Kat zamachnął się i głowa pierwszego „faceta" stoczyła się parę kroków po pochyłości, szczerząc żółte zęby. Ale w chwili ścięcia zauważył Kocmołuchowicz (kiedy głowa była już w powietrzu) plaster jakiś, coś podobnego do przekroju jakiegoś salcesonu: w środku szare, potem białe, potem czerwone, jakieś plamki i równa linja skóry, otaczającej żywe jeszcze ciało. W sekundę (może w ćwierć) wszystko to zalała bulgocząca krew, a głowa dawno szczerzyła zęby na trawniku. (Co za technika, co za technika!) Może mu się zdawało, ale oczy ściętego chińskiego łba najwyraźniej mrugały na niego porozumiewawczo. Paru innych skazańców zrobiło zdawało się parę technicznych uwag. Musiały być pochlebne, bo kat skłonił się w ich stronę, poczem przystąpił do następnego skazanego. Wszyscy podobni byli do siebie, jak krople tego samego płynu. Znowu komenda, znowu ten sam gest kata i nowa głowa stoczyła się po polskim dworskim trawniku, zalanym słońcem jesiennego południa. Tamci widzieli zupełnie to samo — to nie była halucynacja. Persy zemdlała i Zypek z Oleśnickim musieli wlec ją pod pachy, za idącym w kierunku dworu milczącym kwatermistrzem. Żuł lewy wąs i mruczał: „dobra szkoła, dobra szkoła". Widok egzekucji dobrze mu zrobił — nabrał siły do rozmowy z niezwyciężonym Wangiem. Nareszcie nadeszła ta chwila — już myślał, że go ominie, a jednak jest jak byk, tuż przed nim. Dobra nasza! Weszli pod kolumny polskiego „dworku" — ileż mord różnych sług i tym podobnych stworzeń nabito tu i w szerokim promieniu stąd, od wieków. Teraz miał nastąpić rewanż — to pomyślał w ostatniej chwili kwatermistrz. Już miał przed sobą pomarszczoną, żółtą twarz, w której jak w szafranowym placku rodzynki, tkwiły czarne, mądre oczka dziecka — powitał ich sam głównodowodzący mandaryn Wang–Tang–Tsang. Był ubrany tak samo skromnie, jak i inni towarzyszący mu oficerowie. Weszli do sali jadalnej. W tej chwili zajechały auta, wiozące resztę sztabu kwatermistrza. Z nadzwyczajnemi honorami posadzono Kocmołuchowicza i Persy na pierwszych miejscach. Po lewej stronie miała Zwierżontkowska samego Wanga; Kocmołuchowicz miał po prawej szefa sztabu generalnego Ping–Fang–Lo, tego, który przyjeżdżał do niego rano. Innych nie widział — ukryci byli za wysoką piramidą jedzeń, piętrzącą się w środku stołu. Po gniazdach jaskółczych w słodkim sosie z gniecionych karaluchów (tu i ówdzie zaplątała się łapka któregoś z tych mądrych stworzonek), Wang wstał i biorąc w rękę olbrzymi kielich oryginalnego

Dubois rzekł w czystej nad wyraz angielszczyźnie.

— Ekscelencjo: mam honor powitać pana pierwszego w naszym sztabie po świetnym czynie, dokonanym przez Niego w imię uczuć obejmujących ludzkość całą. Jednak, ceniąc jak nikt zasługi pańskie, nie mogę nie uznać pana za jednego z najniebezpieczniejszych indywidualistów, należących raczej do epok minionych, niż do naszej. Dlatego, dla dobra całej ludzkości, dla którego pan, panie Kocmołuchowicz, poświęcił był ambicję wodza jako takiego i prosty honor pierwszego oficera swego kraju, („*the ambition of the commanding officer as such and the plain honour of the first officer of your country*") jestem zmuszony skazać pana na śmierć przez ścięcie — bardzo szlachetna śmierć — dlatego, że dalsze pańskie istnienie, w związku ze znajomością pańskiej intymnej natury, obnażonej dla nas w tym właśnie epokowym czynie, zagrażałoby tym celom, w imię których czyn ów był spełniony. Jednak nic się nam nie śpieszy z wypełnieniem tego nieodwołalnego wyroku i możemy dalej weselić się, spożywając dary bogów i pijąc i pijąc i pijąc za pomyślność szczęśliwej ludzkości, dla której, tak czy inaczej, poświęcamy nasze marne istnienia osobiste. — Zypcio patrzył cały czas w swego byłego idola. Kocmołuchowicz tylko raz (kiedy mowa była o jego śmierci) podniósł na chwilę swe wspaniałe brwi, jakby się zdziwił nad jakimś czysto retorycznym frazesem. Zypcio wbił się w niego jeszcze głębiej swojemi nieczułemi oczami. Nic — maska była zupełnie spokojna. Było to zjawisko prawie aż przykre, tak piękne. Nie można było pojąć, jakim cudem to żyjące bądźcobądź stworzenie, wytrzymało *taki* cios. Podobnie jak człowiek chory na morską chorobę podczas burzy, cierpi gdy patrzy na kogoś spacerującego spokojnie po pokładzie. Wydaje się, że tamten męczy się nieludzko z tego powodu, że nie może rzygać. „Ta bestja ma trzon — niech go..."! — pomyślał Genezyp z prawdziwą admiracją. Poczuł że ma jednak wodza i że może mu zaufać nawet w samą godzinę jego najstraszniejszej śmierci. Bo cóż jest gorszego jak być skazanym? A wiadomo było, że chińczycy nie żartują nigdy. Coś jednak drgnęło w jego martwych głębiach, pod wpływem tej emanacji czystej Wielkości. Tylko teraz pytanie, co odpowie ten demon i jak. Ale Wang mówił dalej, wychlawszy całą wódę jednym haustem. — Otóż panowie należy się panom parę słów wyjaśnienia, co do naszych celów i metod. Rzecz jest prosta, jak konstrukcja naszego modlitewnego młynka: nie umiecie sobą rządzić i jesteście rasowo wyczerpani. My umiemy; nasza uśpiona od wieków inteligencja ocknęła się, dostawszy raz w ręce wasz genjalny alfabet. Nasza nauka stanęła odrazu wyżej niż wasza. Odkryliśmy to właśnie, że wy urządzić się nie umiecie, a my umiemy. Każdy kraj ma swój idealny układ, w którym największą może osiągnąć wydajność. Dowodem naszej wyższości jest organizacja nasza i innych pokrewnych nam ludów. Musimy was nauczyć. Polityka nie istnieje dla nas jako taka — chodzi o naukowo zorganizowaną i uregulowaną wytwórczość. Urządzimy was i będziecie szczęśliwi. Nie chodzi o cofnięcie kultury, jako takie, tylko o trampolinę do skoku. Jakie będą możliwości dobrze gospodarczo urządzonej ludzkości, nawet my nie jesteśmy w stanie przewidzieć. Może tylko zostanie uszczęśliwiona, a wszystkie wyższe formy twórczości będą musiały zaniknąć — trudno. I tak będzie to wiele, bardzo wiele. Ale jest jeszcze jeden problemat: my też jesteśmy wyczerpani w pewnym sensie — nie tak jak wy, ale przecie. (*not as you are, but nevertheless.*) Mysimy się odświeżyć rasowo, musimy was połknąć i strawić i stworzyć nową rasę żółto–białą, przed którą, jak to dowiodły nasze instytuty badań socjologiczno–bijologicznych, otwierają się nieznane możliwości. Dlatego zaprowadzamy obowiązkowe małżeństwa krzyżowane — tylko artyści będą *mieć mogli* takie kobiety, jakie będą chcieli — białe lub żółte — wszystko jedno. Dlatego z góry mam zaszczyt prosić Waszą Ekscelencję o rękę wdowy po Nim dla siebie i rękę córki Jego dla mego syna. Racjonalna hodowla przywódców, zdezindywidualizowanych w dobrem znaczeniu, jest jedną z naczelnych zasad naszego programu. — Zapił znowu to zdanie i siadł, obcierając łysinę jedwabną białą chusteczką. Kocmołuchowicz milczał. — Milczenie jest znakiem potwierdzenia — rzekł Wang, zwracając się już nieoficjalnie do Wodza, który miał minę taką, jakąby miał wysłuchawszy mowy Huśtańskiego naprzykład, na jakiemś pułkowem święcie. A przeszedł przez następujący szereg stanów: w chwili, gdy posłyszał wyrok śmierci, podany mu w tak oryginalnej formie, doznał dziwnego uczucia, jakby we wszystkie zakończenia nerwów wbito mu nagle rozżarzone szpilki — nie, raczej jakby ze wszystkich zakończeń tych trysnął prąd jakiś — ognie świętego Elma, czy coś takiego. Tryśnięcie to było bolesne. Na rękach zobaczył najwyraźniej fijoletowe ognie. Spojrzał przed siebie i ujrzał przez wielkie okna słoneczny, jesienno–południowy widok parku — to nie była rzeczywistość — to sam ekstrakt uroku wspomnień niepowrotnej przeszłości, przedstawiał mu jakiś zły duch w zaczarowanem zwierciadle. Patrzył na to jak na przeszłość... Straszliwy sentyment pejzażowy targnął mu jelita bolesnym skurczem. Nigdy... Ho, ho — taka chwila to nie bitwa. Wszystkie siły wysłał na front — tym frontem była maska. Nie drgnie i drgnąć nie może. Na ruch brwiami może sobie pozwolić. — Zbyteczna skamieniałość nie jest nawet dobra — może dać coś poznać. Obraz ten zakrył mu zaraz inny obraz — pamięciowy — żony i córki. Zobaczył małą Ileankę, jak je kaszkę na wysokiem krześle, na tle ciemnego wnętrza sali jadalnej, a nachylona nad nią „Święta Hanna, Męczennica" mówi coś do niej szeptem. (Tak było właśnie o tej porze). Nie — w tem nie należało szukać ratunku — tam była słabość — Żolibórz i pelargonje (koniecznie). Jedynem czemś w rodzaju oparcia była Persy — ta udająca jego żonę przed Chińczykami. Właśnie w tej chwili zemdlała i dwóch sztabowców chińskich, zupełnie do siebie podobnych, cuciło ją z naukowem zrozumieniem rzeczy. Kocmołuchowicz jeszcze raz „spiął mózgi ostrogą woli" i zatrzymał uciekające ciało na skraju śmierdzącej przepaści, gdzie czaiły się: strach i dyshonor. „A może lepiej było zginąć w ogniu?". Okropna wątpliwość — jak to tam było z tą ludzkością. Odwagi nie brakło mu nigdy — ale tu inna była sprawa — nawet John Silver dostawał mdłości na myśl o stryczku. Hm — ścięcie — prawie że *ganz pommade"* — jedno warte drugiego. I nagle, na miejscu, gdzie siedziała przed chwilą Persy, ujrzał Wódz najwyraźniej *przeźroczystą* brodatą, niechlujną postać Niehyda-Ochluja — pierwsza halucynacja (poza wizjami dawamesku) w życiu. Ale już spięty ostrogą woli mózg wytrzymał i to uderzenie. Nikt nie mógł tego ocenić — kwatermistrz patrzył na widmo, tak jak na krzesło — w biały dzień! Coś naprawdę piekielnego. Przypomniało mu się jak kiedyś, jako mały panie „brzdąc", oglądał „Makbeta Szekspira z ilustracjami de Seluze'a. Pokazywał mu tę książkę, jemu — stajennemu chłopcu, młodszy od niego Chraposkrzecki — brat tego, co zginął dziś rano w szaleńczej szarży na kulomioty 13-tej dywizji. I pamiętał kwatermistrz jak bał się tego ciemno-przejrzystego ducha Banka i jak zasnąć potem nie mógł, wskutek powracającej uporczywie wizji. Duch zniknął. A kiedy Wang skończył swoją mowę, zaśmiał się Wódz wśród ciszy, „gromkim", krystalicznym śmiechem. Nie było w tem nic histerycznego — młodość. (Już dawno dusił śmiech ten w sobie — od czasu oświadczyn starego *„czinka"* o jego żonę. Cha. cha! — *c'est le comble!* Postanowił nie wyprowadzać biedaka z błędu. *„pust' rozbierùt potòm".* Będzie z tego dzika uciecha.) Wszyscy spojrzeli na niego. Persy ocknęła się i podtrzymywana przez chińskich oficerów, szczękając zębami, wróciła do sali. W ciszy słychać było dzwonienie tych okrutnych ząbków o dźwięczny kryształ puharu, który podawał jej szef sztabu Ping. Kocmołuchowicz wstał i powiedział głosem swobodnym i lekkim — „kawaleryjskim" (po francusku):

— Panie marszałku Wang: zbyt dużo honoru, aby odmówić: *„Sliszkom mnogo czesti, cztob' otkazátsia"* — jak powiedział sekundantom pewien nasz oficer w 1831-szym roku, wyzwany przez Wielkiego Księcia. A i tak nicby to nie pomogło. Przyjmuję ten komplement Waszej Dostojności (*Votre Eminence*) w głębokiem zrozumieniu praw historji. Może masz pan rację, marszałku Wang: jestem niebezpieczna bestja, o tajemniczych odruchach — tajemniczych dla mnie samego. Czyż dzisiejszy ranek nie jest tego dowodem? Gdyby nie ta moja ostatnia wolta, straciłbyś pan ze trzy czwarte swoich tutaj dysponiblów. Ostatecznie zwyciężylibyście liczbą. A planu mego nie pozna pan, bo on jest tu. — (Tu stuknął się w łeb, imitując ten odgłos znanym sposobem: świńskim pół-chrząkiem między nosem, a gardłem. — Zdumieli się chińczycy.) Ani jednego papierka nie zapisałem. Moglibyście mieć ze mnie dobrego szefa sztabu w walce z Niemcami — nie ubliżając panu, generale Ping — dodał kłaniając się żółtej, niepozornej, młodej mumijce. — Bo niemieckich komunistów bez walki wziąć się wam nie uda. Nas zgubił brak idei wewnętrznej — mieliśmy, ale narzuconą z zewnątrz. No, a w dodatku tam nie dałby się wyhodować taki okaz jak ja. Ale nawet gdybyś teraz mandarynie Wang, darował mi życie, nie przyjąłbym tego daru i wpakowałbym sobie karmelek w łeb, z tego oto browninga, który dostałem od Cara Kiryła i który składam w Twoje ręce.

— Położył mały, czarny przyrządzik przed nakryciem chińskiego dostojnika i siadł. Nikt więcej nie mówił, choć temat był niezły. (Każdy skrywal wstydliwie coś pod swemi giezły — dodałby poeta). Rozmawiano o mechanizacji bez utraty kultury, o mechanizacji samej w sobie, o zmechanizowaniu procesów samej mechanizacji i o tem co będzie, kiedy już wszystko zmechanizowanem będzie. Zadziwił wszystkich biedny, genjalny skazaniec, „cierpkością" swoich uwag i dowcipem. A kiedy zjedzono ogony szczurów w sosie z duszonych w pomidorach pluskiew i zapito świństwo to świetną ryżową wódką z różaną wodą, mandaryn Wang wstał i rzekł:

— Pora już. — Kocmołuchowicz poprosił o parę słów na stronie:

— Jedyną moją prośbą, panie marszałku, to pół godziny rozmowy z moją żoną na osobności. Przytem muszę napisać dwa listy: do pierwszej żony i córeczki.

— Ależ oczywiście, generale — mówił przyjaźnie Wang. — Ha — ma pan jeszcze pierwszą żonę? — zainteresował się. — To świetnie, to świetnie. Nie wiedziałem, że córeczka jest z pierwszej... Ale to nic, nie tego, nie zmienia naszych planów?

— Aleź nic a nic. Gdzie?

— Tam w saloniku. — Poklepał Kocmołuchowicza poufale po plecach. Niezwykły ten u chińczyków wypadek wzruszył wszystkich nieomal do łez. Ale oficerowie kwatermistrza nie śmieli do niego podejść. Wytworzył się jakiś nieprzekraczalny dystans, czy ściana tajemna — ani rusz. On też nie miał na nich ochoty. Co tu gadać w takiej chwili. Trzeba się trzymać — ot co. Co innego Persy, która rozmawiała właśnie z Zypkiem i chińskim szefem sztabu o tylko co przeżytych wrażeniach kulinarnych. — Jest pan tęgim chłopcem, generale — mówił dalej marszałek. — Szkoda, że nie urodził się pan chińczykiem. Gdyby inne wychowanie pan otrzymał, byłby pan naprawdę wielkim. Ale tak jak jest — muszę. Trudno.

— Gdzie?

— Sam pana zaprowadzę.

— Chodź, Persiu — będziesz miała dość czasu na flirty dziś wieczorem. — Przeszli dalej do małego rokokowego saloniku.

— Ma pan pół godziny czasu — rzekł Wang ze współczuciem i odszedł spokojnie. Przy drzwiach postawiono wartę: porucznik, jakiś były mongolski książę, z dobytą szablą. Pod oknami mijając się spacerowały dwa bagnety. — A pan, panie poruczniku — zwrócił się Wang do Zypcia — zostanie tu. — (wskazał *ręką* na fotel, stojący pod drzwiami) — a po pół godzinie zapuka pan do tych drzwi. — Czas płynął wolno. Gdzieś bił zegar trzecią po południu. Było ciemnawo w tym szerokim korytarzu. Zypcio zdrzemnął się na sekundę. Ocknął się i spojrzał na zegarek. Dwadzieścia po trzeciej. Czas już, na Boga czas! Zapukał — cisza. Drugi raz mocniej, trzeci — nic. Wszedł. Uderzył go dziwny jakiś zapach, a potem zobaczył rzecz straszną. Jakiś talerzyk, jakieś krwawe pręgi na czemś i porzucona obok szpicruta, ta z brylantową gałką, z którą (szpicrutą) nigdy nie rozstawała się Persy od czasu przybycia na front. A ona, płacząca u okna. Zypkowi świat cały zatańczył pod czaszką dziką kaczuczę. Ostatnim wysiłkiem opanował się. Działo się w nim coś niepojętego przez sekundę, ale przeszło. Uf — jak dobrze, że przeszło.

— Czas, panie generale — rzekł cicho, naprawdę złowieszczo.

Zerwał się kwatermistrz, pospiesznie poprawiając tualetę. Persy zaczęła iść ku Zypciowi od okna, z wyciągniętemi rękami. W jednej z nich (lewej) miała zgnieconą chusteczkę. Zypcio cofnął się pośpiesznie i przeszedł do jadalni. Tam było pusto. Nalał sobie duży puhar ryżówki i wychlał do dna, zakąsiwszy jakąś kanapką z czort wie czem. Słońce było już pomarańczowe.

Za chwilę wyszli wszyscy na przepiękny trawnik przed dworem, gdzie leżały jeszcze ciała i głowy ściętych przed południem skazańców.

— Oficerowie, którzy popełnili błędy taktyczne w przygotowaniach do nieodbytej bitwy z Waszą Ekscelencją — objaśnił uprzejmy Wang. Kocmołuchowicz był blady, ale maskę miał nieprzeniknioną. Już był po tamtej stronie. Tu, tylko trup jego udawał, że nic go tu nie obchodzi. (Na tem polega odwaga w takich chwilach: trup udaje — duch już jest gdzieindziej.) Oddał Zypciowi listy mówiąc:

— Bywaj zdrów, Zypek. — Poczem kiwnął ręką wszystkim i dodał: — Nie żegnam się, bo się niedługo zobaczymy. „Ja wybierając los mój, wybrałem szaleństwo" — zacytował wiersz Micińskiego. I od tej chwili zoficjalniał, zesztywniał. Odsalutował — wszyscy podnieśli ręce do czapek — rzucił o ziemię czapkę I-go pułku szwoleżerów, klęknął i wpatrzył się w długie, podwieczorne, szmaragdowo-błękitne cienie, które grupa miedzianych drzew, rzucała na słoneczne trawniki. Zbliżył się kat — ten sam. Niewypowiedziany czar padł na cały świat. Jeszcze nigdy żaden zachód słońca nie miał dla niego tak piekielnego uroku — szczególniej na tle tego, co ostatni raz (ach — ta świadomość ostatniości! — ileż dała mu zabójczej rozkoszy!) dokonał z kochanką. Już nigdy żadna chwila nie będzie wyższą od tej — pocóż więc żałować życia? To październikowe popołudnie, to jest właśnie szczyt.

— Jestem gotów — rzekł twardo. Przyjaciele mieli łzy w oczach, ale trzymali się. Ściana między nimi, a Wodzem pękła. Dla nich też wypiękniał dziwnie świat w tej chwili. Na dany przez Wanga znak („il était impassible, comme une statue de Boudda" — jak mówiła potem zawsze Persy, opowiadając tę scenę) kat podniósł prosty miecz, który błysnął w słońcu. Wiuuuu! I Zypek zobaczył to samo, co cztery godziny temu widzieli wszyscy razem z generalnym kwatermistrzem: przecięcie jakiegoś szatańskiego salcesonu, który zalała następnie, buchająca z arterji ostatniego indywidualisty, krew. Głowa stoczyła się. A Wódz w chwili cięcia poczuł tylko zimno w karku i kiedy głowa zachwiała się, świat w oczach fajtnął takiego kozła, jak ziemia widziana z aeroplanu na ostrym wirażu. A potem mdła ciemność objęła głowę leżącą już na trawie. W tej głowie skończyła byt swój jego jaźń, niezależnie już od korpusu w generalskim mundurze, korpusu, który klęczał dalej i nie wywracał się. (To trwało jakie piętnaście sekund.) Nie wiedziała Persy czy rzucić się ku głowie, czy ku korpusowi — gdzieś się rzucić musiała. Wybrała pierwsze, przypomniawszy sobie Salome, królową Małgorzatę i Matyldę de La Mole ze Stendhala. (Następna osoba w tej sytuacji, przypomni sobie jeszcze ją: Persy Zwierżontkowską — będzie już tak sławną, jak tamte.) I podniósłszy z trawy wściekły, nieugięty łeb Kocmołuchowicza, rzygający przez szyję kwią i mleczem, i, pochylając się ostrożnie naprzód, ucałowała go w same usta, pachnące jeszcze nią samą. Och — to nieprzyzwoite! Z ust tych pociekła krew, krwawe usta swoje (tak zwany później *„rouge Kotzmoloukowitsch"*) zwróciła potem Zwierżontkowską ku Zypkowi i jego ucałowała też. Potem rzuciła się ku zgorszonym chińczykom i przyjaciołom Wodza. Musiano ją związać, pieniącą się w histerycznym ataku. Zypcio z obrzydzeniem obcierał się, obcierał i nie mógł do syta się obetrzeć. Tej nocy (przyznawszy się, że nigdy nie była żoną Wodza) została kochanką zautomatyzowanego Zypcia, który, jak Cymisches Bazylissę Teofanu „posiadł ją bez żadnej absolutnej przyjemności". A potem kochała jeszcze szefa chińskiego sztabu, mimo, że śmierdział trupem i jeszcze innych „czinków" mimo, że śmierdzieli tak jak i on — a może właśnie dlatego — niewiadomo. Na wszystko pozwalał jej, na wszystko zobojętniały Zypulka.

Śnieżyca, która nagle przyszła z Zachodu, nie pozwoliła chińczykom wyruszyć zaraz na podbój kraju. Zajęto się zorganizowaniem na nowo, „zbratanych" wojsk nieprzyjacielskich. Zypcio szalenie dużo miał do roboty — ledwo miał czas na miłość.

A potem puszczono się na Zachód. W pierwszych dniach listopada weszły wojska chińskie do stolicy. Tymczasem działy się tam straszne rzeczy. Syndykat Obrony Narodowej wydał bitwę komunistom. Sprano ich. Dwa duchy: zamordowanego Niehyda i mordercy jego, który okupił swe winy wobec tamtego ostatnim „czynem", dalej wodziły za łby masy, ciskając jednych na drugich bez litości. Mściły się te truposze, że same nie mogły już używać życia. „Święta Hanna Męczennica" poświęciła się wyłącznie córeczce, narzeczonej młodego Wanga. Ale za starego nie wyszła i kwita — nie mogli jej dać rady. Zypcio „zezwyklał" zupełnie. Jakieś były tam dochodzenia w sprawie Elizy, ale wobec zalewu chińskiego wszystko zostało umorzone. Wogóle mnóstwo zbrodniarzy zaczęło nowe życie.

Dla artystów były ulgi. Sturfanowi i Tengierowi powodziło się świetnie. Tengier, zdawszy wychowanie dzieci na „zceprzałą" zupełnie żonę, komponował teraz bez przeszkody, tarzając się w wolnych chwilach jak

Sardanapal na stosach całych, różnej maści dziewczynek, których dostarczała mu sekcja ochrony sztuki przy ministerjum mechanizacji kultury. Sturfan pisał razem z Liljaną, która grała prócz tego w teatrze dla najwyższych mandarynów — pisał rzeczy okropne: powieści bez „bohaterów", których rolę objęły *grupy*. Operował tylko zbiorową psychiką — rozmówek nie było zupełnie. Krytykę literacką i artystyczną zniesiono nareszcie całkowicie. Również kniaź Bazyli i Benz, jako ludzie nauki (ten od Murti Binga, tamten od znaczków) opływali we wszystko. Zato masa (książęta, hrabiowie, chłopi, robotnicy, rzemieślnicy, armja, kobiety i t. p.) zużyta dla poprawienia rasy mongolskiej, cierpiała z początku potępieńczo na temat płciowy. (Ale przecie to takie głupstwo płciowość — ktoby tam się długo w tem babrał.) Jednak stosunkowo dość szybko (w jakie dwa miesiące) przyzwyczaili się ludziska, bo chyba gorszych bydląt nad ludzi niema w całym Wszechświecie. Przygotowywano się gorączkowo do zawojowania zbyt mało po-chińsku komunistycznych Niemiec. Miało to nastąpić z początkiem wiosny.

Zypcio, warjat już skończony, umiarkowany katatonik, ożeniony gwałtem z cudownej piękności chinką z rodu jakichś mongolskich chanów, coraz bardziej był zajęty jako wzorowy oficer i coraz więcej zaniedbywał Persy, która wkońcu zupełnie przeszła na chińczyków, wyszedłszy za mąż za żółtego dygnitarza. A prawda: księżna zginęła na jakichś barykadach w czasie antychińskich rozruchów, a Michalskim powodziło się nieźle. Za specjalną protekcją można było utrzymać w całości dawniej zawarte małżeństwa.

Wszystko rozwiało się w coś w polskich terminach niewyrażalnego. Może jakiś uczony, bardzo chiński duchowo „*czink*" ujrzawszy to *nie po chińsku*, mógłby to następnie opisać po angielsku. Ale i to jest wątpliwe.

16/XII. 1927 r.

Also Available from JiaHu Books

Przedwiośnie
Potop. Tomy 1-3
Chłopy
Ziemia obiecana
Rok 1794. Tomy 1-3
Faraon
Bunt
Ludzie bezdomni
Wampir
Quo vadis?
Za chlebem
Syzyfwe prace
Pan Taduesz
Na wzgórzu róż
Kariera Nikodema Dyzmy
Utwory wybrane – Maria Konopnicka
Zemsta
Osudy dobrého vojáka Švejka za světové války
Válka s molky
R.U.R.
Hordubal
Krakatit
Továrna na absolutno
Povětroň
Obyčejný život
Babička
Rozmarné léto
Hiša Marije Pomočnice
Judita
Dundo Maroje
Suze sina razmetnoga